X

D0868304

DÉMENTI FORMEL

DU MÊME AUTEUR

RAMBO, *la mission*, Presses de la Cité, 1985.
LA FRATERNITÉ DE LA ROSE, Laffont, 1986; LGF, 1990.
TOTEM, Le Rocher, 1987.
LES CONJURÉS DE LA PIERRE, Laffont, 1987; LGF, 1991.
LE JEU DES OMBRES, Laffont, 1989; LGF, 1991.
LA CINQUIÈME PROFESSION, Stock, 1991; LGF, 1992.
LES CONJURÉS DE LA FLAMME, LGF, 1993.
IN EXTREMIS, Grasset, 1995.

DAVID MORRELL

DÉMENTI FORMEL

roman

Traduit de l'américain par

RICHARD CREVIER

BERNARD GRASSET
PARIS

L'édition originale de cet ouvrage a été publiée en 1996 par Warner Books, Inc., New York, A Time Warner Company, sous le titre :

EXTREME DENIAL

*A Richard Schoegler et Elizabeth Gutierrez,
qui nous ont fait connaître Santa Fe.*

« Comment t'aimé-je ? Voyons voir, que je
fasse le compte de mes manières de t'aimer. »

Elizabeth BARRETT BROWNING

Un

1

Decker déclara au fonctionnaire du service de l'Immigration qu'il voyageait pour affaires.

« Quelle sorte d'affaires ?

— Investissements immobiliers.

— Combien de temps comptez-vous rester ici ?

— Deux semaines. »

Le fonctionnaire tamponna son passeport.

« *Grazie* », fit Decker.

Il porta lui-même sa valise jusqu'à la sortie de l'aéroport Leonardo da Vinci. Il eût pu facilement prendre des dispositions pour qu'on vienne le chercher à sa descente d'avion mais il préféra faire en car le trajet de vingt-six kilomètres jusqu'à Rome. Lorsque le véhicule se trouva immobilisé dans les immanquables embouteillages du centre-ville, il demanda au conducteur de le laisser descendre. Il attendit ensuite que le car reparte tout en s'assurant que personne n'était descendu après lui. Il s'engagea dans le métro, sauta dans une rame au hasard, descendit à la station suivante, remonta à la surface et héla un taxi. Dix minutes plus tard, il quitta le taxi et redescendit dans le métro, prit une rame jusqu'à la station suivante et héla un autre taxi en disant cette fois au chauffeur de le conduire au Panthéon. Sa destination réelle était un hôtel situé à cinq rues de là. Toutes ces précautions étaient probablement superflues mais Decker était convaincu que, s'il était resté si longtemps en vie, c'était uniquement grâce à sa manière de procéder par des voies détournées.

L'ennui était que l'effort ainsi dépensé à survivre l'usait. Il en était arrivé à la conclusion que survivre et vivre étaient deux choses bien différentes. Le lendemain, samedi, il allait avoir quarante ans et, depuis quelque temps, le sentiment de la fuite du temps le tenaillait. Il n'avait ni femme, ni enfants, ni foyer – rien de tout cela. Il voyageait beaucoup mais se sentait partout étranger. Il avait peu d'amis et il les voyait rarement. Sa vie se réduisait à son métier. Celui-ci ne lui procurait plus que de l'insatisfaction.

Aussitôt entré dans la chambre de son hôtel, lequel en imposait par ses piliers et d'épaisses moquettes, il combattit le décalage horaire en prenant une douche et en se changeant. Des tennis, un jean, une chemise de toile et un blazer feraient l'affaire pour cette journée de juin à Rome. Cette tenue, portée par quantité d'autres touristes américains de son âge, l'aiderait en outre à passer inaperçu. Il quitta l'hôtel, se mêla aux piétons et arpenta pendant une demi-heure les rues animées en faisant de son mieux pour s'assurer qu'il n'était pas suivi. Il atteignit le quartier de Rome le plus encombré par la circulation, la Piazza Venezia vers laquelle convergent les principales artères de la ville. Le vacarme d'un embouteillage faisait un bruit de fond lorsqu'il téléphona d'une cabine.

« Allô, répondit une voix masculine.

— Anatole ? demanda Decker en italien.

— Il n'y a pas d'Anatole ici.

— Mais il m'avait dit de l'appeler à ce numéro. » Decker donna alors un numéro autre que celui qu'il venait de faire.

« Les deux derniers chiffres sont faux. Ici, c'est cinq sept. » On coupa.

Decker raccrocha, s'assura que personne ne le surveillait et se fondit dans la foule. Jusque-là tout allait bien. En précisant les chiffres convenus, la voix avait indiqué à Decker que la voie était libre. En revanche, si la voix lui avait dit, « Vous faites erreur », cela aurait voulu dire qu'il devait se tenir à carreau parce que rien n'allait plus.

2

L'appartement, sis à proximité de la Via Salaria, se trouvait au troisième étage. Il était cossu sans être luxueux.

« Comment s'est passé le voyage ? » demanda son occupant dont la voix, affectée d'un léger accent de la Nouvelle-Angleterre, était celle qui lui avait répondu au téléphone.

Decker haussa les épaules et examina le mobilier rudimentaire. « Vous connaissez le calembour : Martyr c'est pourrir un peu. » Il compléta le code de reconnaissance. « J'ai dormi presque tout le temps.

— Alors, vous ne souffrez pas du décalage horaire. »

Decker hocha la tête.

« Vous ne voulez pas faire un somme ? »

Decker sentit son attention se mobiliser. Qu'est-ce que ce type avait donc à tant insister sur cette histoire de décalage horaire ? Faire un somme ? Est-ce que par hasard il voudrait se débarrasser de moi pour le reste de la journée ?

L'homme qu'il avait devant lui était quelqu'un avec qui il n'avait jamais travaillé auparavant : Brian McKittrick, trente ans, un mètre quatre-vingt-dix, solidement bâti. Il avait le cheveu blond coupé court, les épaules puissantes et le type de mâchoire qui rappelaient à Decker les joueurs de football universitaire américains – desquels émane un sentiment d'énergie refoulée, d'envie d'en découdre.

« Je ne veux pas faire de somme, dit Decker. Je voudrais en revanche être fixé sur un certain nombre de choses. » Il jeta un coup d'œil aux lampes et aux prises murales, décidé à ne rien prendre pour argent comptant. « Ça vous plaît d'habiter ici ? Dans ces vieux appartements, on a parfois des problèmes avec les cafards.

— Pas ici. Tous les jours je regarde pour voir s'il n'y a pas de micros *. J'ai encore vérifié juste avant que vous arriviez.

— Parfait. » S'étant assuré que la pièce n'était pas placée sous surveillance électronique, Decker continua. « Vos rapports laissent entendre que vous avez marqué des points.

— Oh, pour ça oui, j'ai repéré ces salopards.

— Vous voulez dire que vos contacts les ont repérés.

— Exact. C'est ce que je voulais dire.

— Comment ? demanda Decker. Nos hommes avaient pourtant cherché partout.

— C'est dans mon rapport.

— Rafraîchissez-moi la mémoire.

— Le Semtex. » McKittrick faisait allusion à un explosif sophistiqué à base de plastique. « Mes contacts ont fait passer le mot dans les endroits où aiment se tenir ces salopards, qu'on pouvait se procurer du Semtex à condition d'y mettre le prix.

— Comment avez-vous trouvé vos contacts ?

— De la même manière. J'ai fait savoir que je saurais me montrer généreux envers toute personne qui m'apporterait les informations que je désirais.

— Des Italiens.

— Mais oui, des Italiens. Il le faut bien, non ? Des marginaux, avec lesquels on pourra toujours démentir être en relation. Démenti plausible. C'est à un Américain comme moi d'initier les opérations mais,

---

* Micro se dit « bug » en anglais, c'est-à-dire punaise *(N.d.T.)*.

après quelque temps, il faut bien faire équipe avec des gens du pays où on travaille. On ne peut pas remonter jusqu'à nous.

— Ça, c'est ce que disent les manuels.

— Et vous, qu'est-ce que vous dites ?

— Qu'il faut que les autochtones soient fiables.

— Voudriez-vous dire que mes contacts ne le sont pas ? » McKittrick avait l'air irrité.

« Disons seulement que l'argent pourrait les inciter à vouloir faire plaisir.

— Pour l'amour du ciel, nous pourchassons des terroristes, dit McKittrick. Vous voudriez que j'obtienne de mes informateurs qu'ils coopèrent en exploitant leur sens civique ? »

Decker se permit de sourire. « Non, je crois aux bonnes vieilles méthodes – en exploitant leurs faiblesses.

— Ah, c'est donc ça.

— Mais j'aimerais les rencontrer », dit Decker.

McKittrick parut mal à l'aise.

« Seulement pour me faire une idée de la sorte de gens à qui on a affaire, ajouta Decker.

— Mais tout ça se trouve dans mes rapports.

— Ce qui les rend passionnants à lire, sauf que moi, j'ai toujours été le genre de type à vouloir constater les choses par moi-même. Quand pouvez-vous organiser une rencontre ? »

McKittrick hésita. « A onze heures ce soir.

— Où ?

— Je vous le ferai savoir. »

Decker lui tendit un morceau de papier. « Mémorisez ce numéro de téléphone. C'est fait ? Très bien. » Il emporta le papier spécialement traité à la cuisine, fit couler de l'eau dessus et le regarda se désintégrer et disparaître dans le tuyau d'écoulement. « Pour confirmer la rencontre, téléphonez à ce numéro à huit heures ce soir ou, par la suite, toutes les demi-heures jusqu'à dix heures. Mais passé dix heures, laissez tomber. J'en déduirai que vous n'avez pas pu réunir vos contacts. Dans ce cas, essayez demain soir ou le soir d'après. Respectez les mêmes horaires tous les soirs pour téléphoner. Demandez Baldwin. Moi je répondrai Edward.

— C'est le numéro de téléphone de votre hôtel ? »

Decker le toisa. « Vous, vous commencez à m'inquiéter. Non, ce n'est pas le numéro de téléphone de mon hôtel. Et lorsque vous téléphonerez, arrangez-vous pour que ce ne soit pas d'ici.

— Je connais la musique.

— Téléphonez d'une cabine que vous n'avez jamais utilisée auparavant.

— Je vous ai dit que je connaissais la musique.

16

— N'empêche, ça ne fait jamais de mal de se faire rafraîchir la mémoire.

— Ecoutez, je sais ce que vous pensez », dit McKittrick.

— Vraiment ?

— Que c'est la première fois que je dirige une opération. Vous voulez vous assurer que je suis bien à la hauteur.

— Exactement, vous ne vous êtes pas trompé, dit Decker.

— Mais vous n'avez pas à vous inquiéter.

— Oh ? demanda Decker d'un ton sceptique.

— Je sais ce que je fais. »

3

Decker quitta l'immeuble, traversa la rue encombrée, remarqua un taxi en maraude et fit signe au chauffeur d'aller l'attendre au carrefour suivant. Une fois là, invisible de McKittrick si celui-ci d'aventure l'épiait depuis l'appartement, Decker s'excusa auprès du chauffeur de taxi en disant qu'il avait changé d'avis et préférait continuer encore un peu à pied. Tandis que le chauffeur se remettait en route en maugréant, Decker revint à l'angle de la rue où se trouvait l'immeuble, mais sans se faire voir. Le café du coin possédait des vitrines qui donnaient sur la rue principale et sur la rue latérale. Depuis celle-ci, en faisant en sorte de n'être pas vu, Decker pouvait regarder à travers la vitrine latérale puis à travers la vitrine de la devanture, ayant ainsi vue sur l'immeuble de McKittrick. Le soleil qui se réfléchissait sur la vitrine du devant le rendait par ailleurs pratiquement invisible.

Plus tôt que Decker s'y serait attendu, McKittrick sortit de l'immeuble. L'homme, râblé, passa la main dans ses cheveux blonds et drus, examina nerveusement la rue des deux côtés, avisa un taxi vide, le héla vivement et y monta.

En attendant, Decker s'était activé pour ne pas donner l'impression d'être un flâneur désœuvré. Il avait défait la chaîne qui retenait à un lampadaire une moto qu'il avait louée. Il en avait ouvert le coffre, en avait retiré un blouson de cuir brun et un casque à visière sombre qu'il mit, puis y avait plié son blazer bleu marine. Son apparence ainsi suffisamment modifiée pour que McKittrick ne le reconnaisse pas s'il lui arrivait de vérifier si on le filait, Decker mit la moto en marche et suivit le taxi.

La rencontre prévue avec les contacts de McKittrick ne lui laissait rien augurer de bon. Les problèmes qu'il avait pressentis à la lecture des rapports de celui-ci lui paraissaient maintenant plus patents et plus troublants. Cela n'était pas uniquement dû au fait que c'était la première fois que McKittrick était placé en position de commander. Après tout, s'il devait exercer cette profession, il fallait bien qu'il y eût une première fois, tout comme il y en avait eu une pour Decker. Or, là où le bât blessait, c'était que McKittrick était beaucoup trop sûr de lui-même. Il manquait de métier tout en n'étant pas assez humble pour reconnaître ses limites. Déjà avant de prendre l'avion pour Rome, Decker avait conseillé à ses supérieurs d'assigner à McKittrick une autre mission, moins délicate, mais il n'était évidemment pas question que l'on écarte le fils d'un personnage légendaire de la profession (OSS *, membre honoraire de la CIA, ancien directeur adjoint aux opérations) sans que celui-ci veuille savoir pourquoi on privait ainsi son fils d'une occasion de gagner du galon.

On avait donc envoyé Decker y voir de plus près et s'assurer que tout se déroulait comme prévu. Pour jouer les chaperons, avait-il pensé. Suivant le taxi à travers les embouteillages, il finit par s'arrêter lorsque McKittrick se fit déposer près de l'escalier de la place d'Espagne. Decker enchaîna rapidement la moto à un réverbère et s'engagea dans ses pas. Les touristes étaient si nombreux que McKittrick eût pu se fondre au milieu d'eux mais ses cheveux blonds, qui eussent dû être teints d'une couleur foncée, banalisée, attiraient l'attention sur lui. Autre faute professionnelle, pensa Decker.

Plissant les yeux dans l'éclatant soleil d'après-midi, il suivit McKittrick par-delà l'église de la Trinita dei Monti puis jusqu'au bas de l'escalier de la place d'Espagne. La place, naguère réputée pour ses marchands de quatre-saisons, était maintenant envahie par des vendeurs à la sauvette et leurs étalages de bijoux, d'objets de céramique et de tableaux. Decker, sans se laisser distraire, colla au train de McKittrick qui, prenant à droite après la fontaine du Bernin, se faufila à travers la cohue, passa devant la maison où Keats était mort en 1821 et pénétra finalement dans un café.

Nouvel impair, pensa Decker. C'était de la folie de chercher refuge dans un endroit autour duquel il y avait tant de monde qu'il lui serait pratiquement impossible de repérer quiconque le suivrait éventuellement. Choisissant un lieu où il était partiellement à couvert, Decker se prépara à attendre, mais McKittrick ressortit du café plus tôt que prévu. Il était accompagné d'une femme. Une Italienne d'une vingtaine d'années, grande et mince, sensuelle, au visage ovale encadré de che-

---

* L'OSS est l'agence de renseignement qui précéda la CIA jusqu'à la fin de la Seconde Guerre mondiale. *(N.d.T.)*

veux noirs coupés court et portant des lunettes fumées au sommet du crâne. Elle était vêtue de bottes de cowboy, d'un jean moulant et d'un tee-shirt qui mettait ses seins en valeur. Même à trente mètres, Decker pouvait voir qu'elle ne portait pas de soutien-gorge. McKittrick avait passé un bras sur ses épaules tandis qu'elle-même le tenait par les hanches, le pouce passé dans la poche arrière de son pantalon. Ils descendirent la Via dei Condotti, s'engagèrent dans l'ombre d'une rue latérale et firent halte sur les marches d'un immeuble où ils s'embrassèrent goulûment avant d'y pénétrer.

4

Le téléphone sonna à 21 heures. Decker avait dit à McKittrick que le numéro qu'il lui avait donné n'était pas celui de son hôtel. C'était toutefois celui de la cabine d'un hôtel situé plus loin dans la même rue que le sien et dans lequel il pourrait attendre en lisant un journal sans attirer l'attention.

Toutes les demi-heures à partir de 20 heures, il s'était dirigé d'un pas négligent vers le téléphone, avait attendu cinq minutes puis était retourné dans son confortable fauteuil. A 21 heures, lorsque le téléphone sonna, il était sur place pour décrocher. « Allô ?

— Baldwin ? » Le léger accent de la Nouvelle-Angleterre de McKittrick était reconnaissable.

« Edward ?

— C'est pour ce soir à onze heures.

— Où ? »

McKittrick le lui dit.

En apprenant le lieu du rendez-vous, Decker se rembrunit. « A tout à l'heure. » Préoccupé, il raccrocha et quitta l'hôtel. Malgré ce qu'il avait dit à McKittrick, il ressentait les effets du décalage horaire et aurait préféré ne pas travailler ce soir-là, d'autant qu'il n'avait pas soufflé de tout l'après-midi, ayant dû se rendre à l'agence conseil en investissements immobiliers, pour laquelle il était censé travailler, afin de se présenter au rapport et garantir sa couverture. Son contact à l'agence avait reçu pour lui un paquet à peu près de la taille d'un épais roman à couverture cartonnée. De retour à sa chambre d'hôtel, Decker avait ouvert le colis pour bien s'assurer que le revolver qu'il contenait, un

Walther.380 semi-automatique, était en état de marche. Il aurait pu choisir une arme plus puissante mais il préférait le Walther pour son côté compact. A peine plus gros que sa main, il tenait dans un étui facile à glisser entre le jean et la colonne vertébrale, sans protubérance visible sous son blazer. Il ne se sentait pas pour autant rassuré.

5

Ils étaient cinq, la grande femme séduisante que Decker avait vue avec McKittrick et quatre hommes, tous des Italiens dont aucun n'avait dépassé la trentaine, le cheveu noir plaqué en arrière. Tout dans leur apparence donnait à penser qu'ils se voyaient comme appartenant à une même confrérie – bottes de cowboy, jean, ceintures western, veste de toile écrue. Ils fumaient une même marque de cigarette, des Marlboros. Mais quelque chose de plus fort les liait : un air de famille. Ils étaient frères et sœur.

Le groupe était réuni dans un salon privé à l'étage d'un café de la Piazza Colonna, un des quartiers commerçants les plus animés de Rome, un lieu de réunion qui n'était pas sans inquiéter Decker. C'était non seulement un quartier trop fréquenté mais il était étonnant que McKittrick ait réussi à réserver à la dernière minute un salon dans ce qui était manifestement un haut lieu de la vie nocturne de la capitale. Toutes les bouteilles vides de vin et de bière sur la table indiquaient que la petite bande se trouvait dans la pièce bien avant l'arrivée de Decker.

Sous l'œil de McKittrick qui l'observait depuis un coin de la pièce, Decker y alla de quelques préliminaires destinés à engager la communication, puis vint au fait. « Les gens que nous recherchons sont extrêmement dangereux, dit-il en italien. Je tiens à ce que vous ne fassiez rien qui puisse mettre votre vie en danger. Si quelque chose vous laisse penser qu'ils vous ont repérés, ne vous affolez pas. Faites-le savoir à mon ami. » Il fit un geste en direction de McKittrick. « Puis disparaissez.

— Aurons-nous quand même la prime qu'on nous a promise ? demanda l'un des frères.

— Naturellement.

— Dans ce cas, moi ça me va. » Le jeune homme avala d'une gorgée le fond d'un verre de bière.

L'épaisse fumée de cigarette qui emplissait la pièce commençait à irriter la gorge de Decker, ce qui n'atténuait pas les effets que le décalage horaire commençait à avoir sur lui. « Qu'est-ce qui vous fait croire que vous avez retrouvé les gens que nous recherchons ? »

L'un des frères émit un petit gloussement moqueur.

« Ai-je dit quelque chose qui vous amuse ? demanda Decker.

— Ce n'est pas vous. C'est eux, la bande qu'on nous a demandé d'avoir à l'œil. Nous avons tout de suite pigé de qui il s'agissait. Nous étions à la fac avec eux. Ils déliraient sec.

— L'Italie aux Italiens », dit la sœur.

Decker la regarda. Jusque-là elle n'avait pas dit grand-chose. Elle avait changé de tee-shirt depuis l'après-midi. Maintenant, il était bleu. Il avait beau être partiellement recouvert d'une veste jean, on voyait qu'elle ne portait pas de soutien-gorge.

« Ils n'avaient que ça à la bouche. L'Italie aux Italiens. » On lui avait présenté la sœur sous le nom de Renata. Elle avait toujours ses lunettes fumées plaquées sur ses cheveux coupés à la garçonne. « Ils n'arrêtaient pas de critiquer la Communauté européenne. Ils passaient leur temps à dénoncer l'abolition des frontières nationales, qui pour eux allait entraîner la contamination de l'Italie par des éléments étrangers. Ils accusaient les Etats-Unis d'encourager l'unification européenne dans le seul but de créer de nouveaux débouchés pour les marchandises américaines. Que le reste de l'Europe accepte de se laisser corrompre, à la rigueur mais, pour eux, l'Italie devait lutter pour empêcher les Etats-Unis de la dominer économiquement et culturellement. Si bien que lorsque des diplomates américains ont été tués dans des explosions, nous avons tout de suite pensé à ce groupe d'agitateurs, d'autant plus qu'ils ont téléphoné à la police en se présentant comme les Enfants de Mussolini. Mussolini est un de leurs héros.

— Si vous les soupçonniez, pourquoi ne vous êtes-vous pas adressés à la police ? » demanda Decker.

Renata exhala la fumée de sa cigarette et haussa les épaules. « Pourquoi ? C'étaient des amis. Ils ne nous avaient rien fait à nous. Mais ils nous seraient tombés dessus si, à la suite de notre dénonciation, on les avait relâchés faute de preuves suffisantes.

— La justice en aurait peut-être trouvé. »

Renata eut un air moqueur. Le mouvement de son corps mince et sensuel fit bouger ses seins sous son tee-shirt. « Croyez-moi, ces gens-là ne sont pas des imbéciles. Ils ne laissent aucune trace derrière eux.

— Dans ce cas je vous repose la question. Qu'est-ce qui vous assure que vous avez trouvé les gens que nous recherchons ?

— Parce que, après que Brian a commencé à nous payer – elle fit un geste en direction de McKittrick, ce qui alerta Decker qui comprit que celui-ci avait donné son nom véritable à la fille –, nous n'avons plus lâché nos amis d'une semelle. Une nuit, on les a suivis. Ils se trouvaient dans une voiture, à quelques mètres derrière la limousine dont l'explosion a tué votre ambassadeur alors qu'il rentrait à l'ambassade après une soirée à l'Opéra. Ils avaient sans doute provoqué l'explosion à l'aide d'un détonateur à distance. »

Decker dissimula l'intense émotion qui le plongea dans un bref silence. L'atrocité de l'assassinat de l'ambassadeur Robbins avait poussé des personnalités en vue de Washington à sortir de leur réserve coutumière pour exiger que l'on fasse quelque chose afin d'arrêter ces monstres. Les pressions déguisées dont les supérieurs de Decker avaient alors fait l'objet expliquaient le préjugé favorable dont jouissait McKittrick auprès d'eux : si les contacts de ce dernier pouvaient identifier formellement les terroristes responsables de l'assassinat, la moitié du problème serait résolue. L'autre moitié consisterait à savoir que faire de cette information.

« Ils se trouvaient peut-être dans les parages par hasard, dit Decker.

— Ils riaient en s'éloignant du lieu de l'explosion à bord de leur voiture. »

Decker sentit sa gorge se serrer. « Est-ce que vous savez où ils habitent ?

— C'est Renata qui m'a donné leur adresse, intervint McKittrick. Mais il est clair qu'ils ne vont pas y rester indéfiniment. » Il fit un geste grandiloquent. « Il faut qu'on s'occupe d'eux au plus vite. »

Encore une faute professionnelle, remarqua, soucieux, Decker. Les contacts ne devaient jamais connaître les intentions de celui pour lequel ils travaillaient. Et puis, qu'est-ce que McKittrick entendait par « s'occuper d'eux » ?

« Renata m'a dit qu'ils aimaient se retrouver dans une boîte, dit McKittrick. Si nous pouvions les prendre tous ensemble dans un coup de filet... »

6

« Pouvez-vous me dire ce que vous fabriquez ? demanda Decker à McKittrick d'une voix courroucée alors qu'ils marchaient côte à côte après la réunion.

— Je ne sais pas de quoi vous parlez. »

Decker jeta un regard tendu à la ronde. Ebloui par l'éclat des nombreux phares de voitures, il avisa une ruelle et saisit le bras de McKittrick afin de l'entraîner à l'écart de la bruyante agitation nocturne.

« Vous avez compromis la mission, lui murmura Decker d'une voix rauque dès qu'il se fut éloigné des passants. Vous leur avez donné votre *nom véritable*. »

McKittrick parut gêné et ne réagit pas.

« Vous couchez avec cette femme, dit Decker. Vos instructeurs ne vous ont-ils pas expliqué qu'il ne faut jamais, au grand jamais, avoir de rapports intimes avec un contact ?

— Qu'est-ce qui vous fait croire que je couche avec...

— Votre imitation, cet après-midi, de la réanimation par le bouche-à-bouche.

— Vous m'avez *suivi* ?

— Ce n'était pas très difficile. Vous transgressez tellement de règles que ça me dépasse... A en juger par votre haleine qui pue l'alcool, j'en déduis que vous picoliez avec eux avant mon arrivée.

— Je cherchais à les mettre à l'aise avec moi.

— C'est le fric, dit Decker, qui les fait se sentir à l'aise et pas votre personnalité irrésistible. On n'est pas ici pour jouer à des petits jeux de salon mais pour le boulot. Et qu'est-ce que vous aviez derrière la tête lorsque vous avez dit qu'il fallait " s'occuper d'eux " ?

— " S'occuper d'eux " ? Je ne me rappelle pas avoir dit...

— Il m'a semblé que vous aviez réellement laissé entendre, devant des tiers, que les gens que nous recherchons allaient être... » Bien qu'il eût baissé le ton et que la ruelle fût relativement discrète, Decker ne put se résoudre à prononcer les paroles compromettantes.

« Ils n'existent pas. Démenti formel, dit McKittrick.

— Quoi ?

— N'est-ce pas le nouvel euphémisme ? Avant on disait " exécution dans l'illégalité totale ". Maintenant on dit " exécution avec démenti formel ".

— Mais où avez-vous bien pu entendre cette...

— Est-ce que ce n'est pas le but de toute cette opération ? Ces ordures vont continuer à tuer tant que quelqu'un ne les arrêtera pas pour de bon. »

Decker, craignant qu'on ne les ait entendus, pivota afin de faire face à l'obscurité de la ruelle du côté de la rue passante brillamment éclairée. « Etes-vous devenu fou ? Avez-vous parlé de ça à quelqu'un d'autre qu'à moi ? »

McKittrick hésita.

« Et cette femme ? demanda Decker. Vous lui en avez parlé ?

— Enfin, j'ai évoqué la chose devant elle, sans plus. Comment est-ce que j'aurais pu autrement les inciter à passer à l'action ?

— Manquait plus que ça, marmonna Decker.

— On a un démenti formel plausible. J'ai inventé l'existence d'un réseau rival. Ses membres éliminent le premier groupe puis téléphonent à la police en se présentant comme les Ennemis de Mussolini.

— Mais parlez moins fort !

— Personne ne pourra prouver que nous étions mêlés à ça.

— Cette femme le pourra, elle.

— Pas lorsque j'aurai disparu et qu'elle n'aura plus de preuve tangible.

— Elle connaît votre nom.

— Mon prénom uniquement, dit McKittrick. Elle est amoureuse de moi. Elle ferait n'importe quoi pour moi.

— Vous... » Decker se rapprocha de McKittrick dans l'obscurité afin d'être sûr que personne d'autre n'entende les paroles qu'il proféra durement dans un chuchotement. « Ecoutez-moi bien. Le gouvernement américain ne recourt pas à l'assassinat. Il ne traque pas les terroristes pour les tuer. Il assemble les éléments de preuves et laisse les tribunaux décider de la peine qui convient.

— Mais oui, bien sûr. De la même manière que les Israéliens n'ont pas envoyé d'équipe de représailles après que les terroristes eurent tué onze athlètes israéliens aux Jeux olympiques de Munich en 1972.

— Ce qu'ont fait les Israéliens ne nous regarde pas. Cette opération, il leur avait fallu l'annuler parce que l'un des hommes qu'ils avaient tués était innocent. C'est pour cette raison que nous, nous ne recourons pas à l'assassinat.

— Très bien. Maintenant, c'est vous qui allez m'écouter, dit McKittrick. Si nous laissons ces salauds s'en sortir parce que nous n'aurons pas eu le culot de faire ce qu'il fallait, nous nous retrouverons tous les deux au chômage, vous et moi.

— Midi, demain.

— Quoi ?

— Rentrez à votre appartement et restez-y, dit Decker. Ne faites rien. Ne contactez pas cette femme. Ne sortez pas même pour acheter le journal. Ne faites *rien*. Je frapperai à votre porte à midi pile. Je vous dirai ce que nos supérieurs ont décidé à votre égard. Si j'étais vous, je ferais mes valises. »

7

J'ai quarante ans aujourd'hui, se dit Decker. L'expression hagarde de son visage se reflétant dans le miroir de la salle de bains accusait la mauvaise nuit qu'il avait passée à cause de McKittrick. Il ressentait toujours son mal de tête dû au décalage horaire et à l'étouffante fumée de cigarette qu'il avait été obligé de respirer la veille. Le repas de *fettucine* et de poulet *alla marsala* qu'il avait fait monter à sa chambre en fin de soirée lui était resté sur l'estomac. Il lui sembla que ses traits frustes s'étaient encore creusés et que des pattes d'oie étaient apparues sous ses yeux pers toujours aux aguets. Et, comme si cela ne suffisait pas, il trouva un cheveu gris dans son ondulante tignasse blond roux. Il l'arracha en grommelant.

Samedi matin. Le début du week-end pour la plupart des gens, pensa Decker, mais pas dans le métier que je fais. Il y avait belle lurette qu'il n'avait pas connu le sentiment de farniente qu'il associait à un véritable week-end. Pour une raison qui lui échappa sur le moment, il se revit en train de suivre McKittrick jusqu'au bas de l'escalier de la place d'Espagne et de passer devant la maison où Keats était mort. Il se représenta le poète en train de cracher ses poumons, étouffé par la tuberculose. Encore tout jeune mais ayant déjà fait de grandes choses.

J'aurais besoin de vacances.

Decker enfila un survêtement et, essayant de ne pas tenir compte des émanations des pots d'échappement et des trottoirs envahis par les piétons, il se rendit au pas de course à la société conseil en investissements immobiliers où il était venu au rapport la veille, rassuré à l'idée que son trajet irrégulier l'empêcherait d'être suivi. Après les procédures d'identification, on l'introduisit dans un bureau dont le téléphone était muni d'un appareil de brouillage. Cinq minutes plus tard, il s'entretenait avec son supérieur immédiat qui se trouvait dans une agence conseil en investissements immobiliers identique à Alexandria, en Virginie. Le téléphone de son interlocuteur possédait un appareil de brouillage réglé sur la même fréquence que le sien.

La conversation, qui dura quinze minutes, ne fit qu'accroître le dépit de Decker. Il apprit que le père de McKittrick avait été informé de ses intentions à l'égard de son fils, sans doute par un coup de fil que McKittrick lui avait passé la nuit précédente (Decker espérait seulement que McKittrick avait téléphoné d'une cabine et avait parlé avec discrétion). Le père, qui non seulement était un personnage légendaire du petit monde du renseignement, mais qui avait été naguère président du National Security Council * et jouissait toujours de ce fait d'une influence politique considérable, avait émis des doutes sur le professionnalisme de Decker qu'il avait accusé de vouloir faire muter McKittrick afin de s'approprier les succès remportés par son fils contre les terroristes. Son supérieur eut beau prendre personnellement son parti contre McKittrick, il n'empêche que la prudence et la perspective d'une confortable retraite l'obligeaient à ne tenir aucun compte des mises en garde de Decker et à garder McKittrick à Rome. « Faites du baby-sitting, lui dit son supérieur. Empêchez-le de faire des bêtises. Vérifiez les autres informations que contiennent ses rapports. Nous les transmettrons à la justice italienne et nous vous ferons rentrer tous les deux. Je vous promets que vous n'aurez plus jamais à travailler avec lui.

— C'est pour maintenant que je me fais du souci. »

Decker courut pour revenir à son hôtel mais cet exercice n'atténua en rien son sentiment de frustration. Il disposa des serviettes sur le sol de la chambre et fit cent cinquante pompes puis autant d'abdominaux ; la sueur dégoulinait de ses épaules puissantes, de ses hanches étroites et de ses jambes nerveuses. Il pratiqua des mouvements d'arts martiaux puis se doucha et enfila un jean neuf et un polo bleu propre. Son blouson de cuir brun recouvrait son arme. Son estomac continuait de le faire souffrir.

8

Il était midi pile lorsque Decker frappa comme convenu à la porte de McKittrick.

Il n'y eut pas de réponse.

Decker frappa de nouveau, attendit, fronça les sourcils de mécontentement, frappa une troisième fois, parut encore plus mécontent, jeta un coup d'œil de chaque côté du couloir, puis utilisa la pince-monseigneur dissimulée dans le col de son blouson. Dix secondes plus tard, il était dans l'appartement dont il veilla à bien refermer la porte derrière lui,

* Organisme consultatif en matière de défense qui relève directement du Président des Etats-Unis *(N.d.T.).*

son arme déjà dégainée. McKittrick lui avait-il posé un lapin ? Lui était-il arrivé quelque chose ? Avec une prudence infinie, il entreprit de fouiller l'appartement.

Le living était désert, ainsi que la salle de bains et la chambre, placards inclus. Decker détestait les placards : on ne savait jamais ce qu'ils recelaient. Tendu, il termina sa fouille, s'assit sur un fauteuil du living et étudia la situation. Rien dans l'appartement ne semblait avoir été déplacé. McKittrick avait dû se fourrer dans le pétrin quelque part ailleurs. A moins, pensa-t-il de nouveau, que ce salopard ne m'ait fait faux bond.

Il attendit, mettant son attente à profit pour fouiller de nouveau l'appartement, de manière approfondie cette fois : dans, sous et derrière chaque tiroir, sous le matelas du lit, sous les fauteuils et le canapé, dans les appareils électriques, dans et derrière le réservoir des toilettes.

Ce qu'il découvrit le consterna. Non seulement McKittrick avait négligé de détruire ses notes après avoir expédié son rapport mais il les avait de surcroît cachées dans un endroit facile – sous le papier d'une étagère dans la cuisine. Outre les noms des membres du groupe qu'il avait rencontrés la veille au soir, Decker trouva des adresses, dont celle de l'immeuble où McKittrick s'était rendu avec Renata. Il découvrit aussi l'adresse d'un endroit appelé le Club du Tibre.

Il mémorisa cette information. Il plaça les notes dans une soucoupe, les brûla, en réduisit les cendres en poudre, jeta un coup d'œil par la fenêtre de la cuisine, aperçut le mur en brique d'une ruelle et dispersa les cendres au vent. En dépit de son mal à l'estomac, il avait faim. Il coupa une tranche de pain, revint dans le living et mangea lentement, sans cesser de regarder la porte d'entrée d'un air sombre.

Il était maintenant 2 heures de l'après-midi. Decker sentait croître ses appréhensions. Mais que faire, se demanda-t-il ? Il pouvait toujours retourner à la société conseil en investissements immobiliers et passer un coup de fil d'urgence pour prévenir son contrôleur que McKittrick avait négligé de se présenter à un rendez-vous. Mais à quoi cela servirait-il, si ce n'est à donner l'impression qu'il cherchait des poux à McKittrick ? Ce type salopait le boulot – cela, Decker l'avait déjà fait savoir. Et si McKittrick avait oublié le rendez-vous ou s'il avait sciemment décidé de ne pas le respecter ? Qui sait s'il n'était pas au lit avec Renata à l'instant même.

Si c'est le cas, il est plus malin que moi, se dit Decker. Quand ai-je couché avec une femme, moi, la dernière fois ? Je n'arrive pas à me rappeler. Du fait de ses incessants déplacements, il cultivait peu d'amitiés féminines, et encore étaient-ce toutes des femmes qui faisaient le même métier que lui. Il était hors de question pour lui de coucher à gauche et à droite ; même avant l'apparition du sida, Decker avait évité les rencontres d'un soir en vertu du principe selon lequel l'intimité accroissait la vulnérabilité et selon lequel il était ridicule de relâcher sa vigilance en compagnie de quelqu'un dont on ignorait tout.

Ce maudit boulot, pensa Decker. Il ne fait pas que vous rendre parano. Il fait de vous un moine.

Il promena son regard sur le living sinistre. Son estomac continuait de le gêner.

Bon anniversaire, se dit-il une fois encore.

9

Decker avait dévoré tout le pain qu'il y avait dans l'appartement lorsqu'une clé joua dans la serrure. Il était presque 9 heures. McKittrick, entrant en trombe, essoufflé, se figea en apercevant Decker.

« Fermez la porte, dit celui-ci.

— Qu'est-ce que vous...

— Nous avions rendez-vous, vous vous souvenez ? Fermez la porte. » McKittrick obtempéra. « On ne vous a pas dit ? Mon père n'a pas...

— Il m'a fait passer un message en effet. Mais ce n'était pas une raison pour annuler notre petite entrevue. » Decker se leva. « Mais où diable étiez-vous passé ?

— Vous n'êtes pas au courant ?

— De quoi parlez-vous ?

— Vous n'avez pas regardé ?

— Expliquez-vous. »

McKittrick se précipita vers le téléviseur et l'alluma. « Trois équipes de télévision différentes étaient sur les lieux. Il doit y avoir au moins une chaîne qui continue le reportage en direct depuis... » Il zappait d'une chaîne à l'autre d'une main tremblante. « Tenez, là ! »

Tout d'abord, Decker ne comprit rien à ce qu'il voyait. Les images sonores, indistinctes, firent déferler brusquement une vague d'appréhension en lui. Une épaisse fumée noire obscurcissait le ciel. Des flammes jaillissaient de fenêtres. Au milieu d'un pan de mur écroulé, les pompiers combattaient l'incendie avec des tuyaux qui vomissaient de l'eau sur un grand immeuble en flammes. Des camions de pompiers freinaient en faisant hurler leurs sirènes au milieu d'un invraisemblable fouillis de véhicules de secours, de voitures de police, d'ambulances et d'autres voitures de pompiers. Consterné, Decker s'aperçut que les hurlements ne provenaient pas des sirènes mais des victimes brûlées que l'on mettait sur des civières, le visage carbonisé, tordu de douleur, défiguré. Il y avait des corps inanimés sous des couvertures. Des policiers contenaient la foule des badauds.

« Qu'est-ce que c'est que ça ? Pour l'amour du ciel, qu'est-ce qui s'est passé ? »

Avant que McKittrick puisse répondre, un journaliste de la télévision se mit à parler des terroristes, des Enfants de Mussolini, d'un accès sans précédent de violence anti-américaine, de vingt-trois touristes américains tués et de quarante-trois autres blessés dans une déflagration massive. Toutes les victimes étaient originaires de Salt Lake City et faisaient partie d'un voyage organisé ; elles assistaient à un banquet au Club du Tibre pour fêter leur dernière soirée à Rome.

« *Le Club du Tibre ?* » Decker se souvint du nom qui figurait sur la liste qu'il avait mémorisée.

« Renata m'avait dit que c'était un endroit fréquenté par les terroristes. » McKittrick avait le teint cendreux. « Elle m'avait garanti que le plan ne pouvait pas rater. Que rien ne pouvait le faire foirer. Ce n'était pas censé se passer comme ça ! Renata m'avait juré que...

— Trêve de bavardage. » Decker saisit McKittrick par les épaules. « Racontez-moi tout. *Qu'est-ce que vous avez fait ?*

— Hier soir... » McKittrick fit une pause et respira de manière haletante. « Après la réunion, après notre dispute, vous et moi... » La poitrine de McKittrick se souleva. « Je savais qu'il fallait que je fasse vite avant que vous ne m'écartiez de l'opération pour vous en attribuer les bénéfices.

— Vous croyez réellement à cette salade que vous avez racontée à votre père ? Vous pensez que je suis *jaloux* de vous ?

— Il fallait que je fasse quelque chose. Je ne savais pas trop si mon coup de téléphone à mon père réglerait la question. Reneta et moi avions concocté un plan. Un plan imparable. Après vous avoir quitté, je suis retourné au café. Renata et les autres étaient encore dans la pièce du haut. Nous avons décidé de passer à l'action.

— Sans autorisation. » Decker était consterné.

« Et qui me l'aurait donnée, cette autorisation ? *Vous ?* Vous m'auriez interdit d'agir. Vous auriez tout fait pour qu'on me confie une autre mission. C'est vous qui auriez mis le projet à exécution.

— Vous mettez ma patience à rude épreuve », dit Decker. A la télévision, les flammes, qui léchaient maintenant les portes, obligèrent les pompiers à reculer lorsqu'un nouveau pan de mur tomba. Le hurlement des sirènes se fit plus aigu. Des membres des services de secours, enveloppés par la fumée comme par un linceul, chargeaient les corps dans les ambulances. « Ce plan. Parlez-moi un peu de ce plan mirifique.

— Il était d'une simplicité géniale.

— Oh, ça je n'en doute pas.

— Renata et son groupe devaient attendre que les terroristes se réunissent quelque part, dans un appartement ou au Club du Tibre. Quelqu'un du groupe de Renata devait alors cacher un cartable bourré d'explosif près de l'endroit où les terroristes passeraient en sortant. Dès qu'ils apparaîtraient, Renata devait appuyer sur un détonateur qui déclencherait l'explosif à distance. On penserait que c'étaient les terroristes eux-mêmes qui le transportaient et qu'il avait explosé par mégarde. »

Decker l'écoutait, complètement abasourdi. Il eut l'impression que la pièce s'inclinait. Il sentit son visage se figer. Il se demanda s'il avait encore toute sa raison. Ce n'est pas possible, se dit-il. Il n'en croyait pas ses oreilles.

« Simple ? Génial ? » Decker passa la main sur son front endolori par la migraine. « Il ne vous est pas venu à l'esprit que vous pouviez vous tromper de cible ?

— Je suis absolument convaincu que le groupe de Renata a découvert les terroristes.

— Il ne vous est pas venu à l'esprit non plus que vous pouviez faire sauter des innocents avec eux ?

— J'ai prévenu Renata de ne pas prendre de risques. S'il y avait un risque, même infime, que quelqu'un d'autre se trouve dans la zone de la déflagration, elle devait attendre.

— *Elle ?* » Decker aurait voulu secouer McKittrick. « Où avez-vous la tête ? Peu de gens seraient capables de provoquer une telle explosion. Pourquoi elle ?

— Parce que je lui avais demandé.

— Quoi ?

— Elle m'aime.

— Je rêve ou quoi ! Je dois être en train de faire un cauchemar, dit Decker. Tout à l'heure je vais me réveiller et rien de tout cela n'aura eu lieu.

— Elle ferait *n'importe quoi* pour moi.

— Y compris assassiner ?

— Ce n'est pas assassiner que de tuer des terroristes.

— Et vous, comment appelez-vous ça ?

— Une exécution.

— Vous êtes stupéfiant, dit Decker. Hier soir, vous parliez de " démenti formel ". Appelez ça comme vous voudrez, ça reste de l'assassinat. Et lorsque quelqu'un accepte de tuer, on s'interroge sur ses motivations. Et dans le cas présent, je ne pense pas que ce soit l'amour.

— Je ne peux pas croire qu'elle fasse ça uniquement pour l'argent.

— Qui était censé fournir l'explosif ?

— Moi. »

Decker eut l'impression de recevoir une gifle en plein visage. « C'est *vous* qui le leur avez fourni ?

— On m'avait donné du Semtex au tout début de l'opération afin que la bande de Renata essaie d'infiltrer le groupe des terroristes en leur proposant cet explosif comme gage de bonne foi.

— C'est vous qui avez fourni le... » Decker, encore plus horrifié, tourna les yeux vers les sirènes qui hurlaient à la télévision, vers la fumée, les flammes, les débris, les corps. « C'est *vous* qui êtes responsable de...

— Non ! C'était une erreur ! Je ne sais pas comment ça se fait, mais le plastique a explosé au mauvais moment ! Je ne sais pas comment ça se fait, mais le club était rempli d'Américains ! Je ne sais pas... je... Renata a dû... une erreur. » McKittrick ne trouvait plus ses mots. Sa grande bouche était ouverte, ses lèvres remuaient, mais aucun son n'en sortait.

« On ne vous avait pas remis assez de Semtex pour causer autant de dégâts », dit Decker d'une voix neutre.

McKittrick le regarda en clignant des yeux, l'air de ne pas comprendre.

« Vous n'en aviez qu'un échantillon, dit Decker. Juste de quoi appâter les terroristes pour leur faire croire qu'ils pourraient en obtenir davantage. Il a fallu que Renata puisse s'en procurer beaucoup plus pour arriver à faire sauter un immeuble entier.

— Qu'est-ce que vous dites ?

— Mais servez-vous de votre bon sens ! On ne se fait pas aider d'étudiants pour rechercher des terroristes ! Vous, comme un idiot, vous vous êtes fait aider des *terroristes eux-mêmes* ! »

Les yeux de McKittrick se révulsèrent sous le choc. Il hocha violemment la tête. « Non. C'est impossible.

— Et eux, ils vous regardaient droit dans les yeux ! Encore étonnant qu'ils ne vous aient pas ri au nez. Piège classique. Pendant que vous la baisiez, Renata vous posait des questions et vous, vous lui dévoiliez nos plans, tout ce que nous faisions pour leur mettre le grappin dessus. »

McKittrick était blême.

« C'est bien ça, n'est-ce pas ? demanda Decker. Vous lui racontiez tout.

— Oui mais...

— Hier soir, lorsque vous les avez prévenus que vous risquiez de vous voir affecté à une autre mission, ils ont décidé que la plaisanterie avait assez duré et qu'il était temps d'en venir aux choses sérieuses. Est-ce que c'est vous qui avez eu l'idée de mettre le plan à exécution et de passer à l'action contre les terroristes ou est-ce Renata ?

— Elle... » La gorge de McKittrick se serra. « C'est elle.

— Afin de vous faire obtenir de l'avancement dans votre carrière.

— Oui.

— Parce qu'elle vous aimait.

— Oui.

— Ce plan, c'était une idée à elle tout d'abord ?

— Oui.

— Et maintenant elle s'est servie du Semtex que vous lui aviez donné. Je parierais qu'ils ont des photos et des enregistrements qui contiennent la preuve de votre participation. Elle a mélangé l'échantillon que vous lui aviez remis avec un explosif à elle et elle a fait sauter un groupe d'Américains en voyage organisé. Vous vouliez de l'avancement ? Eh bien, mon pote, votre carrière est terminée. »

10

« Quel gâchis ! » Decker, qui se trouvait à la société conseil en investissements immobiliers, écoutait au téléphone muni de l'appareil de brouillage la voix lasse de son supérieur hiérarchique. « Tous ces gens tués. C'est terrible. C'est dégoûtant. Dieu merci, ça ne relève plus de ma responsabilité. »

Il fallut un moment à Decker avant de saisir ce que cela impliquait. Il se raidit et sa main se referma plus fortement sur le combiné. « Plus de votre responsabilité ? De celle de qui alors ? La *mienne* ? Vous me faites porter le chapeau ?

— Laissez-moi vous expliquer.

— Je ne suis pour rien dans cette histoire. Vous m'avez envoyé ici à la dernière minute. Je vous ai fait savoir que je croyais que l'opération était mal engagée. Vous n'avez pas tenu compte de mes conseils et...

— Ce n'est pas moi qui n'ai pas tenu compte de vos conseils, dit le supérieur de Decker. C'est le père de McKittrick, et il a pris les choses en main. C'est lui qui commande maintenant.

— *Quoi ?*

— L'opération relève désormais de lui. Aussitôt reçu le coup de fil de son fils, il a commencé à importuner tous ceux qui lui étaient redevables de quelque service. Il est en route pour Rome à cette heure même. Il devrait arriver à... »

11

Le réacteur Astra Galaxy, un avion officiel à huit places, se posa à l'aéroport Leonardo da Vinci quelques secondes après minuit. Decker attendit au-delà des services des Douanes et de l'Immigration tandis qu'un homme de haute taille à la chevelure blanche et à l'allure patricienne satisfaisait aux formalités d'usage. Pour autant que Decker pouvait en juger, il n'y avait pas d'autre passager à bord de l'avion. L'homme avait soixante-douze ans mais était remarquablement bien conservé. Il avait les épaules larges, était hâlé et ses traits, fort beaux, étaient taillés à la serpe. Jason McKittrick portait un costume de laine trois-pièces qui ne semblait pas avoir plus souffert des effets du long voyage, programmé à la hâte, que son propriétaire lui-même.

Ce personnage légendaire et Decker s'étaient déjà rencontrés dans le passé et celui-ci eut droit en guise de reconnaissance à un brusque hochement de tête du grand homme qui venait vers lui.

« Vous avez fait bon voyage ? Laissez-moi porter votre valise », dit Decker.

Mais McKittrick ne lâcha pas sa valise et passa devant Decker qu'il précéda vers la sortie de l'aéroport. Decker le rattrapa, leurs pas résonnant dans la salle des pas perdus, presque déserte à cette heure.

Decker avait loué une voiture, une Fiat. Dans le parc de stationnement, McKittrick le regarda examiner le véhicule pour s'assurer qu'on n'y avait pas planqué d'oreilles indiscrètes pendant qu'il l'attendait à l'aéroport. Ce ne fut que lorsqu'il fut dans la Fiat et que Decker, qui était au volant, prit la direction de la ville dans un crachin lugubre que le grand homme condescendit enfin à parler.

« Où est mon fils ?

— Dans un hôtel, répondit Decker. Il s'est servi de son passeport de rechange. Après ce qui est arrivé... Je suppose qu'on vous a tout raconté durant votre vol ?

— Au sujet de l'explosion ? » McKittrick acquiesça d'un air sombre.

Decker regardait droit devant lui à travers le va-et-vient des essuie-glace. « Après l'explosion, j'ai jugé dangereux pour votre fils de demeurer dans l'appartement. Les terroristes savent où il habite.

— Vous les soupçonnez de vouloir s'en prendre à lui ?

— Non. » Decker jeta un coup d'œil sur les phares, très nombreux, qu'il apercevait dans le rétroviseur. Dans cette obscurité et par cette pluie, il lui était difficile de déterminer s'il était suivi ou non. « Mais tout me donne à penser qu'ils ont remis à la police les informations et les preuves qu'ils détenaient. Je suis convaincu que c'était là le but de toute l'affaire : faire en sorte que l'on établisse un lien entre un agent des services de renseignement américains en mission et une attaque terroriste contre des Américains. »

L'expression de McKittrick se durcit.

« Dès que je me serai assuré que nous ne sommes pas suivis, je vous conduirai à lui, dit Decker.

— On dirait que vous avez pensé à tout.

— Je fais de mon mieux.

— Alors, vous avez dû réfléchir et vous demander qui allait être tenu responsable de tout ça ? demanda McKittrick.

— Pardon ? »

La pluie tambourinait sur le toit de la voiture.

« Est-ce qu'il vous est venu à l'idée que ce pourrait être vous, par exemple ? demanda McKittrick.

— Il n'est pas question qu'on rejette sur moi la responsabilité de ce qui...

— Dans ce cas, pensez à quelqu'un d'autre. Parce que vous pouvez être sûr d'une chose, c'est que ce n'est pas mon fils qui va endosser ça. »

12

L'hôtel, sans prétention, était situé dans une rue elle aussi sans prétention – rien là qui pût attirer l'attention. Ayant adressé un salut au gardien de nuit et exhibé une clé de l'hôtel pour prouver qu'il y logeait, Decker guida McKittrick dans le hall exigu et, par-delà l'ascenseur, dans l'escalier aux marches recouvertes d'une moquette. Comme la chambre du fils ne se trouvait pas à un étage élevé, Decker évita le piège que pouvaient éventuellement receler les ascenseurs.

McKittrick parut trouver que cette précaution allait de soi. Bien qu'il portât toujours sa valise, il ne donnait aucun signe de fatigue.

Ils arrivèrent à la chambre 312. Decker frappa quatre coups à la porte, un code convenu afin que le fils McKittrick puisse identifier la personne qui entrait, puis il ouvrit à l'aide de sa clé. L'obscurité de la

chambre lui fit froncer les sourcils. Il alluma dans la pièce et se rembrunit davantage encore en constatant que le lit n'était pas défait. « Merde.
— Où est-il ? » demanda McKittrick.

Conscient de la futilité de son geste, Decker jeta un regard dans la salle de bains et dans le salon. « Votre fils a la mauvaise habitude de ne pas obéir aux ordres. C'est la deuxième fois aujourd'hui qu'il me fait faux bond.
— Il devait avoir une excellente raison.
— Ça changerait pour une fois. Il n'a pas pris sa valise. Cela signifie sans doute qu'il a prévu de revenir. » Decker remarqua une enveloppe sur la table de chevet. « Tenez. Ça vous est adressé. »

McKittrick avait l'air mal à l'aise. « Vous lui aviez annoncé ma venue ?
— Evidemment. Pourquoi ? Qu'est-ce qu'il y a ?
— Ce n'était peut-être pas très sage.
— Je ne vois pas ce qu'il y avait de mal à lui annoncer la venue de son père. »

Mais McKittrick avait déjà décacheté le billet. Ses yeux fatigués d'homme âgé se rétrécirent mais, à part ça, il ne manifesta aucune réaction à ce qu'il lisait.

A la fin, il abaissa le billet et poussa un long soupir.

« Alors ? » demanda Decker.

McKittrick ne répondit pas.

« De quoi s'agit-il ? »

McKittrick ne répondit pas davantage.

« Dites-moi.
— Je ne sais pas trop. » McKittrick avait la voix rauque. « Il se pourrait qu'il m'annonce son suicide.
— Son suicide ? Mais qu'est-ce que... » Decker lui prit le billet des mains. Il était écrit à la main et dans un style qui donna à Decker l'image d'un perpétuel adolescent.

Papa,

Je pense que j'ai encore tout fichu en l'air. Excuse-moi. J'ai toujours ce mot à la bouche, n'est-ce pas ? Excuse-moi. Je voulais que tu saches que, cette fois, j'ai vraiment essayé. Honnêtement, je croyais avoir tout prévu. Mes arrières étaient couverts. L'affaire était dans le sac. Je me suis encore gouré, hein ? Je ne sais pas quelle est la pire des choses, de te créer des ennuis ou de te décevoir. Mais je te jure que, cette fois, je vais affronter toutes les conséquences de ma bêtise. J'en assume la responsabilité. Et je me charge du châtiment. Lorsque j'aurai fait ce qu'il faut en ce sens, tu n'auras plus à rougir de moi.

Bry

McKittrick s'éclaircit la gorge comme s'il avait du mal à parler. « C'était le diminutif que je lui donnais. Bry. »

Decker relut le billet. « *" J'en assume la responsabilité. Et je me charge du châtiment. "* Qu'est-ce qu'il veut dire par là ?

— J'ai bien peur qu'il n'ait l'intention de se tuer, dit McKittrick.

— Et c'est ça qui ferait que vous cesserez de rougir de lui ? Vous pensez que c'est ça que sa dernière phrase signifie ? » Decker hocha la tête. « Le suicide pourrait le laver de sa honte à lui, mais pas de la *vôtre*. Votre fils ne parle pas de se tuer. Ce ne serait pas assez spectaculaire.

— Je ne vois pas où vous...

— Il aime faire de l'effet. " Je vais affronter toutes les conséquences de ma bêtise. J'en assume la responsabilité. Et je me charge du châtiment. " Il ne parle pas de suicide. Il parle de revanche. Il est à leurs trousses. »

13

Decker, au volant de la Fiat de location, venait de quitter la Via dei Condotti pour s'engager dans une rue latérale lorsque ses phares, perçant la pluie tenace, firent surgir devant lui deux voitures de police aux gyrophares allumés. Deux policiers en ciré, debout sur le seuil éclairé d'un immeuble, s'entretenaient dans le hall d'entrée avec plusieurs personnes qui avaient l'air désemparées, toutes en pyjama ou en robe de chambre. Il y avait de la lumière à certaines fenêtres.

« Ça alors ! Et moi qui espérais m'être trompé.

— C'est ici qu'il habitait ? demanda McKittrick.

— J'ai suivi votre fils et une femme jusqu'ici vendredi, dit Decker. Son prénom est Renata. On ne m'a pas dit son nom de famille. Probablement un nom d'emprunt. Elle dirige un groupe que votre fils avait recruté, c'est-à-dire que c'est elle qui est à la tête de la bande qui a fait sauter le Club du Tibre. Autrement dit, les terroristes.

— Ça, c'est vous qui le dites. Rien ne vous assure qu'il s'agit du même groupe, dit McKittrick.

— Votre fils employait une expression à laquelle je dirais que vous n'êtes pas étranger : démenti formel. »

Decker ralentit en passant à la hauteur des voitures de police dans la rue étroite. Les policiers regardèrent en direction de la Fiat lorsque les pneus de celle-ci produisirent des éclaboussures dans les flaques, puis ils se remirent à parler dans le hall d'entrée avec les habitants de l'immeuble.

« Et qu'est-ce qui vous dit que ces policiers sont ici à cause de Brian ? demanda McKittrick.

— Vous savez aussi bien que moi qu'il ne peut s'agir d'une coïncidence. Si j'étais à la place de Brian, c'est ici que je viendrais logiquement en tout premier lieu. Il y a un moyen d'en avoir le cœur net. Voulez-vous que je m'arrête afin que vous puissiez retourner parler aux policiers ?

— Oh non, pas question. Continuez à rouler. Comme je suis américain, ils voudront connaître la raison de ma curiosité. Ils me poseront des tas de questions et je devrai montrer mes papiers.

— En effet. Et si on peut faire le lien entre Brian et ce qui a pu se passer dans cet immeuble, on fera le rapprochement entre *vous* et lui, et ce qui s'est produit au Club du Tibre. A supposer bien sûr que les terroristes aient envoyé à la police la preuve qu'il est impliqué dans l'explosion. Ça ferait un beau bordel, vous ne trouvez pas ?

— Vous croyez que Brian a retrouvé cette femme ? » L'inquiétude perçait dans la voix de McKittrick.

« Ça m'étonnerait. Il n'y avait pas d'ambulance. » Decker s'engagea dans une autre rue en accélérant.

« Vous craignez qu'il lui en veuille assez pour la tuer ?

— Non. Ce serait plutôt le contraire.

— Je ne comprends pas.

— Je craindrais plutôt que ce soit elle qui le tue, dit Decker. Votre fils est complètement à côté de ses pompes. Le pire, c'est qu'il n'est pas assez humble pour le reconnaître. Ces gens sont des tueurs expérimentés. Ils ne se contentent pas de bien faire leur boulot, ils l'aiment. Ça les a amusés un moment de faire joujou avec Brian, mais si jamais ils ont vu en lui une menace sérieuse, je ne donnerais pas cher de sa peau. Ils n'en feraient qu'une bouchée. »

McKittrick se redressa sur son siège, tendu. « Qu'est-ce que nous pouvons faire pour l'arrêter ? »

Decker regardait droit devant lui à travers la pluie qui fouettait le pare-brise. « Votre fils aimait laisser traîner des documents dans son appartement, une liste de ses contacts, avec leurs adresses, par exemple.

— Holà ! Etes-vous en train de me dire qu'il manque à ce point de sens professionnel ?

— J'ai comme l'impression que vous n'écoutez pas ce que je dis. Vingt-trois personnes sont mortes et il y a eu quarante-trois blessés. Voilà pour son sens professionnel.

— Cette liste, fit McKittrick, nerveux. Pourquoi y avez-vous fait allusion ?

— Avant de la brûler, je l'ai apprise par cœur, répondit Decker. Le nom et l'adresse de Renata venaient en tête. Il est logique qu'il se soit rendu tout d'abord chez elle. Je pense qu'il est aussi logique qu'il aille à toutes les autres adresses jusqu'à ce qu'il l'ait retrouvée.

— Mais si ce sont vraiment les terroristes, ils ne seront pas à ces adresses.

— Exactement. » Decker vira dans une autre rue. « Ce sont des professionnels. Ils n'allaient pas lui donner leur véritable adresse. L'appartement près duquel nous venons de passer servait sans doute à Renata de simple boîte aux lettres. Mais Brian n'a pas l'air de s'en être rendu compte. Il est trop furieux après eux. Il veut une revanche. Les gens qu'il va terroriser à ces adresses n'auront pas la moindre idée de ce qui leur arrive. Renata avait peut-être compté là-dessus. C'est peut-être un dernier bon tour qu'elle lui joue. »

McKittrick prit un ton pressant. « Quelle est l'adresse suivante sur la liste ?

— C'est de l'autre côté du fleuve. Mais je ne vois pas de raison d'y aller. Il a trop d'avance sur nous. » Decker accéléra, faisant crisser ses pneus sur le pavé mouillé. « Il peut aussi bien se trouver à la quatrième ou à la cinquième adresse à l'heure qu'il est. Je vais aller directement à la plus éloignée, puis à celle d'avant et ainsi de suite, en espérant que nos routes se croisent. »

14

La pluie se mit à tomber de plus belle. La seule chose qui nous avantage, pensa Decker, c'est que nous sommes au milieu de la nuit. Nous ne serons pas ralentis par les embouteillages.

Il lui fallait quand même se concentrer pour conduire rapidement et sûrement sur le pavé glissant. Son sommeil agité de la nuit précédente ne lui avait pas permis de surmonter les effets du décalage horaire. Il ressentait maintenant davantage encore son manque de sommeil, il avait des picotements aux yeux et une barre au front. Il sentait comme une pression derrière les oreilles.

Quant à McKittrick, d'une manière étonnante, surtout à son âge, il ne paraissait pas souffrir le moins du monde du décalage horaire. Son grand corps se tenait bien droit. Il montra quelque chose du doigt. « Qu'est-ce que c'est que ces immeubles devant nous ?

— La cité universitaire. » Après une brève halte pour consulter une carte, Decker emprunta une rue latérale, puis une autre encore, toutes lugubres et étroites, essayant de lire les numéros des immeubles contigus. Il s'arrêta devant un porche. « On y est. »

McKittrick regarda par la fenêtre. « Tout est calme. Il n'y pas de lumière. La police n'est pas là.

— Il ne doit pas être encore passé ici. » Un bruit dans la voiture fit se retourner brusquement Decker.

McKittrick, la main sur la poignée de la portière, était en train de descendre de voiture, déjà sur le trottoir, à peine visible dans la nuit et sous la pluie.

« Qu'est-ce que vous...

— J'ai peut-être perdu la main, dit McKittrick avec dignité, mais je sais encore faire le guet. Laissez-moi ici. Allez à l'adresse suivante.

— Mais...

— Il se peut que mon fils soit déjà ici ou qu'il soit en route pour y venir. Nous risquons de le rater sans le savoir, si nous allons à la prochaine adresse. Mais comme ça, si moi, je reste ici, au moins nous saurons à quoi nous en tenir pour cette adresse-ci.

— Je ne crois pas que ce soit une bonne idée que l'on se sépare, dit Decker.

— Si j'étais un homme de votre âge, discuteriez-vous ma manière d'agir ?

— ... Non.

— Alors voilà ! » McKittrick s'apprêtait à fermer la portière.

« Attendez, dit Decker.

— Je ne vous laisserai pas me tenir à l'écart de cette affaire.

— Ce n'est pas ce que je voulais. Tenez. Vous feriez mieux de prendre ça. Lorsque j'ai appris que vous veniez, je me le suis fait envoyer au bureau. J'attendais pour voir s'il serait nécessaire de vous le remettre.

— Un revolver ? » McKittrick eut une réaction d'étonnement. « Croyez-vous réellement que j'aie besoin d'un revolver pour faire face à mon fils ?

— Ce qui se passe ce soir ne m'inspire rien de bon.

— Je refuse de...

— Prenez-le ou je ne vous laisse pas ici. »

McKittrick jaugea Decker d'un regard intense puis accepta l'arme.

« Je reviendrai dès que je pourrai, dit Decker. Comment vous retrouverai-je ?

— Roulez lentement dans le quartier. C'est moi qui vous trouverai. »

McKittrick ferma la portière, glissa le revolver sous son veston et s'éloigna dans l'obscurité. Decker attendit pour repartir que la silhouette nimbée de pluie ne soit plus visible dans les phares de la Fiat.

15

Il lui fallut huit minutes pour parvenir à l'avant-dernière adresse de la liste. Durant le trajet, il délibéra sur ce qu'il ferait si rien n'indiquait que Brian y était. Rester là ou se rendre à une autre adresse ?

Les événements réglèrent la question. Decker était encore à plusieurs rues de sa destination lorsqu'il entendit des sirènes hurler dans l'obscurité. Il aperçut une lueur rougeâtre au-dessus des immeubles assombris par la pluie. L'estomac noué par l'appréhension, il engagea la Fiat dans la rue qu'il cherchait et freina aussitôt devant les feux éblouissants de voitures de pompiers et de secours dont le moteur vrombissait. Des flammes léchaient les fenêtres d'un immeuble d'habitation. La fumée s'élevait en tourbillons. Les pompiers dirigeaient leurs tuyaux en direction du brasier tandis que des ambulanciers apportaient des soins aux survivants qu'ils enveloppaient dans des couvertures et à qui ils donnaient de l'oxygène.

Consterné, Decker descendit de la Fiat, s'approcha assez près de l'immeuble pour vérifier s'il s'agissait bien de celui qui figurait sur la liste, puis revint précipitamment à sa voiture à travers la foule qui commençait à grossir. Il fit faire demi-tour à la voiture et s'éloigna à toute allure dans la pluie.

Son cœur battait la chamade. Qu'est-ce qui avait bien pu se passer ? Brian essayait-il de prendre sa revanche en mettant le feu aux immeubles dans l'espoir de coincer les terroristes à l'intérieur ? Même quelqu'un d'aussi déboussolé que Brian se serait rendu compte que d'autres personnes que les terroristes risquaient d'être blessées. A supposer que ces derniers aient la moindre égratignure – encore eût-il fallu pour cela qu'ils aient été assez stupides pour demeurer aux adresses qu'ils avaient données à Brian.

Il ne lui reste plus qu'une adresse où se rendre, pensa Decker. Celle où j'ai laissé son père. Decker, qui conduisait à toute vitesse dans la nuit pluvieuse, dérapa et reprit le contrôle de la Fiat. Près de l'université, il emprunta de nouveau une rue latérale, puis une autre, se sentant comme pris au piège entre leurs parois étroites. L'endroit où il avait laissé le père de McKittrick n'était plus qu'à une centaine de mètres lorsqu'il appuya lourdement sur les freins ; en se déportant, il faillit heurter une silhouette de haute taille et solidement charpentée qui avait brusquement surgi dans la lumière de ses phares. Le personnage, tout trempé, avait le visage tourné vers les nuages orageux. Il brandissait les poings vers le ciel en hurlant.

C'était Brian. Les vitres de la voiture de Decker étaient fermées. Ce n'est qu'une fois descendu tant bien que mal de la Fiat et lorsqu'il courut dans les flaques pour le maîtriser que Decker l'entendit hurler.

« *Menteurs ! Salauds !* »

Decker avait laissé ses phares allumés et leur éclairage faisait luire la pluie qui ruisselait sur le visage de Brian.

« *Lâches !* »

Des lumières s'allumèrent aux fenêtres.

« Il ne faut pas rester au milieu de la rue comme ça », dit Decker.

« *Venez vous battre !* » Brian s'adressait à des ennemis invisibles dans les ténèbres.

D'autres lumières s'allumèrent.

« VENEZ VOUS BATTRE ! »

Decker avait les cheveux mouillés par la pluie qui lui glaçait le cou. « La police va vous rechercher. Vous ne pouvez pas rester ici. Il faut que vous veniez avec moi. » Il tira Brian vers la voiture.

Celui-ci résistait. De la lumière parut à d'autres fenêtres.

« Pour l'amour de Dieu, venez, dit Decker. Avez-vous vu votre père ? Je l'avais laissé ici ? »

« *Salauds !* »

« Brian, écoutez-moi. Avez-vous vu votre père ? »

Brian s'arracha à la poigne de Decker et se remit à brandir les poings vers le ciel. « *Bande de trouillards !* »

« Hé là, qu'est-ce qui se passe en bas ? » cria en italien un homme depuis un appartement supérieur.

Decker saisit Brian d'une main ferme. « Avec tout le raffut que vous faites, ça m'étonnerait que votre père ignore votre présence ici. Il devrait déjà être venu nous rejoindre. Accordez-moi une seconde d'attention. Il faut que je sache si vous l'avez vu. »

Un pressentiment glaça aussitôt Decker. « Oh, bon dieu, non. Brian. Votre père. Est-ce qu'il lui est arrivé quelque chose ? »

Comme Brian ne répondait pas, Decker le gifla, ce qui lui projeta brusquement la tête de côté, faisant voleter des gouttelettes de pluie de son visage.

Il avait l'air profondément secoué. Les phares de la Fiat révélèrent ses yeux affolés.

« Dites-moi où est votre père ! »

Brian s'éloigna en titubant.

Rempli d'appréhension, Decker le suivit et vit où Brian le conduisait : à l'adresse où son père avait voulu faire le guet. En dépit des ténèbres et de la pluie, Decker put voir que le porche était ouvert.

Essayant de contrôler sa respiration trop rapide, Decker tira son revolver de dessous son blouson de cuir. Lorsque Brian pénétra sous le porche, Decker le fit s'accroupir et se baissa pour entrer à sa suite ; ses yeux s'habituèrent juste assez à l'obscurité pour lui faire comprendre qu'il se trouvait dans une cour intérieure. Il distingua à sa droite une caisse en bois vers laquelle il poussa Brian. S'agenouillant sur les pavés, Decker, son arme braquée au-dessus de la caisse, dirigea son regard sur des objets impossibles à distinguer, scrutant les rampes à peine perceptibles des balcons à droite, à gauche et devant lui.

« Brian, montrez-moi à quel endroit », dit-il dans un murmure.

L'espace d'une seconde, il ne fut pas sûr que Brian avait entendu. Puis celui-ci changea de position et Decker se rendit compte qu'il lui désignait quelque chose. Sa vision s'accoutumant progressivement à l'obscurité, il vit une tache inquiétante tout au fond de la cour, dans un coin.

« Restez ici », dit-il à Brian tout en se jetant aussitôt vers une autre caisse. Son arme braquée, il explora nerveusement ce qui l'entourait puis bondit de nouveau en avant, vers ce qui avait dû être jadis un puits. Ses vêtements mouillés, qui lui collaient au corps, gênaient ses mouvements. Il se rapprocha assez pour constater que la tache blanche qu'il avait vue était une chevelure – celle de Jason McKittrick. Le vieil homme gisait le dos appuyé contre un mur, les bras le long du corps, le menton sur la poitrine.

Decker jeta encore un coup d'œil autour de lui puis courut sous la pluie jusqu'à McKittrick près duquel il s'accroupit pour lui prendre le pouls. Malgré l'obscurité, on voyait nettement qu'une zone sur la poitrine droite de son veston gris était plus sombre que si elle avait été mouillée par la pluie. Du sang. Decker continua à chercher sur lui un signe de vie, lui tâtant le poignet, le cou, la poitrine.

Il poussa un soupir triomphal lorsqu'il en trouva enfin un.

Il pivota pour braquer son arme sur une silhouette qui approchait.

C'était Brian qui, ayant rapidement traversé la cour à quatre pattes, vint s'écrouler près de son père contre le visage duquel il appuya sa tête. « Je n'ai pas fait exprès.

— Aidez-moi, dit Decker. Il faut le transporter à la voiture.

— Je ne savais pas que c'était lui.

— Qu'est-ce que vous racontez ?

— Je me suis gouré.

— *Quoi ?*

— Je l'ai pris pour l'un d'eux. » Brian sanglotait.

« C'est vous qui avez fait ça ? » Decker, empoignant Brian, s'aperçut qu'il avait un revolver dans la poche de son blouson.

« Je n'y pouvais rien. Il a surgi de l'obscurité.

— Bordel.

— Je n'ai pas pu m'empêcher de tirer.

— Dieu merci, il...

— Je ne voulais pas le tuer.

— Vous ne l'avez pas tué.

— Je vous le dis, je ne...

— Il n'est pas mort, je vous dis ! »

Le regard stupéfait de Brian était à peine visible dans l'obscurité.

« Il faut qu'on le transporte à la voiture. On va l'emmener à l'hôpital. Prenez-le par les pieds. »

Au moment où il allait saisir McKittrick par les épaules, un bourdonnement siffla aux oreilles de Decker. Un projectile vint s'écraser sur le mur derrière lui. Faisant un pas de côté, il chercha protection derrière une caisse. Le coup de feu, tiré d'un silencieux, venait d'en haut. Il braqua vivement son arme dans cette direction, plissant les yeux sous la pluie, sans pouvoir repérer de cible dans les ténèbres.

« Ils ne vous laisseront pas faire, dit Brian.

— *Ils ?*

— Ils sont ici. »

Decker sentit son cœur se serrer lorsqu'il comprit à qui s'adressaient les invectives de Brian dans la rue. Ce n'était pas au ciel, à Dieu ou aux Furies.

C'était aux terroristes.

Brian demeurait à découvert auprès de son père.

« Venez ici, lui dit Decker.

— Je n'ai rien à craindre.

— Pour l'amour du ciel, venez vous mettre à l'abri derrière cette caisse.

— Moi, ils ne me tireront pas dessus.

— Ne dites pas de bêtises.

— Avant que vous arriviez, Renata est venue ici. Elle m'a dit que la meilleure manière de me faire du mal était de me laisser vivre.

— Quoi ?

— Afin que je puisse souffrir jusqu'à la fin de mes jours en sachant que j'ai tué mon père.

— Mais votre balle ne l'a pas tué ! Il n'est pas mort !

— C'est tout comme. Renata ne nous laissera jamais l'emmener hors d'ici. Elle me hait trop. » Brian tira son revolver de sa poche. On eût dit dans l'obscurité qu'il le tournait contre lui-même.

« Brian ! Non ! »

Mais, au lieu de se tirer une balle, il sauta sur ses pieds, poussa un juron et disparut dans les ténèbres au fond de la cour.

Au milieu de la pluie diluvienne, Decker, pris de court, l'entendit monter au pas de charge un escalier extérieur en bois.

« Brian, je t'avais prévenu ! » cria une voix de femme d'en haut. C'était la voix rauque de Renata. « Ne me cherche pas ! »

Brian continua de monter.

Des lumières s'allumèrent aux fenêtres d'un balcon.

« Je t'ai donné une chance ! cria Renata. Ne t'approche pas ou je vais faire ce que j'ai fait aux autres immeubles !

— Tu vas payer pour m'avoir ridiculisé ! »

Renata se mit à rire. « Tu t'es ridiculisé toi-même !

— Tu vas payer pour mon père.

— C'est toi qui lui as tiré dessus. »

On entendait toujours le bruit sourd des pas de Brian dans l'escalier.

« Ne fais pas l'idiot ! cria Renata. Les explosifs sont amorcés ! Je vais appuyer sur le détonateur ! »

Les pas de Brian continuaient de marteler les marches.

Leur bruit fut couvert par le tonnerre, non pas de l'orage mais d'une explosion dont l'éclat aveuglant jaillit d'un appartement du quatrième balcon au fond de la cour. La déflagration assourdissante projeta Decker en arrière. Une pluie de décombres se mit à tomber tandis que des flammes violentes éclairaient la cour.

Un mouvement sur sa gauche fit se retourner Decker. Un homme brun et mince d'une vingtaine d'années, un des frères qu'il avait rencontrés au café le soir précédent, se dressa derrière les poubelles.

Decker se raidit. Ils devaient être tout autour de moi mais, dans l'obscurité, je ne m'en étais pas aperçu !

Le jeune homme ne s'attendait pas à ce que Renata déclenche l'explosion. Bien qu'il fût armé d'un revolver, son attention fut distraite par un hurlement de l'autre côté de la cour. Les yeux écarquillés par la consternation, il vit l'un de ses frères qui essayait d'écraser sur ses vêtements et ses cheveux les flammes qu'avaient répandues sur lui les débris incandescents qui tombaient. La pluie paraissait impuissante à les éteindre. Le deuxième frère continuait de hurler.

Decker tira deux fois sur le premier, le touchant à la tête et à la poitrine. Lorsqu'il s'effondra, Decker se retourna et tira à deux reprises sur l'homme embrasé, l'abattant lui aussi. Les coups de feu furent presque couverts par les craquements et le ronflement de l'incendie qui progressait depuis le quatrième balcon.

D'autres débris tombèrent. S'accroupissant derrière la caisse, Decker examina les lieux en quête d'autres cibles. *Où était Brian ?* Du coin de l'œil, il repéra un mouvement dans l'angle gauche, au fond de la cour, près du porche par lequel Brian et lui étaient entrés.

Mais ce n'était pas Brian qui avait bougé. La silhouette mince et élancée, sensuelle, qui avait surgi de l'ombre d'un autre escalier était celle de Renata. Tenant un revolver équipé d'un silencieux, elle tira à plusieurs reprises dans la cour tout en courant vers le porche. Les coups de feu étouffés, qui normalement n'auraient pas fait plus de bruit qu'un coup de poing dans un oreiller, furent rendus totalement inaudibles par le ronflement furieux du brasier.

Decker, toujours abrité derrière la caisse, se mit à plat ventre sur les pavés mouillés et avança en rampant avec force contorsions des coudes et des genoux. Arrivé à hauteur de l'un des flancs de la caisse, il eut le temps d'apercevoir Renata qui approchait du porche. Il visa à travers la pluie et tira deux fois. Sa première balle alla s'écraser sur le mur derrière elle. La seconde la toucha à la gorge. Elle porta la main à sa trachée-artère de laquelle le sang jaillissait à flots. Sa gorge allait s'obstruer et elle allait mourir asphyxiée en moins de trois minutes.

Malgré le vacarme que faisaient les flammes, Decker entendit un hurlement d'angoisse. L'un des frères de Renata surgit en courant de l'escalier extérieur tout en tirant des coups de feu dans la cour et saisit Renata à l'endroit où elle était tombée pour la traîner tout près du porche. Il tira aussitôt un autre coup de feu, non pas en direction de Decker mais vers la cage d'escalier, comme pour se protéger de balles venant de ce côté. Decker le mettait en joue lorsque le dernier des frères fit son apparition. Il tira à deux reprises en direction de Decker et aida son frère à traîner leur sœur dans la rue et hors de vue. Decker déchargea son revolver et en éjecta vivement le chargeur vide pour en insérer un plein. Entre-temps, les terroristes avaient disparu.

La sueur se mêlait à la pluie sur son visage. Il frissonna, fit un tour sur lui-même au cas où il resterait encore des cibles et vit Brian franchir d'un saut les dernières marches de l'escalier extérieur au fond de la cour.

Celui-ci brandissait son revolver d'une main tremblante.

« Il faut déguerpir d'ici ! » lui cria Decker.

Pas plus d'une minute ne s'était écoulée depuis l'explosion. Des gens en pyjama et parfois dans la plus simple tenue se précipitaient sur les balcons et dans l'escalier extérieur pour fuir les flammes.

Decker évita un morceau de débris incandescent et courut vers Brian qui, ayant passé un bras autour de son père, essayait de le soulever.

« Je le sens respirer ! dit-il.

— Donnez-moi ses jambes. »

Decker entendit les habitants de l'immeuble se ruer dans l'escalier tandis que Brian et lui transportaient McKittrick à travers la cour en direction du porche.

« Attendez », dit Decker. Il posa par terre les jambes de McKittrick et pointa avec circonspection son arme en direction de la rue. Il vit démarrer et accélérer une voiture dont les feux arrière s'éloignèrent rapidement. Dérapant dans les flaques d'eau, la voiture disparut au coin d'une rue.

Decker se trouvait assez loin du ronflement des flammes pour entendre le hurlement strident de sirènes qui se rapprochaient. L'un des terroristes pouvait être resté sur place, caché derrière une voiture, pour les prendre en embuscade. Mais Decker aurait pu parier que les sirènes devaient inquiéter autant les terroristes que lui-même.

Il décida de risquer le tout pour le tout. « Allons-y ! » dit-il à Brian.

Tandis que la foule des occupants de l'immeuble grossissait derrière eux, Brian et lui s'empressèrent de transporter McKittrick vers la Fiat et de l'installer sur le siège arrière. Brian resta à côté de son père tandis que Decker se glissait derrière le volant et démarrait à toute vitesse en évitant de justesse des gens dans la rue. Les hurlements de sirènes se firent plus stridents derrière la Fiat. Appuyant à fond sur l'accélérateur, Decker jeta un coup d'œil nerveux dans le rétroviseur et vit les gyrophares des véhicules de secours surgir dans la rue derrière lui.

Les mains crispées sur le volant, il se demanda ce qu'ils risquaient de trouver devant eux. La rue était tellement étroite que si des voitures de pompiers ou de police débouchaient à toute vitesse à un croisement en venant dans sa direction, il se trouverait bloqué. Il entrevit indistinctement un carrefour rendu glissant par la pluie, donna un coup de volant et se retrouva dans une rue plus large. Aucun gyrophare n'était visible dans l'obscurité devant lui. Les sirènes étaient maintenant loin derrière.

« Je crois qu'on s'en est sorti, dit Decker. Comment va votre père ?

— Il vit encore. C'est tout ce que je puis dire. »

Decker essaya de retrouver une respiration régulière. « Qu'est-ce que Renata voulait dire lorsqu'elle vous a menacé de faire ce qu'elle avait fait aux autres immeubles ?

— Elle m'a dit qu'elle avait posé des explosifs dans certains d'entre eux. Quand je suis venu à l'appartement pour les retrouver, elle et les autres... » Brian avait du mal à parler.

« Comme ça, dès que vous n'avez plus été dans les parages, elle a installé les charges ?

— Oui.

— J'imagine que vous avez fait un tel raffut en faisant irruption dans l'appartement que les autres habitants de l'immeuble ont dû sortir pour voir ce qui se passait. Vous croyez qu'ils ont fait le rapprochement entre vous et les explosions ?

— Oui.

— Renata voulait qu'on en fasse porter la responsabilité à un Américain, c'est ça ?

— Oui.

— Bon sang, vous l'avez laissée encore vous utiliser, dit Decker.

— Mais j'ai eu ma revanche.

— Votre revanche ?

— Vous avez bien vu. Je l'ai abattue. »

— *Vous...* » Decker n'en croyait pas ses oreilles. Il eut l'impression que la route vacillait. « Ce n'est pas vous qui l'avez abattue.

— Dans la gorge, dit Brian.

— Non.

— Voudriez-vous prétendre que c'est *vous* ? » demanda Brian.

Bon dieu, il est vraiment cinglé, pensa Decker. « Ce n'est pas une question de prétendre ou pas, Brian. Si c'était vous qui l'aviez abattue, ça ne changerait rien à l'opinion que j'ai de vous ou de moi. Je vous plains tout simplement. C'est terrible de vivre avec le souvenir de...

— *Vous me plaignez* ? Mais qu'est-ce que vous racontez ? Vous vous croyez supérieur à moi ? De quel droit ?

— N'en parlons plus, Brian.

— Me plaindre ? Etes-vous en train d'essayer de revendiquer pour *votre compte* ce que, moi, j'ai fait ?

— Ne vous énervez pas, dit Decker.

— Vous me détestez tellement que, si ça continue, vous prétendrez que c'est moi qui ai tiré sur mon père. »

Decker eut une telle impression d'irréalité qu'il éprouva un bref étourdissement. « Comme vous voudrez, Brian. Moi, tout ce que je veux, c'est le conduire à l'hôpital.

— Ça, d'accord. »

Decker entendit le hurlement strident d'une sirène. Le gyrophare d'une voiture de police arrivait à toute vitesse dans la direction opposée. Ses paumes sur le volant étaient en sueur. La voiture de police les croisa à plein régime, se dirigeant vers l'endroit d'où ils venaient.

« Donnez-moi votre revolver, Brian.

— Vous voulez rire.

— Je suis sérieux. Remettez-moi votre revolver.

— Vous pouvez aller vous faire...

— Pour l'amour du ciel, écoutez-moi pour une fois. Il va y avoir d'autres voitures de police. On va dire à la police qu'une Fiat a quitté les lieux en catastrophe. On risque d'être arrêté. Déjà qu'on a un blessé dans la voiture, mais si en plus la police trouve votre arme...

— Qu'est-ce que vous allez faire de mon revolver ? Vous pensez pouvoir le soumettre à un test balistique pour prouver que j'ai tué mon père ? Vous avez peur que j'essaie de m'en débarrasser ?

— Non, c'est moi qui vais m'en débarrasser. »

Brian, surpris, releva la tête.

« Pas question. » Decker se rangea dans une rue sombre et se retourna pour regarder Brian en face.

« Allez, donnez-moi votre revolver. »

Brian l'examina d'un œil interrogatif. Il porta lentement la main à sa poche de blouson et sortit son arme.

Decker dégaina la sienne.

Ce n'est que lorsque Brian lui eut tendu le revolver en le lui présentant par la crosse que Decker se détendit quelque peu. Dans la cour, avant d'aider Brian à soulever son père, il avait ramassé le revolver de ce dernier. Il le prit, ainsi que le sien et celui de Brian, sortit de la Fiat dans la pluie glaciale, scruta les ténèbres pour voir si quelqu'un le voyait, s'approcha du trottoir, s'agenouilla comme pour vérifier la pression de l'un de ses pneus et laissa discrètement tomber les trois revolvers dans un égout.

Il remonta aussitôt dans la Fiat et redémarra.

« Voilà qui règle la chose, hein ? fit Brian.

— Oui, répondit sèchement Decker. Ça règle la chose. »

16

« Il a perdu énormément de sang, dit en italien le médecin des urgences. Son pouls est faible et irrégulier. Sa pression est basse. Je ne voudrais pas être pessimiste mais j'ai bien peur que vous ne deviez vous attendre à tout.

— Je comprends, dit Decker. Son fils et moi vous saurons gré de tout ce que vous pourrez faire pour lui. »

Le médecin hocha la tête d'un air grave et retourna dans la salle des urgences.

Decker se tourna vers deux membres du personnel hospitalier à l'air las qui se tenaient respectueusement dans un coin de la salle d'attente. « Je vous suis reconnaissant de la coopération que vous avez manifestée dans cette affaire, leur dit-il. Mes supérieurs le seront encore davantage. Naturellement, nous saurons nous montrer généreux envers tous ceux qui nous auront aidés.

— Vos supérieurs ont toujours été très généreux. » L'un des membres du personnel retira ses lunettes. « Nous ferons tout notre possible pour que les autorités n'apprennent pas la véritable cause de la blessure du patient.

— Je m'en remets totalement à votre discrétion. » Decker leur serra la main. L'argent qu'il avait glissé dans leur paume disparut dans leur poche. « *Grazie.* »

Dès qu'ils furent partis, Decker s'assit près de Brian. « Parfait. Vous avez su vous taire.

— Vous avez des accointances avec cet hôpital ? »

Decker acquiesça.

« C'est un bon hôpital ? demanda Brian. Il ne m'a pas l'air bien grand.

— C'est le meilleur.

— On verra.

— Une petite prière ne ferait pas de mal non plus. »

Brian sourcilla. « Vous voulez dire que vous êtes pratiquant ?

— J'aime rester ouvert à toute éventualité. » Decker examina ses vêtements mouillés qui lui collaient au corps. « Ils n'en ont pas fini avec votre père. Je crois que nous ferions aussi bien de rentrer à votre hôtel pour mettre des vêtements secs.

— Et s'il arrive quelque chose durant notre absence ?

— Vous voulez dire s'il meurt ? demanda Decker.

— Oui.

— Que nous soyons ici ou non n'y changera pas grand-chose.

— Tout ça est de votre faute.

— Quoi ? » Decker ressentit une pression soudaine derrière les oreilles. « Ma faute à moi ?

— C'est vous qui nous avez mis dans ce pétrin. Sans vous, rien de tout ça ne serait arrivé.

— Mais où allez-vous chercher ça ?

— Si vous ne vous étiez pas pointé vendredi sans me laisser le temps de souffler, j'aurais parfaitement su m'y prendre avec Renata et les autres.

— Si on en reparlait en allant à l'hôtel, qu'en dites-vous ? »

17

« Il prétend qu'aussitôt après l'avoir attiré hors de l'hôpital, vous l'avez poussé dans une ruelle et passé à tabac, dit le supérieur hiérarchique de Decker.

— Il peut toujours raconter ce qu'il veut. » On était lundi. Decker se trouvait de nouveau dans le bureau de la société conseil en investissements immobiliers, mais cette fois il parlait à son supérieur en personne, sans l'intermédiaire du téléphone équipé d'un appareil de brouillage.

Son interlocuteur, un homme aux cheveux grisonnants dont la tension empourprait les bajoues, se pencha vers lui par-dessus la table. « Vous récusez l'accusation ?

— Brian a été blessé lors des événements qui se sont produits dans l'immeuble. Je ne sais pas où il est allé chercher que je l'avais tabassé.

— Il dit que vous êtes jaloux de lui.

— Mais oui, c'est ça.

— Que vous lui en voulez d'avoir découvert les terroristes.

— Bien sûr.

— Que vous voulez vous venger de lui en prétendant qu'il a tiré accidentellement sur son père.

— Ben voyons donc.

— Et que vous voulez vous prévaloir d'avoir abattu les terroristes alors que c'est lui qui les a descendus.

— Ecoutez, dit Decker, je sais que vous pensez à votre retraite. Je sais que vous subissez des tas de pressions politiques et que vous devez couvrir vos arrières. Mais pourquoi accordez-vous de l'importance aux accusations de ce pauvre type en me les répétant ?

— Qu'est-ce qui vous fait croire qu'elles sont ridicules ?

— Demandez à son père. Il est terriblement affaibli et c'est un miracle qu'il s'en soit tiré, mais lui, il pourra vous...

— Je l'ai déjà interrogé. »

Le ton solennel qu'avait adopté son supérieur ne disait rien de bon à Decker. « Et ?

— Jason McKittrick corrobore tous les dires de son fils, répondit l'autre. Les terroristes ont tiré sur lui mais il a eu le temps avant de voir son fils en descendre trois. Evidemment, les tests balistiques auraient pu confirmer les déclarations de McKittrick, si vous n'aviez jugé opportun de faire disparaître les armes qui ont servi cette nuit-là. »

Le regard de Decker était aussi ferme que celui de son supérieur. « C'est donc ça.

— Qu'est-ce que vous voulez dire ?

— Jason McKittrick m'avait prévenu dès le départ que son fils allait être blanchi. Comme j'aimais bien le vieux, je n'ai pas pris la chose trop au sérieux sur le coup. J'aurais dû me méfier. L'ennemi n'était pas où je pensais. Il était à mes côtés.

— On n'est pas en train de discuter de la personnalité de Jason McKittrick.

— Bien sûr que non. Parce que personne ne veut s'en faire un ennemi. Et parce que personne ne veut être tenu pour responsable d'avoir laissé son incompétent de fils bousiller une opération importante. Mais il faut bien que quelqu'un porte le chapeau, c'est ça ? »

L'autre ne répondit pas.

« Comment allez-vous faire pour dissimuler la part que Brian a prise dans cette affaire ? demanda Decker. Est-ce que les terroristes ont fait parvenir à la police des preuves compromettantes pour lui ?

— Lorsque vous m'avez prévenu de cette éventualité, j'ai alerté nos contacts dans les services de police. Un colis leur était parvenu. Nos contacts l'ont détourné.

— Et les médias ? On ne leur a rien envoyé ?

— Oui, une chaîne de télévision, celle à laquelle les terroristes avaient déjà envoyé des messages. Nous avons aussi intercepté ce colis. Tout est rentré dans l'ordre.

— Excepté pour les vingt-trois Américains qui sont morts, dit Decker.

— Désirez-vous modifier quelque chose à votre rapport ?

— Oui. J'ai bien rossé ce connard. Je regrette de ne pas l'avoir battu davantage.

— Rien d'autre ?

— Il y a quelque chose que j'aurais dû ajouter, dit Decker.

— Oh ? De quoi s'agit-il ?

— Samedi, c'était mon quarantième anniversaire. »

Le supérieur hiérarchique hocha la tête. « Je ne vois très bien ce que cela vient faire ici.

— Vous voulez bien attendre un petit moment, le temps que je tape ma démission à la machine ?

— Votre... ? Mais on ne vous en demande pas tant. Mais qu'est-ce que vous croyez que démissionner va vous apporter ?

— De vivre enfin. »

Deux

1

Decker était étendu sur le lit de sa chambre d'hôtel à New York. Il tenait dans la main droite un verre de Jack Daniel's qu'il sirotait lentement. De sa main gauche, il actionnait la télécommande de la télévision en zappant de manière ininterrompue. Où aller lorsqu'on a tout vu ? se demanda-t-il.

New York, où il se rendait automatiquement lors de ses rares weekends, lui avait toujours fait du bien. Il s'était toujours senti chez lui dans Broadway, au Metropolitan Opera, au MoMa. Naguère, il aimait dans la journée faire son jogging rituel dans Central Park, déjeuner au Delicatessen de Carnegie Hall, flâner parmi les livres du Strand Book Store, regarder les artistes dessiner par terre à la craie dans Washington Square. Naguère encore, il aimait, le soir, vérifier qui chantait à l'Algonquin Room, au Radio City Music Hall, au Madison Square Garden. Il y avait toujours des tas de choses à faire.

Mais, cette fois, à sa grande surprise, il n'avait envie de rien de tout cela. Mel Tormé passait au Michael's Pub. En temps normal, Decker aurait été le premier à faire la queue pour avoir une place. Pas cette fois. Maynard Ferguson, son trompettiste préféré, jouait au Blue Note, mais Decker n'avait pas la force de faire sa toilette pour sortir. Il lui restait juste assez d'énergie pour remplir son verre de bourbon et pour appuyer sur les touches de la télécommande.

En rentrant de Rome, il avait songé un instant à retourner dans son petit appartement d'Alexandria, en Virginie. Mais rien ne l'attachait à ce deux-pièces-cuisine-salle de bains. Il ne s'y sentait pas chez lui. C'était simplement un endroit où ranger ses vêtements et dormir entre deux missions. La poussière qu'il y trouvait à chacun de ses retours lui irritait le nez et lui donnait mal à la tête. Il n'était pas question pour lui de transgresser les règles de sécurité en engageant une femme de ménage qui eût astiqué les lieux avant son arrivée. L'idée qu'une inconnue puisse aller et venir au milieu de ses affaires lui donnait des boutons même s'il ne laissait jamais rien dans son appartement qui pût le trahir.

Il n'avait pas informé son supérieur hiérarchique – pardon, son ex-supérieur – de l'endroit où il irait après avoir présenté sa démission. Naturellement, New York eût fait partie des destinations prévisibles, et c'eût été un jeu d'enfant pour quiconque l'aurait suivi de contrôler celle de l'avion que Decker avait pris. Il était descendu à un hôtel nouveau pour lui, le St. Regis. Il n'empêche qu'il n'était pas dans sa chambre depuis dix minutes que son téléphone avait sonné : c'était, évidemment, son supérieur hiérarchique – pardon son ex-supérieur, que diable ! – qui lui demandait de revenir sur sa décision.

« Vraiment, Steve, avait dit son interlocuteur d'une voix lasse, j'apprécie les grands gestes autant que n'importe qui, mais maintenant que vous avez fait votre théâtre, que vous vous êtes soulagé, enterrons le passé. Rentrez au bercail. D'accord, cette affaire à Rome a foiré dans les grandes largeurs, c'est une catastrophe totale, mais démissionner ne va rien y changer. Vous n'arrangez pas les choses. Vous comprenez, j'en suis sûr, la futilité de votre décision.

— Vous avez peur que je sois assez remonté pour raconter ce qui s'est passé à des oreilles indiscrètes, c'est ça ? avait demandé Decker.

— Mais non, bien sûr. Tout le monde sait que vous êtes solide comme un roc. Vous ne feriez rien d'aussi peu professionnel. Vous ne nous laisseriez pas tomber.

— Dans ce cas vous n'avez pas à vous en faire.

— On tient à vous, Steve.

— Avec des types comme Brian McKittrick, vous ne vous apercevrez même pas que je ne suis plus là. » Decker avait raccroché.

Une minute plus tard, le téléphone avait sonné de nouveau et, cette fois, c'était le supérieur hiérarchique de son ex-supérieur. « Si c'est une augmentation que vous voulez...

— Je n'ai jamais eu l'occasion de dépenser le salaire que vous me donniez, dit Decker.

— Disons un peu plus de vacances.

— Pour quoi faire ?

— Pour voyager.

— C'est ça. Pour voir le monde. Rome, par exemple. Je voyage tellement que j'ai l'impression qu'il y a quelque chose qui cloche quand un lit n'a pas la forme d'un siège d'avion.

— Ecoutez, Steve, il arrive à tout le monde de craquer. Ça fait partie du boulot. C'est pour ça que nous avons une équipe de spécialistes qui savent soulager les symptômes du stress. Honnêtement, je crois que ça vous ferait un bien fou de sauter dans un avion pour Washington pour aller en parler avec eux.

— Vous ne m'écoutez donc pas ! Je viens de vous dire que j'en avais assez de l'avion.

— Dans ce cas, prenez le train. »

Cette fois encore, Decker avait raccroché. Il était sûr que s'il essayait de sortir, il serait intercepté par deux hommes qui l'attendraient dans le hall de l'hôtel. Ils se nommeraient, lui expliqueraient que ses amis s'inquiétaient de la manière dont il avait réagi à ce qui s'était passé à Rome et ils lui proposeraient de le conduire en voiture dans un bar tranquille où ils pourraient discuter de ce qui le tracassait.

Tant pis, s'était dit Decker. J'ai bien le droit de boire un verre dans ma chambre, tout seul. En plus, ce n'est pas dans un bar qu'ils me conduiraient. C'était alors qu'il avait commandé par téléphone qu'on lui monte à sa chambre une bouteille de Jack Daniel's, avait allumé la télévision et avait commencé à zapper. Deux heures plus tard, tandis que l'obscurité s'épaississait derrière les tentures fermées, il avait bu un tiers de la bouteille et zappait toujours. La succession saccadée des images sur l'écran reflétait bien sa disposition d'esprit.

Où aller ? Que faire ? se demanda-t-il. L'argent n'était pas un problème dans l'immédiat. Durant les dix années où il avait travaillé comme agent, il avait déposé une part considérable de son salaire sur un fonds mutuel. A cette somme venaient s'ajouter les substantiels émoluments qu'il avait touchés comme parachutiste, plongeur sousmarin, démolisseur, commando et spécialiste d'une unité des services spéciaux de lutte contre le terrorisme. A l'instar de nombreux militaires de haut niveau, les services de renseignement l'avaient recruté après qu'il eut atteint l'âge où son corps ne pouvait plus fonctionner aussi efficacement que l'exigeait le service dans les opérations spéciales. A trente ans, en l'occurrence, après qu'il se fut cassé une jambe, brisé trois côtes et eut reçu deux balles lors de diverses missions secrètes. Naturellement, même si Decker n'avait plus la forme physique supérieure qui lui eût permis de continuer d'appartenir à son unité antiterroriste, il était en meilleure condition que la plupart des civils.

Ses investissements avaient fini par lui constituer un pactole de 300 000 dollars. Il avait en outre l'intention de retirer les 50 000 dollars qu'il avait versés aux caisses de retraite gouvernementales. Mais, nonobstant sa relative aisance financière, il se sentait par ailleurs coincé. Alors qu'il avait le monde entier à sa portée, il en était réduit à cette chambre d'hôtel. Si ses parents avaient toujours été de ce monde (l'idée fantasque lui vint qu'ils l'étaient encore), il leur aurait rendu une visite longtemps différée. Mais le fait est que sa mère était morte dans un accident de voiture trois ans auparavant et son père d'un infarctus peu de temps après, l'un et l'autre alors qu'il était en mission. La dernière fois qu'il avait vu son père vivant, c'était aux obsèques de sa mère.

Decker était fils unique. Il ne s'était jamais marié, en partie parce qu'il avait refusé d'imposer son mode de vie spartiate à quelqu'un qu'il eût aimé, en partie parce que ce même mode de vie lui avait interdit de trouver l'âme sœur qu'il se fût senti libre d'aimer. Ses seuls amis étaient des camarades de mission et maintenant qu'il avait quitté le travail de renseignement, la controverse qui allait entourer les circonstances de sa démission les empêcherait de s'abandonner en sa présence : ils ne sauraient quels sujets aborder en toute sécurité avec lui.

J'ai peut-être commis une erreur, pensa Decker en prenant une nouvelle gorgée de bourbon. Je n'aurais peut-être pas dû démissionner, se dit-il, songeur, en zappant. Le travail sur le terrain me servait de repère, d'ancrage.

Il te tuait, se rappela Decker, et tous les pays où tu es déjà allé en mission sont fichus pour toi. Les îles grecques, les Alpes suisses, la Côte d'Azur, la Costa del Sol – ce n'étaient là que quelques-uns des endroits superbes où il avait travaillé. Mais ils gardaient désormais l'empreinte des expériences qu'il y avait faites et il n'avait nullement l'intention d'y retourner pour se remémorer lesdites expériences. En fait, maintenant qu'il y pensait, il jugeait incroyablement paradoxal que la plupart des gens trouvent ces endroits aussi prestigieux, de même qu'il n'en revenait pas que les romans décrivent souvent son métier comme quelque chose d'héroïque alors que lui-même n'y voyait qu'un boulot fatigant, abrutissant et dangereux. Pourchasser des trafiquants de drogue et des terroristes n'était peut-être pas dénué de noblesse mais ne faisait pas de vous un enfant de chœur. Ça n'en a pas fait un de moi, en tout cas, pensa Decker. Et puis, comme j'ai pu m'en apercevoir, les ronds-de-cuir pour lesquels j'ai travaillé n'étaient pas non plus des anges.

Que faire ? se demanda de nouveau Decker. Rendu somnolent par le bourbon, il jeta à travers ses paupières alourdies un regard sur l'écran de télévision et s'aperçut qu'il tiquait à une image qu'il venait de voir en un éclair. Ne comprenant pas de quoi il s'agissait et curieusement intrigué, il s'arracha à sa torpeur et zappa en arrière pour retrouver la chaîne sur laquelle il avait entrevu l'image fugitive. Dès qu'il eut trouvé celle qui avait éveillé sa curiosité, il ne comprit pas ce qui en elle l'avait sollicité. Tout ce qu'il savait, c'est qu'elle avait touché subrepticement quelque chose en lui.

Il regardait un documentaire où l'on voyait une équipe d'ouvriers du bâtiment en train de restaurer une demeure ancienne. Celle-ci sortait de l'ordinaire et son architecture rappelait les habitations en terre des pueblos qu'il avait vues au Mexique. Mais, haussant le son de la télévision, il apprit que la maison, d'une élégance incroyable dans sa simplicité, se trouvait aux Etats-Unis, au Nouveau-Mexique. Elle était en adobe, expliqua le contremaître des travaux qui ajouta que le mot *adobe* désignait de grandes briques faites de paille et de boue. Ces briques, qui conféraient aux murs une solidité et une insonorisation exceptionnelles, étaient enduites d'un stuc ocre. Le contremaître expliqua ensuite qu'une maison en adobe avait un toit plat légèrement en pente afin que l'eau puisse s'écouler dans des rainures appelées *canales*. Une maison en adobe n'avait pas d'angles aigus mais des angles arrondis. Son entrée possédait souvent une avancée soutenue par des colonnades appelées *portal* *. Les fenêtres étaient encastrées dans des murs épais.

Abandonnant la remarquable demeure dont la texture sablonneuse et la couleur ocre se mariaient merveilleusement à l'orange, au rouge et au jaune du désert environnant, le présentateur donna en guise de conclusion quelques commentaires sur l'artisanat traditionnel tandis que la caméra faisait un panoramique des environs. A flanc de colline, entourées de genévriers et de pins, se dressaient un peu partout des maisons en adobe, chacune dotée d'une touche d'excentricité, si bien qu'on avait l'impression d'une étonnante variété. Mais, ainsi que l'expliqua le présentateur, on pouvait dire en un sens que les maisons en adobe étaient inhabituelles au Nouveau-Mexique car on ne les trouvait en grand nombre que dans une seule ville.

Decker s'aperçut qu'il se penchait en avant pour entendre le nom de cette ville. Il apprit qu'il s'agissait de l'une des plus anciennes agglomérations des Etats-Unis, datant du XVe siècle et de la conquête espagnole et qui avait conservé son caractère espagnol. Cette ville, dont le nom signifiait « sainte foi » et que l'on surnommait de nos jours « La Ville Différente », était Santa Fe.

2

Decker avait eu raison de se méfier : deux hommes l'attendaient dans le hall de l'hôtel. Il était un peu plus de 8 heures du matin. Il les repéra en contournant le comptoir de la réception et vit qu'il était inutile d'essayer de les éviter. Ils lui sourirent lorsqu'il traversa le hall pour aller à leur rencontre. Au moins avait-on confié cette mission à des

---

* Le *portal* peut aussi consister en une galerie couverte bordée d'une ou deux rangées de colonnades dont les arcades de la rue de Rivoli pourraient fournir un exemple *(N.d.T.)*.

hommes compétents, pensa Decker. Leur contrôleur espérait manifestement qu'il ne serait pas sur ses gardes puisqu'il les connaissait tous les deux, ayant servi avec eux lors d'opérations spéciales.

« Steve, ça fait un bail. Comment va ? » demanda l'un des hommes. Lui et son partenaire étaient à peu près de la taille et du poids de Decker – un mètre quatre-vingt-dix, cent kilos. Ils étaient aussi à peu près de son âge – quarante ans. Ayant subi le même entraînement physique, ils étaient d'un type corporel très voisin du sien – les hanches étroites et un torse qui allait s'élargissant vers de solides épaules destinées à assurer à la partie supérieure du corps une puissance décisive dans certaines opérations. Mais leur ressemblance s'arrêtait là. Alors que Decker avait les cheveux blond roux et légèrement ondulés, l'homme qui avait parlé avait les cheveux roux taillés au ras du crâne. Ceux de l'autre étaient bruns, coiffés en arrière. Ils avaient tous les deux des traits durs et un regard circonspect qui tranchaient avec leur sourire et leur costume d'hommes d'affaires.

« Ça va, Ben, dit Decker à l'homme roux. Et toi ?

— J'ai pas à me plaindre.

— Et toi, Hal ? demanda Decker à l'autre homme.

— J'ai pas à me plaindre non plus. »

Il n'y eut pas de poignées de main.

« J'espère que vous n'avez pas été obligés de faire le guet toute la nuit.

— On n'est arrivé qu'à 7 heures. Mission facile, répondit Hal. Tu quittes l'hôtel ? » Il désigna la valise de Decker.

« Oui, changement de programme de dernière minute.

— Où vas-tu ?

— A La Guardia *, répondit Decker.

— Et si on t'y conduisait ? »

Decker se tendit. « Je ne voudrais pas vous déranger. Je vais prendre un taxi.

— Ça ne nous dérange pas du tout, dit Hal. On serait des drôles de copains si, depuis le temps qu'on s'est vu, on ne se mettait pas en quatre pour toi. Ça va prendre moins d'une minute. » Hal porta la main à l'intérieur de son veston, en sortit un téléphone cellulaire et composa un numéro. « Tu ne devineras jamais sur qui on vient de tomber, dit-il dans l'appareil. Si, on est en train de causer avec lui dans le hall de l'hôtel. Bien, on attend. »

Hal coupa la communication et remit le téléphone dans sa poche. « Tu veux qu'on t'aide à porter ta valise ?

— Non, ça ira.

— Et si on allait attendre la voiture dehors ? »

---

* Un des aéroports de New York *(N.d.T.)*.

60

A l'extérieur, la circulation était déjà dense et les appels des klaxons trouaient l'air.

« Tu vois, dit Ben. Tu n'aurais peut-être pas trouvé de taxi. » Il avisa un portier en livrée qui venait vers eux. « Tout va bien, lui dit-il en le renvoyant de la main. Il jeta un coup d'œil au ciel couvert. « On dirait qu'il va pleuvoir.

— La météo l'avait annoncé, dit Hal.

— Moi, l'élancement que je ressens au coude gauche me suffit comme météo. Voici la voiture », dit Ben.

Une Pontiac grise dont le conducteur était étranger à Decker vint se ranger devant l'hôtel. Les vitres du siège arrière étaient teintées, ce qui ne permettait pas de voir facilement à l'intérieur.

« Qu'est-ce que je t'avais dit ? fit Ben. Moins d'une minute. » Il ouvrit la portière du côté passager et fit signe à Decker de monter.

Le cœur battant, Decker posa son regard tour à tour sur Hal et sur Ben et ne bougea pas.

« Il y a un problème ? demanda Hal. Tu ferais peut-être mieux de monter, tu ne crois pas ? Tu as un avion à prendre.

— Je me demandais quoi faire de ma valise.

— On va la mettre dans le coffre. Tu veux bien appuyer sur le bouton qui ouvre le coffre ? » dit Ben au conducteur. Le loquet du coffre fit aussitôt entendre un déclic. Ben prit la valise de Decker et, ayant soulevé la porte du coffre, l'y déposa, puis il referma le coffre. « Voilà qui règle la chose. On y va ? »

Decker, dont le pouls s'était mis à battre plus vite, marqua encore un instant d'hésitation. Il sentit un creux à l'estomac.

Ben monta à côté de lui tandis que Hal, qui s'était assis à l'avant, se retournait pour regarder Decker.

« Mettez votre ceinture, dit le chauffeur, un type au cou saillant.

— Ouais, sécurité d'abord », dit Ben.

Un bruit métallique se fit entendre lorsque Decker mit sa ceinture à l'instar des autres.

Le chauffeur appuya sur un bouton qui produisit un autre déclic et toutes les portières se verrouillèrent. Le moteur de la Pontiac ronronna et la voiture s'engagea dans la circulation.

3

« Une relation commune m'a rapporté que tu lui avais dit au téléphone hier soir que tu en avais assez des avions, dit Ben.

— C'est exact. » A travers les vitres teintées Decker jeta un coup d'œil en direction des piétons qui se rendaient au travail d'un pas pressé, tenant à la main qui un sac à main, qui un attaché-case, qui un parapluie fermé. Ils lui parurent très loin.

« Comme ça, tu vas en prendre.

— Décision prise sur un coup de tête.

— Comme ta démission.

— Je ne l'ai pas prise sur un coup de tête.

— Notre relation commune m'a dit que ça en avait tout l'air.

— Il ne me connaît pas très bien.

— Il commence à se demander s'il y a *quelqu'un* qui te connaît. » Decker haussa les épaules. « Et qu'est-ce qu'il se demande encore ?

— Pourquoi tu avais décroché ton téléphone.

— Je ne voulais pas être dérangé.

— Et pourquoi n'as-tu pas répondu à la porte quand un type de l'équipe y a frappé hier soir ?

— Mais j'ai répondu. Sauf que je n'ai pas ouvert. J'ai demandé qui c'était. De l'autre côté de la porte, le type a dit : " C'est le garçon d'étage " et a ajouté qu'il venait ouvrir mon lit pour la nuit. Je lui ai dit que je l'avais ouvert moi-même. Il m'a dit qu'il apportait des serviettes propres. Je lui ai dit que je n'en avais pas besoin. Il m'a dit qu'il avait des pastilles de menthe à déposer sur ma table de chevet. Je lui ai dit de se les fourrer dans le cul.

— Ce n'était pas très courtois.

— J'avais besoin d'être seul pour réfléchir. »

Ben prit la suite de l'interrogatoire.

« Réfléchir à quoi ? »

La Pontiac s'était arrêtée à un feu. Decker jeta un bref regard à sa gauche, en direction du rouquin. « A la vie.

— Grave question. Tu l'as résolue ?

— J'ai décidé que le changement faisait partie intégrante de la vie.

— C'est donc ça ? Tu vas changer de vie ? » demanda Hal.

Decker tourna les yeux vers l'homme brun assis sur le siège avant. La Pontiac, qui s'était remise en marche, avançait dans la circulation.

« Exact, répondit Decker. Je vais changer de vie.

— Et c'est pour ça que tu pars en voyage ?

— Encore exact.

— Où exactement ?

— A Santa Fe, au Nouveau-Mexique.

— J'y suis jamais allé. Comment c'est ?

— Je ne sais pas trop. Mais ça a l'air bien.

— Ça a l'air ?

— Hier soir, j'ai regardé une émission de télévision où l'on voyait des ouvriers en train de restaurer une maison en adobe là-bas. »

La Pontiac traversa un autre carrefour.

« Et c'est ça qui t'a donné l'idée d'aller là-bas ? intervint Ben.

Decker se tourna vers lui. « Oui.

— Comme ça ?

— Comme ça. En fait, je songe à m'y installer.

— Comme ça. Tu sais, ces changements soudains, c'est justement ce qui inquiétait notre relation commune. Quelle va être, à ton avis, sa réaction quand on va lui dire que tu as décidé sur un coup de tête d'aller vivre à Santa Fe, au Nouveau-Mexique, parce que tu as vu à la télévision une vieille maison qu'on était en train de réparer ?

— Une maison en adobe.

— D'accord. Qu'est-ce que tu crois qu'il va penser de la maturité avec laquelle tu as pris d'autres décisions à l'improviste ? »

Les muscles de Decker se bandèrent. « Je vous l'ai dit, je n'ai pas décidé de démissionner de manière irréfléchie. Ça faisait déjà un bout de temps que j'y pensais.

— Tu n'en avais jamais parlé à personne.

— Je ne voyais pas qui ça pouvait concerner.

— Ça concernait des tas de gens. Qu'est-ce qui a fait pencher la balance ? Qu'est-ce qui t'a poussé à prendre cette décision ? Cette histoire à Rome ? »

Decker ne répondit pas.

Des gouttes de pluie perlèrent sur le pare-brise.

« Vous voyez, je vous avais dit qu'il allait pleuvoir », dit Ben.

La pluie, qui s'était mise à tomber plus fort, produisait un sourd crépitement sur le toit de la Pontiac. Les piétons ouvraient leur parapluie ou couraient se réfugier sous des porches. Les vitres teintées accentuèrent la soudaine pénombre qui s'était abattue sur les rues.

« Parle-nous de Rome, dit Ben.

— Je n'ai pas l'intention de parler de Rome à qui que ce soit. » Decker s'efforça de garder une respiration normale. « Je suppose que c'est l'objet de cette conversation. Vous pouvez retourner assurer notre relation commune que je ne suis pas assez indigné pour partager mon indignation avec qui que ce soit. J'en ai tout simplement assez. Je n'ai pas envie d'en faire tout un plat et de foutre le bordel. Au contraire, j'ai envie de paix et de tranquillité.

— A Santa Fe, un endroit où tu n'as jamais mis les pieds. »

Cette fois encore, Decker ne répondit pas.

« Tu sais, dit Hal, lorsque tu as parlé de Santa Fe, la première chose qui m'est venue à l'esprit, c'est qu'il y a un tas d'installations top secret dans le coin – le laboratoire d'expérimentation militaire Sandia à Albuquerque, le laboratoire nucléaire de Los Alamos. La deuxième chose à laquelle j'ai pensé, ç'a été à Edward Lee Howard. »

Decker sentit un poids sur sa poitrine. Howard était un agent de la CIA qui avait vendu aux Soviétiques des détails top secret sur les opérations de l'Agence à Moscou. Ayant échoué à un test de détection du mensonge, ce qui avait éveillé les soupçons des enquêteurs du FBI, il avait été licencié. Pendant que le FBI enquêtait sur lui, il était parti vivre au Nouveau-Mexique, avait échappé aux équipes chargées de sa surveillance et avait réussi à s'enfuir en URSS. La ville où il s'était installé était Santa Fe.

« Etes-vous en train de nous mettre sur le même pied, lui et moi ? » Decker se redressa. « Voulez-vous laisser entendre que je pourrais nuire à mon pays ? » Cette fois, Decker ne prit plus la peine d'essayer de contrôler sa respiration. « Vous direz à notre relation commune de relire mes états de service et d'essayer d'y trouver quoi que ce soit qui puisse laisser supposer que j'aurais perdu soudainement le sens de l'honneur.

— On change, ainsi que tu l'as fait remarquer toi-même.

— Et de nos jours les gens font au moins trois carrières successives, dit Decker.

— J'ai du mal à te suivre, Decker.

— J'ai fait une carrière militaire. J'ai en ai fait une comme fonctionnaire. Maintenant, j'entame ma troisième.

— Et en quoi va-t-elle consister ?

— Je ne sais pas encore. Je ne voudrais pas prendre de décisions sur un coup de tête. Où m'emmenez-vous ? »

Hal ne répondit pas.

« Je t'ai posé une question », dit Decker.

Hal resta silencieux.

« J'espère que ce n'est pas à la clinique de réhabilitation de Virginie, dit Decker.

— Qui a parlé de la Virginie ? » Hal parut prendre une décision. « On t'emmène où tu voulais aller – à La Guardia. »

4

Decker acheta un aller simple. Durant le vol de six heures, qui comportait une halte à Chicago, il eut amplement le temps de réfléchir à ce qu'il faisait. Il se comportait assez bizarrement pour comprendre que ses anciens supérieurs soient troublés. Sa manière d'agir l'inquiétait lui-même. Alors que toute sa vie professionnelle avait reposé sur la maîtrise de soi voilà qu'il cédait au caprice.

L'aéroport de Santa Fe était trop petit pour accueillir de gros réacteurs. L'aéroport important le plus proche était celui d'Albuquerque et lorsque le MD-80 de l'American Airlines amorça son virage pour l'atterrissage, Decker fut consterné par l'ingrat paysage jaunâtre brûlé par le soleil qui s'étendait sous lui : du sable et des rochers s'étendant à perte de vue vers des montagnes dénudées. A quoi t'attendais-tu ? se demanda-t-il. Le Nouveau-Mexique est un *désert*.

Au moins le terminal à quatre niveaux de l'aéroport d'Albuquerque, dont l'intérieur était décoré de motifs artisanaux amérindiens, avait-il du charme. L'aéroport était en outre d'une efficacité remarquable. Dix minutes ne s'étaient pas écoulées que Decker, en possession de sa valise, se trouvait au comptoir d'Avis où il loua une Dodge Intrepid, un nom de voiture qui le laissa perplexe.

« Quelle est la meilleure route pour aller à Santa Fe ? » demanda-t-il à la jeune femme derrière le comptoir.

C'était une Hispanique *au sourire radieux qui rehaussait l'expressivité de ses yeux noirs. « Tout dépend si voulez prendre la route rapide ou la route touristique.

— La route touristique vaut le détour ?

— Absolument. Si vous avez le temps.

— J'en ai à revendre.

— Dans ce cas, vous êtes dans de bonnes dispositions pour passer des vacances au Nouveau-Mexique. Suivez cette carte, dit-elle. Prenez l'Interstate 25 vers le nord sur quelques kilomètres puis tournez vers l'est sur la 40. Environ vingt-cinq kilomètres plus loin, prenez la Turquoise Trail vers le nord. » Elle souligna le trajet sur la carte avec un feutre. « Vous aimez les margaritas ?

---

* On appelle « hispanique » aux Etats-Unis toute personne d'origine latino-américaine ou mexicaine, assimilée ou non *(N.d.T.)*.

— J'adore.

— Arrêtez-vous dans une ville du nom de Madrid. » Elle accentua la première syllabe comme pour en distinguer le prononciation d'avec celle de la capitale espagnole. « Il y a trente ans, c'était presque une ville fantôme. Maintenant c'est une colonie d'artistes. Il y a là-bas un endroit qui ne paie pas de mine, la Mineshaft Tavern, qui se vante de préparer les meilleurs margaritas au monde.

— Et ils le sont ? »

La jeune femme se contenta pour toute réponse de lui adresser un sourire éclatant et lui tendit les clés de la voiture.

Decker, passant devant les silhouettes métalliques de deux chevaux de course à l'extérieur de l'aéroport, suivit les indications de l'employée d'Avis. Les immeubles d'Albuquerque ne lui parurent en rien différents de ceux que l'on trouvait partout ailleurs dans le pays. Il apercevait de temps à autre des constructions en stuc à toit plat qui ressemblaient vaguement aux maisons d'adobe qu'il avait vues à la télévision mais il ne voyait le plus souvent que des toits à pignon et des murs de brique ou de bois. Il craignit que l'émission de télévision n'eût exagéré et que Santa Fe ne s'avère en fin de compte un endroit semblable à tous les autres.

Une fois sur l'Interstate 40, il longea une chaîne de montagnes massives aux cimes déchiquetées. Il prit ensuite vers le nord sur la Turquoise Trail et les choses commencèrent à changer. Les chalets en rondins et les maisons en bois semblaient être la règle en matière architecturale. Il n'y eut bientôt plus d'habitations du tout. La végétation se fit plus abondante – des genévriers, des pins, diverses espèces de cactus de petite taille et des arbustes de la famille de la sauge qui atteignaient jusqu'à deux mètres. La route, étroite et sinueuse, grimpait derrière les montagnes qui l'accompagnaient depuis Albuquerque. Decker se rappela qu'une hôtesse sur le MD-80 lui avait signalé qu'Albuquerque se trouvait à un peu plus de mille deux cents mètres au-dessus du niveau de la mer, comme Denver, mais que Santa Fe était plus haut encore, à plus de deux mille mètres. Il fallait donc monter pour y parvenir. L'hôtesse lui avait aussi dit que, durant les premiers jours, il arrivait que les visiteurs aient du mal à respirer et se sentent plus lents. Elle avait raconté sur le mode de la plaisanterie qu'un passager lui avait demandé un jour si Sante Fe se trouvait à deux mille deux cents mètres au-dessus du niveau de la mer durant toute l'année.

Decker ne ressentit aucune réaction physique au changement d'altitude mais c'était à prévoir : après tout, il avait été entraîné à faire fi des hautes altitudes lorsqu'il accomplissait des sauts de sept mille mètres avec des parachutes à ouverture lente. Il remarqua en revanche à quel point l'air était devenu clair, le ciel bleu et le soleil brillant. Il comprit pourquoi une affiche à l'aéroport appelait le Nouveau-Mexique « la terre du soleil dansant ». Il atteignit un plateau d'où le spectacle était époustouflant. Il aperçut à gauche un panorama désertique qui semblait s'étendre sur des centaines de kilomètres au nord et au sud et dont l'horizon occidental était bordé de lointaines montagnes qui paraissaient plus élevées et plus imposantes que celles des environs d'Albuquerque. A chacun de ses virages en épingle, la route ascendante lui faisait découvrir des panoramas encore plus spectaculaires. Decker avait l'impression d'être sur le toit du monde.

Madrid, dont il n'avait pas oublié qu'il fallait en accentuer la première syllabe, était une ville de cabanes et de maisons en bois dont la plupart étaient occupées par ce qui semblait être des survivants de la contre-culture des années 60. Elle s'étirait tout en longueur le long d'une étroite cuvette boisée dont la pente de droite était recouverte de charbon, raison pour laquelle la ville avait été fondée au début du siècle. La Mineshaft Tavern, une construction branlante d'un étage qui aurait eu besoin d'un bon coup de peinture et qui devait bien être le bâtiment le plus imposant du patelin, était facile à trouver, immédiatement à droite au bas de la pente qui descendait en courbe jusque dans la ville.

Decker se gara et verrouilla l'Intrepid. Il examina un groupe de motards en blouson de cuir qui passait à sa hauteur. Ils s'arrêtèrent devant une maison au bas de la route et défirent les lanières qui retenaient à leurs motos des chevalets repliés et des toiles inachevées qu'ils transportèrent dans la maison. Decker, un grand sourire aux lèvres, monta les marches qui conduisaient au porche couvert de la taverne. Ses pas produisirent un sourd grondement sous lui lorsqu'il ouvrit la porte moustiquaire grinçante qui le conduisit dans la version miniature d'un saloon de la fin du siècle dernier muni d'une scène de théâtre. Des billets de banque du monde entier étaient fixés au mur derrière le bar.

L'endroit, plongé dans la pénombre, était à moitié rempli et bruissait de conversations animées. S'asseyant à une table libre, Decker détailla chapeaux de cowboy, tatouages et colliers de pacotille. A la différence de l'efficacité dont on avait fait preuve à l'aéroport d'Albuquerque, il fallut du temps avant qu'un homme à catogan revêtu d'un tablier et tenant un plateau ne vienne vers lui sans se presser. Ne t'impatiente pas, se dit Decker. Prends ça comme une sorte de chambre de décompression.

Le jean du garçon était déchiré aux genoux.

« On m'a dit que vous faisiez les meilleurs margaritas au monde, dit Decker. Ce n'est sûrement pas vrai.

— Il y a un moyen de le savoir.

— Apportez-m'en un.

— Vous voulez manger quelque chose ?

— Qu'est-ce que vous me conseillez ?

— Le midi, des fajitas au poulet. Mais au milieu de l'après-midi ? Essayez les nachos.

— Allons pour les nachos. »

Ceux-ci étaient composés de fromage d'ânesse de Monterey, de salsa verte, de haricots pinto, de laitue, de tomates et de piments jalapeno. Les piments firent pleurer Decker. Il était ravi. Il se rendit compte que s'il avait mangé cette nourriture deux jours plus tôt, ç'aurait été un supplice pour son estomac.

Il n'avait jamais bu un aussi bon margarita.

« Quelle en est la recette ? demanda-t-il au garçon.

— Quatre centilitres de la meilleure tequila, celle qui est faite à cent pour cent d'agave. Deux centilitres et demi de cointreau et cinq centilitres de citron pressé. Un zest de citron vert. »

Decker dégustait le margarita avec ravissement. Le sel sur le rebord du verre collait à ses lèvres. Il les pourlécha et en commanda un autre. Lorsqu'il l'eut fini, il en aurait volontiers commandé un troisième s'il avait pu savoir comment l'alcool agirait sur lui en altitude. Il ne voulait pas blesser quelqu'un en conduisant. Et il voulait être en mesure de trouver Santa Fe.

Ayant donné un bon pourboire au garçon, il sortit en éprouvant un sentiment de tranquillité qu'il n'avait pas connu depuis des années. Il plissa les yeux dans le soleil déclinant, jeta un coup d'œil sur sa montre de plongée – il était presque quatre heures et demie –, mit ses Ray Ban et monta dans l'Intrepid. L'air semblait encore plus clair, le ciel plus bleu, le soleil plus brillant. En s'éloignant de la ville, sur la petite route sinueuse, le long des genévriers, des pins et de ces arbustes semblables à de la sauge dont il avait l'intention d'apprendre le nom, il remarqua que la terre avait changé, si bien que le rouge, l'orange et le brun venaient maintenant compléter le jaune dominant. La végétation se fit plus verdoyante. Il parvint à une grande courbe qui s'inclinait vers la gauche, découvrant le paysage sur des kilomètres. Devant, au loin, à plus haute altitude, telle une maquette de village jouet, de minuscules constructions étaient nichées au pied des contreforts de montagnes d'une beauté incroyable qui figuraient sur sa carte sous le nom de cordillère Sangre de Cristo, le « sang du Christ ». Le soleil dorait les bâtiments comme dans un enchantement : Decker se souvint que la devise des plaques minéralogiques du Nouveau-Mexique était « La Terre de l'Enchantement ». Le panorama, cerné de la verdure des pins, était invitant et Decker sut que c'était là sa destination.

5

Une fois à l'intérieur des limites de la ville (SANTA FE : POPULATION 62 424 HABITANTS), Decker suivit un panneau qui indiquait : HISTORIC PLAZA. Les rues animées du centre, qui semblaient aller se rétrécissant, se perdaient dans un dédale, comme si la ville, vieille de quatre cents ans, s'était développée au hasard. Il y avait des bâtiments en adobe partout, jamais identiques, chacun d'eux paraissant être venu lui aussi s'ajouter aux autres au petit bonheur. Alors que la plupart des constructions étaient basses, l'architecture de certaines, de deux étages, lui rappela l'habitat troglodytique des pueblos : il s'aperçut que c'étaient des hôtels. Même l'architecture du parking municipal s'inspirait de celle des pueblos. Il verrouilla l'Intrepid puis s'engagea dans une rue dotée d'un long *portal*. A l'extrémité de la rue, il vit une cathédrale qui lui rappela les églises espagnoles. Mais avant qu'il n'y parvienne, la Plaza apparut à gauche – rectangulaire, de la taille d'un petit pâté de maisons, avec une pelouse, des bancs métalliques blancs, de grands arbres qui l'ombrageaient et, au centre, un monument commémoratif de la Guerre de Sécession. Il remarqua un bistrot baptisé le Plaza Café et un restaurant appelé le Ore House, du balcon duquel pendaient des grappes de piments rouges. Devant une longue et basse construction en adobe d'aspect ancien appelée le Palais des Gouverneurs, des Amérindiens, assis contre un mur sous un *portal*, avaient étalé devant eux sur des couvertures étendues à même le trottoir les bijoux d'argent et de turquoise qu'ils proposaient aux passants.

Comme l'effet tranquillisant des margaritas commençait à se dissiper, Decker se laissa tomber sur un banc de la Plaza. Il fut saisi par le doute et se demanda s'il n'avait pas fait une grosse bêtise. Pendant vingt ans, à l'armée puis comme agent de renseignement, on l'avait pris en charge, sa vie avait été encadrée par d'autres. Maintenant, il se sentait vulnérable, livré à lui-même.

Tu voulais repartir de zéro, disait une part de lui-même.

Mais que vais-je faire ?

Tu pourrais commencer par prendre une chambre d'hôtel.

Et ensuite ?

Essayer de te refaire à neuf.

Il s'aperçut avec agacement qu'il n'avait pas perdu ses réflexes professionnels : il ne put s'empêcher de vérifier s'il n'était pas suivi en traversant la Plaza en direction d'un hôtel appelé La Fonda. Le hall de celui-ci, d'inspiration hispanique et vieux de plusieurs décennies, était décoré dans des tons chauds et apaisants mais Decker, distrait par ses vieux réflexes, fut tenté d'ignorer le cadre ambiant pour concentrer son attention sur les gens qui l'entouraient. Après avoir pris une chambre, il vérifia de nouveau pour voir s'il n'était pas suivi en allant chercher sa voiture au parking municipal.

Il faut que ça cesse, se dit-il. Il n'est plus question que je vive comme ça.

Un homme à la barbe poivre et sel, vêtu d'un treillis kaki et d'un pull d'été bleu assez ample pour dissimuler un fusil, le suivit sur la rampe du parking. Decker s'immobilisa près de l'Intrepid, sortit ses clés de voiture dont il se prépara à se servir comme d'une arme. Il poussa un soupir de soulagement lorsque l'inconnu monta dans une Range Rover et démarra.

Il faut que ça cesse, se répéta-t-il.

Il s'efforça de ne pas vérifier derrière lui en conduisant la voiture jusqu'au parking de La Fonda et il monta sa valise à sa chambre. Le soir, au dîner, il s'assit délibérément à table en tournant le dos à l'entrée. Il fit ensuite une promenade nocturne dans le centre, choisissant les coins mal éclairés au lieu de les éviter.

Dans un petit square boisé à proximité d'un canal de béton dans lequel coulait un cours d'eau, une forme surgit de l'ombre. « Donnemoi ton portefeuille. »

Decker fut sidéré.

« Je suis armé. Je t'ai dit de me donner ton foutu portefeuille. »

Decker dévisagea le petit voyou, qui était à peine visible. Il ne put s'empêcher d'éclater de rire.

« Qu'est-ce qu'il y a de si drôle ?

— Tu es en train de me braquer ? Tu veux rigoler, non ? Après tous les efforts que j'ai dû faire pour être négligent.

— Tu trouveras ça moins drôle quand je te logerai une balle dans la peau.

— D'accord, d'accord, je l'ai cherché. » Decker sortit son portefeuille et fouilla à l'intérieur. « Voici tout l'argent que j'ai.

— J'ai dit que c'est ton portefeuille que je voulais, pas rien que ton argent.

— Ne tire pas sur la corde. Je veux bien me défaire de mon argent mais j'ai besoin de mon permis de conduire et de ma carte de crédit.

— Putain de bordel de merde, *donne-le-moi.* »

Decker lui brisa les deux bras, mit le revolver dans sa poche et balança le jeune par-dessus le rebord du canal. Il y eut un craquement de branchages comme s'il avait atterri dans des buissons au bord du cours d'eau. Decker, se penchant par-dessus le rebord du canal, l'entendit gémir en contrebas dans l'obscurité. « Tu dis trop de gros mots. »

Il nota mentalement le nom des rues avoisinantes, trouva une cabine téléphonique, dit à l'opératrice du 911 où envoyer une ambulance, jeta le revolver dans un égout et revint à La Fonda. Au bar de l'hôtel, il but lentement un cognac pour contrecarrer les effets de l'adrénaline. Un écriteau sur le mur attira son attention.

« C'est une blague ? demanda-t-il au barman. Le port d'arme est illégal ici, dans le bar ?

— Les bars sont pratiquement les seuls endroits où le port d'arme soit interdit au Nouveau-Mexique, répondit le barman. Vous pouvez vous balader armé dans la rue à condition que votre arme soit bien visible.

— Ça alors, ça me laisse baba.

— Naturellement, des tas de gens enfreignent la loi. Ils doivent porter des armes cachées sur eux.

— Là, je tombe des nues, dit Decker.

— Et tous les gens que je connais ont une arme dans leur voiture. »

Decker le dévisagea, aussi sidéré que lorsque le jeune dans le square avait voulu le braquer. « J'ai comme l'impression qu'on a intérêt à faire ça dans le coin. »

6

« Le *Frontiersman* est une armurerie chrétienne », dit le vendeur.

Cette déclaration prit Decker de court. « Ah bon. » Ce fut tout ce qu'il trouva à dire.

« Nous croyons que Jésus est en faveur de l'autodéfense.

— Je pense que Jésus a raison. » Decker examina à la ronde les râteliers de fusils et de carabines. Son regard s'attarda sur les pistolets disposés dans un présentoir vitré. Le magasin était imprégné de l'onctueuse odeur de l'huile utilisée pour l'entretien des armes. « J'aurais voulu un Walther .380.

— Impossible. On est en rupture de stock.

— Et un Sig-Sauer .928 ?

— Une arme excellente », dit le vendeur. Il portait des tennis, un jean, une chemise écossaise rouge et, à la ceinture, un Colt .45 semi-automatique. Trapu et bronzé, il avait une trentaine d'années. « Quand l'armée a adopté le Beretta 9 mm comme arme réglementaire, la hiérarchie a jugé utile de prévoir une arme plus petite que pourraient porter sur eux les agents de renseignement.

— Ah bon », dit de nouveau Decker.

Le vendeur déverrouilla le présentoir, en souleva le couvercle et en retira un pistolet de la taille de la main de Decker. « Il est du même calibre que le Beretta 9 mm. Il contient un peu moins – treize balles dans le magasin, une dans la chambre. Double détente. Comme ça vous n'avez pas à l'armer pour tirer. Vous n'avez qu'à appuyer sur la détente. Mais si le percuteur est armé et que vous décidiez de ne pas tirer, vous pouvez le bloquer grâce au cran de sécurité qui se trouve sur le côté. Extrêmement bien fait. Une arme à feu de première qualité. »

Le vendeur retira le magasin dont il fit coulisser la partie supérieure pour montrer qu'elle était vide. C'est alors seulement qu'il tendit l'arme à Decker qui remit le magasin vide dans la culasse et feignit de viser un poster de Saddam Hussein.

« Je le prends, dit Decker.

– Il est à neuf cent cinquante mais je vous le fais à huit cents. »

Decker posa sa carte de crédit sur le comptoir.

« Je regrette, dit le vendeur, mais le gouvernement nous a à l'œil. Pour avoir le pistolet, vous devez d'abord remplir ce formulaire afin que la police puisse s'assurer que vous n'êtes pas un terroriste ou un ennemi public numéro un. Encore de la paperasse, grâce à l'État fédéral. Il vous en coûtera dix dollars. »

Decker regarda le formulaire, qui lui demandait s'il était immigré clandestin, drogué et/ou criminel. Il se demanda si ceux qui avaient rédigé ce formulaire croyaient réellement que quelqu'un répondrait à ces questions.

« Dans combien de temps est-ce que je peux passer prendre le revolver ?

— La loi dit cinq jours. Tenez, voici une photocopie de l'article de George Will sur le droit au port d'arme. »

Il y avait, agrafée à l'article, une citation de la Bible et c'est à ce moment que Decker comprit à quel point la Ville Différente portait bien son nom.

Ressorti de l'armurerie, il s'exposa au soleil matinal tout en admirant les monts Sangre de Cristo qui se dressaient de manière impressionnante immédiatement à la sortie orientale de la ville. Il avait encore du mal à croire qu'il était là, à Santa Fe. Il ne s'était jamais senti aussi fringant.

En démarrant, il fit le point sur ses démarches de la matinée et sur les diverses dispositions qu'il avait prises : il avait ouvert un compte bancaire, fait transférer de l'argent depuis sa banque de Virginie, contacté la succursale locale de la société boursière qui gérait son portefeuille, téléphoné à son propriétaire à Alexandria et consenti à payer une indemnisation pour rupture sans préavis du bail, en échange de quoi le propriétaire avait accepté d'emballer ses modestes effets et de les lui envoyer. Toutes ces démarches l'avaient épuisé mais avaient donné consistance à sa présence à Santa Fe. Plus il prenait de dispositions, plus il s'engageait sans retour. Et il lui restait encore de nombreuses démarches à accomplir, comme de rendre sa voiture de location et s'en acheter une, chercher à se loger, se trouver une occupation.

Il entendit à l'autoradio le reportage d'une émission de l'avant-midi sur les ondes publiques où il était question d'une tendance qui se généralisait chez les cadres moyens des grandes entreprises arrivés à l'âge mûr : ils étaient de plus en plus nombreux à quitter un emploi soumis à forte pression (avant que leur entreprise ne procède à des licenciements collectifs et ne supprime leur poste) pour aller vivre dans les Etats montagneux de l'Ouest américain où ils créaient leur propre entreprise et survivaient grâce à leurs ressources intellectuelles. Se mettre à leur propre compte les enthousiasmait et les comblait. Le commentateur les appelait les « aigles solitaires ».

Pour être seul, Decker se sentait seul. Je devrais maintenant chercher à me loger ailleurs qu'à l'hôtel, se dit-il. Acheter un appartement ? Est-ce que je suis prêt à aller jusque-là ? Il faut dire que je ne connais pas les prix du marché local. Dois-je me contenter de consulter les annonces classées des journaux ? Il en était là de ses délibérations, ne sachant trop à quel saint se vouer, lorsqu'il avisa l'écriteau d'un agent immobilier sur la façade de l'une des maisons en adobe d'une rue bordée d'arbres dans laquelle il roulait. Il comprit tout à coup qu'il venait de trouver une solution qui allait bien au-delà de la simple question de savoir où poser ses pénates.

7

« Elle présente beaucoup de possibilités mais exige de gros travaux », dit la femme grisonnante, qui approchait de la soixantaine. Elle avait le visage mince et ridé par le soleil et portait de nombreux bijoux en turquoise. Edna Freed était propriétaire de l'agence qui avait arrêté le regard de Decker. C'était la quatrième propriété qu'elle lui faisait voir.

« Cette maison fait partie d'une succession. Elle est en vente depuis un an. Elle n'est pas habitée. Les impôts, les assurances et les frais d'entretien grèvent la succession. Ce que je suis autorisée à dire, c'est qu'ils sont disposés à accepter moins que le prix demandé.

— Quel est-il, ce prix ? demanda Decker.

— 635 000 dollars. »

Decker sourcilla. « Vous ne plaisantiez pas quand vous disiez que le marché était à la hausse.

— Et il ne cesse de monter tous les ans. » Edna expliqua qu'il se produisait à Santa Fe la même chose qu'à Aspen, dans le Colorado, vingt ans auparavant. Des touristes aisés avaient découvert Aspen et, s'étant entichés du coin et de ses montagnes, avaient décidé d'y acheter une maison, ce qui avait fait grimper la valeur immobilière, obligeant même les autochtones à déménager vers d'autres villes où le foncier correspondait davantage à leurs moyens. Santa Fe devenait à son tour une ville chère, à cause surtout de nouveaux arrivants fortunés originaires de New York, du Texas et de Californie.

« Une maison que j'ai vendue 300 000 dollars l'an dernier et qui a été remise en vente neuf mois plus tard est partie à 360 000 », dit Edna. Elle portait un chapeau Stetson et des lunettes de soleil enveloppantes. « C'était un prix normal vu la situation de l'immobilier à Santa Fe. Ce n'était même pas une construction en adobe. Le promoteur s'était contenté de rafistoler une maison en bois et d'y appliquer du stuc.

— Et celle-ci l'est, en adobe ?

— Pour ça, oui. » Aussitôt descendue de sa BMW, Edna le précéda sur une allée de gravier vers une haute grille métallique qui se dressait entre deux murs de stuc également élevés. La grille était décorée de silhouettes indiennes stylisées. Au-delà, il y avait une cour et un *portal*. « C'est d'une solidité incroyable. Frappez sur ce mur près de la porte d'entrée. »

Decker s'exécuta. Le choc de ses jointures contre le mur lui donna l'impression d'avoir frappé sur de la pierre. Il étudia l'extérieur de la maison. « Les colonnes du *portal* s'effritent.

— Rien ne vous échappe.

— La cour est envahie par les mauvaises herbes. Son mur intérieur aura besoin d'une nouvelle couche de stuc. Mais ces réparations ne me semblent pas justifier ce que vous disiez, qu'il faudrait de gros travaux, dit Decker. Quel est le véritable problème ? Le terrain est d'un hectare, dans un quartier dont vous me dites qu'il est très recherché, celui du musée. On a une vue dégagée de tous les côtés. La maison est belle. Pourquoi ne s'est-elle pas vendue ? »

Edna hésita. « Parce qu'elle n'est pas d'un seul tenant. Ce sont deux petites maisons contiguës.

— Quoi ?

— Pour passer de l'une à l'autre, il faut ressortir et rentrer par une autre porte.

— Vous connaissez des gens qui s'accommoderaient d'un tel désagrément ? »

Edna ne répondit pas.

« Voyons le reste.

— Vous voulez dire que vous seriez intéressé malgré son agencement ?

— Il faut d'abord que je vérifie quelque chose. Montrez-moi la buanderie. »

Intriguée, Edna le conduisit à l'intérieur. On accédait à la buanderie par le garage. Une trappe menait à un sous-sol. En en ressortant, Decker, satisfait, épousseta la poussière sur ses vêtements. « Le système électrique doit avoir une dizaine d'années, la tuyauterie est un peu moins vieille, mais ils sont tous les deux en bon état.

— Vous avez vraiment l'œil, dit Edna. Et vous savez où regarder en premier lieu.

— Ça ne servirait à rien de réaménager l'espace si l'infrastructure avait elle aussi besoin de travaux.

— Réaménager ? » Edna était encore plus déconcertée.

« Dans l'état actuel, le garage se trouve entre les deux maisons mitoyennes. Mais il est possible de faire du garage une pièce, de faire passer un couloir à l'arrière de cette pièce et d'abattre une partie du mur commun de manière à relier ce couloir d'une maison à l'autre.

— Là, j'avoue que... » Edna jeta un coup d'œil rapide sur le garage. « Je n'avais pas remarqué. »

Decker délibéra intérieurement. Il n'avait pas prévu d'acheter une maison aussi coûteuse. Il réfléchit à ses 300 000 dollars d'économies, à l'acompte qu'il lui faudrait verser et au remboursement de l'hypothèque, se demandant s'il avait envie d'être propriétaire d'une maison et de se retrouver sans un sou vaillant. En même temps, l'affaire lui apparaissait comme un investissement possible. « J'en offre 600 000 dollars, dit-il.

— Moins que le prix demandé ? Pour une maison de cette valeur ?

— C'est vous-même, je crois, qui avez dit qu'il y aurait de gros travaux. Se pourrait-il que les aménagements dont j'ai parlé la rendent plus attrayante ?

— Pour l'acheteur idéal, oui. » Edna le regarda attentivement. « Je ne sais pas pourquoi, mais j'ai comme l'idée que avez déjà réalisé passablement de transactions immobilières.

— J'étais conseiller international en investissements immobiliers. » Decker lui remit la carte professionnelle que la CIA lui avait fournie. « L'agence Rawley-Hackman d'Alexandria, en Virginie. Ce n'est pas Sotheby's International mais elle traite beaucoup de transactions immobilières délicates. Ma spécialité consistait à repérer des propriétés qui avaient plus de valeur qu'il ne paraissait.

— Comme celle-ci », dit Edna.

Decker haussa les épaules. « Je ne peux pas aller au-delà de 600 000 dollars, voilà tout.

— J'en ferai part à mon client.

— Insistez bien, je vous en prie. Avec l'acompte de 20 % habituel, cela va faire 120 000 dollars comptant. Au cours actuel de 8 %, une hypothèque de trente ans sur la somme restante va me revenir à...

— Je vais aller chercher mon barème dans la voiture.

— Ce n'est pas nécessaire. Je peux faire le calcul. » Decker griffonna quelque chose sur un carnet. « Environ 3 500 dollars par mois. Un peu plus de 42 000 par an.

— Je n'ai jamais vu quelqu'un de si rapide avec les chiffres. »

Decker haussa de nouveau les épaules. « Autre problème : je ne peux pas m'offrir la maison si je ne trouve pas de travail.

— Dans l'immobilier, peut-être ? » Edna éclata de rire. « Vous avez essayé de m'embobiner.

— Un petit peu, peut-être.

— J'aime bien votre style. » Edna eut un grand sourire. « Si vous pouvez m'embobiner, vous pouvez embobiner n'importe qui. Vous cherchez un job ? Je vous engage. Reste à savoir comment vous allez payer les travaux de rénovation.

— Facile. Main-d'œuvre bon marché.

— Où pensez-vous trouver ça ? »

Decker présenta ses mains. « Je l'ai sous la main. »

8

Lorsqu'il servait dans des unités spéciales de l'armée puis, plus tard, opérait comme agent secret, Decker avait maintes fois connu la peur – missions qui tournaient mal, menaces que l'on n'avait su prévoir – mais rien qui égalât la terreur dans laquelle il se réveilla au milieu de la nuit suivante. Il avait le cœur qui battait à tout rompre. La sueur lui plaquait son tee-shirt et son caleçon contre le corps. Pendant un instant, il fut désorienté, étouffant dans l'obscurité : ce n'était pas sa chambre de l'hôtel La Fonda. Il se rappela aussitôt qu'il avait emménagé dans un immeuble locatif géré par Edna. L'appartement qu'il y occupait était encore plus petit que celui qu'il avait abandonné à Alexandria mais au moins était-ce moins cher qu'à La Fonda, et faire des économies était la priorité numéro un.

Il avait la bouche sèche. Il ne trouvait pas le commutateur. Il se cogna la hanche contre une table en se rendant à l'aveuglette vers l'évier de la salle de bains minuscule. Il lui fallut plusieurs verres d'eau pour assouvir sa soif insatiable. Il revint à tâtons vers l'unique fenêtre de la chambre dont il ouvrit les volets. Il eut droit en guise de spectacle à la lune qui éclairait des voitures dans un parc de stationnement.

Qu'est-ce que j'ai encore fait ? se demanda-t-il en recommençant à transpirer. Je n'ai jamais rien possédé qui vaille de toute ma vie. Et je viens de signer des papiers aux termes desquels je m'engage à acheter une maison de 600 000 dollars qui m'oblige à débourser 120 000 dollars d'acompte et qui va me coûter 42 000 dollars par an en remboursements hypothécaires. *Est-ce que je suis devenu fou ?* Qu'est-ce qu'ils vont penser à l'Agence * en apprenant que j'ai investi pour de vrai dans l'immobilier ? Ils vont se demander ce qui me fait croire que j'en ai les moyens. Le fait est que je ne les ai pas mais cela, eux, ils ne peuvent pas le savoir.

Decker ne put s'empêcher de penser à un scandale récent dans lequel avait été impliqué un agent secret du nom d'Aldrich Ames, lequel avait transmis aux Soviétiques des secrets concernant le réseau de l'Agence à Moscou en échange de 2 500 000 dollars. Les conséquences de son geste avaient été désastreuses – opérations passées à la trappe, agents exécutés. L'Agence avait mis des années avant de soupçonner l'existence d'un agent double et de s'intéresser de plus près à Ames. Au grand dam de la CIA, l'équipe de contre-renseignement avait découvert que Ames avait quasiment échoué à deux épreuves de détection du mensonge faisant partie des contrôles normaux mais que, les résultats ayant été qualifiés d'ambigus, on avait tranché en sa faveur. On avait appris par la suite que Ames avait fait des investissements massifs dans l'immobilier – plusieurs résidences de vacances et un ranch de cinq mille hectares en Amérique du Sud – et qu'il avait déposé des centaines de milliers de dollars sur divers comptes bancaires. D'où cet argent pouvait-il bien venir ? Peu de temps après, Ames et sa femme avaient été arrêtés pour espionnage. L'Agence, qui avait fait preuve de laxisme dans l'examen de la vie privée de ses agents, avait pris de nouvelles mesures, plus strictes.

Et je vais être la cible de ces nouvelles mesures, se dit Decker. On

---

* Nom sous lequel on désigne familièrement la CIA (Counter Intelligence Agency) *(N.d.T.)*.

m'a déjà mis sous surveillance à cause de mon attitude lorsque j'ai démissionné. Les papiers que j'ai signés aujourd'hui vont donner l'alarme. Il faut que je téléphone à Langley * toute affaire cessante demain matin. Il faut que je leur explique mes agissements.

Ils vont inventer quelque chose pour me coincer. Qu'est-ce que je suis en train de faire là? Decker heurta une chaise derrière lui et s'y laissa tomber. L'obscurité l'enserra comme un étau. L'accord d'achat que j'ai signé possède une clause d'annulation, se rappela-t-il. Quand on fera l'inspection de la maison, demain, j'utiliserai un défaut mis au jour par l'inspecteur comme excuse pour faire marche arrière.

C'est ça. J'ai été trop ambitieux. De la prudence, tout est là.

Lenteur et circonspection. Evite de faire quoi que ce soit qui sorte de l'ordinaire. Mets la pédale douce. Aie plusieurs solutions de repli. Ne fais pas de vagues. Il ne faut pas que je me laisse dominer par mes émotions.

Mais enfin, se dit-il, ça fait dix ans que je vis comme ça. Ce que je décris là, c'est la vie que je menais comme agent secret. Il fit claquer sa main contre le côté de la chaise. J'ai déjà su affronter la peur dans le passé. Qu'est-ce que j'ai à perdre?

L'occasion de vivre enfin.

Trois semaines plus tard, il entrait en possession de la maison.

9

Santa Fe, c'était Chez Julian, El Nido, la brasserie Zia, Chez Pasqual, Chez Tomasita et quantité d'autres merveilleux restaurants. Les margaritas, les nachos et la salsa rouge et verte. Les matinées d'une beauté éblouissante, les après-midi radieux, les soirées voluptueuses. Un soleil toujours changeant et les couleurs du désert aux mille nuances. Des montagnes de tous côtés. Une atmosphère si pure que l'on voyait à des centaines de kilomètres. Des paysages qui semblaient sortir tout droit des tableaux de Georgia O'Keeffe. La Plaza. Les galeries d'art de Canyon Road. Le tremble en train de virer au jaune à l'automne sur le domaine skiable. La neige qui faisait ressembler la ville à une carte postale. Les chandelles dans des sacs de papier que l'on enfonçait dans le

---

* Langley est le nom de la localité où se trouve le siège de la CIA (*N.d.T.*).

sable tout autour de la Plaza pour l'illuminer le soir de Noël. Les magnifiques fleurs sauvages au printemps. Les oiseaux-mouches comme il n'en avait jamais autant vu. Les ondées de fin d'après-midi en juillet. La sensation du soleil sur son dos, de la sueur et des courbatures bienfaisantes lorsqu'il faisait les travaux de sa maison.

C'était la paix.

Trois

1

« Steve, c'est vous qui gardez le bureau aujourd'hui, d'accord ? » demanda Edna.

Decker leva les yeux ; il était en train de rédiger une offre d'achat dans son bureau pour un de ses clients. « Jusqu'à midi. » Tous les courtiers de l'agence étaient en règle générale si occupés à faire visiter des propriétés aux clients qu'ils passaient rarement par le bureau mais, comme Edna tenait à ce que quelqu'un soit toujours disponible pour les clients de passage et pour répondre au téléphone, chaque courtier était tenu de faire une permanence d'une demi-journée toutes les deux semaines.

« Il y a quelqu'un dans le hall d'entrée qui voudrait voir un agent, dit Edna. Je m'en occuperais volontiers mais il faut que je sois en ville dans quinze minutes pour la signature d'un contrat.

— Pas de problème. Je m'en occupe. » Decker plaça l'offre d'achat dans une chemise, se leva et se dirigea vers le hall. On était en juillet, treize mois après son arrivée à Santa Fe, et tous les doutes qu'il avait pu nourrir sur sa capacité d'assurer sa subsistance s'étaient vite évanouis. Il y avait chaque année des agents immobiliers de Santa Fe qui faisaient faillite et fermaient boutique mais il avait su tirer son épingle du jeu. Les techniques d'approche qu'il utilisait naguère pour gagner la confiance des agents secrets lors des debriefings donnaient d'excellents résultats lorsqu'il y recourait pour mettre les clients à l'aise. Il totalisait maintenant 4 000 000 de dollars de ventes, ce qui lui avait valu 240 000 dollars de commission. Somme qu'il avait naturellement dû partager en deux avec Edna qui fournissait les locaux, payait la publicité et se coltinait toutes les corvées inséparables de la direction d'une affaire, sans parler du fait qu'elle procurait à Decker une organisation dans laquelle passer inaperçu. Il n'empêche, 240 000 dollars était plus qu'il n'avait jamais gagné en un an dans sa vie.

Contournant l'angle du couloir, il alla vers la réception près de laquelle il vit une femme qui regardait une brochure en couleur des maisons à vendre. Comme elle avait la tête penchée, Decker ne pouvait pas voir ses traits mais, en se rapprochant, il saisit du regard ses cheveux auburn, sa peau hâlée et sa taille svelte. Elle était grande pour une femme, environ un mètre soixante-quinze, et en pleine forme. Sa tenue trahissait quelqu'un de la Côte Est : un tailleur bleu marine bien coupé de chez Calvin Klein, d'élégantes chaussures à talons plats de chez Joan & David, des boucles d'oreilles ornées d'une perle et un sac à main noir en cuir italien.

« Puis-je vous être utile ? demanda Decker. Vous vouliez voir un agent ? »

La femme leva les yeux de la brochure. « Oui. »

Elle sourit et Decker ressentit un tressaillement intérieur, sensation qu'il n'eut pas le temps d'analyser, si ce n'est pour la comparer au changement soudain de rythme cardiaque, semblable à une syncope, qui s'emparait de lui dans les moments de peur. Sauf que la sensation en question était, en l'occurrence, exactement le contraire de la peur.

La femme – dans la trentaine – était ravissante. Elle respirait la santé. Ses yeux bleu-gris pétillaient d'intelligence et de quelque chose d'autre, difficile à identifier, d'irrésistiblement mystérieux. Son visage symétrique harmonisait à la perfection une mâchoire bien découpée, de hautes pommettes et un front de mannequin. Elle avait un sourire radieux.

Decker, le souffle coupé, réussit néanmoins à se présenter. « Steve Decker. Je suis courtier associé de l'agence. »

La femme lui tendit la main. « Beth Dwyer. »

Elle avait les doigts si doux que Decker eût volontiers gardé sa main dans la sienne. « Mon bureau est juste là, dans le couloir. »

Tout en la précédant, il en profita pour s'habituer à l'oppression agréable qu'il éprouvait. Il y a sûrement des moyens plus pénibles de gagner sa vie, se dit-il.

Les bureaux de l'agence consistaient en de spacieux boxes aux cloisons de deux mètres de haut construites de façon à ressembler à des murs en adobe. Beth jeta un regard de curiosité sur ces murs, décorés de céramiques noires vernissées et de paniers au tressage complexe provenant de chez les Indiens Pueblos de la région.

« Ces sièges creusés dans l'embrasure des fenêtres et qui ressemblent à des banquettes en plâtre, comment les appelle-t-on déjà ? Des *bancos* ? » Elle avait la voix grave et sonore.

« C'est exact. Des *bancos*, répondit Decker. Ici, la plupart des termes architecturaux sont espagnols. Puis-je vous offrir quelque chose. Un café ? De l'eau minérale ?

— Non, merci. »

Beth examina avec intérêt un tapis amérindien et d'autres objets décoratifs du Sud-Ouest. Elle accorda une attention particulière à des reproductions de paysages du Nouveau-Mexique dont elle se rapprocha et vers lesquels elle se pencha. « C'est superbe.

— Ma préférée est celle qui représente les rapides du Rio Grande, dit Decker. Mais presque tous les paysages des environs sont magnifiques.

— C'est celle-là que je préfère moi aussi. » Une mystérieuse pointe de mélancolie perçait sous sa gaieté forcée. « Même en reproduction, la finesse des coups de pinceau est visible.

— Oh ? Vous vous y connaissez en peinture ?

— J'ai passé la plus grande partie de ma vie à essayer d'apprendre mais je doute d'y arriver jamais.

— Eh bien, si vous êtes artiste, Santa Fe devrait vous convenir.

— J'ai tout de suite vu en arrivant que la lumière était particulière. » Elle hocha la tête dans un geste d'autodépréciation. « Mais je ne me dis pas artiste. Je dirais plutôt que je suis un peintre qui fait honnêtement son métier.

— Quand êtes-vous arrivée ici ?

— Hier.

— Si vous voulez acheter une maison, c'est que vous étiez déjà venue à Santa Fe auparavant ?

— Jamais. »

Decker eut l'impression qu'une étincelle venait de le toucher. Il s'efforça de ne pas manifester de réaction mais, tout en se remémorant l'expérience qui avait été la sienne en arrivant à Santa Fe, il s'aperçut qu'il se redressait sur son siège. « Et dès le lendemain vous avez décidé que vous aimiez assez la région pour avoir envie d'y acheter une maison ?

— C'est plus qu'une envie. Je suis un peu folle, non ?

— Je ne dirais pas ça. » Decker baissa brièvement les yeux sur ses mains. « J'en ai connu d'autres qui avaient décidé de vivre ici sous l'impulsion du moment. » Il la regarda de nouveau et sourit. « Santa Fe incite les gens à faire des choses inhabituelles.

— C'est pour ça que je veux vivre ici.

— Croyez-moi, je comprends. Mais il n'empêche, j'aurais l'impression de ne pas faire mon boulot si je ne vous conseillais pas de ne pas vous précipiter. Visitez des maisons mais donnez-vous un temps de réflexion avant de signer quoi que ce soit. »

Beth, curieuse, plissa les yeux. « Je ne me serais pas attendue à entendre ça de la bouche d'un véritable agent immobilier.

— Je ne demanderais pas mieux que de vous vendre une maison, dit Decker, mais comme c'est la première fois que vous venez ici, il serait peut-être préférable que vous louiez d'abord quelque chose afin d'être bien sûre que Santa Fe est l'endroit qui vous convient. Il y a des gens de Los Angeles qui viennent s'installer ici et qui ne supportent pas la vie au ralenti qu'on y mène. Ils voudraient changer la ville pour l'adapter à leur énergie nerveuse.

— Oui mais moi, je ne suis pas de Los Angeles, dit Beth, et vu la vie que je vis depuis quelque temps, vivre au ralenti me semble drôlement tentant. »

Decker soupesa ce qu'elle venait de lui révéler sur elle-même. Il décida d'attendre avant de tenter d'en apprendre davantage.

« Un agent immobilier qui ne vous fait pas l'article, dit Beth. Ça me plaît.

— Je suis là pour faciliter les choses aux clients. J'essaie moins de leur vendre quelque chose que de faire leur bonheur. Je ne voudrais pas que dans un an vous regrettiez votre décision, que vous achetiez ou non.

— Dans ce cas je m'en remets à vous. » Ses yeux bleu-gris – Decker n'avait jamais vu d'yeux de cette couleur – s'éclairèrent. « J'aimerais commencer à visiter des maisons le plus tôt possible.

— J'ai des rendez-vous jusqu'à 2 heures. Vous pourrez attendre jusque-là ?

— Gratification différée ? » Elle eut un petit rire cristallin dans lequel Decker perçut cependant une note mélancolique. « Eh bien, soit, disons 2 heures.

— En attendant, si vous me disiez dans quel ordre de prix vous... Comment dois-je vous appeler ? Mme Dwyer ? Beth ? Ou bien... » Decker jeta un coup à sa main gauche. Il n'y vit pas d'alliance. Mais cela ne voulait rien dire.

« Je ne suis pas mariée. »

Decker acquiesça d'un mouvement de tête.

« Appelez-moi par mon prénom. »

Decker acquiesça de nouveau. « Très bien, Beth. » Il avait la gorge serrée.

« Je peux mettre entre 600 000 et 800 000 dollars. »

Decker, qui ne s'était pas attendu à une somme aussi élevée, mobilisa intérieurement son attention. En règle générale, lorsque des clients potentiels entraient pour discuter de maisons de plus de 500 000 dollars, ils faisaient tout un cinéma comme s'ils lui accordaient une grande faveur. Beth, au contraire, était naturelle et spontanée, sans affectation.

« Il y a beaucoup de propriétés haut de gamme à vendre dans cet ordre de prix, dit Decker. En attendant 2 heures, pourquoi n'étudieriez-vous pas ces catalogues ? Vous y trouverez le prix et la description des maisons. » Il décida finalement d'essayer d'en savoir un peu plus sur son compte. « Vous tiendrez sans doute à en discuter avec la personne qui vous a accompagnée à Santa Fe. Vous pouvez, si vous le désirez, l'emmener avec vous lorsque nous irons visiter les maisons.

— Non. On ira tous les deux, vous et moi. »

Decker acquiesça. « Comme vous voudrez. »

Beth hésita. « Je suis toute seule.

— Eh bien, Sante Fe est la ville idéale pour être seul sans se sentir esseulé. »

Le regard de Beth parut se perdre dans le lointain. « J'y compte bien. »

2

Ayant raccompagné Beth jusqu'à la sortie de l'immeuble, Decker resta sur le seuil pour la regarder s'éloigner nonchalamment sur le trottoir couvert d'un *portal*. Elle avait une grâce qui lui rappela la démarche des athlètes féminines en dehors de l'effort. Il veilla à rentrer à l'intérieur de l'immeuble avant qu'elle ne parvienne au coin, au cas où elle regarderait de son côté en changeant de direction. Il n'avait tout de même pas envie qu'elle sache qu'il la suivait des yeux. En réponse à une question qu'elle lui avait posée, il lui avait conseillé de déjeuner à La Casa Sena, un restaurant avec des tables en terrasse à l'ombre d'arbres majestueux dans le jardin d'une grande maison à un étage datant des années 1860. Les oiseaux, les fleurs et la fontaine de la propriété lui plairaient, lui avait-il dit, et maintenant il regrettait de ne pas y avoir accompagné Beth au lieu d'aller livrer l'offre d'achat à laquelle il travaillait à son arrivée à l'agence.

En temps normal, l'occasion de faire une nouvelle vente aurait totalement mobilisé sa pensée comme sous l'effet d'une drogue. Après avoir présenté l'offre d'achat et s'être entendu dire, comme prévu, que le vendeur désirait mettre à profit le délai convenu dans le contrat pour réfléchir, Decker avait un autre rendez-vous, un déjeuner avec un membre de la commission du Patrimoine de Santa Fe. Savourant à peine ses fajitas au poulet, il réussit à soutenir la conversation alors qu'en réalité c'est à Beth Dwyer qu'il pensait, à leur rendez-vous de 2 heures, au temps qui s'écoulait trop lentement.

Mais je suis impatient de la retrouver, pensa-t-il avec surprise.

Finalement, après avoir réglé l'addition, il revint à l'agence, mais ce fut pour éprouver une déconvenue en découvrant que Beth ne l'y attendait pas.

« Cette femme qui est venue me voir ce matin, dit-il à la réception-niste. Une épaisse chevelure auburn. Plutôt grande. Séduisante. Elle est revenue ?

— Désolée, Steve. »

Déçu, il s'engagea dans le couloir. Elle était peut-être entrée à l'insu de la réceptionniste, pensa-t-il. Elle m'attend peut-être dans mon bureau.

Mais elle n'y était pas. Sa déconvenue s'accentua et, se laissant tom-ber dans le fauteuil derrière son bureau, il se demanda ce qui lui arri-vait. Mais qu'est-ce que j'ai ?

Un mouvement attira son attention. Beth était debout à l'entrée de son bureau. « Bonjour. » Il sentit à son sourire qu'elle avait été impa-tiente de le revoir.

Il eut l'impression que son cœur le lâchait. Comme de la peur, pensa-t-il une fois de plus, mais l'inverse de la peur.

« J'espère que je ne vous ai pas fait attendre, dit-elle.

— Vous êtes juste à l'heure. » Decker s'efforça d'avoir l'air naturel. « Vous avez bien déjeuné ?

— C'était encore meilleur que ce que vous m'aviez laissé entendre. Ce jardin m'a donné l'impression de me trouver dans un autre pays.

— Santa Fe fait toujours cet effet-là.

— On dirait le nord de l'Espagne ou une région luxuriante du Mexique, dit Beth. Mais c'est autre chose. »

Decker acquiesça. « Quand je suis arrivé ici, j'ai rencontré quelqu'un qui travaillait au service des réservations à l'un des hôtels. Il m'a dit que des gens de la Côte Est lui téléphonaient souvent pour lui deman-der quels étaient les contrôles douaniers, la quantité de marchandises détaxées qu'ils pouvaient rapporter chez eux, des choses comme ça. Il disait qu'il avait un mal fou à les convaincre que s'ils étaient améri-cains, il n'y avait pas de réglementation douanière ici, que le Nouveau-Mexique faisait partie des Etats-Unis. »

Cette fois, le rire de Beth lui parut aussi pétillant que du champagne. « Vous êtes sérieux ? Ils croient vraiment que c'est un pays étranger ?

— Je vous jure. Ce qui prouve que l'enseignement de la géographie dans les écoles n'est pas un luxe. Alors, avez-vous eu l'occasion d'étu-dier les brochures que je vous ai données ?

— Quand je ne dévorais pas les meilleurs enchiladas que j'aie jamais goûtés. Je ne saurais dire ce que je préfère – la salsa verte ou la rouge. Finalement, j'ai associé les deux.

— Les autochtones appellent cette association culinaire " Noël ". » Decker mit son veston et traversa la pièce dans sa direction. Le délicat parfum du savon au santal qu'elle utilisait lui plut. « On y va ? Ma voi-ture est derrière. »

C'était une Jeep Cherokee dont les quatre roues motrices étaient indispensables en hiver ou pour des excursions dans les montagnes. Decker aurait préféré une Jeep blanche, mais lorsqu'il l'avait achetée l'année précédente, sa longue expérience d'agent de renseignement avait eu le dernier mot, lui rappelant qu'une couleur sombre passait inaperçue et le forçant à opter pour le vert foncé. Il aurait volontiers passé outre ces injonctions et choisi le blanc mais il avait du mal à se défaire de ses vieux réflexes.

Tout en roulant avec Beth dans Bishop's Lodge Road, il lui indiqua sur la droite, par-delà des arbustes de petite taille et des maisons en adobe ensoleillées, le massif des monts Sangre de Cristo qui se profilaient indistinctement dans le lointain. « Il faut d'abord que vous sachiez que la valeur immobilière ici repose en grande partie sur la qualité de la vue qu'on a sur les montagnes. Les maisons les plus chères se trouvent de préférence de ce côté-là, à l'est, près des monts Sangre. De ce côté, on a aussi une bonne vue sur les monts Jemez à l'ouest. La nuit, on peut apercevoir les lumières de Los Alamos. »

Beth tourna les yeux en direction des contreforts montagneux. « La vue de là-bas doit être magnifique.

— Je vais peut-être avoir l'air écolo mais, selon moi, les maisons ne cadrent pas avec ce paysage, dit Decker. Elles interfèrent avec la beauté des montagnes. Les gens qui vivent là-haut ont une très bonne vue, mais ils gâchent celle des autres. »

Intriguée, Beth tourna son regard vers Decker. « Vous voulez dire que vous déconseillez réellement à vos clients d'acheter des maisons sur les crêtes ? »

Decker haussa les épaules.

« Même si vous ratez une vente ? »

Decker haussa une fois encore les épaules.

« ... Vous me plaisez de plus en plus. »

Decker l'emmena voir des maisons qui l'avaient séduite dans les brochures qu'il lui avait montrées : une près de Bishop's Lodge, deux sur la route conduisant au domaine skiable, deux du côté d'Acequia Madre. « Ça signifie " canal d'irrigation de la mère ", expliqua-t-il. Le cours d'eau qui longe la route s'appelle la Madre. Ce canal fait partie d'un système d'irrigation qui a été creusé il y a des centaines d'années.

— C'est pour cette raison que les arbres sont si hauts. » Beth examinait les environs. « C'est un coin superbe. Mais il doit bien y avoir quelque chose qui cloche, non ? Rien n'est parfait. Quel est l'inconvénient d'habiter par ici ?

— Les terrains sont petits et il y a des zones classées. Beaucoup de circulation.

— Oh ! » L'enthousiasme de Beth retomba. « Dans ce cas, je crois que l'on ferait mieux d'aller voir autre chose.

— Il est presque 5 heures. Vous êtes sûre que vous n'êtes pas fatiguée. Vous ne croyez pas que ça suffit pour aujourd'hui ?

— Je ne suis pas fatiguée si vous ne l'êtes pas. »

S'il n'y a que ça, pensa Decker, je continuerais bien jusqu'à minuit si vous y tenez.

Il l'emmena dans un secteur différent.

« J'habite tout près de l'endroit où l'on va. A la sortie est de la ville, près de cette ligne de collines. Les plus élevées s'appellent le Soleil et la Lune. Vous devriez entendre hurler les coyotes la nuit.

— J'aimerais bien.

— Voici ma route. »

Beth désigna une plaque à l'angle de la route : « Camino Lindo. Comment traduisez-vous ça ?

— Belle route.

— Elle l'est effectivement. Les maisons se fondent dans le paysage. Les terrains sont grands.

— A droite, là, c'est chez moi. »

Beth se pencha en avant puis tourna la tête lorsqu'ils passèrent devant la maison. « Impressionnant.

— Merci.

— Je vous envie. C'est dommage qu'elle ne soit pas à vendre.

— J'y ai fait des tas de travaux. En revanche, si ça vous dit, la maison derrière la mienne, elle, est à vendre. »

3

Ils longèrent une allée de gravier bordée de ces plantes semblables à de la sauge qui avaient intrigué Decker à son arrivée à Santa Fe et dont il avait appris qu'elles s'appelaient chamisa. La maison, très jolie et qui ressemblait à celle de Decker, consistait en un long bâtiment bas dont le jardin était entouré d'un mur en adobe.

« Combien coûte-t-elle ? demanda Beth.

— Pas loin du montant maximum que vous êtes prête à débourser. 700 000 dollars. »

Decker n'obtint pas de réaction. « Elle a tout le confort. Chauffage au sol, solarium à l'arrière. »

Beth acquiesça d'un air absent comme si le prix ne se discutait pas. « Quelle est la superficie du terrain ?

— Comme le mien. Un hectare. »

Elle regarda rapidement de chaque côté de la maison. « Je ne peux même pas voir les voisins.

— Moi, en l'occurrence. »

Elle lui adressa un regard étrange.

« Qu'est-ce qu'il y a ? demanda-t-il.

— Je crois que ça me plairait d'être votre voisine. »

Decker se sentit rougir.

« Pensez-vous que le propriétaire se formaliserait d'être dérangé à cette heure-ci ?

— Pas du tout. Le vieux monsieur qui habitait là a eu un infarctus. Il est retourné vivre à Boston où il a de la famille. Il est pressé de vendre. »

Decker lui fit voir la cour de devant dont les fleurs et les arbustes du désert paraissaient souffrir de la chaleur de juillet. Il déverrouilla la porte d'entrée sculptée, pénétra dans un frais vestibule et indiqua un couloir qui débouchait sur des pièces spacieuses. « La maison est encore meublée. Les sols sont couverts de tommettes. Tous les plafonds ont des vigas et des latillas.

— Des vigas et des... ?

— De grosses poutres et de plus petites en croisillon. C'est le type de plafond préféré à Santa Fe. Des *bancos* partout et des cheminées kiva. Les trois salles de bains ont des carrelages mexicains colorés. Il y a une grande cuisine tout équipée avec four à convection. Des vasistas et... »

Decker, s'apercevant que Beth n'écoutait pas, s'interrompit. Elle paraissait envoûtée par le spectacle des montagnes que l'on apercevait par les fenêtres du living. « Je vous fais grâce du détail. Prenez votre temps et faites le tour du propriétaire. »

Beth visita lentement les lieux, jetant un regard à gauche et à droite, appréciant chaque pièce, hochant la tête en signe d'acquiescement. Decker, qui la suivait, eut de nouveau une conscience aiguë de lui-même, non qu'il fût gêné ou mal dans sa peau, mais il était littéralement conscient de lui-même, de la sensation de son pantalon et de son veston, de l'air sur ses mains et ses joues, de l'espace qu'il occupait, de la présence de Beth à ses côtés, du fait qu'ils étaient seuls.

Tout à coup, il s'aperçut qu'elle lui parlait. « Pardon ? Excusez-moi. Je n'ai pas compris ce que vous me disiez, dit-il. J'avais l'esprit ailleurs.

— Est-ce que les meubles sont compris dans le prix d'achat ?

— Oui.

— Je l'achète. »

4

Decker trinqua avec elle.

« Cette maison est si belle que je n'arrive pas à croire que le propriétaire ait accepté mon offre si rapidement. » Beth prit une gorgée du margarita qu'ils buvaient pour célébrer l'événement. Lorsqu'elle abaissa le verre bombé, il lui restait de l'écume et du sel sur la lèvre supérieure. Elle les effaça d'un coup de langue. « J'ai l'impression de rêver. »

Ils étaient assis à une table, à l'étage d'un restaurant hispanique, Chez Garduno, décoré de manière à ressembler à une hacienda espagnole. Au fond, un orchestre de mariachi arpentait la salle en faisant la sérénade aux clients enthousiastes. Beth n'avait su tout d'abord où porter le regard, par la fenêtre sur l'une des rues touristiques de Santa Fe, sur l'orchestre, sur son verre ou sur Decker. Elle but une nouvelle gorgée. « Le rêve. »

Au fond de la salle, les clients applaudirent les guitaristes et les trompettistes. Beth sourit et jeta un coup d'œil par la fenêtre. Lorsqu'elle posa de nouveau les yeux sur Decker, elle ne souriait plus. Elle était sombre. « Merci.

— Je n'ai pas fait grand-chose. Je vous l'ai fait seulement visiter et...

— Vous m'avez mise à l'aise. Vous m'avez facilité les choses. » Elle le surprit en tendant la main par-dessus la table pour toucher la sienne. « Vous n'avez pas idée du courage que cela m'a demandé. »

La douceur de sa main lui plut. « Du courage ?

— Vous avez dû vous demander où j'avais trouvé les 700 000 dollars pour acheter la maison ?

— Je ne mets pas mon nez dans les affaires des autres. Tant que je suis sûr qu'un client a les moyens... » Il laissa sa phrase en suspens.

« Je vous ai dit que j'étais une artiste. C'est mon gagne-pain mais... Je vous ai dit aussi que je n'étais pas mariée. »

Decker se tendit.

« Je l'ai été. »

Decker, écoutait, ne sachant trop que penser.

« J'achète cette maison grâce à... »

A l'argent de la pension alimentaire obtenue à la suite de son divorce ? se demanda-t-il.

«... une assurance-vie, dit Beth. Mon mari est mort il y a six mois et demi. »

Decker posa son verre et l'étudia. A l'attraction qu'il éprouvait pour elle se substitua un sentiment de pitié. « Je regrette.

— Il n'y a pas grand-chose d'autre à dire.

— De quoi ?

— Du cancer. » Beth semblait avoir du mal à articuler. Elle but une autre gorgée de son margarita sans détacher les yeux de son verre. « Ray avait un grain de beauté à la nuque. »

Decker attendit la suite.

« L'été dernier, ce grain de beauté a changé de forme et de couleur mais il a refusé d'aller voir le médecin. Puis ça s'est mis à saigner. Il s'est avéré que c'était la pire sorte de cancer, un mélanome. »

Decker gardait toujours le silence.

Beth fit un effort pour continuer. « On a retiré le grain de beauté mais pas assez tôt pour que le cancer cesse de s'étendre. La radiothérapie et la chimiothérapie n'ont rien donné... Il est mort en janvier. »

L'orchestre de mariachi s'approcha de leur table. La musique était si forte que Decker entendait à peine Beth. Il chassa les musiciens d'un geste sans appel. Voyant son regard furieux, ils obtempérèrent.

« Voilà, dit Beth. J'étais désemparée. Je le suis encore. Nous avions une maison dans les environs de New York, dans le comté de Westchester. Je ne supportais plus d'y vivre seule. Tout, autour de moi, me rappelait Ray, ce que j'avais perdu. Mon deuil mettait mal à l'aise les gens que j'avais pris pour des amis et ils s'écartaient de moi. J'étais seule comme une pierre. » Elle baissa les yeux sur ses mains. « Il y a quelques jours, dans la salle d'attente de mon psychiatre, je suis tombée sur une brochure touristique. Ce devait être le *Condé Nast Traveler*. On y disait que Santa Fe était l'une des destinations touristiques les plus populaires du monde. Les photos et les descriptions de la ville m'ont plu. Sur l'impulsion du moment... » Elle n'avait plus qu'un filet de voix.

Une serveuse en tenue pittoresque s'arrêta à leur table. « Voulez-vous commander maintenant ?

— Non, répondit Beth. Je n'ai pas faim.

— Nous allons attendre un peu », dit Decker.

Il attendit que la serveuse ne soit plus à portée de voix. « Il m'est arrivé moi-même de prendre des décisions sur l'impulsion du moment. Pour ne rien vous cacher, venir vivre à Santa Fe en était une.

— Et ça s'est bien passé ?

— Encore mieux que je ne l'avais espéré.

— J'espère que je pourrai en dire autant en ce qui me concerne. » Elle joua du doigt autour du pied de son verre.

« Qu'est-ce que votre psychiatre a dit de votre décision soudaine ?

— Je ne lui en ai pas parlé. J'ai sauté le rendez-vous. J'ai posé la brochure touristique et je suis rentrée faire mes valises. J'ai pris un aller simple pour Santa Fe. »

Decker, frappé par la similitude de leur expérience, s'efforça de rester impassible.

« Je ne regrette rien, dit Beth d'une voix ferme. L'avenir ne peut pas être pire que l'année que je viens de vivre. »

5

Decker gara sa Jeep Cherokee sous un auvent derrière chez lui. Il en descendit, fut sur le point de faire de la lumière pour mettre la clé dans la serrure de la porte arrière puis, se ravisant, décida de s'appuyer à la rampe métallique et de regarder les étoiles. Les rues de cette partie de la ville n'étaient pas éclairées. La plupart des habitants du quartier se couchaient tôt. Comme la pollution de l'air était pratiquement nulle, il put contempler, par-delà les pins, des constellations d'une luminosité incroyable. Une lune à son dernier quartier commençait à monter dans le ciel. L'air était doux et frais. Quelle belle nuit ! pensa-t-il.

En entendant les coyotes hurler dans les collines, il lui revint qu'il avait parlé d'eux à Beth plus tôt dans la journée, ce qui lui fit regretter qu'elle ne fût pas à ses côtés pour les écouter avec lui. Durant leur repas au restaurant, il avait réussi à amener la conversation sur des sujets moins déprimants. Beth s'était efforcée quant à elle de paraître enjouée lorsqu'il l'avait raccompagnée à pied à l'Auberge des Anasazi, située à faible distance du restaurant, où elle était descendue. A l'entrée, ils avaient échangé une poignée de main.

Decker, qui contemplait toujours les étoiles, essaya de se représenter ce que ç'aurait été que de la raccompagner en Jeep depuis le restaurant ; ils seraient passés dans l'obscurité devant les galeries d'art de Canyon Road et auraient longé les murs des jardins dans le Camino del Monte Sol pour finalement remonter le Camino Lindo jusqu'à la maison voisine de la sienne.

Il ressentit un creux à la poitrine. Tu te mets dans un bel état, se dit-il.

Il y a longtemps que je ne suis pas tombé amoureux. Il fouilla dans sa mémoire et ce fut pour constater à sa grande surprise que cela ne lui était pas arrivé depuis la fin de son adolescence, juste avant d'entrer à l'armée. Ainsi qu'il se l'était répété à maintes reprises, les opérations spéciales dans l'armée et sa carrière postérieure comme agent secret n'avaient guère favorisé sa vie amoureuse. Depuis son arrivée à Santa Fe, il avait fait la connaissance de plusieurs femmes avec lesquelles il était sorti, mais rien de sérieux, tout au plus d'agréables rencontres d'un soir. Il avait eu des rapports sexuels avec l'une d'elles. C'était resté cependant sans lendemain. Elle lui plaisait bien mais il avait compris qu'elle ne tenait pas à passer le reste de sa vie avec lui. Et c'était tout naturellement réciproque. Cette femme, agent immobilier dans une autre agence, fréquentait désormais quelqu'un d'autre.

Mais les sentiments qu'éprouvait maintenant Decker étaient si différents de ceux qui avaient été les siens à l'égard de cette femme, qu'il en était mal à l'aise. Il se souvint avoir lu que les philosophes de l'Antiquité considéraient l'amour comme une maladie, comme un déséquilibre mental et affectif. C'est sûrement vrai, pensa-t-il. Mais aussi vite ? Il avait toujours pensé que le coup de foudre était un mythe. Il se rappela avoir lu quelque chose à propos des subtiles sécrétions sexuelles émises par les animaux et les hommes et que l'on appelle des phéromones. Elles étaient inodores. Elles étaient détectables biologiquement plutôt que consciemment. Emises par la personne appropriée, elles pouvaient vous faire perdre la tête. Présentement, pensa Decker, la personne en question est d'une beauté folle et possède exactement ma sorte de phéromones.

Alors qu'est-ce que tu vas faire ? se demanda-t-il. Ça pose quand même quelques petits problèmes. Elle est veuve depuis peu. Si tu lui fais des avances, elle se sentira menacée. Elle t'en voudra d'essayer de la rendre infidèle à la mémoire de son mari. Elle aura alors beau habiter juste à côté de chez toi, elle te battra froid. Procède au jour le jour, se dit-il. Tu ne feras pas de faux pas si tu te conduis en ami authentique avec elle.

6

« Steve, il y a quelqu'un qui veut vous voir, dit la réceptionniste sur la ligne intérieure.

— J'arrive.

— Inutile », fit, sur la ligne, une autre voix qui le surprit, une voix de femme dont Decker identifia aussitôt le timbre sensuel. « Je connais le chemin. »

Decker, dont le cœur battit plus vite, se leva. Quelques secondes plus tard, Beth entra dans le bureau. Elle portait un pantalon sport en toile et une veste assortie de couleur ocre qui faisait ressortir ses cheveux auburn, tenue qui tranchait vivement avec son tailleur sombre de la veille. Elle était encore plus resplendissante.

« Comment allez-vous ? demanda Decker.

— Tout excitée. C'est le grand jour. »

Decker ne comprit pas ce qu'elle voulait dire.

« Hier soir, j'ai décidé de ne pas attendre pour m'installer dans la maison, dit Beth. Elle est déjà meublée et ce serait une honte de la laisser inhabitée. J'ai donc téléphoné au propriétaire pour lui demander si je pouvais la louer sans attendre que le contrat soit établi et que je puisse l'acheter.

— Et il a été d'accord ?

— Il a été on ne peut plus aimable. Il a dit que je pouvais m'adresser à vous pour la clé.

— Vous le pouvez certainement. Je vais même vous y conduire. »

Dans la rue animée à l'extérieur du bureau, Decker lui ouvrit la portière de la Cherokee.

« J'ai passé la nuit à me retourner dans mon lit en me demandant si je ne faisais pas une bêtise, dit Beth.

— J'ai connu ça en arrivant ici.

— Et comment avez-vous résolu la chose ?

— Je me suis demandé quelle autre solution j'avais.

— Et ?

— Je n'en avais pas, répondit Decker. En tout cas aucune qui ne revenait pas à céder à ce qui était en train de m'user. »

Beth chercha son regard. « Je comprends ce que vous voulez dire. »

En montant dans la voiture, Decker jeta un coup d'œil de l'autre côté de la rue et ressentit une contraction intérieure. Un homme, immobile au milieu d'une foule de touristes qui flânaient, mobilisa ses réflexes préventifs. Ce qui avait éveillé ses soupçons, c'était que l'homme, qui le regardait, s'était détourné dès que Decker l'avait remarqué. Il tournait maintenant le dos à la rue en feignant de s'intéresser à une vitrine de bijoux artisanaux mais en regardant devant lui au lieu de baisser les yeux, ce qui indiquait qu'il scrutait en réalité le reflet dans la vitrine. Decker vérifia dans son rétroviseur et le vit qui se retournait pour regarder dans sa direction lorsqu'il démarra. Cheveux ni trop longs ni trop courts, poids et taille moyens, dans la trentaine, physionomie passe-partout, vêtements quelconques, couleurs neutres. Decker savait d'expérience que ce genre d'anonymat n'était pas fortuit. Sa seule caractéristique notable était la carrure des épaules, qu'une chemise ample ne réussissait pas à dissimuler. Ce n'était pas un touriste.

Decker s'assombrit. Comme ça, on fait sa petite inspection ? se dit-il.

Ils ont décidé de me surveiller pour voir comment je me conduis, si je suis bien sage, si je ne représente pas une menace ?

Beth était en train de parler d'opéra.

Decker essaya de se mettre sur sa longueur d'ondes.

« Oui ?

— J'adore.

— Moi je suis un fan de jazz.

— Alors vous ne voulez pas venir ? Il paraît que l'Opéra de Santa Fe est l'un des meilleurs. »

Decker comprit finalement de quoi elle parlait. « Vous me demandez de vous accompagner à l'Opéra ? »

Beth pouffa de rire. « Vous étiez plus rapide hier.

— Quel opéra ?

— La *Tosca*.

— Bon, je veux bien, dit-il. Mais c'est bien parce que c'est Puccini. Si c'était Wagner, je n'irais pas.

— Vous m'en direz tant. »

Decker, prenant un air amusé, s'engagea dans une rue latérale tout en vérifiant dans son rétroviseur si on ne le suivait pas. Il ne remarqua rien d'anormal. Je me suis peut-être trompé.

Tu parles.

7

L'Opéra était à cinq minutes en voiture dans le nord de la ville, à gauche de l'autoroute de Taos. Sur la route qui grimpait en lacet Decker suivait une file de voitures qui avaient allumé leurs phares dans le soleil couchant.

« Quel décor superbe ! » Beth regardait les collines peu élevées et couvertes de pins qui s'étendaient de chaque côté de la voiture. Elle fut encore plus impressionnée lorsqu'ils atteignirent le sommet d'un promontoire, garèrent la voiture dans le crépuscule et se dirigèrent à pas lents vers l'amphithéâtre qui se dressait à l'extrémité du promontoire. Elle était intriguée par la tenue des gens qui l'entouraient. « Je n'arrive pas à savoir si je suis trop habillée ou pas assez. » Elle portait un châle en dentelle par-dessus une robe noire à minces bretelles rehaussée par un collier de perles. « Il y a des gens en smoking et en robe du soir et

97

d'autres en tenue de camping, en jean, en chaussures de marche, en chemise de laine. La femme, là-bas, a un sac à dos et une parka. Je ne sais plus où j'en suis. Est-ce qu'on va tous au même endroit ? »

Decker, qui était vêtu d'une veste et d'un pantalon sport, se mit à rire doucement. « L'amphithéâtre est à ciel ouvert. Au coucher du soleil, le froid tombe sur le désert et la température descend souvent en dessous de dix degrés. Si le vent se lève, cette femme en robe du soir va regretter la parka dont vous parliez. Aux entractes, des tas de gens vont aller acheter des couvertures au stand du concessionnaire. C'est pour cette raison que j'ai emporté le poncho que j'ai sous le bras. On pourrait en avoir besoin. »

Ils présentèrent leurs billets et traversèrent une charmante cour et, suivant les indications d'une ouvreuse, se mêlèrent à la foule qui empruntait l'escalier en direction d'une rangée de portes en bois qui donnaient sur les gradins supérieurs.

« C'est par ici », dit Decker. Il fit signe à Beth de passer devant, et en profita pour jeter, l'air de rien, un regard par-dessus son épaule ; en réalité il scrutait la cour afin de voir si on ne le suivait pas. Il se rendit compte, non sans amertume, que ses vieux réflexes le reprenaient. Qu'est-ce que ça pouvait bien lui faire ? Si on le suivait, c'était en pure perte. De quelle activité compromettante ses ex-employeurs le croyaient-ils capable à l'Opéra ? Son réflexe de prudence ne lui apprit rien : personne en bas ne semblait soucieux d'autre chose que de pénétrer dans le théâtre.

Prenant garde de ne rien trahir de ses préoccupations, Decker s'assit près de Beth dans une travée supérieure. Il se fit la remarque que, s'ils n'avaient peut-être pas les meilleures places, ils n'étaient certainement pas à plaindre. La section où ils se trouvaient avait cet avantage de n'être pas à ciel ouvert, de sorte qu'ils pouvaient voir les étoiles à travers la trouée au-dessus des sièges du milieu tout en n'étant pas trop exposés à la fraîcheur de la nuit.

« Cette ouverture au milieu du toit, dit Beth. Comment ça se passe lorsqu'il pleut ? On arrête la représentation ?

— Non. Les chanteurs sont protégés.

— Et le public dans les travées du milieu ?

— Il se fait tremper.

— De plus en plus étrange.

— Ce n'est pas tout. L'année prochaine, vous allez assister à l'ouverture de la saison de l'Opéra, au début juillet. Le public est invité à une fête après la représentation dans le parc de stationnement.

— A une fête d'ouverture ? Vous voulez dire comme pour les matchs de football * ?

— Sauf que dans ce cas on boit du champagne et que l'on est en smoking. »

Beth éclata de rire. Son hilarité était contagieuse. Decker fut content de voir qu'il avait cessé de se surveiller, qu'il riait avec elle.

Les lumières faiblirent. La *Tosca* commença. C'était un spectacle de bonne qualité. Le premier acte – où un prisonnier politique se réfugie dans une église – était émouvant et tendu à souhait et, bien que la Callas demeurât inégalable dans le rôle principal, la soprano sut en l'occurrence se montrer à la hauteur. A la fin du premier acte, Decker ne ménagea pas ses applaudissements.

Mais, jetant un coup d'œil en direction d'une buvette à la gauche des travées du milieu, il se figea brusquement.

« Qu'est-ce qu'il y a ? » demanda Beth.

Decker ne répondit pas. Il continua à lorgner du côté de la buvette.

« Steve ? »

Decker, qui ressentait une pression derrière les oreilles, finit par lui répondre. « Pourquoi me demandez-vous ça ?

— Votre air. On dirait que vous avez vu un fantôme.

— Pas un fantôme. Un associé qui n'a pas respecté un accord que nous avions conclu. » Decker venait de voir l'homme qui le surveillait plus tôt dans la journée. Vêtu d'un banal veston sport, il était debout près de la buvette, indifférent à ce qui se passait autour de lui, les yeux fixés sur Decker. Il veut voir si je vais demeurer ici ou si je vais sortir par-derrière, pensa Decker. Si je pars, il doit avoir un micro sous le revers de son veston qui lui permettra de prévenir un collègue muni d'un écouteur que je me dirige dans sa direction. « Qu'il aille au diable. Je ne vais pas le laisser nous gâcher notre soirée, dit Decker. Allons, que diriez-vous d'un chocolat chaud ? »

Ils repassèrent les portes par où ils étaient entrés, suivirent un balcon et descendirent l'escalier vers la cour où se pressait la foule. Au milieu de la cohue, Decker, tout en précédant Beth vers la gauche de l'Opéra, en direction de la buvette où il avait aperçu l'homme, fut incapable de déterminer qui d'autre le suivait éventuellement.

Mais l'homme qu'il avait vu n'était plus là.

---

* Il s'agit des fêtes organisées aux Etats-Unis sur le terrain après les matchs de football qui ouvrent la saison en octobre et lors desquelles on boit beaucoup (*N.d.T.*).

8

Durant tout l'entracte, Decker réussit à parler de chose et d'autre avec Beth qu'il raccompagna finalement à leurs places. Rien en elle n'indiquait qu'elle se doutait de sa tension. Lorsque le deuxième acte de la *Tosca* débuta, Decker, temporairement libéré du souci de ne pas gâcher la soirée de Beth, put alors reporter toute son attention sur la situation.

Il se dit que, d'un certain point de vue, celle-ci s'expliquait : l'Agence, qui ne s'était toujours pas remise de sa réaction outragée à la suite de cette désastreuse opération romaine, voulait s'assurer qu'il ne s'était pas défoulé en essayant de la trahir en vendant des informations. L'Agence pouvait facilement vérifier la chose en se renseignant pour savoir s'il menait un train de vie supérieur à ses revenus d'agent immobilier.

Parfait, pensa Decker. Je m'attendais à une inspection, mais ils l'auraient sûrement faite plus tôt, et auraient pu la faire à distance, tout simplement en passant au crible mes transactions immobilières, mes actions en Bourse et mon compte en banque. Pourquoi, après plus d'un an, me surveillent-ils d'aussi près ? Et à l'Opéra, par-dessus le marché ?

Dans l'obscurité, Decker plissa les yeux vers la scène au complexe décor italien situé en 1800, si absorbé dans ses pensées qu'il entendait à peine la musique tourmentée de Puccini. Il ne put se retenir de tourner la tête pour fixer, dans la zone de la buvette plongée dans la pénombre à la gauche des travées centrales, l'endroit où il avait vu l'homme qui le surveillait.

Ses muscles se contractèrent. L'homme était de nouveau là sans que l'on pût se méprendre sur ses intentions : indifférent à l'opéra, il avait les yeux posés sur Decker. Il était manifestement convaincu de n'avoir pas été repéré et que la pénombre dans laquelle il se tenait le dissimulait suffisamment. Il ne se rendait pas compte que les feux de la scène trahissaient sa présence.

Ce à quoi Decker réagit ensuite envoya une secousse d'alarme à travers son système nerveux : ce n'était pas à un fantôme qu'il venait de réagir mais ç'aurait aussi bien pu en être un tellement l'apparence d'un deuxième individu qui fit son apparition était saisissante, inattendue, impossible. Celui-ci venait de sortir de la pénombre et de s'arrêter près du premier avec qui il engagea une discussion. Decker se dit qu'il avait

100

dû se tromper, qu'il ne s'agissait que d'une illusion créée par la distance. Le simple fait que l'homme parût avoir à peine trente ans et qu'il eût les cheveux blonds coupés court, un peu d'embonpoint, une solide carrure et les traits anguleux et irréguliers ne signifiait rien. Pas mal de gens ont cette apparence. Decker avait connu bon nombre de joueurs de football qui...

L'homme blond fit un geste véhément de la main droite pour souligner quelque chose qu'il était en train de dire à l'autre et Decker sentit son estomac se serrer lorsqu'il sut sans erreur possible qu'il avait vu juste : le blond en bas était celui-là même qui avait été à l'origine de la mort de vingt-trois Américains à Rome, celui à cause de qui Decker avait démissionné de l'Agence. L'agent à qui on avait confié la tâche de le mettre sous surveillance était Brian McKittrick.

« Excusez-moi, dit Decker à Beth, il faut que j'aille aux toilettes. » Il se faufila devant un homme et une femme assis à côté de lui puis, parvenu à l'extrémité de la rangée, grimpa l'escalier et sortit par une porte arrière. Arrivé sur le balcon désert, il se mit aussitôt à courir tout en examinant la zone éclairée par la lune en contrebas. Mais s'il y avait un membre de l'équipe de surveillance dans la cour, il ne le vit pas. Il ne prit pas le temps de s'en assurer vraiment, trop occupé qu'il était à dévaler les marches de l'escalier et à foncer vers le côté gauche, faiblement éclairé, de l'Opéra, dans la direction où il avait vu McKittrick disparaître.

La colère qu'il avait éprouvée à Rome le submergea de nouveau. Il voulait mettre la main au collet de McKittrick, le plaquer contre un mur et lui demander des explications. Tandis qu'il longeait le flanc de l'Opéra en courant, une musique poignante déchira la nuit du désert. Decker espéra qu'elle étouffait le grincement de ses pas précipités sur les marches de ciment. La prudence reprit aussitôt le dessus. Sur ses gardes, il ralentit et, sans s'écarter du mur, passa d'un air digne devant les toilettes tout en scrutant la pénombre à proximité de la buvette, là où il avait vu McKittrick.

Il n'y avait personne. Comment ai-je pu les rater ? se demanda-t-il. S'ils ont longé le flanc de l'Opéra, nous aurions dû nous croiser. A moins qu'ils n'aient des sièges dans l'amphithéâtre, se dit Decker. Ou qu'ils m'aient entendu venir et se soient cachés. Où ? Dans les toilettes ? Derrière la buvette ? Derrière le muret qui sépare le terrain de l'Opéra du désert ?

Malgré la musique qui montait en crescendo de l'amphithéâtre, il entendit bouger derrière les pins plongés dans l'obscurité de l'autre côté du muret. Est-ce que McKittrick et l'autre me surveillent de là ? Il se sentit pour la première fois vulnérable. Il s'accroupit de manière à se mettre à couvert derrière le muret.

Il songea un instant à sauter par-dessus celui-ci en direction des bruits. Il se dit aussitôt que, dans l'obscurité plus épaisse qui régnait de l'autre côté du mur, il se trouverait tactiquement désavantagé car le bruit de ses pas préviendrait McKittrick de son approche. Il n'y avait d'autre solution que de revenir en courant sur le trottoir qui longeait l'amphithéâtre et d'aller attendre devant celui-ci que McKittrick et son partenaire sortent du désert. Peut-être se contenteront-ils d'aller reprendre leur voiture dans le parc de stationnement pour rentrer en ville. Peut-être aussi que les bruits que tu as entendus étaient uniquement des pas de chien sauvage. Et peut-être, nom de dieu, devrais-je cesser de me poser des questions et exiger qu'on éclaire ma lanterne.

9

« Decker, vous avez une idée de l'heure qu'il est ? » demanda son ancien supérieur hiérarchique sur un ton de récrimination. Il avait la voix épaisse de celui que l'on vient de réveiller. « Ça n'aurait pas pu attendre jusqu'à demain matin au lieu de...

— Répondez-moi », insista Decker. Il utilisait un téléphone public dans un coin plongé dans l'obscurité de la cour avant de l'Opéra. « Est-ce que je suis sous surveillance ?

— Je ne sais de quoi vous parlez.

— *Pourquoi est-ce que vos hommes me surveillent ?* » Decker tenait le téléphone si fort qu'il en avait mal aux jointures. La musique violente qui montait de l'amphithéâtre résonnait jusqu'à lui.

« Je ne sais pas ce qui se passe mais ça n'a rien à voir avec moi. » Son ex-supérieur s'appelait Edward. Decker revit les bajoues de cet homme de soixante-trois ans qui s'empourpraient toujours lorsqu'il était sous tension. « Où êtes-vous ?

— Vous le savez parfaitement.

— Toujours à Santa Fe ? Enfin, si on vous surveille vraiment...

— Vous pensez que je pourrais me tromper sur une chose pareille ? » En dépit de la véhémence passionnée de ses paroles, Decker fit un effort pour empêcher sa voix de porter de l'autre côté de la cour, tout en espérant qu'un crescendo de chant exacerbé par la colère viendrait recouvrir sa propre fureur.

« Vous réagissez de façon excessive, dit Edward d'un ton las. Il s'agit probablement d'une filature de routine.

— De routine ? » Decker examina la cour déserte pour s'assurer que personne ne venait dans sa direction. « Vous pensez que c'est de la routine d'avoir confié la responsabilité de l'équipe de surveillance au sale type avec qui j'ai travaillé il y a treize mois ?

— Il y a treize mois ? Vous parlez de...

— Vous voudriez peut-être que je me fasse plus explicite au téléphone ? demanda Decker. Je vous l'ai dit à l'époque et je vous le répète : je ne laisserai pas transpirer d'informations.

— Le type qui vous surveille... c'est celui avec qui vous travailliez avant de donner votre démission ?

— Vous avez l'air réellement surpris.

— Ecoutez-moi. » La voix âpre et lasse d'Edward se fit plus forte, comme s'il parlait plus près du téléphone. « Il faut que vous compreniez une chose : je ne suis plus de la maison.

— Quoi ? » C'était au tour de Decker d'être étonné.

« J'ai pris une retraite anticipée il y a six mois. »

Decker sentit une pulsation migraineuse au front.

« Mon état cardiaque s'est aggravé. Je ne suis plus dans le coup », dit Edward.

Decker se raidit en apercevant un mouvement sur le balcon extérieur de l'amphithéâtre. La poitrine oppressée, il vit quelqu'un l'emprunter puis s'arrêter au haut de l'escalier qui menait dans la cour.

« Je vous parle en toute franchise, dit Edward au téléphone. Si le type avec lequel vous avez travaillé l'an dernier vous surveille, j'ignore qui le lui a ordonné ou pourquoi.

— Dites-leur que je veux que ça cesse ! » dit Decker. La personne qui se trouvait sur le balcon – c'était Beth – sourcilla en l'apercevant. Ramenant son châle contre elle, elle descendit l'escalier. La musique se fit plus puissante.

« Je n'ai plus aucune influence sur eux », dit Edward.

Beth, qui avait atteint le bas de l'escalier au fond de la cour, se dirigeait vers lui.

« Tout ce que je veux, c'est que vous leur disiez d'arrêter. »

Decker coupa la communication lorsque Beth arriva à sa hauteur.

« Je m'inquiétais de vous. » Une brise fraîche ébouriffa la chevelure de Beth et la fit frissonner. Elle resserra son châle autour d'elle. « Comme vous ne reveniez pas...

— Je m'excuse. Une affaire à régler. Croyez-moi, je ne voulais pas vous laisser toute seule là-haut. »

Beth lui jeta un regard intrigué.

Le chant qui leur parvenait de l'amphithéâtre exprimait une détresse et un désespoir profonds. Beth se tourna dans la direction d'où venait la musique. « On doit en être au moment où Scarpia promet à Tosca que son amant ne sera pas exécuté si elle couche avec lui. »

Decker, d'avoir menti, avait la bouche sèche, avec un goût de cendre. « Il se peut aussi que ce soit le passage où Tosca tue Scarpia d'un coup de poignard.

— Alors, vous voulez rester pour la suite ou rentrer ? » Beth avait l'air triste.

« Rentrer ? Pas question. Je suis venu ici pour passer un bon moment avec vous.

— Tant mieux, dit Beth. Je suis contente. »

Ils allaient repartir vers l'amphithéâtre lorsque la musique atteignit un paroxysme absolu. Puis un brusque silence tomba qui fut brisé par les applaudissements. Les portes donnant sur le balcon s'ouvrirent et le public sortit pour un autre entracte.

« Est-ce qu'un chocolat chaud vous ferait plaisir ? demanda Decker.

— Non mais je prendrais bien un verre de vin.

— Moi de même. »

10

Decker accompagna Beth chez elle, de l'autre côté de sa grille plongée dans l'ombre, jusque dans le jardin rempli de fleurs. Ils firent halte sous le *portal* et la lumière que Beth avait laissée au-dessus de la porte d'entrée. Elle tenait toujours son châle serré contre elle. Decker n'aurait su dire si c'était par nervosité.

« Vous ne racontiez pas d'histoires lorsque vous parliez du froid qu'il pouvait faire ici la nuit, même en juillet. » Beth prit une profonde aspiration pour humer l'air. « Qu'est-ce que c'est que ce parfum ? On dirait de la sauge.

— Ça doit venir des buissons de chamisa qui bordent votre allée. C'est une plante de la famille de la sauge. »

Beth acquiesça et Decker fut alors convaincu qu'elle était effectivement nerveuse. « Eh bien, voilà. » Elle lui tendit la main. « Merci pour cette charmante soirée.

— Tout le plaisir était pour moi. » Decker lui serra la main. « Et je m'excuse encore une fois de vous avoir laissée seule. »

Beth haussa les épaules. « Je ne m'en suis pas formalisée. En réalité, j'en ai l'habitude. Mon mari était coutumier de la chose. Il disparaissait toujours au milieu des soirées pour recevoir ou donner des coups de téléphone concernant ses affaires.

— Je regrette de vous faire revivre des souvenirs douloureux.

— Vous n'y êtes pour rien, ne vous en faites pas. » Beth baissa les yeux puis les releva. « C'est une étape importante pour moi. Hier soir et ce soir, ce sont les premières fois depuis la mort de Ray que... » Elle hésita. « ... que je sors avec un autre homme.

— Je comprends.

— Je me suis souvent demandé si j'y arriverais à passer à travers, dit-elle. Il y a bien sûr la gaucherie que l'on ressent à sortir avec quelqu'un après avoir été mariée dix ans, mais il y a autre chose aussi... » Elle hésita de nouveau. « La peur d'être infidèle à Ray.

— Même s'il est décédé », dit Decker.

Elle acquiesça.

« Des fantômes affectifs, dit Decker.

— Exactement.

— Et maintenant ? demanda Decker. Comment vous sentez-vous ?

— Vous voulez dire, à part de me revoir adolescente et toute nerveuse en train de souhaiter le bonsoir à mon premier cavalier sur le pas de la porte ? » Elle eut un petit rire. « Je crois que... » Elle prit un ton sérieux. « C'est compliqué.

— Ce n'est sûrement pas simple.

— Je suis contente d'avoir franchi le pas. » Elle prit une longue respiration. « Je ne regrette rien. Je parlais sérieusement tout à l'heure quand je vous ai remercié pour cette charmante soirée. »

Elle semblait satisfaite d'elle-même. « Après tout, j'ai même été assez adulte pour faire le premier pas, pour vous inviter à m'accompagner. »

Decker se mit à rire. « Votre invitation m'a fait un grand plaisir. Si vous permettez, j'aimerais vous rendre la pareille.

— Oui, dit Beth. Bientôt.

— Bientôt », reprit Decker qui comprit qu'elle lui signifiait son intention de maintenir quelque distance entre eux.

Beth prit sa clé dans un petit sac à main et la mit dans la serrure. Les coyotes hurlaient dans les collines. « Bonsoir.

— Bonsoir. »

11

Prudent, Decker, en rentrant chez lui, vérifia si on le surveillait. Tout semblait normal. Durant les jours suivants, il resta aux aguets, à chercher si quelqu'un le filait, mais ses efforts se révélèrent vains. Edward avait peut-être transmis son message. On avait rappelé l'équipe de surveillance.

Quatre

1

Tout avait semblé arriver lentement mais, rétrospectivement, il y avait dans tout cela quelque chose d'inévitable qui donnait à Decker l'impression que les événements s'étaient accélérés. Il avait revu Beth à plusieurs reprises durant les jours suivants. Il lui donnait des conseils pratiques, comme l'adresse des meilleurs magasins d'alimentation, l'emplacement du bureau de poste le plus proche, le nom de commerces où faire à moindre coût ses courses, ailleurs que dans les boutiques pour touristes des environs de la Plaza.

Il l'emmena en randonnée le long de l'arroyo qui coule près de St. John's College, par-delà le lotissement de Wilderness Gate, jusqu'au sommet du mont Atalaya. Qu'elle eût été capable de faire cette promenade de trois heures donnait une idée de sa bonne condition physique, d'autant plus que son organisme ne s'était pas encore fait totalement à la haute altitude. Decker l'emmena à l'imposant marché aux puces qui se tenait tous les week-ends dans un champ en dessous de l'Opéra. Ils allèrent visiter les ruines troglodytiques du Bandelier National Monument. Ils jouèrent au tennis au Sangre de Cristo Racquet Club. Pour changer de la cuisine mexicaine ils mangèrent des pâtés de dinde servis avec une sauce brune au Harry's Roadhouse. Il leur arrivait de se contenter d'un poulet barbecue chez Beth ou chez lui. Ils allaient voir des films étrangers au cinéma Jean Cocteau et au Coffee House. Ils allèrent au marché indien et à une vente aux enchères d'objets artisanaux au Wheelwright Museum, lequel se trouvait à quelques pas seulement du Camino Lindo. Ils allèrent aux courses de chevaux et au casino Pojoaque Pueblo. Puis, le jeudi 1er septembre, Beth retrouva Decker au cadastre de Santa Fe, signa le contrat, remit un chèque et devint propriétaire de la maison.

2

« Il faut fêter ça, dit Beth.

— Vous allez m'en vouloir, mais j'ai plusieurs rendez-vous que je ne peux absolument pas rater.

— Je ne voulais pas dire tout de suite. » Beth lui donna un petit coup de coude complice. « Je vous prendrais volontiers chaque minute de votre temps mais je reconnais qu'il faut bien que vous gagniez votre vie à un moment ou à un autre. Je voulais dire ce soir. J'en ai assez de manger tout le temps de la volaille. Que diriez-vous d'un bon T-bone bien saignant pour une fois ? Je ferai des pommes de terre au four et une salade.

— C'est ça que vous appelez fêter ? A la maison ?

— Mais ce sera ma première soirée de propriétaire à Santa Fe. Je veux rester chez moi pour admirer ma nouvelle acquisition.

— J'apporterai du vin rouge.

— Et du champagne, ajouta Beth. J'ai envie de briser une bouteille de champagne contre la grille comme lorsqu'on baptise un bateau.

— Est-ce que du Dom Pérignon fera l'affaire ? »

3

Lorsque Decker arriva à 6 heures comme convenu, il fut surpris de voir une voiture qu'il ne connaissait pas dans l'allée de Beth. Un préposé à l'entretien aurait utilisé un camion ou une voiture signalée par une raison commerciale, et il se demanda qui pouvait bien être là à cette heure ; il se gara à côté de la voiture banalisée, descendit de son véhicule et remarqua sur le siège avant de la Chevrolet Cavalier un dépliant des voitures de location Avis. Il suivait l'allée de gravier qui menait à l'entrée de la maison lorsque la porte sculptée s'ouvrit et que Beth apparut sous le *portal* en compagnie d'un homme qu'il n'avait jamais vu.

Il était mince et portait un costume de ville. De taille moyenne, les traits fins, il commençait à perdre ses cheveux grisonnants et paraissait avoir une cinquantaine d'années. Il portait un costume bleu, de bonne coupe, mais peu coûteux. Sa chemise blanche accentuait sa pâleur. Non qu'il eût l'air maladif, mais son costume et le fait qu'il ne fût pas hâlé indiquaient suffisamment qu'il n'était pas de Santa Fe. Depuis plus d'un an qu'il habitait le quartier, Decker n'y avait pas vu plus d'une douzaine d'hommes en costume et la moitié d'entre eux venaient de l'extérieur de la ville pour affaires.

L'inconnu s'interrompit au milieu d'une phrase – « ... coûterait trop cher pour... » – et se tourna vers Decker en haussant d'étroits sourcils sous l'effet de la curiosité, tandis que celui-ci ouvrait la grille et venait vers eux sous le *portal*.

« Steve. » Pleine d'entrain, Beth l'embrassa sur la joue. « Je vous présente Dale Hawkins. Il travaille pour la galerie qui vend mes tableaux à New York. Dale, je vous présente le bon ami dont je vous ai parlé, Steve Decker. »

Hawkins sourit. « A entendre Beth, elle n'aurait pas survécu ici sans vous. Bonjour. » Il lui tendit la main. « Comment allez-vous ?

— Si Beth vous a parlé en bien de moi, je vais on ne peut mieux. » Hawkins gloussa et Decker lui serra la main.

« Dale devait arriver hier mais il a été retenu à New York, dit Beth. J'étais tellement excitée à l'idée de signer le contrat d'achat de la maison que j'ai oublié de vous annoncer sa venue.

— C'est la première fois que je viens ici, dit Hawkins, mais je m'aperçois que j'aurais dû le faire plus tôt. La luminosité est fantastique. Les montagnes ont bien dû changer de couleur cinq ou six fois pendant que je roulais depuis Albuquerque. »

Beth avait l'air ravie. « Dale m'apporte de bonnes nouvelles. Il a réussi à vendre trois de mes tableaux.

— Au même client, dit Hawkins. Il est emballé par le travail de Beth. Il veut désormais être le premier à voir tout ce qu'elle fait.

— Et il a payé 5 000 dollars pour avoir ce privilège, dit Beth, tout excitée. Sans parler des 100 000 dollars qu'il a déboursés pour les trois tableaux.

— Cent... mille dollars ? » Decker se fendit d'un large sourire. « Mais c'est fantastique. » Il l'étreignit d'un geste spontané.

Elle avait les yeux brillants. « D'abord la maison et maintenant ça. » Elle répondit à l'étreinte de Decker. « J'ai amplement de quoi célébrer. »

Hawkins eut l'air de se sentir de trop. « Eh bien voilà. » Il s'éclaircit la gorge. « Il faut que j'y aille. Beth, à demain, 9 heures.

— Oui, chez Pasqual's pour le petit déjeuner. Vous vous souvenez de la route que je vous ai indiquée pour vous y rendre ?

111

— Si j'ai oublié, je demanderai à l'hôtel.

— Je vous ferai faire le tour des galeries, dit-elle. J'espère que vous aimez marcher. Il y en a plus de deux cents. »

Decker se sentit obligé de l'inviter. « Vous ne voulez pas rester dîner avec nous ? »

Hawkins leva les mains d'un air amusé. « Jamais de la vie. Je sais m'éclipser quand il le faut.

— Vous êtes sûr ?

— Absolument.

— Je vous reconduis à votre voiture », dit Beth.

Decker attendit sous le *portal* tandis que Beth s'éloignait pour échanger quelques mots avec Hawkins dans l'allée. Celui-ci monta dans sa voiture, fit un signe de la main et démarra.

Beth, rayonnante, esquissa un pas de danse en revenant vers Decker. Elle lui indiqua le sac en papier qu'il tenait à la main. « C'est bien ce que je pense ?

— Le vin rouge et le Dom Pérignon. Le champagne a passé l'après-midi sur la glace.

— J'ai hâte de le déboucher. »

4

Beth trémoussa son nez chatouillé par les bulles de champagne. « J'ai une surprise pour vous.

— Encore une ? » Le Dom Pérignon pétillait légèrement sur la langue de Decker. « C'est une journée faste.

— Mais j'ai un peu peur de vous la montrer. »

Decker fut interloqué. « Peur ?

— C'est très intime. »

Cette fois, Decker fut *vraiment* interloqué. « Si vous voulez. »

Beth parut prendre une décision et hocha la tête avec détermination. « Oui, je veux. Suivez-moi. »

Ils quittèrent la cuisine au sol recouvert de tommettes superbes, foulèrent dans le living un tapis dhurrie multicolore et s'engagèrent dans un couloir éclairé par une verrière qui longeait l'avant de la maison. Ce couloir passait devant la porte de la buanderie pour déboucher sur une autre porte, fermée celle-là. A chaque fois que Decker était venu chez elle, elle avait refusé de lui faire voir ce qui se trouvait derrière cette porte.

Elle hésita, plongea son regard dans les yeux pers de Decker et prit une profonde respiration. « Allons-y. »

Lorsqu'elle ouvrit la porte, la première chose qui frappa Decker, ce furent les couleurs – des taches de rouge, de vert, de bleu et de jaune. On aurait dit qu'un arc-en-ciel lumineux brillait de mille feux devant lui. La deuxième chose qui le frappa fut les motifs et des matières qui se fondaient en une forme traversée par un même élan vital.

Il resta quelques instants silencieux, tellement impressionné qu'il était figé sur place.

Beth épiait ses moindres réactions. « Qu'est-ce que vous en pensez ?

— Penser n'est pas le mot. C'est ce que je ressens. Je n'en reviens pas.

— Vraiment ?

— C'est superbe. » Decker fit un pas en avant tout en promenant son regard sur les toiles en cours, sur celles qui étaient appuyées contre les murs, sur d'autres encore suspendues au-dessus. « C'est stupéfiant.

— Ouf, je suis soulagée.

— Mais il doit bien y en avoir – Decker fit un décompte rapide – plus d'une douzaine. Et toutes sur le Nouveau-Mexique. Quand avez-vous...

— Tous les jours depuis que j'ai emménagé. Quand je n'étais pas avec vous.

— Mais vous ne m'en aviez jamais rien dit.

— J'avais trop peur. Et si vous ne les aviez pas aimées ? Si vous aviez dit qu'elles ressemblaient à ce que font tous les artistes locaux ?

— Mais elles sont différentes. Rien à voir. » Decker, allant lentement d'un tableau à l'autre, en assimila les motifs, les admira.

L'un des tableaux attira particulièrement son attention. Il représentait le lit asséché d'un cours d'eau bordé par un genévrier et des fleurs des champs rouges. Il était simple et sans prétention en apparence mais il y avait, sous cette surface, quelque chose d'autre qui lui en imposa.

« Qu'en pensez-vous ? demanda Beth.

— Parler de peinture n'est pas mon fort. Je préfère la regarder.

— Ce n'est pas si difficile que ça. Qu'est-ce qui vous a frappé d'abord ? Qu'est-ce qui domine ?

— Les fleurs rouges.

— Oui, dit Beth. Elles m'ont intéressée dès que j'ai su comment elles s'appelaient : " pinceaux indiens ".

— En effet, on dirait des pinceaux, dit Decker. Droites et élancées, surmontées de poils de pinceau rouges. » Il resta méditatif quelques instants. « Un tableau qui représente des fleurs qu'on appelle des pinceaux.

— Vous avez pigé, dit Beth. Les critiques d'art parlent à ce sujet de

113

peinture autoréférentielle, d'une peinture qui prend comme sujet la peinture.

— Cela pourrait alors expliquer quelque chose d'autre que j'ai remarqué dans vos toiles, dit Decker. Vos coups de pinceau font des espèces de remous dans lesquels tout se noie. C'est la technique de l'impressionnisme, non ? Ça me fait penser à Cézanne et à Monet.

— On pourrait aussi parler de Renoir, de Degas et, surtout, de Van Gogh, dit Beth. Van Gogh savait mieux que personne rendre la luminosité du soleil. Je me suis donc dit qu'une manière de rendre la peinture plus autoréférentielle encore était d'employer la technique de Van Gogh pour exprimer ce que le Nouveau-Mexique a d'unique.

— La terre du soleil dansant...

— Vous comprenez très vite. J'essaie de capter la qualité particulière de la lumière de Santa Fe. Mais si vous regardez bien, vous verrez aussi la symbolique du paysage.

— ... Là, vous me prenez de court.

— Les cercles, les replis de terrain, les motifs ensoleillés. Autant de symboles que les Navajos et les autres Indiens du Sud-Ouest utilisent pour représenter la nature.

— Sur-connotation », dit Decker.

— Tout vise à donner au spectateur l'impression que même un cours d'eau bordé d'un genévrier et de fleurs rouges est peut-être moins simple qu'il ne paraît.

— C'est magnifique.

— J'avais tellement peur que vous ne les aimiez pas.

— Qu'est-ce qu'en a dit votre marchand ?

— Dale ? Il est convaincu de toutes les vendre.

— Je ne vois pas dans ce cas en quoi mon opinion vous importe ?

— Elle m'importe, croyez-moi. »

Decker se tourna pour la regarder. Le pouls battant, il continua malgré lui : « Vous êtes très belle. »

Interloquée, elle battit des paupières. « Quoi ? »

Les mots lui vinrent à la bouche sans qu'il n'y puisse rien. « Je pense à vous tout le temps. Vous m'obsédez. »

Beth devint toute pâle.

« Je sais que c'est de la folie, dit Decker. Vous avez besoin de vous sentir libre. Vous avez besoin d'espace et... Vous allez sans doute m'éviter à partir d'aujourd'hui, mais il fallait que je le dise. Je vous aime. »

5

Beth posa sur lui un regard qui lui parut interminable.

Je viens de faire la bêtise de ma vie, pensa-t-il. J'aurais dû la fermer.

Beth le regardait d'un œil fiévreux.

« J'aurais dû choisir un autre moment », dit Decker.

Beth ne répondit pas.

« Est-ce qu'on peut encore revenir en arrière ? demanda-t-il. Faire comme si de rien n'était ?

— Ce qui est fait est fait.

— J'aurais dû m'en douter.

— Mais c'est fait.

— Pour ça, oui.

— Vous allez le regretter, dit Beth.

— Vous voulez que je m'en aille ?

— Ah non ! Je veux que vous m'embrassiez. »

Avant même de réaliser ce qui se passait, Decker la prit dans ses bras. Sa nuque frémit sous les doigts de Beth. Il eut l'impression de défaillir en l'embrassant. Les lèvres de Beth furent d'abord réticentes puis elles s'entrouvrirent. Leurs langues se rencontrèrent. Il n'avait jamais éprouvé contact aussi intime. Leur baiser se prolongea, se fit plus profond. Decker se mit à trembler, incapable de maîtriser sa réaction. Il avait le cœur qui battait à tout rompre. Lorsque sa main descendit sur les hanches de Beth, son tremblement se fit plus fort. Il lui embrassa le cou, excité par l'odeur prégnante et subtile de son savon de toilette et par le parfum plus profond, originel, de sel et de musc, de terre, de chaleur et de ciel qui émanait d'elle. Les narines frémissantes, il avait l'impression de suffoquer. Il déboutonna son chemisier et, glissant sa main sous son soutien-gorge, toucha ses seins et ses mamelons qui gonflèrent et se durcirent. Il sentit une faiblesse dans les jambes. Il s'agenouilla et embrassa la peau soyeuse de son ventre. Elle, toute frémissante, se laissa tomber en l'entraînant sur le sol. Ils s'enlacèrent et roulèrent l'un sur l'autre dans un baiser encore plus profond. Il avait l'impression de flotter comme en lévitation. Son corps et celui de Beth ne faisaient plus qu'un. Il souhaitait l'étreindre à jamais, la toucher sans que cela finisse. Précipitamment, pressés par le désir, ils se dévêtirent mutuellement. En la pénétrant, il se sentit transporté. Il allait la transpercer de son sexe, s'abolir en elle. Lorsqu'ils jouirent, il se sentit durant quelques instants suspendu entre des battements de cœur éperdus qui se prolongèrent, allèrent crescendo et explosèrent.

6

Decker ouvrit les yeux et les posa sur les vigas et les latillas qui voûtaient le plafond. Le soleil crépusculaire projetait une lueur rougeâtre à travers l'une des fenêtres. Beth, silencieuse, était étendue à côté de lui. Elle se taisait depuis plusieurs minutes, depuis qu'elle avait atteint l'orgasme. Mais, comme son silence durait, Decker se sentit mal à l'aise, craignant qu'elle n'éprouve des remords et que, réflexion faite, elle ne se sente coupable d'avoir été infidèle à son défunt mari. Elle bougea lentement et, se tournant vers lui, lui toucha la joue.

Tout va bien, se dit-il.

Beth, toute nue, se redressa et s'assit. Ses seins étaient fermes, de la taille des mains de Decker lorsqu'elles s'étaient repliées sur eux. Il repensa à la dureté exquise de ses mamelons.

Les yeux de Beth se posèrent sur le sol de briques sur lequel elle était assise. Ils étaient toujours dans la pièce qui lui tenait lieu d'atelier, entourés des couleurs somptueuses des tableaux. « La passion est une chose merveilleuse mais il faut parfois en payer le prix. » Elle eut un petit rire. « Ces briques ont dû me faire des bleus dans le dos.

— Moi, j'ai les genoux et les coudes tout éraflés, dit Decker.

— Laisse-moi regarder. Ouille, dit Beth. Si on continue comme ça, il faudra appeler les urgences. »

Decker fut pris d'un rire fou. Il en avait les larmes aux yeux.

Beth riait elle aussi, d'un rire qui donnait libre cours à une joie sans retenue. Elle se pencha vers lui et recommença à le couvrir de baisers, mais c'étaient cette fois des baisers tendres et affectueux. Elle toucha son menton bien découpé. « Tu pensais vraiment ce que tu as dit tout à l'heure ?

— Complètement et totalement. Les mots sont impuissants à le dire : je t'aime. Je t'aime tellement que j'ai l'impression de me découvrir, de n'avoir jamais vraiment vécu jusqu'à maintenant.

— Tu ne m'avais pas dit que tu n'étais pas seulement critique d'art mais aussi poète.

— Tu ignores beaucoup de choses de moi, dit Decker.

— Je suis impatiente de toutes les connaître. » Elle l'embrassa de nouveau et se leva.

Decker sentit sa gorge se serrer en contemplant sa nudité. Il fut content de voir qu'elle le laissait l'admirer sans manifester de gêne. Elle était debout devant lui, les mains à la hauteur des hanches, le corps légèrement de côté, dans une posture évoquant celle d'une danseuse, sans la moindre trace de malaise. Son nombril faisait une fine cavité sur son estomac plat. Ses poils pubiens, sombres, étaient doux et touffus. Son corps était découpé comme celui d'une athlète et en avait la souplesse. Il évoqua pour Decker la sensualité avec laquelle les sculpteurs de la Grèce antique représentaient les femmes nues.

« Qu'est-ce que tu as au côté gauche ? demanda Beth.

— Au côté gauche ?

— Cette cicatrice, là. »

Decker baissa les yeux sur la cicatrice, une sorte d'incision grossière de la taille d'un bout du doigt. « Oh, c'est seulement...

— Tu en as une autre sur la cuisse droite. » Beth fronça les sourcils et s'agenouilla pour les examiner. « A première vue, je dirais que c'est... »

Decker ne vit pas le moyen de faire diversion. « Ce sont des blessures de balles.

— Des blessures de balles ? Mais comment as-tu bien pu...

— Je n'ai pas su me baisser à temps.

— Qu'est-ce que tu racontes ?

— J'étais avec les Rangers lors de l'invasion de la Grenade en 83. » Cette fois encore, il se sentit peiné de lui mentir. « Quand les tirs ont éclaté, je ne me suis pas jeté sur le sol assez vite.

— On t'a décoré ?

— Pour ma stupidité ? » Decker gloussa doucement. « J'ai eu le Purple Heart *.

— Elles ont l'air douloureuses.

— Pas du tout.

— Je peux les toucher ?

— Ne te gêne pas. »

Doucement, elle posa un doigt à l'intérieur de la fossette qu'il avait au côté puis dans celle qu'il avait sur la cuisse. « Tu es sûr que ça ne fait pas mal ?

— Des fois, l'hiver, quand les nuits sont humides.

— Quand ça se produit, dis-le-moi. Je sais comment apaiser ça. » Beth se pencha pour embrasser tour à tour les deux cicatrices. Il sentit ses seins sur son ventre, au-dessus de ses cuisses. « Qu'est-ce que ça te fait ?

---

* La plus haute décoration américaine pour faits de guerre *(N.d.T.)*.

— Un bien fou. Dommage qu'on n'ait pas eu d'infirmières comme toi à l'hôpital militaire.

— Tu n'aurais pas fermé l'œil. » Beth se pelotonna contre lui.

« Il y a autre chose à faire dans la vie que de dormir », dit Decker. D'être étendu près d'elle et de sentir sa chaleur le comblait. Ils restèrent ainsi sans bouger ni parler durant plusieurs minutes. Le soleil dardait ses derniers feux à la fenêtre.

« Il serait peut-être temps de prendre une douche, dit Beth. Tu peux utiliser celle de la chambre d'amis ou...

— Oui ?

— Partager la mienne. »

La cabine de douche, d'une blancheur éclatante, était vaste et pouvait faire office de sauna. Elle était munie de chaque côté de banquettes en tuiles et de jets. Après s'être savonnés et frottés mutuellement à l'aide d'une éponge sous le jet d'eau chaude, après s'être embrassés et touchés, caressés et explorés dans la vapeur qui les enveloppait, ils se laissèrent tomber sur une banquette et, le cœur tremblant et battant à tout rompre, ils refirent l'amour.

7

Cette soirée fut à marquer d'une pierre blanche dans la vie de Decker. Jamais il n'avait mis autant d'émotion dans l'amour physique, jamais il n'avait éprouvé pareil respect, voire un émoi craintif, pour la personne avec laquelle il se livrait à ces ébats. Après que Beth et lui eurent fait l'amour pour la deuxième fois, après qu'ils eurent fini de prendre leur douche et de s'habiller, il perçut chez lui des sensations nouvelles, un sentiment de plénitude, l'impression d'être bien dans sa peau. On eût dit que leur union physique avait produit une autre sorte d'union, de nature différente, intangible, mystique. Quand il était auprès de Beth, il avait l'impression d'être en elle et qu'elle était en lui. Il ne lui était pas nécessaire d'être assez près d'elle pour la toucher : il lui suffisait de la voir. Il se sentait entier.

Tout en buvant du vin rouge à petites gorgées et en faisant griller sur le gril du barbecue les T-bones auxquels Beth tenait tellement, il leva les yeux vers les étoiles qui commençaient d'apparaître dans le ciel dont la couleur dans le soir évoquait celle des yeux de Beth. Son regard se porta ensuite sur la pente boisée derrière la maison de Beth, puis au-delà, sur les lumières de Santa Fe en contrebas. Ayant l'impression d'être comblé comme il ne l'avait jamais été, il jeta un coup d'œil à travers la porte moustiquaire de la cuisine pour la regarder préparer la salade. Elle fredonnait.

Elle s'aperçut qu'il l'observait. « Qu'est-ce que tu regardes ?

— Toi. »

Elle sourit de plaisir.

« Je t'aime », lui répéta Decker.

Beth vint vers lui, ouvrit la porte, se pencha à l'extérieur et l'embrassa. Ce fut comme si un courant électrique passait entre eux. « Tu es la personne au monde qui compte le plus pour moi. »

A cet instant, l'idée traversa l'esprit de Decker que le vide dont il avait souffert durant tant d'années était enfin comblé. Il se revit à Rome seize mois plus tôt, le jour de son quarantième anniversaire, il repensa à l'ennui qu'il avait éprouvé, à son désert intérieur. Lui qui voulait une femme, une famille, un foyer, voilà qu'il avait désormais tout cela à portée de la main.

8

« Je crois que je vais devoir m'absenter pour deux ou trois jours, dit Beth.

— Oh ? » Decker, qui négociait les étroits virages en épingle et bordés de pins de Tano Road, au nord de la ville, lui jeta un regard troublé. C'était le 9 septembre, à la fin de la saison touristique, le premier soir de la Fiesta. Il y avait neuf jours qu'ils étaient amants. « C'est quelque chose d'imprévu ? Tu ne m'en avais rien dit.

— Imprévu ? Oui et non, dit-elle en tournant les yeux vers les collines ensoleillées du côté des monts Jemez à l'ouest. Ce qui est imprévu, c'est que je doive partir après-demain. Mais je savais que je devrais finalement faire ce voyage. Il faut que je retourne dans le comté de Westchester. J'ai des avocats à voir, des choses comme ça. Pour la succession de mon mari. »

L'allusion de Beth à son défunt mari mit Decker mal à l'aise. Il évitait autant que possible de parler de lui avec elle, craignant que les souvenirs qu'elle en gardait ne la rendent ambivalente à son égard. Serais-tu jaloux d'un mort ? se demandait-il.

« Deux ou trois jours ? Quand penses-tu être de retour ?

— Il se peut même que je sois absente plus longtemps. Une semaine peut-être. C'est terre à terre et mesquin mais c'est important. Mon mari avait des associés qui contestent la valeur de sa participation dans l'entreprise.

— Je vois », dit Decker qui avait mille questions au bout de la langue mais ne voulait pas se mêler de ce qui ne le regardait pas. Si Beth voulait se confier à lui sur sa vie passée, elle le ferait. Il était bien décidé à ne pas la bousculer. Et puis, ce soir-là, on était censé s'amuser. Ils se rendaient à une soirée donnée à l'occasion de l'ouverture de la Fiesta chez un producteur de films que Decker avait représenté en tant qu'agent immobilier. Beth n'avait manifestement pas envie de parler de ses problèmes juridiques. Alors, pourquoi l'y forcer ? « Tu vas me manquer.

— Moi aussi, dit-elle. La semaine va être longue. »

9

« ... il est mort jeune. »

Decker entendit ce fragment de conversation qui provenait d'un groupe de femmes debout derrière lui tandis qu'il buvait un margarita et écoutait un trio de jazz placé dans un coin du spacieux living. Le pianiste en smoking, qui ne se débrouillait pas trop mal dans un pot-pourri de morceaux de Henry Mancini, était en train d'improviser sur le *Moon River* de ce compositeur.

« De la tuberculose, entendit Decker derrière lui. Il n'avait que vingt-cinq ans. Il n'a commencé à écrire qu'à vingt et un ans. Incroyable qu'il ait fait une telle œuvre en un si court laps de temps. »

Decker oublia le pianiste pour observer les deux cents invités que son client, le producteur de cinéma, avait conviés à sa soirée. Les serveurs du traiteur, en livrée, circulaient avec les cocktails et les hors-d'œuvre tandis que les personnes présentes allaient de pièce en pièce tout en admirant la somptueuse demeure. Les personnalités en vue de la ville frayaient entre elles sans manières mais la seule personne de toute l'assemblée qui occupait l'attention de Decker était Beth.

Lorsqu'il avait fait sa connaissance, elle ne portait que des vêtements de la Côte Est. Mais cela avait peu à peu changé. Ce soir-là, elle était vêtue d'une tenue de fantaisie d'inspiration hispanique comme on les aime dans le Sud-Ouest américain. La jupe et le haut étaient en un velours dont le bleu nuit s'accordait bien à ses yeux bleu-gris et à sa chevelure auburn ramenée à l'arrière en une queue de cheval retenue par une barrette de même facture que son collier en argent martelé. Elle était assise avec un groupe de femmes autour d'une table basse dont les pieds en fer forgé soutenaient une porte vieille de deux siècles. Elle paraissait à l'aise, bien dans sa peau, comme si elle vivait à Sante Fe depuis toujours.

« Je ne l'ai pas lu depuis la fac, dit l'une des femmes.

« Je me demande bien ce qui vous intéresse dans la poésie ? demanda une autre qui paraissait consternée à l'idée que l'on pût s'y intéresser.

— Et pourquoi Keats ? » demanda encore une autre des femmes.

Decker mobilisa son attention. Jusqu'à cet instant, il ignorait de quel écrivain discutaient ces femmes. Par toute une chaîne d'associations, l'allusion à Keats sollicita sa mémoire et le ramena à Rome. Il réprima une expression de mécontentement en se rappelant comment il avait suivi Brian McKittrick au bas de l'escalier de la place d'Espagne et devant la maison où Keats était mort.

« Comme ça, pour le plaisir, je suis un cours au St.John's College, dit une quatrième femme. Il est intitulé " Les grands poètes romantiques ".

— Ah, fit la seconde. Je parierais que c'est le mot " romantique " qui vous a séduite dans l'intitulé du cours.

— Ce n'est pas ce que vous pensez, dit la quatrième. Ça n'a rien à voir avec ces romans à l'eau de rose que vous aimez lire et que j'avoue ne pas dédaigner moi non plus. C'est tout à fait autre chose. Keats a écrit sur la passion entre les hommes et les femmes, oui, mais sans mièvrerie. »

La répétition du nom de Keats remit en mémoire à Decker non seulement McKittrick mais aussi la mort des vingt-deux Américains. Il fut troublé à l'idée qu'un poète dont le nom était synonyme de vérité et de beauté fût irrévocablement associé dans son esprit à un restaurant plein de corps calcinés.

« Il écrivait sur l'émotion, dit la quatrième femme. Sur la beauté vécue comme passion. Sur... C'est difficile à expliquer. »

Darkling I listen; and, for many a time / I have been half in love with easeful Death *. Ces vers lyriques de Keats se présentèrent spontanément à l'esprit de Decker. Avant même de s'en rendre compte, il se joignit à la conversation. « Sur de belles choses qui deviennent presque insoutenables lorsqu'on les voit à travers un être jeune et sur le point de mourir. »

---

* Tapi dans les ténèbres, j'écoute ; et plus d'une fois / J'ai été à demi amoureux de la Mort qui m'ouvrait les bras.

Les femmes levèrent sur lui des regards surpris, à l'exception de Beth, qui l'avait regardé affectueusement à la dérobée pendant toute la conversation.

« Steve, j'ignorais que vous vous y connaissiez en poésie, dit la quatrième femme. Vous n'allez pas me dire qu'un homme comme vous, qui aide les gens à trouver des maisons superbes comme celle-ci, suit aussi des cours à St. John's College ?

— Non. Keats n'est qu'un souvenir de collège, mentit Decker.

— Là, vous commencez à m'intéresser, dit l'une des femmes. C'est vrai que Keats avait à peine vingt ans et se mourait de la tuberculose quand il a écrit ses grands poèmes ? »

Decker acquiesça tout en pensant aux coups de feu tirés sous la pluie dans l'obscurité au fond d'une cour.

« Il avait vingt-cinq ans, répéta la quatrième femme. Il est enterré à Venise.

— Non, à Rome », dit Decker.

— Vous en êtes sûr ?

— La maison où il est mort se trouve près de la fontaine du Bernin, à droite en venant de la place d'Espagne.

— A vous entendre, on dirait que vous y êtes allé. »

Decker haussa les épaules.

« Des fois j'ai l'impression que vous avez tout vu, dit une jolie femme. Un de ces jours, il faudra que vous me racontiez la vie pasionnante que vous meniez avant de vous installer à Santa Fe.

— J'étais dans l'immobilier, ailleurs. Rien de très intéressant, j'en ai bien peur. »

Comme si elle avait deviné que Decker désirait bouger, Beth se leva et lui offrit un bras charitable. « Si quelqu'un doit entendre le récit de la vie de Steve, ce sera moi. »

Reconnaissant envers Beth de l'avoir arraché à cette conversation sur ses états d'âme, il marcha lentement avec elle jusqu'à un vaste patio en brique. Dans l'air frais de la nuit, ils levèrent les yeux vers le ciel rempli d'étoiles.

Beth le prit par la taille. Humant son parfum, Decker l'embrassa sur la joue. Il sentit sa gorge se serrer agréablement.

L'ayant conduite hors du patio, loin des lumières et de la cohue, dissimulé dans l'ombre des pins, Decker l'embrassa passionnément. Lorsque Beth leva le bras pour le passer autour de son cou et lui rendre son baiser, il eut l'impression que le sol se dérobait sous ses pieds. Elle avait les lèvres douces mais fermes, excitantes. Ses mamelons se pressaient contre lui sous son chemisier. Il en avait le souffle coupé.

« Allez, vas-y, raconte-moi l'histoire captivante de ta vie.

— Une autre fois. » Decker lui embrassa le cou tout en inhalant son parfum. « On a autre chose à faire pour l'instant. »

Mais il n'arrivait pas à chasser de son esprit Rome, McKittrick, ce qui s'était passé dans la cour de l'immeuble. Ce ténébreux cauchemar l'obsédait. Il avait espéré faire une croix sur tout ce que représentait McKittrick. Et voilà que maintenant, tout comme deux mois plus tôt, il ne pouvait s'empêcher de se demander pour quelle raison McKittrick était venu jusqu'à Santa Fe pour le surveiller.

10

« Il est arrivé ?

— Cet après-midi, répondit Decker. Je n'ai pas eu l'occasion de te le montrer. » Ils revenaient de la soirée et roulaient dans le Camino Lindo plongé dans l'ombre.

« Montre-le-moi maintenant.

— Tu n'es pas trop fatiguée ?

— Enfin, si je suis fatiguée, je pourrai toujours rester dormir chez toi, non ? »

Le « il » auquel ils faisaient allusion était un lit que Decker avait commandé à un artiste local, John Massey, un spécialiste du fer forgé. Massey, avec pour seuls outils une forge, une enclume et un marteau, avait donné aux montants en fer du lit la forme de motifs complexes qu'on aurait dits en bois sculpté.

« Il est magnifique, dit Beth après que Decker eut garé la Cherokee sous l'auvent et qu'ils furent entrés dans la maison. C'est encore plus saisissant que ce que tu m'avais décrit. » Elle toucha le poli noir et luisant du métal. « Ces personnages sur la tête du lit ont l'air d'être inspirés de motifs navajos mais ils ressemblent aussi aux hiéroglyphes égyptiens, les pieds d'un côté, les mains de l'autre. On dirait vraiment qu'ils sont ivres.

— John a le sens de l'humour. Ces personnages ne sont inspirés de rien. Il les invente.

— En tout cas, ils me plaisent, dit Beth. Ils me font sourire. »

Decker et elle admirèrent le lit sous tous les angles.

« Il a l'air solide », dit-il.

Beth appuya une main sur le matelas. Elle le regarda d'un air coquin. « On l'essaie ?

— Je ne demande pas mieux, dit Decker. Si on le casse, je demanderai à John de me rendre mon argent. »

Il éteignit. Lentement, au milieu de baisers interminables, ils se dévêtirent mutuellement. La porte de la chambre étant ouverte, le clair de
lune s'y déversait à travers la haute verrière du couloir. Sous l'éclat de la
lune, les seins de Beth parurent d'ivoire aux yeux de Decker. S'agenouillant comme pour procéder à un culte, il posa ses lèvres sur sa toison.

11

Ils avaient dû passer par-dessus le mur de derrière. C'était arrivé
après trois heures sept du matin. Decker le sut avec précision parce
qu'il possédait un vieux réveil à aiguilles et que celles-ci s'étaient arrêtées à cette heure-là, ainsi qu'il devait le découvrir par la suite.

Incapable de dormir, il était étendu sur le côté, admirant la visage de
Beth dans le clair de lune, anticipant déjà son retour de voyage et la fin
de leur séparation. Il entendait au loin les pétarades étouffées des feux
d'artifice déclenchés dans les soirées privées où l'on continuait de célébrer la Fiesta. Il y aura pas mal de gueules de bois demain matin,
pensa-t-il. Et les voisins qui essaient de dormir. La police aura du pain
sur la planche pour répondre à toutes les plaintes. Quelle heure est-il ?
se demanda-t-il et il se tourna vers le réveil.

Il n'en put voir le cadran lumineux. Croyant avoir déposé les vêtements de Beth devant le réveil, il tendit la main pour les retirer mais,
au lieu de cela, il toucha le réveil lui-même. La perplexité lui fit froncer
les sourcils. Pour quelle raison le cadran lumineux aurait-il été éteint ?
Les pétarades des feux d'artifice continuaient dans le lointain. Mais ce
bruit ne s'imposait pas suffisamment pour l'empêcher d'entendre quelque chose d'autre – un faible raclement de métal contre du métal.

Troublé, Decker se mit sur son séant. Le bruit venait d'au-delà du
pied du lit, de la droite, de la porte qui se trouvait au fond du couloir
couvert d'une verrière à l'extérieur de sa chambre. Cette porte donnait
sur un petit jardin et sur un patio. Le ténu raclement métallique continuait.

D'un geste vif, il posa sa main sur la bouche de Beth. Le clair de lune
lui révéla la stupeur qui parut dans ses yeux lorsqu'elle les ouvrit. Tandis qu'elle se débattait pour se libérer de sa main sur sa bouche, il
approcha sa tête de son oreille gauche et lui chuchota dans un tendre
murmure : « Ne dis rien. Ecoute-moi. Quelqu'un essaie de pénétrer par
effraction dans la maison. »

On entendait le grattement du métal.

« Sors du lit. Dans le placard. Vite. »

Nue, Beth descendit rapidement du lit et se précipita dans le placard qui se trouvait à droite dans la pièce. Il était vaste, de trois mètres sur quatre, on pouvait y marcher. Il n'avait pas de fenêtres et il y faisait plus sombre que dans la chambre.

Decker ouvrit d'un coup sec le tiroir du bas de sa table de chevet et y prit le Sig-Sauer 928 qu'il avait acheté à son arrivée à Santa Fe. Il s'accroupit près du lit dont il se servit pour se mettre à couvert tout en saisissant le téléphone de chevet. Mais il comprit en portant le combiné à son oreille qu'il était surperflu de faire le 991 : il n'y avait pas de tonalité.

Un silence tomba soudainement qui accrut la tension de Decker : le bruit de grattement métallique s'était tu. Se glissant vivement dans le placard, où il ne put voir Beth, il se mit à l'abri derrière une petite coiffeuse. Tandis qu'il pointait son arme en direction de la porte ouverte de sa chambre, le stress le fit frissonner et il sentit le froid sur son corps nu alors même qu'il était en sueur. La porte de derrière à droite, qu'il avait eu l'intention de huiler, s'ouvrit en grinçant.

Qui est-ce qui peut bien être en train de pénétrer ainsi par effraction ? se demanda-t-il. Un cambrioleur ? Ce n'était pas impossible. Mais la propension au soupçon que lui avait léguée sa vie antérieure reprit le dessus. Il n'arrivait pas à s'ôter de la tête que c'était une vieille histoire inachevée qui le rattrapait.

Le système de sécurité fit aussitôt entendre son bruit lancinant, brève alerte qui précédait l'assourdissant vacarme de l'alarme. Celle-ci ne changerait pas grand-chose : la ligne téléphonique ayant été coupée, son signal ne pourrait parvenir à la société de sécurité. Si le détecteur n'avait pas été alimenté par une pile électrique en cas de panne de courant, on n'aurait même pas entendu le gémissement lancinant de l'alarme.

Celle-ci hurlait maintenant de manière continue. Des ombres firent irruption dans la chambre. De brefs éclairs percèrent l'obscurité et des rafales d'armes automatiques agressèrent le tympan de Decker. Les éclats illuminèrent l'impact d'une multitude de balles sur les draps du lit tandis que les plumes d'oreiller voletaient et que la rembourrure du matelas explosait.

Avant que les tueurs n'aient eu le temps de se rendre compte de leur erreur, Decker appuya à plusieurs reprises sur la détente du pistolet. Deux d'entre eux vacillèrent et tombèrent. Un troisième sortit à toute vitesse de la pièce. Decker le visa et le rata, la balle faisant voler en éclats la verrière tandis que l'intrus disparaissait dans le couloir.

Decker, qui avait les paumes moites, se félicita de ce que son pistolet fût équipé d'une crosse à damier qui ne glissait pas sous la main. Sa peau nue suait abondamment. Traumatisés par le crépitement des armes automatiques, ses tympans bourdonnaient douloureusement. Aucun bruit ne lui parvenait du tireur qui avait pris la fuite. Decker ignorait en l'occurrence si les trois hommes avaient seuls pénétré dans la maison et il ne pouvait dire s'il avait atteint sérieusement ou non les deux qu'il avait touchés. Seraient-ils encore en mesure de tirer sur lui s'il essayait de quitter le placard?

Il attendit impatiemment que sa vision nocturne, éblouie par l'éclat des projectiles, revienne. Le fait de ne pas savoir où était Beth l'inquiétait. Sûrement quelque part dans le vaste placard. Mais peut-être s'était-elle mise à couvert, derrière la commode en cèdre éventuellement? Il ne pouvait courir le risque de regarder derrière lui dans l'espoir d'apercevoir son ombre noyée dans les ténèbres. Il lui fallait concentrer son attention sur la chambre, prêt à réagir si quelqu'un l'attaquait de ce côté. Il eut des sueurs froides dans le dos à la pensée terrible que le placard possédait une autre entrée dont la porte, derrière lui, ouvrait sur la buanderie. Si le tireur faisait le tour en catimini et attaquait par là...

Je ne peux pas être aux aguets de deux côtés à la fois, se dit Decker. Il se peut aussi que l'autre type se soit enfui.

Toi, est-ce que tu te serais enfui?

Peut-être.

Tu parles!

L'appréhension le fit se raidir. On était au milieu de la nuit, le téléphone et l'électricité étaient coupés, il n'y avait aucun moyen d'appeler au secours, aucune chance que le signal d'alarme parvienne à la police : tout ce dont le tireur pouvait à la rigueur s'inquiéter, c'était de savoir si les coups de feu ou le vacarme de l'alarme avaient réveillé les voisins. Mais pouvait-on entendre des bruits comme ceux-là à l'extérieur des épais murs d'adobe? La maison la plus proche étant à plusieurs centaines de mètres, le bruit avait dû être étouffé par la distance et les coups de feu ressemblaient aux pétarades des feux d'artifice que Decker avait entendues dans le lointain. L'intrus pouvait penser qu'il avait encore un peu de temps devant lui.

L'attaque ne vint pas de la buanderie. Au lieu de cela, les rafales d'arme automatique crépitèrent depuis l'entrée de la chambre, l'éclat des projectiles ponctuant l'obscurité de flammèches brillantes, les balles déchiquetant les deux montants de la porte du placard, mitraillant l'ouverture, touchant le mur derrière, lacérant les vêtements sur les cintres, faisant exploser les boîtes de chaussures et les sacs de vêtements, projetant des morceaux de tissu, de bois et de carton dont des fragments heurtèrent Decker dans le dos. L'odeur âcre de la cordite emplissait les lieux.

Le vacarme de l'arme automatique s'arrêta aussi brusquement qu'il s'était déclenché et l'on n'entendit plus que le hurlement du système de sécurité. Decker n'osa pas tirer vers l'endroit d'où étaient parties les rafales : le tireur avait sans doute changé de position et attendait, pour pointer son arme, que Decker fasse feu avec la sienne.

Decker perçut un mouvement dans le placard. C'était le corps nu de Beth qui venait de surgir d'un coin sombre. Elle connaissait la maison et n'ignorait pas l'existence de la porte de la buanderie. Au moment où elle tournait la poignée et poussait la porte, l'arme automatique crépita et les balles filèrent dans sa direction. Decker crut l'entendre pousser une plainte. Il y avait tellement de bruit qu'il n'en fut pas sûr, mais elle se tenait l'épaule en disparaissant dans l'obscurité de la buanderie. Il fut tenté de courir la rejoindre mais n'osa pas céder à cette impulsion suicidaire. Le tireur, comptant sur une perte de contrôle de sa part, espérait qu'il se montrerait. Au lieu de cela, Decker s'adossa encore de plus près à la coiffeuse, son arme à la main, espérant que ce serait le tireur lui-même qui perdrait patience.

Je vous en prie, mon Dieu, je vous en prie. Faites que Beth ne soit pas touchée.

Il concentra ses efforts sur la surveillance de l'entrée de la chambre. Il espérait entendre le bruit que ferait le tireur si celui-ci s'éloignait, mais le bourdonnement dans ses oreilles devenait plus douloureux. Il se dit alors que cela valait aussi peut-être pour son assaillant : si lui-même avait l'ouïe momentanément diminuée, l'autre ne devait pas entendre très bien, lui non plus. Il se pouvait qu'il existât un moyen de tourner leur infirmité mutuelle à son avantage. Près de la coiffeuse qui lui servait de bouclier il y avait un escabeau métallique d'environ un mètre de haut dont il se servait habituellement pour atteindre des objets sur l'étagère supérieure. Cet escabeau était à peu près de la largeur d'un homme de sa carrure. Saisissant une chemise qu'il avait laissée sur la coiffeuse, Decker en recouvrit l'escabeau. Dans l'obscurité, cela donnait une silhouette qui ressemblait à quelqu'un d'accroupi. Il poussa l'escabeau devant lui, priant le ciel que l'ouïe du tireur soit effectivement diminuée et que le hurlement du système d'alarme l'empêche d'entendre les grincements de l'escabeau sur le plancher. Il poussa avec force l'escabeau hors du placard, l'envoyant voler à travers la chambre, vers l'endroit où il avait vu le tireur pour la dernière fois.

Un tir violent déchira la chemise et les balles renversèrent l'escabeau. Decker tira au même moment à plusieurs reprises en direction des éclairs des projectiles dans le couloir. Les rafales sautillèrent en saccades vers le plancher, éclairant un homme prostré de douleur dont l'arme automatique parsemait de trous les tommettes du plancher. Lorsqu'il tomba, les rafales cessèrent.

Craignant que ses propres rafales ne le fissent prendre pour cible, Decker roula sur lui-même. Il alla s'accroupir sur le côté opposé à l'entrée du placard, tira encore en direction de l'homme qu'il venait de toucher puis vers chacun de ceux qu'il avait déjà atteints et battit ensuite rapidement en retraite dans la buanderie.

Beth. Il fallait qu'il la trouve, qu'il s'assure qu'elle n'était pas blessée. Il devait l'empêcher de se mettre de nouveau à courir et de s'exposer tant qu'il ne serait pas convaincu qu'il n'y avait plus personne d'autre dans la maison. Dans la buanderie, l'odeur douceâtre du détergent faisait ressortir l'âcreté de la cordite. Percevant un mouvement entre le réservoir d'eau chaude et l'adoucisseur d'eau, il se glissa avec une prudence infinie dans cette direction et y trouva Beth. Au même instant, une violente déflagration provenant d'un fusil le fit sursauter tandis que la porte de la buanderie explosait vers l'intérieur, ébranlant Decker sous son choc. Beth et lui se plaquèrent sur le sol.

Sa vision nocturne déjà affaiblie par l'éclat rapproché du coup de feu tiré par le fusil, Decker fut de nouveau aveuglé par un deuxième éclair, un coup de feu tiré cette fois encore par un fusil. L'ombre massive du tireur fonça à l'intérieur en tirant une troisième fois tandis que Decker, qui avait braqué son arme vers le haut, lui logeait une balle dans le ventre depuis sa position sur le sol.

Un liquide chaud coula sur Decker. *Du sang?* Mais le liquide en question n'était pas seulement chaud, il était presque bouillant. Et il ne faisait pas que couler, il déferlait. Le réservoir d'eau chaude a dû être touché, pensa Decker; s'efforçant en désespoir de cause de ne pas tenir compte de la douleur que lui causait l'eau brûlante qui se répandait sur lui, il concentra toute son attention sur l'obscurité qui lui faisait face et où, quelques secondes auparavant, les éclats de balles lui avaient révélé la présence du tireur armé d'un fusil. Il perçut la respiration haletante de Beth à côté de lui. Il huma l'odeur cuivrée du sang, reconnaissable entre toutes. Une odeur *forte*. Mais elle ne venait pas uniquement de l'endroit où se trouvait son assaillant. Elle lui sembla provenir aussi de plus près de lui. Une pensée terrible s'imposa à son esprit: *Beth avait-elle été touchée?*

Sa vision nocturne commençait à se remettre du traumatisme subi par l'éclat des coups de feu, il aperçut le contour massif d'un corps sur le sol, à l'entrée de la buanderie. Beth tremblait à côté de lui. Decker, sous le choc des spasmes de terreur de Beth, fit le compte du nombre de coups de feu qu'il avait lui-même tirés et dut combattre sa propre terreur en se rendant compte qu'il ne lui restait qu'une seule balle.

Trempé par l'eau brûlante, il passa un doigt sur les lèvres de Beth, l'incitant en silence à se taire. Puis il rampa sur le sol mouillé de la buanderie en direction de l'entrée. Le clair de lune provenant de la verrière du couloir lui permit de constater que le fusil était tombé à côté du cadavre.

Decker espéra en tout cas qu'il s'agissait bien d'un cadavre. Prêt à tirer sa dernière balle, il tâta le pouls de l'inconnu. Ne le trouvant pas, il se détendit quelque peu. Il fouilla sous le coupe-vent du cadavre et sa main rencontra un revolver. Il poussa aussitôt le fusil dans la buanderie, revint vers Beth dans l'obscurité, chercha à tâtons et souleva la trappe qui menait à un passage sous la maison et y guida Beth. La plupart des maisons de Santa Fe, étant construites sur des parpaings, n'avaient pas de sous-sol. Quelques-unes, telle celle de Decker, possédaient un tunnel de service d'un peu plus d'un mètre de haut sous le plancher.

Beth, contractée, refusa d'abord de descendre l'escalier de bois. Une odeur de poussière montait dans le noir. Puis elle parut accepter de considérer le sous-sol comme un asile protecteur et, toute tremblante, y descendit vivement tandis que l'eau chaude s'y engouffrait avec elle. Decker lui étreignit le bras droit en un geste dont il espéra qu'elle y puiserait un réconfort puis il referma la trappe.

Toujours énervé par le bruit strident du système d'alarme, il rampa en direction de l'obscurité du coin le plus éloigné et alla prendre position près de la fournaise. De là, il avait chacune des entrées de la buanderie dans sa ligne de mire. Il tenait le revolver du tireur dans la main gauche, son propre pistolet dans la droite et, en guise d'ultime recours, il avait fait glisser vers lui le fusil, espérant que le tireur n'en avait pas épuisé toutes les munitions.

Mais autre chose aussi le tenaillait, qui lui faisait ressentir un terrible sentiment d'urgence. La patience, il le savait, est la clé de la survie. S'il tentait de fouiller la maison, il risquait de tomber sur quelqu'un qui s'y cachait. La prudence aurait voulu qu'il ne bouge pas et attende que l'autre se manifeste. Mais Decker ne put se retenir de précipiter les choses. Il se représenta la claustrophobie croissante de Beth, accroupie dans l'obscurité et l'humidité du sous-sol. Il se représenta sa souffrance qui empirait. En lui touchant le bras droit pour essayer de la rassurer, il en avait eu les doigts tout collants d'un liquide plus épais que de l'eau : un liquide chaud et qui sentait : du sang. Elle avait été touchée.

Il faut que je lui trouve un médecin, pensa Decker. Je ne peux plus attendre. Il rampa hors de l'endroit où il était tapi derrière la fournaise et s'approcha de l'entrée qui donnait sur le couloir, prêt à s'élancer en tirant de tout côté. Au lieu de cela, il s'immobilisa lorsque le rayon d'une lampe de poche vint fixer le cadavre à ses pieds.

Il s'adossa au mur intérieur de la buanderie. Le corps tout luisant de sueur mêlée à de l'eau, il se concentra sur la sortie de la buanderie qui donnait dans le couloir avant de jeter un regard nerveux à travers la porte du placard. Pourquoi utiliseraient-ils une lampe de poche ? La logique voulait qu'ils ne se fassent pas voir. Cette lampe de poche, ça doit être un truc, pensa-t-il, une tentative pour me distraire pendant que quelqu'un, venant dans la direction opposée, sortira du placard dans le noir.

A sa grande surprise, la lampe de poche s'éloigna, se dirigeant vers la porte d'entrée. Cela aussi était illogique. A moins que... Pouvait-il se fier à la pensée qui venait de le traverser ? qu'il s'agissait d'un voisin qui avait fini par se dire que les rafales étouffées qu'il entendait ne pouvaient pas provenir en fin de compte des feux d'artifice ? Ledit voisin pouvait très bien avoir appelé le 991. La lampe de poche pouvait tout à fait être celle d'un policier. Un policier solitaire se serait comporté exactement de cette manière – dès qu'il aurait vu le corps, ignorant de quoi il retournait, une fusillade éventuellement, il serait revenu sur ses pas pour appeler à l'aide sur sa fréquence radio.

Les battements de cœur de Decker s'accélérèrent. En d'autres circonstances, il n'aurait pas couru le risque de trahir sa position. Mais Beth avait été touchée. Comment savoir quelle était la gravité de sa blessure ? S'il hésitait encore davantage, elle risquait de perdre tout son sang dans le sous-sol. Il fallait agir.

« Attendez ! cria-t-il. Je suis dans la buanderie ! J'ai besoin d'aide ! »

Le rayon de la lampe de poche s'immobilisa, revint éclairer le couloir et se fixa sur l'entrée de la buanderie. Decker se rendit immédiatement compte du nouveau risque qu'il venait de prendre : ses oreilles bourdonnaient si douloureusement qu'on aurait pu lui répondre en criant sans qu'il le sache. S'il ne répondait pas, ou si ce qu'il répondait n'avait pas de lien logique avec ce que le policier avait crié (en supposant qu'il s'agisse bien d'un policier), il éveillerait les soupçons de ce dernier.

« J'habite ici ! cria Decker. Il y a des hommes qui sont entrés par effraction ! J'ignore qui vous êtes et je n'ose pas sortir de ma cachette ! »

Le rayon de la lampe de poche se déplaça comme si celui qui la tenait cherchait à se mettre à couvert dans l'embrasure d'une porte.

« Je ne peux pas vous entendre ! Il y a eu des coups de feu ! Mes tympans sont foutus ! cria Decker. Si vous êtes de la police, faites glisser votre insigne sur le sol dans le couloir de manière que je puisse le voir depuis le seuil de cette porte ! »

Decker attendit, promenant un regard nerveux de l'embrasure de la porte à la porte opposée qui donnait dans le placard, craignant de prêter flanc à une attaque d'un côté ou de l'autre. Il devait tenter sa chance. Beth, pensait-il. Beth. Il faut que j'aille à son secours.

« Je vous en prie, cria-t-il. Si vous êtes un policier, faites glisser votre insigne sur le sol ! »

Comme il n'avait pu l'entendre ricocher, il fut surpris par l'apparition soudaine de l'insigne sur le sol en brique du couloir. Il fut arrêté par le corps du tireur.

« Parfait ! » cria-t-il. Il avait mal à la gorge et avalait avec difficulté. « Vous devez vous demander ce qui se passe ! Vous devez être aussi nerveux que moi ! Je vais sortir les mains en l'air ! Je vais vous les montrer d'abord ! »

Il déposa les armes sur un comptoir de la buanderie à sa droite, à un endroit où il pourrait revenir les reprendre à toute vitesse s'il avait mal apprécié la situation. « Je vais sortir ! Lentement ! Je vais d'abord montrer mes mains ! » A l'instant même où il passait le seuil de la porte, les mains au-dessus de la tête, le rayon de la lampe de poche vint se poser sur ses yeux, l'aveuglant presque, le rendant encore plus vulnérable.

On aurait dit que le temps s'était arrêté. Le rayon de la lampe de poche était toujours posé sur lui. Le policier, si c'en était un (malgré l'insigne sur le sol, Decker en douta tout à coup fortement), ne bougea pas, se contentant de l'observer.

Et si c'était un tueur à gages qui le tenait en joue ?

Decker, dont les yeux étaient agressés par le rayon de la lampe de poche fixé sur eux, aurait voulu abaisser une main pour les protéger mais il n'osa faire un seul geste afin de ne pas énerver celui qui l'observait. Le rayon lumineux se posa sur sa nudité puis remonta vers ses yeux.

Le temps recommença à couler.

Le rayon de la lampe de poche se déplaça, se rapprocha. Decker, dont la bouche était atrocement sèche, avait la vision si diminuée qu'il ne put voir la sombre silhouette qui se dessinait devant lui, voir de quelle manière l'autre était vêtu, l'identifier.

Puis la lampe de poche et la silhouette furent tout près de lui. Decker, ne sachant toujours pas à qui il avait affaire, gardait les mains levées. Elles étaient engourdies. Il eut l'impression que la silhouette lui parlait mais il n'entendait rien.

La silhouette se pencha à l'improviste vers lui et Decker put saisir faiblement ce qu'elle criait.

« *Vous ne m'entendez pas ?* »

La lueur périphérique de la lampe de poche lui permit de constater que la silhouette, celle d'un homme trapu, de type hispanique, portait un uniforme.

« Je suis presque sourd ! » Le vacarme de l'alarme et le bourdonnement dans ses oreilles étaient atroces.

« *... êtes-vous ?*

— *Quoi ?* » Decker eut l'impression que sa voix venait de l'extérieur de lui-même.

« *Qui êtes-vous ?*

— Stephen Decker ! Je suis le propriétaire de cette maison ! Est-ce que je peux baisser les mains ?

— *Oui. Où sont vos vêtements ?*

— Je dormais lorsqu'ils sont entrés en forçant la porte ! Je n'ai pas le temps de vous expliquer ! Mon amie est dans le sous-sol !

— *Quoi ?* » La voix du policier trahissait moins de l'incompréhension que de l'étonnement.

« Le sous-sol ! Il faut que j'aille la sortir de là ! » Decker bondit vers la buanderie accompagné dans son mouvement par le rayon de la lampe de poche. Les mains tremblantes, il saisit l'anneau métallique incorporé dans la trappe. Il la souleva violemment et descendit à tâtons dans l'obscurité les marches de bois, accueilli par une odeur de terre, d'humidité et, par celle, troublante, du sang.

« Beth ! »

Il ne la voyait pas.

« Beth ! »

Le rayon de la lampe de poche, projeté d'au-dessus de lui, emplit le puits sombre où il vit Beth blottie et tremblante dans un coin. Il se précipita vers elle, presque hors de portée de la lampe de poche, mais pas au point de ne pas remarquer la pâleur de son visage. Elle avait l'épaule et le sein droits tachés de sang.

« *Beth !* »

Il s'agenouilla et la prit dans ses bras, sans tenir compte de la terre et des toiles d'araignée. Il s'aperçut qu'elle sanglotait.

« Tout va bien. Tu n'as plus rien à craindre. »

Peut-être lui répondit-elle mais il ne le sut pas. Il n'entendait rien, trop occupé qu'il était à la guider hors du sous-sol en direction de la lampe de poche au haut de l'escalier. Le policier, surpris par sa nudité, l'aida à la hisser. Decker la recouvrit d'une chemise sale qu'il prit dans un panier d'osier dans la buanderie. Elle trébucha légèrement et il dut la soutenir lorsqu'ils empruntèrent le couloir vers la porte d'entrée.

Decker eut l'impression que le policier lui criait quelque chose mais il ne l'entendit pas plus que précédemment. « Le boîtier du système d'alarme est près de la porte d'entrée ! Je vais le couper ! »

Il tendit la main vers le boîtier qui se trouvait à l'extrémité du couloir près de la porte, se demandant brièvement comment il se faisait qu'il y ait de la lumière alors qu'il n'y avait pas d'électricité, mais se souvint aussitôt que le système d'alarme possédait une pile qui fournissait du courant d'appoint. Il fit le code et sentit aussitôt ses épaules s'affaisser de soulagement lorsque l'alarme se tut.

« Enfin ! » murmura-t-il, n'ayant plus qu'à lutter désormais contre le bourdonnement qu'il ressentait encore dans les oreilles. Il soutenait toujours Beth. Il sentit, à sa grande consternation, qu'elle vomissait. « Il faut appeler une ambulance.

— *Où est-ce qu'il y a un téléphone ?* cria le policier.

— Il ne marche pas ! Le courant est coupé ! La ligne aussi ! » Ses oreilles commençaient à le faire moins souffrir. Il entendait un peu mieux.

« *Qu'est-ce qui s'est passé ici ?* »

Beth, qui n'en pouvait plus, s'effondra.

Decker la retint et la déposa sur le sol en brique du vestibule. Il per-

çut un vent froid depuis la porte d'entrée. « Allez chercher du secours !
Je vais rester avec elle !

— Je vais utiliser la radio de ma voiture de patrouille ! » Le policier
sortit précipitamment de la maison.

Jetant un coup d'œil dans la direction où celui-ci était parti, Decker
aperçut les phares allumés d'une voiture en stationnement au-delà de
la grille de la cour. Dès que le policier eut disparu derrière les phares,
Decker ne s'occupa plus que de Beth.

S'agenouillant à côté d'elle, il lui caressa le front. « Tiens le coup. Ça
va aller. On appelle une ambulance. »

L'instant d'après, le policier réapparut et s'approcha pour lui dire
quelque chose qu'il n'entendit pas.

« L'ambulance sera là dans un instant », dit Decker à Beth. Elle avait
le front moite et glacé. « Ça va aller. » Il faut que je la couvre, pensa
Decker. Il lui faut de la chaleur. Il ouvrit d'un coup sec un placard qui
se trouvait derrière lui et y prit un pardessus qu'il étendit sur elle.

Le policier, se penchant, s'adressa à lui en haussant la voix. Decker
put alors entendre ce qu'il lui disait. « La porte d'entrée était ouverte
quand on est arrivé ! *Qu'est-ce qui s'est passé ? Vous avez dit que
quelqu'un était entré par effraction ?*

— Oui. » Decker, qui avait envie que le policier lui fiche la paix,
caressait toujours les cheveux de Beth. « Ils ont dû passer par-devant,
et par-derrière aussi.

— *Ils ?*

— L'homme dans le couloir. Il n'était pas seul.

— *Pas seul ?*

— Dans ma chambre.

— *Quoi ?*

— Ils étaient trois, peut-être quatre. C'est moi qui les ai tous descendus.

— Ça alors », dit le policier.

Cinq

1

Il y avait un chassé-croisé cahotique de phares dans l'allée pavée qui conduisait à la maison de Decker ; les moteurs grondaient, les radios grésillaient. Dans l'éclairage sinistre qui régnait, on voyait se découper, où qu'on tournât les yeux, la masse sombre de véhicules de toute sorte : des voitures de patrouille, des camionnettes, un énorme camion des Services publics de l'Etat du Nouveau-Mexique, une ambulance qui s'éloignait en accélérant.

Nu sous un pardessus qui lui laissait les genoux à l'air, Decker, qui s'était appuyé, tout grelottant, contre le mur de stuc près de la grille ouverte de la cour, suivit d'un œil fébrile l'ambulance qui s'enfonçait à toute vitesse dans la nuit. Il ne fit pas plus attention aux lampes de poche vacillantes des policiers en train de fouiller les environs de la maison qu'au personnel d'une équipe médico-légale qui passait devant lui avec son matériel.

« Vous m'excuserez, dit l'un des policiers, l'Hispanique solidement charpenté qui avait été le premier à arriver sur les lieux et s'était finalement présenté comme étant l'agent Sanchez. Je sais que vous auriez bien voulu accompagner votre amie à l'hôpital, mais il fallait que vous restiez ici pour répondre à d'autres questions. »

Decker ne répondit pas. Il avait toujours les yeux fixés sur les feux arrière de l'ambulance qui continuaient à décroître dans la nuit.

« Les ambulanciers ont dit qu'ils croyaient qu'elle s'en tirerait bien, poursuivit Sanchez. La balle lui a traversé le bras droit mais sans toucher l'os, à ce qu'il semble. Ils ont arrêté l'hémorragie.

— C'est le choc, fit Decker. Mon amie est sous le choc. »

Le policier, mal à l'aise, parut ne pas savoir quoi dire. « Oui, c'est ça. Elle est sous le choc.

— Et on peut en mourir. »

Les feux de l'ambulance disparurent. Se retournant, Decker aperçut de l'agitation entre les phrares d'une camionnette et du gros camion des Services publics de l'Etat du Nouveau-Mexique. Il se tendit en apercevant deux civils à l'air tourmenté, encadrés par des policiers. Le petit groupe venait vers lui. La police avait-elle capturé des complices de l'agression dont il avait été victime ? Furieux, Decker, sans tenir compte de Sanchez, s'approcha de la grille ouverte pour mieux discerner l'identité des deux silhouettes que l'on conduisait dans sa direction.

Lorsque les phares révélèrent crûment leur visage, Decker vit de qui il s'agissait et sa fureur retomba aussitôt.

Les deux policiers qui accompagnaient l'homme et la femme avaient une expression grave en arrivant à la grille. « On a trouvé cet homme et cette femme sur la route. Ils prétendent être des voisins.

— Oui. Ils habitent en face. » Il avait toujours un bourdonnement désagréable dans les oreilles mais celui-ci était moins fort. « Ce sont M. et Mme Hanson.

— Nous avons entendu des coups de feu, dit M. Hanson, un petit homme barbu.

— Et votre alarme », dit son épouse, une femme à cheveux gris. Elle et son mari portaient leurs vêtements de tous les jours, mais froissés, comme s'ils s'étaient habillés en vitesse. « D'abord, nous nous sommes dit que nous devions faire erreur. On n'arrivait pas à y croire.

— Mais nous étions quand même inquiets, dit Hanson. Nous avons téléphoné à la police.

— Vous avez drôlement bien fait, dit Decker. Merci.

— Et vous, ça va ?

— Je crois. » Il avait le corps endolori par la tension. « Je ne sais pas trop.

— Mais qu'est-ce qui s'est passé ?

— C'est exactement la question que je voulais poser », fit une voix qui vint se mêler à la conversation.

Stupéfait, Decker regarda au-delà de la grille, en direction d'un homme qui venait de surgir entre les phares des voitures et qui approchait lentement. Mince et de haute taille, il était vêtu d'un chapeau de cowboy en cuir, d'une chemise de toile, d'un jean délavé et de bottes de cowboy poussiéreuses. Lorsque l'agent Sanchez dirigea sa lampe de poche dans sa direction, Decker s'aperçut qu'il était hispanique. Il avait de beaux traits fins, le regard songeur et des cheveux noirs qui lui tombaient sur les épaules. Il devait avoir dans la trentaine.

« Luis. » Il salua l'agent Sanchez d'un geste de la tête.

« Frederico », fit Sanchez.

Le nouveau venu dirigea son attention sur Decker. « Je suis le sergent-détective Esperanza. » Il roulait les « r » à l'espagnole.

L'espace d'une seconde, il revint à Decker qu'Esperanza signifiait « espoir » en espagnol.

138

« Je sais que ça a dû être terriblement éprouvant, M... ?

— Decker. Stephen Decker.

— Vous devez être terrorisé. Désemparé. Vous vous faites sûrement du souci pour votre amie. Comment s'appelle-t-elle... ?

— Beth Dwyer.

— Elle vit avec vous ?

— Non, répondit Decker. C'est ma voisine. »

Esperanza parut réfléchir à la chose et en tirer les conclusions qui s'imposaient. « Enfin, plus vite je pourrai démêler ce qui s'est passé, plus vite vous pourrez aller la voir à l'hôpital. Donc, si vous voulez bien me subir encore, le temps que je vous pose quelques questions... »

Brusquement, la lumière au-dessus de la porte d'entrée, un détecteur de mouvement, s'alluma. La lumière du vestibule s'alluma simultanément, projetant une lueur dans l'embrasure de la porte ouverte.

Decker entendit les policiers qui fouillaient les environs de la maison exprimer leur approbation.

« Enfin, dit Esperanza. On dirait que les Services publics du Nouveau-Mexique ont réussi à régler vos problèmes électriques. Voulez-vous dire à l'agent Sanchez où se trouvent les commutateurs qui commandent les éclairages extérieurs ? »

Decker avait la gorge râpeuse comme s'il avait aspiré du sable. « Juste dans l'entrée. »

Sanchez mit une paire de gants de caoutchouc et pénétra dans la maison. L'instant d'après, des lumières s'allumèrent le long du mur de la cour et sous le *portal* qui conduisait à la porte d'entrée. Sanchez alluma ensuite dans le living et l'éclat chaleureux qui se répandit aussitôt par les fenêtres éclaira la cour.

« Très bien », dit Esperanza. Les lumières permirent de voir qu'il portait un Beretta 9mm à la ceinture. Il paraissait encore plus mince qu'il n'avait semblé sous l'éclairage limité des phares et des lampes de poche. Il avait le visage buriné de quelqu'un d'habitué au grand air, la peau basanée et tannée comme du cuir. Il allait poser une question lorsqu'un policier s'approcha et fit un geste en direction d'un homme au-delà de la grille, un ouvrier dont le bleu de travail portait l'inscription *Public Service of New Mexico*. « Oui, je voudrais lui dire un mot. Excusez-moi », dit Esperanza à Decker. Il se dirigea vers l'ouvrier.

Les Hanson paraissaient atterrés par tout ce remue-ménage.

« Voulez-vous me suivre, s'il vous plaît ? leur demanda un agent. J'ai quelques questions à vous poser.

— Nous sommes à votre disposition.

— Merci, leur répéta Decker. Je vous dois une fière chandelle. »

Esperanza croisa le couple en revenant de s'entretenir avec l'ouvrier. « Vous seriez mieux à l'intérieur pour parler de tout ça, dit-il à Decker. Vous devez avoir froid aux pieds.

— Quoi ? Mes pieds ?

— Vous n'avez pas de chaussures. »

Decker baissa les yeux sur ses pieds nus sur les briques de la cour. « Il s'est passé tellement de choses que je n'y pensais même plus.

— Vous voulez peut-être ôter ce pardessus et mettre autre chose.

— Il y a eu une fusillade dans la chambre. »

Esperanza le regarda, intrigué par cet apparent coq-à-l'âne.

« Et dans le placard, ajouta Decker.

— Oui ? » Esperanza l'examinait d'un œil scrutateur.

« C'est là, dans ma chambre et dans le placard, que je range mes vêtements. »

Esperanza comprit où Decker voulait en venir. « Oui, en effet, mais j'ai bien peur que vous ne puissiez toucher à rien tant que le labo n'en aura pas fini dans la chambre. » Scrutant encore plus fixement Decker, Esperanza l'entraîna d'un geste vers la maison.

2

« Ils ont coupé l'électricité au poteau près de votre maison. »

Decker et lui étaient assis à la table de la cuisine pendant que des policiers, des membres du service médico-légal et l'inspecteur médical passaient la chambre et la buanderie au peigne fin. Les flashs des appareils photo des policiers crépitaient. Decker avait encore les tympans douloureux mais le bourdonnement avait diminué. Il put entendre le raclement discordant des appareils de labo que l'on sortait de leurs emballages, un brouhaha de voix, un homme qui disait quelque chose à propos d'une « zone de combat ».

« Le poteau est à trente mètres d'ici sur la route de gravier, derrière des arbres, dit Esperanza. Il n'y a pas de lampadaires. Les maisons sont très espacées. Personne, au milieu de la nuit, n'aurait pu voir un homme grimper au poteau pour couper la ligne. Même chose avec la ligne du téléphone. Ils l'ont coupée dans le boîtier sur le côté de la maison. »

Malgré son pardessus, l'adrénaline continuait de faire frissonner Decker. Il regarda fixement en direction du living où les enquêteurs ne cessaient d'entrer et de sortir. Il pensait à Beth. Que se passait-il à l'hôpital ? Comment allait-elle ?

« Vos agresseurs avaient des papiers d'identité dans leur portefeuille, dit Esperanza. On va contrôler leurs antécédents. Ça nous dira peut-être de quoi il retourne. Mais... monsieur Decker, vous, qu'est-ce que vous en pensez ? »

Oui, c'est bien là toute la question, non ? pensa Decker. Je donnerais cher moi-même pour savoir de quoi il retourne. Durant toute l'attaque, il s'était tellement employé à contrôler sa surprise et à protéger Beth qu'il n'avait pas eu le temps de s'interroger plus à fond. Qui donc étaient ces hommes ? Pourquoi étaient-ils entrés chez lui par effraction ? Malgré la confusion dans laquelle il se trouvait quant à tout cela, deux choses en tout cas étaient claires pour lui : l'attaque avait quelque chose à voir avec sa vie antérieure et, pour des raisons touchant à la sécurité nationale, il ne pouvait rien dire de son passé à Esperanza.

Il prit un air perplexe. « Ce devait être des cambrioleurs.

— Les cambrioleurs de maisons privées opèrent généralement seuls ou à deux, dit Esperanza. Parfois à trois. Mais jamais à quatre, d'après mon expérience. Sauf s'ils projettent de voler un objet volumineux, des meubles par exemple. Mais dans ce cas, ils utilisent un camion et on n'en a trouvé aucun. En fait, on n'a pas trouvé le moindre véhicule suspect dans le quartier. En plus, ils ont mal choisi leur moment pour pénétrer chez vous. Hier soir, c'était l'ouverture de la Fiesta. La plupart des gens étaient sortis faire la fête. Il aurait été plus malin de leur part d'attendre votre départ éventuel puis de forcer votre serrure à la nuit tombée. Ces types ont pensé à couper l'électricité et le téléphone. Je ne vois pas pourquoi ils n'ont pas été assez futés pour bien choisir leur moment. »

Decker avait le visage défait. Tendu et épuisé, il se frotta le front. « Ils n'avaient peut-être pas les idées très nettes. Ils étaient peut-être drogués. Allez savoir ce que les cambrioleurs ont derrière la tête.

— Des cambrioleurs armés d'un fusil de chasse à canon scié, de deux Uzis et d'un MAC-10. A qui s'attendaient-ils donc à avoir affaire ? A un commando ?

— Sergent, j'ai travaillé à Alexandria, en Virginie. J'ai passé pas mal de temps à Washington. D'après ce que j'ai entendu dire à la télé et lu dans les journaux, il semblerait que tous les dealers et les voleurs de voiture ont des MAC-10 ou des Uzis. Pour eux, une arme automatique est un signe de standing.

— Dans l'Est, mais pas au Nouveau-Mexique. Depuis combien de temps vivez-vous ici ?

— Depuis seize mois environ.

— Alors, vous avez encore beaucoup à apprendre. Je ne sais pas si vous vous en êtes rendu compte, mais ce n'est pas pour rien qu'on appelle Santa Fe la " Ville différente ". Ici, par bien des aspects, c'est encore le Far West. On agit comme dans le bon vieux temps. Si on veut descendre quelqu'un, on se sert d'un pistolet et à la rigueur d'un fusil de chasse. Depuis quinze ans que je suis policier, c'est la première fois que je vois un crime qui comporte autant d'armes d'assaut. A ce propos, monsieur Decker...

— Oui ?

— Avez-vous déjà travaillé pour les forces de l'ordre ?

— Pour les forces de l'ordre ? Non. Je suis agent immobilier. Qu'est-ce qui vous fait penser que...

— L'agent Sanchez dit que lorsqu'il vous a découvert, vous vous êtes conduit comme si vous compreniez les façons de procéder de la police et ce qu'un policier peut ressentir dans une situation qui présente des risques potentiels. Il dit que vous avez précisé que vous teniez vos mains au-dessus de la tête quand vous avez quitté la buanderie et que vous les lui avez fait voir avant de sortir à découvert. C'est un comportement très inhabituel. »

Decker passa sa main sur son front endolori. « Ça m'a simplement paru logique. J'avais peur que l'agent pense que je représentais une menace pour lui.

— Et quand je vous ai dit de vous mettre quelque chose sur le dos, vous avez trouvé tout naturel de ne pas pouvoir aller chercher des vêtements dans votre chambre tant que l'équipe médico-légale n'aurait pas fini de l'inspecter.

— Ça m'a semblé aussi aller de soi. Je vois beaucoup de séries policières à la télé.

— Et où avez-vous appris à tirer aussi bien ?

— A l'armée.

— Ah, fit Esperanza.

— Ecoutez, il faut que je prenne des nouvelles de mon amie. » Esperanza approuva.

« Je suis tellement inquiet pour elle que j'ai du mal à me concentrer. »

Esperanza acquiesça de nouveau. « On fera un saut à l'hôpital en nous rendant au poste de police.

— Au poste de police ? fit Decker.

— Pour que vous puissiez faire votre déposition.

— Ce n'est pas ce que je suis en train de faire ?

— Celle que vous ferez au poste sera officielle. »

Un téléphone, pensa Decker. Il lui fallait trouver un téléphone public pour appeler son ex-employeur, pour lui dire ce qui s'était passé. Il fallait qu'il sache de quelle manière l'Agence avait l'intention de régler cette histoire.

Un policier entra dans la cuisine. « Sergent, le médecin fait dire que M. Decker peut maintenant aller prendre des vêtements dans la chambre. »

Decker se leva.

« Pendant que nous y sommes, dit Esperanza, que diriez-vous si nous faisions le tour des lieux ensemble. Si vous nous faisiez voir comment les choses se sont exactement passées, ça nous serait utile. Par ailleurs...

— Oui ?

— Je sais que ça ne va pas être facile mais la situation sort quelque peu de l'ordinaire. Nous gagnerions beaucoup de temps si nous savions à quoi nous en tenir dès maintenant plutôt que d'attendre demain.

— Si vous saviez à quoi vous en tenir sur quoi ? Je ne comprends pas ce que vous voulez dire, dit Decker. Qu'est-ce que vous attendez de moi ?

— Que vous jetiez un coup d'œil sur les visages.

— Quoi ?

— Des corps. Ici plutôt qu'à la morgue. Vous pourrez peut-être les identifier. Dans le noir, précédemment, vous n'avez pas pu voir de quoi ils avaient l'air, mais maintenant que la lumière est revenue... »

Decker ne demandait pas mieux que de jeter un coup d'œil sur les corps pour voir s'il les reconnaîtrait mais il lui fallait feindre la réticence. « Je ne sais pas si mon estomac... Je risque de vomir.

— Rien ne vous y oblige. Il y a d'autres solutions. L'équipe médico-légale est en train de prendre des photos. Vous pouvez les examiner. Ou venir plus tard à la morgue. Mais les photos ne sont pas toujours parfaitement ressemblantes et la raideur cadavérique déforme parfois à tel point les traits des cadavres que vous avez l'impression de ne pas les reconnaître même s'ils vous sont par ailleurs familiers. Mais tout de suite comme ça, peu de temps après avoir été attaqué, il se peut naturellement que... »

Decker ne pouvait s'empêcher de penser à Beth. Il fallait qu'il aille à l'hôpital. Continuant à feindre la réticence, il dit : « Bon, d'accord. Oui, je vais les regarder. »

3

Decker, vêtu d'un jean et d'un pull de coton gris, était assis sur une chaise droite dans la salle d'attente presque déserte des urgences de l'hôpital Saint-Vincent. L'horloge murale indiquait presque six heures et demie. L'éclairage fluorescent du plafonnier lui blessait les yeux. A gauche, à l'extérieur de la salle d'attente, Esperanza s'entretenait avec un policier qui se tenait à côté d'un adolescent au visage tuméfié, retenu sur un brancard par des lanières. Esperanza, avec ses bottes de cowboy éculées, son jean délavé, ses cheveux longs et son chapeau en cuir, avait l'air de tout sauf d'un inspecteur de police. Lorsqu'un infirmier eut poussé le brancard à travers les portes battantes contrôlées par un œil électronique, Esperanza pénétra dans la zone brillamment éclairée. Ses longues jambes et sa grande carcasse dégingandée lui conféraient une démarche gracieuse que Decker compara mentalement à celle d'une panthère. L'inspecteur indiqua le brancard. « Il a été victime d'un accident. Il conduisait en état d'ivresse. C'est typique durant le week-end de la Fiesta. Vous avez des nouvelles de votre amie ?

— Non. La réceptionniste a dit qu'un médecin viendrait me voir. » Decker s'affaissa un peu plus sur sa chaise. Il avait l'impression d'avoir un étau autour de la tête. Il se frotta le visage et sentit sous ses doigts sa barbe qui grattait et une odeur de poudre sur ses mains. Il n'avait que Beth en tête.

« Parfois, lorsqu'on est stressé, on a des trous de mémoire, dit Esperanza. Vous êtes bien sûr que les corps que vous avez regardés ne vous rappelaient rien ?

— Je ne les avais jamais vus avant, pas que je sache du moins. » Decker avait encore l'odeur écœurante du sang dans les narines. Les morts étaient tous apparemment âgés d'une vingtaine d'années. Ils étaient costauds, portaient des survêtements sombres et avaient des traits méditerranéens – éventuellement grecs, peut-être français. Ou alors... ? La veille, à la soirée chez le producteur de films, Decker avait repensé à la dernière mission qu'il avait accomplie pour l'Agence. A Rome. Se pouvait-il que les tireurs basanés fussent italiens ? L'attaque de sa maison avait-elle un rapport avec ce qui s'était passé à Rome seize mois auparavant ? Si seulement Esperanza avait pu lui ficher la paix assez longtemps pour qu'il puisse passer un coup de fil.

« Monsieur Decker, je vous ai demandé si vous aviez déjà travaillé pour les forces de l'ordre parce que ce que vous avez réussi à faire me laisse pantois. Quatre hommes pénètrent chez vous avec des armes d'assaut, ils mettent la maison à feu et à sang et vous, vous réussissez à les tuer tous les quatre avec un simple pistolet. Ça ne vous semble pas étrange ?

— Tout dans cette histoire est étrange. Je n'arrive toujours pas à croire que...

— La plupart des gens auraient eu une telle trouille qu'ils se seraient cachés rien qu'en entendant quelqu'un pénétrer chez eux par effraction.

— C'est justement pour ça que Beth et moi avons couru nous réfugier dans le placard.

— Mais pas avant d'avoir saisi le pistolet que vous gardiez dans le tiroir de votre table de chevet. Vous avez bien dit que vous étiez agent immobilier ?

— Oui.

— Pourquoi ressentiez-vous le besoin de garder un pistolet à votre chevet ?

— Autodéfense.

— Mais enfin, je sais d'expérience que les pistolets dont on se sert pour l'autodéfense ne servent pas à grand-chose, dit Esperanza. Leurs propriétaires eux-mêmes ne savent pas les manier. C'est quelqu'un de la famille qui finit par se faire descendre. Des spectateurs innocents se font tuer. Oh, ce ne sont pas les clubs de tir qui manquent dans le coin. Ni les chasseurs. Mais vous avez beau vous entraîner tant que vous voudrez à un stand de tir ou passer votre temps à la chasse, quand quatre hommes vous tombent dessus avec de l'artillerie lourde, vous pouvez vous estimer chanceux si vous avez le temps de faire dans votre froc avant qu'ils vous tuent.

— Pour ça, j'ai eu une sacrée frousse.

— Mais ça ne vous a pas privé de vos moyens. Si vous aviez déjà travaillé pour les forces de l'ordre, si vous aviez subi l'épreuve du feu, je comprendrais.

— Je vous ai dit que j'avais été dans l'armée.

— Oui. » Les rides burinées qu'avait Esperanza autour des yeux se creusèrent. « C'est ce que vous m'avez dit. Dans quel corps ?

— Les Rangers. Ecoutez, je ne vois pas où vous voulez en venir, dit Decker d'un ton agacé. L'armée m'a appris à tenir une arme et, le temps venu, le hasard a voulu que je sache encore m'en servir. Vous me donnez l'impression que j'ai fait quelque chose de mal. Est-ce que c'était un crime de me défendre et de défendre mon amie contre un gang qui était entré chez moi et s'était mis à tirer sur nous ? Ils ont tout mis sens dessus dessous. Comme ça, ce sont les voyous qui auraient le beau rôle et les honnêtes citoyens...

— Monsieur Decker, je ne dis pas que vous avez fait quelque chose de répréhensible. Il va y avoir une enquête et vous serez appelé à témoigner. C'est la loi. On mène une enquête approfondie dès qu'il y a usage d'arme à feu, même justifié. Mais à vrai dire, j'admire votre débrouillardise et votre présence d'esprit. Peu de citoyens ordinaires auraient survécu à ce que vous avez traversé. Je ne sais pas comment je me serais moi-même comporté à votre place.

— Dans ce cas, je ne pige pas. Si vous dites que je n'ai rien fait de mal, qu'est-ce que vous êtes en train de me baratiner alors ?

— Je faisais seulement quelques commentaires.

— Eh bien, je vais vous en faire, moi, un commentaire : si je suis vivant, c'est que j'étais furieux. *Enragé.* Ces salopards sont entrés *chez moi* par effraction. Ils ont tiré sur mon amie. Les ordures. Ils... J'étais tellement en colère que ça m'a fait oublier ma peur. Je ne voulais qu'une seule chose : protéger Beth et, oui, grâce à Dieu, j'ai réussi. J'en suis fier. Je ne sais pas si je devrais vous l'avouer, mais j'en suis fier. Ce n'est peut-être pas non plus le genre de chose à dire à un flic, mais je vais vous le dire quand même : s'il le fallait, je recommencerais et j'en serais fier. D'avoir empêché ces salopards de tuer Beth.

— Vous êtes un homme remarquable, monsieur Decker.

— C'est ça, je suis un héros.

— Je n'ai pas dit ça.

— J'ai tout simplement un pot d'enfer.

— Ça c'est vrai. »

Un médecin apparut à l'entrée de la salle d'attente. Agé d'une trentaine d'années, petit et frêle, il portait la blouse verte des hôpitaux. Il avait un stéthoscope au cou et de petites lunettes rondes sur le nez. « Est-ce que l'un de vous est Stephen Decker ? »

Decker se leva précipitamment. « Pouvez-vous me dire comment va mon amie ?

— Elle a une blessure en dessous de l'épaule. L'hémorragie s'est arrêtée. La blessure a été stérilisée et on lui a fait des points de suture. Elle réagit bien au traitement. Sauf complications imprévues, elle devrait se rétablir rapidement. »

Decker ferma les yeux et murmura : « Dieu merci.

— Oui, vous pouvez remercier le ciel, dit le médecin. A son arrivée à l'hôpital, elle était en état de choc. Sa pression était faible, son pouls irrégulier. Heureusement, tout est revenu à la normale. »

A la normale ? pensa Decker. Lui qui avait craint que les choses ne reviennent jamais à la normale. « Quand va-t-elle pouvoir rentrer ?

— Je ne sais pas encore. On verra bien si son état s'améliore.

— Est-ce que je puis la voir ?

— Elle a besoin de repos. Je vous accorde une brève visite. »

Esperanza s'avança. « Est-ce qu'elle est en état de faire une déposition à la police ? »

Le médecin hocha la tête. « Si je ne croyais pas que ça peut lui faire du bien de voir M. Decker, même à lui j'interdirais de la voir. »

4

Beth avait le teint terreux. Sa chevelure auburn, d'habitude vigoureuse, était emmêlée et terne. Elle avait les yeux caves.

Etant donné les circonstances, Decker la trouva plus belle que jamais.

Après le départ du médecin, il ferma la porte pour étouffer les bruits provenant du couloir. Il observa Beth quelques instants encore et sentit sa gorge se serrer. Se penchant au-dessus du lit, il prit dans la sienne la main qui n'était pas en écharpe et embrassa son amie.

« Comment te sens-tu ? » Il veilla à ne pas frôler le tube de perfusion intraveineuse qu'elle avait au bras gauche.

Beth, manifestement sous l'effet de sédatifs, haussa les épaules d'un air indifférent.

« Les médecins disent que ton état s'améliore », dit Decker.

Elle essaya de parler mais Decker ne put saisir ce qu'elle disait. Passant la langue sur ses lèvres sèches, elle essaya encore, puis indiqua du doigt un gobelet de plastique rempli d'eau. Le gobelet était muni d'une paille que Decker lui mit entre les lèvres. Elle avala de petites gorgées.

« Et toi, comment es-tu ? demanda-t-elle dans un murmure rauque.

— Sous le choc.

— Oui, dit-elle avec difficulté.

— Comment va ton épaule ?

— Elle fait mal. » Elle avait les paupières lourdes.

« Ça ne m'étonne pas.

— Je préfère ne pas penser à ce que ça va être – elle se crispa – quand les antalgiques n'auront plus d'effet. » Elle réussit durant quelques instants à maintenir une pression des doigts autour de la main de Decker. Puis sa prise se relâcha. Elle avait du mal à garder les yeux ouverts. « Merci.

— Je ne veux pas qu'il t'arrive quoi que ce soit.

— Je le sais, dit-elle.

— Je t'aime. »

Decker entendit à peine la suite.

« Qui... ? »

Il compléta la question qu'il jugea être celle qu'elle lui posait. « Qui a fait ça ? Je ne sais pas. » Il avait un goût de cendre dans la bouche. Une seule chose occupait son esprit : sans lui, la femme qui était toute sa vie ne serait pas à l'hôpital. « Mais crois-moi, j'ai bien l'intention de le découvrir. »

Beth ne l'entendit pas. Ses yeux cernés s'étaient fermés. Elle avait sombré dans le sommeil.

5

Sous l'effet du manque de sommeil, l'éclat du soleil matinal fit mal aux yeux de Decker lorsque Esperanza s'engagea au volant de sa voiture dans le Camino Lindo. Il était presque neuf heures et demie. Ils avaient passé les deux heures précédentes au poste de police et maintenant Esperanza le ramenait chez lui.

« Je suis désolé pour tous ces désagréments, dit le filiforme inspecteur, mais le juge, à l'enquête préliminaire, va vouloir s'assurer que je n'ai écarté aucune possibilité même la plus absurde. »

Decker se concentra pour dissimuler son appréhension. Il lui apparaissait évident, et cela de manière alarmante, que la menace qui pesait sur lui n'allait pas être supprimée simplement parce qu'il avait descendu les quatre hommes qui l'avaient attaqué. Il fallait qu'il découvre qui les avait envoyés et pour quelle raison. Une autre équipe de tueurs l'avait peut-être même déjà dans le collimateur. Comme un semi-remorque de la télévision croisait la voiture de police, sans doute après avoir réalisé des prises de vue de sa maison, Decker jugea qu'il semblerait naturel de sa part de se retourner pour regarder le fourgon s'éloigner sur la route. C'était un bon moyen de vérifier s'il n'était pas suivi sans par ailleurs aviver les soupçons d'Esperanza.

« Une possibilité absurde serait que vous êtes un trafiquant de drogue qui a eu un petit différend avec ses amis, dit celui-ci. Vous n'avez pas respecté un engagement. Vous deviez remettre de l'argent que vous avez gardé pour vous. Eux, ils décident de faire un exemple en envoyant des types vous éliminer. Mais vous ne vous laissez pas faire et c'est vous qui les descendez le premier. Vous faites ensuite en sorte de vous faire passer pour un innocent qui a simplement réussi à sauver sa peau.

— En laissant tirer sur mon amie.

— Enfin, c'est une pure hypothèse. » Esperanza fit un geste désinvolte de la main. « Ce n'est que l'une des multiples hypothèses dont le juge voudra s'assurer que je les ai considérées et écartées. » L'inspecteur arrêta la voiture sur la route devant la maison de Decker, faute de pouvoir se garer dans l'allée qui était bloquée par une camionnette et deux autres voitures de police. « L'équipe médico-légale n'a pas l'air d'avoir fini. La douche que vous disiez vouloir prendre va devoir attendre un peu.

— Et pas seulement pour ça. Ça me revient à l'instant – un des types qui a forcé ma porte a fait sauter le réservoir d'eau chaude. Conduisez-moi plutôt à la maison voisine. »

Esperanza parut un instant intrigué, les rides de son front accentuant le grain parcheminé de son beau visage. Puis il acquiesça d'un air de compréhension. « Mais oui, bien sûr – vous aviez dit que votre amie habitait à côté de chez vous.

— J'ai la clé », dit Decker.

Lorsqu'ils passèrent devant de nombreux curieux qui, attroupés au bord de la route, parurent s'intéresser vivement à la voiture de police, Decker, à l'affût, ne put s'empêcher de se demander si l'un d'entre eux ne représentait pas une menace pour lui.

« Lorsque vous habitiez à Alexandria, en Virginie, comment s'appelait la société immobilière pour laquelle vous travailliez ?

— L'agence Rawley-Hackman.

— Vous vous souvenez de son numéro de téléphone ?

— Ça fait plus d'un an que je ne l'ai pas utilisé, mais je crois que oui. » Decker fit semblant de fouiller dans sa mémoire puis donna le numéro à Esperanza qui le nota. « Mais je ne vois pas en quoi il est nécessaire de les mêler à ça.

— Ce n'est qu'une vérification normale de vos antécédents.

— Sergent, vous commencez à me donner le sentiment que je suis un criminel.

— Ah oui ? » Esperanza tapota le volant de la voiture. « Si vous pensez à quelque chose que vous auriez oublié de me dire, je serai chez vous. »

6

Epuisé, Decker referma à clé la porte d'entrée de Beth derrière lui et s'y appuya. Tendu, il prêta l'oreille au silence de la maison étouffé par l'adobe. Il se rendit aussitôt dans le living et décrocha le téléphone. En temps normal, il aurait attendu de trouver un téléphone public, mais il ne pouvait se payer le luxe d'attendre. Et puis, comme il ne cessait de s'en faire la remarque, il n'y avait plus rien de normal. Par mesure de sécurité, il téléphona en PCV afin d'empêcher que l'appel ne figure sur la facture téléphonique de Beth.

« Agence Rawley-Hackman, dit poliment une voix masculine.

— J'ai un appel en PCV de Martin Kowalsky, dit le standardiste. L'acceptez-vous ? »

Martin Kowalsky, le nom que Decker avait donné au standardiste, était un nom de code d'urgence.

« Oui, dit aussitôt la voix. Je l'accepte.

— Vous pouvez parler, monsieur Kowalsky. »

Decker ne pouvait être sûr que le standardiste ne restait pas à l'écoute. « Est-ce que votre console indique le numéro d'où j'appelle ? demanda-t-il à la voix à l'autre bout du fil.

— Naturellement.

— Rappelez-moi tout de suite. »

Dix secondes plus tard, le téléphone sonna. « Allô.

— Martin Kowalsky ?

— Mon numéro d'identification est huit sept quatre quatre cinq. »

Decker entendit un bruit de doigts qui tapaient les chiffres sur un clavier d'ordinateur.

« Stephen Decker ?

— Oui.

— Nos dossiers indiquent que vous avez cessé de travailler pour nous il y a eu un an en juin. Pourquoi reprenez-vous contact ?

— Parce que quatre hommes ont essayé de me tuer la nuit dernière. »

La voix resta quelques instants silencieuse. « Répétez ça. »

Decker obtempéra.

« Je vous passe quelqu'un. »

La voix masculine suivante était autoritaire et cassante. « Dites-moi tout. »

Avec une brièveté due à une longue pratique et sans omettre le moindre détail, Decker eut fini en cinq minutes de tout raconter sur un ton d'urgence qui accentua l'effet de ses propos.

« Vous pensez que cette attaque a un rapport avec votre ancien travail chez nous ? demanda le fonctionnaire.

— C'est l'explication la plus évidente. Ecoutez, il se pourrait que les tireurs soient italiens. Ma dernière mission était en Italie. A Rome. Ça a été une catastrophe. Vérifiez le dossier.

— Il est sur mon moniteur pendant que je vous parle. Le lien que vous faites entre l'attaque de la nuit dernière et ce qui s'est passé à Rome est drôlement ténu.

— C'est le seul lien que je puisse établir pour le moment. Je tiens à ce que vous regardiez ça de plus près. Moi, je n'ai pas les moyens de...

— Mais vous ne relevez plus de notre reponsabilité, dit la voix avec fermeté.

— Dites donc, vous pensiez autrement quand j'ai démissionné. Vous étiez tous sur mon dos. J'ai même cru que vos contrôles de sécurité ne cesseraient jamais. Bon sang, il y a deux mois, vous me teniez encore sous surveillance. Aussi, arrêtez votre baratin et écoutez-moi bien. Un inspecteur est responsable de l'enquête sur l'attaque dont j'ai été victime. Il s'appelle Esperanza et il trouve manifestement qu'il y a quelque chose qui cloche dans mon histoire. J'ai réussi jusqu'à maintenant à faire diversion mais s'il m'arrive quelque chose, si une autre équipe de tueurs réussit à terminer le boulot commencé par la première, il voudra en savoir plus. Il risque alors de découvrir passablement plus de choses que vous ne croyez.

— On va faire en sorte qu'il mette la pédale douce.

— Vous avez intérêt, dit Decker qui ajouta avec véhémence, J'ai toujours joué franc jeu. J'en attends autant de vous. Faites quelque chose pour moi. Trouvez qui a lancé ces hommes à mes trousses. »

La voix prit quelques instants avant de répondre. « J'ai sur mon moniteur le numéro d'où vous appelez. Est-ce que l'endroit où vous êtes est assez sûr pour que je puisse vous y rappeler?

— Non. C'est moi qui vais devoir vous rappeler.

— Dans six heures. » Le correspondant de Decker raccrocha.

Decker reposa immédiatement le combiné et fut surpris en entendant aussitôt le téléphone sonner. Fronçant les sourcils, il répondit : « Allô ?

— Si je comprends bien, vous n'avez pas encore trouvé le temps de prendre votre douche. » La voix chantante, presque musicale, de son interlocuteur, était immédiatement reconnaissable – c'était celle d'Esperanza.

« En effet. Comment le savez-vous ?

— Votre ligne était occupée. J'essayais de vous joindre.

— J'ai dû appeler des clients pour annuler des visites de maisons.

— Et vous avez fini ? Je l'espère parce que je veux que vous veniez me retrouver chez vous. J'ai des informations qui vont vous intéresser. »

7

« Les papiers de vos agresseurs indiquent qu'ils venaient de Denver », dit Esperanza.

Decker et lui étaient dans le living. A l'arrière-plan, l'équipe d'investigation, qui s'en allait, chargeait son matériel dans une camionnette et dans les deux voitures de police.

« Mais Denver est à huit cents kilomètres d'ici, poursuivit Esperanza. C'est drôlement loin rien que pour venir faire un casse dans une maison. Ils auraient pu faire ça dans le Colorado *.

— Peut-être qu'ils passaient par Santa Fe et qu'ils étaient à court d'argent, dit Decker.

— Ça n'explique toujours pas les armes automatiques ou le fait qu'ils aient eu la gâchette si facile.

— Ils se peut qu'ils aient été pris au dépourvu en s'apercevant qu'il y avait quelqu'un dans la maison.

— Et il se pourrait que Denver soit une fausse piste, dit Esperanza. La police de Denver a fait quelques recherches pour moi. Personne portant les noms figurant sur les papiers d'identité n'habite aux adresses indiquées. En fait, trois de ces adresses *n'existent pas*. La quatrième est celle d'un salon funéraire.

— Il y a quelqu'un qui a un sens de l'humour noir.

— Et qui est en mesure de se procurer de vraies fausses cartes de crédit et d'authentiques permis de conduire tout aussi bidons. On est donc obligé de fouiller plus avant, dit Esperanza. J'ai envoyé leurs empreintes digitales au FBI. Il faudra un ou deux jours pour savoir si elles correspondent à celles qu'ils ont dans leurs fichiers. En attendant, j'ai alerté l'Office de Contrôle des Armes à feu. Les numéros de série des deux Uzis et du MAC-10 avaient été effacés à l'acide mais l'OCA a le moyen de récupérer les numéros. S'ils y arrivent, ces numéros nous mettront peut-être sur une piste. On saura où les armes ont été achetées, par exemple. Ou, plus vraisemblablement, volées. Mais ce n'est pas de ça que je voulais vous parler. »

Decker, attendit, plein d'appréhension.

« Allons faire un tour. Je veux vous montrer quelque chose derrière la maison. »

---

* Denver est la capitale de cet Etat *(N.d.T.)*.

Me montrer quoi? pensa Decker. Mal à l'aise, il accompagna Esperanza dans le couloir qui longeait l'entrée et conduisait à sa chambre. On avait enlevé les corps. Il y avait encore une odeur de cordite dans l'air. Le soleil brillait dans les verrières du couloir dont l'une avait été fracassée par une balle. Le soleil projetait une lumière crue sur tout le sang qui s'était coagulé et avait noirci sur les tommettes du couloir. Decker jeta un coup d'œil dans la chambre et vit le matelas et les oreillers éventrés par les balles. Il y avait un peu partout de la poudre noire de graphite servant à prendre les empreintes. Il en resta sur la main d'Esperanza lorsqu'il tourna la poignée de la porte au bout du couloir.

« C'est cette serrure que vous les avez entendus forcer. » Decker sortit dans un petit jardin de yuccas, de roses et d'arbustes à feuillage persistant. « Ils ont d'abord escaladé le mur de cette courette. »

Il fit signe à Decker de regarder par-dessus ce mur qui lui arrivait à la poitrine. « Vous voyez, là où les broussailles ont été écrasées de l'autre côté? Il y a de nombreuses traces de pas dans le sable au-delà des broussailles. Ces traces correspondent au contour des chaussures que portaient les intrus. »

Esperanza longea le mur qu'il franchit un peu plus loin de manière à ne pas brouiller les traces qu'il avait indiquées à Decker. Il attendit que celui-ci le suive.

Plissant les yeux sous le soleil éclatant, Decker sauta au bas du mur près de deux rubans jaunes servant à délimiter la scène du crime et que la police avait tendus entre des pins pour isoler les traces de pas.

« Vous avez un grand terrain. » Esperanza, dont les pas crissèrent sur le sol caillouteux, s'avança parallèlement aux traces de pas, précédant Decker dans la descente d'une pente raide. Ils passèrent au milieu de yuccas, de pins et d'un épais taillis de buissons de chamisa qui leur venaient à la taille et dont les graines avaient pris la couleur jaune significative qui est la leur en septembre.

Esperanza ne cessait pendant tout ce temps d'indiquer les traces de pas à Decker. Ils descendirent tous les deux la pente de plus en plus abrupte en longeant des genévriers. Arrivés en bas, ils suivirent les traces le long d'un fossé et jusqu'à une route bordée de peupliers; Decker reconnut la Fort Connor Lane. Les traces de pas n'étaient plus visibles mais il y avait de profonds sillons laissés par des roues, comme si une voiture avait démarré de là à toute allure.

« Cette promenade nous a menés plus loin que je n'aurais cru, dit Esperanza. On a failli perdre pied deux ou trois fois. »

Decker acquiesça, attendant qu'Esperanza en vienne au fait.

« En plein jour. Vous imaginez combien ça a dû être long et difficile durant la nuit. Pourquoi se sont-ils donné tout ce mal? Jetez un coup d'œil sur cette route. Les maisons sont luxueuses, espacées. Elles constituent des cibles faciles. Alors, pourquoi quatre hommes vien-

153

draient-ils jusqu'ici et, une fois descendus de leur véhicule, au lieu de se faciliter les choses, décideraient-ils de grimper au diable vauvert ? D'ici, on ne peut même pas voir s'il y a des maisons au-dessus de nous.

— Je ne vois pas où vous voulez en venir, dit Decker.

— Votre maison n'a pas été choisie au hasard. C'était exactement celle qu'ils voulaient. C'était à vous qu'on en avait.

— Quoi ? Mais c'est de la folie. Pourquoi voudrait-on me tuer ?

— Justement. » Le regard sombre d'Esperanza se fit plus intense. « Vous me cachez quelque chose.

— Rien, maintint Decker. Je vous ai tout dit.

— Dans ce cas, réfléchissez bien : quelqu'un est reparti avec leur véhicule. Supposez qu'il revienne avec une autre bande de tueurs pour achever le travail.

— Est-ce que vous essayez de me faire peur, capitaine ?

— Je vais poster un policier qui veillera sur votre maison. »

8

Jamais Decker ne s'était senti aussi nu que lorsqu'il retira ses vêtements et entra sous la douche. Ne voulant pas demeurer hors de chez lui plus qu'il n'était absolument nécessaire, il avait renoncé à l'idée de retourner faire sa toilette chez Beth. Il dut se contenter de l'eau froide de sa douche, inconfort minime comparé au besoin pressant qu'il éprouvait de se débarrasser de la sensation gluante de sueur et de mort qui lui collait au corps. Tout frissonnant, il se lava les cheveux et le corps le plus vite qu'il put. Il avait les muscles ankylosés.

Il se rasa à toute vitesse, le rasoir sous l'eau froide lui irritant le visage. Il enfila des espadrilles, un pantalon kaki et une chemise marron, couleurs choisies parce qu'elles étaient discrètes et n'attireraient pas l'attention sur lui. Regrettant que la police lui ait confisqué son pistolet et s'en voulant de n'en avoir pas acheté deux, il ramassa un sac plastique rempli de vêtements qu'il avait pris dans le placard de la chambre de Beth après avoir téléphoné de chez elle. S'efforçant de ne pas regarder le sang séché sur le sol de son couloir, il emporta le sac dans le living où l'attendait l'agent Sanchez.

« Il faut que j'aille voir mon amie à l'hôpital, dit Decker.

— Je vais vous y conduire. »

Le policier sortit dans la cour puis s'engagea dans l'allée. Ayant examiné les alentours, il fit signe que Decker pouvait sortir et monter dans la voiture de police. Mis sur le qui-vive par un groupe de curieux qui s'étaient attroupés sur la route et montraient sa maison du doigt, Decker ne se sentit pas rassuré même si les précautions prises par Sanchez valaient mieux que rien. Si seulement j'avais un revolver, pensa-t-il.

Il n'était pas dupe du prétexte avancé par Esperanza pour le mettre sous la protection de la police. La présence du policier permettait aussi de s'assurer qu'il ne quitterait pas brusquement la ville avant qu'Esperanza n'ait reçu réponse à quelques-unes des questions qu'il se posait. Six heures, pensa Decker. Le fonctionnaire des services de renseignement qu'il avait eu au téléphone lui avait dit de rappeler dans six heures. Mais six heures paraissaient une éternité.

Lorsque Sanchez s'engagea dans St. Michael Drive en direction de l'hôpital, Decker jeta un coup d'œil par la lunette arrière pour voir s'il était suivi.

« Nerveux ? demanda Sanchez.

— Esperanza m'a foutu les jetons avec ses histoires. Et vous, vous n'êtes pas nerveux ? Je vous trouve un peu plus massif que la première fois que je vous ai vu. J'ai comme l'impression que vous portez un gilet pare-balles sous votre uniforme.

— On le porte tout le temps.

— Ben, voyons donc. »

Arrivé à l'hôpital, Sanchez évita le parc de stationnement et, s'étant arrêté à une porte peu fréquentée, scruta les environs avant de signifier à Decker qu'il pouvait entrer à l'intérieur. Au deuxième étage, le robuste policier hispanique remonta son baudrier et se plaça en faction devant la porte de la chambre de Beth tandis que Decker y pénétrait.

9

« Comment vas-tu ? » Decker observait Beth sur son lit d'hôpital, le cœur rempli de pitié et de chagrin. Il s'en voulut encore une fois d'avoir été indirectement à l'origine de ce qui lui était arrivé.

Beth réussit à sourire. « Un peu mieux.

— Mais tu as l'air beaucoup mieux. » Il l'embrassa sur la joue en essayant de ne pas heurter du coude l'écharpe qu'elle avait au bras droit. Il remarqua qu'on lui avait retiré la perfusion intraveineuse.

« Menteur, fit-elle.

— Vraiment. Tu es superbe.

— Tu sais fort bien tourner le compliment au chevet des malades. »

Elle avait toujours les cheveux secs bien que démêlés par le peigne. Ses joues hâlées avaient perdu leur pâleur et les cernes avaient presque disparu autour de ses yeux bleu-gris qui avaient repris quelque peu de leur éclat. Elle avait retrouvé tout son charme.

« Si tu savais comme je me suis fait du souci pour toi. » Decker lui toucha la joue.

« Oui mais je suis coriace.

— C'est le moins qu'on puisse dire. Et la douleur ?

— Ça élance drôlement. As-tu appris quelque chose ? Est-ce que la police a découvert qui avait pénétré chez toi ?

— Non. » Decker évita son regard.

« Dis-moi tout, insista Beth.

— Je ne vois pas ce que tu veux dire.

— J'ai appris à te connaître mieux que tu ne crois, dit-elle. Tu me caches quelque chose.

— ... Ce n'est peut-être pas le moment d'aborder ce genre de question.

— Je te demande de ne rien me cacher. »

Decker soupira. « L'inspecteur responsable de l'enquête – il s'appelle Esperanza – a l'impression que ce n'était pas un hasard, que ces hommes ont pénétré chez moi avec l'intention bien précise de me tuer. »

Beth écarquilla les yeux.

« Je ne vois pas pour quelle raison on voudrait me tuer, mentit Decker. Mais Esperanza, lui, pense que je devrais être sur mes gardes pendant quelque temps, jusqu'à ce qu'il arrive à y voir clair dans tout ça. Il y a un policier qui m'accompagne. Il est dehors dans le couloir. C'est lui qui m'a emmené ici. C'est un peu... On pourait dire que c'est...

— Quoi ?

— Mon garde du corps. Et...

— Dis-moi tout. »

Decker plongea son regard dans le sien. « Tu représentes trop pour moi. Je ne veux pas te mettre en danger une deuxième fois. A ta sortie de l'hôpital, je pense qu'on devrait éviter de se voir pendant quelque temps, toi et moi.

— Ne pas se voir ? » Beth se redressa en grimaçant de douleur.

« Et si une balle qui m'est destinée te touchait encore ? C'est trop risqué. Il faut éviter de se voir tant qu'Esperanza n'aura pas de réponses à ses questions, tant qu'il ne dira pas que le danger est passé.

— Mais c'est de la folie ! »

La porte s'ouvrit sans qu'on eût frappé. Decker, sur le qui-vive, se retourna brusquement et fut soulagé en apercevant le petit médecin dont il avait fait la connaissance lors de l'admission de Beth à l'hôpital.

« Ah, dit le médecin en ajustant ses lunettes, monsieur Decker. Vous devez être aussi content que moi du prompt rétablissement de Mme Dwyer. »

Decker s'efforça de ne rien laisser paraître des émotions intenses qu'avait suscitées chez lui la conversation qu'il venait d'avoir avec Beth. « Oui, je n'aurais pas cru qu'elle se remettrait si vite. »

Le médecin s'approcha de Beth. « A vrai dire, je suis si content de vous que je vais vous laisser sortir. »

Beth le regarda comme si elle l'avait mal entendu. « Me laisser sortir ? » Elle plissa les yeux. « Maintenant ? Vous êtes sérieux ?

— Tout à fait. Pourquoi ? Ça ne vous fait pas plaisir de...

— Je suis ravie. » Beth adressa un regard entendu à Decker. « C'est tout simplement que tout ce qui est arrivé m'a tellement déprimée que...

— Eh bien, voilà en tout cas une bonne nouvelle, dit le médecin. Un peu de repos au lit dans un cadre familier et vous serez en pleine forme en un rien de temps.

— En un rien de temps, reprit Beth en adressant un autre regard à Decker.

— Je suis passé chez toi et je t'ai apporté des vêtements. » Decker lui remit le sac en plastique qu'il tenait à la main. « Rien d'habillé. Un jean, des tennis et des chaussettes. Des sous-vêtements. » Il se sentit gêné en prononçant ces derniers mots.

« Je vais demander à une infirmière de vous apporter un fauteuil roulant, dit le médecin.

— Mais je suis capable de marcher », dit Beth.

Le médecin hocha la tête. « Notre assurance nous interdit de vous laisser quitter l'hôpital autrement qu'en fauteuil roulant. Après, vous pourrez faire comme bon vous semblera.

— Est-ce que je peux au moins m'habiller sans la surveillance d'une infirmière ?

— Avec un bras blessé ? Vous êtes sûre d'y arriver ?

— Oui. » Beth, ayant vérifié que les cordons de la chemise de toile prêtée par l'hôpital et qu'elle portait étaient noués, laissa le médecin l'aider à descendre du lit. « Voilà. Vous voyez ? » Elle se tint debout toute seule, paraissant légèrement instable à cause de son écharpe au bras droit. « Je me débrouillerai.

— Je vais t'aider à t'habiller, dit Decker.

— Steve, je...

— Quoi ?

157

— Je ne me sens pas très séduisante. Je suis tellement laide que j'en suis gênée. » Elle rougit. « Je voudrais un peu d'intimité.

— Il n'y a pas de quoi être gênée. Mais si tu veux rester seule, bien sûr. Je vais attendre dans le couloir. Quand tu seras prête, le policier nous conduira à la maison. Mais si tu as besoin d'aide...

— Tu penses bien que je te le ferai savoir. »

10

Lorsque Sanchez eut vérifié que la voie était libre dans le parc de stationnement, Decker, les nerfs à vif, guida Beth jusqu'à la sortie de l'hôpital par la porte latérale. Attentif à tout mouvement suspect dans les alentours peu fréquentés, il l'aida à descendre de son fauteuil roulant et à monter sur le siège arrière de la voiture de police. Cela fait, il ferma vivement la portière et alla prendre place à l'avant.

« Pourquoi ne t'assieds-tu pas ici avec moi derrière ? » demanda Beth lorsque la voiture démarra.

Decker ne répondit pas.

« Oh ! » Sa voix se fit plus grave lorsqu'elle comprit. « Tu mets de la distance entre nous au cas où...

— Je commence même à me demander si je fais bien de voyager dans la même voiture que toi, dit Decker. Si Esperanza a vu juste, on va encore s'en prendre à moi et je ne veux pas te faire courir de risques. L'idée que quelque chose puisse t'arriver à cause de moi m'est insupportable. » Il continua d'examiner nerveusement les voitures qui venaient derrière eux.

« Et moi, c'est l'idée d'être séparée de toi qui m'est insupportable, dit Beth. Es-tu vraiment décidé à ce qu'on ne se voie plus jusqu'à ce que toute cette histoire soit terminée ?

— Si je voyais une autre solution qui ne présente pas de danger, je la choisirais, dit Decker.

— Nous pourrions fuir et nous cacher quelque part. »

Sanchez se retourna pour la regarder. « Ça ne serait pas du goût du sergent Esperanza. Je puis vous garantir qu'il ferait tout pour vous en dissuader.

— Ça fait maintenant partie de votre boulot, c'est ça ? demanda Decker. Veiller à ce que je ne quitte pas la ville ? »

Pas de réponse.

« On ferait peut-être mieux de ne pas repasser par St. Michael's Drive, dit Decker. On devrait peut-être prendre une autre route afin de brouiller un peu les pistes. »

Sanchez le regarda d'un air bizarre. « On dirait, à vous entendre, que ce n'est pas la première fois que vous vous croyez suivi.

— Prendre une autre route me semblait tout simplement une précaution logique. » Decker se tourna vers Beth. « On va te déposer chez toi. Tu m'as dit que tu avais des choses à régler sur la Côte Est, que tu devais partir demain. Ça tombe bien. Je sais que tu n'as pas trop envie de voyager avec un bras dans cet état mais tu pourras te reposer une fois arrivée à New York. En fait, il vaudrait mieux que tu t'installes quelque temps chez des proches lorsque tes rendez-vous d'affaires seront terminés. Je pense aussi que tu devrais avancer ton départ à cet après-midi. »

Beth paraissait accablée.

« C'est la seule solution qui ne présente pas de risques, dit Decker. Je n'arrive toujours pas à croire qu'Esperanza ait raison mais si jamais c'était le cas, ceux qui veulent s'en prendre à moi pourraient se servir de toi comme d'une arme, te kidnapper peut-être.

— Me *kidnapper* ?

— C'est une éventualité qui n'est pas à écarter.

— Mais enfin, Steve !

— Nous resterons en contact par téléphone et, dès qu'Esperanza pensera que le danger est écarté, tu pourras revenir.

— Il faudrait que je reste là-bas ?

— Peut-être pas pour très longtemps. Ce sera peut-être très court. »

Ils s'enfermèrent dans un silence gêné. Sanchez s'engagea dans l'allée de Beth et, de manière préventive, gara la voiture de patrouille latéralement devant la grille de sa cour murée.

Beth grimaça de douleur lorsque Decker l'aida à descendre de voiture. Sanchez étant resté dans son véhicule, ils pénétrèrent dans la cour et s'immobilisèrent dans l'ombre du *portal* en se regardant dans les yeux.

« Il doit y avoir une erreur, dit Beth. J'ai le sentiment de vivre un cauchemar dont je vais me réveiller dans tes bras pour découvrir que rien de tout ça n'est arrivé. »

Decker hocha la tête.

« As-tu une idée de la raison pour laquelle on voudrait te tuer ? demanda-t-elle.

— Je me suis posé moi-même la question cent fois. Je ne vois pas de réponse », mentit Decker. Il posa un long regard intense sur son visage. « Comme je vais rester longtemps sans te voir, je veux être sûr de me rappeler tous les traits de ton visage. »

Il se pencha vers elle, l'embrassa sur les lèvres, mais sans trop de fougue afin d'éviter son épaule blessée.

Beth, indifférente à sa blessure à l'épaule qui la fit grimacer de douleur, le serra contre elle de son bras indemne pour l'embrasser comme si elle voulait le posséder.

Elle appuya sa joue contre la sienne tout en murmurant d'une voix pressante : « Enfuis-toi avec moi.

— Non, je ne peux pas. »

Elle se renversa le buste en arrière, l'implorant aussi ardemment des yeux que de la voix. « Je t'en prie !

— Sanchez te l'a dit, la police nous arrêterait.

— Si tu m'aimes véritablement...

— C'est parce que je t'aime que je ne peux pas courir le risque de t'exposer. Supposons que nous réussissions à tromper la police et à nous enfuir. Supposons que ceux qui sont à mes trousses nous suivent. Nous serons toujours sur le qui-vive. Je ne veux pas te faire vivre ça. Je t'aime trop pour gâcher ta vie.

— Je te le demande une dernière fois – je t'en prie, viens avec moi. »

Decker hocha fermement la tête.

« Tu n'as pas idée à quel point tu vas me manquer.

— Dis-toi simplement que ça ne durera pas éternellement, dit Decker. Bientôt, très bientôt, j'espère, nous nous retrouverons. Lorsque tu seras là-bas, utilise un téléphone public pour m'appeler. Nous trouverons bien un moyen de rester en contact. Et... » Decker prit une profonde respiration. « Il y a tellement de détails à régler. Je vais demander à Esperanza de te faire accompagner à l'aéroport par un policier. Et puis... »

Beth posa un doigt sur ses lèvres. « Je sais que tu feras pour le mieux. » A contrecœur, elle ajouta « Je téléphonerai chez toi quand j'aurai réservé mon vol.

— As-tu besoin d'aide pour faire tes valises ?

— Elles sont pratiquement faites. »

Decker l'embrassa une dernière fois.

« Pense à la plus belle journée que nous avons vécue ensemble, dit Beth.

— Il y en aura beaucoup d'autres. » Decker attendit de voir Beth disparaître dans la maison. Ce n'est que lorsqu'elle eut refermé la porte qu'il retourna vers la voiture de patrouille.

11

« Vous, j'ai deux mots à vous dire. » Esperanza attendait dans l'allée de Decker lorsque la voiture de patrouille vint s'y arrêter. La fureur durcissait ses traits normalement détendus. « Je veux savoir pourquoi vous m'avez menti !

— Menti ? »

Esperanza posa les yeux, par-delà Decker, sur les badauds attroupés sur la route. « Pas ici. *A l'intérieur.* »

Decker leva les mains en un geste de soumission. « Comme vous voudrez.

— *A l'intérieur.* »

Lorsqu'ils furent entrés, Esperanza claqua la porte derrière lui. Ils se firent face dans le living.

« Je vous ai demandé si vous me cachiez quelque chose. Vous m'avez répondu que vous m'aviez tout dit. » Esperanza avait la respiration stridente.

« En effet.

— Eh bien, vous devriez consulter un médecin. Vous avez de graves problèmes de mémoire, dit Esperanza. Sinon vous n'auriez pas négligé de parler de quelque chose d'aussi important que vos liens avec le FBI.

— Le FBI ? demanda Decker avec une surprise non feinte.

— Mais dites donc, vous avez aussi des problèmes auditifs ? Oui ! Le FBI ! Le responsable de l'antenne du FBI à Santa Fe m'a appelé il y a une heure pour me dire qu'il voulait avoir un petit entretien avec moi. Je me suis demandé ce qu'il pouvait bien avoir derrière la tête. Quelque chose à voir avec Los Alamos ou les laboratoires Sandia ? Un problème de défense nationale ? Vous imaginez donc mon étonnement lorsque je suis allé le voir à son bureau et qu'il s'est mis à me parler de l'agression dont vous avez été victime. »

Decker garda un silence prudent.

« Voilà que maintenant c'est une affaire qui relève du fédéral *. Vous le saviez ? Du *fédéral*. Mais enfin, il fallait voir la tête que je faisais pendant qu'il me racontait tout ce qui s'était passé la nuit dernière. Il était au courant de détails que seuls Sanchez, moi et quelques autres

---

* Aux Etats-Unis, il existe des juridictions qui relèvent des Etats et d'autres de l'Etat fédéral, en matière de défense notamment *(N.d.T.)*.

policiers connaissons. Comment a-t-il bien pu obtenir ces informations ? Ce n'est pas comme s'il m'avait interrogé sur les événements de la nuit dernière, par curiosité professionnelle en quelque sorte. Non, il n'avait pas de questions à me poser. C'est lui qui tenait le crachoir. Il m'a aussi dit autre chose : le FBI aimerait bien qu'à partir de maintenant je me dessaisisse de l'affaire. »

Decker demeura silencieux de crainte que la moindre réaction de sa part n'exaspère davantage Esperanza.

« On m'a fait savoir que l'agression dont vous avez été victime avait des implications ultra-sensibles. On m'a assuré que les raisons pour lesquelles le FBI s'intéressait à l'affaire n'étaient pas de ma compétence. Et on m'a prévenu que de m'entêter à suivre le dossier risquait de causer des dégâts pas possibles. » Esperanza avait les yeux enflammés de colère. « J'ai dit : d'accord. Mais quoi, vous pensez bien que je ne voudrais pas causer des dégâts pas possibles. Jamais de la vie. Je ne suis pas un empêcheur de tourner en rond. Je me retire de cette affaire. » Il fit un pas en direction de Decker. « Mais ça ne veut pas dire que je ne vais pas y fourrer mon nez officieusement et que je ne vais pas exiger de vous une petite explication entre quatre z'yeux ! Mais qui donc êtes-vous ? Qu'est-ce qui s'est vraiment passé la nuit dernière ? Pourquoi ne m'avez-vous pas empêché de me ridiculiser en me disant dès le départ de m'adresser au FBI ? »

WHUMP.

Dans un grondement, la maison trembla.

12

Decker et Esperanza échangèrent un regard interrogateur tandis qu'une secousse assourdissante faisait tout trembler autour d'eux.

« Mais qu'est-ce que... » Les fenêtres vibrèrent, la vaisselle s'entrechoqua. Decker perçut une altération de la pression de l'air comme si on lui avait fourré des tampons d'ouate dans les oreilles.

« Il y a quelque chose qui a explosé ! dit Esperanza. Ça venait de...

— De la rue ! Ça alors, j'espère que... » Decker courut vers la porte d'entrée qu'il ouvrit d'un geste sec au moment même où Sanchez, qui attendait dehors, se précipitait dans la cour.

« La maison voisine ! dit celui-ci, tout agité, en montrant la direction du doigt. La maison a... »

Un autre grondement les secoua. L'onde de choc prolongée d'une seconde explosion fit perdre l'équilibre à Decker. « Beth ! » Reprenant pied, il passa devant Sanchez et fonça vers la grille et dans l'allée. A sa droite, au-dessus des pins et des genévriers qui cachaient la maison de Beth, s'élevaient des volutes de fumée noire. Les débris retombaient en cascade. Même à cent mètres, Decker pouvait entendre le rugissement des flammes.

« *Beth !* » Vaguement conscient de la présence à ses côtés d'Esperanza et de Sanchez, Decker se précipita à son secours. Faisant fi de la voiture de police, faisant fi de la route, la gorge enrouée à force de crier le nom de Beth, il prit le chemin le plus direct, fonça sur sa droite, traversa l'allée et s'engagea à toute vitesse au milieu des pins.

« BETH ! » Les branches lui écorchaient les bras, le sable crissait sous ses chaussures. Esperanza lui cria quelque chose mais il n'entendait vraiment que sa respiration haletante. Il contourna un arbre tandis que les flammes et la fumée noire se dressaient, menaçantes, devant lui.

A la lisière des arbres, il atteignit une clôture en bois qui lui arrivait à la taille, en agrippa un poteau, sauta par-dessus l'obstacle et retomba sur le terrain de Beth. Epars tout autour, il y avait des débris enflammés de la maison, obscurcis par la fumée. L'odeur âcre du bois brûlé qui lui montait aux narines lui irrita les poumons et le fit tousser.

« BETH ! » Le rugissement des flammes était si fort qu'il ne s'entendit pas hurler son nom. Il y avait un peu partout des briques d'adobe éclatées sur lesquelles il trébucha. La fumée lui piquait les yeux. Brusquement, un coup de vent fit tourner la fumée, ce qui lui permit de constater que la maison n'était pas tout entière la proie des flammes. Un angle, à l'arrière, était encore épargné. La chambre de Beth se trouvait dans cette partie de la maison.

Esperanza l'attrapa par l'épaule pour essayer de le retenir. Decker se libéra de sa prise et se précipita vers l'arrière de la maison. Il se glissa par-dessus un muret, traversa un patio couvert de débris et parvint à l'une des fenêtres de la chambre. La force de l'explosion avait fait voler les vitres en éclats et laissé saillir des pointes de verre tranchantes qu'il brisa avec un morceau d'adobe trouvé à ses pieds.

Il avait la respiration rauque sous l'effort. De la fumée s'échappa de l'intérieur. Il en avala un peu tout en s'efforçant de contrôler sa toux et regarda par la fenêtre. « Beth ! » Esperanza l'empoigna de nouveau. Decker, une fois de plus, le repoussa d'un geste de la main.

« Fichez-moi la paix ! hurla Decker. Beth a besoin de moi ! » Il enjamba l'appui de la fenêtre et retomba en culbutant sur le sol où il heurta de l'épaule d'autres débris. Il était enveloppé de fumée. Il alla en vacillant vers le lit mais celui-ci était vide. Sa toux se faisant encore plus forte, il chercha à tâtons sur le sol dans l'espoir de découvrir Beth au cas où elle se serait évanouie. Il avança à l'aveuglette jusqu'à la salle de bains contre la porte fermée de laquelle il vint se cogner, tout excité soudainement à l'idée qu'elle pouvait y avoir cherché refuge. Mais, ayant ouvert la porte d'une brusque secousse, il eut un coup au cœur en voyant, juste avant que la fumée n'envahisse la salle de bains, que la baignoire et la cabine de la douche étaient vides.

Sa vision se brouilla. Il sentit de la chaleur et recula devant les flammes qui emplissaient l'embrasure de la porte. Au même moment, il perçut la pression d'autres flammes qui ronflaient au plafond. Il tomba par terre et rampa en respirant avec difficulté. Il atteignit la fenêtre, réussit à se mettre debout et à passer la tête par l'ouverture pour tenter de s'y glisser. Quelque chose s'écroula derrière lui. La chaleur lui léchait les jambes. Quelque chose d'autre s'écrasa sur le sol. Ce doit être les poutres, se dit-il, désemparé. Le toit va bientôt s'effondrer. La chaleur le serrait maintenant à la hauteur des hanches. Affolé, il se contorsionna et réussit à se faufiler à l'extérieur par la fenêtre.

Des mains le saisirent et le tirèrent violemment sur les débris tandis que les flammes s'engouffraient dans la fenêtre derrière lui. Les mains qui l'avaient saisi étaient celles d'Esperanza, lequel l'attrapa par la veste, le remit sur ses pieds et le poussa par-dessus le muret.

Decker se sentit en état d'apesanteur puis retomba aussitôt brutalement de l'autre côté du muret, roula sur lui-même et alla heurter le pied d'un pin. Esperanza se laissa tomber près de lui, poursuivi par les flammes qui se communiquèrent à l'arbre. Celui-ci s'embrasa, les branches se mirent à craquer et Esperanza le traîna plus loin.

Un autre arbre s'enflamma.

« Il faut se grouiller ! » cria Esperanza.

Decker se retourna pour regarder la maison. Les débris crachotaient de la fumée et tremblotaient sous la chaleur intense. « Beth est à l'intérieur !

— Vous ne pouvez plus rien pour elle ! Il faut nous éloigner ! »

Decker, qui tenait à peine sur ses jambes, s'efforça de reprendre son souffle. Il maîtrisa une envie de vomir et accompagna Esperanza d'un pas chancelant à travers la fumée dans la descente boisée qui s'étendait derrière la maison de Beth. Il se retourna de nouveau pour regarder le spectacle de dévastation. « Mais bon dieu, qu'est-ce que je vais faire ? *Beth !* continua-t-il à crier. BETH ! »

Six

1

Decker, hébété, était assis sur la terre battue du Camino Lindo, le dos appuyé contre la roue arrière droite d'une ambulance. Il respirait dans un masque à oxygène. Le gaz était sec et âcre, à moins que cette âcreté ne fût due à la fumée qu'il avait aspirée, il n'aurait su le dire. Il entendait près de lui l'oxygène siffler d'une bonbonne dont un infirmier vérifiait l'indicateur de pression fixé au sommet. Il entendait tourner le moteur des camions d'incendie, de police et d'autres véhicules de secours. Il entendait les pompiers s'interpeller à tue-tête tandis qu'à grand renfort de tuyaux d'incendie ils aspergeaient d'eau les débris fumant de la maison de Beth.

C'est ma faute, pensa-t-il. Tout est de ma faute.

Il avait dû prononcer ces paroles à voix haute car l'infirmier demanda : « Quoi ? » Fronçant les sourcils d'un air préoccupé, il retira le masque du visage de Decker. « Ça va ? Vous avez envie de vomir ? »

Decker hocha la tête et son geste aggrava un horrible mal de tête qui le fit grimacer de douleur.

« Qu'est-ce que vous vouliez nous dire ?

— Rien.

— Ce n'est pas vrai, dit Esperanza près de lui. Vous avez dit : " C'est ma faute. Tout est de ma faute ". » Le masque à oxygène qu'Esperanza venait de retirer avait laissé sur son visage couvert de crasse une trace ovale autour de sa bouche et de son nez. « Vous n'y êtes pour rien. Ce n'est pas votre faute. Vous ne pouviez pas le prévoir.

— Allons donc. J'avais peur qu'elle soit en danger parce qu'elle était proche de moi. » Decker cracha une salive tachée de suie. « Je n'aurais jamais dû la laisser rentrer chez elle. Ça alors, je n'aurais vraiment pas dû...

— Restez tranquille », dit l'infirmier. Il avait relevé les jambes du pantalon de Decker et examinait la peau de ses mollets. « Vous avez de la chance. Le feu s'est contenté de roussir votre pantalon. Vous avez le poil des jambes légèrement brûlé. Un peu plus et... Je ne sais pas si j'aurais été aussi courageux. »

Decker prit un ton d'autodérision. « Courageux. Allons donc. Je ne l'ai pas sauvée.

— Mais vous avez failli vous faire tuer en essayant. Vous avez fait tout ce que vous pouviez, renchérit Esperanza.

— Tout ? » Decker eut une toux profonde, douloureuse. « Si j'y avais pensé, j'aurais insisté pour qu'elle reste sous bonne garde à l'hôpital.

— Tenez, buvez ça », dit l'infirmier.

Decker but quelques gorgées à une bouteille d'eau. Des gouttes de liquide roulèrent sur son menton en faisant des stries dans la suie qu'il avait sur le visage. « J'aurais dû prévoir qu'il leur serait facile de pénétrer chez elle pendant que tout le monde surveillait ma maison. Si j'étais entré avec elle lorsque je l'ai ramenée de l'hôpital, les explosions nous auraient eus tous les deux. »

Les yeux sombres d'Esperanza s'assombrirent un peu plus. Ce que Decker venait de dire l'avait manifestement troublé. Il allait répondre lorsqu'il fut distrait par le hurlement des sirènes d'une autre voiture de police et d'un camion de pompiers qui arrivaient sur les lieux.

Decker but encore quelques gorgées d'eau puis tourna les yeux vers le groupe confus des pompiers qui arrosaient les décombres. « Ah ! mon Dieu ! » Il laissa tomber la bouteille d'eau et porta les mains à son visage. Ses épaules se soulevèrent douloureusement tandis que ses yeux s'emplissaient de larmes. Il avait l'impression d'étouffer sous le chagrin qui l'oppressait. « Oh, mon Dieu, Beth, qu'est-ce que je vais faire sans toi ? »

Il sentit le bras d'Esperanza autour de son épaule.

« Tout est de ma faute. Oui, tout est de ma faute », dit-il à travers ses larmes.

Il entendit un brancardier murmurer : « On ferait mieux de l'emmener à l'hôpital.

— Non ! fit Decker d'une voix tendue. Je veux rester ici pour trouver les ordures qui ont fait ça !

— A votre avis, comment ont-ils fait sauter les bombes ? demanda Esperanza.

— Quoi ? » Decker, complètement désorienté, ne savait plus très bien où il en était. Il essaya de se concentrer. Concentre-toi, se dit-il. Contrôle-toi. Tu ne trouveras pas qui a fait ça si tu t'énerves. « Au moyen d'un détonateur à distance.

— Ces détonateurs qu'on déclenche au moyen d'un signal radio ?

— Oui. » Decker essuya les larmes de ses yeux rouges et irrités. Beth, pensait-il à tout instant. Bon dieu, qu'est-ce que je vais faire sans toi ? Tout est de ma faute. « Une minuterie ne leur aurait pas servi à grand-chose. Faute de savoir à quel moment il y aurait eu quelqu'un à la maison, ils n'auraient pas su à quelle heure la régler. »

Esperanza parut encore plus troublé.

« Quelqu'un a dû surveiller la maison, un détonateur à la main, prêt à appuyer sur le bouton au bon moment, dit Decker. Peut-être quelqu'un avec des jumelles sur la colline du Soleil. Peut-être quelqu'un parmi ces gens qui traînent sur la route, quelqu'un qui faisait semblant de s'intéresser à ce qui s'est passé la nuit dernière.

— Je fais interroger tous les gens du coin par des agents, dit Esperanza.

— C'est trop tard. Celui ou celle qui a appuyé sur le bouton a filé depuis longtemps.

— Il se pourrait aussi qu'un signal électronique des environs se soit trouvé sur la même fréquence que celle à laquelle étaient réglés les détonateurs. Les bombes ont pu être déclenchées par erreur, dit Esperanza.

— Non. Les détonateurs ont besoin de deux différentes fréquences successives pour fonctionner. Ils ont dû être réglés sur des fréquences peu répandues par ici.

— Vous avez l'air d'en connaître un bout sur la question, dit Esperanza.

— J'ai lu quelque chose à ce sujet quelque part. Ce n'est pas la mer à boire.

— Ah oui ? »

Des pas lourds approchaient. Decker leva les yeux et vit Sanchez s'immobiliser devant lui.

« Le chef des pompiers dit que les décombres sont assez refroidis pour lui permettre d'approcher, dit Sanchez à Esperanza. Selon lui, seules des bombes incendiaires ont pu causer un incendie de cette ampleur.

— Ça, je m'en doutais. » Esperanza se remit péniblement sur ses pieds. Sa longue chevelure était roussie. Son jean et sa chemise de toile étaient sales, lacérés de trous causés par les étincelles. « A part ce que nous savons déjà, qu'est-ce que le chef des pompiers a de nouveau à nous annoncer ?

— Lui et ses hommes ont commencé à chercher le corps. Il dit que des murs d'adobe et des sols de brique et de tommettes sont moins inflammables qu'une maison en bois et que ça facilitera les recherches. Ils n'ont pas trouvé la moindre trace d'elle jusqu'à présent.

— C'est tout ? » Esperanza avait l'air déçu.

« Oui, mais... » Sanchez lorgna en direction de Decker, manifestement mal à l'aise de parler devant lui.

« Qu'est-ce qu'il y a ? » Decker se leva. Il eut une poussée d'adrénaline. « Q'est-ce que vous essayez de garder pour vous ? »

169

Sanchez s'adressa à Esperanza. « On ferait peut-être mieux d'aller à la voiture. J'ai quelque chose à vous dire.

— Non, dit Decker. Vous n'allez rien me cacher. Ce que vous avez à dire, dites-le ici. »

Sanchez sollicita Esperanza du regard. « Vous n'avez pas d'objection ? »

Esperanza haussa les épaules. « Peut-être que M. Decker nous fera part de ce qu'il sait si on lui fait part de ce que nous savons. De quoi s'agit-il ?

— Quelque chose de bizarre. Vous m'aviez dit d'envoyer des agents interroger les gens des alentours, des voisins qui auraient pu se trouver dehors, quelqu'un qui aurait pu passer par là, les badauds qui traînent dans le coin par curiosité, quelqu'un qui aurait pu voir les explosions. »

Esperanza anticipa la suite. « Et nos hommes ont trouvé quelqu'un qui peut nous aider ?

— Oui, mais je pense qu'il s'agit plus d'une complication que d'une aide, répondit Sanchez.

— Mais enfin, qu'est-ce que vous avez appris ? » Decker se rapprocha d'eux. « Qu'est-ce que vous essayez de me cacher ?

— Dans Fort Connor Lane, la rue en bas, derrière ces maisons, il y a une femme qui cherchait son chien. Juste avant les explosions, elle a été étonnée de voir quelqu'un dévaler précipitamment la pente au milieu des arbres et des buissons.

— C'est la personne qui a posé les bombes, dit Decker. Est-ce que la femme s'en souvient assez pour en fournir un signalement ?

— Oui. C'était une autre femme. »

Decker eut l'impression qu'on lui décrochait un uppercut.

« Elle avait une valise à la main, dit le policier.

— Quoi ?

— Jolie, une trentaine d'années, de longs cheveux auburn, vêtue d'un jean et d'un pull. Elle tenait son bras droit sous son pull comme s'il était blessé. »

Decker s'appuya d'une main contre l'ambulance. Il avait l'impression que le sol se dérobait sous ses pieds, que sa raison vacillait. Il se sentait étourdi, les jambes flageolantes. « Mais vous venez de décrire...

— Beth Dwyer, en effet, dit Sanchez. La femme qui cherchait le chien dit qu'il y avait une voiture garée dans Fort Connor Lane. Il y avait un homme à l'intérieur. En apercevant la femme à la valise, il est vite sorti de la voiture, a mis la valise dans le coffre et lui a ouvert la portière. C'est à ce moment-là que les bombes ont explosé, au moment où ils démarraient.

— Je ne comprends pas, dit Decker. C'est insensé. Comment pouvait-elle... »

Un pompier s'approcha, le visage dégoulinant de sueur, et, retirant son chapeau au large bord métallique, tendit la main vers la bouteille d'eau qu'un infirmier lui proposait. « Toujours pas de trace d'une victime », dit-il à Esperanza.

Decker, chaviré, avait le cœur qui battait la chamade. « Mais pourquoi y aurait-il... Beth est *vivante* ? Qu'est-ce qu'elle faisait sur la pente ? Mais qui était dans la voiture ? »

2

Cela paraissait impossible. Beth n'avait pas été tuée ! Le soulagement et l'espoir le disputaient en lui à la confusion et au désarroi que lui causait son comportement mystérieux.

« Comment avez-vous connu Beth Dwyer ? » demanda Esperanza. Ils étaient l'un en face de l'autre dans le living de Decker.

« Elle est venue à mon bureau. Elle désirait acheter une maison. » C'est pas possible, pensa Decker, qui s'effondra sur son canapé.

« Quand ça ?

— Il y a deux mois. En juillet. » Je perds l'esprit, pensa Decker.

« Elle était d'ici ?

— Non.

— D'où venait-elle ?

— De l'Est. » Son mal de tête était atroce.

« De quelle ville ?

— Quelque part dans les environs de New York.

— Pourquoi était-elle venue vivre à Santa Fe ?

— Son mari est mort en janvier dernier. D'un cancer. Elle voulait fuir le passé, recommencer une nouvelle vie. » Tout comme moi, pensa-t-il.

« C'est un quartier coûteux, dit Esperanza. Où a-t-elle trouvé l'argent pour acheter la maison ?

— Son mari avait une bonne assurance-vie.

— Ça devait faire un joli magot. Qu'est-ce qu'il faisait dans la vie ?

— Je ne sais pas. »

Esperanza parut déconcerté.

« Je vous croyais intimes.

— Oui.

— Ce qui ne vous empêche pas d'ignorer plusieurs choses essentielles de son passé.

— Je ne voulais pas poser trop de questions, dit Decker. Son mari était mort depuis moins d'un an et je ne voulais pas raviver des souvenirs pénibles.

— Comme l'endroit où elle vivait ? Je ne vois pas en quoi ç'aurait été pénible pour elle de vous le dire.

— Je n'ai pas pensé à lui demander. » Encore un mensonge. Decker savait très bien pourquoi il ne le lui avait pas demandé. Dans sa vie antérieure, son métier voulait qu'il arrache aux gens qu'il rencontrait les moindres bribes d'information sur leur vie privée, et qui pourraient, le cas échéant, s'avérer utiles. Mais, aussitôt arrivé à Santa Fe pour y refaire sa vie et repartir de zéro, il avait décidé de se guérir de son côté calculateur.

« Est-ce que la police d'assurance de son mari était assez importante pour lui permettre de subvenir à ses besoins après avoir acheté la maison voisine de la vôtre ?

— Elle gagnait sa vie comme artiste, répondit Decker.

— Oh ? Dans quelle galerie ?

— A New York.

— Oui mais la galerie, comment s'appelle-t-elle ?

— Je ne sais pas, fit Decker.

— Ça se conçoit.

— J'ai rencontré le directeur de la galerie. Il est venu la voir. Il s'appelle Dale Hawkins.

— Quand était-ce ?

— Mardi. Le 1er septembre.

— Comment pouvez-vous être si précis ?

— C'était il y a seulement neuf jours. Je m'en souviens parce que c'est le jour où Beth a signé les papiers pour l'achat de sa maison. » Mais Decker avait une autre raison de s'en souvenir si bien – ce soir-là, Beth et lui avaient fait l'amour pour la première fois. Beth ! s'écria-t-il mentalement. Beth, qu'est-ce qui se passe ? Pourquoi dévalais-tu en courant la pente derrière chez toi ? Qui était l'homme qui t'attendait dans la voiture ?

« Monsieur Decker.

— Excusez-moi, je... » Decker cligna des yeux en s'apercevant qu'il avait l'esprit ailleurs, tandis qu'Esperanza continuait de lui parler.

« Vous avez dit que quelqu'un muni d'un détonateur à distance avait dû surveiller la maison.

— En effet.

— Pourquoi cette personne n'a-t-elle pas déclenché les explosions quand vous étiez avec Mme Dwyer devant chez elle ?

— Il aurait fallu que je sois à l'intérieur pour qu'on soit sûr que les bombes seraient efficaces à cent pour cent.

— Le guetteur aurait donc attendu que vous soyez parti pour les faire exploser ? demanda Esperanza. Vous trouvez que c'est une façon sensée de procéder ? »

Decker eut un frisson.

« Si c'est vous qui étiez la cible, ajouta Esperanza.

— La cible, c'était *Beth* ? » Il frissonna et se mit à trembler. « Vous êtes en train de dire que cet après-midi et la nuit dernière, ce n'est pas après moi qu'ils en avaient ?

— Il est clair qu'elle avait peur de quelque chose. Autrement, elle n'aurait pas dévalé en courant la pente qui se trouve derrière chez elle. »

Decker avait le visage qui lui picotait. « Comme ça, c'est après Beth qu'ils en avaient ? Bon dieu ! » Il n'avait jamais rien connu – que ce fût dans les services spéciaux de l'armée ou comme agent de renseignement antiterroriste – qui pût se comparer avec ce qu'il vivait maintenant. Jamais il ne s'était senti aussi fragile sur le plan affectif. Il faut dire que, jusqu'à son arrivée à Santa Fe, jamais il n'avait laissé tomber ses mécanismes de défense et accepté d'être vulnérable affectivement.

« Tout à l'heure, vous parliez des fréquences radio utilisées pour faire sauter les bombes avec un détonateur à distance, dit Esperanza. Comment se fait-il que vous en sachiez aussi long sur la manière de faire sauter les bâtiments ? »

Decker, occupé à analyser les implications de son attitude récente, l'écoutait d'une oreille distraite. Durant plus d'un an, il avait vécu dans le déni du réel, convaincu qu'il lui fallait se contenter de s'abandonner sans méfiance au présent en se défaisant totalement des habitudes calculatrices de sa vie antérieure. Celles-ci reprenaient maintenant le dessus chez lui avec une opiniâtreté qui l'étonna. Il prit l'annuaire téléphonique, trouva le numéro qu'il cherchait et le composa sur les touches du combiné.

« Monsieur Decker, qu'est-ce que vous faites ?

— Je téléphone à l'hôpital St. Martin. »

Esperanza parut décontenancé.

Lorsqu'une réceptionniste répondit, Decker dit : « Voudriez-vous me passer le poste des infirmières qui s'occupent de la chambre 2116 ? »

Quelqu'un d'autre vint à l'appareil et Decker dit : « Vous avez eu une patiente qui avait été victime d'un coup de feu, Beth Dwyer, qui vient de sortir de l'hôpital. J'aimerais parler à une infirmière qui s'est occupée d'elle.

— Un instant. »

Quelqu'un d'autre prit la communication. « Oui, je suis l'une des infirmières qui s'est occupée de Beth Dwyer, dit une femme à la voix agréable. Evidemment, je n'ai pris mon service qu'à sept heures. D'autres infirmières s'étaient occupées d'elle avant.

— Ici l'un des policiers qui enquêtent sur la fusillade.

— Hé dites donc, fit Esperanza, qu'est-ce que vous fabriquez ? »

Decker leva une main, faisant signe à Esperanza de lui donner un peu de latitude. « Est-ce qu'elle a eu des visites ?

— Seulement un de ses amis. »

Sans doute moi, pensa Decker. Mais il avait cessé de prendre les choses pour argent comptant. « Comment était-il ?

— Grand, bien bâti, dans la quarantaine.

— Les cheveux blond roux ?

— Oui, si ma mémoire est bonne. Il était bel homme dans le genre fruste. Je n'ai vu personne d'autre.

— Elle a reçu des appels téléphoniques ?

— Oh, elle en a passé plusieurs.

— Quoi ?

— Elle en a reçu plusieurs aussi. Le téléphone n'a pas cessé de sonner pendant un moment. Si j'étais dans sa chambre, elle refusait de parler à la personne qui l'appelait tant que je n'étais pas partie. »

Decker se sentit oppressé. « Vous m'avez été très utile. » Songeur, il raccrocha.

« Qu'est-ce qui vous a pris ? demanda Esperanza. Vous savez quelle est la peine encourue si on se fait passer pour un policier ?

— Beth a passé et reçu plusieurs coups de fil. Mais, à ma connaissance, je suis son seul ami intime ici. Alors, à qui téléphonait-elle et qui lui téléphonait ?

— Si ses appels étaient interurbains et si elle n'a pas téléphoné en PCV, les numéros qu'elle a appelés sont enregistrés, dit Esperanza.

— Vous avez pigé. Mais j'ai comme l'idée que c'est ici, à Santa Fe, qu'elle appelait – elle parlait à l'homme qui attendait pour la prendre dans Fort Connor Lane. Quand je lui ai apporté des vêtements pour qu'elle ait quelque chose à se mettre en sortant de l'hôpital, elle m'a dit qu'elle se sentait trop laide pour s'habiller devant moi. Elle m'a demandé d'attendre dans le couloir. Etant donné sa blessure et le fait qu'elle aurait pu avoir besoin d'aide, j'ai trouvé que ce n'était pas le moment de jouer les prudes mais je n'ai pas insisté. Maintenant, je parierais qu'elle en a profité pour passer un dernier coup de fil au type pour lui dire qu'elle sortait de l'hôpital – pour convenir du moment où il devait l'attendre. Mais qui ça peut bien être ? »

Aux sentiments d'accablement et de confusion qui assaillaient Decker – soulagement que Beth fût vivante, perplexité que lui causait sa conduite – vint brusquement s'en greffer un autre : la jalousie. Bon dieu, est-ce possible ? Beth aurait-elle eu un amant en secret ? Aurait-elle fréquenté quelqu'un d'autre en même temps que moi ? Ces questions se bousculaient fébrilement dans son esprit. Comment aurait-elle fait sa connaissance ? S'agit-il de quelqu'un qui l'aurait suivie depuis la Côte Est ? Quelqu'un de sa vie passée ?

« Cet homme qui attendait dans la voiture – est-ce que la femme qui l'a aperçu a une assez bonne vue pour en donner le signalement ? demanda Decker.

— Sanchez doit le savoir. »

Decker, pressé d'aller retrouver Sanchez qui montait la garde à l'extérieur de la maison, se dirigeait vers la porte d'entrée lorsque celle-ci s'ouvrit brusquement.

Sanchez apparut, faisant sursauter Decker. « Deux hommes qui prétendent être des amis à vous veulent vous voir.

— Sans doute des voisins ou des collègues de travail. Dites-leur que je les verrai plus tard. Ecoutez, je voulais vous demander quelque chose.

— Ces hommes insistent beaucoup, dit Sanchez. Ils ont répété plusieurs fois qu'ils étaient de *vieux* amis à vous, de très vieux amis. Ils disent s'appeler Hal et Ben. »

3

« Hal et... ? » Decker s'efforça de ne pas manifester son étonnement. « Oui. » Ses réflexes se mobilisèrent. « Je les connais. Faites-les entrer. »

Hal et Ben étaient les deux agents secrets qui l'avaient pris en charge dans le hall du St. Regis à la suite de sa pénible démission, l'année précédente. Ils l'avaient interrogé sur ses mobiles et, ayant finalement décidé qu'il ne représentait pas une menace pour la sécurité nationale, l'avaient autorisé à poursuivre sa route vers son asile de Santa Fe – non sans le prévenir implicitement qu'il valait mieux pour lui que sa fureur, à la suite de ce qui s'était passé à Rome, ne l'incite pas à parler à tort et à travers.

Ce devaient être, tous les deux, les enquêteurs envoyés par son ancien employeur à la suite du coup de fil qu'il avait passé en catastrophe pour annoncer l'agression dont il venait d'être victime. Lorsqu'ils apparurent dans l'embrasure de la porte, Decker ne les trouva pas très différents de la dernière fois qu'il les avait vus – grands et minces, un mètre quatre-vingt-dix environ, cent kilos, à peu près de son âge, quarante et un ans, les traits durs, le regard circonspect. Ils portaient des blousons, des pantalons kaki et de solides chaussures de ville. Après avoir examiné le living, ils toisèrent Esperanza et reportèrent leur attention sur Decker.

« Qu'est-ce qui se passe ? demanda Hal. Pourquoi y a-t-il un policier dehors ? Qu'est-ce qui est arrivé plus loin sur la route ?

— C'est une longue histoire. Voici le sergent Esperanza. Sergent, je vous présente Hal Webber et Ben Eiseley. » Ces derniers noms, fictifs, correspondaient aux fausses identités dont Decker les savait coutumiers. « On se fréquentait quand je travaillais en Virginie. Ils m'avaient annoncé leur intention de venir faire un tour par ici un de ces weekends mais j'avais complètement oublié que ce devait être pour le weekend de la Fiesta.

— Bien sûr », fit Esperanza qui ne gobait manifestement pas cette histoire. Il leur serra la main tout en comparant à celle de Decker leur carrure aux hanches étroites et aux solides épaules. « Est-ce que ce sont aussi des agents immobiliers qui savent faire sauter des bombes avec un détonateur à distance ? »

Hal parut interloqué. « Des bombes ? C'est ça qui est arrivé à côté ? La maison a explosé ?

— Sergent, auriez-vous l'obligeance de me laisser seul un moment avec mes amis ? » Decker s'apprêta à guider Hal et Ben vers une porte qui donnait sur une petite aire à barbecue à l'extérieur de la cuisine.

« Non », dit Esperanza.

Decker s'immobilisa et se retourna pour le regarder. « Pardon ?

— Non. Je ne vous laisserai pas une seconde seul avec eux. » Le visage buriné d'Esperanza s'était durci. « Vous avez été évasif et non coopératif depuis le début. Maintenant, ça suffit.

— Je croyais que le FBI vous avait demandé de ne pas vous mêler de cette affaire.

— De l'agression dont vous avez été victime. Pas des explosions qui se sont produites à côté.

— Le FBI ? demanda Ben tout étonné.

— Ce que vous avez à leur dire pour les mettre dans le coup, vous allez leur dire devant moi, dit Esperanza. Moi aussi, je veux être dans le coup.

— Le FBI ? répéta Ben. Je ne pige pas. Qu'est-ce que le FBI a à voir avec ça ?

— Sergent, il faut vraiment que je leur parle seul, dit Decker.

— Je vais vous arrêter.

— Sous quelle inculpation ? Un bon avocat vous déboutera en moins de deux, dit Decker. En tout cas, il me fera libérer sous caution.

— Un samedi de Fiesta ? Votre avocat aurait drôlement du mal à trouver un juge qui veuille bien l'écouter, dit sèchement Esperanza. Vous ne sortiriez pas de tôle avant demain, voire lundi, et je suis sûr que votre temps est précieux. Faites donc comme si je n'étais pas là. Qu'est-ce que vous voulez leur dire ? »

Le temps, pensa Decker, impatient. Il faut que je me mette à la recherche de Beth tout de suite. Je n'ai pas les moyens de perdre deux jours. Affolé, il était déchiré entre deux motivations contraires. Jusque-là, il avait eu la ferme intention de laisser son ancien employeur en dehors de l'enquête mais une autre priorité s'imposait désormais : retrouver Beth. Il fallait qu'il découvre qui avait voulu la tuer.

« Je travaillais pour le gouvernement américain.

— Hé là, fais attention, lui dit Ben.

— Je n'ai pas le choix.

— Pour le gouvernement ? » Esperanza était tout oreilles. « Vous parlez de...

— De rien que je ne puisse démentir, dit Decker. Ces deux hommes étaient mes associés. Ils sont ici pour m'aider à découvrir si l'agression de la nuit dernière a quelque chose à voir avec des affaires délicates auxquelles j'ai été mêlé.

— Vas-y doucement, lui dit Hal.

— Je ne peux pas être plus précis que ça », dit Decker à Esperanza en posant sur lui un regard ferme.

Le regard d'Esperanza était tout aussi inflexible mais, lentement, ses traits se détendirent. Il acquiesça.

Decker se tourna vers Hal. « Je ne vous attendais pas si tôt.

— On était à Dallas. On a pris le réacteur de la compagnie *. On a mis moins de deux heures.

— Merci d'être venus.

— Enfin, il n'y avait pas grand-chose d'autre à faire, dit Ben. On nous a dit que te contacter par téléphone n'était pas sûr. On voulait voir les choses par nous-mêmes, tirer au clair quelque chose que tu as dit quand tu as rapporté l'agression et ensuite prendre contact avec les fédéraux du coin.

— Vous l'avez déjà fait, dit Esperanza. Vous avez parlé au FBI.

— Non, dit Hal d'un air soucieux.

— Pas en personne mais au téléphone, dit Esperanza.

— Non, dit Hal d'un air encore plus soucieux.

— Mais le chef du FBI local à qui j'ai parlé ce matin a demandé officiellement que l'affaire lui soit confiée, dit Esperanza.

— Vous y avez fait allusion tout à l'heure mais je n'avais pas compris de quoi vous parliez, dit Ben. Personne chez nous n'a encore vu les fédéraux. On voulait d'abord voir de quoi il retournait avant de décider s'il fallait les mêler à ça. »

Decker sentit s'insinuer en lui un pressentiment qui mit en branle tout son système nerveux.

Esperanza prévint la question dont Decker brûlait de connaître la

---

* De la CIA *(N.d.T.)*.

réponse. « Mais alors, si ce n'est pas vous qui avez sollicité l'intervention des fédéraux, qui est-ce, nom de dieu ? »

4

Sanchez, qui venait de quitter l'Old Santa Fe Trail pour s'engager dans le Paseo de Peralta, conduisait avec dextérité et aussi rapidement qu'il le pouvait la voiture de police sans faire retentir la sirène dans les embouteillages du centre-ville en ce samedi de Fiesta. Hal, le visage fermé, était assis devant avec lui. Decker, qui percevait les pulsations accélérées de son cœur, était coincé à l'arrière entre Ben et Esperanza.

Esperanza mit fin à une conversation précipitée sur un téléphone cellulaire puis appuya sur une touche qui rompit la communication. « Il dit qu'il nous attend.

— Et si jamais il refuse de nous dire ce que nous voulons ? demanda Decker.

— Dans ce cas, je devrai passer un ou deux coups de fil en Virginie, dit Ben. Il finira tôt ou tard par tout nous dire, je vous le garantis.

— Il a intérêt à ne pas faire traîner les choses, dit Decker. Deux heures se sont écoulées depuis que Beth a dévalé la pente et est montée dans cette voiture. Elle doit être à Albuquerque à l'heure qu'il est. Si elle est allée directement à l'aéroport, elle a très bien pu prendre un avion pour se rendre je ne sais où.

— On va le savoir. » Esperanza appuya sur les touches du téléphone cellulaire.

« A qui téléphonez-vous ?

— Au service de sécurité de l'aéroport d'Albuquerque.

— Et si elle est allée à l'aéroport de Santa Fe ? demanda Hal.

— J'appellerai là-bas après. L'aéroport local n'a que de rares petits vols de passagers. Des avions à hélice. On n'aura pas de mal à savoir si elle était sur l'un d'eux. »

On répondit à l'autre bout du fil et Esperanza se mit à parler.

Decker se tourna pendant ce temps vers Ben. Il eut l'impression pénible, l'espace d'une seconde, de se dédoubler et de revivre l'interrogatoire que lui avaient fait subir Hal et Ben lorsqu'ils lui avaient fait traverser Manhattan en voiture l'année précédente. Comme si ce debriefing n'avait jamais cessé et qu'il se réveillait maintenant d'un long cauchemar.

« Ben, quand tu es arrivé chez moi, tu as dit que tu voulais tirer au clair quelque chose que j'avais dit en rapportant l'agression de la nuit dernière. A quoi faisais-tu allusion ? »

Ben tira une feuille de papier de sa poche. « Voici une copie du fax d'une partie du rapport que tu as fait au téléphone. » Il fit glisser son doigt au bas de la page. « Le fonctionnaire de service à qui tu as parlé a dit : " Mais vous ne relevez plus de notre responsabilité. " Et toi, tu as répondu : " Dites donc, vous pensiez autrement quand j'ai démissionné. Vous étiez tous sur mon dos. J'ai même cru que vos contrôles de sécurité ne cesseraient jamais. Bon sang, il y a deux mois, vous me teniez encore sous surveillance. " »

Decker, saisi d'un étrange sentiment de familiarité en écoutant la lecture qu'on lui faisait de ses propres paroles, acquiesça. « Alors, où est le problème ?

— Le fonctionnaire de service n'a pas fait de commentaire sur le moment mais il n'a rien compris à ce que tu voulais dire par là. Il a vérifié ton dossier. Personne de notre organisation n'avait été chargé de te surveiller.

— Mais c'est faux, dit Decker. Il y a deux mois, j'ai vu une équipe de surveillance. J'ai...

— Effectivement, au début, à ton arrivée à Santa Fe, on t'a mis sous surveillance, dit Ben. Mais on a alors trouvé plus simple et moins coûteux de contrôler tes rentrées d'argent. Si tu avais eu plus d'argent que ne le justifiait ta nouvelle occupation, là, oui, on te serait tous tombé dessus, on se serait demandé si tu n'avais pas vendu des secrets. Mais il n'y avait rien qui clochait de ce côté. Tu paraissais avoir pris ton parti des problèmes qui t'ont amené à démissionner. On n'avait plus besoin de t'avoir à l'œil. Je ne sais pas qui te surveillait, mais ce n'étaient définitivement pas des gens de chez nous.

— Tu voudrais me faire croire que Brian McKittrick avait pris sur lui de me surveiller dans ses loisirs lorsqu'il n'était pas en train de travailler pour vous ?

— Brian McKittrick ? demanda vivement Hal. Mais qu'est-ce que tu racontes ?

— Puisque je vous dis que je l'ai vu.

— Il y a deux mois ?

— C'est lui qui dirigeait l'équipe de surveillance, dit Decker.

— Mais McKittrick ne travaille plus pour nous depuis le mois de février. »

Decker resta sans voix.

« Son père est mort en décembre, dit Ben. Comme le fiston n'avait plus personne pour le protéger, les plaintes contre lui se sont accumulées. Il a foiré dans deux autres missions. L'organisation l'a jeté. »

Esperanza recouvrit de la main le micro du téléphone cellulaire.

« Vous ne pourriez pas la fermer un peu ? Je n'entends presque rien.
Luis ? » Il se pencha vers Sanchez. « La police d'Albuquerque demande
si tu as une description de la voiture dans laquelle est montée Beth
Dwyer. Est-ce que le témoin t'en a donné une ?

— C'était une vieille dame qui ne connaissait pas grand-chose aux
voitures. » Sanchez s'engagea dans un tournant encombré du Paseo de
Peralta. « Elle a dit que c'était une grosse voiture grise et qu'elle avait
l'air neuve.

— C'est tout ?

— J'ai bien peur que oui.

— Formidable. C'est vraiment formidable, dit Esperanza. Et le
conducteur ? Est-ce qu'elle a pu le voir quand il est rapidement descendu de voiture pour mettre la valise de Beth Dwyer dans le coffre ?

— Quand il s'agit des *gens*, cette femme, en revanche, n'a pas les
yeux dans sa poche. Le type avait une trentaine d'années. La mâchoire
carrée. Il lui a fait penser à un joueur de football. Blond.

— La mâchoire carrée ? Blond... ? » Decker fronça les sourcils.

« Qu'est-ce qui ne va pas ?

— Il lui a fait penser à un joueur de football ? On dirait...

— Vous connaissez quelqu'un qui ressemble à ça ?

— C'est impossible. » Decker en avait le souffle coupé. Ce qu'il
venait d'entendre ne tenait pas debout. *Rien* ne tenait debout. « Brian
McKittrick. Cette description correspond à celle de Brian McKittrick.
Mais s'il ne travaille pas pour vous, dit Decker à Ben, pour qui tra-
vaille-t-il ? »

5

Decker n'attendit pas que Sanchez freine brutalement dans une zone
interdite au stationnement pour sortir en hâte de la voiture de police et
se précipiter vers un long bâtiment administratif de deux étages de
couleur ocre. Flanqué d'Esperanza, de Hal et de Ben, il monta en courant le large escalier de béton jusqu'à une rangée de portes vitrées. Les
y attendait un homme d'une quarantaine d'années, de taille et de poids
moyens, à la chevelure soignée, et qui portait de courts favoris. Il était
vêtu d'un pantalon sans plis et d'une veste sport bleue. Un bip était fixé
à sa ceinture. Il tenait un téléphone cellulaire à la main.

« J'espère que vous ne m'avez pas fait déplacer pour rien. J'étais à la Fiesta. » Il sortit un trousseau de clés et se disposa à ouvrir l'une des portes. Il dirigea un regard placide vers Esperanza qui n'avait pas eu l'occasion d'enlever sa chemise et son jean roussis couverts de suie. « Qu'est-ce qui vous est arrivé ? Au téléphone vous avez dit que ça avait quelque chose à voir avec ce dont nous avons discuté ce matin.

— On n'a pas le temps de monter à votre bureau, dit Decker. On espère que vous pourrez nous dire ici même ce que nous voulons savoir. »

L'homme retira ses clés de la porte, l'air mécontent. « Et vous, qui êtes-vous au juste ?

— Stephen Decker. C'est lui qu'on a agressé, dit Esperanza. Monsieur Decker, je vous présente John Miller, le responsable local du FBI. »

Decker demanda aussitôt : « Pourquoi êtes-vous intervenu dans l'enquête du sergent Esperanza ? »

Miller fut pris de court. Il mit un instant avant de répondre. « C'est confidentiel.

— Il semblerait que cette agression n'était pas dirigée contre moi mais contre une femme que je fréquentais. Ma voisine. Elle s'appelle Elizabeth Dwyer. Elle se fait appeler Beth. Est-ce que ce nom vous dit quelque chose ? »

Cette fois, Miller répondit sans attendre. « Je ne suis pas disposé à discuter de cette affaire.

— On a fait sauter sa maison cet après-midi. »

Miller réagit comme si on l'avait giflé. « Quoi ?

— Vous m'écoutez maintenant ? Vous êtes disposé maintenant à discuter de la chose avec nous ? Pourquoi êtes-vous intervenu dans l'enquête ?

— On a fait sauter la maison d'Elizabeth Dwyer ? » Abasourdi, Miller se tourna vers Esperanza. « Est-ce qu'elle y était ? Est-ce qu'elle a été tuée ?

— Apparemment non, répondit Esperanza. On n'a pas trouvé de corps. Quelqu'un qui lui ressemble a été vu en train de monter dans une voiture dans Fort Connor Lane quelques secondes avant l'explosion.

— Pourquoi ne m'en avez-vous pas parlé au téléphone ?

— Maintenant je vous en parle. »

Miller avait l'air furieux. « Je n'aime pas qu'on me fasse marcher.

— Et moi, je n'aime pas qu'on me tire dessus, le coupa Decker. Qui essaie de tuer Beth Dwyer ? Que savez-vous d'un certain Brian McKittrick ? Comment se fait-il que vous soyez mêlé à tout ça ?

— Pas de commentaire, fit platement Miller. Cette conversation est terminée.

— Elle ne le sera pas tant que vous n'aurez pas répondu à mes questions.

— Et si je refuse? demanda Miller. Qu'est-ce que vous ferez si je refuse de vous répondre?

— Ça vous est égal que la vie de Beth soit en danger?

— Que ça me soit égal ou non, ça ne vous regarde pas. »

Le sang de Decker ne fit qu'un tour. Rendant à Miller son regard furieux, il eut envie de l'écraser contre la porte. Beth! Celui qui voulait la tuer devait l'avoir rattrapée à l'heure qu'il était. Mais cela, ce sale fils de pute semblait s'en soucier comme de sa première chemise.

« Alors? » demanda Miller.

Decker recula d'un pas. Il se dit qu'il devait se calmer, que c'était Beth qui en pâtirait s'il se faisait coffrer pour assaut contre un agent du FBI. Du calme, se répéta-t-il, la poitrine oppressée.

« Voilà qui est plus sage, dit Miller.

— Il faut qu'on en parle, dit Esperanza.

— Non, dit Miller, pas question. Vous m'excuserez mais j'ai plusieurs coups de fil importants à donner. » Il ouvrit la porte et pénétra dans le bâtiment. Jetant un regard mauvais à travers la vitre, il referma la porte à clé et s'éloigna.

« Quand on en aura fini avec cette histoire, on aura une petite explication, lui et moi », dit Decker.

6

En descendant de la voiture de police dans son allée, Decker jeta un regard lugubre dans le Camino Lindo en direction des dernières voitures de pompiers et des ruines fumantes de la maison de Beth. Le bas-côté de la route grouillait de badauds. Une équipe de télévision était en train de filmer les décombres.

« Je suis navré. » Esperanza, demeuré dans la voiture de police, esquissa un geste futile.

Decker, dégoûté, était trop préoccupé pour répondre.

« Je vais continuer à le harceler, dit Esperanza. Il lâchera peut-être le morceau.

— Bien sûr », fit Decker, sans conviction. Il ne s'était jamais senti aussi désemparé. Hal et Ben se tenaient à ses côtés.

« Je vais continuer à asticoter la police d'Albuquerque et le service de sécurité de l'aéroport, dit Esperanza.

— Beth et McKittrick ont aussi bien pu prendre la direction de Denver ou de Flagstaff, dit Decker. Ils ont pu partir de n'importe quel côté.

— Enfin, si j'apprends quelque chose, je vous tiendrai au courant. Je compte que vous me rendiez la pareille. Voici ma carte. » Esperanza y écrivit quelque chose. « Je vous donne mon numéro de téléphone personnel. »

Decker acquiesça.

La voiture de police bleu foncé démarra, fit demi-tour pour éviter l'embouteillage causé par les voitures de pompiers et les badauds massés devant la maison de Beth, puis repartit dans la direction d'où ils étaient venus.

Clignant des yeux sous le soleil qui se couchait à l'ouest, Decker suivit du regard la voiture de patrouille qui soulevait de la poussière en s'éloignant rapidement dans le Camino Lindo.

« Il n'est pas obligé de nous dire quoi que ce soit, dit Hal. Il doit même se méfier de nous. Il n'a certainement pas cru un mot de ce qu'on lui a dit sur nos liens avec le monde du renseignement.

— Affirmatif, ajouta Ben. Il va s'empresser de tout faire pour vérifier nos antécédents. Il va en être pour ses frais.

— En tout cas, il a eu l'intelligence de ne pas vous présenter comme des agents de renseignement à ce type du FBI, dit Decker. Etant donné la guerre larvée du FBI avec les autres agences, Miller nous aurait encore dit moins qu'il ne l'a fait.

— Encore moins ? dit Hal. Allons donc, il ne nous a rien dit.

— Faux. » Decker regarda la voiture de police disparaître complètement puis se retourna pour ouvrir la grille de la cour. « L'intérêt que porte Miller à Beth prouve bien que la cible réelle, c'est elle. Et lorsque j'ai mentionné le nom de Brian McKittrick, j'ai vu une lueur de reconnaissance dans son regard. Oh, il sait quelque chose, c'est sûr. Mais ça ne nous avance pas pour autant. »

Hal et Ben avaient l'air mal à leur aise.

« Il y a un problème ? demanda Decker.

— Nous, dit Hal.

— Qu'est-ce que tu veux dire ?

— On nous a envoyés ici pour limiter les dégâts au cas où ce qui s'est passé la nuit dernière aurait eu un rapport avec tes missions d'autrefois, répondit Ben.

— Et ?

— Ça n'en avait pas. » Ben baissa les yeux tout en grattant le gravier de l'allée avec ses chaussures. « Je ne sais pas quel est le problème de Beth Dwyer, mais le tien est de caractère privé. Nous ne sommes pas autorisés à t'aider. »

183

Decker resta silencieux.

« Dès réception de notre rapport, on va nous rappeler », dit Ben. Decker gardait toujours le silence.

« Honnêtement, dit Hal, ce n'est pas de notre ressort.

— Mais dans ce cas, sautez dans votre voiture et allez-vous-en, dit Decker. Je me débrouillerai sans vous.

— Comment ?

— Il y a sûrement un autre moyen. Je ne sais pas lequel mais je trouverai. Allez-vous-en.

— Sans rancune ? demanda Hal.

— Est-ce que j'ai l'air de quelqu'un de rancunier ? » demanda Decker d'un ton acerbe. Il pénétra dans la cour et se laissa tomber sur un banc sous le *portal* en grommelant d'un air abattu, pensant : Si Esperanza n'apprend rien des services de sécurité de l'aéroport d'Albuquerque, s'il décide de garder pour lui les informations qu'il pourrait recueillir... on en serait au *point mort*. Il rattacha spontanément la signification littérale de cette expression à Beth. Etait-elle en danger à l'heure même ? Etait-elle avec McKittrick ? Pourquoi avait-elle menti ? « Il y a quelque chose. » Decker fit claquer sa main droite contre le banc. « Il doit y avoir quelque chose qui m'a échappé, un autre moyen d'entrer en contact avec elle. »

Il entendit des bruits de pas dans la cour. Levant les yeux, il aperçut Hal debout près de lui.

« Est-ce qu'il lui était arrivé de mentionner un endroit particulier où elle avait envie d'aller ? demanda celui-ci.

— Non. Si ce n'est qu'elle voulait tourner la page sur sa vie dans l'Est. Je croyais que vous partiez.

— Il n'y a pas le feu.

— Ah non ? » Dépité, Decker se représenta Brian McKittrick au volant de la voiture avec Beth à ses côtés dans Fort Connor Lane tandis qu'elle percevait le grondement des explosions qui faisaient sauter sa maison dans la rue au-dessus d'elle. Si seulement la vieille dame qui avait vu s'éloigner la voiture en avait relevé le numéro d'immatriculation. Il pensa aux chiffres. L'enregistrement des numéros des appels que Beth avait faits de l'hôpital pourrait peut-être l'aider à orienter ses recherches.

Ou encore ceux des coups de fil qu'elle a passés de chez elle, pensa Decker. Il faudra que je pense à demander à Esperanza de vérifier ça. Mais le scepticisme que lui inspirait Esperanza continuait de le mettre mal à l'aise. Et si jamais il refuse de divulguer ses informations ?

« Il doit y avoir un autre moyen, répéta Decker. Comment retrouver sa trace ? Ce ne peut pas être par ses tableaux. Elle ne m'a jamais dit le nom de sa galerie new-yorkaise. Il y en a des centaines et des centaines là-bas. Vu le temps qui presse, il faudrait trop de temps pour les contacter une à une. De toute façon, pour moi, cette histoire de galerie était un mensonge et elle n'a jamais vendu le moindre tableau. La seule preuve du contraire est ce marchand de tableaux que j'ai rencontré, Dale Hawkins, et il n'était peut-être pas celui que Beth disait. Si seulement j'avais pensé à noter le numéro d'immatriculation de la voiture qu'il avait garée devant la maison. Mais je n'avais pas de raisons de me méfier. »

Levant les yeux, il aperçut Hal et Ben qui l'observaient étrangement. « Tu vas bien ?

— Qu'est-ce que vous voulez dire ?

— Tu parles et tu gesticules tout seul.

— La voiture, dit Decker.

— Je te demande pardon ?

— La voiture que conduisait Hawkins. C'est ça !

— Qu'est-ce que tu racontes ?

— Dale Hawkins conduisait une voiture de location. » Decker se leva, tout excité. « En passant devant la voiture, j'ai regardé par la vitre avant et j'ai vu la chemise du contrat de location sur le siège. Je suis pratiquement sûr que c'était Avis. Et je suis *tout à fait* sûr que c'était le 1er septembre, parce que c'est ce jour-là que Beth a signé les papiers pour sa maison. Une Chevrolet Cavalier bleue. S'il est venu par avion jusqu'à Albuquerque comme il l'a affirmé, il a dû louer la voiture à l'aéroport. Il lui a fallu montrer son permis de conduire et une carte de crédit. Je peux retrouver son adresse personnelle. » Son excitation retomba brusquement. « A condition qu'Esperanza me dise ce qu'il a appris de la compagnie de location. »

Decker dévisagea longuement Hal et Ben.

« Je vais sans doute le regretter, dit Hal.

— Qu'est-ce que tu racontes ?

— Je crois que je vais attendre un peu avant d'annoncer au siège que ce qui est arrivé la nuit dernière n'a rien à voir avec nos activités.

— Vous allez m'aider ?

— Te souviens-tu de la fois où on a travaillé ensemble tous les trois à Beyrouth ? demanda Hal de manière impromptue.

— Comment pourrais-je l'oublier ? »

Le 16 mars 1984, le groupe terroriste chiite, le Hezbollah, avait kidnappé William Buckley, le chef de station de la CIA. Decker, Hal et Ben faisaient partie d'un détachement spécial chargé de découvrir à quel endroit Buckley était retenu prisonnier. Decker avait participé aux recherches jusqu'au mois de septembre, date à laquelle il avait été affecté à la lutte antiterroriste en Allemagne. Il avait gardé un souvenir indélébile de la chaleur torride de ces mois d'été et de la détermination du commando. On n'avait jamais réussi à localiser Buckley. Un an plus tard, le 11 novembre 1985, le Hezbollah annonçait sa mort.

« Au bas de la rue, près du quartier général du détachement, il y avait un petit zoo, dit Hal. Tu te souviens ?

— Certainement. J'ignore combien il y avait d'animaux dans le zoo avant la guerre mais quand on est arrivé, il ne restait plus qu'un léopard, une girafe et un ours. L'ours ne se faisait pas au climat. Il faisait peine à voir.

— C'est alors qu'un tireur isolé de l'une des factions a décidé de faire un carton sur tous ceux qui s'approchaient pour nourrir les animaux. Il a tué le gardien du zoo. Les deux jours suivants, il a flingué deux volontaires. Les animaux commençaient à avoir faim.

— Ça aussi, je m'en souviens. » Decker sentit sa gorge se serrer.

— Une nuit, tu as disparu. En revenant le matin, tu as dit que tu allais donner à boire et à manger aux animaux. J'ai voulu t'en empêcher. Je t'ai prévenu que le tireur isolé ne demanderait pas mieux que de tuer un Américain. Tu m'as dit que tu lui avais fait son affaire, qu'il cesserait définitivement de nuire. Evidemment, un autre tireur aurait pu le remplacer et te tirer dessus, mais ça ne semblait pas te tracasser. Tu ne voulais pas que les animaux souffrent. »

Un silence tomba sur la cour.

« Pourquoi évoques-tu cette histoire ? demanda Decker.

— Parce que moi aussi j'avais songé à aller localiser ce tireur isolé, répondit Hal. Mais je n'en avais pas eu le culot. Je t'ai envié d'avoir fait ce que j'aurais dû faire. C'est drôle, hein ? Beyrouth était un concentré de misère humaine mais nous, on se faisait du souci pour ces animaux. Evidemment, ça n'a rien changé. Un obus de mortier les a tués le lendemain.

— Mais ils ne sont pas morts affamés, dit Decker.

— Exact. Tu as du cran. Indique-moi où se trouve le téléphone public le plus près, dit Hal. Je vais dire au siège qu'on continue l'enquête. Je vais leur demander d'utiliser leur réseau informatique pour trouver qui a loué une Chevrolet Cavalier bleue chez Avis à l'aéroport d'Albuquerque le 1er septembre. Il y avait sans doute plus d'une Cavalier. Ce qu'il y a de bien, c'est que ce n'est pas un gros aéroport.

— Hal ?

— Quoi ?

— ... Merci. »

7

Decker luttait avec des sentiments pénibles en regardant par la lunette arrière de la Ford Taurus que Ben et Hal avaient louée tôt ce jour-là pour venir d'Albuquerque. On aurait dit qu'il y avait une éternité de cela. A travers la lunette arrière de la voiture, tandis que s'estompait le panorama formé par les monts Sangre de Cristo, il voyait les trembles jaunissants sur le domaine skiable, les maisons en adobe nichées dans les collines, les pins et les genévriers, le rougeoiement du soleil couchant sur le désert. C'était la première fois, depuis son arrivée un an auparavant, qu'il quittait Santa Fe. Oh, il lui était bien arrivé de faire des promenades en voiture hors des limites de la ville, pour aller pêcher, faire du rafting sur les rapides ou du tourisme à Taos, mais ces balades d'une journée étaient comme un prolongement de Santa Fe et puis, en fin de compte, ce n'étaient que de brefs voyages dont il savait qu'il reviendrait bientôt.

Maintenant, en revanche, il partait pour de vrai – sans savoir pour combien de temps ni même, en fait, s'il reviendrait. Il ne faisait aucun doute qu'il voulait revenir, il le voulait de tout son cœur, mais restait à savoir s'il le pourrait. La traque dans laquelle il s'était lancé ne recèlerait-elle pas des dangers inconnus qui l'en empêcheraient ? Pour pouvoir revenir, il lui faudrait d'abord *survivre*. Le fait qu'il eût survécu à ses nombreuses missions dans les détachements spéciaux de l'armée et, par la suite, comme agent secret était dû en partie à son aptitude professionnelle à faire la différence entre risques calculés et risques téméraires. Mais il ne suffisait pas, pour être un professionnel, de savoir faire des choix fondés sur l'entraînement, l'expérience et le talent. Cela requérait une attitude toute particulière – un équilibre entre l'engagement et l'objectivité. Decker avait quitté le travail de renseignement parce qu'il était démotivé et en avait assez d'une objectivité qui le faisait se sentir détaché vis-à-vis de tout.

Mais il se sentait maintenant motivé comme jamais auparavant. Il était totalement, passionnément, jusqu'à l'obsession, décidé à retrouver Beth. Il l'aimait d'un amour sans bornes. Elle était sa raison d'être. Il ferait tout pour la rattraper.

Tout ? se demanda-t-il et sa réponse fut immédiate : oui. Car s'il était incapable de la retrouver, s'il était incapable de venir à bout des tensions écrasantes qui l'assaillaient, il ne serait plus bon à rien. Sa vie n'aurait aucun sens. Il serait fichu.

Il jeta un regard morose par la vitre latérale de la Taurus et remarqua que le rougeoiement du soleil couchant s'intensifiait, qu'il devenait presque rouge sang. Il s'aperçut alors que Hal, qui était au volant, s'adressait à lui.

« Qu'est-ce qu'il y a ?

— Est-ce que les gens d'ici conduisent toujours comme des dingues ou est-ce que c'est uniquement à cause du week-end férié ?

— Non. Ils roulent toujours comme ça, répondit Decker qui ne prêtait qu'une oreille distraite à la conversation.

— Je trouvais que les conducteurs de New York et de Los Angeles roulaient comme des malades mais je n'ai jamais rien vu de pareil. Ils me collent au cul à cent à l'heure. Je les vois dans mon rétroviseur qui font la gueule parce que je ne fais pas du cent trente. Ils changent de file sans mettre leur clignotant puis ils me font une queue de poisson et, cette fois, c'est mon pare-chocs avant qu'ils frôlent. Ils serrent ensuite une autre voiture. A New York et à Los Angeles, on te serre aussi, mais c'est parce que tout le monde roule pare-chocs contre pare-chocs. Ici, il y a plein de place devant et derrière et ils vous serrent quand même. Mais qu'est-ce qu'ils ont ? »

Decker ne répondit pas. Il regarda de nouveau par la lunette arrière, remarquant que les collines et les maisons en adobe s'étaient encore estompées davantage. Il avait l'impression de s'éloigner d'elles en chute libre. L'hippodrome passa en un éclair dans son champ de vision puis la Taurus s'engagea sur la route conduisant au sommet du mont La Bajada d'où partait vers le sud la descente de sept cents mètres conduisant à Albuquerque.

« On est samedi soir, dit Hal. Le type ne sera pas chez lui.

— Dans ce cas j'attendrai qu'il rentre, dit Decker.

— Nous attendrons », dit Ben.

Decker, ému, eut du mal à parler. « Merci. Je vous en suis reconnaissant.

— Mais je ne sais pas combien de temps je vais pouvoir finasser avec le quartier général, dit Hal.

— Tu m'as déjà rendu un fier service.

— Peut-être. On saura bientôt si ce que j'ai appris sert vraiment à quelque chose. »

Hal s'était rendu en voiture jusqu'à un téléphone public de Santa Fe d'où il avait demandé à son employeur de lui fournir l'information voulue à l'aide de son réseau informatique. Ce réseau, qui était relié secrètement à toutes les banques de données civiles des Etats-Unis, avait pu, avec une rapidité extraordinaire, informer Hal que l'on utilisait un grand nombre de Chevrolet Cavalier comme voitures de location à l'aéroport d'Albuquerque, mais que toutes avaient cependant été louées avant le jeudi 1er septembre, sauf une. La Cavalier restante avait effectivement été louée le 1er septembre, à 10 heures 13 du matin. Toutefois, la personne qui l'avait louée ne s'appelait pas Dale Hawkins, ainsi que Decker l'avait espéré, mais Randolph Green. Ce dernier n'était pas domicilié à New York ou dans les environs, comme cela eût été le cas s'il s'était agi de Dale Hawkins, mais à Albuquerque même.

« Ce Randolph Green, dit Hal tandis que la voiture, s'éloignant encore davantage de Santa Fe, arrivait presque à la crête de la colline. Qui est-ce, d'après toi ?

— Et pourquoi un homme qui habite Albuquerque va-t-il jusqu'à l'aéroport pour louer une voiture ? » Decker détacha son regard du côté du soleil couchant dont le rougeoiement avait faibli. « C'est ça qui me fait croire que nous sommes sur la bonne piste.

— En tout cas la seule qui soit prometteuse, dit Ben.

— Mais pourquoi Beth aurait-elle menti au sujet de son nom ? » Decker hocha la tête. En un sens, sa question était naïve – il connaissait déjà en partie la réponse. Elle avait menti pour la même raison que celle pour laquelle elle ne lui avait pas dit qu'elle pensait être la cible de l'agression de la nuit précédente, pour la même raison que celle pour laquelle elle ne lui avait pas dit que Brian McKittrick l'attendrait dans Fort Connor Lane pour la prendre. Tout le temps où nous avons été ensemble, pensa Decker, elle m'a caché quelque chose. Notre relation elle-même a été mensongère.

Non ! s'entêta-t-il. Elle n'a pas pu être mensongère ! Comment une relation aussi forte aurait-elle pu être du toc ? Comment n'aurais-je pas lu la supercherie dans ses yeux ? Comment n'aurais-je pas remarqué de l'hésitation ou du calcul, *quelque chose* dans sa façon d'être qui l'aurait trahie ? Question calcul, je suis imbattable. Elle n'aurait jamais pu me duper. Les sentiments qu'elle exprimait envers moi étaient réels, la tendresse, la passion, les attentions, l'..., Decker allait utiliser le mot *amour* lorsqu'il lui revint qu'il ne se souvenait pas d'une seule occasion où Beth lui eût dit directement qu'elle l'aimait. Lui ne s'en était pas privé. Mais elle, le lui avait-elle jamais dit la première ou en retour, après que lui-même lui en eut fait la déclaration ? Il avait beau chercher, il n'en avait aucun souvenir.

D'autres réminiscences lui revinrent spontanément – la première fois que Beth et lui avaient fait l'amour, s'affaissant sur le sol en brique de son atelier, hésitants, maladroits, timides, fous de désir, s'explorant mutuellement... Cela aussi s'était passé le 1er septembre, après qu'il eut fait connaissance de « Dale Hawkins », après que Beth lui eut montré ses tableaux. Decker sentit sa raison vaciller sous l'amas de toutes ces incertitudes. Ces tableaux, les avait-elle réellement peints ? Elizabeth Dwyer était-il son nom véritable ? Son mari était-il effectivement mort ? Avait-elle même jamais été mariée ? Quel rapport entretenait-elle avec Brian McKittrick ? Il était impensable que McKittrick les connaisse, Beth et lui, tous les deux, c'était une impossible coïncidence.

C'est de la démence, pensa Decker. De la sueur perlait sur sa lèvre supérieure. Il se sentait déstabilisé. Rien n'était tel qu'il paraissait. Tout ce qu'il avait tenu pour acquis était remis en question. Il éprouvait un sentiment tenace de désarroi et regrettait presque d'avoir quitté le travail de renseignement. Au moins, à cette époque, savait-il à quoi s'en tenir. La ruse était la règle et il n'était jamais dupe des mensonges qu'on lui débitait. Et voilà qu'en voulant croire à tout prix que la vie ne reposait pas nécessairement sur la duperie, c'était lui qui, finalement, avait été le dindon de la farce.

Mais alors pourquoi, se demanda-t-il, tenait-il tant à retrouver Beth ? Pour protéger la femme aimée ? N'était-il pas mû plutôt par le besoin de demander des comptes à celle qui lui avait menti ? La confusion dans laquelle il se trouvait était la seule chose dont il fût certain – cela et le fait que, quelle qu'en fût la raison, il ne connaîtrait pas le repos avant d'avoir retrouvé Beth. Il y laisserait sa vie s'il le fallait.

Ben s'adressait de nouveau à lui. « Quand cet inspecteur – comment s'appelle-t-il déjà ? Esperanza ? – va découvrir qu'on a quitté la ville, il va être fou de rage. Il va te faire rechercher par la police de l'Etat *.

— Il va tous nous faire rechercher, ajouta Hal. Il a vu la voiture de location garée devant chez Steve. Il pourra en donner le signalement.

— Oui, dit Decker. Il va se lancer lui-même à ma poursuite. »

La Taurus arriva sur la crête de la colline et s'engagea dans la longue descente vers Albuquerque. Lorsque Santa Fe disparut, Decker se détourna pour peser les sombres incertitudes auxquelles il était confronté.

---

* Aux Etats-Unis, outre la police fédérale (FBI), chaque Etat a sa propre police *(N.d.T.)*.

Sept

1

Après l'architecture d'inspiration hispano-amérindienne de Santa Fe, Decker fut dépaysé par les toits en pente et les murs de brique ou de bois des constructions conventionnelles d'Albuquerque. Alors que l'on trouvait peu de maisons victoriennes à Santa Fe, celles-ci, nombreuses à Albuquerque, le dépaysèrent elles aussi, tout comme les maisons de style ranch, plus répandues encore, dont celle de Randolph Green.

Decker, Hal et Ben mirent une heure pour la localiser. Ils durent s'arrêter à trois stations-service différentes sur l'Interstate 25 avant d'en trouver une qui eût une carte d'Albuquerque. Celle-ci n'était pas aussi détaillée qu'ils l'auraient voulu et ils durent conduire lentement en surveillant les plaques des noms de rues. Mais ils arrivèrent finalement à destination sur les terres basses à l'ouest de la ville. Chama Street était lotie de modestes maisons de style ranch dont les pelouses ombragées et les haies donnèrent à Decker l'impression de se retrouver dans une banlieue du Middle West. Il éprouva de nouveau un sentiment vertigineux d'irréalité.

« C'est là », dit Hal tandis que la voiture passait devant une maison que rien ne distinguait des autres.

Il était un peu plus de vingt-deux heures. Le soleil était couché depuis quelque temps déjà. A l'exception de réverbères largement espacés et de quelques fenêtres éclairées, le quartier était plongé dans l'obscurité, ses habitants étant probablement sortis pour profiter de leur samedi soir. Chez Green, une pièce arrière de la maison était éclairée ainsi que le porche.

« Il peut aussi bien être chez lui que ne pas y être, dit Ben. Ces lumières servent peut-être uniquement à décourager les cambrioleurs.

— Fais le tour du pâté de maisons, dit Decker. Autant éviter les mauvaises surprises. »

Mais non, le quartier était en apparence aussi normal que la maison de Green.

« On s'est peut-être trompés, dit Hal. C'est le calme plat.

— C'est la seule piste que nous ayons. » Decker s'efforçait de garder espoir. « Je veux demander à Green pourquoi il lui fallait aller jusqu'à l'aéroport pour louer une voiture. »

Hal se gara au bas de la rue.

Decker attendit avant de descendre de voiture que les phares de la Taurus soient éteints. Il tenait à rester sous le couvert de l'obscurité. Mais, comme il allait s'engager vers la maison de Green, Hal ouvrit le coffre du véhicule.

« Juste une minute », lui dit à voix basse ce dernier, et il lui tendit quelque chose. Decker reconnut au toucher un attirail de pinces-monseigneur.

Hal lui tendit ensuite autre chose et Decker sut d'emblée de quoi il s'agissait tant l'objet lui était familier au toucher : un pistolet semi-automatique.

« Neuf millimètres, dit Hal d'une voix encore plus basse. Un Beretta. Muni d'un silencieux. » Il était en train de prendre des pièces séparées dans une valise. Ben se servait lui-même.

« Comment as-tu fait pour passer les contrôles de sécurité de l'aéro-port ?

— Ça n'a pas été nécessaire. »

Decker hocha la tête. « Oui, ça me revient maintenant. A la maison, tu as dit que vous aviez pris un avion de la compagnie.

— Prêt ? » demanda Ben.

Après avoir jeté un regard à la ronde pour s'assurer que personne ne le voyait, Decker retira le magasin du pistolet, vérifia qu'il était bien chargé, le replaça et fit jouer la culasse sur le dessus de l'arme dans la chambre de laquelle il inséra une balle. Il abaissa soigneusement le chien du pistolet sans prendre la peine de mettre le cran d'arrêt et, glissant l'arme sous sa ceinture, il la dissimula sous le coupe-vent marron qu'il avait enfilé avec des tennis sombres, un jean propre et une chemise de toile claire. Il avait essayé tant bien que mal de faire partir sous la douche la suie qu'il avait dans les cheveux et sur la peau mais l'eau froide n'avait pas suffi à la tâche. Une faible odeur de fumée s'attachait encore à lui. « Prêt.

— Comment entends-tu procéder ? demanda Ben. Si Green est chez lui, il se peut qu'il ne soit pas tout seul. Il a peut-être une famille. Il est peut-être innocent. Mais il peut aussi habiter avec une bande de types qui aiment se balader avec des armes automatiques. Quoi qu'il en soit, on ne peut pas faire irruption comme ça dans la maison.

— Surveille la maison d'ici. Je vais aller jeter un œil, dit Decker.

— Mais tu auras peut-être besoin d'aide.

— C'est toi-même qui as dit que ça n'entrait pas dans le cadre de vos fonctions. Comme c'est *mon* affaire, c'est moi qui vais prendre les risques.

— On ne le fait pas parce que ça entre dans le cadre de nos fonctions.

— Croyez-moi, si j'ai besoin d'aide, je vous le ferai savoir. »

Lorsque Hal eut refermé le coffre, Decker s'engagea avec un calme trompeur sur le trottoir obscur, scrutant d'un œil circonspect les maisons des deux côtés de la rue tout en se rapprochant de chez Green. Il n'y avait pas âme qui vive. Il dépassa la maison de Green, prit à gauche dans la cour de la maison suivante – celle-ci était plongée dans une obscurité totale – et longea une clôture en bois, se tenant baissé tant qu'il n'eut pas atteint l'arrière de la maison. Il avait craint qu'il n'y eût un chien, là ou chez Green, mais il n'y avait pas de niche dans aucune des deux cours et il n'entendit pas aboyer. La nuit était paisible. Tout en s'efforçant de maîtriser sa tension, il huma l'odeur inhabituelle du gazon fraîchement tondu.

La lumière provenant d'une fenêtre à l'arrière de la maison de Green projetait une lueur rectangulaire dans la cour sombre. Aucune silhouette ne bougeait à l'intérieur. D'où il se trouvait, Decker avait vue sur le garage de Green. Se déplaçant lentement pour réduire au minimum les bruits, même faibles, qu'il pourrait faire, il grimpa par-dessus la clôture et se laissa tomber sur la pelouse de l'autre côté. Il s'adossa aussitôt au garage, se fondant dans l'ombre. Comme personne ne réagissait à son entrée dans la cour, il regarda par la fenêtre arrière du garage, la lumière qui provenait de la maison de Green lui permettant de constater qu'il était vide.

Il rampa immédiatement vers des buissons à l'arrière de la maison et, s'accroupissant sous une fenêtre obscure, il tendit l'oreille cherchant à entendre des voix, de la musique, un téléviseur, n'importe quoi qui indiquât qu'il y avait quelqu'un à l'intérieur. Silence. S'assurant qu'une haie et des arbres l'empêchaient d'être vu depuis la maison de derrière, il sortit de l'ombre et alla coller une oreille prudente à la porte arrière de Green. Aucun son ne lui parvint de l'intérieur. Il s'approcha de la fenêtre éclairée sous laquelle il tendit de nouveau l'oreille. Rien.

Il évalua la situation. Si Green vivait seul, le garage vide permettait de penser qu'il était sorti. Mais si jamais il partageait la maison avec d'autres personnes et qu'il y eût quelqu'un à l'intérieur ? Ou encore s'il ne possédait pas de voiture et que ce fût la raison pour laquelle il avait loué la Cavalier le 1er septembre ?

Je n'ai quand même pas le temps de réfléchir à tout, se dit Decker. Il faut que je retrouve Beth ! Dans sa vie antérieure, il serait revenu sur ses pas et aurait gardé la maison sous surveillance jusqu'à ce que l'occasion d'une confrontation avec Green se présente sous des auspices favorables. Mais c'était sa vie *présente*, et l'idée que Beth était en danger, qu'elle avait besoin de son aide, lui donnait des palpitations. Elle avait dû avoir des raisons de lui mentir. Qui sait si on n'était pas en train de la tuer dans la maison de Green.

Il n'avait pas vu de panneaux prévenant d'éventuels intrus que la maison était équipée d'un système d'alarme. En général, de tels panneaux étaient disposés à des endroits bien visibles. Il n'y en avait sur aucune des fenêtres de l'arrière de la maison. Au cas où Green aurait oublié de fermer sa porte à clé, Decker l'essaya. Pas de chance. Il sortit de la poche de son blouson l'attirail de pinces-monseigneur et força la serrure en trente secondes. Il aurait pu aller plus vite mais il lui fallait procéder prudemment, en faisant le moins de bruit possible pour ne pas alerter quiconque serait à l'intérieur. Et dire que la nuit précédente quelqu'un d'autre avait essayé d'être prudent en forçant sa propre serrure !

Le Beretta à la main, il s'accroupit, ouvrit la porte et braqua son arme en direction de ce qu'il découvrit être une petite cuisine. La lumière qu'il avait vue était au-dessus de l'évier. Aussi rapidement qu'il le pouvait sans faire de bruit, il fit en rampant le tour de la maison dont il vérifia chaque pièce, se félicitant qu'il n'y ait qu'un rez-de-chaussée et que la maison n'ait pas de sous-sol. Il ne trouva personne.

Il ressortit par la porte de derrière, réapparut sur le trottoir sombre sans se faire remarquer et revint cinq minutes plus tard à l'intérieur, accompagné cette fois de Hal et de Ben. Dès qu'il eut refermé la porte derrière lui, Decker dit : « Comme ça, on saura enfin qui est ce Randolph Green. Lorsque j'ai fouillé tout à l'heure, je n'ai pas vu de vêtements ni de jouets d'enfants. Je n'ai pas vu de robes. Green vit seul ou avec un homme.

— Je vais fouiller la chambre, dit Hal.

— S'il y en a une autre, je m'en occupe, dit Ben.

– Il y en a une, dit Decker. Moi, je vais m'occuper du bureau.

— Peut-être pas. » Hal s'était assombri.

« Comment ça ?

— Des phares approchent dans l'allée. »

2

Decker fut secoué. Il aperçut par une fenêtre latérale de la cuisine le reflet des phares qui approchaient et entendit le bruit d'un moteur. La voiture n'était pas encore assez proche pour que celui qui se trouvait à l'intérieur puisse voir dans la cuisine mais c'était une question de secondes. Decker, Hal et Ben se baissèrent vivement sous la fenêtre et jetèrent un regard rapide autour d'eux.

« Laissez-moi régler ça, dit Decker. Ne vous montrez pas sauf en cas d'absolue nécessité. Si jamais ce n'est rien, je ne veux pas qu'on vous identifie pour être entrés ici par effraction. » Il recula sous un passage voûté sur la droite et alla se cacher dans l'obscurité du living. Hal et Ben empruntèrent un couloir qui conduisait, sur la gauche, au bureau et aux chambres.

Dehors, il y eut un grondement sourd semblable à celui d'une porte de garage. Quelques secondes plus tard, le bruit de moteur se tut. La porte du garage fit de nouveau entendre son grondement.

Decker, adossé à une étagère de bibliothèque dans le living, sentit de la sueur dégouliner sur sa poitrine en entendant le bruit d'une clé dans la serrure de la porte de derrière. Celle-ci s'ouvrit. Une seule paire de pas... La porte grinça en se refermant. La serrure fit un cliquetis en se remettant en place – et Decker s'avança dans la cuisine, l'arme au poing.

En voyant à qui il avait affaire, il eut une réaction faite de soulagement, de confusion et de colère. Decker se rendait bien compte que sa décision l'avait amené à courir des risques qu'il n'aurait jamais pris dans sa vie antérieure. Il y avait toutes les chances pour que Randolph Green soit un citoyen parfaitement respectueux de la loi et que ce soit par pure coïncidence qu'il avait loué une Chevrolet Cavalier bleue à l'aéroport d'Albuquerque le 1er septembre. Dans ce cas, qu'arriverait-il s'il s'affolait à la vue de l'arme de Decker ? Et si les choses tournaient mal et que Green soit mortellement blessé ? Même si celui-ci n'était pas blessé, Decker avait transgressé la loi en envahissant son domicile et son ancien employeur ne serait plus là pour convaincre la police de fermer les yeux s'il était pris.

Ses appréhensions s'évanouirent lorsque l'homme qui venait d'entrer dans la cuisine eut un mouvement de surprise en entendant le bruit des pas de Decker. Abasourdi à la vue du pistolet de celui-ci, il porta brusquement la main sous son blazer bleu marine. Decker fut sur lui avant qu'il n'ait eu le temps de dégainer entièrement un revolver. Lui faisant un croc-en-jambe, Decker lui tira d'un coup sec la main droite vers le plafond, lui tordit brusquement le poignet et lui fit tomber son revolver des mains.

L'homme poussa un grognement de douleur en heurtant le sol. Decker écarta le revolver du pied et fouilla précipitamment son propriétaire tout en appuyant le Beretta contre son front. S'étant assuré qu'il n'avait pas d'autre arme, il lui prit son portefeuille et fit un pas en arrière tout en continuant de pointer le Beretta dans sa direction. Au même moment il entendit des pas pressés dans le couloir derrère lui tandis que Hal et Ben se précipitaient dans la pièce.

« Ça va ? » Ben braqua son propre Beretta.

« Aussi bien que ça peut aller, vu la rage noire dans laquelle je me trouve. » Il désigna par terre le mince quinquagénaire aux traits fins et aux cheveux gris clairsemés. Le seul détail qui avait changé chez lui depuis la dernière fois que Decker l'avait vu était son teint : sa peau, pâle dix jours auparavant, avait pris des couleurs au soleil du désert. « Je vous présente le marchand d'art qui prétend vendre les tableaux de Beth – Dale Hawkins. Il y a longtemps qu'on ne s'est pas vus, Dale. Comment vont les affaires ? »

Hawkins, étalé sur le sol, leva des yeux furibonds. « Mais enfin, est-ce que vous savez ce que vous êtes en train de faire ? Vous savez que... »

Decker lui donna un coup de pied. Lorsque Hawkins eut cessé de geindre, Decker dit : « Je vous ai posé une question, Dale. Comment vont les affaires ? Elles ne doivent pas être brillantes pour que vous ayez dû quitter votre galerie de New York, non ? A moins que vous vous appeliez en réalité Randolph Green ? Je ne sais vraiment pas quoi penser de tout ça, Dale, et quand je ne sais pas quoi penser, ça me met de mauvais poil. Et quand je suis de mauvais poil, je... »

Decker ouvrit un tiroir de cuisine dont il fit tomber le lourd contenu sur Hawkins, ce qui le fit gémir et s'étreindre le bras. « Allez, racontez-moi tout, Dale. Vous finirez de toute façon par parler, alors autant vous épargner tout de suite un calvaire inutile.

— Vous ne savez pas que... »

Decker lui lança un grille-pain qui le heurta à la cuisse. Hawkins, le visage contorsionné de douleur, ne savait sur quelle partie de son corps porter ses mains.

« Ne me poussez pas à bout. » Decker versa de l'eau dans une casserole, posa celle-ci sur le poêle et alluma le gaz. « Au cas où vous vous feriez des idées, ce n'est pas pour le café. Vous avez déjà été brûlé au troisième degré ? Il paraît qu'il n'y a rien de pire qu'être ébouillanté. Je ne rigole pas, Dale. Ouvrez bien vos oreilles. Quelle est la nature... de vos... relations... avec... Beth Dwyer ? »

Hawkins tenait toujours sa cuisse endolorie. « Regardez dans mon portefeuille.

— Quoi ?

— Dans mon portefeuille. Vous l'avez dans la main. Ouvrez-le.

— Il y a quelque chose dedans qui concerne Beth ? » Ne voulant pas quitter Hawkins des yeux, Decker lança le portefeuille à Ben. « Regarde pour voir de quoi il parle. »

Ben ouvrit le portefeuille, en examina le contenu et s'assombrit.

« Qu'est-ce qu'il y a ? demanda Decker. Il a menti ? Il y a quelque chose concernant Beth ?

— Pas que je voie. » Ben paraissait extrêmement troublé. « Mais, à supposer que ses papiers d'identité ne soient pas bidon, il s'appelle bien Randolph Green.

— Alors ? Où est le problème ?

— A en juger par ça – Ben montra un insigne – il est *marshal**. »

3

« *Marshal ?* Les pensées de Decker tourbillonnèrent. Non. Ça n'a aucun sens. Qu'est-ce qu'un *marshal* peut bien avoir à faire avec...

— Silence, dit Ben.

— Qu'est-ce que...

— J'entends quelque chose. » Il regarda par la fenêtre de la porte de la cuisine. « Ça par exemple. » Il leva son pistolet. « Mettez-vous par terre ! Il y a quelqu'un dehors ! » A cet instant même, il se contracta sous l'impact d'une balle, le front ensanglanté.

Decker tressaillit lorsque la détonation, qui avait fait voler en éclats la vitre de la porte, retentit dans ses oreilles. Sentant que Hal se jetait par terre, il l'imita tout en braquant frénétiquement son arme tour à tour en direction de la porte, de la fenêtre au-dessus de l'évier puis des deux fenêtres latérales de la cuisine. Secoué, il ne pouvait se permettre de réagir à la mort de Ben. Le chagrin viendrait plus tard, un chagrin profond, mais pour l'heure, l'entraînement reprenait le dessus. Il n'avait qu'un seul impératif : rester en vie.

Tout en se glissant sur le sol avec de violentes contorsions dans l'espoir de trouver abri dans l'obscurité du living, il cria à celui qu'il prenait encore pour Dale Hawkins : « Qui nous tire dessus ? Dites-leur de cesser de tirer ! »

Mais Hawkins avait l'air complètement effaré.

Decker entendit des voix furieuses de l'autre côté de la porte et un bris de glace à l'avant de la maison. Il pivotait sur lui-même pour braquer son arme dans cette direction lorsque d'intenses détonations lui firent presque éclater les tympans. Une, deux, trois, quatre. Decker, au bord de l'évanouissement, porta les mains à ses oreilles et ensuite à ses

---

* Un *marshal* est un agent fédéral investi à peu près des mêmes pouvoirs qu'un shérif, celui-ci ayant une juridiction locale *(N.d.T.)*.

yeux dans une vaine tentative pour les protéger, car les secousses étaient accompagnées d'éclairs aveuglants qui lui traversaient les globes oculaires pour aller s'imprimer dans son cerveau.

En gémissant, incapable de stopper la réaction de son système nerveux à une douleur aussi intense, il tomba par terre, impuissant contre les bruyantes grenades phosphorescentes destinées à mettre l'ennemi hors d'action sans laisser de séquelles irréparables. Dans un coin agité de son esprit, Decker savait ce qui était en train de se passer : il s'était lui-même servi de grenades de ce type à plusieurs occasions.

Mais le fait de le savoir ne pouvait rien contre l'affolement viscéral. Avant d'avoir une chance de surmonter sa douleur et de retrouver sa présence d'esprit, un coup de pied lui fit sauter son arme de la main. Aveugle et sourd, on le saisit et on le remit brutalement debout. On le poussa par une porte. Il sentit un trottoir et on le tira en laissant ses pieds traîner par terre. Des mains le poussèrent au bas du trottoir et, soudainement en état d'apesanteur, on le lança vers la droite. Il retomba brutalement sur un plancher métallique, sentit qu'on y jetait d'autres corps et se rendit vaguement compte qu'il devait s'agir d'un véhicule. Un camion, se dit-il, hébété. Le plancher métallique s'inclina lorsque plusieurs hommes y montèrent précipitamment. Après plusieurs secousses, les portes claquèrent. Le camion démarra.

4

« Tu les as fouillés ? demanda une voix bourrue.

– Dans la maison.

— Recommence.

— Mais on a toutes leurs armes.

— Je t'ai dit de recommencer. Je ne veux pas d'autres surprises. »

Decker, désorienté, sentit des mains le palper, le faire pivoter, appuyer sur lui, le fouiller. Son traumatisme visuel commençait à se corriger. Ses oreilles bourdonnaient douloureusement, de sorte que les voix qu'il entendait lui semblaient venir d'une certaine distance.

« Il n'a rien, dit une autre voix bourrue.

— Les autres non plus.

— OK », dit la première voix. On aurait dit que son propriétaire avait du gravier coincé dans la gorge. « Le temps est venu de se mettre à table. Hé là. »

Le camion fit une embardée, sans doute en prenant un virage. Son moteur gronda plus fort. Decker eut la sensation que la vitesse augmentait.

« Hé là », répéta la voix graveleuse.

Decker sentit un mouvement à ses côtés.

« Oui, vous. Je vous parle. »

Decker ferma étroitement les paupières puis les rouvrit en clignant des yeux. Sa vue était meilleure. Les points lumineux qui affectaient sa vision commençaient à s'évanouir. Ils cédèrent la place à des phares venant en sens inverse qui éclairaient un pare-brise – beaucoup de phares. Trafic autoroutier. Decker comprit qu'il ne s'était pas trompé en pensant être dans un camion. Le compartiment arrière dans lequel il se trouvait n'avait pas de siège. Trois hommes armés lui faisaient face. Ils étaient accroupis à l'extrémité avant du véhicule. Derrière eux, il y avait un conducteur et un passager qui, la tête tournée, regardait derrière lui.

« Oui, vous », répéta l'homme à la voix graveleuse. Flanqué de deux acolytes en armes, il était costaud, avait une épaisse chevelure noire et le teint bistré. Agé d'une trentaine d'années, il portait des chaussures coûteuses, un pantalon de bonne coupe, une chemise de couturier et un coupe-vent de marque, le tout de couleur sombre. Decker nota que les autres hommes qui se trouvaient dans le camion avaient une apparence analogue.

Son arme à la main, l'homme se pencha en avant pour secouer légèrement quelqu'un qui était étendu près de Decker. Regardant de qui il s'agissait, il s'aperçut que c'était l'homme qu'il prenait pour Dale Hawkins.

« Vous là, oui, dit l'homme. Asseyez-vous. Ouvrez bien vos deux oreilles. »

Hawkins, ahuri, réussit à se mettre dans la position assise et s'affaissa contre la paroi du camion.

Bien que leurs bourdonnements le fissent encore souffrir, les tympans de Decker commençaient à revenir à la normale. Il put entendre le conducteur pester : « Encore un ! Bon dieu, ces conducteurs sont cinglés. Ils sont soûls ou quoi ? Ils se croient à Indianapolis *. Ils n'arrêtent pas de me faire des queues de poisson. Un peu plus, ils vont emporter mon pare-chocs avant en souvenir. »

Celui qui paraissait commander le groupe ne fit pas attention au conducteur mais continua de dévisager Hawkins qui se trouvait à la gauche de Decker. Hal, à sa droite, s'assit lentement.

« Voici le topo, dit le costaud. Nous savons que Decker n'a aucune

---

* Indianapolis est la ville où se courent les 500 Miles aussi célèbres que les 24 Heures du Mans *(N.d.T.)*.

idée de l'endroit où se trouve la femme. Sinon, il ne courrait pas dans tous les sens pour tenter de la retrouver. Mais il doit penser que vous, vous savez où elle est. » Il fit un geste vigoureux en direction de Hawkins. « Sinon, il n'aurait pas fait toute cette route de Santa Fe à Albuquerque pour entrer par effraction chez vous et vous interroger à votre retour. »

Le corps de Decker était saisi de poussées d'adrénaline se succédant sans répit. Tout se passait terriblement vite mais, malgré les étourdissements et la nausée causés par l'impossibilité de réagir par la lutte ou la fuite, Decker s'efforça de garder la tête froide et de prêter attention au plus grand nombre de détails possible.

Il était frappé par les yeux noirs, les traits marqués et le teint olivâtre de l'homme qui s'adressait à Hawkins. Italien, conclut-il. Ils étaient tous italiens. Comme ceux de la nuit précédente. Toute cette histoire se rattache à ce qui s'est passé à Rome, pensa-t-il avec un frisson. Mais comment ?

« Je vais vous simplifier les choses, dit à Hawkins le responsable du groupe. Dites-moi ce que Decker voulait que vous lui disiez ? »

Avec un juron, le conducteur donna un violent coup de volant pour éviter une voiture qui venait une fois de plus de lui couper la route.

« Où est Diana Scolari ? » demanda le responsable du groupe.

Decker crut un moment que ses tympans traumatisés lui jouaient un tour, qu'ils déformaient le son des mots. Beth Dwyer. Ce devait être cela qu'il avait dit. Où est Beth Dwyer ? Mais le mouvement de ses lèvres ne correspondait pas au nom de Beth. Diana Scolari. C'était ce nom-là que l'homme avait utilisé. Mais qui était donc Diana Scolari ?

« Je l'ignore », répondit Hawkins. Il était vert de peur. Il avait la bouche sèche et du mal à parler. « Je n'ai pas la moindre idée de l'endroit où elle est. »

Le responsable du groupe hocha la tête de déception. « Je vous ai dit que je voulais vous simplifier les choses. Je vous ai posé une question et vous, vous êtes censé me donner la réponse que j'attends. Donnant donnant. »

Il ramassa un cric, le leva en l'air et l'abattit contre le tibia de Hawkins.

Celui-ci hurla en se tenant la jambe.

« Et si vous faites comme on vous dit, tout se passera sans douleur, dit le responsable du groupe. Mais vous n'êtes pas coopératif. Voudriez-vous me faire croire que le *marshal* – il montra l'insigne de Hawkins – chargé de s'assurer de l'installation de Diana Scolari à Santa Fe ne sait pas où elle a filé ? » Il abattit le cric près de l'autre jambe de Hawkins. « Vous me prenez pour un idiot ? »

Hawkins, dont la gorge paraissait desséchée, insista. « Mais il n'y avait pas que moi. Nous étions toute une équipe. On veillait sur elle à tour de rôle pour qu'aucun d'entre nous ne se fasse remarquer. Je ne l'ai pas vue depuis le premier du mois. »

Le costaud abattit de nouveau le cric contre le plancher métallique. « *Mais vous saviez qu'elle s'était enfuie aujourd'hui.*

— Oui. » Hawkins avala avec difficulté.

Whack ! Le cric frappa de nouveau le plancher. « Ce qui veut dire que vous étiez en contact avec le reste de l'équipe. Voudriez-vous me faire croire qu'on ne vous a pas dit dans quelle planque le reste de l'équipe l'a cachée ?

— Il s'agit là d'une information qui n'est divulguée qu'en cas de nécessité absolue. On m'a dit que je n'avais pas besoin de la connaître. » Hawkins avait la voix râpeuse.

« Ah bon ? Enfin, c'est dommage pour vous, parce que, si vous ne savez rien, vous êtes inutile et je pourrais bien vous tuer. » Il pointa son arme sur Hal. « Je sais qui est Decker. Mais vous, qui êtes-vous ?

— Personne.

— Dans ce cas, je ne vois pas à quoi vous servez. » L'arme que tenait l'homme était munie d'un silencieux. Le pistolet produisit le son étouffé d'une main frappant un oreiller.

Hal tomba à la renverse et ne bougea plus.

Decker crut avoir une syncope.

Le silence qui tomba brusquement dans le camion fut accentué par le grondement de la circulation à l'extérieur. Le conducteur se déporta pour éviter une voiture qui venait de changer de voie sans mettre son clignotant. « Ces connards. Ça me dépasse. Ils se croient à une course de stock-car ou quoi. Ils ont pas toute leur tête à eux. »

Le costaud, continuant à ne tenir aucun compte du conducteur, ne quittait pas Hawkins des yeux. « Est-ce que vous allez m'écouter maintenant ? Et d'un. Ensuite, ce sera le tour de Decker. Et après, devinez de qui ?

— Vous allez me tuer de toute façon, dit Hawkins. Pourquoi est-ce que je parlerais ?

— Hé, si vous vous montrez coopératif, on vous ligotera et on vous planquera quelque part. Tout ce qu'il nous faut, c'est que vous vous teniez tranquille jusqu'à lundi. Après, ça n'aura plus d'importance.

— Comment savoir si je peux vous croire ?

— Est-ce que j'ai une tête à vous mentir ?

— Qu'est-ce qu'il y a lundi ? » demanda Decker. Il se souvint que Beth avait prévu de prendre l'avion pour l'Est le dimanche.

« Vous, est-ce que je vous ai demandé de vous immiscer dans la conversation ? » demanda le costaud.

Decker hocha la tête.

« Je vous retiens, vous, dit le tueur. Sans vous, on aurait eu cette salope la nuit dernière. On serait de retour dans le New Jersey à l'heure qu'il est. Le *boss* ne serait pas en pétard contre nous parce qu'elle nous a échappé cet après-midi encore. On n'aurait pas à passer notre samedi soir à tourner autour d'Albuquerque avec vous deux. »

A l'allusion au New Jersey, Decker sentit se raviver sa brûlure à l'estomac. Il lui apparut clairement que le tueur n'aurait pas révélé de détails personnels s'il n'avait pas eu, en dépit de ses promesses du contraire, la ferme intention de les tuer, Hawkins et lui.

Le tueur appuya son pistolet contre le front de Hawkins. « Vous n'avez peut-être pas encore pigé la situation. Vous ne vous rendez peut-être pas compte de ce que mon *boss* va me faire si je ne lui résous pas son problème.

— Je vous en prie, dit Hawkins. Ecoutez-moi. Je ne sais pas quoi vous dire. A la fin d'août, j'ai été déplacé de Philadelphie à Albuquerque. Diana Scolari était ma première mission par ici. D'autres *marshals* étaient déjà sur l'affaire. C'est eux qui étaient au courant des détails. Je n'étais pas dans le circuit. »

Decker vit aussitôt qu'il venait peut-être de trouver un moyen de différer son exécution. « Moi, je la connais mieux que Hawkins. »

Le tueur tourna son pistolet en direction du visage de Decker. « Vous, est-ce que je ne vous ai pas dit de rester en dehors de la conversation ? »

Decker acquiesça.

« Si vous en savez tant que ça à son sujet, comment se fait-il que vous ne sachiez pas où elle est allée ? On avait l'ordre de vous suivre. Après votre départ de chez vous avec les deux autres pour aller au bureau du FBI, Rudy que voici a posé un dispositif de contact à distance sous le pare-chocs arrière de la voiture de location de vos amis, celle avec laquelle vous êtes venus à Albuquerque ce soir. On vous a suivis. Il est évident que vous la cherchez partout. »

Decker ne répondit rien.

« Dites quelque chose ! aboya le tueur.

— Si je savais de quoi il retourne, je pourrais peut-être me souvenir de quelque chose qu'elle a dit, qu'elle a laissé échapper, quelque chose qui révèle l'endroit où elle est allée, dit Decker.

— Et vous me le diriez, comme ça, par altruisme ?

— Pour sauver ma peau. Hé, je suis aussi monté contre elle que vous, dit Decker.

— Ça, ça m'étonnerait. »

Le camion fit un autre écart.

« Elle m'a menti, dit Decker. Diana Scolari ? Elle m'avait dit s'appeler Beth Dwyer, que son mari était mort d'un cancer en janvier, qu'elle était venue à Santa Fe pour refaire sa vie.

— Oh, pour ça, son mari est bien mort, dit d'un ton acerbe le tueur. Mais pas d'un cancer. Elle lui a fait sauter la cervelle. »

Decker ouvrit une bouche béante de stupeur. « Quoi ?

— Elle tire mieux que moi. C'est normal, c'est Joey qui lui a appris. »

Joey ? pensa Decker. Il brûlait de demander qui était Joey mais n'osa pas car il lui fallait paraître donner des informations plutôt qu'en recevoir.

« Et vous a-t-elle dit comment elle avait trouvé l'argent pour acheter cette maison ? demanda le tueur.

— Grâce à la police d'assurance de son mari. »

Le tueur eut un rire mauvais.

« Pour avoir une police d'assurance, Joey en avait une. Des billets de cent dollars dans des sacs dans un coffre-fort chez lui. Plus de deux millions de dollars. Après l'avoir flingué, elle a tout raflé. »

Le camion fit une brusque embardée qui déporta tout le monde.

« Hé ! » Le tueur se retourna, furieux, vers le conducteur. « Si tu ne sais pas conduire ce camion, cède la place à Frank.

— Je te dis, répondit l'homme au volant, j'ai jamais vu des conducteurs pareils. Ils ont tous de gros pick-up et ils me font des queues de poisson comme s'ils jouaient à savoir à quelle distance ils peuvent me frôler. A côté de ça, t'as l'impression quand tu roules sur la Long Island Expressway d'être sur une départementale *.

— Contente-toi de faire ce qu'on te dit. J'en ai assez des coups foireux. Cette histoire pourrie est rien d'autre qu'un long coup foireux depuis le début. »

Lorsque le tueur reporta son attention sur lui, Decker ne manifesta pas la stupéfaction qu'il venait de ressentir en percevant un léger mouvement près de lui, à sa droite. Il provenait de Hal. Dissimulé dans l'ombre au fond du camion, Hal avait appuyé un doigt sur la cheville de Decker pour lui signifier que le tueur ne l'avait pas tué. Decker comprit que Hal ne pouvait avoir qu'une seule raison d'agir ainsi : le prévenir qu'il préparait quelque chose.

Le tueur braqua son arme sur Decker. « Alors, d'accord, mon beau. Je suis quelqu'un de raisonnable. »

Un de ses compagnons gloussa doucement.

« Hé, je suis quelqu'un de raisonnable, dit le tueur. Accordez-moi au moins ça. Aussi, voilà ce que je propose. Au cas où d'aventure vous auriez un vague soupçon de l'endroit où elle se trouve, ce que vous vouliez vérifier auprès de ce *marshal*, je vous donne trente secondes pour me le dire. Vous avez intérêt à me convaincre, parce que, sinon, adieu. Le *marshal* comprendra peut-être alors que je ne plaisante pas. »

Decker avait le visage en sueur. « Elle m'a dit qu'elle retournait à New York dimanche.

---

* La Long Island Expressway est l'une des autoroutes les plus chargées de la région new-yorkaise *(N.d.T.)*.

— Evidemment. Pour témoigner lundi. Il reste vingt-cinq secondes.

— Dans ce cas, vous savez où l'intercepter – là où elle doit témoigner.

— Decker, après deux attentats contre sa vie, les fédéraux ne vont pas risquer de l'exposer maintenant sans lui donner autant de protection que si c'était le Président. Il s'agit pour nous de la rattraper pendant qu'ils sont encore désemparés, *avant* qu'ils s'organisent. Vingt secondes. »

Il faut que je fasse quelque chose, pensa Decker, aux abois. Je ne peux quand même pas le laisser m'abattre. Il faut que je...

Ses réflexes se tendirent lorsqu'un bruit étouffé mais aigu se fit entendre dans le coupe-vent du tueur. Un téléphone cellulaire.

Le tueur sortit en grommelant un petit téléphone plat et appuya sur un bouton. « Oui, qui est-ce ? » Il écouta. « C'est Nick qui va être furieux. Elle nous a encore échappé. La radio de la police dit qu'elle s'est enfuie de chez elle avant que la maison saute. On essaie de la retrouver... *Toi* ? Elle s'est adressée à toi ? Où l'as-tu amenée ? Ça par exemple... C'est tout près de chez nous. As-tu téléphoné à Nick ? Il va s'occuper de tout ? Si tu veux que je te dise, je commençais à avoir les nerfs à bout... On va prendre le premier avion. En attendant, j'étais en train de faire un brin de causette avec un vieux pote à toi, j'essayais de recueillir ses dernières paroles. Tu veux lui dire un mot ?... D'accord. » Avec un grand sourire, le tueur tendit le téléphone à Decker.

Cela faisait un an qu'il n'avait pas entendu la voix qui était à l'autre bout du fil mais son ton infatué était immédiatement reconnaissable. « Decker, je donnerais tout pour être là et vous voir passer l'arme à gauche.

— *McKittrick ?*

— Vous avez gâché ma vie, dit la voix.

— Ecoutez-moi.

— Vous avez détruit ma carrière.

— Non. Ce n'est pas vrai. Dites à ces types de me conduire à vous. Il faut qu'on parle de tout ça, dit Decker.

— Mon père aurait été fier de moi.

— McKittrick, Il faut que je sache pour Beth.

— Mais il a fallu que vous vous mêliez de ça. Il a fallu que vous fassiez votre petit malin.

— Où est-elle ?

— Vous vouliez tirer toute la couverture à vous.

— *Est-ce qu'elle s'est enfuie avec vous ? Qu'est-ce que vous avez fait d'elle ?*

— Rien comparé à ce que je vais faire. Et à ce que ces hommes vont vous faire – j'espère qu'ils vont faire durer le supplice.

— McKittrick !

— Rira bien qui rira le dernier. »

Decker entendit un déclic, un temps mort, une tonalité. Lentement, au désespoir, il abaissa le téléphone.

Le tueur ne s'était pas départi de son grand sourire. « Avant que je vous donne le téléphone, votre vieux copain m'a demandé de vous dire : " *Arrivederci Roma* ". » Il se mit à rire et leva son pistolet. « Où en étais-je déjà ? Quinze secondes ? Dix ? Oh, et puis ça suffit. »

Mais, au moment où le doigt du tueur se tendait sur la détente, Hal réussit à rassembler assez de force pour passer à l'action. Malgré sa blessure, il fit dévier l'arme d'un coup de pied en l'air. Avec un bruit étouffé, le pistolet envoya une balle crever le toit du camion.

Decker lança de toutes ses forces le téléphone qui atteignit le tueur entre les yeux. En même temps, il eut un mouvement vif en direction du pistolet et d'un coup de poing fit perdre l'équilibre au tueur qu'il projeta contre ses deux acolytes. Les corps s'entrechoquèrent dans l'espace confiné du camion.

« Qu'est-ce qui se passe derrière ? » Le conducteur regarda par-dessus son épaule en direction du tumulte. Le camion fit une embardée.

Les corps s'entrechoquèrent de nouveau. Decker donna un coup de pied dans le bas-ventre de l'un des tueurs tout en s'efforçant de s'emparer du pistolet du costaud. Quelqu'un se jeta aussitôt dans la lutte à ses côtés. Hawkins. Le *marshal* frappa un des tueurs au visage et lutta avec lui pour lui arracher son arme. A l'avant, le tueur assis à côté du conducteur entreprit de grimper par-dessus la cloison basse pour passer à l'arrière. Le costaud tira de nouveau, une autre balle qui alla se perdre dans le plafond tandis que Decker poussait le groupe tout entier vers l'avant. Le mouvement des corps comprimés vint donner contre le tueur qui accompagnait le conducteur, le faisant retomber sur son siège. Les corps engagés dans la lutte se pressèrent encore plus vers l'avant, basculèrent par-dessus la cloison et allèrent s'étaler à l'avant, coinçant le conducteur contre le volant.

« Non ! » hurla-t-il lorsque le camion vint emboutir l'arrière d'un pick-up. Il freina en tentant de donner un coup de volant pour éviter de heurter de nouveau le pick-up mais le poids de tous les hommes empêtrés le maintenait contre le volant qui échappa à son contrôle. Il ne put que voir, impuissant, le camion changer de voie, heurter par le travers une voiture, s'incliner, tomber sur le côté droit, glisser en avant, érafler un autre véhicule, aller donner violemment contre la barrière de sécurité de l'autoroute qu'il enfonça tandis que le pare-brise se fracassait et que le véhicule s'immobilisait enfin au terme de sa folle et vertigineuse embardée.

Decker avait le souffle coupé. Il était étendu sans mouvement au milieu d'un enchevêtrement d'autres hommes sans mouvement eux aussi, assommé. Il vit double pendant quelques instants. Il se demanda pour quelle raison il voyait entre ses paupières clignotantes la paroi gauche plutôt que le plafond du camion puis s'aperçut que celui-ci s'était renversé et que c'était la paroi gauche qu'il avait maintenant au-dessus de la tête. Le temps semblait s'être arrêté. Il se remit d'un seul coup en marche lorsque la peur déclencha des réflexes d'action chez Decker qui avait senti l'odeur de l'essence. Mon Dieu, pensa-t-il, le réservoir d'essence a dû éclater.

Il se déplaça à tâtons en poussant un corps de côté. Des phares brillaient par la vitre brisée. Hal. Il faut que je sorte Hal d'ici avec moi. Il faut que je trouve Hawkins. Il sursauta en s'apercevant que c'était ce dernier qu'il venait d'écarter : son regard vide indiquait à l'évidence, tout comme la position bizarre de sa tête, qu'il avait eu le cou brisé. Hal! Où est... L'un des tueurs grogna. Tout en cherchant Hal à tâtons, Decker retrouva assez ses esprits pour comprendre que les portes avant étaient bloquées par les corps et que le camion s'était renversé sur sa porte latérale. Au milieu des vapeurs d'essence suffocantes, se sentant pris au piège, il pria pour que les portes du fond ne se soient pas coincées.

Un autre tueur grogna. L'un d'eux souleva faiblement un bras. Decker, qui se dirigeait sur les mains et sur les genoux vers le fond du camion, se trouva nez à nez avec Hal dont la bouche – révélée par les phares qui passaient à toute vitesse près du pare-brise éclaté – était ouverte, dégoulinante de sang. Ses yeux aussi étaient ouverts, sans vie. Mais peut-être a-t-il été seulement assommé! Peut-être n'est-il pas mort! Decker tâtonna pour lui prendre le pouls. Celui-ci ne battait plus.

L'un des tueurs avait repris des forces. Il poussa un juron. Simultanément, Decker perçut une odeur autre que celle de l'essence. Une odeur de fumée. Celle-ci répandait dans le camion un brouillard qui le fit tousser. Il se rendit compte que le camion allait exploser et fit des mains et des pieds pour parvenir aux portes du fond. Son brusque déplacement fit s'incliner le camion vers l'arrière. Pourquoi? Sur quoi reposait-il? Il atteignit les portes du fond. Le camion étant couché sur le côté, elles étaient horizontales. Saisissant le loquet inférieur, il le tourna violemment et poussa un soupir de triomphe lorsqu'il bougea, se félicitant qu'il ne soit pas coincé. Il ouvrit d'une poussée la porte inférieure à travers laquelle il se faufila en sentant de nouveau le camion s'incliner. D'une manière imprévisible, il se mit à glisser vers le bas. D'un geste fébrile, il s'agrippa au rebord de la porte du camion, juste à temps pour ne pas dégringoler vers les phares de voitures qui passaient sous lui à toute vitesse.

Il crut s'étrangler de stupeur lorsqu'il comprit que le camion avait dû défoncer les barrières de sécurité d'une section de l'autoroute qui était en réparation. Laquelle section se trouvait sur un viaduc. L'arrière du camion avait basculé dans le vide et tenait en équilibre instable sur le rebord du viaduc. Lui-même se balançait au-dessus d'un passage inférieur très fréquenté dont la circulation grondait au-dessous de lui. S'il se lâchait dans le vide, il risquait de se briser les jambes en touchant cette autoroute, six mètres plus bas. Et il se ferait aussitôt faucher par un véhicule.

Il s'efforça de se hisser de nouveau jusqu'en haut mais le camion se balançait à chacun de ses mouvements. Il risquait de s'incliner complètement et de basculer avec lui sur la voie inférieure et de l'écraser. Son cœur battait si vite qu'il en avait la nausée. Il mit fin à sa tentative fébrile pour remonter dans le camion renversé, préférant demeurer suspendu à la porte horizontale tout en se demandant s'il pourrait parvenir sous l'arrière du camion pour agripper le rebord du viaduc et s'y glisser tant bien que mal jusqu'à ce qu'il arrive sur le côté. En dessous de lui, les débris bloquaient l'une des voies. Des voitures klaxonnaient en tentant de se faufiler dans la circulation de la voie encore libre. Le camion se balança de nouveau et un bruit au-dessus de lui le fit tressaillir.

C'était le bruit produit par la respiration pénible de quelqu'un qui rampait à l'arrière du camion. Le costaud qui l'avait interrogé l'examinait avec stupéfaction. Son visage était ensanglanté. Manifestement désorienté, il sembla paralysé par le passage rapide des phares en dessous de lui. Il palpa ses vêtements, de toute évidence à la recherche de son pistolet. S'apercevant qu'il l'avait laissé tomber, il rentra vivement à l'intérieur du camion. Celui-ci se balança une fois de plus.

Whump. Une vive lumière vacillante apparut à l'avant. Le feu ! pensa Decker. L'essence s'était enflammée. Le réservoir allait exploser d'un instant à l'autre. Le camion allait exploser ! Le costaud réapparut aussitôt, poursuivi par les flammes qui progressaient rapidement vers lui. Affolé, il voulut sortir en grimpant à la porte ouverte puis parut s'apercevoir que celle-ci ne pourrait les soutenir tous les deux, Decker et lui. Levant avec un hurlement son arme qu'il avait récupérée, il la braqua sur Decker.

Je n'ai pas le choix, pensa celui-ci. Il regarda en dessous de lui, vit un poids lourd qui passait, lâcha prise et se laissa tomber au moment où le tueur tirait sur lui. Au même instant, le réservoir d'essence explosa et les flammes enveloppèrent le tueur. Ensuite Decker ne vit plus que le poids lourd qui se déplaçait sous lui. Son conducteur, obligé de ralentir pour éviter les débris qui encombraient la voie où il circulait, se glissait entre les véhicules de l'autre voie. Le souffle coupé, Decker heurta le toit du quinze-tonnes en repliant instinctivement les genoux comme il avait appris à le faire à l'école de saut en parachute. S'il n'avait pas roulé sur lui-même, s'il était resté à la verticale, sa poitrine et sa tête seraient venues donner contre le haut du pont autoroutier. Mettant fin à son roulé-boulé, Decker, propulsé par la force de sa chute et l'élan du poids lourd, plaqua violemment ses mains sur le toit du camion et chercha des ongles un joint, une saillie, *quelque chose* qui pût l'empêcher de glisser. L'obscurité du tunnel rempli de grondements de moteurs ne faisait qu'accroître son sentiment de vertige. Il sentit ses pieds glisser à l'arrière du camion. Derrière lui, il perçut vaguement un corps en flammes qui tombait du viaduc et venait s'écraser sur l'autoroute puis, tandis que les klaxons retentissaient de plus belle, lui parvint confusément le bruit sourd de l'impact du corps sur le bitume. Mais seule retenait son attention la vitesse avec laquelle ses genoux, ses cuisses, son bas-ventre et sa poitrine glissaient du toit à l'arrière du poids lourd. Il exerça des doigts une pression plus forte sur le toit, se sentit sur le point de partir en chute libre, se représenta l'impact de son corps sur l'autoroute et la force avec laquelle le véhicule qui venait derrière le percuterait... puis il s'accrocha de justesse au rebord supérieur de la porte arrière du camion. Sa main gauche lâcha aussitôt prise. Il se cramponna désespérément de la main droite, s'agrippa de nouveau de la gauche au rebord supérieur de la porte que ses genoux vinrent heurter violemment en plein milieu tandis qu'il en touchait l'énorme loquet avec le dessous de sa chaussure gauche.

Le camion accéléra en sortant du tunnel. Decker entendit le fracas d'une explosion derrière lui. Il sut, même sans se retourner, ce qui s'était passé : le camion en flammes avait dégringolé du viaduc et s'était écrasé sur la voie praticable de l'autoroute. Des klaxons retentirent. Du métal s'entrechoqua. Du verre vola en éclats.

Le camion ralentit pour s'engager sur une bretelle. Le conducteur avait dû apercevoir dans ses rétroviseurs latéraux les flammes et l'explosion sur la voie derrière lui. Il se rabattait maintenant sur le bas-côté pour s'arrêter et voir ce qui s'était passé. Sa vitesse réduite permit à Decker d'affermir sa prise. Dès que le camion fut presque à l'arrêt, il se laissa tomber sur le gravier du bas-côté. Il enjamba le rail de sécurité et disparut dans l'obscurité à proximité d'un parc de voitures d'occasion avant que le conducteur ne se dirige vers l'arrière du camion pour regarder la catastrophe.

5

« Je vous paierai si vous acceptez de me conduire à Santa Fe. »

Decker se trouvait à l'extérieur d'une station-service qui faisait aussi épicerie. Debout sous l'éclat cru des néons, il s'adressait à trois petits voyous qui revenaient, deux packs de douze bières à la main, vers leur voiture, une Ford rouge vif, profilée et aux vitres teintées.

« On est occupés, mec, dit le premier.

— On fait la bringue, dit le second.

— Oui, une virée en bagnole », dit le troisième.

Ils gloussèrent à l'unisson.

« Vous ferez encore mieux la fête avec les cent dollars que je suis prêt à vous donner si vous me conduisez jusqu'à Santa Fe », dit Decker.

Les trois jeunes lui jetèrent un regard mauvais.

« Cent dollars ? demanda le premier.

— Vous m'avez entendu.

— C'est pas assez, dit le deuxième.

— C'est quoi assez ?

— Deux cents », dit le troisième.

Ils gloussèrent de nouveau.

« D'accord », dit Decker.

Ils gloussèrent de plus belle.

« Dites donc, qu'est-ce qui vous est arrivé ? demanda le premier jeune.

— J'ai eu un accident.

— On dirait plutôt que vous vous êtes battu, dit le deuxième.

— Et que c'est vous qui avez eu le dessous », dit le troisième.

Ils se tordirent de rire.

« Faites d'abord voir le fric », dit le premier jeune.

Decker leur montra l'argent qu'il avait retiré à un guichet automatique avant de quitter Santa Fe plus tôt dans la journée. « Alors, vous m'y conduisez ou non ?

— Oh, pour ça, oui, on va vous y conduire », dit le deuxième jeune.

Mais, à mi-chemin de Santa Fe, ils quittèrent l'autoroute pour s'engager sur une route latérale obscure.

« Qu'est-ce que c'est que ça ?

— Un détour.

— Un raccourci.

— Une pause repos. »

Saisis d'un gloussement incontrôlable, ils lui firent voir leurs couteaux.

« Allez, file ton fric, dit le premier jeune.

— Pas seulement les deux cents dollars, ajouta le deuxième.

— Tout ton fric, exigea le troisième.

— Vous ne pouviez vraiment pas tomber plus mal », dit Decker.

Il leur brisa les bras, les jambes et la mâchoire. Les abandonnant inconscients dans l'obscurité du désert, il monta dans la voiture, remit le moteur en route, revint à plein régime sur l'autoroute et fonça vers Santa Fe.

6

Beth. Decker, courbé sur le volant de la Ford qu'il tenait d'une main ferme, regardait fiévreusement l'obscurité de l'autoroute devant lui. Beth. Il appuyait à fond sur l'accélérateur. Bien que décidé à ne pas attirer l'attention de la police en ne dépassant pas la limitation de vitesse de quatre-vingt-dix kilomètres à l'heure, il n'en revenait pourtant pas, à chaque fois qu'il jetait un œil sur le compteur, de voir qu'il roulait à cent vingt. Il fallait ralentir. S'il se faisait arrêter au volant d'une voiture volée...

Beth, ne cessait-il de se répéter. Pourquoi m'as-tu menti ? Qui es-tu ? Mais qui est donc Diana Scolari ?

L'horloge du tableau de bord indiquait un peu moins d'une heure du matin mais Decker avait l'impression qu'il était beaucoup plus tard. Il ressentait des élancements de fatigue dans la tête. Ses yeux étaient irrités comme s'ils avaient reçu une poignée de sable. Il avait de surcroît le corps endolori à la suite des ecchymoses et des écorchures subies durant la bagarre dans le camion et l'accident qui avait suivi. Le fait de se laisser tomber sur le poids lourd l'avait secoué jusqu'à la moelle. L'année précédente, il avait voulu se convaincre qu'il se gardait en bonne condition physique en faisant régulièrement de l'exercice – du jogging ou du tennis, par exemple. Il se rendait compte maintenant de ce qu'il lui en coûtait de n'avoir pas continué son entraînement systématique. Il ne s'était pas maintenu dans un état de préparation professionnelle.

Pourquoi l'aurais-je fait? se demanda-t-il, furieux. J'avais tourné la page. Je recommençais à zéro. En vue de quoi aurais-je dû me préparer?

En vue de tout! se dit-il en dépassant un pick-up que ses phares éclairèrent brièvement. J'ai été fou de relâcher ma vigilance! *Beth*, hurla-t-il intérieurement.

Ou peut-être avait-il proféré son nom à haute voix: il avait la gorge serrée, les cordes vocales tendues. *Pourquoi m'as-tu menti?* Tu as tué ton mari? Pris deux millions de dollars dans le coffre de ton mari? Comment diable...? Le tueur avait-il dit la vérité? Y avait-il quelqu'un qui la disait? Et McKittrick? Qu'est-ce que celui-ci venait faire dans cette histoire?

Il cria alors nettement à tue-tête le nom de Beth dans un accès de rage qui fut amplifié par l'habitacle de la Ford. Alors qu'il poussait au maximum la voiture dans le long virage en pente du mont La Bajada, accablé d'épuisement et de douleur, il sombra sous la confusion des sentiments qui se pressaient en lui: était-ce de l'amour qu'il éprouvait, était-ce la certitude qu'il y avait nécessairement une explication valable que Beth saurait lui fournir et qui le convaincrait quand il la retrouverait? Ou étaient-ce les sentiments opposés – haine, colère, conviction d'avoir été trahi? Voulait-il sauver Beth?

Ou bien voulait-il la rattraper pour lui faire payer tout cela?

La Ford déboucha à toute vitesse sur la crête de la colline et Decker, bouleversé, se trouva soudain devant les lumières de Santa Fe. L'ironie amère que recelait la traduction anglaise du nom espagnol de la ville le frappa: sainte foi. Il fallait qu'il l'ait, la foi.

Huit

1

Sa maison lui parut étrangère. Après avoir essuyé ses empreintes sur la voiture volée, qu'il avait abandonnée sur un chemin de terre près du Old Pecos Trail, il avait couru dans un état d'épuisement total dans l'obscurité jusque chez lui mais, à son grand désespoir, il ne s'y sentait plus chez lui. Pendant près de seize mois, cette maison avait été pour lui un havre de paix, le symbole de sa nouvelle vie, et voilà qu'elle était désormais un endroit quelconque, nullement différent de l'appartement qu'il avait quitté à Alexandria, en Virginie.

Circonspect, il vérifia que la maison n'était pas sous surveillance et ne le détecta pas. Toutefois, se sentant tenu à la prudence, il s'en approcha par-derrière, par la pente couverte de pins, comme l'avaient fait ses agresseurs. Après avoir maladroitement cherché ses clés à tâtons dans l'ombre d'un *portal*, il déverrouilla la porte et se glissa à l'intérieur. Au cas où la police ferait une ronde et verrait de la lumière, il n'alluma pas et, refermant vivement la porte sur lui, se contenta d'un rayon de lune venant de la verrière du couloir pour se guider jusqu'à sa chambre ravagée. Un fouillis indescriptible régnait partout et il y avait encore une odeur de cordite : c'était là désormais le symbole de sa vie.

Pour la troisième fois en moins de douze heures, il prit une douche froide et enfila des vêtements propres. Il remplit cette fois un petit sac de voyage. Il rassembla ses rares bijoux – une chaîne et un bracelet en or, une bague de jade, vestiges de sa vie antérieure, objets qu'il pourrait toujours troquer à l'occasion si jamais il se trouvait à court d'argent. Il en allait de même pour le petit sac de douze pièces d'or qu'il avait jeté sans façon au fond d'un tiroir lorsqu'il avait emménagé. Il avait eu l'intention de les convertir en espèces ou de les déposer dans le coffre d'une banque mais il n'en avait rien fait. Ajoutant ses bijoux aux pièces d'or dans le petit sac, il disposa celui-ci au milieu de ses vêtements dans le sac de voyage.

Il était presque prêt. Il porta le sac à la porte qui conduisait à son garage. Cette porte se trouvait dans la cuisine. A contrecœur, il s'arrêta un instant pour ouvrir la porte du réfrigérateur, se faire à la va-vite un sandwich jambon-fromage qu'il expédia en une bouchée et vider d'une traite le fond d'un carton de lait écrémé. Tout en s'essuyant la bouche, il se rendit dans son bureau pour écouter le répondeur dans l'espoir d'y trouver un message de Beth. Au lieu de cela, il entendit des journalistes désireux de s'entretenir avec lui de l'attaque de sa maison et de l'explosion de celle d'à côté. De nombreux collègues de travail, étonnés de ce qu'ils avaient appris par les journaux, lui avaient aussi laissé des messages. Il y en avait une demi-douzaine d'Esperanza. « Decker, pourriez-vous me rappeler le plus tôt possible. J'ai essayé de vous joindre. Si jamais vous avez quitté la ville... » Decker, grave, revint à la cuisine, ramassa son sac de voyage et se rendit dans son garage. Le puissant moteur de sa Jeep Cherokee démarra au quart de tour et il s'enfonça à plein régime dans la nuit.

2

« Heu... Une seconde... Quelle heure est-il... ? »

Decker, qui tenait le téléphone de sa voiture à son oreille tout en conduisant, dit : « Esperanza ?

— *Decker ?* » La voix empâtée de l'inspecteur fut aussitôt bien éveillée. « Où diable étiez-vous... ?

— Il faut qu'on se voie.

— Pour ça oui, en effet, il faut qu'on se voie.

— Votre numéro de téléphone personnel figure sur la carte que vous m'avez donnée mais pas votre adresse. Comment fait-on pour aller chez vous ? » Decker écouta. « Oui, je vois où c'est. »

Huit minutes plus tard, Decker vint s'arrêter sur un petit terrain de caravanes dans le sud de la ville, un quartier peu reluisant dont les touristes qui traînaient dans les boutiques de luxe de la Plaza ignoraient l'existence. Un pick-up et une moto étaient garés dans l'obscurité sur un chemin de terre près d'une caravane. L'aire de gravier qui s'étendait devant celle-ci était parsemée de yuccas. Une petite plate-bande de fleurs courait le long de la façade. Esperanza, en survêtement, ses longs cheveux noirs sur les épaules, était assis sous une lumière jaune falote qui éclairait les trois marches de ciment conduisant à la porte d'entrée métallique. Lorsque Decker fit mine de vouloir descendre de la Jeep, Esperanza lui signifia d'un geste de la main de rester où il était, s'approcha et monta dans le véhicule en refermant la portière derrière lui. « Votre coup de fil a réveillé ma femme.

— Désolé.

— C'est ce que je lui ai dit moi aussi. On a déjà assez de problèmes comme ça, elle et moi. »

Cette remarque toute personnelle d'Esperanza prit Decker de court. Il était si préoccupé par ses propres soucis qu'il ne s'était jamais demandé quel genre de vie Esperanza pouvait bien mener hors du travail. Il semblait si objectif et impersonnel qu'il donnait l'impression d'être égal à lui-même vingt-quatre heures sur vingt-quatre. Decker n'aurait jamais cru qu'il pût avoir des problèmes personnels.

« Elle me répète à longueur de temps que je ne gagne pas assez pour les risques que je prends et les heures que je fais, dit Esperanza. Elle veut que je démissionne de la police. Vous savez ce qu'elle aimerait me voir faire ? La coïncidence va vous faire plaisir. »

Decker prit un instant de réflexion. « Agent immobilier ?

— Vous avez gagné. Vous, vous recevez des appels au milieu de la nuit ? »

Decker hocha la tête.

« Mais, je parie que vous en receviez dans votre ancien métier. Cette nuit, en tout cas, vous en avez reçu, je peux vous l'assurer. Je suis allé chez vous à plusieurs reprises. Vous n'y étiez pas. Je n'ai pas cessé de téléphoner. Je suis tombé à chaque fois sur votre répondeur. C'est drôle comme on tire parfois des conclusions hâtives. J'avais comme l'idée que vous aviez quitté la ville. Si vous n'étiez pas réapparu demain matin, je faisais lancer un avis de recherche contre vous. Où diable étiez-vous passé ?

— J'étais sorti faire un tour.

— Depuis quatre heures hier après-midi ? Ça fait presque dix heures.

— Je me suis arrêté et je me suis assis un petit moment.

— Un petit moment qui s'est éternisé.

— J'avais besoin de réfléchir.

— A quoi ? »

Decker regarda Esperanza droit dans les yeux. « Je pars à sa recherche. »

Esperanza le défia lui aussi du regard. « Même si je tiens à ce que vous restiez ici au cas où j'aurais d'autres questions à vous poser ?

— Je vous ai dit tout ce que je savais. Je suis venu vous rendre une visite de politesse. Comme ça, les choses sont claires. Comme ça, vous savez exactement ce que j'ai en tête. *Je pars à sa recherche.*

— Et où pensez-vous qu'elle soit allée au juste ? »

Decker passa outre la question. « Je vous fais part de mes projets parce que je ne veux pas que vous lanciez cet avis de recherche dont vous parliez. Je n'ai pas envie d'avoir la police aux trousses.

— Et en échange ? Je ne vois pas pourquoi je vous donnerais mon accord. »

Decker passa outre cette question aussi. « Est-ce qu'ils avaient quelque chose sur Beth et McKittrick à l'aéroport d'Albuquerque ? »

Esperanza le dévisagea avec stupeur puis eut un rire désagréable. « Vous espérez vraiment que je vous vienne en aide ? Vous m'en dites le moins possible depuis le début et moi, je devrais vous faire part de ce que je sais ?

— Faites comme vous voudrez.

— C'est bien mon intention. Pour le moment, ce que je veux, c'est que vous m'accompagniez à l'intérieur de la caravane. »

Decker se redressa. « Vous voudriez que je reste ici pendant que vous téléphonez pour qu'une voiture de patrouille vienne me chercher et m'emmène au poste ?

— Non. Je voudrais que vous restiez là pendant que je m'habille. Je ne vous quitte plus d'une semelle. Vous avez de la compagnie, que ça vous plaise ou non. J'en ai assez de me faire mener en bateau. Vous en savez beaucoup plus que vous le dites. A partir de maintenant, vous et moi on ne se quittera pas jusqu'à ce que vous répondiez à quelques-unes de mes questions.

— Je ne demanderais pas mieux, croyez-moi.

— Descendez de voiture. » Esperanza ouvrit la portière de son côté.

« Son vrai nom n'est pas Beth Dwyer, dit Decker. C'est Diana Scolari. »

Esperanza, qui descendait de la Jeep, s'immobilisa.

« Ce nom vous dit quelque chose ? demanda Decker.

— Non.

— Des *marshals* la surveillaient. Elle était censée prendre l'avion pour New York pour témoigner dans un procès lundi. Je ne vois qu'une seule explication qui tienne.

— Elle est sous la protection des fédéraux en tant que témoin.

— Oui. »

Esperanza remonta dans la Cherokee. « Quand avez-vous découvert ça ?

— Ce soir.

— Comment ?

— Peu vous importe. En revanche, si vous voulez sérieusement me donner un coup de main, il y a quelqu'un que vous pouvez m'aider à retrouver. »

3

Decker appuya sur la sonnette pour la quatrième fois, cogna à la porte et fut content de voir une lumière s'allumer enfin à l'intérieur de la maison. Esperanza et lui avaient essayé de téléphoner mais étaient tombés, après quatre sonneries, sur un répondeur. Convaincus que l'homme que Decker voulait voir n'avait pas quitté la ville durant les douze heures qui s'étaient écoulées depuis qu'ils l'avaient vu la dernière fois, ils avaient décidé de se rendre directement chez lui, à une adresse connue d'Esperanza. Il habitait une modeste maison en adobe dans une petite rue qui donnait dans Zia Road. Un petit mur entourait des arbustes bien taillés. Ainsi que dans de nombreux quartiers de Santa Fe, l'éclairage municipal y était inexistant. Veillant à reculer de la porte lorsque le plafonnier extérieur s'alluma afin de ne pas paraître constituer une menace, Decker et Esperanza attendirent que l'on ouvre.

L'agent du FBI John Miller les interpella depuis la pénombre d'une fenêtre ouverte. « *Qui est là ? Qu'est-ce que vous voulez ?*

— C'est le sergent Esperanza.

— Esperanza ? Mais qu'est-ce que... Il est presque quatre heures du matin. Qu'est-ce que vous faites ici ?

— Il faut que je vous voie.

— Ça ne peut pas attendre une heure convenable ?

— C'est urgent.

— C'est ce que vous m'avez dit hier après-midi. Je n'ai pas oublié dans quelle position vous avez essayé de me mettre.

— Vous allez vous y mettre vous-même si vous refusez de nous écouter.

— Qui est-ce qui est là avec vous ?

— L'homme qui m'accompagnait hier après-midi.

— Merde. »

D'autres lumières s'allumèrent dans la maison. Un grincement de serrure se fit entendre, suivi par celui de la porte que Miller ouvrit. Il portait un caleçon et un tee-shirt qui laissait voir ses bras et ses jambes, maigres mais athlétiques. Ses cheveux défaits et ses favoris hirsutes contrastaient vivement avec son apparence de bureaucrate soigné de l'après-midi précédent. « J'ai de la visite », dit-il. Obstruant l'entrée de la maison, Miller désigna une porte fermée au bout d'un petit couloir.

Il était divorcé, avait dit Esperanza à Decker. « Elle n'est pas habituée à ce qu'on vienne cogner aux portes à quatre heures du matin. Vous avez intérêt à ne pas m'avoir dérangé pour rien.

— Je veux savoir qui est Diana Scolari, dit Decker.

— Qui ? » Miller lui lança un regard inexpressif.

« Diana Scolari. »

Miller fit celui qui ne comprend pas. « Connais pas. » Il s'apprêta à refermer la porte. « Si c'est seulement pour ça que vous êtes venus ici... »

Decker bloqua la porte de sa chaussure. « Beth Dwyer se nomme en réalité Diana Scolari. »

Miller baissa les yeux sur la chaussure de Decker dans l'entrebâillement de la porte. « Je ne sais pas de quoi vous parlez.

— Elle est sous la protection des fédéraux en tant que témoin. »

Le regard de Miller se fit plus aigu, plus vif.

« C'est à cause de ça qu'on a attaqué ma maison et qu'on a fait exploser la sienne, dit Decker.

— Je ne vois toujours pas où vous voulez en venir.

— Je vous accorde que le FBI n'assure plus la protection des témoins comme dans le temps, dit Decker. Maintenant, on confie surtout ce travail aux *marshals*. Mais vous collaborez si étroitement, eux et vous, qu'ils n'auraient pas assigné un témoin important en résidence surveillée à Santa Fe sans vous le dire. En revanche, ils n'avaient pas à le dire à la police locale. Ce n'était pas nécessaire. Moins il y avait de monde au courant, mieux ça valait. »

Les traits de Miller se durcirent. « A supposer que ce que vous dites soit exact, pourquoi est-ce que je devrais le reconnaître devant vous ?

— Brian McKittrick », dit Decker.

Miller, qui refermait la porte, s'immobilisa.

« C'est lui qui a ramassé Beth quand elle s'est enfuie de chez elle avant l'explosion », dit Decker.

Miller avait l'air manifestement sceptique. « Comment se fait-il que vous le connaissiez ?

— J'ai travaillé avec lui.

— Ça c'est la meilleure. Etes-vous en train de me dire que vous êtes *marshal* ?

— *Marshal* ? » Decker ne voyait pas où Miller voulait en venir. Puis, tout à coup, il comprit. « McKittrick est *marshal* ? »

Miller parut regretter d'avoir laissé échapper cette information.

« Non, dit Decker. Je n'ai jamais été *marshal*. » Pressé par le temps, il lui fallait prendre Miller par surprise. « J'ai connu McKittrick à l'époque où on travaillait pour la CIA, lui et moi. »

Cette déclaration produisit l'effet attendu. Miller, abasourdi, regarda Decker d'un autre œil. Il se tourna vers Esperanza puis reporta son regard sur Decker et leur fit signe à tous les deux d'entrer. « On a à parler. »

4

A l'instar de l'extérieur de la maison, le living de Miller était sans prétention : un simple canapé et un fauteuil, une table basse, un téléviseur de soixante-dix centimètres. Tout était impeccablement propre et rangé. Decker remarqua un .38 sur une étagère et se dit que Miller devait l'avoir à la main lorsqu'il avait regardé par la fenêtre pour voir qui cognait à sa porte.

« Vous ne pouvez évidemment pas prouver que vous avez travaillé pour l'Agence, dit Miller.

— Pas pour l'instant. Nous ne nous baladons pas avec des insignes et des cartes de visite.

— Pourquoi dans ce cas devrais-je vous croire ? » Miller adressa un regard interrogatif à Esperanza. « Et vous, vous le croyez ? »

Esperanza fit signe que oui.

« Pourquoi ?

— Vous, vous n'avez pas été avec lui pendant tout ce temps depuis hier. A en juger par sa façon de réagir aux situations critiques, il est évident que c'est un professionnel, et pas seulement de l'immobilier.

— On verra. » Miller reporta son attention sur Decker. « Qu'est-ce que vous savez sur Brian McKittrick ?

— C'est l'agent le plus nul avec lequel j'aie jamais travaillé. »

Miller se rapprocha.

« Il refusait d'obéir aux ordres, dit Decker. Il pensait que les autres membres de l'équipe complotaient contre lui. Il prenait des initiatives graves sans autorisation. Il abusait de ses pouvoirs à la moindre occasion. La mission sur laquelle on était ensemble, lui et moi, s'est soldée par une catastrophe à cause de lui. Il y a eu plusieurs victimes. Ça a failli dégénérer en incident diplomatique. »

Miller l'observa comme pour peser sa bonne foi. A la fin, poussant un soupir, il s'assit d'un air las dans le fauteuil devant lequel se trouvait Decker. « Sans trop m'avancer, je reconnais volontiers que je suis au courant de rumeurs concernant McKittrick. Rien qui ait à voir avec la CIA. Ça, je l'ignorais. Les rumeurs qui me sont parvenues concernaient son comportement comme *marshal*. C'est une tête brûlée. Il se croit plus malin que ses supérieurs. Il n'obéit pas à la hiérarchie. Il ne respecte pas les procédures. Je n'ai jamais compris comment il était devenu *marshal*.

— Moi, j'ai ma petite idée là-dessus, dit Decker. L'Agence a dû lui donner des recommandations de première en le laissant partir. Donnant donnant, pour qu'il ne lui cause pas d'ennuis en révélant des détails sur le fiasco dans lequel il avait été impliqué.

— Mais si c'est lui qui est à l'origine de ce fiasco, il se serait fait du tort en en parlant.

— Pas s'il était convaincu de n'y être pour rien, dit Decker. McKittrick est à côté de ses pompes. Lorsqu'il commet une bévue, il réussit à se convaincre que quelqu'un d'autre en est responsable. »

Esperanza se pencha en avant. « Vous n'avez pas l'air d'avoir digéré cette histoire.

— C'est à moi qu'il a fait porter le chapeau. C'est à cause de lui que j'ai quitté mon travail pour le gouvernement. Et maintenant, j'ai encore ce connard dans les jambes.

— C'est une coïncidence.

— Non. Je n'arrive pas à croire que c'est par pure coïncidence que Beth a acheté justement la maison voisine de la mienne. Pas si McKittrick était responsable de sa protection. Pour que cette histoire tienne debout, il faut qu'il m'ait filé après mon départ de l'Agence. Il savait que j'étais à Santa Fe. Il avait un témoin à installer en résidence ailleurs. Il a mené sa petite enquête et a découvert que la maison voisine de la mienne était à vendre. C'était idéal. Pourquoi ne pas y installer Beth ? Comme ça, son voisin lui assurerait une protection supplémentaire, elle aurait un garde du corps qui ne se douterait de rien. »

Miller parut réfléchir à la chose. « C'était peut-être un procédé cynique, mais ça se tient.

— Cynique n'est pas le mot. On m'a utilisé, dit Decker. Et, si je ne me trompe pas, on a utilisé Beth. Je pense que McKittrick est passé du côté adverse.

— *Quoi ?* »

Decker repensa à sa conversation téléphonique avec McKittrick. « Pour moi, il a indiqué à la pègre comment retrouver Beth à condition qu'on me tue en retour. Il croit que c'est à cause de moi que la CIA a décidé de le fiche à la porte. Je pense que ce n'est qu'un pauvre malade qui, dès qu'on lui a confié la mission de transformer Diana Scolari en Beth Dwyer, a formé le projet de me rendre la vie impossible. »

5

Le silence tomba dans le petit living.

« C'est une accusation grave. » Miller se mordit la lèvre inférieure. « Vous pouvez en apporter la preuve ?

— Non. » Decker n'osa pas lui raconter ce qui s'était passé dans le camion.

« Comment avez-vous découvert que le vrai nom de Beth Dwyer était Diana Scolari ?

— Je ne peux pas vous le dire.

— Pourquoi ? »

Decker ne répondit pas.

« Ecoutez-moi bien. » Miller se leva. « Vous détenez une information qui indique que la protection d'un témoin important de la partie civile est sérieusement compromise. Je vous ordonne de me dire comment vous avez obtenu cette information.

— Je n'en ai pas la liberté. »

Miller lui jeta un regard furibond. « Je vais vous montrer, moi, ce que c'est que la liberté. » Il saisit le téléphone. « Votre liberté, vous allez devoir vous en passer tant que vous ne m'aurez pas dit ce que je veux savoir.

— Reposez ce téléphone. Je vous en prie. Tout ce qui compte pour l'instant, c'est de sauver la vie de Beth. »

Miller prit Esperanza à témoin. « Vous entendez ça ?

— Oui. Ça fait vingt-quatre heures qu'il me sert le même refrain, dit Esperanza. L'ennui, c'est qu'il n'a pas tout à fait tort. La sécurité de Beth Dwyer doit passer en premier. Il a peut-être obtenu ses informations par la bande, mais je suis disposé à régler ça plus tard à condition qu'il ne me mette pas dans de sales draps.

— Démenti plausible.

— Quoi ?

— C'est la formule qu'on employait à l'Agence.

— Et si on parlait plutôt de complicité criminelle, qu'en dites-vous ? demanda Miller.

— Dites-moi dans quelle affaire Beth devait témoigner. »

Miller ne s'attendait pas à ce brusque changement de sujet.

« C'est vrai qu'elle a abattu son mari d'une balle dans la tête et qu'elle a filé avec deux millions de dollars appartenant à la pègre ? » demanda Decker.

Miller s'emporta. « Mais où avez-vous été dénicher cette histoire ? »

Decker ne fit pas attention à cette saute d'humeur. Il était occupé à se souvenir de quelque chose qu'avait dit le tueur à gages au téléphone : « C'est Nick qui va être furieux.

— Un dénommé Nick est mêlé à cette affaire, dit Decker. Vous le connaissez ? Quel est son nom de famille ? »

Miller écarquilla les yeux de stupéfaction. « C'est plus grave que je pensais. Ils vont devoir réviser toutes leurs procédures de mise en résidence surveillée des témoins.

— Beth est en danger, dit Decker avec véhémence. Si nous échangeons nos informations, nous pourrons peut-être lui sauver la vie.

— Diana Scolari.

— Je ne sais rien de cette Diana Scolari. La femme qui m'intéresse s'appelle Beth Dwyer. *Dites-moi ce que vous savez à son sujet.* »

Miller tourna les yeux en direction de l'obscurité à travers la fenêtre. Il les posa sur ses mains puis sur Decker. « Diana Scolari est la femme – ou était la femme jusqu'à ce que quelqu'un abatte cette ordure d'une balle dans la tête – de Joey Scolari, le principal exécuteur des hautes œuvres de la famille Giordano à New York. On estime que Joey a été responsable d'au moins quarante exécutions sommaires durant les huit ans où il a exercé ses fonctions. Il était débordé mais n'avait pas à se plaindre. C'était bien payé et, c'est tout aussi important, il aimait son travail. »

Decker écoutait, bouleversé.

« Il y a trois ans, Joey a rencontré la femme que vous connaissez sous le nom de Beth Dwyer. Son nom de jeune fille était Diana Berlanti et elle était responsable de l'animation sur un bateau de croisière dans les Caraïbes, où Joey avait décidé de s'exhiber pour se donner un alibi pendant qu'un de ses lieutenants éliminait quelqu'un à New York. Diana lui est tombée dans l'œil. Il faut savoir qu'il était bel homme, s'habillait avec élégance et savait parler aux femmes. Rares étaient celles qui lui résistaient et, tout naturellement, Diana n'a pas repoussé ses avances. Puis, de fil en aiguille, ils se sont mariés trois mois plus tard. Lui faire la cour faisait son affaire et il s'est débrouillé pour qu'ils continuent à aller dans les Caraïbes ensemble. Ça lui donnait un prétexte pour se rendre dans certaines îles qui possèdent des banques avec des comptes numérotés et qui ne font pas de difficultés pour blanchir l'argent sale. Le voyage de noces a aussi servi à ça. »

Decker avait la nausée.

« Ce qu'il faut savoir, c'est que Diana affirme n'avoir jamais été au courant des activités réelles de Joey. Elle prétend qu'il lui avait dit être dans la restauration – ce qui n'était pas tout à fait faux. Joey était propriétaire de plusieurs restaurants qui lui servaient aussi à recycler son argent. Quoi qu'il en soit, avec le temps, Joey, comme il fallait s'y attendre, s'est lassé d'elle. Ils ont vécu quelque temps dans un luxueux appartement en terrasse à New York mais, comme il avait besoin d'avoir les coudées franches pour ses activités extramaritales, il l'a installée dans une grande maison entourée de murs de l'autre côté de l'Hudson, dans une des villes-dortoirs de la pègre dans le New Jersey. Elle était sous bonne garde. Il prétendait que c'était pour sa sécurité. En réalité, c'était pour l'empêcher de revenir à l'appartement de New York où elle aurait pu le surprendre avec ses petites amies. Mais il avait une autre excellente raison de la faire garder. Il la battait et comme ça il était sûr qu'elle ne songerait pas à déguerpir. »

Decker ressentait des élancements aux tempes.

« Et pour la battre, il la battait, dit Miller. Parce que Diana s'était mise à lui poser des questions, non seulement sur ses infidélités mais aussi sur ses affaires. Vous savez qu'elle est loin d'être bête. Il ne lui a pas fallu beaucoup de temps pour découvrir la nature réelle des activités de Joey, pour s'apercevoir que c'était un monstre. Elle se trouvait placée devant un sacré dilemme. Si elle essayait de partir – et ses chances d'y parvenir étaient minces avec tous ces gardes – elle était sûre qu'il la tuerait. Si elle restait et qu'il la soupçonnait d'en savoir trop long, il la tuerait aussi. Elle a donc résolu de faire semblant provisoirement de se désintéresser de ses maîtresses et de ses affaires, de feindre la soumission. Elle employait ses journées à faire ce qui lui aurait donné beaucoup de plaisir en d'autres circonstances – à peindre. Joey était ravi, il trouvait ça amusant. Parfois, après l'avoir battue, il faisait un grand feu dans la cheminée et il l'obligeait à le regarder brûler ses tableaux préférés.

— Bon dieu, dit Decker. Pourquoi ce salopard l'avait-il épousée ?

— Manifestement pour avoir sous la main quelqu'un qu'il pouvait faire souffrir. Comme je l'ai dit, Joey était un monstre. Jusqu'en janvier dernier, il y a neuf mois, quand quelqu'un a réglé le problème de Diana en lui faisant sauter la cervelle. Il se peut qu'elle l'ait fait elle-même. Il existe deux versions contradictoires de l'affaire. Diana prétend qu'elle était dehors, au fond de la propriété, quand elle a entendu un coup de feu dans la maison. Prudemment, car elle ne savait pas à quoi s'attendre, elle a laissé s'écouler un certain temps avant de rentrer à l'intérieur. Elle se disait que, quoi qu'il soit arrivé, Joey et les gardes s'en occuperaient. Elle a d'abord été étonnée de constater qu'il n'y avait plus un seul garde. Sa deuxième surprise a été de découvrir Joey mort dans son cabinet de travail, la cervelle répandue sur le bureau, le coffre ouvert. Elle savait qu'il renfermait généralement de grosses quantités d'argent en espèces. Elle avait eu l'occasion de voir les sacs dans lequel on livrait cet argent. Elle avait aperçu Joey en train de le ranger dans le coffre. Elle avait saisi en passant des allusions à la somme que cela pouvait représenter. Elle a supposé que quelque chose comme deux millions de dollars avaient disparu. Sur le moment, elle n'a pas réfléchi à ce que ça pouvait impliquer pour elle. Elle n'a songé qu'à profiter de l'occasion pour s'enfuir. Elle n'a même pas pris la peine de faire sa valise, elle s'est contentée d'enfiler un manteau, de ramasser les clés de voiture de Joey et de filer.

— Pour aller à la justice, dit Decker.

— Où pouvait-elle aller? Elle savait que la pègre la rechercherait, mais elle pensait que ce serait pour l'empêcher de parler. Ce n'est que plus tard qu'elle a compris que le parrain de Joey la croyait coupable de sa mort, que la pègre était convaincue qu'elle l'avait tué pour prendre l'argent. C'était devenu une affaire d'honneur pour la famille. La loi du sang. Une vendetta. »

Decker acquiesça. « Comme ça, le Département de la Justice a passé des mois à la débriefer, il l'a mise en résidence surveillée à Santa Fe sous une nouvelle identité, puis il l'a convoquée à New York pour qu'elle témoigne.

— Sous protection.

— Malheureusement.

— Joli gâchis, dit Esperanza.

— Vous ne m'avez toujours pas dit qui est Nick, dit Decker.

— Nick Giordano, le caïd, le parrain de Joey. Le père de Joey était le meilleur ami de Nick. Les parents de Joey avaient été tués dans un attentat de la pègre dirigé contre Nick qui l'avait élevé comme son propre fils. C'est ce que je voulais dire en parlant de la loi du sang. Pour Nick, la retrouver et la punir est une question d'honneur, d'honneur familial, au sens strict du terme. A votre tour maintenant, dit Miller. En quoi ce que je viens de vous dire va-t-il contribuer à sauver la vie de Diana Scolari? »

Decker demeura quelques instants silencieux. « J'ai comme l'impression qu'il ne reste plus qu'une solution.

— Qu'est-ce que vous racontez? Quelle *solution*?

— Je suis très fatigué tout à coup. Je rentre.

— Mais en quoi ce que je vous ai dit va-t-il aider votre amie?

— Je vous téléphonerai à mon réveil. On en saura peut-être davantage à ce moment-là. » Decker se tourna vers Esperanza. « Je vais vous déposer. »

6

« Ne prenez pas la peine de me ramener chez moi, dit Esperanza lorsque Decker embraya et s'éloigna de chez Miller.

— Dans ce cas, où voulez-vous que je vous dépose ? » Decker s'engagea dans une rue plongée dans l'obscurité.

« Faites comme si je vous accompagnais.

— Pour quoi faire ?

— On sait jamais, je pourrai peut-être vous tirer d'ennui, répondit Esperanza. Où sont vos amis ?

— Mes amis ? » De penser à Ben et à Hal laissa un goût de cendre dans la bouche de Decker.

« Vous n'avez vraiment pas l'air d'en avoir beaucoup.

— Je connais beaucoup de monde.

— Je parlais des deux hommes qui sont venus chez vous hier après-midi.

— Je sais de qui vous parlez. Ils sont repartis. » Une sensation douloureuse à la poitrine et aux yeux vint compléter le goût de cendre qu'il avait dans la bouche.

« Déjà ? demanda Esperanza. Après s'être donné tout ce mal pour venir jusqu'ici le plus vite possible ?

— Mon ancien employeur a décidé que ce qui se passait ici n'était pas de leur ressort. » Les rues sombres étaient presque désertes. Tous feux allumés, Decker appuya sur l'accélérateur.

« Trouvez-vous que ce soit une bonne idée de commettre des excès de vitesse avec un policier à bord de sa voiture ?

— Tant qu'à dépasser les limitations de vitesse, autant que ce soit en compagnie d'un flic, dit Decker. Si une voiture de patrouille nous arrête, vous montrerez votre insigne, vous expliquerez qu'on est en route pour une urgence.

— Je vous ai menti, dit Esperanza. J'ai fait lancer un mandat d'amener contre vous par la police municipale d'Albuquerque et par celle de l'Etat. »

Decker eut froid dans le dos.

« Je leur ai donné le numéro de la plaque d'immatriculation et le signalement de la Taurus que vos amis conduisaient. On a retrouvé la voiture à proximité de la scène d'un crime dans Chama Street, à Albuquerque, vers onze heures hier soir. Les voisins s'étaient plaints d'avoir entendu des coups de feu et des explosions. Il s'est avéré qu'ils avaient raison. Un homme, que ses papiers d'identité désignent comme étant Ben Eiseley, a été trouvé tué d'une balle sur le plancher de la cuisine de la maison d'où provenaient les bruits dont les voisins s'étaient plaints. Nous n'avons pas la moindre idée de l'endroit où se trouve Hal. »

L'espace d'un instant, Decker ne put réprimer son chagrin. Le souvenir de l'expression hébétée sur le visage de Ben lorsque la balle l'avait atteint, de sa tête ensanglantée, s'imposa à lui. Tout à coup, ce fut comme s'il n'était jamais venu à Santa Fe, comme s'il n'avait jamais tenté de prendre de la distance avec son ancienne vie. Il repensa à la balle que Hal avait reçue en pleine poitrine et à la manière dont il avait réussi à donner un coup de pied à l'homme qui l'avait abattu. Ce n'était pas leur combat ! pensa Decker. J'aurais dû insister pour qu'ils se tiennent à l'écart de tout cela. Mais c'est moi qui leur avais demandé de m'aider. Ils sont morts à cause de moi. C'est ma faute !

« On a dû en profiter pour leur confier une autre mission pendant qu'ils étaient par ici, dit Decker de sa voix la plus calme.

— Vous n'avez pas l'air très affecté par ce qui est arrivé à Ben.

— C'est ma façon d'être.

— Je n'ai jamais recontré personne comme vous, dit Esperanza. Vous n'êtes pas curieux de savoir ce qu'il faisait là et où est passé son coéquipier ?

— Moi, je vais vous poser une question, dit Decker d'un ton exaspéré. Pourquoi avez-vous attendu si longtemps pour me dire que vous aviez lancé la police à mes trousses ?

— J'attendais le bon moment. Pour qu'on se comprenne bien. Vous avez besoin de moi, dit Esperanza. Les services de sécurité de l'aéroport d'Albuquerque ont votre nom. La police possède votre signalement. On vous arrêtera dès l'instant où vous achèterez un billet. Si vous voulez prendre l'avion pour New York, il faut d'abord que je fasse annuler l'avis de recherche et, en échange, j'exige quelque chose. Que vous me laissiez vous accompagner.

— Moi, prendre l'avion pour New York ? Qu'est-ce qui vous fait croire que je...

— Decker, pour une fois, bon dieu, cessez de jouer au chat et à la souris avec moi.

— Pourquoi voudriez-vous aller à New York ?

— Disons que c'est parce que demain est mon jour de repos et qu'une petite séparation nous ferait du bien, à ma femme et à moi. Ou disons que j'apprends des tonnes de choses à vos côtés et que je n'ai pas envie que les classes se terminent tout de suite. Ou disons encore que... et c'est vraiment le comble... disons que si je suis flic, c'est parce que je suis assez bonne poire pour vouloir aider autrui. C'est une idée stupide, hein. Et pour l'instant, je ne vois personne qui ait plus besoin d'aide que Beth Dwyer. Je veux vous aider à la sauver. J'ai comme l'impression que vous êtes la seule personne qui sache vraiment quoi faire pour ça. »

7

Le vrombissement du réacteur, en route vers l'est, faisait vibrer le fuselage. L'éclat du soleil dans les hublots plantait comme des coups de poignard dans les yeux de Decker. Lorsque les hôtesses qui distribuaient du café et des brioches s'avancèrent dans l'allée, il ressentit une douleur à l'estomac qui lui rappela ses troubles gastriques à l'époque où il était agent secret. Ça recommence, se dit-il.

Esperanza, le seul passager de leur rangée, était assis à côté de lui. « Je regrette de n'avoir jamais fait la connaissance de Beth Dwyer. Ce doit être quelqu'un de très particulier. »

Decker regardait par le hublot le paysage désertique qu'il quittait, les montagnes, les arroyos, le Rio Grande, la verdure des pins sur le fond jaune, orange et rouge de la terre. Il ne pouvait s'empêcher de se remémorer les sentiments ambivalents qu'il avait éprouvés à son arrivée, sa crainte alors de commettre une erreur. Maintenant, plus d'un an après, il était en proie à une ambivalence identique, se demandant de nouveau s'il n'était pas en train de faire une bêtise.

« Oui, dit-il, très.

— Vous devez l'aimer beaucoup.

— Tout dépend. Il m'arrive aussi – Decker eut du mal à parler – de la haïr.

— La haïr ?

— Elle aurait dû me parler de son passé, dit Decker.

— Au début, elle a dû penser que ça ne vous regardait pas.

— Et plus tard, quand on était ensemble ? insista Decker.

— Elle avait peut-être peur, si elle vous racontait tout, que vous réagissiez comme vous le faites maintenant.

— Si elle m'aimait, elle aurait dû me faire confiance.

— Ah, fit Esperanza. Je commence à comprendre. Vous craignez qu'elle ne vous aime pas.

— J'ai toujours laissé le métier régler ma vie personnelle, dit Decker.

Je n'ai jamais été amoureux, pas vraiment. Jusqu'à ce que je rencontre Beth Dwyer, je ne m'étais jamais permis d'éprouver... » Decker hésita. « La passion. »

Une ride interrogative barra le front d'Esperanza.

« Mais avec elle, je me suis donné entièrement. Elle est devenue toute ma vie. Si elle était avec moi uniquement parce que ça l'arrangeait, alors... » Un accent désespéré perça dans la voix de Decker.

« Supposons que vous découvriez qu'elle se fichait de vous, que vous étiez seulement pour elle un garde du corps à votre insu ? »

Decker ne répondit pas.

Esperanza revint à la charge. « Est-ce que vous la sauveriez quand même ?

— Malgré tout ?

— Oui.

— Malgré tous mes soupçons, malgré la peur qu'elle me trahisse, malgré la rage dans laquelle me plonge ma peur ?

— Oui.

— Je me damnerais pour elle. Dieu me vienne en aide, je l'aime toujours. »

Neuf

1

Il pleuvait à leur arrivée à New York, une pluie diluvienne qui permit à Decker de mesurer à quel point Manhattan lui était devenu étranger après le climat aride du Nouveau-Mexique. Une humidité dont il avait perdu l'habitude était palpable. Ayant vécu plus de quinze mois à près de mille cinq cents mètres au-dessus du niveau de la mer, il était maintenant sensible à une pression atmosphérique qui ne faisait qu'accentuer la pression affective qu'il ressentait en lui-même. Habitué à des horizons illimités, il se sentait oppressé par les gratte-ciel. Et par les gens : alors que la population du Nouveau-Mexique totalisait un million et demi de personnes, elle était aussi importante dans les cinquante-huit kilomètres carrés de Manhattan, sans compter les centaines de milliers de banlieusards qui venaient y travailler. Tout cela fit que Decker prit soudain conscience – comme jamais avant de connaître la paix et les grandes étendues du Nouveau-Mexique – du bruit et des embouteillages intenses de New York.

Esperanza jetait sur tout cela un regard ahuri à travers les fenêtres embuées du taxi.

« Vous n'étiez jamais venu ici ? demanda Decker.

— Les seules grandes villes que je connaisse sont Denver, Phoenix et Los Angeles. Elles sont basses, tout en longueur. Ici, tout est tassé, tout s'empile en hauteur.

— Oui, fini les grands espaces. »

Le taxi les déposa au marché d'Essex Street dans le Lower East Side. Le grand bâtiment de brique était fermé. Decker, son sac de voyage à la main, alla s'abriter sous l'un des porches. Son mal de tête avait repris de plus belle. Le peu de sommeil qu'il avait réussi à grappiller dans l'avion n'avait pas suffi à le laver de sa fatigue et il tenait uniquement grâce à son énergie nerveuse. C'était la peur qu'il éprouvait pour Beth qui le faisait avancer.

Esperanza jeta un œil dans le marché désert puis en direction des boutiques de l'autre côté de la rue. « Notre hôtel est dans le coin ?

— On n'a pas d'hôtel. On n'a pas eu le temps de téléphoner pour réserver une chambre.

— Mais vous avez téléphoné de l'aéroport. Je pensais que c'était pour ça. »

Decker hocha la tête. Ce geste aggrava son mal de tête mais il était trop soucieux pour y prendre garde. Il attendit que le taxi ait disparu puis quitta le porche du marché et s'engagea sous la pluie. « Je prenais rendez-vous avec quelqu'un.

— Près d'ici ?

— A deux ou trois rues.

— Dans ce cas pourquoi n'avoir pas gardé le taxi jusque-là ?

— Parce que je n'avais pas envie que le chauffeur sache où j'allais. Ecoutez, ça ne marchera pas. Il faudrait vous expliquer trop de choses et le temps presse, dit Decker avec agacement. Vous m'avez été très utile. Vous avez fait annuler l'avis de recherche lancé contre moi. Vous m'avez fait passer à travers le dispositif de sécurité de l'aéroport d'Albuquerque. Sans vous, je ne serais pas ici. Je vous remercie. Sérieusement. Vraiment. Mais il faut que vous compreniez... le bout de chemin qu'on a fait ensemble s'arrête ici. Prenez un taxi jusqu'au centre. Découvrez la ville.

— Sous la pluie ?

— Allez voir un spectacle. Prenez un bon repas.

— Ça m'étonnerait qu'à New York on serve de la salsa rouge et verte en guise d'accompagnement.

— Offrez-vous une petite vacance. Puis reprenez l'avion demain matin. Vos collègues de la police de Santa Fe doivent se demander où vous êtes passé.

— Ils ne s'apercevront pas de mon absence. Je vous l'ai dit, c'est mon jour de repos.

— Et demain ?

— Je vais me porter malade.

— Ici, vous êtes hors de votre aire de juridiction, dit Decker. Rentrez au Nouveau-Mexique le plus tôt possible. Faites-le pour vous.

— Non.

— Vous n'arriverez pas à me suivre. D'ici deux minutes, je vais vous fausser compagnie sans même que vous vous en aperceviez.

— Mais vous ne le ferez pas.

— Oh ? Qu'est-ce qui vous fait croire ça ?

— Parce que rien ne vous dit que vous n'aurez pas besoin de moi. »

2

Le bar – dans First Avenue près de Delancey Street – semblait au bord de la faillite. Les réclames d'alcool dans les vitrines avaient pâli jusqu'à devenir pratiquement illisibles. Les vitrines elles-mêmes étaient si crasseuses qu'on ne voyait pas au travers. Plusieurs lettres de l'enseigne de néon étaient brûlées, de sorte qu'au lieu de BEENIE'S on lisait maintenant BE E's. Un clochard, tenant à la main une bouteille de whisky dans un sac d'emballage, était affalé sur le trottoir près de l'entrée, indifférent à l'averse.

Contrarié par la vitesse à laquelle le temps passait, Decker traversa la rue en direction du bar. Il était suivi d'Esperanza dont on avait remplacé le chapeau de cowboy, beaucoup trop visible, par une casquette de base-ball des Yankees, achetée en chemin dans une boutique de souvenirs. Sa longue chevelure avait été ramenée en arrière en un catogan, de manière à passer elle aussi davantage inaperçue. Au moment de pénétrer dans le bar, Decker retint Esperanza à l'entrée afin de permettre au clochard, qui n'en était pas un, de bien les regarder.

« Bennie nous attend », dit Decker.

Le clochard acquiesça.

Esperanza et lui entrèrent dans le bar où flottait un nuage de fumée de cigarette. Vu son extérieur peu engageant, l'endroit était étonnamment achalandé et rendu très bruyant par un match de football retransmis sur un téléviseur grand écran.

Decker se dirigea tout droit vers le barman, un individu tout en muscles. « Bennie est là ?

— L'ai pas vu.

— J'ai téléphoné plus tôt pour prendre rendez-vous.

— Qui le demande ? »

Decker utilisa un pseudonyme. « Charles Laird.

— Pourquoi vous le disiez pas ? » Le barman fit un geste en direction de l'extrémité du comptoir. « Il vous attend dans son bureau. Laissez-moi votre sac. »

Decker acquiesça et, lui remettant le petit sac de voyage, posa vingt dollars sur le comptoir. « Pour la bière qu'on n'a pas bue. »

Il précéda Esperanza en direction de la porte fermée qui se trouvait à l'extrémité du comptoir puis s'immobilisa.

« Qu'est-ce qu'il y a ? demanda Esperanza. Qu'est-ce que vous attendez pour frapper à la porte ?

— Il faut d'abord se soumettre à une petite formalité. J'espère que vous n'avez pas d'objection à ce qu'on vous fouille. »

Quatre individus aux larges épaules abandonnèrent une partie de billard à laquelle ils s'adonnaient près de la porte. Le regard glacial, ils fouillèrent Decker et Esperanza sans ménagement et à fond. Après avoir jeté un dernier coup d'œil aux chevilles des deux hommes, ne trouvant pas d'armes ou de micros, ils les congédièrent d'un geste sec de la tête et retournèrent à leur partie. Ils n'avaient rien trouvé de compromettant parce que Decker avait insisté pour qu'Esperanza laisse son insigne et son arme de service dans le compartiment à gants soigneusement verrouillé de sa Jeep Cherokee à l'aéroport d'Albuquerque. Si jamais Esperanza et lui devaient se servir d'une arme, Decker tenait à ce que ce n'en soit pas une qui permît de remonter jusqu'à eux.

C'est alors seulement que Decker frappa à la porte. Entendant, derrière, une voix étouffée, il l'ouvrit et se retrouva face à un cagibi en désordre dans lequel un homme obèse en chemise à rayures, à nœud papillon et en bretelles était assis à un bureau. C'était un homme âgé, chauve et qui portait une fine moustache argentée. Une canne de cuivre poli était posée en travers de son bureau.

« Comment ça va, Bennie ? demanda Decker.

— Je suis au régime. Ça n'a pas l'air de donner grand-chose. Par ordre des médecins. Et toi, Charles ?

— J'ai des ennuis. »

Bennie acquiesça d'un air entendu, chaque mouvement de sa tête comprimant son double menton. « On ne vient jamais me voir pour autre chose.

— Je te présente un ami. » Decker indiqua Esperanza.

Bennie leva une main apathique.

« Mon ami a un coup de fil à donner.

— Juste là. » Il désigna du doigt un téléphone payant dans un coin.

« Il est toujours branché sur un téléphone public de Jersey City ?

— Si on retrace l'appel, on pensera que vous êtes là-bas », dit Bennie.

Decker fit signe à Esperanza qu'il pouvait téléphoner. Il était convenu qu'il incomberait à Miller, à Santa Fe, d'essayer d'apprendre s'il y avait du nouveau au sujet de Beth et de McKittrick. Decker, anxieux de savoir si Beth était toujours vivante, l'avait appelé en chemin à plusieurs reprises. On était toujours sans nouvelles d'elle.

« Assieds-toi, dit Bennie à Decker tandis qu'Esperanza mettait des pièces dans l'appareil. Qu'est-ce que je peux faire pour toi ? »

Decker, qui n'ignorait pas qu'il y avait une arme de petit calibre sous la table entre eux, prit place sur la chaise devant Bennie. « Merci. Tu t'es toujours montré coopératif quand j'avais besoin de ton aide.

— Ça m'amusait, dit Bennie. Le changement de rythme, faire quelque chose pour mon pays. »

Decker comprenait cela. On pensait ordinairement que la CIA n'était mandatée que pour des interventions à l'étranger mais, en réalité, la Compagnie avait des bureaux dans plusieurs grandes villes américaines et il lui arrivait d'opérer sur le territoire national. Théoriquement, elle était tenue, sur ordre du Président, d'alerter d'abord le FBI. C'était en collaboration avec le FBI que Decker avait soutiré des informations à Bennie trois ans auparavant et s'était fait passer pour un membre de la pègre en cheville avec ce dernier. Le but de l'opération était de lui permettre d'infiltrer un réseau terroriste étranger qui essayait de déstabiliser les Etats-Unis en se servant du crime organisé pour inonder le pays de faux billets de cent dollars.

« Je suis sûr que le gouvernement a su te témoigner sa reconnaissance, dit Decker.

— Disons qu'on ne vient plus m'embêter. » Bennie haussa les épaules avec indifférence. « Et puis, finalement, c'était dans mon propre intérêt. Ce qui est mauvais pour l'économie est mauvais pour mes affaires. » Il eut un pâle sourire.

« Cette fois, j'ai bien peur de ne pas pouvoir t'offrir de compensations.

— Oh ? » Bennie eut l'air méfiant.

« Ces temps-ci, je ne travaille pas pour le gouvernement. C'est un service personnel que j'ai à te demander.

— Un service ? » Bennie fit la grimace.

A l'arrière-plan, Decker entendait Esperanza parler au téléphone. Il posait des questions d'une voix morne.

« Je cherche un moyen d'entrer en contact avec Nick Giordano. »

Les joues de Bennie, légèrement roses en temps normal, pâlirent. « Non. Ne m'en dis pas plus. Je ne veux pas être mêlé de près ou de loin à tes histoires avec Nick Giordano.

— Je te jure que ça n'a rien à voir avec le gouvernement. »

Les gestes de Bennie, apathiques précédemment, s'animèrent. « Ça m'est égal ! Je veux rien savoir de tout ça ! »

Decker se pencha vers lui. « Moi non plus je ne tiens pas à ce que tu saches quoi que ce soit. »

Bennie interrompit un geste qu'il venait d'esquisser. « Comment ça ?

— Tout ce que je te demande, c'est une simple information. Comment est-ce que je peux joindre Nick Giordano ? Pas le propriétaire du restaurant où il a ses habitudes, pas un de ses lieutenants, pas son avocat. *Lui*. Tu ne seras pas obligé de nous présenter l'un à l'autre. Tu ne seras d'aucune manière directement mêlé à ça. Je me chargerai d'établir le contact. Giordano ne saura jamais qui m'a indiqué la manière de le joindre. »

Bennie dévisageait Decker comme s'il essayait de comprendre une langue étrangère. « Et pour quelle raison est-ce que je ferais ça ? »

Esperanza mit fin à sa conversation téléphonique. Il se tourna vers Decker.

« Des nouvelles ? » Decker avait l'estomac noué.

« Non.

— Dieu merci. Au moins, on ne nous dit pas qu'elle est morte. Je peux encore espérer.

— Elle ?

— Une amie. J'essaie de la retrouver. Elle a des ennuis.

— Et c'est Nick Giordano qui peut l'aider à s'en sortir ? demanda Bennie.

— Si quelqu'un en a le pouvoir, c'est bien lui, dit Decker. C'est à ce sujet-là que je veux le voir.

— Tu ne m'as pas donné une seule raison de t'aider.

— J'aime cette femme, Bennie. C'est parce que je l'aime que je te demande ça.

— Tu plaisantes ou quoi ?

— Est-ce que j'ai l'air de plaisanter ?

— Je t'en prie. Je suis un homme d'affaires.

— Dans ce cas, il y a une autre raison. Cette femme représente beaucoup pour Nick Giordano. Il pense qu'elle a tué Joey Scolari. »

Bennie parut ébranlé. « Tu parles de Diana Scolari ? La femme de Joey ? Ça alors, Nick la fait rechercher partout.

— Eh bien, il se pourrait que je puisse l'aider à la retrouver.

— Ne dis pas de bêtises. Si tu l'aimes, pourquoi la livrerais-tu à Nick ?

— Pour qu'elle ne passe pas le restant de ses jours en fuite.

— Là, ça risque pas. Elle sera morte. Tu dis encore des bêtises.

— Alors, voilà ce qui n'est peut-être pas une bêtise, dit Decker. Si Nick Giordano est content de l'issue de mon entrevue avec lui, il se pourrait qu'il veuille récompenser celui qui aura été assez avisé pour rendre cette petite rencontre possible. »

La mine renfrognée, Bennie pesait le pour et le contre.

3

Le téléphone à l'autre bout du fil ne sonna qu'un coup avant qu'une voix masculine râpeuse ne dise : « Vous avez intérêt à avoir une sacrée bonne raison d'appeler à ce numéro. »

Decker entendit aussitôt le signal sonore d'un répondeur et il dicta son message. « Ici Steve Decker. Mon nom devrait vous dire quelque chose. Vos hommes me surveillaient à Santa Fe. J'ai une chose importante à discuter avec M. Giordano. Ça concerne Diana Scolari et le meurtre de son mari. Ça concerne aussi un *marshal* du nom de Brian McKittrick. Je rappellerai dans trente minutes. »

Decker raccrocha et sortit de la cabine téléphonique jonchée de détritus et, sous la pluie sombre, alla rejoindre Esperanza qui se tenait sous le porche d'un magasin d'appareils ménagers, fermé à cette heure.

« Vous n'êtes pas fatigué de me suivre ?

— Non, surtout quand vous m'emmenez dans des endroits aussi passionnants. »

4

Le fleuriste se trouvait dans Grand Street. Un panneau à la porte annonçait OUVERT LE DIMANCHE ET LES JOURS DE FÊTE. Une sonnerie se déclencha lorsque Decker ouvrit la porte et pénétra dans la boutique. Il fut entouré de cette capiteuse odeur de fleurs qui imprègne les salons funéraires américains. Esperanza jeta un coup œil curieux en direction des caméras de télévision en circuit fermé disposées au-dessus des étalages floraux abondamment garnis puis se retourna en entendant un bruit de pas.

Une femme d'âge mûr, une mère de famille selon toute apparence et qui portait des gants de jardinage et un tablier, sortit d'une pièce du fond. « Je regrette. Il est presque 7 heures. Mon assistant était censé verrouiller la porte. On est fermé.

— Je n'avais plus les horaires en tête, dit Decker. Ça fait pas mal de temps que je n'ai pas fait affaire avec vous. » Il prit un stylo et une carte professionnelle sur le comptoir et y écrivit quelque chose qu'il fit voir à la femme. « Voici mon numéro de compte et mon nom.

— Attendez une minute que je consulte nos livres. »

Elle retourna dans la pièce du fond en refermant la porte derrière elle. Decker savait qu'il y avait un miroir sans tain près de cette porte. Il savait aussi qu'un homme armé l'épiait derrière ce miroir, de même que deux autres hommes armés le surveillaient dans le sous-sol sur les écrans de contrôle des caméras en circuit fermé.

Ne laissant rien paraître des pensées troubles qui l'assaillaient, il feignit de s'intéresser aux très jolis bouquets de corsage visibles à travers les portes vitrées d'un présentoir réfrigéré. Il n'en revenait pas de la facilité désarmante avec laquelle il parvenait à se glisser de nouveau dans sa peau d'antan.

Esperanza jeta un coup d'œil à sa montre. « Vous avez encore dix minutes avant de passer ce coup de fil. »

La femme revint dans la boutique.

« Monsieur Evans, nos livres indiquent que vous nous avez confié un dépôt il y a deux ans.

— Oui. Je suis venu fermer le compte.

— Nos livres indiquent aussi que vous aviez toujours commandé un type de fleurs particulier.

— Deux douzaines de roses jaunes.

— Exact. Si vous voulez bien passer dans la salle d'exposition. »

Il s'agissait d'une petite pièce située à gauche du comptoir dans laquelle des photos fixées au mur illustraient les différents arrangements floraux dispensés par la boutique. Il y avait aussi une table nue et deux chaises en bois sur lesquelles Esperanza et Decker s'assirent après que ce dernier eut fermé la porte à clé. Esperanza ouvrit la bouche pour dire quelque chose mais s'interrompit lorsque la mère de famille entra dans la pièce par une autre porte, posa une mallette sur la table et s'en alla.

Dès que la porte se fut refermée dans un bruit sec de serrure, Decker ouvrit la mallette. Esperanza se pencha et vit des objets disposés dans des cavités découpées dans du caoutchouc mousse : un Walther .380, un magasin de recharge, une boîte de munitions et deux petits objets électroniques à la destination énigmatique.

Decker ne put refréner un mouvement de dégoût à l'égard de lui-même. « J'espère que c'est la dernière fois que je touche à ça. »

5

« Vous avez intérêt à avoir une sacrée bonne raison d'appeler à ce numéro. »

Signal sonore.

« Ici Steve Decker de nouveau. J'ai quelque chose d'important à discuter avec M. Giordano. Ça concerne Diana Scolari et... »

Un homme décrocha à l'autre bout de la ligne. Il avait la voix arrogante de quelqu'un habitué à commander.

« Qu'est-ce que vous savez au sujet de Diana Scolari ?

— Il faut que je parle à M. Giordano.

— *Je suis* M. Giordano, dit l'homme d'une voix mauvaise.

— Vous n'êtes pas *Nick* Giordano. Vous avez la voix jeune.

— Mon père ne prend pas d'appels de gens qu'il ne connaît pas. Parlez-moi de Diana Scolari.

— Et de Brian McKittrick.

— Ce nom est censé me dire quelque chose ?

— Faites venir votre père au téléphone.

— Ce que vous avez à dire au sujet de Diana Scolari, vous pouvez me le dire à moi. »

Decker raccrocha, attendit deux minutes, inséra d'autres pièces dans l'appareil et refit le même numéro.

Cette fois, il n'y avait plus de répondeur. Au lieu de cela, au milieu de la première sonnerie, une voix rauque d'homme âgé dit : « Nick Giordano.

— Je viens tout juste de parler à votre fils de Diana Scolari.

— Et de Brian McKittrick. » La voix paraissait tendue. « Mon fils dit que vous avez aussi parlé de Brian McKittrick.

— Exact.

— Qu'est-ce qui me dit que vous n'êtes pas un flic ?

— Quand on se rencontrera, vous pourrez me fouiller pour vous assurer que je ne porte pas de micro.

— Ça ne voudra pas dire que vous n'êtes pas un flic.

— Hé, dites donc, si vous êtes parano à ce point, il est peut-être inutile de convenir d'un rendez-vous. »

Un silence se fit sur la ligne. « Où êtes-vous ?

— Dans le bas de Manhattan.

— Tenez-vous au pied du Flatiron Building dans la Cinquième Avenue. Une voiture passera vous prendre dans une heure. Comment le chauffeur fera-t-il pour vous reconnaître ? »

Decker lança un rapide coup d'œil à Esperanza. « J'aurai une douzaine de roses jaunes à la main. »

6

Decker garda le silence jusqu'à ce que le garçon les ait servis et se soit éloigné. Ils étaient assis dans un *coffee shop* de la Cinquième Avenue, à deux pas du Flatiron Building. Ils avaient choisi une table d'angle. Il n'y avait pas beaucoup de clients. Decker s'assura néanmoins que personne ne regardait de son côté avant de se pencher, d'ouvrir son sac de voyage et d'en retirer un petit objet qu'il avait pris plus tôt dans la mallette chez la fleuriste. C'était un objet métallique de la grosseur d'une boîte d'allumettes.

« Qu'est-ce que c'est que ça ? demanda Esperanza.

— C'est un émetteur. Et ça – Decker fouilla dans son sac et en tira une boîte métallique de la taille d'un paquet de cigarettes – c'est un récepteur. A condition que le signal ne vienne pas d'au-delà de deux kilomètres. La circulation est à sens unique vers le sud dans la Cinquième Avenue devant le Flatiron Building. Vous irez attendre dans un taxi au nord d'ici – à Madison Square Park. Quand je serai monté dans la voiture que Giordano envoie me prendre, donnez-moi quinze secondes afin de ne pas vous faire remarquer puis suivez-moi. Le récepteur fonctionne visuellement. L'aiguille pointe à gauche, à droite ou droit devant elle selon la direction d'où vient le signal. Ce cadran vous indique de un à dix à quelle distance vous vous trouvez, dix indiquant que vous êtes tout près. » Decker mit le contact et plaça le récepteur devant l'émetteur. « Oui. Ça marche. Prenez le récepteur. Si jamais il y a quelque chose qui cloche, rendez-vous devant ce *coffee shop* à chaque heure pile. Mais si je n'ai pas donné signe de vie à six heures demain soir, retournez à Santa Fe aussi vite que vous pourrez. » Il regarda sa montre. « C'est presque l'heure. Allons-y.

— Et votre sac ?

— Gardez-le. » Le sac contenait le pistolet, le magasin de recharge et la boîte de munitions. Decker savait qu'on le fouillerait. Il n'était pas question d'affoler Giordano en voulant se rendre armé à une entrevue avec lui. « Dix minutes après mon arrivée à l'endroit où on m'emmène, téléphonez au numéro que Bennie m'a donné. Demandez à me parler. Faites comme s'il allait y avoir du grabuge si je ne venais pas à l'appareil.

— Et ?

— Suivez ma piste quand je vous parlerai. »

Ils atteignirent l'entrée du *coffee shop*.

« Vous n'aurez pas de mal à trouver un taxi par ici.

— Decker.

— Quoi ?

— Vous êtes sûr de bien savoir ce que vous faites ?

— Non.

— Dans ce cas, il faut peut-être procéder autrement.

— Si vous croyez que cette petite balade m'amuse. Mais le temps presse. Il est peut-être déjà trop tard. Je ne vois pas d'autre solution que d'aller tout droit à la source du problème. »

Esperanza hésita. « Bonne chance.

— Beth en a plus besoin que moi.

— Mais si jamais...

— ... ils l'ont déjà tuée ?

— Oui.

— Alors ce qui pourra m'arriver n'aura aucune importance. »

Une minute plus tard, minute durant laquelle Decker espéra qu'Esperanza aurait le temps de héler un taxi, il sortit sous la pluie, qui se faisait de plus en plus sombre, tourna à droite et se dirigea vers le Flatiron Building. Inquiet des sévices que McKittrick risquait de faire subir à Beth, il lui revint qu'une pluie semblable tombait à Rome, le soir où le même McKittrick avait tiré sur son père.

Il atteignit le Flatiron Building cinq minutes en avance et, allant se poster à l'abri d'un autre porche, tint les roses jaunes bien en vue. Il était traversé d'émotions mêlées, faites de doute, de peur et d'appréhension. Doute quant à lui-même, peur pour Beth, appréhension quant à ce qui lui était peut-être déjà arrivé. C'était la première fois qu'il se trouvait engagé dans une mission dont l'enjeu dépassait sa propre vie.

Il se souvint de quelque chose que Beth lui avait dit deux soirs auparavant, le vendredi de la Fiesta, alors qu'ils rentraient chez lui après la soirée chez le producteur de cinéma – leur dernier instant de normalité avait-il semblé à ce moment-là, encore que Decker se rendît bien compte que rien dans leur relation n'avait jamais été normal. La lune, qui les inondait de ses rayons par les fenêtres de sa chambre tandis qu'ils faisaient l'amour, rendait leurs corps semblables à de l'ivoire – il ressentit un grand vide en se remémorant ce souvenir. Ensuite, alors qu'ils reposaient l'un près de l'autre, côte à côte, ses bras passés autour d'elle, sa poitrine contre son dos, son sexe contre ses reins, ses genoux contre les siens, les jambes repliées en chien de fusil, elle s'était enfermée dans un si long silence qu'il l'avait crue endormie. Il se rappelait avoir humé le parfum de sa chevelure. Lorsqu'elle avait repris la parole, ç'avait été d'une voix si basse qu'il l'entendait à peine.

« Quand j'étais petite, avait-elle murmuré, ma mère et mon père se faisaient des scènes terribles. »

Elle était retombée dans son silence.

Decker avait attendu la suite.

« Je n'ai jamais su quel était l'objet de leurs disputes, avait repris Beth, dans la voix de laquelle perçait une certaine tension. Je ne le sais toujours pas. Infidélité. Problèmes d'argent. Alcool. Quoi qu'il en soit, ils s'engueulaient tous les soirs. Elle lui jetait des objets à la tête. Ils en venaient aux coups. Les scènes étaient particulièrement violentes durant les vacances – pour le Thanksgiving, à Noël. Ma mère préparait un grand repas. Puis, juste avant de passer à table, pour une raison ou une autre, ils commençaient à s'engueuler. Mon père partait en claquant la porte. Nous mangions toutes seules, ma mère et moi, et elle ne cessait pas de casser du sucre sur son dos pendant tout le repas. »

Elle s'était tue de nouveau. Decker n'avait pas forcé son silence, sentait que ce qu'elle avait à dire était trop intime, qu'il fallait qu'elle le lui confie comme cela lui venait.

« Lorsque les disputes s'aggravaient au point de me devenir insupportables, je suppliais mes parents d'arrêter. Je m'agrippais aux basques de mon père pour qu'il cesse de la frapper. Pour tout résultat, c'est alors à moi qu'il s'en prenait, avait dit finalement Beth. Je revois encore son poing dirigé contre moi. J'avais peur qu'il me tue. Ces scènes avaient lieu la nuit. Je courais me réfugier dans ma chambre et je cherchais un endroit où me cacher. Les cris dans le living devenaient plus forts. Je disposais mes oreillers gonflés l'un devant l'autre sous les couvertures pour faire croire que je dormais dans mon lit. J'avais peut-être vu ce truc à la télé, je ne sais pas. Je me glissais ensuite sous le lit en espérant y être à l'abri si mon père venait pour me frapper. J'ai dormi comme ça toutes les nuits par la suite. »

Les épaules de Beth s'étaient légèrement soulevées, de telle manière que Decker avait cru qu'elle sanglotait. « Et toi, tu as eu une enfance comme ça ? avait-elle demandé.

— Non. Mon père était militaire de carrière. C'était quelqu'un de rigide, très porté sur la discipline et qui ne laissait rien passer. Mais il n'a jamais été violent avec moi.

— Tu as eu de la chance. » Beth, dans l'obscurité, s'était essuyé les yeux. « Je lisais des histoires où il était question de chevaliers et de belles dames, le roi Arthur, des choses comme ça. Je rêvais que j'étais dans ces histoires, que j'avais un chevalier pour me protéger. Même enfant, j'étais bonne en dessin. Je faisais des croquis de ce chevalier tel que je me le représentais. » Dans un bruissement de couvertures, elle s'était tournée vers lui dans le clair de lune, le visage baigné de larmes. « Si je devais dessiner de nouveau ce chevalier, c'est à toi qu'il ressemblerait. Avec toi, je me sens en sécurité. Je n'ai plus besoin de dormir sous le lit. »

Deux heures plus tard, les tueurs avaient pénétré par effraction dans la maison.

7

La pluie qui fouettait Decker au visage l'arracha à ses remémorations. Fourbu par l'émotion, il examina la circulation qui passait à toute allure dans les flaques devant le Flatiron Building. Des questions antagonistes le harcelaient. L'histoire que lui avait racontée Beth était-elle vraie ou celle-ci avait-elle tenté de l'appâter davantage en mentant pour s'attirer plus de sympathie de sa part, le programmant en quelque sorte pour qu'il la protège, nonobstant la menace qui pesait sur elle ? Ces pensées le ramenèrent à ce qui le tracassait depuis la veille, lorsqu'il avait appris qu'elle lui avait menti sur son passé. L'aimait-elle ou s'était-elle servie de lui ? Il fallait qu'il en ait le cœur net. Il fallait qu'il la retrouve et qu'il sache la vérité même si celle-ci n'était pas celle qu'il voulait entendre. Il ignorait ce qu'il ferait tant il l'aimait sans partage.

Des phares percèrent la pluie et une Oldsmobile grise se détacha du flot des voitures pour venir se ranger le long du trottoir devant lui. La portière arrière de la voiture s'ouvrit et l'un des soldats de Giordano en descendit, lui indiquant d'y monter d'un geste sec de la tête. Les muscles bandés, renforcé dans sa détermination, Decker s'approcha de lui, un bouquet de fleurs dans chaque main.

« Parfait. » L'homme, un individu à la poitrine puissante et aux larges épaules, à l'étroit dans son costume, eut un petit sourire narquois. « Vous allez garder les mains autour de ces fleurs pendant que je vous fouille.

— Dans la rue ? Avec cette voiture de police qui approche ?

— Montez dans la voiture. »

Decker, à l'affût, vit qu'il y avait deux hommes à l'avant et un autre à l'arrière. En montant dans la voiture, se sentant serré de près par le premier homme derrière lui, il garda l'émetteur de la taille d'une boîte d'allumettes dans la paume de sa main droite. Lorsque le conducteur s'éloigna du trottoir qu'il éclaboussa de ses pneus, celui qui était assis à côté de lui à l'avant braqua un pistolet sur Decker. Les deux autres à l'arrière le fouillèrent.

« Il n'a rien.

— Et ces fleurs ? »

Les deux hommes arrachèrent les fleurs des mains refermées de Decker, si absorbés par leur tâche qu'ils ne remarquèrent pas le petit émetteur qu'il dissimulait toujours dans sa paume droite repliée vers l'intérieur.

« Je ne sais pas ce que vous voulez au *boss* mais ça a intérêt à en valoir la peine. J'ai jamais vu Nick d'aussi mauvais poil.

— Dis donc, qu'est-ce qui pue comme ça ? demanda un autre homme.

— C'est ces fleurs. On se croirait dans un salon funéraire.

— Ce type ne tardera peut-être pas à s'y trouver. » Celui qui était à la gauche de Decker gloussa et descendit la vitre pour jeter les fleurs fanées.

8

Decker n'ouvrit pas la bouche de tout le trajet. Les hommes, de leur côté, ne firent pas attention à lui. Tandis qu'ils parlaient de football, de femmes et de casinos sur les réserves indiennes * – sujets neutres, rien là de répréhensible –, Decker se demanda si Esperanza avait réussi à le suivre en taxi, si l'émetteur et le récepteur marchaient, si le conducteur se rendrait compte qu'il était suivi. Il ne cessait de se répéter qu'il lui fallait s'en remettre à sa bonne étoile.

Il était vingt heures passées de quelques secondes. La pluie tombait plus dru, le crépuscule cédait la place à la nuit. Les phares de la voiture transperçaient l'averse. Après avoir emprunté des rues détournées pour brouiller les pistes, le conducteur continua vers le nord au milieu

---

* Depuis quelques années, les Indiens, qui jouissent de prérogatives fiscales spéciales, ouvrent des casinos sur leurs réserves. Ils font assaut de spectacles exotiques pour s'attacher une clientèle plutôt volatile *(N.d.T.)*.

des embouteillages du Henry Hudson Parkway pour s'engager finalement vers l'ouest sur le pont George Washington. Une fois dans le New Jersey, il reprit la direction du nord, sur Palisades Parkway cette fois. Une heure après avoir pris Decker à son bord, il tourna à gauche et pénétra dans la ville endormie d'Alpine.

Les occupants de la voiture se redressèrent légèrement lorsque le conducteur s'engagea dans le centre-ville quasi inexistant, prit à droite, fit plusieurs détours et parvint finalement dans un quartier éclairé brillamment mais avec goût et loti de grandes maisons disposées sur des terrains de deux mille mètres carrés. De hautes clôtures en fer forgé surmontées de pointes de fer séparaient les terrains. La voiture s'engagea dans une allée et vint s'arrêter devant une grille imposante. Le conducteur se pencha à l'extérieur du véhicule dans la pluie et parla dans un interphone. « C'est Rudy. On l'a. »

La grille s'écarta sur la gauche et sur la droite, libérant une ouverture dans laquelle le conducteur fit avancer la voiture. Jetant un coup d'œil par la lunette arrière, Decker vit la grille se refermer dès que l'Oldsmobile l'eut traversée. Il n'aperçut pas les phares d'un taxi qui les aurait suivis. La voiture longea une allée semi-circulaire et s'arrêta devant une demeure de deux étages aux nombreux pignons et cheminées. Après les basses maisons en adobe au toit plat et aux angles arrondis auxquelles il était habitué, cette résidence fit à Decker l'effet d'être surréelle. Des lampes à arc éclairaient le terrain. Decker nota que les arbres étaient à bonne distance de la maison et les arbustes de petite taille. Tout intrus qui réussirait à passer devant les détecteurs disposés le long de la clôture, et que Decker jugea être du dernier cri, se retrouverait à découvert s'il tentait d'atteindre la maison.

« Terminus, dit l'homme à la gauche de Decker. Magnez-vous le train. Ne le faites pas attendre. »

Decker se laissa saisir par le bras sans mot dire, s'en félicitant même car cela lui donna un prétexte pour feindre de trébucher lorsqu'on le tira brutalement sous la pluie en direction du vaste escalier de pierre par lequel on accédait à la maison : faisant une chute près d'un buisson, il glissa dessous le petit émetteur puis laissa l'homme le remettre sur ses pieds et le traîner à l'intérieur. Un étau de glace lui enserrait le cœur.

La première chose qu'il remarqua fut un garde armé dans un coin du spacieux hall d'entrée dallé de marbre. La deuxième fut un pitbull derrière le garde. Après cela, il n'eut guère le temps de s'interroger sur l'existence d'autres issues possibles car on le poussa précipitamment dans un couloir lambrissé de chêne jusqu'à une porte à deux battants, puis dans un cabinet de travail à l'épaisse moquette.

Le mur qui faisait face à Decker était couvert de livres aux reliures de cuir. Au mur de droite étaient suspendues des photos de famille encadrées. Le long du mur de gauche étaient disposées des vitrines contenant des vases. Le milieu de la pièce était dominé par un vaste bureau ancien derrière lequel un septuagénaire massif, vêtu d'un coûteux costume bleu sombre, exhalait la fumée d'un cigare tout en regardant Decker à travers ses paupières mi-closes. Il avait les traits tirés et austères, une fossette au menton et une ride creusée au bas de chaque joue. Son hâle profond faisait ressortir ses cheveux blancs coupés court.

Un homme assis devant le bureau se retourna pour regarder Decker. Âgé d'une trentaine d'années, il offrait un frappant contraste avec son aîné, non seulement par l'âge mais aussi par ses vêtements, ceux-ci dans le goût du jour et qui paraissaient tape-à-l'œil comparés au costume de coupe classique du septuagénaire. A la différence de celui-ci, il portait aussi des bijoux voyants. Légèrement bouffi, il semblait moins en forme que son aîné, comme s'il avait depuis peu renoncé à tout exercice au profit de l'alcool.

« L'avez-vous fouillé ? » demanda le septuagénaire aux gardes qui avaient amené Decker. Sa voix râpeuse ressemblait à celle que Decker avait entendue au téléphone, à celle de celui qui avait affirmé être Nick Giordano.

« En le faisant monter en voiture, dit un garde.

— N'empêche, ça ne me suffit pas. Ses vêtements sont trempés. Apportez-lui une robe de chambre ou quelque chose comme ça.

— Oui, monsieur. »

Giordano toisa Decker. « Alors, qu'est-ce que vous attendez ?

— Je ne comprends pas.

— Déshabillez-vous.

— Quoi ?

— Vous êtes sourd ou quoi ? Enlevez vos vêtements. Je veux être sûr que vous ne portez pas de système émetteur. Les boutons, les boucles de ceinture, les fermetures éclair – je me méfie de tout ça, surtout de la part d'un ancien agent secret.

— On dirait que Brian McKittrick vous en a passablement raconté sur mon compte.

— Le salopard, dit le jeune homme assis devant le bureau.

— Frank, le mit en garde Giordano, tais-toi tant qu'on ne sait pas s'il a un émetteur.

— Vous voulez sérieusement que je me déshabille ? » demanda Decker.

Giordano se contenta pour toute réponse de le transpercer du regard.

« Si c'est comme ça que vous prenez votre pied.

— Hé, dites donc. » Le jeune homme se leva, l'air méchant. « Vous croyez que vous allez venir comme ça insulter mon père chez lui ?

— Frank », répéta Giordano.

Le jeune homme, qui s'apprêtait à gifler Decker, regarda son père et se ravisa.

Decker retira sa veste sport.

Giordano acquiesça. « Parfait. On a toujours intérêt à se montrer coopératif. »

En retirant sa chemise, Decker suivit de l'œil Giordano qui se dirigeait vers les vitrines contenant les vases.

« Vous vous y connaissez en porcelaines ? » demanda Giordano.

C'était une question tellement inattendue que Decker fit de la tête un geste de dénégation confuse. « Vous voulez dire la porcelaine chinoise ? » Decker, la mine rébarbative, retira ses chaussures et ses chaussettes.

« La porcelaine chinoise n'est qu'un type de porcelaine. On y met de la poudre d'os à la cuisson. »

Encore plus rébarbatif, Decker défit sa ceinture, ouvrit sa fermeture éclair et ôta son pantalon, dévoilant une peau hérissée par la chair de poule.

« Tout », ordonna Giordano.

Decker ôta son slip. Ses testicules se ratatinèrent sous son sexe. Il se tint debout dans un ultime sursaut de dignité, les bras le long du corps. « Et maintenant ? Une fouille des orifices ? Est-ce que vous la faites vous-même ? »

Le jeune homme eut l'air furieux. « Vous voulez que je vous la ferme, moi, votre grande gueule ?

— Frank », le mit de nouveau en garde Giordano. Un garde revint avec une robe de chambre en tissu éponge.

« Donne-la-lui. » Giordano fit de son cigare un geste en direction de Decker. « Porte ses vêtements dans la voiture. »

Tandis que le garde obtempérait, Decker mit la robe de chambre. Elle lui arrivait aux genoux et ses larges manches lui tombaient juste sous les coudes. Le geste d'en nouer la ceinture lui rappela le *gi* qu'il portait lorsqu'il pratiquait les arts martiaux.

Giordano prit un vase qui avait la forme d'un héron. L'oiseau avait la tête dressée, le bec ouvert. « Regardez comme il est translucide. Ecoutez le son qu'il produit quand je le frappe du doigt. Il résonne, on dirait presque du cristal.

— C'est fascinant, dit Decker sans enthousiasme.

— Beaucoup plus que vous ne pensez. Ces vases sont mes trophées, dit Giordano. Ils préviennent mes ennemis – son visage s'empourpra – *de ne pas se foutre de moi.* De la porcelaine chinoise. Faite avec de la poudre d'os. » Giordano tint le vase en forme de héron tout près de Decker. « Saluez Luigi. En voilà un qui avait essayé de se foutre de moi. On lui a brûlé les chairs à l'acide puis on lui a moulu les os et on en a fait ça. Je l'ai rangé dans ma vitrine. Comme tous ceux qui essaient

251

de jouer au plus malin avec moi. » Giordano lança le vase en direction d'une grande cheminée où la porcelaine alla se fracasser.

« Voilà! Maintenant Luigi est tout juste bon à être jeté à la poubelle! dit Giordano. Et vous, vous finirez exactement comme lui si vous essayez de jouer au plus fin avec moi. Vous allez donc répondre à cette question en pesant bien vos mots. *Qu'avez-vous à me dire au sujet de Diana Scolari?* »

9

La sonnerie aiguë d'un téléphone ponctua la tension qui régnait dans la pièce.

Giordano et son fils échangèrent un regard interrogateur.

« C'est peut-être McKittrick, dit Frank.

— Y'a intérêt. » Giordano décrocha. « Parlez, je vous écoute. » Il s'assombrit. « Mais qui donc... » Son regard se posa sur Decker. « *Qui?* Qu'est-ce qui vous fait croire qu'il...

— Ce doit être pour moi, dit Decker. Un ami qui s'inquiète de ma santé. » Il prit le téléphone des mains de Giordano et parla dans le combiné. « Vous avez donc trouvé l'endroit sans difficulté.

— De justesse, dit la voix morne d'Esperanza à l'autre bout du fil. Ce n'était pas facile de rester à la distance qu'il fallait pour que votre conducteur ne voie pas les phares du taxi. Pas facile non plus de trouver un téléphone.

— Où êtes-vous?

— A l'extérieur du bureau de poste – sur ce qui tient lieu de rue principale.

— Rappelez-moi dans cinq minutes. » Decker raccrocha et se tourna vers Giordano. « Une petite précaution.

— Vous croyez que c'est un type au téléphone qui va vous sauver la mise si je juge que votre compte est bon?

— Non. » Decker haussa les épaules. « Mais avant de mourir, j'aurai la satisfaction de savoir que mon ami contactera d'autres amis à moi et que vous me rejoindrez bientôt. »

On aurait entendu voler une mouche dans la pièce. Même la pluie qui venait battre contre les portes-fenêtres parut soudain assourdie.

« On ne profère pas de menace contre mon père, dit Frank.

— Mais j'ai bien plutôt l'impression que c'est votre père qui me menaçait avec tout ce blabla sur Luigi, dit Decker. Je suis venu ici en toute bonne foi pour discuter d'un problème commun et, au lieu de me traiter avec respect, on m'a obligé à...

— Un problème commun ? demanda Giordano.

— Diana Scolari. » Decker marqua une pause pour rassembler ses esprits. Tout allait dépendre de ce qu'il dirait ensuite. « Je veux la tuer pour vous. »

Giordano écarquilla les yeux.

Frank fit un pas en avant. « Avec ce qu'elle a fait à Joey, on est nombreux à vouloir sa peau. »

Decker demeura impassible, n'osant manifester le soulagement qui le submergeait. Frank avait employé le présent. Beth était encore vivante.

« Vous voulez me faire croire que vous voulez la tuer alors que vous avez couché avec elle ? demanda Giordano.

— Elle m'a menti. Elle s'est servie de moi.

— C'est bien triste.

— C'est triste pour elle. Je la retrouverai. Elle aura ce qu'elle mérite.

— Et c'est nous qui devrions vous dire où elle est ? demanda Frank.

— Et où est *Brian McKittrick*. Lui aussi, il s'est servi de moi. Il m'a piégé. Ce n'est pas la première fois. Il va me le payer.

— Eh bien, vous pouvez vous mettre dans la file d'attente pour lui aussi, dit Frank. On est nombreux à les rechercher *tous les deux*.

— A les rechercher... Je croyais qu'il travaillait pour vous ?

— C'est ce qu'on pensait. Il était censé venir au rapport hier. Pas un mot. Est-ce qu'il a repris son job de *marshal* ? Si elle se présente au tribunal demain...

— Frank, dit Giordano, combien de fois vais-je devoir te dire de la fermer ?

— Vous n'avez rien à me cacher, dit Decker. Je sais qu'elle doit témoigner contre vous demain. Si j'arrive à la retrouver, votre problème sera réglé. Elle me laisserait suffisamment l'approcher pour que... »

Le téléphone sonna de nouveau.

Cette fois, Giordano et Frank ne quittèrent pas Decker des yeux.

« Ce doit être encore votre ami, dit Giordano. Débarrassez-vous de lui. »

Decker décrocha.

« Passez-moi Nick », demanda d'un ton infatué une voix à l'accent de la Nouvelle-Angleterre.

Brian McKittrick.

10

On eût dit que le temps s'était arrêté.

Decker, dont le pouls battait maintenant au ralenti, prit aussitôt une voix grave dans l'espoir que McKittrick ne le reconnaisse pas. « Est-ce qu'elle est toujours vivante ?

— Vous pouvez être sûr qu'elle l'est. Et elle va le rester à moins qu'on ne me remette un million de dollars d'ici minuit. Si je n'ai pas l'argent, elle se présentera au tribunal demain.

— Où êtes-vous ?

— Qui est-ce qui parle ? Si je n'entends pas la voix de Nick dans dix secondes, je raccroche.

— Non ! Attendez ! Ne bougez pas, je vous le passe. »

Decker tendit le téléphone à Giordano qui haussa un sourcil interrogateur. « C'est McKittrick.

— *Quoi ?* » Giordano s'empara du téléphone. « Espèce d'ordure, vous deviez m'appeler hier. Où... Arrêtez. Ne répondez pas tout de suite. Est-ce que votre téléphone est sûr ? Utilisez l'appareil de brouillage des voix que je vous ai remis. Branchez-le. » Giordano actionna un commutateur fixé à une boîte noire sur son bureau – sans doute un appareil de brouillage réglé à la même fréquence que celui de McKittrick. « Maintenant, allez-y, parlez, espèce d'ordure. »

Decker s'écarta légèrement du bureau. Frank et les gardes, dont le quatrième était revenu, avaient le regard rivé sur les traits de Giordano contorsionnés par la rage ; il hurlait au téléphone.

« *Un million de dollars ?* Ça va pas, non ? Je vous en ai déjà versé deux cent mille... Ce n'était pas assez ? Et votre peau, elle, ce sera assez ? Je vous ai dit ce que je faisais aux petits malins qui essayaient de jouer au plus fin avec moi. Je vous offre l'aubaine de votre vie. Faites le boulot comme promis, prouvez-moi que vous l'avez fait et moi, je ferai comme si cette conversation n'avait jamais eu lieu. »

Decker, qui se trouvait à la gauche des gardes et sur le même axe qu'eux mais ne voulait pas éveiller leur attention en reculant derrière eux, examina les lieux depuis l'endroit où il se trouvait, concentrant surtout son attention sur la cheminée.

Giordano, le combiné à l'oreille, écoutait, abasourdi. « Espèce de crétin de salopard, vous êtes vraiment sérieux. Vous voulez me refaire d'un million... Non, je n'ai pas besoin que l'on me rappelle que son témoignage peut m'envoyer à l'ombre à perpète. » La fureur tordit encore un peu plus les traits de Giordano. « Oui, je sais où c'est. Mais minuit, c'est trop tôt. Il me faut plus de temps que ça. Il faut que je... Je n'essaie pas de gagner du temps. Je n'essaie pas de vous rouler. Je ne veux qu'une seule chose, c'est en finir avec cette histoire. Je vous parle sincèrement. Je ne suis pas certain de pouvoir trouver l'argent d'ici minuit... Tenez, je vais vous donner un gage de bonne foi. Le type qui vous a répondu au téléphone tout à l'heure, eh bien, c'est celui dont vous aviez insisté dans notre accord pour qu'on l'élimine à Santa Fe. Votre vieux copain Steve Decker. »

Comme Giordano et tout le monde dans la pièce tournaient les yeux vers lui, Decker sentit se mobiliser ses réflexes.

« Il est venu nous rendre une petite visite. C'est lui qui m'a appelé pour me dire qu'il voulait une conversation à cœur ouvert. Il est là devant moi. Voulez-vous passer ?... Non ? Vous ne me faites pas confiance ?... OK, voici ma proposition. On va lui régler son compte pour vous. Vous, vous m'apportez la preuve que la femme est bien morte, moi je vous apporte celle que Decker est mort. Vous aurez le million de dollars. Mais pas d'ici minuit. » Le visage de Giordano se décomposa. « Non. Attendez. Ne raccrochez pas. » Il reposa brutalement le combiné sur son socle. « Cette ordure m'a raccroché au nez. Minuit. Il dit minuit, à prendre ou à laisser. Il a peur que je le prenne de vitesse si j'ai du temps devant moi.

— Où est-ce qu'on doit le rencontrer ? demanda Frank d'une voix mauvaise.

— A l'observatoire panoramique, à trois kilomètres au nord.

— Dans le Parc national des Palisades ? »

Giordano acquiesça. « L'ordure ! il est ici, dans le coin. On laisse l'argent et Decker près de la buvette.

— Et McKittrick laisse la femme ?

— Non. Il dit qu'il ne remplira pas le contrat tant qu'il ne sera pas sûr qu'on ne l'a pas suivi une fois qu'il aura filé avec l'argent.

— Merde. »

Giordano se tourna vers le mur couvert de livres aux reliures de cuir. Il appuya sur un panneau mural qui fit apparaître une cache.

« Tu vas vraiment lui remettre l'argent ? demanda Frank.

— Qu'est-ce que tu veux que je fasse ? Je n'ai pas eu le temps de le sonder plus à fond. Il est hors de question que Diana Scolari se présente devant ce tribunal demain. Je réglerai son compte à McKittrick plus tard. Il ne pourra pas se cacher indéfiniment. Mais pour l'instant... » Giordano actionna un poignée et la bibliothèque, s'écartant du mur, fit apparaître un coffre-fort. Il en fit rapidement la combinaison, en ouvrit la porte d'un geste sec et en retira des liasses de billets entourées d'élastiques qu'il posa sur le bureau. « Il y a une mallette dans ce placard.

— Supposons qu'il prenne l'argent et la laisse quand même témoigner. » Frank alla chercher la mallette. « Ou supposons qu'il demande encore plus d'argent demain matin.

— Dans ce cas, je lui en donnerai davantage ! Je ne veux pas passer le restant de mes jours en prison !

— On pourrait essayer de le suivre, dit Frank. Ou lui mettre le grappin dessus quand il viendra chercher l'argent. Tu peux me croire, je saurai lui faire dire où est cette femme.

— *Et si elle meurt avant qu'il parle ?* Je ne peux pas courir ce risque. J'ai soixante-dix ans. La prison me tuerait. »

Le téléphone sonna une troisième fois.

« C'est peut-être encore McKittrick. » Giordano décrocha. « Parlez, je vous écoute. » Il adressa un regard interrogatif à Frank. « Je ne comprends pas un mot de ce qu'il raconte. Il a dû fermer son appareil de brouillage. » Furieux, Giordano coupa le sien puis lâcha dans le téléphone : « Je vous ai dit... Qui ? Decker ? Mais ça suffit enfin, il n'est plus ici. Cessez de l'appeler. Il est parti. Un de mes hommes l'a ramené en ville. Si vous voulez bien la fermer et m'écouter. *Il est parti.* »

Giordano raccrocha violemment et dit à Decker : « Voilà pour votre assurance-vie. Vous pensiez pouvoir me menacer, hein ? » Il se tourna vers les gardes. « Emmenez ce connard jusqu'aux falaises et réglez-lui son compte. »

Decker sentit son estomac se nouer.

« Un peu avant minuit, jetez-le derrière la buvette de l'observatoire panoramique. Frank sera là avec l'argent, ajouta Giordano.

« Moi ? demanda Frank, étonné.

« A qui d'autre veux-tu que je fasse confiance pour l'argent ?

— Je croyais qu'on irait ensemble, toi et moi.

— T'es devenu fou ou quoi ? On voit que ce n'est pas toi qui risques d'être mis en accusation demain. Si jamais je me fais pincer pour m'être mêlé de ça... Dites donc, lança Giordano aux gardes, qu'est-ce que vous avez à traînasser comme ça ? Je vous ai dit d'aller lui régler son compte. »

Decker, qui se sentait de plus en plus oppressé, vit l'un des gardes porter la main sous son veston pour y prendre une arme. Decker avait le corps tendu comme un ressort remonté à fond. Soudain, ledit ressort se détendit selon un scénario qu'il avait mis au point tandis que Giordano discutait avec McKittrick au téléphone. Il avait remarqué un ensemble d'outils près de la cheminée. A la vitesse de l'éclair, il saisit le long, mince et lourd tisonnier qu'il fit virevolter, touchant le garde à la gorge. Son larynx fit entendre un craquement. Il tomba à la renverse contre un autre garde qui, déjà mort, s'affaissait vers le sol sous l'impact du coup que Decker venait de lui assener au sommet du crâne avec le tisonnier. Comme un troisième garde tentait de tirer un pistolet de sous son veston, Decker lança le tisonnier sur lui avec une telle force que celui-ci se ficha dans sa poitrine. Decker plongea aussitôt sur le sol, s'empara du pistolet que le premier garde avait laissé tomber et se mit à tirer, sur le quatrième garde, sur Giordano, sur...

Mais la seule autre cible était Frank et celui-ci n'était plus dans la pièce. Se protégeant des éclats de verre au moyen des tentures suspendues devant les portes-fenêtres, il s'était jeté sur celles-ci dont il avait fracassé les vitres et avait disparu par-delà les tentures, dans la pluie battante. Decker tira sur lui mais le rata. Le temps pour lui de constater que la mallette n'était plus là, le garde qui avait été transpercé par le tisonnier réussit à s'agripper à une chaise et à braquer son arme sur lui.

Decker l'abattit. Il abattit le garde qui se trouvait près de la porte d'entrée et qui se précipitait dans la pièce. Il abattit le pitbull qui fonçait derrière lui. Jamais il n'avait éprouvé pareille rage. Marquant une pause d'une seconde pour éteindre les lumières, il courut vers les portes-fenêtres. Le vent qui s'engouffrait à travers les vitres brisées gonflait les tentures à l'intérieur. Il pensa aux lampes à arc à l'extérieur et à l'absence d'abri à proximité de la maison. Il se représenta l'arme de Frank braquée sur lui derrière l'un des rares grands arbres qu'avait tolérés le service de sécurité de Giordano. Même s'il réussissait à se faufiler à toute vitesse hors du champ des lampes à arc, sa robe de chambre blanche ferait une cible beaucoup trop visible dans l'obscurité. Il l'ôta d'un geste brusque et la jeta par terre. Mais sa peau, quoique hâlée, était pâle comparée à la nuit. Son corps ferait lui aussi une belle cible dans la nuit.

Qu'est-ce que je vais faire ? Bientôt minuit. Il faut que je parvienne jusqu'à cet observatoire panoramique. Saisissant un deuxième pistolet qu'avait laissé échapper l'un des gardes tombés sous ses balles, Decker fit demi-tour et se précipita dans le couloir dans lequel un garde surgit au même instant à droite, par une porte située au fond de la maison. Decker l'abattit.

La pluie entrait par rafales par la porte ouverte. Decker atteignit la sortie, se colla contre l'huis de la porte et balaya du regard le terrain éclairé par les lampes à arc à l'arrière de la maison. Ne voyant pas trace de Frank, il se baissa vivement et recula pour se mettre hors de vue au moment même où une balle tirée de dehors emportait un morceau du montant de la porte. Il remarqua une rangée de commutateurs qu'il actionna tour à tour, plongeant dans l'obscurité cette partie de la maison et du terrain attenant.

Il fonça aussitôt par la porte ouverte et courut sur la pelouse trempée vers un massif de buissons de petite taille qu'il avait vus avant d'éteindre les lampes à arc. La pluie sur sa peau nue était glaciale. Il s'aplatit sur le sol derrière le premier buisson et commençait à avancer en se contorsionnant lorsqu'une balle laboura la pelouse devant lui. Il atteignit un autre buisson et, à sa grande surprise, il ne sentit plus la pression de sa poitrine et de son bas-ventre contre le gazon. Il se retrouva au lieu de cela dans un parterre en train de ramper parmi des branchages et dans la boue. Les petites branches lui écorchaient la peau. La boue. Il s'en passa sur le visage. Il s'y roula en essayant de s'en couvrir pour cacher sa peau. Sachant que la pluie ne tarderait pas à laver ce camouflage, il lui fallait agir rapidement.

Maintenant ! Se relevant d'un bond, il faillit tomber sur le sol glissant en se précipitant à toute allure vers le couvert d'un grand arbre. Celui-ci parut se distendre et son tronc se dédoubler : une silhouette s'en détacha vivement sous l'effet de la surprise et s'en éloigna d'un pas incertain. Comme Decker plongeait sur le sol spongieux, la silhouette tira vers l'endroit où il se trouvait une seconde auparavant. La balle, tirée d'une main mal assurée, passa en sifflant au-dessus de lui. Decker fit feu à trois reprises, vit la silhouette tomber et courut plus avant s'abriter derrière l'arbre.

Avait-il touché Frank ? Regardant bien en direction de l'endroit où l'homme était tombé, il fut en mesure de voir que celui-ci portait un costume. Frank n'en portait pas.

Où est-il ? Les coups de feu vont alerter les voisins. La police ne va pas tarder à arriver. Si je ne mets pas la main sur Frank avant elle, l'occasion ne se représentera plus.

De l'autre côté de la maison, il entendit le grondement d'une porte de garage qu'on ouvrait. Frank n'est pas caché de ce côté à attendre pour m'abattre, comprit Decker. Il a couru vers le garage !

Decker n'ignorait pas qu'il risquait d'y avoir d'autres gardes aux armes pointées vers lui dans l'obscurité mais il refusa de se laisser retenir par cette considération. L'heure n'était pas à la prudence. Maintenant que son père était mort, rien n'assurait que Frank irait remettre l'argent à McKittrick comme convenu. Pourquoi le ferait-il ? Ce n'était pas contre lui que Beth devait témoigner après tout. Il pouvait garder l'argent et dire à McKittrick de faire de Beth ce qu'il voulait. Elle ne comptait plus. Il ne resterait plus à McKittrick qu'à la tuer pour l'empêcher de dire à la justice ce qu'elle savait sur lui.

Entendant un bruit de moteur, Decker se rua en direction de la porte arrière de la maison qui était restée ouverte. Quelqu'un tira dans l'obscurité, une balle qui le frôla tandis qu'il se précipitait dans la maison. Il ne répondit pas au tir. Une seule chose comptait : atteindre le devant de la maison en espérant pouvoir tirer sur Frank avant qu'il n'atteigne la grille au volant de la voiture. Il ouvrit la porte d'entrée et, tout nu, s'accroupit, son arme braquée.

Des phares percèrent l'obscurité. Un grand coupé sombre, une Cadillac, passa à toute vitesse devant lui, faisant une tache dans la nuit battue par la pluie. Decker tira et entendit un bris de verre. La voiture poursuivit sa route vers la grille. Decker tira de nouveau et entendit la balle perforer le métal. Un autre bruit lui parvint aussitôt : le bourdonnement de la grille qui commençait à s'ouvrir. Puis il y eut un autre bruit : celui de sirènes au loin.

L'Oldsmobile était restée devant la maison où les hommes de main de Giordano l'avaient laissée après avoir amené Decker de Manhattan. Les feux arrière de la Cadillac se rapprochaient de la grille, Decker se précipita au bas des marches vers l'Oldsmobile. Ouvrant la portière du côté du conducteur, il regarda fiévreusement pour voir si la clé était sur le contact. Elle y était.

La lumière du plafonnier à l'intérieur de la voiture faisait de lui une cible. Alors qu'il se baissait pour y monter et pour refermer vivement la portière afin d'éteindre le plafonnier, il entendit des pas derrière lui. Déséquilibré, il pivota sur lui-même tout en braquant son arme en direction de la porte d'entrée ouverte où se découpèrent soudain les silhouettes massives de deux gardes, leur revolver à la main. Puis, au même instant, affolé, il perçut des bruits de pas précipités de l'autre côté de l'Oldsmobile. Un autre garde ! Il était coincé. Le garde qui venait de l'autre côté de la voiture tira dans sa direction, deux détonations dont les balles sifflèrent dans l'air au-dessus de sa tête. Avant que Decker n'ait eu le temps d'appuyer sur la détente de son arme, les deux gardes qui se trouvaient à la porte d'entrée furent brusquement projetés en arrière. Deux autres coups de feu les firent tomber et Decker, abasourdi, comprit que celui qui se trouvait de l'autre côté de l'Oldsmobile n'était pas un garde mais que c'était...

Esperanza cria : « Ça va ?

— Oui. Montez ! Prenez le volant !

— Où sont passés vos vêtements ?

— Je vous expliquerai ! Montez et prenez le volant ! »

Entendant le bruit des sirènes qui se rapprochait, Decker courut précipitamment vers un buisson à droite de l'escalier de l'entrée.

« Où allez-vous ? » cria Esperanza en lançant le sac de voyage de Decker dans l'Oldsmobile derrière le volant de laquelle il se glissa.

Fouillant à tâtons sous les branches, Decker ratissa le sol avec ses ongles pour trouver ce qu'il cherchait, et que ses doigts rencontrèrent enfin : le minuscule émetteur qu'il avait caché sous le buisson lorsqu'il avait feint de chuter à son arrivée. Il ouvrit la portière arrière de l'Oldsmobile et y monta en hurlant : « Frank Giordano est dans la voiture qui vient de partir ! Il faut qu'on le rattrape ! »

Decker n'avait pas encore refermé la portière derrière lui qu'Esperanza démarrait, embrayait et, appuyant à fond sur l'accélérateur, s'engageait sur l'allée en direction de la grille. Elle était en train de se refermer. De l'autre côté, les feux arrière de la Cadillac disparurent à droite. A gauche, les sirènes se rapprochaient. Droit devant, l'ouverture entre les deux battants de la grille se rétrécissait.

« Accrochez-vous ! » cria Esperanza. L'Oldsmobile fonça à toute allure dans l'ouverture. Le battant droit de la grille érafla le flanc de la voiture tandis que le battant gauche la heurtait de l'autre côté. L'espace d'un instant, Decker craignit que la voiture ne soit bloquée et forcée de s'arrêter. Mais Esperanza appuya encore plus fort sur l'accélérateur et l'Oldsmobile fut propulsée si violemment que les deux battants de la grille furent tordus et arrachés de leurs gonds. Decker les entendit retomber bruyamment sur le pavé mouillé derrière lui. Esperanza vira brusquement à droite, les pneus glissèrent sur les flaques dans un éclaboussement, l'Oldsmobile dérapa sur la route sombre, se redressa et se lança à plein régime à la poursuite de la Cadillac.

« Impeccable ! » fit Decker. Frissonnant, il se souvint que Giordano avait dit à un garde du corps de déposer ses vêtements dans la voiture. Ils étaient effectivement sur le siège arrière.

« J'ai appris en conduisant sur des routes de montagne, dit Esperanza en accélérant à la poursuite de la Cadillac. A treize ans. »

Decker enfila son slip et son pantalon dont l'humidité le glaça. Il jeta en même temps un œil par la lunette arrière à la recherche de gyrophares de voitures de police. Malgré la proximité des sirènes, la nuit était toujours sombre. Elle le devint davantage encore lorsque, sans préavis, Esperanza éteignit les feux de la voiture.

« Inutile de laisser nos feux arrière indiquer à la police la direction que nous avons prise », dit Esperanza.

A une centaine de mètres devant eux, les feux de freinage de la Cadillac s'allumèrent lorsque Frank vira à gauche à un carrefour. A l'instant même où il disparaissait, des gyrophares arrivant à toute vitesse devinrent visibles derrière Decker. Sirènes hurlant, les voitures de police s'arrêtèrent devant la propriété de Giordano.

« Ils ne nous ont pas encore repérés mais ça ne va pas tarder, dit Decker. Ils vont voir nos feux de freinage dès que vous allez ralentir pour tourner au coin.

— Qui a parlé de ralentir ? » Esperanza dérapa latéralement au carrefour en donnant un violent coup de volant qui faillit projeter la voiture sur le trottoir, il la redressa et elle échappa à la vue des voitures de police.

« J'ai aussi fait un peu de cross-country dans le temps. A quatorze ans.

— Et à quinze ans, qu'est-ce que vous faisiez ? Des courses de stock-car ? » Decker tâtonna pour trouver ses chaussettes et ses chaussures. « Bon dieu, à part la Cadillac, je ne vois rien. Vous pourriez peut-être rallumer les phares maintenant. »

Evitant de justesse une voiture garée sur le côté de la route, Esperanza poussa un profond soupir. « D'accord. » Les phares se rallumèrent. « Ça ne change pas grand-chose. Comment est-ce qu'on fait marcher les essuie-glace dans ce machin ? C'est ce bouton ? Non. Et si j'essayais celui-ci ? » Les essuie-glace firent entendre leur léger battement.

Devant, la Cadillac venait de s'engager à gauche à un nouveau carrefour.

Esperanza accéléra, freina au dernier instant et vira à l'intersection. Au milieu du virage, la voiture dérapa dans une flaque et les pneus perdirent toute adhérence sur un tronçon huileux du pavé. La voiture alla donner contre la borne du trottoir, accrocha un lampadaire qui arracha le rétroviseur latéral droit et revint brutalement dans la rue.

« Non, à quinze ans, je ne faisais pas de course de voiture, je les volais, dit Esperanza.

— Comment êtes-vous arrivé jusqu'à la maison ?

— Quand le type au téléphone m'a dit que vous étiez parti, j'ai compris que quelque chose clochait. Comme le signal sur le récepteur que vous m'aviez remis était constant, je me suis dit que le type mentait et que vous étiez toujours chez Giordano. Je ne savais pas ce qui se passait mais, de toute façon, je ne pouvais pas rester comme ça à ne rien faire dans cette cabine téléphonique. J'ai donc demandé au taxi de me conduire à la maison. C'est alors que j'ai entendu des coups de feu provenant de l'intérieur.

— Tout à l'heure, quand on est partis, je n'ai pas vu de taxi à l'extérieur.

— Le chauffeur se méfiait de moi. Il avait remarqué le récepteur et ne cessait pas de me demander si je suivais quelqu'un. Dès qu'il a entendu les coups de feu, il m'a dit de lui régler la course, m'a ordonné de descendre de voiture et il a filé à toute vitesse. Il ne me restait plus qu'à escalader la clôture pour aller voir ce qui se passait.

— Et vous avez pris le pistolet qui était dans mon sac.

— Heureusement pour vous.

— Je vous redevrai ça.

— Ne vous en faites pas – je trouverai bien un moyen de vous obliger à vous acquitter de cette petite dette. Racontez-moi ce qui s'est passé là-bas. »

Decker ne répondit pas.

Esperanza insista. « Qu'est-ce que c'était que ces coups de feu ?

— Il ne faut pas que j'oublie que vous êtes flic, dit Decker. Il serait peut-être préférable que je ne vous en dise pas trop. »

Après un dernier virage abrupt, la Cadillac les entraîna à sa suite dans la rue principale de la ville. Ils longèrent à toute allure quelques boutiques dans le quartier commerçant plongé dans l'ombre.

« Il va bientôt s'engager sur l'autoroute, dit Decker.

— Je ne peux pas le rattraper avant. » Esperanza voulut accélérer mais faillit perdre le contrôle de l'Oldsmobile. « Nick Giordano est mort ?

— Oui. » Decker avait la bouche sèche.

« Vous étiez en état de légitime défense ?

— Ça m'en a tout l'air.

— Alors, où est le problème ? Vous craignez que la police croie que vous êtes allé là-bas pour le tuer ? Que vous aviez prévu de vous débarrasser de lui dès votre départ de Santa Fe ?

— Si vous avez eu cette idée, la police l'aura elle aussi, répondit Decker.

— Ç'aurait certainement été une manière expéditive de régler les problèmes de Diana Scolari.

— Beth Dwyer. Elle s'appelle Beth Dwyer. C'est Beth Dwyer que je veux sauver. *Là-devant !* » Decker tendit un doigt fiévreux en direction d'un flot de voitures qui roulaient tous phares allumés. « *C'est l'entrée de l'autoroute.* »

Les feux de freinage de la Cadillac s'allumèrent lorsque Frank Giordano ralentit pour négocier le virage menant à la bretelle d'accès de l'autoroute. Il freina trop brutalement et perdit le contrôle de son véhicule. La Cadillac patina violemment.

« Bon dieu », fit Esperanza. L'Oldsmobile venait à toute allure vers la Cadillac qui pivotait sur elle-même et qui grossissait à une vitesse alarmante. « On va le heurter ! »

Esperanza donna de petits coups de freins successifs. Les pneus adhérèrent à la route mais insuffisamment. Il donna de nouveau un léger coup de freins puis un autre plus brutal tandis que la voiture arrivait sur la Cadillac. Une rafale de vent frappa l'Oldsmobile et Esperanza en perdit le contrôle sur le pavé rendu glissant par la pluie. La voiture dérapa et fit un tête-à-queue.

La Cadillac se fit plus grosse dans le champ de vision trouble de Decker qui eut l'impression de voir apparaître un stroboscope dans le parebrise de l'Oldsmobile qui tournait elle aussi sur elle-même. Soudain, la Cadillac disparut de sa vue. Elle a dû quitter la route, pensa Decker, désorienté. Au même instant, l'Oldsmobile fit une embardée. La texture de la surface sous la voiture devint douce et spongieuse. De l'herbe ! Le pare-chocs arrière droit de l'Oldsmobile heurta quelque chose. Les dents inférieures et supérieures de Decker s'entrechoquèrent. Dehors, il y eut un bruit de métal froissé. Un feu arrière vola en éclats. L'Oldsmobile s'arrêta dans un dernier soubresaut.

« Vous êtes sain et sauf ? demanda Esperanza d'une voix tremblante.

— Oui ! *Où est Giordano ?*

— Je vois ses phares ! » Esperanza remit le moteur en marche, arracha l'Oldsmobile à l'arbre qu'elle avait embouti et s'engagea en zigzaguant à travers un champ boueux en direction de la bretelle d'accès à l'autoroute. Devant, la Cadillac, qui s'était dégagée d'un fossé, filait vers la circulation dense de l'autoroute.

« Vous avez tué le père. » Esperanza avait la respiration stridente. « Si vous tuez le fils, Beth Dwyer n'aura plus de problèmes. Personne ne sera disposé à payer pour la faire tuer. Les hommes de Giordano vont cesser de la traquer.

— A vous entendre, on dirait que vous désapprouvez mes méthodes.

— Je disais ça comme ça. »

Devant, Giordano entrait à toute vitesse sur l'autoroute, forçant les autres voitures à s'écarter sur son passage. Il y eut des appels de klaxons.

« Giordano a un million de dollars dans sa voiture, dit Decker.

— *Quoi ?*

— C'est un petit cadeau pour Brian McKittrick, pour qu'il tue Beth. Il attend qu'on le lui porte d'ici quatre-vingt-dix minutes. »

Esperanza se lança à la poursuite de la Cadillac en direction de l'autoroute. « Et si jamais l'argent n'arrive pas ? Peut-être qu'il la laissera partir.

— Non. Il est assez cinglé pour la tuer quand même, dit Decker. Il faut que cet argent lui soit remis. Je pourrai peut-être m'en servir pour qu'il me conduise jusqu'à Beth. Mais on dirait bien que Frank n'a pas l'intention de lui remettre l'argent. Il se dirige vers le sud. C'est à deux ou trois kilomètres au nord d'ici que l'argent doit être déposé. »

Esperanza, malgré l'averse, prenant le risque d'amorcer à cent à l'heure le virage qui menait sur la voie de dépassement, fonça de plus belle pour se rapprocher de la Cadillac qui se trouvait maintenant cinq voitures devant la leur sur la file de droite. Les essuie-glace venaient à peine à bout de la pluie qui crépitait sur le pare-brise. Ne pouvant aller plus vite à cause de la voiture qui se trouvait devant lui, Giordano se déporta sur la voie de dépassement. L'eau soulevée par la Cadillac éclaboussait le pare-brise de l'Oldsmobile, si bien qu'Esperanza ne voyait plus rien. En poussant un juron, il donna un violent coup de volant et se glissa entre deux voitures sur la file de droite. Ils n'étaient plus qu'à quatre voitures de la Cadillac.

Giordano, pour une raison inexplicable, ralentit, perdant du terrain. L'instant d'après, l'Oldsmobile se trouva à sa hauteur. La vitre de la Cadillac était baissée du côté passager. Giordano leva le bras droit.

« Il va tirer ! » hurla Decker.

Esperanza freina sec. Lorsque Giordano tira, l'Oldsmobile s'était laissé devancer juste assez pour que la balle passe devant le pare-brise.

Giordano ralentit encore un peu plus pour se laisser remonter et tenter de faire feu de nouveau.

Decker se pencha vivement pour saisir le pistolet qu'il avait lancé sur le plancher de la voiture lorsqu'ils avaient quitté la maison de Giordano. Frank tira. La balle fit un trou dans la vitre du côté d'Esperanza, passa en sifflant au-dessus de la tête de Decker et alla s'écraser dans la vitre latérale à l'arrière de la voiture. A l'avant, une partie de la vitre antibris se désintégra en de minuscules éclats tranchants qui arrosèrent le visage d'Esperanza.

« Je ne vois plus rien ! » cria-t-il.

L'Oldsmobile fit un écart.

Giordano visa de nouveau.

Decker tira. Le retentissement de la détonation dans l'espace clos fut déchirant. Ce fut comme si deux mains venaient s'abattre contre les oreilles de Decker qui n'avait pas eu le temps de baisser la vitre arrière avant de tirer. La balle y fit un trou, traversa la fenêtre avant de Giordano dont la vitre était baissée et fracassa un morceau de son pare-brise. Giordano sursauta et dut, au lieu de tirer, se servir de ses deux mains pour redresser son volant.

L'Oldsmobile fit un nouvel écart tandis qu'Esperanza s'efforçait de voir devant lui. Decker se pencha vivement par-dessus le siège avant et saisit le volant. A l'instant même où il allait heurter la voiture qui se trouvait devant, il se déporta violemment sur la gauche et, pénétrant sur la voie de dépassement, alla percuter la Cadillac de Giordano.

« Gardez le pied sur l'accélérateur ! » hurla-t-il à Esperanza.

« *Mais qu'est-ce que vous faites ?* » Esperanza, affolé de ne rien voir, essayait tant bien que mal de retirer les éclats de verre autour de ses yeux.

Decker, toujours penché par-dessus le siège avant, fonça de nouveau sur la voiture de Giordano qu'il emboutit une nouvelle fois. Il crut entendre Giordano pousser un cri. Au troisième assaut qu'il porta à la Cadillac, il l'obligea à quitter la route. Giordano, terrorisé, vira en direction du terre-plein gazonné au milieu de l'autoroute, descendit en trombe un petit talus et remonta une déclivité en direction des phares venant sur les voies opposées.

Decker, qui l'avait suivi en gardant pratiquement l'Oldsmobile à la parallèle de la Cadillac, sentit une secousse lorsque la voiture quitta la route. Il eut un mouvement de recul en constatant que le volant n'obéissait plus sur l'herbe trempée. Il sentit un creux à l'estomac lorsque l'Oldsmobile remonta de l'autre côté de la bande centrale puis, tout à coup, il se retrouva en diagonale devant les phares qui venaient à toute allure vers lui.

« Freinez ! cria-t-il à Esperanza. *Fort !* »

L'Oldsmobile traversa deux files avant que les freins n'obéissent. Les roues dérapèrent en crissant sur le pavé mouillé, projetant du gravier sur le bas-côté. Les voitures passaient à toute vitesse en donnant du klaxon. Devant, la voiture de Giordano partit à l'oblique, écrasa des buissons, passa au milieu d'arbustes qu'elle cassa et disparut au bas d'une pente balayée par la pluie.

Decker redressa le volant dans une ultime tentative pour éviter d'être entraîné à son tour sur la dénivellation. Il en ignorait l'inclinaison et ce qu'il y aurait tout en bas. Il savait seulement qu'il lui fallait ralentir encore davantage. « Gardez votre pied sur le frein ! » hurla-t-il à Esperanza.

L'Oldsmobile, qui chassait obliquement, se rapprochait de la pente. Decker donna un coup de volant encore plus brutal qui fit voler du gravier. Il craignit que l'Oldsmobile ne se renverse mais également qu'elle ne vienne donner contre un arbre. Elle fit un tête-à-queue, l'arrière tourné vers la pente où la Cadillac avait disparu, et s'arrêta brusquement en projetant violemment les côtes de Decker contre le dossier du siège sur lequel il était appuyé.

« Eh ben, fit Esperanza. Rien de cassé ?

— Je pense que non. » Esperanza retira d'autres éclats de verre de son visage ensanglanté. « Je retrouve la vue. Dieu merci, je n'ai rien aux yeux.

— Je pars à sa poursuite ! » Decker saisit le pistolet et se précipita hors de l'Oldsmobile, assailli par la pluie drue et glacée. Il aperçut vaguement les phares d'une voiture qui se rangeait sur le bas-côté de l'autoroute derrière lui, ses occupants désirant sans doute voir quel terrible accident venait de se produire, mais il n'y prit pas garde et scruta la pente obscure et boisée.

La lueur des phares de la Cadillac lui parvint du bas de la pente ; ils étaient tournés vers le haut comme si la voiture avait pivoté sur elle-même durant sa descente et reposait maintenant sur l'arrière. Decker n'avait nulle envie d'offrir une cible facile en avançant droit devant lui et en s'exposant ainsi aux phares de la Cadillac. Au lieu de cela, il se dirigea rapidement sur sa droite, s'enfonça dans l'obscurité des arbres fouettés par la pluie et entreprit de descendre précautionneusement la pente raide et glissante. Après une dizaine de mètres, il arriva au bas de la déclivité et rampa en direction des phares de la Cadillac orientés à la verticale, son arme à la main.

11

Il y eut un bruit de branches brisées, amorti par la pluie qui bruissait dans l'épaisse frondaison. Decker tendit l'oreille. Là-bas ! Une autre branche venait de craquer. Près de la voiture.

Il s'accroupit en essayant de se fondre dans le sous-bois. Une ombre bougea à travers les arbres. Un homme, dont la silhouette se découpait partiellement dans l'éclairage des phares, surgit à découvert. Il se tenait l'abdomen et, courbé en avant, marchait d'un pas mal assuré. Poussant un grognement, la silhouette perdit l'équilibre et s'éloigna des phares de la voiture en titubant. Elle fut happée par l'obscurité des arbres à la droite de Decker, mais celui-ci avait eu le temps de voir que ce sur quoi ses mains se refermaient n'était pas son ventre mais la mallette.

Decker rampa au milieu des arbres à sa poursuite. Le temps pressait mais il préféra ne pas se hâter. Il ne pouvait se permettre d'impair. Puis, aussitôt, d'autres bruits le firent se hérisser : des voix derrière lui, au sommet de la pente. Risquant un coup d'œil derrière lui, il vit la pluie briller dans les rayons de plusieurs lampes de poche dirigées vers la Cadillac. Une voiture s'était arrêtée alors qu'il s'engageait dans la descente de la pente. D'autres véhicules avaient dû faire de même. On pouvait seulement espérer que l'un d'eux ne fût pas une voiture de police.

S'enfonçant encore davantage dans le bois, Decker suivit la route qu'il estima que Giordano avait prise. Derrière lui, des gens descendaient malaisément la pente en piétinant les buissons et en écartant maladroitement les branches tout en parlant à haute voix. Leur agitation empêchait Decker d'entendre les bruits que Giordano pourrait éventuellement faire devant lui. Il devait de surcroît éviter les lampes de poche en se baissant pour essayer de se dissimuler dans le sous-bois, aux aguets. *L'argent*, pensa-t-il. *Je n'arriverai pas jusqu'à Beth si je n'ai pas l'argent.*

Alors qu'il risquait un pas hésitant devant lui dans l'obscurité, soudainement il ne sentit plus rien sous sa chaussure. Une autre pente. Prêt de tomber et entraîné par son élan, il s'agrippa à un arbre auquel il resta un instant suspendu avant de réussir à reprendre pied sur une saillie rocheuse glissante. La pluie lui dégoulinait dans le cou et ses vêtements glacés lui collaient au corps. Il prit une profonde respiration pour essayer de se calmer. Il n'avait aucun moyen d'apprécier la profondeur du ravin, mais sa pente était très abrupte. Si Giordano y avait basculé, il lui serait impossible de descendre l'y chercher dans le noir.

Derrière, près de la Cadillac, les lampes de poche fouillaient les arbres. *Ils vont faire une battue pour tenter de retrouver le conducteur de la voiture*, pensa Decker. *Si Giordano n'est pas tombé dans le ravin, s'il est encore vivant, il va s'éloigner le plus possible des lampes de poche. Mais de quel côté ?* Forcé de prendre une décision arbitraire, Decker se dirigea sur sa droite.

N'eût été une branche qui lui arrivait à hauteur de poitrine et sous laquelle il dut se baisser, c'est le crâne de Decker que la pierre que tenait Giordano eût heurté au lieu de son dos courbé vers l'avant. La douleur du choc n'eut d'égal que sa surprise. Etourdi, Decker fut précipité sur le sol et laissa tomber son pistolet. Giordano se jeta sur lui dans le noir. Decker, qui avait roulé sur lui-même, sentit le violent déplacement d'air qui se produisit lorsque Giordano tenta une nouvelle fois de le frapper avec la pierre. Celle-ci le rata et alla s'écraser sur le sol mouillé dans un bruit mat. Decker fit un croc-en-jambe à Giordano par en dessous. Celui-ci retomba de tout son poids sur lui, lui coupant presque le souffle. Decker se contorsionna pour se dégager et sentit le bord du ravin près de lui. Comme Giordano soulevait la pierre pour la lui assener au visage, il lui saisit le poignet pour bloquer le coup. Au même instant, il sentit le sol se dérober sous lui. Giordano et lui se retrouvèrent soudain en l'air, en train de tomber dans le noir. Ils heurtèrent un affleurement de rocher, roulèrent sur eux-mêmes et se remirent à tomber. Puis, dans un choc brutal, leur chute prit fin.

Decker était essoufflé, cependant il n'hésita pas. Il frappa Giordano qui était étendu à côté de lui mais, dans le noir, son coup ne fit que lui effleurer l'épaule. Giordano n'avait pas lâché la pierre et, bien que gêné par l'obscurité, il réussit cependant à toucher Decker aux côtes, le faisant presque se plier en deux. La douleur rendit Decker furieux. Il se leva et voulut frapper Giordano du tranchant de la main mais celui-ci recula vivement pour éviter le coup puis tenta de nouveau de lui balancer la pierre en plein visage. Decker sentit la pierre le frôler. Voulant se rapprocher pour bloquer le coup suivant, il plongea dans l'obscurité et poussa Giordano en arrière. Il l'entendit haleter lorsqu'ils heurtèrent quelque chose. Giordano se raidit, les bras tendus. Il tremblait. Sa respiration fit un bruit d'air s'échappant d'une tuyauterie puis ses bras retombèrent, inertes, son corps cessa de bouger et l'on n'entendit plus que le bruissement de la pluie.

Decker ne comprit pas. S'efforçant de reprendre son souffle, il rassembla ses forces pour recommencer la lutte. Peu à peu, il se rendit compte que Giordano était mort.

Mais, pour une raison indéterminée, son corps tenait toujours debout.

« Je vous avais dit que j'avais entendu quelque chose ! » cria une voix d'homme. Des rayons de lampes de poche décrivirent un arc de cercle au milieu des arbres assombris par l'orage. Des bruits de pas se firent entendre au bord du ravin au fond duquel Decker était tombé.

Il ne faut pas qu'ils le voient ! pensa-t-il. Il se précipita vers Giordano qui, bizarrement, tenait toujours debout. Tirant sur lui, Decker sentit une résistance et comprit avec un haut-le-cœur que Giordano s'était empalé sur l'aspérité d'une branche brisée.

Les voix et les bruits de pas se rapprochaient précipitamment. Il faut que je le mette hors de vue, pensa Decker. Posant le corps inerte de Giordano sur le sol, Decker s'apprêtait à le tirer plus à couvert sous les arbres sombres lorsqu'il se figea net : le rayon d'une lampe de poche projeté depuis le haut du ravin venait de se poser carrément sur lui.

« Hé là ! lança une voix d'homme.

— Je l'ai trouvé ! cria Decker. Je me disais bien que j'avais entendu un bruit par ici ! J'ai réussi à descendre ! Je l'ai trouvé !

— Ça alors ! fit un autre homme qui tenait une lampe de poche. Regardez-moi tout ce sang !

— *Est-ce que son pouls bat ? Est-ce qu'il est encore vivant ?* hurla quelqu'un d'autre.

— Je ne sais pas ! » cria Decker. La lueur de la lampe de poche lui blessait les yeux. « Ce doit être le bruit de sa chute que j'avais entendu ! Il a dû se tuer en tombant !

— Mais il y a une chance pour qu'il soit encore vivant ! Il faut faire appeler une ambulance !

— Il a dû se casser le cou ! Le déplacer serait trop risqué ! » Decker avait le visage en sueur. « Est-ce qu'il y a un médecin parmi vous là-haut ?

— Il faut appeler une ambulance ! »

Guidés par les lampes de poche, plusieurs hommes s'étaient engagés à travers les arbres sur la pente glissante.

« Qu'est-ce qu'il faisait de ce côté-ci ? » L'un des hommes avait atteint le fond du ravin. « Il n'a donc pas vu que l'autoroute était juste là, derrière ?

— Il a dû recevoir un choc à la tête dans l'accident ! dit Decker. Il a dû perdre le sens de l'orientation !

— Bon dieu, regardez-le ! » L'un des hommes se détourna.

« Il a dû heurter quelque chose dans sa chute !

— Mais où est passée la femme qui était avec lui ? demanda Decker.

— *Une femme ?*

— J'ai entendu une voix de femme ! dit Decker. Elle avait l'air d'être blessée ! Où est-elle ?

— Hé, tout le monde ! hurla un homme. Cherchez partout ! Il y a quelqu'un d'autre ! Une femme ! »

Le groupe se divisa, chacun se mettant rapidement à fouiller l'obscurité avec sa lampe de poche.

Profitant de la confusion générale, Decker rentra dans l'ombre. Glissant dans la boue, il escalada le ravin en s'agrippant aux racines nues des arbres et en prenant appui sur les saillies de rocher. Les autres n'allaient pas tarder à se demander où il était passé. Il fallait qu'il file avant qu'on ne s'aperçoive qu'il ne faisait pas partie de la troupe des secouristes bénévoles. Mais je ne peux pas partir sans la mallette de Giordano. Il ne l'avait pas avec lui lorsqu'il est tombé. Où peut-elle bien être ? Si les secouristes mettent la main sur l'argent, c'en est fait de Beth.

Le cœur battant, Decker parvint au sommet du ravin et repéra d'autres lampes de poche près de la Cadillac accidentée. Il était provisoirement à l'abri dans le sous-bois mais on n'allait pas tarder à chercher de ce côté aussi. Essoufflé, il s'accroupit pour tenter de faire le point. Où Giordano l'avait-il attaqué ? Etait-ce à droite ou à gauche ? Il se retourna pour regarder en contrebas ce qu'il devina vaguement être le corps de Giordano. Il revécut mentalement la lutte au fond du ravin. Il estima l'endroit où ils étaient retombés. Pour arriver jusque-là, il fallait qu'ils soient tombés de la gauche. Giordano avait dû l'attaquer de...

Decker se faufila dans le sous-bois sur les mains et les genoux. Au même moment, des lampes de poche apparurent dans sa direction. Non ! pensa-t-il. Jamais il n'avait ressenti une pareille poussée d'adrénaline. Il ne se rappelait pas avoir eu le pouls qui battait aussi vite. La pression s'accumulait derrière ses oreilles. La mallette. Il faut que je trouve cette mallette. Il le faut. Sinon Beth est perdue.

Il l'avait presque dépassée en rampant lorsqu'il s'aperçut qu'il venait de la toucher. Il la saisit, prêt de défaillir de soulagement. Au même instant, son pied heurta quelque chose au bord du ravin. Son pistolet. Il l'avait laissé tomber lorsque Giordano l'avait frappé avec la pierre. Tout en le glissant dans sa veste, il se prit à espérer en une tournure favorable des événements : il avait encore une chance de sauver Beth.

Mais pas si les lampes de poche continuaient de se rapprocher. Et si l'une d'elles appartenait à un policier ? Les vêtements tachés de boue, Decker s'enfonça plus profondément dans le sous-bois en s'efforçant de ne pas faire de bruit. Il parvint à l'endroit qui lui parut être celui où l'avait initialement mené sa descente au milieu des arbres. Regardant derrière lui, il attendit que les lampes de poche se déplacent dans une direction opposée à la sienne. Dès que l'occasion se présenta, il se glissa rapidement vers le sommet de la pente à travers les arbres et fit halte au bord de l'autoroute. Des véhicules passaient à toute vitesse dans la pluie, des pneus crissaient, des phares brillaient. De nombreuses voitures étaient arrêtées sur le bas-côté. La plupart étaient vides, leurs occupants s'étant sans doute enfoncés dans le bois pour aider à la recherche des survivants de l'accident. Decker constata à son grand désarroi que parmi les véhicules arrêtés il y avait une voiture de patrouille de la police, mais vide elle aussi, quoique pour peu de temps encore sans doute.

La voiture de patrouille était à côté de l'Oldsmobile. Esperanza était assis dans cette dernière, affaissé derrière le volant. Même de loin, on voyait manifestement qu'il avait le visage ensanglanté. Je ne peux pas attendre plus longtemps, pensa Decker. Il sortit rapidement de sous le couvert des arbres en essayant de faire écran avec son corps pour dissimuler la mallette à quiconque pourrait le voir depuis l'orée du bois et s'engagea rapidement sur le bas-côté de l'autoroute.

Esperanza se redressa lorsque Decker monta dans l'Oldsmobile.
« Voyez-vous assez pour conduire ?

— Oui.

— On y va. »

Esperanza mit le contact, embraya et s'engagea dans la circulation.
« Vous n'êtes pas beau à voir.

— Je n'ai pas eu le temps de m'habiller pour la circonstance. » Decker regarda derrière lui pour vérifier s'ils étaient suivis. Ils ne l'étaient apparemment pas.

« Je ne savais pas quand ni si vous reviendriez, dit Esperanza.

— Et moi, je ne savais pas si vous resteriez dans la voiture. Vous avez bien fait.

— Je ferais un bon chauffeur dans les braquages. En fait, je l'ai été. »
Decker le regarda.

« A seize ans, dit Esperanza. Vous avez la mallette ?

— Oui.

— Et Frank Giordano ? »

Decker ne répondit pas.

« Voilà Beth Dwyer avec un problème en moins.

— J'étais en état de légitime défense », dit Decker.

« Je ne dis pas le contraire.

— Il me fallait la mallette.

— Un million de dollars. Avec tout ce fric, certains seraient prêts à sauver n'importe qui.

— Sans Beth, c'est moi-même que je ne pourrais pas sauver. »

Dix

1

« Bon dieu, Decker, c'est de la folie. Si vous ne faites pas attention, vous finirez par vous tuer vous-même, murmura entre ses dents et d'une voix tendue Esperanza. Ou alors vous donnerez à McKittrick l'occasion de le faire pour vous. » Mais cela faisait une heure qu'ils discutaient des intentions de Decker, lequel n'avait pas fait mystère de sa détermination. C'était McKittrick qui avait voulu que la remise de l'argent se passe de cette manière et, pardieu, il allait en avoir, pour ainsi dire, pour son argent. Decker sentit Esperanza se pencher sur le siège arrière, le prendre par les épaules et le tirer violemment hors de la voiture sous la pluie. Il lui avait bien précisé de ne pas y aller de main morte, de se comporter aussi brutalement que l'on pourrait s'y attendre de la part d'un tueur à gages avec le cadavre de celui qu'il vient d'abattre.

Esperanza obéissait à ces instructions sans tenter d'adoucir le choc du corps de Decker sur le sol. La douleur le secoua de toute part mais il n'en laissa rien voir, se contentant de rester mou tandis qu'Esperanza le traînait dans une flaque. Bien qu'il eût les yeux fermés, Decker se représenta l'Oldsmobile endommagée près de la buvette de l'observatoire panoramique. A minuit, sous la pluie, il y avait très peu de chance que des automobilistes s'arrêtent pour admirer le point de vue depuis les Palisades. Par beau temps, depuis l'observatoire on pouvait voir les lumières des bateaux sur l'Hudson et les feux des agglomérations d'Hasting et de Yonkers de l'autre côté du fleuve mais, par ce temps pourri, tout ne devait être que ténèbres. Au cas où d'aventure un conducteur s'arrêterait quelques minutes au bord de l'autoroute pour se reposer, Esperanza avait garé l'Oldsmobile obliquement vis-à-vis de l'entrée de l'observatoire afin d'empêcher que l'on puisse voir depuis la route ce qui avait toutes les apparences d'un cadavre que l'on tirait vers l'arrière de la buvette.

Decker entendit Esperanza grommeler puis sentit le choc flasque que fit son corps lorsqu'Esperanza le laissa tomber dans une flaque d'eau boueuse. Avachi, il laissa son corps rouler sur lui-même et se retrouva tourné sur le côté gauche dans la flaque. Jetant un regard à travers ses paupières mi-closes, il vit dans l'obscurité ce qui lui parut être des poubelles derrière la buvette. Il entendit Esperanza courir dans la flaque jusqu'à la voiture et en revenir aussitôt. Il le vit poser la mallette contre l'arrière du bâtiment. Puis il disparut. L'instant d'après, Decker entendit se fermer les portières de la voiture, le moteur se mettre en marche et les éclaboussures d'eau faites par les pneus lorsqu'Esperanza démarra. Le son du moteur devint plus faible puis Decker n'entendit plus que le ronronnement lointain de la circulation sur l'autoroute et le crépitement de la pluie sur le sac en plastique transparent qu'il avait sur la tête.

« Le contrat passé entre Giordano et McKittrick le précisait bien : l'argent *et* mon cadavre », avait insisté Decker tandis qu'Esperanza et lui allaient dans l'angoisse d'une localité à l'autre, inquiets du temps qu'ils perdaient à essayer vainement de trouver un magasin ouvert le soir. Ils avaient commencé leur recherche à 22 h 30. Puis il avait été 23 heures, puis 23 h 15. « Il faut être là-bas à minuit. » A deux reprises, les magasins qu'ils avaient trouvés ouverts n'avaient pas tout le matériel dont Decker avait besoin. A 23 h 30, ils avaient finalement eu tous les produits qu'il fallait à Decker. Esperanza avait garé la voiture sur une route de campagne déserte et fait le nécessaire.

« Pourquoi est-ce que je ne laisserais pas l'argent avec un mot prétendument de Giordano qui dirait qu'il ne vous tuera pas tant que McKittrick n'aura pas tenu sa promesse ? » Esperanza avait noué une corde à linge autour des chevilles de Decker.

« Parce que je ne veux rien faire qui éveille ses soupçons. Arrangez-vous pour que les nœuds soient bien visibles. Il va faire noir derrière cette buvette. Je veux qu'il voie clairement que l'on m'a ligoté.

— Oui mais de cette manière, s'il n'est pas convaincu que vous êtes mort, vous n'aurez aucune chance de vous défendre. » Esperanza avait attaché les mains de Decker derrière son dos.

« C'est justement ça, je l'espère, qui le convaincra. Il ne croira jamais que je me suis de mon plein gré livré à lui pieds et mains liés.

— Est-ce que ce nœud vous fait mal ?

— Peu importe. Faites comme si c'était pour de vrai. Faites comme s'il était impossible que je sois vivant sans réagir le moins du monde à la manière dont on m'a ligoté. *Il faut qu'il me croie mort.*

— Vous risquez bien de l'être quand il arrivera auprès de vous. Decker, ce sac en plastique me fout la trouille.

— Justement. Ça risque de lui foutre la trouille à lui aussi. Mettez-moi des traces de sang. Vite. »

Ayant besoin de quelque chose qui ressemblât à du sang, Decker s'était servi de ce qu'un pathologiste lui avait naguère expliqué être les produits les plus faciles à trouver pour en obtenir une bonne imitation, à savoir du sirop de maïs et de la teinture alimentaire rouge.

« Faites comme si on avait vraiment pris plaisir à me tabasser, avait insisté Decker.

— Ils vous ont écrabouillé les lèvres. Ils vous ont amoché la mâchoire. » Esperanza avait appliqué la préparation.

« Vite. On n'a plus que quinze minutes pour se rendre à l'endroit où doit être déposé l'argent. »

Esperanza avait rapidement noué le sac autour du cou de Decker puis marmonné une prière en espagnol lorsque Decker avait inhalé pour faire retomber le sac autour de sa tête afin que le plastique épouse son visage, lui colle à la peau, lui bouche les narines et la bouche. Esperanza avait aussitôt fait un trou minuscule dans le plastique qui lui emplissait la bouche et y avait glissé vivement un morceau de paille à boisson que Decker avait tenu serré entre ses dents. Cela lui permettait de respirer sans entamer le vide qui faisait adhérer le plastique à son visage.

« Bon dieu, Decker, est-ce que ça marche ? Avez-vous assez d'air ? »

Decker avait fait signe que oui d'un faible mouvement de la tête.

« De la manière dont le sac vous colle au visage vous avez l'air d'un cadavre. »

Parfait, pensa Decker qui, étendu dans la flaque boueuse dans les ténèbres derrière la buvette, écoutait la pluie crépiter sur le sac en plas- . tique. A condition de respirer peu profondément, lentement et calmement, la petite quantité d'air qui lui parvenait par la paille lui suffisait pour rester en vie. Mais, à chacune de ses faibles inhalations, l'affolement ébranlait sa résolution implacable. A chacune de ses imperceptibles exhalations, son cœur demandait à battre plus vite, exigeait davantage d'oxygène. La corde qui nouait solidement le sac autour de son cou était assez serrée pour s'enfoncer dans ses chairs – il avait bien insisté sur ce point. Tout devait paraître absolument convaincant. Et *l'être* : la pluie glacée ferait baisser la température extérieure de Decker et donnerait à sa peau l'apparence *réelle* que revêt celle d'un cadavre qui se refroidit. Si McKittrick n'était pas persuadé fût-ce un seul instant qu'il avait affaire à un cadavre, il lui tirerait une balle dans la tête et réglerait la question.

Le risque était que McKittrick lui tire dessus quand même, mais Decker comptait que l'apparence grotesque de son visage l'inciterait à juger superflue toute violence supplémentaire. S'il venait à l'esprit de McKittrick de lui prendre le pouls, il ne le trouverait pas car les cordes serrées avaient nettement réduit la circulation sanguine à ses poignets. Il se pourrait qu'il tente de le lui prendre au cou mais, pour ce faire, il lui faudrait dénouer la corde qui retenait le sac en plastique, entreprise peu ragoûtante et qui demanderait du temps. Demeurait le risque qu'il appuie une paume contre les côtes de Decker à la hauteur du cœur mais il ne le ferait sans doute pas non plus car Decker était retombé sur le flanc gauche – pour cela, McKittrick devrait retourner son corps et poser sa main sur la boue répugnante qui adhérait aux vêtements de Decker.

Toute l'affaire n'en demeurait pas moins très risquée. « C'est de la démence, n'avait cessé de lui répéter Esperanza. Vous allez vous tuer vous-même. » Mais que faire d'autre ? Si la rançon n'était pas déposée à l'heure dite, si le corps de Decker n'était pas là comme promis, la méfiance pourrait inciter McKittrick à ne pas prendre l'argent de crainte que la mallette ne soit piégée. Mais l'argent était justement au cœur du plan mis au point par Decker, l'argent ainsi que l'émetteur à distance qu'il avait dissimulé dans la mallette. Si McKittrick ne prenait pas l'argent, Decker n'aurait aucun moyen de le suivre jusqu'à l'endroit où Beth était retenue captive. De quelque côté qu'on envisageât la chose, il n'y avait pas d'autre solution.

« Vous l'aimez donc tant que ça ? lui avait demandé Esperanza avant d'attacher le sac en plastique sur sa tête. Assez pour risquer ainsi votre vie pour elle ?

— Je me damnerais pour elle.

— Pour découvrir ensuite ses véritables sentiments à votre égard ? » Esperanza lui avait lancé un regard étrange. « Ce n'est pas de l'amour. C'est de l'orgueil.

— De l'espoir. Si je ne peux pas me fier à l'amour, rien n'a d'importance. Mettez-moi cette paille dans la bouche. Attachez le sac.

— Decker, vous êtes l'homme le plus extraordinaire que j'aie jamais rencontré.

— Non, je suis un crétin. »

Etendu dans la flaque, Decker, qui respirait faiblement et luttait contre l'affolement en rassemblant toute la maîtrise de lui-même dont il était capable, dut combattre la tentation de revenir sur sa décision. A demi asphyxié, il se demanda : Et *s'il y avait* un autre moyen ? Se pouvait-il que le seul but qu'il recherchait fût de montrer à Beth à quel point il l'aimait ?

Cherchant à tout prix à se distraire, il se remémora la première fois qu'il l'avait vue, deux mois auparavant... Se pouvait-il que cela fût si récent ? On eût dit qu'une éternité s'était écoulée... dans le hall d'entrée de l'agence immobilière – sa façon de se tourner vers lui, son cœur qui avait alors battu plus vite... Jamais dans toute sa vie il n'avait éprouvé une attirance aussi instantanée. Il la revoyait comme si elle était là, sa riche chevelure auburn reflétant la lumière, sa peau hâlée respirant la santé, sa silhouette athlétique qui lui avait fait prendre conscience du modelé de ses seins et de ses hanches. Il avait été envoûté par son menton élégant, ses pommettes hautes, son front de mannequin. Il se revit s'approcher d'elle et, soudainement, son imagination l'emporta vers cette soirée où ils avaient fait l'amour pour la première fois, les yeux bleu-gris et la bouche sensuelle de Beth, si proches qu'ils faisaient une tache indistincte. Il l'avait embrassée dans le cou, avait léché sa peau à la saveur de sel, de soleil et de quelque chose de primitif. Il avait humé son musc. Lorsqu'il l'avait pénétrée, il avait eu l'impression de n'avoir vécu jusque-là qu'à moitié et d'être tout à coup intégral, non seulement physiquement, mais affectivement, spirituellement, d'être comblé, enfin investi d'un but : celui de faire sa vie avec elle, de tout partager, d'être un.

2

Il fut brutalement ramené à la réalité : au milieu du lointain ronronnement de la circulation et du crépitement de la pluie, il avait entendu des bruits provenant du promontoire qui surplombait les falaises derrière lui. Bien qu'ils fussent étouffés par le sac en plastique, l'appréhension lui aiguisait l'ouïe. Les bruits qu'il avait entendus étaient ceux d'une respiration haletante, de pas glissant sur des pierres mouillées, de branches brisées.

Il ne manquait plus que ça, pensa Decker. Il s'attendait à entendre une voiture quitter l'autoroute pour s'approcher de ce côté de l'observatoire panoramique. Mais McKittrick avait été là tout le temps, sous le garde-fou, caché sur la pente au sommet de la falaise. Il a dû voir Esperanza me tirer derrière la buvette, se dit Decker. Il a dû le voir me laisser choir dans la flaque, déposer la mallette et remonter en voiture. Si Esperanza ne m'avait dit ne fût-ce qu'un seul mot, s'il avait esquissé la moindre tentative pour amortir ma chute, McKittrick aurait aussitôt compris qu'il s'agissait d'un piège. Il nous aurait descendus.

Decker frissonna en comprenant combien il avait frôlé la mort de près. La pluie glacée le fit aussi frissonner, réflexe qu'il s'efforça de maîtriser. Il n'osait pas bouger. Il fallait qu'il réussisse à faire croire qu'il était sans vie. Naguère, au moment de s'engager dans une mission dangereuse, il recourait à la méditation pour se calmer. C'est ce qu'il fit cette fois encore. Se concentrant profondément, il lutta pour évacuer de lui-même toute émotion, peur, désir, appréhension, besoin.

Mais son imagination n'en travaillait pas moins. Il se représenta l'air suffisant de McKittrick qui l'observait depuis la lisière du promontoire balayé par la pluie. Il devait être nerveux, trempé, glacé, pressé d'en finir et de filer. Il devait tenir une arme à la main, prêt à tirer à la moindre provocation. Il se pouvait qu'il eût une lampe de poche. Il prendrait peut-être le risque de s'exposer en l'allumant pour en diriger la lumière sur les cordes qui ligotaient les bras et les jambes de Decker. Dans ce cas, il laisserait à coup sûr la lumière s'attarder sur le sac en plastique qui lui recouvrait la tête.

Des pas se posèrent sur le gravier mouillé comme si McKittrick venait de franchir le garde-fou. Decker savait que si McKittrick devait tirer pour s'assurer qu'il était bien mort, ce serait à cet instant. Aussitôt, afin d'empêcher sa poitrine de se soulever ne fût-ce que légèrement, Decker cessa de respirer. Ses poumons manquèrent aussitôt d'air. La pression suffocante s'accrut dans sa poitrine. Ses muscles privés d'oxygène le firent souffrir, leur état de privation allant s'intensifiant.

Les pas s'arrêtèrent près de lui. Decker, qui avait prévu la chose, ne manifesta aucune réaction lorsqu'une chaussure le poussa à l'épaule droite pour le faire basculer sur le dos. A travers ses paupières closes, il put voir la lueur d'une lampe de poche tandis que McKittrick examinait le sac en plastique hermétiquement fermé sur son visage. Decker, qui avait fait glisser le morceau de paille à la commissure de sa bouche, inhala imperceptiblement afin que le sac s'enfonce plus profondément entre ses lèvres. Il se sentait étourdi. Ayant une envie folle de respirer, il concentra toute son attention sur Beth, s'imaginant qu'il l'embrassait ; il n'eut plus qu'elle en tête. Dans un tourbillon, il se sentit absorbé en elle.

McKittrick poussa un grognement, peut-être de satisfaction. La lampe de poche s'éteignit aussitôt. Decker, dont les poumons étaient sur le point d'éclater, entendit des pas rapides dans l'eau lorsque McKittrick selon toute vraisemblance se précipita vers la mallette. Mais d'autres bruits se firent immédiatement entendre qui laissèrent Decker perplexe, des déclics, des froissements, qui ajoutèrent à son appréhension. *Qu'est-ce que c'était que ces bruits ? Que faisait donc McKittrick ?*

La lumière se fit brusquement dans son esprit. McKittrick, soupçonnant que Giordano avait pu dissimuler un émetteur dans la mallette, était en train de transférer l'argent dans un autre contenant. Bon réflexe, mais que Decker avait prévu. L'émetteur n'était pas fixé à la mallette. A l'aide d'un couteau, Decker avait découpé une cavité à l'intérieur de l'une des liasses de billets. Il y avait glissé l'émetteur puis avait remis les élastiques autour de la liasse de façon à ce qu'elle ne se distingue en rien des autres.

Il entendit McKittrick grogner de nouveau, d'effort cette fois. Quelque chose vola en l'air puis alla s'écraser au bas du promontoire. Decker comprit que c'était la mallette. McKittrick s'en était débarrassé, ne voulant sans doute pas que l'on découvre plus tard que cet endroit, derrière les toilettes, avait servi de lieu pour la transaction. Mais s'il s'était débarrassé de la mallette...

Bon dieu, il va faire de même avec moi. Decker eut du mal à retenir son corps privé d'oxygène de trahir l'affolement qui s'empara de lui lorsque McKittrick le prit par les épaules, le tira violemment en arrière, le souleva brutalement et le fit basculer par-dessus le garde-fou. Non ! hurla intérieurement Decker. L'instant d'après, il se sentit en état d'apesanteur. Son corps percuta quelque chose. Il rebondit et se sentit de nouveau en état d'apesanteur. Ses bras ligotés heurtèrent quelque chose sous lui. Incapable de se retenir, il poussa un gémissement de douleur. *McKittrick l'avait-il entendu ?* Il bascula, roula, percuta encore autre chose et il se voyait déjà en train de faire la longue chute mortelle qui allait l'entraîner depuis le sommet de la falaise des Palisades jusque dans l'Hudson lorsqu'il s'arrêta brusquement dans un ultime et angoissant soubresaut, sa tête allant donner contre quelque chose.

Tout étourdi, il sentit quelque chose de liquide dans le sac en plastique. Je saigne ! Le liquide gluant, qui coulait d'une entaille qu'il avait au front, commençait à emplir le sac en plastique. Non ! Peu importait que McKittrick le voie bouger. Il n'avait pas le choix. *Il fallait qu'il respire.* Il était prévu au départ que McKittrick prenne l'argent, abandonne Decker et décampe. A ce moment-là, Decker aurait remis le morceau de paille dans le trou du sac pour respirer tant bien que mal jusqu'à ce qu'Esperanza – prévenu par le mouvement de l'aiguille sur le récepteur que l'argent avait été pris – revienne le libérer. Decker n'avait pas une seconde envisagé que McKittrick puisse vouloir se défaire du corps. Il n'aurait jamais mis le projet à exécution si cette perspective épouvantable lui était venue à l'esprit. Je vais mourir. La corde nouée autour de son cou et qui retenait le sac de plastique contre son visage lui creusait les chairs, l'étranglait.

De l'air ! Il fit jouer le morceau de paille depuis la commissure de sa bouche et l'enfonça dans le trou percé dans le sac... essaya plutôt, car il ne put trouver l'ouverture. Incapable de contrôler son corps, il expira fortement, ce qui fit gonfler le sac puis, avec une force égale, tout à fait involontairement, il inhala. Cette fois, le sac lui emplit la bouche et le nez. Telle une chose vivante, il lui collait étroitement à la peau. Le maquillage et le sang formèrent bientôt une glu qui le fit adhérer encore plus fermement. Esperanza ne me trouvera jamais à temps !

Réduit à moins que rien, il se retourna sous la pluie vers ce sur quoi il avait atterri et frotta son visage sur ce qui le supportait, à la recherche de quelque chose de tranchant, une branche, une aspérité de rocher, *n'importe quoi* qui pût s'accrocher au sac et le déchirer. La surface était humide et glissante. Sa tête heurta quelque chose – une pierre. Ne tenant pas compte de la douleur, il continua à se tortiller. Mais il avait l'impression que tout se passait au ralenti. Le sang qui continuait à lui engluer le visage et à emplir le sac en plastique lui donnait la sensation d'être en train de se noyer. Et tout donnait à penser que ses mouvements étaient sur le point de le faire basculer dans un précipice. Quelle différence cela pouvait-il faire ? De toute façon il était fichu s'il ne...

L'objet, cela avait tout l'air d'un piquet, accrocha le sac en plastique. Decker, dans un état de demi-conscience, donna un faible coup de tête à gauche, sentit le sac se déchirer et fit appel à ce qui lui restait de force pour tourner la tête encore davantage à gauche. La déchirure s'élargit. Il sentit sur son front un vent glacé et la pluie froide. Mais le plastique demeurait collé à son nez et à sa bouche. Il essaya de respirer par le petit trou à la hauteur de sa bouche mais ses efforts avaient déformé le plastique et bouché le trou. Il crut qu'il allait s'étouffer avec le morceau de paille qu'il avait dans la bouche. Il faut que je retire ce sac de ma tête ! Il avait l'impression que quelque chose en lui allait éclater, qu'il était sur le point de sombrer dans un trou noir. Dans une ultime tentative pour accrocher le sac contre l'objet acéré, il y frotta jusqu'à l'écorcher sa joue droite et parvint à le déchirer complètement.

Lorsqu'il recracha le morceau de paille et respira, ce fut comme si le vent s'engouffrait dans sa gorge. L'arrivée d'air frais dans ses poumons lui procura un bien-être inexprimable. Sa poitrine haletait convulsivement. Il s'étendit sur le dos et, tout tremblant, aspira de pleines goulées d'air, essayant de se faire à l'idée qu'il était toujours vivant.

3

Vivant, mais pour combien de temps ? se demanda avec désarroi Decker. Esperanza risque de ne pas me trouver. Si je reste trop longtemps sous la pluie glacée, je vais avoir une hypothermie. Je mourrai d'être demeuré trop longtemps exposé aux éléments. Se tournant de manière à offrir son visage au ciel sombre, il goûta l'eau douce de la pluie tout en respirant goulûment et en essayant de ne pas faire trop de cas de la violence de ses frissons et de la pression que ceux-ci exerçaient sur ses jambes et ses bras ligotés. Depuis combien de temps suis-je ici ? Est-ce que McKittrick est parti ? M'a-t-il entendu gémir lorsque j'ai touché le sol ?

Il redoutait toujours qu'une forme sombre ne descende le long du promontoire dans sa direction, que McKittrick n'allume sa lampe de poche et ne tourne son pistolet contre lui. Or justement, tout à coup, Decker vit au sommet du promontoire la lueur d'une lampe de poche dont le rayon se déplaça du côté de la buvette en direction du garde-fou pour revenir se poser sur la buvette. Decker, laissant libre cours à la confiance qu'il sentait croître en lui, cria, ou plutôt essaya de crier, « Esperanza. » Cela proféré d'une voix rauque, comme s'il avait avalé du gravier. Il essaya de nouveau, plus fort. « Esperanza ! » Cette fois, le rayon de la lampe de poche s'immobilisa en direction du garde-fou. L'instant d'après, sa lueur se posa au bas du promontoire, permettant à Decker de voir que la dénivellation à l'endroit où il se trouvait était à la verticale, formée de paliers successifs parsemés de buissons et d'arbustes inclinés à angle droit vers la chute en abîme dans le fleuve.

« Par ici ! » cria Decker. Le rayon de la lampe de poche perça la nuit en direction de la saillie sur laquelle il se trouvait. Insuffisamment toutefois. « Ici ! » Finalement, le rayon de la lampe de poche se posa sur lui. Mais était-ce celle d'Esperanza ? Confiance, pensa Decker. Il faut que je garde confiance.

« Decker ? »

Esperanza ! Rendant grâce à Dieu, Decker sentit son cœur battre moins furieusement lorsque la longue silhouette dégingandée et familière enjamba le garde-fou et entreprit précipitamment de descendre jusqu'à lui.

« Faites attention », dit Decker.

Les bottes de cowboy d'Esperanza dérapèrent sur une roche. « Saleté de... » Il reprit son équilibre, descendit à pas vifs et vint s'agenouiller près de Decker dont il examina le visage à la lueur de sa lampe de poche. « Vous êtes tout en sang. Ça va ?

— Il le faut. »

Esperanza coupa vivement la corde qui retenait les mains de Decker derrière son dos. Tout aussi vivement, il coupa celle qui lui entravait les jambes. Bien qu'ankylosé, Decker savoura de pouvoir bouger ses membres.

« Restez tranquille pendant que je défais ces nœuds, dit Esperanza. Cette saleté de pluie a trempé la corde et l'a fait gonfler. Je n'arrive pas à...

— On n'a pas le temps, dit Decker. Il faut que j'aille à la voiture. Le signal émetteur ne fonctionne que sur un ou deux kilomètres. *Aidez-moi à me relever.* »

Difficilement, s'efforçant de ne pas perdre l'équilibre, Esperanza l'aida à se mettre debout.

« Le sang ne circule presque plus dans mes mains et dans mes pieds. Vous allez devoir me hisser jusqu'en haut », dit Decker.

Avec force grognements et à grand-peine, ils réussirent à escalader le ravin.

« Je m'étais garé à une centaine de mètres au nord sur le bas-côté de l'autoroute, dit Esperanza. Je n'ai pas vu de phares tourner en direction de l'observatoire. Il était minuit passé et je commençais à me dire qu'il ne viendrait pas. Mais, tout à coup, l'aiguille du récepteur a bougé, ce qui voulait dire que l'émetteur se déplaçait. J'ai fait marche arrière sur le bas-côté pour venir vous reprendre le plus vite possible.

— McKittrick était caché sur une saillie au sommet de la falaise. » Decker parvint au garde-fou qu'il enjamba en haletant sous l'effort. « Il a dû s'enfuir à travers les arbres. Sa voiture doit être garée au sud d'ici ou plus au nord, à l'endroit où vous vous êtes garé vous-même. Vite ! »

Esperanza, pataugeant dans les flaques, parvint à l'Oldsmobile avant Decker. Il saisit le récepteur sur le siège avant. « Le signal nous parvient encore, dit-il, tout excité. L'aiguille indique qu'il se dirige vers le nord. »

Decker s'écroula sur le siège avant, réussit à claquer la portière et fut secoué durement contre le siège lorsqu'Esperanza démarra en trombe. L'Oldsmobile lacéra le gravier et ses feux arrière traversèrent le parc de stationnement détrempé. Elle fonça vers les phares striés par la pluie qui passaient à toute vitesse sur l'autoroute.

4

« Le signal faiblit ! » Decker avait les yeux fixés sur le cadran lumineux du récepteur. Ses vêtements mouillés lui collaient au corps.

Esperanza accéléra encore. Prenant à peine le temps de mettre les essuie-glace en marche, il repéra une trouée dans la circulation, s'y glissa à toute allure et commença à dépasser les voitures.

« Bon dieu, je suis glacé. » Decker chercha à tâtons le bouton de chauffage de la voiture. De sa main droite engourdie, il essaya de trancher le nœud de la corde de son poignet gauche en le frottant sur le couteau d'Esperanza. Il observa le cadran du récepteur. « Le signal est plus fort. » L'aiguille bougea. « Attention ! Il quitte l'autoroute. Il est devant à notre gauche ! »

Plus vite que prévu, les feux de l'Oldsmobile apparurent sur une bretelle de sortie obscurcie par la pluie à l'entrée de laquelle un panneau indiquait la route d'Etat 9.

« Elle longe l'autoroute, dit Decker. L'aiguille indique qu'il a changé de direction ! Il se dirige vers le sud. » Decker faillit se taillader le poignet lorsque le couteau en trancha la corde. Le retour du sang dans les veines de sa main gauche lui donna des picotements. Il massa le sillon douloureux que la corde avait creusé dans ses poignets.

« Vous m'aviez dit de faire en sorte que ça ait l'air d'être pour de vrai, dit Esperanza.

— Hé, dites donc, je suis encore vivant. Je ne me plains pas. »

A l'extrémité de la bretelle, Esperanza tourna à gauche sur le viaduc qui enjambait l'autoroute et accéléra de nouveau en s'engageant sur la 9, sur laquelle il arriva à toute vitesse derrière une file de feux arrière.

« Le signal est encore plus fort ! dit Decker. Ralentissez. Il se peut qu'il soit dans une des voitures qui nous précèdent. » Il trancha la corde qui lui entourait l'autre poignet. Il eut les doigts moins engourdis sous l'action du sang qui circulait de nouveau dans sa main, ce qui lui permit de dénouer plus rapidement et d'un geste plus sûr les nœuds de la corde qui retenaient encore ses chevilles.

Il continuait de frissonner malgré l'air chaud que diffusait le chauffage de la voiture. Il était assailli de pensées qui le mettaient à la torture. *Et si McKittrick avait déjà tué Beth ? Ou s'il devinait qu'on le suivait et, découvrant où se trouvait l'émetteur, s'en débarrassait ? Non ! Je n'ai pas fait tout ça pour rien ! Beth est* nécessairement *encore en vie.*

« L'aiguille indique qu'il tourne de nouveau. A droite. Il se dirige vers l'ouest. »

Esperanza acquiesça. « Il est dans la quatrième voiture devant, je vois ses feux dans le virage. Je vais ralentir pour qu'il ne nous voie pas tourner derrière lui. »

L'anticipation décuplait les forces de Decker. Il s'épongea le front et regarda sa main, troublé par la teinte rouge sombre de sa paume. Il ne s'agissait pas de sirop de maïs mélangé à de la teinture alimentaire rouge. Cela avait une odeur de cuivre : il n'y avait pas à s'y méprendre, c'était du sang.

« Je ne sais pas si ça vous sera de quelque utilité, mais j'ai vu qu'il y avait un mouchoir propre dans le compartiment à gants, dit Esperanza. Essayez d'arrêter le sang. » Quittant la route 9 à droite pour suivre McKittrick et passant devant une plaque indiquant ROCKMAN ROAD, Esperanza éteignit ses phares. « Inutile de se faire remarquer. Comme je vois à peine ses feux arrière dans la pluie, je suis sûr que lui, il ne nous voit pas du tout.

— Mais vous conduisez à l'aveuglette.

— Pas pour longtemps. » Il prit à gauche sur une route transversale, ralluma ses phares, fit demi-tour et revint dans Rockman Road où il tourna à gauche pour se remettre dans le sillage de McKittrick. « Si jamais il regarde dans son rétroviseur, ce que moi, je ferais certainement à sa place, il verra des phares déboucher sur la route de sa gauche, ce qui n'est pas la direction d'où viendrait quelqu'un qui le suivrait depuis l'autoroute. Il ne se méfiera pas.

— Vous conduisez bien, dit Decker.

— Il y a de quoi. Quand j'étais jeune, je faisais les quatre cents coups avec des bandes. Les poursuites en voiture, ce n'est pas ce qui manquait.

— Qu'est-ce qui vous a remis dans le droit chemin ?

— Je me suis lié avec un policier qui m'avait alpagué.

— Il doit être fier de ce que vous êtes devenu.

— Il est mort l'année dernière. Un ivrogne qui faisait son cinéma l'a descendu. »

Un éclair aveuglant fut suivi d'un grondement de tonnerre qui secoua la voiture.

« Ça y est, maintenant voilà que le tonnerre et les éclairs s'en mêlent. L'orage devient plus violent, dit Decker.

— Merde. » Mais on n'aurait pu dire si cette interjection d'Esperanza s'adressait à l'orage ou à ses souvenirs.

Lorsqu'un éclair stria de nouveau la nuit, il indiqua quelque chose devant lui. « Je vois une voiture.

— Le signal est fort sur le récepteur. L'aiguille pointe droit devant, dit Decker. Ce doit être McKittrick.

— Il est temps de quitter la route. Je ne veux pas qu'il se méfie. » Après un panneau annonçant la ville de Closter, Esperanza laissa McKittrick poursuivre sa route tandis que lui-même prenait à droite, faisait le tour d'un pâté de maisons et revenait dans Rockman Road. Entre-temps, les phares d'autres voitures avaient comblé l'écart entre l'Oldsmobile et le véhicule de McKittrick.

« Le récepteur indique qu'il est devant nous. » Ses vêtements mouillés et glacés continuaient de faire frissonner Decker. Il était tellement tendu qu'il en avait les muscles douloureux. Les endroits de son dos et de sa poitrine sur lesquels il était retombé au terme de sa chute du promontoire étaient enflés et élançaient. Peu importait. La douleur n'était rien. Seule comptait Beth. « Non, attendez. L'aiguille bouge. Il tourne à droite.

— Oui, je vois ses feux qui quittent la route, dit Esperanza. Je ne veux pas l'effaroucher en le suivant tout de suite. On va continuer tout droit à l'endroit où il a tourné et on verra où il va. Il se pourrait que ce soit une tactique pour nous échapper. »

Ayant traversé le centre-ville endormi, ils parvinrent à des banlieues encore plus paisibles où ils virent à la faveur d'un éclair à quel endroit McKittrick avait tourné : il s'était engagé dans la cour d'un petit motel s'étendant sur un seul niveau. Une enseigne de néon rouge annonçait PALISADES INN. Le motel était composé d'unités contiguës – Decker en compta une vingtaine – qui s'étendaient dans l'ombre vers l'arrière, à quelque distance de la rue. Lorsque l'Oldsmobile passa devant le motel, Decker se recroquevilla pour ne pas être visible au cas où McKittrick jetterait un coup d'œil en direction des phares qui venaient derrière lui.

Ils dépassèrent bientôt le motel et Decker se redressa lentement. « L'aiguille du récepteur indique que McKittrick s'est arrêté.

— Comment comptez-vous procéder ?

— On va se garer à l'écart de la rue quelque part. Puis on reviendra voir ce qu'il fait. »

Le tonnerre secoua la voiture et Decker ramassa le pistolet qu'il avait pris à l'un des gardes de la propriété de Giordano. Il regarda Esperanza mettre le Walther dans sa poche. « On ferait mieux d'emporter le récepteur. Au cas où il s'agirait d'un subterfuge et qu'il décide de repartir.

— Et ensuite ? demanda Esperanza.

— Voilà une sacrée bonne question. » Decker descendit de la voiture et fut aussitôt assailli de nouveau par la pluie. L'espace d'un instant, il se rappela avec irritation la pluie froide qui tombait la nuit où il avait suivi McKittrick dans le piège qu'on lui avait tendu dans la cour intérieure à Rome. Puis Esperanza le rejoignit, sa casquette de base-ball dégoulinante d'eau, ses longs cheveux trempés lui collant au cou. A la lueur des phares, il avait le visage plus émacié que d'habitude et son nez et sa mâchoire, plus accentués, évoquèrent pour Decker l'aspect d'un oiseau de proie.

5

Plutôt que de se montrer à l'avant du motel, ils longèrent avec précaution une allée qui conduisait derrière. Decker remarqua que les unités du motel étaient faites de parpaings et qu'elles ne possédaient pas d'issue arrière. Les seules fenêtres, du côté de l'allée, étaient petites et en briques de verre opaque extrêmement difficile à briser.

Contournant l'arrière du motel, Decker et Esperanza se cachèrent derrière une benne à ordures et examinèrent le devant des unités. L'aiguille du récepteur continuait d'indiquer que l'émetteur se trouvait dans l'une d'elles. Des véhicules étaient garés devant huit environ des vingt unités mais il n'y avait de la lumière que derrière les tentures closes de quatre d'entre elles. Deux de ces unités, situées à proximité de la benne à ordures, étaient contiguës. Decker n'eut pas besoin de consulter le récepteur pour comprendre que son signal provenait de l'une de ces deux unités. Une voiture garée devant elles, une Pontiac bleue, faisait entendre les cliquetis sporadiques d'un moteur en train de refroidir. La pluie qui crépitait sur le capot encore chaud de la voiture s'évaporait en buée.

Vite, pensa Decker. Si Beth est dans l'une de ces chambres, McKittrick pourrait être tenté de la tuer maintenant qu'il est de retour avec l'argent. Ou, s'il compte l'argent et trouve l'émetteur, il risque de s'affoler et de tuer Beth avant qu'elle ne tente de s'enfuir.

« Attendez ici, murmura Decker à Esperanza. Couvrez-moi. » Il se déplaça le plus silencieusement possible dans les flaques d'eau et vint s'arrêter près de la fenêtre faiblement éclairée de la dernière unité de la rangée. Un éclair violent le fit se sentir tout nu. Un coup de tonnerre claqua qui le secoua. Puis la nuit le recouvrit de nouveau. Il remarqua avec inquiétude que les tentures de la chambre, qui n'étaient pas hermétiquement fermées, offraient une étroite fente qui lui permettait de voir dans une pièce – un lit double, un placard bon marché, un téléviseur fixé au mur. La chambre paraissait inoccupée, mais il y avait une mallette posée sur le lit. Au milieu du mur à gauche, une porte était ouverte qui paraissait donner accès à la chambre voisine.

Decker se raidit sous l'effet d'un regain de coups de tonnerre et d'éclairs puis se glissa vers la fenêtre suivante. Malgré le bruit de l'orage, il put entendre des voix, sans distinguer cependant ce qu'elles disaient. Un homme parla, puis une femme. Il se pouvait que la voix masculine fût celle de McKittrick et la voix féminine celle de Beth. C'était difficile à dire. Peut-être aussi n'entendait-il tout simplement qu'une conversation à la télévision. Puis tout à coup, de manière inattendue, quelqu'un d'autre parla, une voix d'homme fortement déformée, grave, rauque, qui désempara quelque peu Decker qui se fit aussitôt la réflexion que si Beth était à l'intérieur, il fallait bien que quelqu'un ait gardé l'œil sur elle pendant que McKittrick allait chercher l'argent. Il se la représenta ficelée à une chaise, un bâillon défait pendant de sa bouche et qu'on lui remettait tandis qu'elle se débattait, ses yeux exorbités posés sur McKittrick en train de l'étrangler.

Fais quelque chose ! se dit-il. Ayant noté le numéro de la chambre sur la porte, il revint vivement vers Esperanza à qui il expliqua ce qu'il avait l'intention de faire. Puis, sans quitter la pénombre, il se précipita dans la rue, en direction de l'endroit où il se souvenait avoir entraperçu un téléphone public, à une station service fermée en face du motel. Il y inséra rapidement des pièces et composa un numéro.

« Ici les renseignements, dit une femme. Quelle ville demandez-vous ?

— Closter, dans le New Jersey. Je voudrais le numéro de Palisades Inn. »

L'instant d'après, une voix informatisée dit, « Le numéro que vous avez demandé est... »

Il le mémorisa, raccrocha, mit d'autres pièces et appuya sur les touches.

Après trois sonneries, une voix masculine répondit avec un soupir de lassitude. « Palisades Inn.

— Passez-moi la chambre 19. »

Le gardien de nuit ne manifesta pas qu'il eût enregistré sa demande. Au lieu de cela, Decker entendit un déclic puis deux sonneries consécutives lorsqu'on brancha l'appel. Il se représenta McKittrick se jetant sur le téléphone, ses traits massifs exprimant un mélange de surprise et de perplexité. Qui pouvait bien l'appeler ? Qui savait qu'il se trouvait dans ce motel ? Il devait se demander s'il était bien avisé de répondre.

Le téléphone continuait de sonner. Dix coups. Onze.

Le veilleur de nuit finit par intervenir. « Monsieur, on ne répond pas. Ils ne sont peut-être pas là.

— Essayez encore.

— Ils veulent peut-être dormir.

— C'est urgent. »

Le veilleur de nuit poussa un soupir las. Decker entendit de nouveau un déclic. Le téléphone se remit à sonner à l'autre bout de la ligne.

« Allô. » La voix de McKittrick était hésitante, à peine audible, comme s'il croyait que le fait de parler tout bas rendrait sa voix méconnaissable.

« Si vous faites preuve d'un peu de bon sens, dit Decker, vous avez encore une chance de vous en sortir vivant. »

Un silence se fit sur la ligne. Le seul bruit qu'entendait Decker était celui de la pluie sur la cabine téléphonique.

« Decker ? » McKittrick avait la voix de quelqu'un qui se demande s'il ne rêve pas.

« Il y a un bon moment qu'on ne s'était pas parlé, Brian.

— Mais ça ne se peut pas. Vous êtes *mort*. Comment...

— Ce n'est pas pour parler de ma mort à moi que je téléphone, Brian.

— Bon dieu.

— Ce n'est pas une mauvaise idée de faire une petite prière mais je suis en meilleure position que le bon Dieu pour vous aider.

— Où êtes-vous ?

— Allons, Brian. Je suis un vieux routier. Je ne donne pas de renseignements. Vous allez ensuite me demander comment j'ai fait pour vous retrouver et combien de personnes m'accompagnent. Occupez-vous d'une seule chose : vous avez l'argent et moi, je veux Beth Dwyer. »

Le silence retomba sur la ligne.

« Si elle est morte, Brian, vous n'aurez plus aucun moyen de négocier avec moi.

— Non. » Brian fit entendre un son de déglutition laborieuse. « Elle n'est pas morte. »

Decker eut l'impression de s'affaisser de soulagement. « Passez-la-moi.

— Ce n'est pas si simple que ça, Decker.

— Ce ne l'était pas mais, depuis ce soir, ce l'est devenu. Nick et Frank Giordano sont morts.

— Mais comment...

— Faites-moi confiance, Brian. Ils ne sont plus dans le paysage. Personne ne pourchasse plus Beth Dwyer. Vous pouvez garder l'argent et la laisser partir. La manière dont vous êtes entré en possession de cet argent demeurera un secret entre nous. »

McKittrick hésita et sa respiration tendue fut nettement audible. « Pourquoi est-ce que je vous croirais ?

— Réfléchissez bien, Brian. Si les Giordano vivaient encore, je ne serais pas en train de vous parler. C'est vraiment mon cadavre que vous auriez trouvé à l'observatoire. »

McKittrick respirait plus difficilement.

« Et ce ne serait pas *moi* qui vous parlerais au téléphone, dit Decker. Ce serait *eux* qui seraient en train d'enfoncer la porte de votre motel. »

Decker entendit un son étouffé comme si McKittrick avait posé sa main sur le combiné. Il entendit des voix assourdies. Il attendit, tout tremblant dans ses vêtements mouillés, avec une peur noire que McKittrick ne s'en prenne à Beth.

A l'autre bout de la ligne, quelque chose effleura l'appareil et McKittrick reprit la parole. « J'ai besoin d'une preuve.

— Vous essayez de gagner du temps, Brian. Vous voulez essayer de filer en douce pendant que je vous parle. Je ne suis pas seul. Dès que vous apparaîtrez à la porte, on va vous tirer dessus et je peux vous garantir que si Beth est blessée, vous découvrirez à vos dépens qu'il est impossible de dépenser un million de dollars en enfer. »

Silence. Autre conciliabule de voix assourdies. Celle de McKittrick était tendue lorsqu'il revint en ligne. « Qu'est-ce qui m'assure que vous me laisserez partir si je vous rends Diana Scolari ?

— *Beth Dwyer*, dit Decker. Voilà peut-être une idée qui vous est étrangère, Brian. L'intégrité. Je ne reviens jamais sur ma parole. Quand je travaillais pour Langley, c'est comme ça que j'étais en mesure de conclure des transactions. On savait qu'on pouvait compter sur moi. Et jamais je n'ai autant tenu à réussir une transaction que celle-ci. »

De son poste d'observation dans la cabine téléphonique, Decker pouvait voir de l'autre côté de la rue les unités du motel qui s'étendaient vers la benne à ordures. Il voyait Esperanza caché derrière celle-ci, les yeux rivés sur les deux unités du motel. Il vit la lumière s'éteindre aux deux fenêtres.

« Vous avez éteint, Brian ?

— Bon dieu, vous êtes si près que ça ?

— Ne faites pas de bêtises. Vous avez l'intention de vous servir de Beth comme d'un bouclier en vous disant que je ne prendrai pas le risque de tirer. Réfléchissez. A supposer que je vous laisse vous enfuir avec elle, seriez-vous prêt à vous abriter derrière elle jusqu'à la fin de vos jours ? Le sac en plastique que j'avais sur la tête à l'observatoire prouve que je suis prêt à prendre tous les risques pour elle. Je ne vous lâcherai plus. »

Pas de réponse.

« Concentrez-vous uniquement sur le million de dollars, Brian. Personne ne saura jamais comment vous vous les êtes procurés. Personne ne les réclamera. Ils seront à vous et vous pourrez en faire ce que vous voulez dès que vous monterez en voiture pour partir d'ici.

— A condition que vous me laissiez partir.

— A condition que vous, vous laissiez Beth partir. Cette conversation ne rime à rien si vous ne me prouvez pas qu'elle est vivante. *Laissez-moi lui parler.* »

Decker tendait si fort l'oreille sur l'écouteur qu'il n'entendait pas le crépitement de la pluie. Puis il ne put s'empêcher d'entendre le tonnerre qui fit trembler les vitres de la cabine téléphonique et le bruit, plus orageux encore, que faisait son cœur battant.

Il y eut un bruit à l'autre bout de la ligne comme si l'on déplaçait le téléphone.

« Steve ? »

Decker sentit ses genoux fléchir. En dépit de toute sa détermination, il s'aperçut qu'il n'avait jamais tout à fait cru réentendre sa voix.

« Dieu merci, bafouilla-t-il.

— Je n'arrive pas à croire que c'est toi. Comment as-tu...

— Je t'expliquerai plus tard. Tu n'as rien ?

— J'ai eu une peur bleue mais ils ne m'ont rien fait. » Sa voix, faible et éteinte, tremblait de nervosité, mais c'était bien la sienne. Il se rappela la première fois qu'elle lui avait parlé et combien sa voix avait évoqué pour lui le tintement cristallin de clochettes et la pétulance du champagne.

« Je t'aime, dit-il. Je vais te tirer de là. Combien y a-t-il de personnes avec toi ? »

Le téléphone fit un bruit comme si on le heurtait et McKittrick vint à l'appareil. « Comme ça, vous savez qu'elle est encore vivante. Et moi, comment est-ce que je vais sortir d'ici vivant ?

— Allumez. Ouvrez les tentures.

— *Quoi ?*

— Placez Beth devant la fenêtre afin qu'on puisse la voir. Sortez avec l'argent. Montez dans la voiture. Pendant tout ce temps, gardez votre arme braquée sur elle. Comme ça, vous saurez que je ne tenterai rien contre vous.

— Jusqu'à ce que je sois dans la rue et que je ne puisse plus la voir pour tirer sur elle. Vous essaierez alors de me tuer.

— Il faut me faire confiance, dit Decker.

— Allons donc.

— Parce que moi, j'ai confiance. Et je vais vous montrer à quel point. Vous saurez que vous êtes en sécurité après avoir laissé Beth dans la chambre parce que je vous accompagnerai dans la voiture. Je vous servirai d'otage. Une fois en route, quand vous serez sûr que personne ne vous suit, vous me laisserez descendre et nous serons quittes. »

Un nouveau silence se fit. Le tonnerre claqua.

« Vous plaisantez, dit McKittrick.

— Je n'ai jamais été aussi sérieux.

— Qu'est-ce qui vous prouve que je ne vous tuerai pas ?

— Rien, dit Decker. Mais si vous faites ça, j'ai des amis qui vous retrouveront. Je suis prêt à parier le tout pour le tout que vous tenez à en finir avec toute cette histoire. Je suis sérieux, Brian. Rendez-moi Beth. Gardez l'argent. Vous n'entendrez plus jamais parler de moi. »

McKittrick garda le silence quelques instants. Decker l'imagina en train de peser le pour et le contre de sa proposition.

D'une voix étouffée, McKittrick s'adressa à quelqu'un d'autre dans la chambre du motel. « D'accord, dit-il à Decker. Donnez-nous cinq minutes. Ensuite on sortira. Je veux que vous m'attendiez près de ma voiture les mains en l'air.

— Entendu, Brian. Mais si jamais vous étiez tenté de revenir sur notre marché, rappelez-vous seulement qu'il y a quelqu'un d'autre qui tient une arme braquée sur vous. »

6

La bouche desséchée par la peur, Decker raccrocha et sortit de la cabine sous la pluie. En traversant la rue pour retourner dans le parc de stationnement du motel plongé dans le noir où il se dissimula dans les ténèbres, il sentit plus vivement le froid. Parvenu à l'arrière du motel, il s'approcha de la benne à ordures et, dans un murmure étouffé par la pluie, expliqua à Esperanza la nature de l'accord qu'il avait conclu avec McKittrick.

« Vous prenez un sacré risque, dit Esperanza.

— Alors, quoi de neuf?

— *Cojones*, mon vieux.

— Il ne me tuera pas. Il n'a pas envie de passer le restant de ses jours en cavale.

— Pour fuir vos prétendus amis.

— Enfin, je pensais, comme qui dirait, que c'est vous qui vous lanceriez à ses trousses s'il me tuait.

— Oui. » Esperanza se fit songeur. « Oui, je le ferais. »

Les lumières s'allumèrent derrière les tentures fermées de l'unité 19.

« Il ne faut pas qu'il trouve d'arme sur moi. Tenez, voici mon pistolet, dit Decker. N'hésitez pas à tirer si les choses tournent mal.

— Ce sera avec plaisir, dit Esperanza.

— Lorsque je vous le dirai, ramassez cette bouteille vide qui est à vos pieds et lancez-la devant le motel. Lancez-la haut afin qu'il ne sache pas où vous êtes. »

Tenant à éviter de révéler où se cachait Esperanza, Decker rentra dans l'obscurité en rampant et ressortit de l'obscurité à un autre endroit du parc de stationnement. Les mains en l'air, il se dirigea vers la Pontiac garée devant l'unité 19.

Les tenturent s'écartèrent tels des rideaux de théâtre. Decker faillit perdre pied à la vue du spectacle qui lui apparut alors. Beth était ligotée à une chaise, un bâillon enfoncé dans la bouche. Ses yeux bleu-gris paraissaient terrorisés. Elle était tout échevelée. Son visage ovale était tiré et ses hautes pommettes tendues sur sa peau rendue blême par la peur. Mais elle le vit alors par la fenêtre et Decker fut touché par l'expression affectueuse qui fit place à la peur dans ses yeux, par le regard confiant qu'elle lui adressa. Son soulagement et la confiance qu'elle avait en lui étaient manifestes. Elle ne doutait pas avoir affaire au héros dont elle avait rêvé dans son enfance, à *son* héros, et que celui-ci la sauverait.

A gauche, dissimulé par le montant de parpaings qui séparait la porte de la fenêtre, un bras se tendit dont la main était pointée sur la tempe de Beth. Cette main tenait un revolver armé.

Les nerfs à vif, Decker entendit un bruit à la porte que l'on déverrouilla et dont on tourna la poignée. De la lumière jaillit de l'ouverture étroite.

« Decker? » McKittrick ne se montra pas.

« Je suis près de votre voiture – là où j'avais dit. »

La porte s'ouvrit toute grande. McKittrick sortit à découvert et ses solides épaules de joueur de football dans la trentaine se découpèrent dans la lumière. Il paraissait avoir épaissi depuis la dernière fois où Decker l'avait vu. Ses cheveux blonds, plus courts encore que Decker n'en avait gardé le souvenir, accentuaient ses traits farouches et anguleux. Decker trouva que ses yeux avaient quelque chose de porcin.

Braquant un pistolet, McKittrick sourit. Decker fut affolé l'espace d'une seconde à l'idée qu'il allait tirer. Mais il quitta l'embrasure de la porte ouverte, empoigna Decker et le plaqua sur le capot encore chaud de la Pontiac.

« Vous avez intérêt à ne pas être armé, mon pote. » McKittrick le fouilla brutalement sans cesser d'appuyer le canon de son arme contre sa nuque.

« Je n'ai pas d'arme, dit Decker. J'ai passé un accord. Je vais m'y tenir. » Decker, dont la joue était appuyée contre le capot humide de la Pontiac, pouvait voir latéralement la fenêtre éclairée et le revolver pointé sur Beth. Il plissa les yeux à plusieurs reprises pour y voir clair sous la pluie qui lui fouettait le visage.

Beth, terrorisée, se tortillait sur la chaise.

McKittrick mit fin à sa fouille brutale et fit un pas en arrière. « Eh ben, là je n'en reviens pas. Vous avez vraiment fait ça. Vous vous êtes livré à moi. Vous êtes drôlement sûr de vous. Qu'est-ce qui vous fait croire que je ne vais pas vous mettre une balle dans la tête ?

— Je vous l'ai dit – j'ai reçu des renforts.

— Mais oui, bien sûr, voyons donc. De qui ? Du FBI ? Ce n'est pas leur style. De Langley ? Cette affaire ne relève pas de la sécurité nationale. Pourquoi s'en occuperaient-ils ?

— J'ai des amis.

— Hé là, je vous ai filé, vous vous rappelez ? A Santa Fe, vous n'aviez pas un seul ami, personne à qui faire confiance pour vous soutenir.

— Des amis que j'avais dans le temps.

— Allons donc.

— *Faites un bruit* », cria Decker à Esperanza dans le noir.

McKittrick tressaillit lorsque la bouteille vide tomba sur le pavé près de l'entrée du motel. Il y eut des éclats de verre.

McKittrick se renfrogna sans cesser de braquer son arme sur Decker. « Ça pourrait aussi bien être un clodo que vous avez payé pour lancer cette bouteille.

— Mais le fait est que vous n'en savez rien, dit Decker. Pourquoi courir ce risque ?

— Si vous saviez combien je vais être heureux d'être enfin débarrassé de vous pour de bon. »

Durant un bref instant d'affolement, Decker craignit que McKittrick n'appuie sur la détente.

Au lieu de cela, il cria en direction de la porte ouverte : « Allons-y ! »

Une silhouette apparut – de taille moyenne, vêtue d'un imperméable trop grand et d'un chapeau de pluie en caoutchouc au large bord tombant qui cachait ses traits. L'individu en question tenait une mallette à la main gauche sans cesser de pointer son arme par la fenêtre en direction de Beth.

McKittrick ouvrit la portière arrière de la Pontiac afin que l'homme en imperméable puisse y jeter la mallette. McKittrick attendit que l'inconnu soit monté à l'arrière pour ouvrir la portière du côté passager en disant à Decker de s'y glisser. L'homme à l'arrière s'assit derrière Decker et pointa un pistolet sur sa tête tandis que McKittrick prenait place au volant sans cesser de diriger son arme sur Beth.

« Rondement mené, dit McKittrick. Sans embrouilles. Et maintenant, mon pote, vous avez ce que vous avez cherché. » Il prit un ton plus posé. « On vous emmène faire une petite balade. »

McKittrick mit le contact, alluma les phares et passa en marche arrière. Les phares éclairèrent Beth. Decker, dont la vision était déformée par la pluie qui ruisselait sur le pare-brise, la vit essayer de se défaire de ses liens et détourner les yeux pour les protéger de l'éclat des phares de la voiture. Elle parut rapetisser tandis que la Pontiac continuait de faire marche arrière. McKittrick passa en première et s'éloigna de l'unité du motel. Se félicitant que Beth soit saine et sauve tout en éprouvant un sentiment de solitude et de vide, Decker se retourna pour l'apercevoir une dernière fois en train de se débattre avec les cordes qui la retenaient à la chaise. Elle porta dans sa direction un regard émouvant de mélancolie, craignant maintenant pour lui.

« Qui l'aurait cru ? » McKittrick s'engagea dans une rue sombre à l'extérieur du motel et prit à droite. « Un sentimental. »

Decker resta muet.

« Elle doit vraiment avoir le béguin pour vous », dit McKittrick.

Decker ne répondit pas davantage.

« Hé, dites donc. » McKittrick quitta la route des yeux et tourna son pistolet vers Decker. « Je vous parle.

— Oui, fit Decker. Elle a le béguin pour moi. »

McKittrick marmonna avec mépris dans sa barbe puis regarda de nouveau la route. Il examina le rétroviseur. « Pas de phares. On n'est pas suivis.

— Est-ce qu'elle savait qui j'étais quand j'ai fait sa connaissance ? demanda Decker.

— Quoi ?

— Est-ce qu'elle se servait uniquement de moi en guise de protection supplémentaire ?

— Vous êtes un drôle de phénomène ! Tout ce tralala pour avoir l'air d'un professionnel, pour garder la maîtrise des événements, et vous fichez votre vie en l'air pour une femme.

— Ce n'est pas comme ça que je vois la chose.

— Alors comment la voyez-vous ?

— Je n'ai pas fichu ma vie en l'air, dit Decker. J'ai enfin commencé à vivre.

— Pas pour longtemps. Vous voulez qu'on parle de vies gâchées ? fit sèchement McKittrick. Vous m'avez gâché la mienne. Sans vous, je travaillerais encore pour l'Agence. J'aurais eu de l'avancement. Mon père aurait été fier de moi. Je n'aurais pas été obligé d'accepter ce travail merdique de *marshal*, pour protéger des gangsters. » Il haussa la voix. « Je serais encore à Rome ! »

L'homme assis à l'arrière dit quelque chose, d'une voix graveleuse et gutturale si déformée que Decker ne comprit pas ses paroles. Il en avait déjà entendu le timbre bizarre auparavant – lorsqu'il tendait l'oreille à l'extérieur de la chambre de McKittrick. Mais il y avait dans sa sonorité irritante quelque chose de familier, comme s'il l'avait entendue bien avant cela. McKittrick, qui y était manifestement habitué, comprit immédiatement ce que l'autre avait dit.

« Je ne me tairai pas ! dit-il. Je ne dis rien qui puisse nous nuire ! Il le sait aussi bien que moi, l'idée que je puisse réussir quelque chose lui était insupportable ! Il n'aurait pas dû intervenir ! S'il m'avait laissé agir à ma façon, j'aurais été un héros !

— Les héros ne fraient pas avec des voyous comme Giordano.

— Hé, étant donné que les braves gens avaient décidé de me virer, j'ai eu l'idée d'aller voir comment on me traiterait chez les voyous. Beaucoup mieux, vous pouvez me croire. Je commence à penser que ça revient à peu près au même. » McKittrick s'esclaffa. « Et on se fait nettement plus de blé.

— N'empêche que vous vous êtes retourné contre Giordano.

— J'ai finalement compris que dans tout ça, c'était chacun pour soi. Je me range d'un seul côté, le mien. Et vous, vous n'êtes pas du bon côté. L'heure est venue de payer la note. » McKittrick tenait un objet à la main. L'espace d'un instant, Decker crut qu'il s'agissait d'une arme. Puis il reconnut l'émetteur. « Je ne suis pas aussi nouille que vous le pensez. Après votre coup de fil, je me suis creusé les méninges et je me suis demandé : Comment a-t-il fait pour me retrouver ? A l'observatoire, je m'étais débarrassé de la mallette au cas où elle serait sur écoute. Mais je n'avais pas pensé à l'argent. J'ai donc cherché dans chaque liasse et j'ai trouvé ce que vous savez dans une cavité que vous aviez découpée. »

McKittrick appuya sur un bouton qui fit descendre la vitre de son côté. Furieux, il lança violemment l'émetteur dans un fossé qu'il longeait à toute allure. « A qui le tour de rire maintenant ? On ne pourra pas vous suivre. Je vous tiens. »

McKittrick tourna pour s'engager sur une route de traverse, se rangea sur le bas-côté bordé d'arbres, s'arrêta et éteignit les phares de la Pontiac. Dans le noir, la pluie tambourinait sur le toit de la voiture. Le va-ct-vient rapide des essuie-glace se mit au diapason des battements de cœur de Decker lorsqu'une lampe de poche s'alluma et qu'il vit McKittrick braquer un pistolet sur lui.

« Je peux me planquer un sacré bout de temps avec un million de dollars, dit-il. Mais je n'aurai pas à me planquer du tout si vous n'êtes plus là pour me courir après. »

McKittrick assura son doigt sur la détente.

« On avait conclu un accord, dit Decker.

— Ouais et j'ai bien l'intention que vous le respectiez. Sortez de la voiture. »

Decker sentit croître sa tension.

« *Sortez de la voiture*, répéta McKittrick. Allez, sortez. Ouvrez la portière. »

Decker, s'écartant de McKittrick, posa la main sur la poignée de la portière. Il savait que dès qu'il l'actionnerait pour descendre de voiture, McKittrick tirerait sur lui. Il essaya fébrilement de penser à un moyen de s'enfuir. Il pouvait tenter de distraire McKittrick et de mettre la main sur le pistolet, mais restait l'homme assis à l'arrière qui tirerait au moindre geste agressif de sa part. Je peux plonger dans le fossé, pensa-t-il. Dans le noir et sous la pluie, peut-être ne seront-ils pas capables de viser juste.

Les muscles bandés, il ouvrit lentement la portière en adressant une prière au ciel, prêt à se précipiter à l'extérieur.

« Est-ce qu'elle vous aime vraiment ? demanda McKittrick. Savait-elle qui vous étiez ? Est-ce qu'elle se servait de vous ?

— C'est ce que je voudrais bien savoir, dit Decker.

— Demandez-le-lui.

— Quoi ?

— Retournez le lui demander.

— Qu'est-ce que vous racontez ? »

McKittrick avait retrouvé son ton suffisant. Il avait quelque chose derrière la tête mais Decker ne savait dire quoi. « Je respecte ma part de l'accord. Vous êtes libre. Allez retrouver Diana Scolari. Vous verrez bien si elle vaut le prix que vous étiez prêt à payer pour elle.

— Pour *Beth Dwyer*.

— Ce que vous pouvez être sentimental. »

Dès que les chaussures de Decker eurent touché le bas-côté détrempé de la route, McKittrick appuya à fond sur l'accélérateur et la Pontiac s'éloigna de Decker, lui écrasant presque un pied. Au moment où la portière se refermait sous la force de l'accélération, McKittrick éclata de rire. Puis les feux arrière de la voiture disparurent rapidement dans le lointain. Decker se retrouva seul dans la nuit et sous la pluie.

Onze

1

Decker mit un certain temps à se rendre compte de ce qui venait de se passer. Il avait l'impression d'être dans un rêve. S'ébrouant de la torpeur causée par la stupeur de n'être pas tué, il se refusait à admettre l'évidence : McKittrick l'avait laissé partir. Son rire inquiétant résonnait encore à ses oreilles. Il y avait dans tout cela quelque chose qui clochait.

Mais Decker n'avait pas le temps d'y penser. Déjà il faisait demi-tour et partait en courant vers les lumières de Closter qui brillaient faiblement au loin. Malgré l'épuisement dû au manque de sommeil et à une alimentation insuffisante, malgré la douleur que lui causaient ses nombreuses blessures et le froid de ses vêtements mouillés qui usait ses dernières forces, il lui sembla qu'il n'avait jamais couru plus vite ou avec une détermination plus acharnée. La tempête soufflait autour de lui mais il fonçait dans le noir sans en tenir compte. Il allongeait ses foulées au maximum. Ses poumons étaient en feu. Rien ne l'empêcherait d'arriver jusqu'à Beth. Eperdu, il atteignit les limites de la ville. Il entrevit l'Oldsmobile à l'endroit où Esperanza l'avait garée à l'écart, dans une rue voisine du motel. Puis celui-ci apparut devant lui. Son enseigne de néon scintillait dans la nuit. A demi conscient, il fonça jusqu'à l'angle du bâtiment, rassembla ses forces pour un dernier sprint et longea à toute allure les unités du motel en direction de la porte ouverte de la chambre 19.

Beth y était affaissée au bord du lit. Esperanza portait un verre d'eau à ses lèvres. Le bâillon et les cordes étaient sur le plancher. Ces détails mis à part, tous les autres objets de la pièce auraient aussi bien pu être invisibles. Decker n'avait d'yeux que pour Beth. Ses longs cheveux auburn étaient emmêlés, elle avait les yeux caves, les joues émaciées. Il se précipita vers elle, tomba à ses genoux et leva tendrement les mains vers son visage. Il n'avait que très vaguement conscience de sa propre apparence méconnaissable, de ses cheveux trempés plaqués sur le crâne, des écorchures de son visage sur lequel suintait le sang, de ses vêtements mouillés, déchirés et tachés de boue. Ne comptait que le fait que Beth était saine et sauve.

« Es-tu... » Sa voix était si rauque, si tendue par l'émotion, qu'elle le fit sursauter. « Tu n'as rien ? Ils ne t'ont rien fait ?

— Non. » Beth frissonna. Elle avait l'air égaré. « Tu saignes. Tu as le visage... »

Decker, ressentant soudain une douleur aux yeux et à la gorge, s'aperçut qu'il sanglotait.

« Etendez-vous, Decker, dit Esperanza. Vous êtes en plus mauvais état que Beth. »

Decker, qui perçut dans sa bouche le goût de sel de ses larmes, prit Beth dans ses bras et l'étreignit aussi doucement que le lui permettait la violence de ses émotions. Le moment qu'il avait tant attendu était enfin arrivé. Toute sa volonté et ses souffrances avaient tendu vers cet instant.

« Tu es blessé, dit Beth.

— Ça ne fait rien. » Il l'embrassa, décidé à la garder à jamais près de lui. « Tu ne peux pas savoir à quel point j'étais inquiet. Tu n'as rien, tu es sûre ?

— Oui. Ils ne m'ont pas touchée. Le pire a été le bâillon et les cordes. Et la soif. On ne m'a pas donné assez à boire.

— Je suis sérieux, Decker, dit Esperanza. Vous êtes épouvantable à voir. Vous devriez vous étendre. »

Mais au lieu d'obtempérer à cette amicale injonction, Decker prit le verre d'eau et pressa Beth de boire davantage. Il ne cessait de répéter avec ébahissement : « Tu es vivante », comme si dans un recoin obscur de lui-même il avait douté de pouvoir effectivement la sauver.

« J'ai eu tellement peur.

— N'y pense pas. » Decker caressa amoureusement sa chevelure emmêlée. « C'est fini maintenant. McKittrick est parti.

— Et la femme.

— La femme ?

— Elle me terrorisait. »

Decker se renversa en arrière et, abasourdi, scruta le visage de Beth. « *Quelle* femme ?

— Celle qui était avec McKittrick. »

Decker sentit un froid à l'estomac. « Mais je n'ai vu qu'un homme.

— En imper. Avec le chapeau de pluie. »

Un frisson traversa son corps déjà glacé. « C'était une *femme* ? »

Beth haussa les épaules. « Elle était belle. Mais elle avait une voix bizarre. Elle avait quelque chose à la gorge. Un trou tout plissé. Une cicatrice, comme si elle avait reçu un coup à cet endroit. »

Decker comprit alors pourquoi la répugnante voix gutturale lui avait semblé familière. Bien que déformée, quelque chose comme un accent perçait en elle. Un accent *italien*. « Ecoute-moi bien. Est-ce qu'elle était grande ? Les hanches minces ? Les cheveux coupés court ? Est-ce qu'elle avait l'air d'une Italienne ?

— Oui. Comment as-tu...

— Bon dieu, est-ce que Mckittrick l'a appelée par son nom ? Est-ce qu'il a employé le nom de...

— Renata.

— Il faut qu'on fiche le camp d'ici. » Decker se leva en tirant Beth pour l'aider à se mettre debout tout en faisant des yeux le tour de la pièce d'un air fébrile.

« Qu'est-ce qui ne va pas ?

— Est-ce qu'elle a laissé quelque chose ? Une valise ? Un paquet ?

— Lorsqu'ils ont été prêts à partir, elle a emporté un sac dans l'autre chambre mais elle ne l'a pas rapporté.

— *Il faut sortir d'ici*, cria Decker en entraînant Beth et Esperanza vers la porte ouverte. C'est une spécialiste en explosifs. J'ai peur qu'il y ait une bombe. »

Il les poussa dehors sous la pluie, se rappelant avec terreur un autre orage quinze mois auparavant, un soir qu'il était accroupi derrière une caisse dans une cour intérieure à Rome.

Renata avait déclenché la bombe dans un appartement supérieur. Tandis que les débris tombaient en cascade depuis le quatrième balcon, les flammes qui faisaient rage éclairaient la cour. La vision latérale de Decker détecta un mouvement dans le coin le plus éloigné de la cour, près de la porte par laquelle McKittrick et lui étaient arrivés. Mais ce n'était pas McKittrick qui avait bougé. La silhouette mince et élancée, sensuelle, qui avait surgi de l'ombre d'un autre escalier était celle de Renata. Tenant un revolver équipé d'un silencieux, elle tira à plusieurs reprises dans la cour tout en courant vers le porche. Decker, toujours abrité derrière la caisse, se mit à plat ventre sur les pavés mouillés et avança en rampant avec force contorsions des coudes et des genoux. Arrivé à hauteur de l'un des flancs de la caisse, il eut le temps d'apercevoir Renata qui approchait du porche. Il visa à travers la pluie et tira deux fois. Sa première balle alla s'écraser sur le mur derrière elle. La seconde la toucha à la gorge. Elle porta la main à sa trachée-artère de laquelle le sang jaillissait à flots. Decker comprit que les efforts de ses frères, qui la tiraient hors de vue dans la rue obscure, étaient vains. Sa gorge allait s'obstruer et elle allait mourir asphyxiée en moins de trois minutes.

Mais elle n'était pas morte, comprit Decker, horrifié. McKittrick avait dû la rechercher durant les semaines et les mois qui avaient suivi.

S'étaient-ils remis ensemble ? L'avait-elle convaincu qu'elle n'était pas son ennemie, que l'Agence l'avait traité plus mal qu'elle ? Etait-ce elle qui tirait les ficelles de toute cette histoire ?

« Courez ! hurla Decker. Allez vous mettre à l'abri derrière la benne à ordures ! » Il entendit Esperanza passer en courant à sa hauteur et poussa Beth devant lui lorsque, tout à coup, il se sentit arraché du sol par la puissance de l'air dont la déflagration lui fit l'effet d'un poing géant. Le maelström de lumière et de fracas qui l'enveloppa lui donna l'impression que l'orage avait concentré toute sa charge électrique pour le frapper. En état d'apesanteur, sans rien voir, sans rien entendre, sans rien sentir, il se retrouva en moins de temps qu'il ne faut pour le dire aplati sur le sol humide derrière la benne à ordures. Il roula sur Beth pour la protéger des débris qui tombaient autour d'eux.

Puis l'onde de choc cessa et il prit conscience d'un bourdonnement douloureux dans les oreilles, de la pluie, de cris provenant des immeubles voisins, de Beth qui remuait sous lui. Elle toussa et il eut peur de l'étouffer. Etourdi, il trouva la force de rouler sur lui-même pour la dégager, à peine conscient des morceaux de parpaing épars autour d'eux.

« Es-tu blessée ?

— A la jambe. »

Les mains tremblantes, il examina sa jambe. La lumière provenant d'un incendie dans les restes des chambres du motel lui permit de voir une grosse écharde de bois qui saillait de sa cuisse droite. Il la retira, inquiet de la quantité de sang qui s'échappa par saccades de la blessure. « Un garrot. Il te faut un... » Il se défit rapidement de sa ceinture dont il enserra étroitement la chair au-dessus de la plaie déchiquetée qui faisait un trou dans la jambe de Beth.

Un grognement se fit entendre. Une ombre bougea derrière la benne. Lentement, une silhouette se remit sur son séant et Decker trembla de soulagement en comprenant qu'Esperanza était toujours vivant.

« Decker ! »

Ce n'était pas la voix d'Esperanza. Le bourdonnement qui lui résonnait dans les oreilles était si fort qu'il eut du mal à savoir de quel côté la voix avait crié.

« *Decker !* »

Puis il comprit et dirigea son regard, par-delà le miroitement des flammes, sur les flaques d'eau dans le parc de stationnement. Dans la rue, devant le motel, le moteur de la Pontiac de McKittrick tournait au ralenti. N'ayant pu pénétrer dans le parc de stationnement à cause des débris, la voiture était placée de manière à ce que la fenêtre du conducteur soit tournée vers le motel. McKittrick avait dû suivre Decker tandis qu'il revenait à la ville. Les traits contorsionnés par la rage, il était appuyé à la fenêtre ouverte de la voiture, un détonateur à la main. Il cria : « J'aurais pu le déclencher quand vous étiez à l'intérieur ! Mais ç'aurait été trop facile ! Je ne fais que commencer ! Gardez toujours l'œil ouvert ! Une nuit, quand vous vous y attendrez le moins, on va vous faire sauter, vous et votre petite garce ! »

Un sirène hurla dans le lointain. McKittrick tenait quelque chose d'autre à la main et Decker eut tout juste la force de rouler sur lui-même avec Beth pour se mettre à l'abri derrière la benne à ordures avant qu'il ne fasse feu de son arme automatique dont les balles vinrent s'écraser sur la benne. Esperanza, tapi derrière celle-ci, dégaina un pistolet et répondit aux tirs. L'instant d'après, Decker entendit des pneus crisser sur le pavé mouillé et la Pontiac de McKittrick s'éloigna dans un vrombissement.

2

Une deuxième sirène se joignit à la première.

« Il faut filer d'ici, dit Esperanza.

— Aidez-moi à soutenir Beth. »

Ils lui prirent chacun un bras, la soulevèrent et se hâtèrent tant bien que mal avec elle à l'arrière du motel dans l'obscurité. Une foule de badauds se formait déjà. Decker frôla deux hommes qui arrivaient en courant d'un immeuble derrière le motel.

« Qu'est-ce qui s'est passé ? cria l'un d'eux.

— Une bonbonne de gaz propane qui a explosé ! lui dit Decker.

— Avez-vous besoin d'aide ?

— Non ! On emmène cette femme à l'hôpital ! Regardez s'il y a d'autres survivants ! » Decker, qui soutenait Beth, percevait ses grimaces de douleur à chaque pas pressé qu'elle faisait.

Une fois dans l'allée obscure qui longeait l'autre côté du motel, Esperanza et lui s'arrêtèrent un instant avant d'atteindre la rue pour laisser passer plusieurs personnes qui se dirigeaient à pas rapides vers l'incendie. Puis, sans se faire remarquer, ils s'engagèrent aussitôt dans la rue, en soutenant Beth, en direction de l'endroit où l'Oldsmobile était garée.

« Prenez le volant ! dit Decker. Je vais rester à l'arrière avec elle ! »

Esperanza claqua la portière et mit le contact. Sur le siège arrière,

Decker retint Beth pour l'empêcher de rouler sur le plancher. L'Old-smobile s'éloigna à toute allure.

« Comment est-elle ? demanda Esperanza.

— Le garrot a arrêté l'hémorragie mais il faut que je le desserre. La gangrène va s'y mettre si le sang ne circule pas dans sa jambe. » Alarmé par un jet de sang qui jaillit de la blessure lorsqu'il desserra la ceinture, Decker saisit vivement son sac de voyage qui se trouvait par terre à l'arrière de la voiture et y prit une chemise qu'il appuya contre la blessure en guise de tampon. Il se pencha vers Beth étendue sur le siège. « As-tu la nausée ? Vois-tu double ?

— Je suis étourdie.

— Tiens bon. On va t'emmener chez le médecin.

— Où ça ? demanda Esperanza.

— A Manhattan. On se dirigeait vers l'ouest en arrivant à Closter. Prenez la première à gauche puis encore à gauche.

— Vers l'est. On reprend l'autoroute, dit Esperanza.

— Oui. Puis ensuite vers le sud. » Decker caressa la joue de Beth. « N'aie pas peur, je suis là. Je vais prendre soin de toi. Tout va bien se passer. »

Beth serra sa main dans la sienne. « McKittrick est cinglé.

— Encore plus qu'à Rome, dit Decker.

— Rome ? » Esperanza lui adressa un regard interrogatif par-dessus son épaule. « Qu'est-ce que vous racontez là ? »

Decker hésita. Il avait résolu de garder cette histoire pour lui. Mais Beth et Esperanza avaient failli se faire tuer à cause de ce qui était arrivé là-bas. Ils avaient le droit de connaître la vérité. Leur vie pourrait en dépendre. Il leur raconta donc tout... la mort des vingt-trois Américains... McKittrick, Renata et la cour où celle-ci avait été abattue sous la pluie.

« C'est une *terroriste* ? demanda Esperanza.

— McKittrick s'est amouraché d'elle, expliqua Decker. Quand l'opération de Rome eut tourné à la catastrophe, il a refusé de croire qu'elle s'était jouée de lui. A mon avis, il s'est lancé à sa poursuite pour lui faire avouer la vérité mais elle l'a convaincu qu'elle l'aimait vraiment. Et maintenant, elle le manipule de nouveau. Pour m'atteindre. Pour mettre la main sur l'argent que Giordano a donné à McKittrick.

— Elle te hait. » Beth avait à peine la force de parler. « Elle n'avait que le mot vengeance à la bouche. Elle est obsédée par l'idée de te faire souffrir

— Ne te force pas. N'essaie pas de parler.

— Non. C'est important. Ecoute. Elle n'arrêtait pas de harceler McKittrick à propos de quelque chose que tu aurais fait à ses frères. Qu'est-ce que tu leur as fait ?

— *Ses frères ?* » Decker redressa brusquement la tête, revivant le cauchemar de ce qui était arrivé dans cette cour intérieure à Rome.

Tandis que les débris causés par l'explosion de la bombe que Renata avait déclenchée tombaient en pluie, un mouvement à sa gauche fit se retourner Decker. Un homme brun et mince d'une vingtaine d'années, l'un des frères de Renata, se dressa derrière les poubelles. Il n'avait pas prévu que Renata ferait éclater la bombe si tôt. Bien qu'il eût un pistolet, il ne le braqua pas sur Decker – son attention fut totalement détournée par un hurlement de l'autre côté de la cour intérieure. Le jeune homme vit avec consternation un de ses frères qui essayait d'écraser les flammes que les débris enflammés avaient allumées en tombant sur ses vêtements et ses cheveux.
Decker les descendit tous les deux.

« C'est une vendetta », dit Decker, consterné. Il fut saisi par la nausée en comprenant que Renata le haïssait encore plus que McKittrick. Decker se les imagina s'excitant mutuellement à la hargne, attisant leur haine, alimentant toujours davantage l'obsession vengeresse qu'ils entretenaient à son endroit. Mais comment prendre cette revanche ? Ils avaient dû tourner la chose dans tous les sens. Quelle serait la vengeance la plus satisfaisante ? Ils auraient pu m'abattre d'une balle depuis la voiture en démarrant, pensa Decker. L'ennui est que me tuer tout simplement ne leur suffisait pas. Ils voulaient me faire peur. Ils voulaient me faire souffrir.

Mais d'autres pensées lui vinrent aussi à l'esprit. A l'expression d'effroi qu'il lut sur le visage de Beth, il se rendit compte qu'il était en train de les exprimer à voix haute. Il donna libre cours à l'angoisse que ces pensées suscitaient en lui. « Rien ne serait arrivé à Santa Fe si McKittrick et Renata ne m'avaient pas eu dans le collimateur. McKittrick a été chassé de la CIA, mais officiellement, c'est lui qui a démissionné. Sur le papier, il faisait encore assez impression pour qu'on l'engage comme *marshal*. Il a suivi ma trace jusqu'à l'endroit où je vivais. Quand on lui a confié la mission de te protéger et qu'il a découvert que la maison voisine de la mienne était à vendre, il a eu un plan tout tracé. »

Decker prit son courage à deux mains. L'épreuve qu'il s'était imposée en voulant sauver Beth avait tout entière tendu vers cet instant et voilà que celui-ci était venu. Il ne put se retenir plus longtemps de poser la question qui l'avait tant hanté. « Etais-tu au courant de mon passé lorsque tu as fait ma connaissance ? »

Beth, les yeux fermés, ne répondit pas. Sa poitrine se soulevait, agitée.

« Avant que tu viennes à mon bureau, est-ce que McKittrick t'avait dit que je travaillais pour la CIA ? Est-ce qu'il t'avait donné comme instruction de te présenter sous ton plus beau jour, de faire de ton mieux pour que je m'attache à toi de manière à vouloir passer chaque minute que j'avais de libre avec toi et que je me transforme, de ce fait, de voisin en garde du corps ? »

Beth, qui respirait avec difficulté, gardait le silence.

« C'était ça, leur revanche, dit Decker. Me manipuler pour que je tombe amoureux de toi puis te livrer à la pègre. Ils espéraient m'atteindre en détruisant ta vie. Et la pègre les aurait en plus payés pour qu'ils aient ce plaisir.

— Je vois des feux de voiture, intervint Esperanza en prenant un virage serré à un carrefour. On arrive à l'autoroute.

— Il faut que je sache, Beth. *Est-ce que McKittrick t'a demandé de faire en sorte que je tombe amoureux de toi ?* »

Elle ne répondait toujours pas. De quelle manière devait-il s'y prendre pour lui faire avouer la vérité ? Puis, tout à coup, alors qu'ils atteignaient l'autoroute, la lueur des phares qui les croisaient se répandit sur le siège arrière et Decker put voir que Beth n'avait pas fermé les yeux pour éviter son regard. Son corps était inerte et sa respiration faible. Elle s'était évanouie.

3

Il était 3 heures du matin lorsque Esperanza, sur les instructions de Decker, vint s'arrêter devant une grande maison de pierre de Manhattan dans la 82ᵉ Rue Ouest. A cette heure de la nuit, ce quartier cossu était paisible et les rues désertes sous la pluie. Personne aux alentours ne vit Decker et Esperanza transporter le corps de Beth de la voiture jusque dans le vestibule de la maison. Decker, que la faiblesse croissante de Beth inquiétait, appuya sur le bouton de l'interphone de l'appartement 8. Ainsi qu'il l'avait prévu, il n'eut pas à sonner plusieurs fois et à attendre qu'une voix endormie lui demande ce qu'il voulait : on lui répondit immédiatement. On avait été prévenu de son arrivée par un coup de fil que Decker avait donné sans délai à une station-service sur l'autoroute. Un déclic se fit entendre qui déverrouilla électroniquement la porte intérieure.

Decker et Esperanza s'y engouffrèrent, trouvèrent l'ascenseur qui les attendait et montèrent vers le quatrième étage, agacés par la lenteur de la cabine. Dès que la porte de l'ascenseur s'ouvrit, un homme aux vêtements froissés de quelqu'un qui s'est habillé en hâte sortit précipitamment d'un appartement à l'intérieur duquel il les aida à transporter Beth. Grand et d'une extrême maigreur, il avait le front dégarni et portait une moustache poivre et sel. Decker entendit un bruit derrière lui et, se retournant, vit une femme de forte corpulence et qui paraissait soucieuse fermer et verrouiller la porte derrière eux.

L'homme conduisit Decker et Esperanza à gauche, dans une cuisine brillamment éclairée sur la table de laquelle était étendue une grande bâche de plastique. Le plancher était recouvert d'une bâche de plastique identique. Des instruments chirurgicaux étaient posés sur un comptoir protégé d'un tissu. De l'eau bouillait sur le poêle. La femme, vêtue d'une blouse médicale verte, jeta sans aménité à Decker : « Lavez-vous les mains. »

Decker obtempéra et, coude à coude avec l'homme et la femme à l'évier, utilisa comme eux pour se désinfecter les mains une bouteille contenant un liquide à l'odeur amère. La femme aida l'homme à mettre un masque chirurgical, un écran facial en plexiglas et des gants de latex, puis elle fit signe à Decker de l'aider elle aussi à faire de même. Elle entreprit aussitôt de couper à l'aide de ciseaux le pantalon taché de sang de Beth dont elle fendit la jambe droite sur toute la longueur jusqu'au slip. Une fois le tampon retiré de sur la blessure, du sang jaillit de la plaie déchiquetée.

« Quand est-ce arrivé ? » Le médecin appuya un doigt ganté sur la chair près de la blessure. Le sang cessa de couler.

« Il y a quarante minutes », répondit Decker. De l'eau de pluie dégoulinait de lui sur la bâche de plastique qui recouvrait le plancher.

« Combien de temps avez-vous mis avant de réduire l'écoulement du sang ?

— Je suis intervenu presque tout de suite.

— Vous lui avez sauvé la vie. »

Tandis que la femme essuyait le sang de la blessure à l'aide d'éponges chirurgicales, le médecin nettoyait la jambe de Beth avec de l'alcool. Il lui fit ensuite une piqûre. Le médecin expliqua que c'était un analgésique et pourtant Beth ne put retenir un gémissement lorsqu'il écarta la plaie à l'aide de pinces pour en examiner l'intérieur afin de voir si des débris s'y étaient logés.

« Je ne peux rien vous dire. Il va falloir faire vite et de manière improvisée rien que pour arrêter l'hémorragie. Il faudrait une radio. Une intraveineuse. Eventuellement, une intervention de microchirurgie si l'artère fémorale a été touchée. » Le médecin fit une autre piqûre à Beth, expliquant qu'il s'agissait cette fois d'un antibiotique. « Mais il va lui en falloir davantage et de manière régulière après son départ d'ici. »

La femme nettoya la plaie avec un désinfectant brunâtre tandis que le médecin se penchait sur la blessure qu'il examina avec des lunettes dont un verre était muni de petites lentilles additionnelles qu'il fit pivoter pour les mettre en place. Dès que la femme eut fini de désinfecter la région voisine de la blessure, elle exerça du doigt une pression à l'endroit où le médecin avait appuyé le sien précédemment afin de lui permettre de commencer à faire les points de suture.

« Vous n'auriez pas dû m'appeler, reprocha le médecin à Decker tout en travaillant.

— Je n'avais pas le choix. » Decker observa Beth dont le visage, humide de pluie et de sueur, virait au gris.

« Mais vous n'appartenez plus à l'organisation, dit le médecin.

— Je ne savais pas que vous étiez au courant.

— Evidemment. Sinon, vous ne vous seriez pas permis de vous adresser à moi.

— Je vous l'ai dit. Je n'avais pas le choix. Et puis, si vous saviez que je n'étais pas *persona grata*, rien ne vous obligeait à me venir en aide. » Decker tenait la main de Beth dont les doigts s'agrippaient aux siens comme si elle était en train de se noyer.

« C'est moi, en l'occurrence, qui n'avais pas le choix, dit le médecin tout en continuant de faire les points de suture. Comme vous avez si bien su me le faire remarquer au téléphone, vous aviez l'intention de faire un beau raffut dans l'immeuble si je ne vous aidais pas.

— Je ne suis pas sûr que vos voisins verraient d'un très bon œil votre travail au noir. »

La femme lui adressa un regard mauvais de l'endroit où elle assistait le médecin. « Vous avez souillé notre domicile. Vous savez où est la clinique. Vous auriez pu...

— C'était urgent, dit Decker. Moi, vous m'avez bien soigné ici une fois.

— C'était une *exception*.

— Vous avez fait d'autres exceptions. En échange de généreux honoraires. J'ai comme l'idée que c'est aussi pour ça que vous avez accepté de me venir en aide. »

Dans un froncement de sourcils, le médecin leva les yeux des points des suture qu'il était en train de faire. « Vous parliez de généreux honoraires. A quoi pensiez-vous au juste ?

— Dans mon sac de voyage, j'ai une chaîne en or de dix-huit carats, un bracelet en or, une bague de jade et douze pièces d'or.

— Pas d'argent ?

— Il y en a pour douze mille dollars. Mettez-les dans un bas de laine pour les temps difficiles. Croyez-moi, ils vous seront bien utiles si vous devez quitter le pays à la hâte et n'osez pas aller à la banque.

— On n'a jamais eu ce genre de problème.

— Jusqu'à maintenant, dit Decker. Je vous conseille de faire tout ce que vous pouvez pour cette femme.

— C'est une menace ?

— Vous m'avez mal compris. C'était un encouragement. »

Le médecin fronça les sourcils plus sévèrement encore et s'appliqua à poser d'autres points de suture. « Dans les circonstances, mes honoraires seront de vingt mille dollars.

— Quoi ?

— Je considère les objets auxquels vous avez fait allusion uniquement comme un premier versement. » Le médecin, interrompant son travail, se redressa. « Vous avez quelque chose à redire à mes honoraires ? »

Decker regarda le trou à demi refermé dans la jambe de Beth. « Non.

— C'est bien ce que je pensais. » Le médecin se remit au travail. « Où sont les objets ?

— Là. Dans mon sac de voyage. » Decker se tourna vers l'endroit où il l'avait déposé lorsqu'il avait aidé à transporter Beth dans la cuisine.

« Et le reste de la somme ?

— Vous l'aurez.

— Qu'est-ce qui me le garantit ?

— Vous avez ma parole. Si elle ne vous suffit pas... »

Esperanza s'interposa dans cette discussion qui commençait à tourner à l'aigre. « Ecoutez, à rester là comme ça, je me sens inutile. Il doit bien y avoir quelque chose que je pourrais faire.

— Le sang dans le couloir et l'ascenseur, dit la femme. Les voisins vont appeler la police s'ils le voient. Nettoyez-le. »

Son ton péremptoire permettait de penser qu'elle croyait s'adresser à un domestique hispanique, mais Esperanza, quoique fulminant de ses yeux sombres, se contenta pour toute réponse de demander, « Avec quoi ?

— Sous l'évier, il y a un seau, des torchons et du désinfectant. N'oubliez pas de mettre des gants de caoutchouc. »

Tandis qu'Esperanza rassemblait ce matériel et s'en allait, la femme mit un brassard de tensiomètre sur le bras gauche de Beth afin de mesurer sa tension artérielle. Elle observa le manomètre. L'air cessa de s'échapper en sifflant du brassard.

« Combien a-t-elle ? demanda Decker.

— 10/6. »

La normale était de 12/8. « Basse, mais pas dans la zone pathologique. »

La femme acquiesça. « Elle a beaucoup de chance.

— Ouais, si vous appelez ça avoir de la chance.

— Vous n'avez pas l'air trop bien vous-même. »

La sonnerie du téléphone retentit, faisant un bruit si importun que Decker, le médecin et la femme se tendirent, l'œil tourné vers l'appareil. Il était fixé au mur, près du congélateur. Il sonna de nouveau.

« Qui peut bien téléphoner à cette heure ?

— J'ai un patient en soins intensifs. » Le médecin continua à travailler. « J'ai laissé des instructions à l'hôpital pour qu'on me téléphone si son état empire. Quand vous avez appelé, j'ai cru que c'était pour ça. » Il tendit devant lui ses gants tachés de sang et les indiqua d'un geste à sa femme. « Mais je ne peux pas répondre au téléphone avec ces gants. »

Le téléphone sonna une nouvelle fois.

« Et moi, je ne veux pas que vous vous interrompiez. » Decker décrocha. « Allô.

— C'est fou comme vous êtes prévisible, Decker. »

En entendant la voix infatuée de McKittrick, Decker cessa de respirer. Il referma sa main sur le téléphone avec une telle vigueur que ses jointures blanchirent.

« Qu'est-ce qu'il y a ? demanda McKittrick à l'autre bout de la ligne. On n'est pas sociable ? On ne veut pas parler. Tant pis. Je ferai la conversation pour nous deux.

— Qui est-ce ? » demanda le médecin.

Decker leva la main droite, signifiant au médecin de se tenir tranquille.

« Je ne suis peut-être pas aussi bête que vous le croyez, hein ? demanda McKittrick. En vous voyant attacher votre ceinture autour de sa jambe, je me suis dit : Où logiquement va-t-il l'emmener ? Et, bon dieu, je ne m'étais pas trompé. Depuis un porche, je vous ai vu arriver en bas, dans la rue. Vous aviez dû oublier que cet endroit ne m'était pas inconnu à moi non plus. C'est fou comme vous êtes prévisible tout à coup. Vous savez ce que je pense ? »

Decker ne répondit pas.

« Je vous ai posé une question, fit McKittrick d'un ton impératif. Vous avez intérêt à me parler ou ça va se passer encore plus mal que ce que j'avais prévu.

— D'accord. A quoi pensez-vous ?

— Je pense que vous avez perdu la main.

— J'en ai assez, dit Decker. Ecoutez-moi bien. Notre accord tient toujours. Laissez-nous tranquilles. Je vais vous oublier.

— C'est bien vrai ?

— Je ne vais pas vous pourchasser.

— J'ai comme l'impression, mon petit père, que vous êtes à côté de la plaque. C'est moi qui vous pourchasse.

— Vous voulez dire vous et *Renata*.

— Vous avez donc compris qui était dans la voiture ?

— Vous n'aviez pas autant de métier auparavant. C'est elle qui vous a appris.

— Ah oui ? Eh bien, à vous aussi elle a quelque chose à apprendre, Decker – ce que c'est que de perdre quelqu'un qu'on aime. Regardez par la fenêtre. Devant l'immeuble. »

Click. La communication fut rompue.

4

Decker reposa lentement le téléphone.

« Qu'est-ce que c'était ? » insista le médecin.

Regarder par la fenêtre ? se demanda Decker, consterné. Pourquoi ? Pour que je me montre ? Que je m'expose ? Avec une sensation de nausée, il lui revint tout à coup qu'Esperanza n'était pas dans la pièce. Il était sorti de l'appartement pour nettoyer le sang dans le couloir et l'ascenseur. Avait-il commencé par le hall d'entrée ? Est-ce que McKittrick...

« Esperanza ! » Decker sortit en courant de la cuisine, ouvrit à la volée la porte d'entrée et se précipita dans le couloir, espérant y voir Esperanza, mais le couloir était désert. L'aiguille au-dessus de la porte fermée de l'ascenseur indiquait que la cabine était au rez-de-chaussée. Decker s'apprêtait à appuyer sur le bouton lorsqu'il se rappela à quel point l'ascenseur était lent. Il fonça dans l'escalier.

« *Esperanza !* » Decker dévala les marches par trois à la fois, le choc de ses chaussures résonnant dans la cage d'escalier. « ESPERANZA ! » Il crut entendre une voix assourdie lui répondre en criant quelque chose. Decker hurla : « Ne restez pas dans le hall ! Mettez-vous à l'abri ! » Il sauta ensuite une demi-douzaine de marches en direction du sol du rez-de-chaussée. Il entendit un lourd bruit métallique comme si on avait laissé tomber un seau. « McKittrick et Renata sont dehors ! Abritez-vous ! » Il dévala les marches vers la dernière section de l'escalier, atteignit le palier, dévala de nouveau les marches et fut stupéfait de voir Esperanza qui le regardait sans bouger.

Decker sauta et effectua en un plongeon la descente des dernières marches. Il alla donner contre la poitrine d'Esperanza qu'il envoya valser au-delà de la porte ouverte de l'ascenseur vers un renfoncement dans le hall d'entrée.

Lequel fut aussitôt envahi par une détonation accompagné d'un flamboiement. Une déflagration assourdissante provenant de la rue désintégra la porte vitrée du hall. En touchant le sol avec Esperanza, Decker perçut le sifflement des éclats d'explosifs dans l'air, la projection de morceaux de bois, de métal et de verre soufflés par l'explosion et le bruit d'objets venant s'écraser contre les murs. Puis un silence anormal se fit dans le hall d'entrée comme si l'air en avait été aspiré. Et Decker eut effectivement l'impression de manquer d'air. Etendu près d'Esperanza dans le renfoncement, il tenta de faire travailler sa poitrine afin de recevoir de l'air. Lentement, douloureusement, il y parvint.

Levant les yeux dans la fumée, il vit que des tessons de verre s'étaient fichés dans les murs. Il risqua un regard au-delà de l'entrée béante du hall en direction de l'endroit où à la hâte ils avaient garé l'Oldsmobile, dans une zone de stationnement interdit devant l'immeuble. La voiture, d'où était partie l'explosion, n'était plus qu'un amas de ferraille éventré, tordu et fumant.

« Bon dieu, fit Esperanza.

— Vite. Montons. »

Ils se relevèrent tant bien que mal. En s'élançant vers l'escalier, Decker regarda sur le côté et vit une silhouette, se découpant dans les flammes et assombrie par la fumée, passer d'un pas précipité devant l'entrée. Elle lança quelque chose. Decker fonça dans l'escalier avec Esperanza à l'instant même où il entendit l'objet retomber sur le plancher. En bas, l'objet alla heurter quelque chose et il y eut un bruit de métal contre du bois. L'ascenseur ? Il était ouvert. La grenade était-elle retombée dans...

L'explosion, qui diffusa une onde de choc dans la cage d'escalier, projeta Decker et Esperanza sur les mains et les genoux. L'onde de choc, amplifiée par l'espace confiné de la cabine d'ascenseur, éclata vers le haut, le bas et les côtés de la cabine dont elle creva la paroi extérieure en faisant trembler la cage d'escalier. Du plâtre se détacha des murs. Des flammes, dont la fumée fut aspirée vers le haut, emplirent le hall d'entrée.

Au prix d'efforts encore plus grands, Decker et Esperanza se redressèrent pour reprendre leur ascension. Sur le palier suivant, la porte de l'ascenseur avait été arrachée sous le choc de l'explosion. En passant à toute allure devant la cage d'ascenseur béante, Decker vit des flammes et de la fumée à l'intérieur. Il pivota vivement sur lui-même en entendant la porte d'un appartement s'ouvrir brusquement. Un homme âgé, en pyjama, en sortit précipitamment pour voir ce qui se passait et écarquilla les yeux de stupeur en voyant les flammes et la fumée. Une alarme retentit.

« Il y a eu une explosion, hurla Decker. Le hall est en feu ! Est-ce qu'il y a une autre sortie ? »

Les lèvres de l'homme remuèrent à trois reprises avant de pouvoir proférer un son. « L'escalier de secours derrière *.

— Utilisez-le ! »

Decker continua à monter à la suite d'Esperanza qui ne s'était pas arrêté. A l'étage suivant, les habitants de l'immeuble se précipitaient hors de chez eux, effrayés par la fumée qui montait de la cage d'escalier.

« Téléphonez aux pompiers ! hurla Decker en passant devant eux. L'ascenseur est éventré ! L'escalier est en flammes ! Empruntez l'escalier de secours ! »

N'ayant pas fait le compte des étages qu'il avait montés, il arriva au quatrième en croyant être au troisième. La porte de l'appartement du médecin était ouverte. Se précipitant dans la cuisine, il trouva Esperanza en train de discuter avec le médecin.

« Il ne faut pas la déplacer ! protestait le médecin. Les points de suture vont se défaire et s'ouvrir !

— Tant pis pour les points de suture ! Si elle reste ici, elle va mourir brûlée ! On va tous mourir brûlés !

— Il paraît qu'il y a un escalier de secours ! dit Decker. *Où est-il ?* »

Le médecin fit un geste en direction du couloir. « On y accède par la fenêtre du débarras. »

Decker se pencha sur Beth. « Il faut qu'on te soulève. J'ai bien peur que ça fasse mal.

— McKittrick est dehors ?

— Il parlait sérieusement au motel. Ils me traquent, lui et Renata. Plus vite que prévu.

— Fais ce que tu as à faire. » Beth lécha ses lèvres sèches. « Je peux supporter la douleur.

— Je vais aller ouvrir la fenêtre, dit Esperanza.

— Aidez-nous », dit Decker au médecin et à sa femme.

Le téléphone sonna de nouveau, le faisant sursauter.

Cette fois, Decker sut qui téléphonait. Il saisit l'appareil et cria : « Ça va, vous vous êtes bien amusé ? Pour l'amour du ciel, arrêtez !

— Mais on ne fait que commencer, dit McKittrick. Vous ne pourriez pas ajouter un peu de piquant à tout ça ? Jusqu'ici, vous avez fait tout ce à quoi nous nous attendions. On verra bien lequel de nous deux est le dindon de la farce. » McKittrick éclata d'un gros rire sonore.

Decker reposa brutalement le combiné et se retourna vers Beth en considérant l'épaisse bâche de plastique sur laquelle elle était étendue. « Est-ce que c'est assez solide pour la recevoir ?

---

* Ces escaliers d'incendie extérieurs qui courent généralement à l'arrière des immeubles sont très répandus aux Etats-Unis. Chaque appartement d'un immeuble a accès par une fenêtre à un palier de ces escaliers métalliques composés de plusieurs sections *(N.d.T.)*.

« — Il n'y a qu'un moyen de le savoir. » Esperanza revenait d'ouvrir la fenêtre du débarras. « Prenez-lui la tête. Moi, je la prendrai par les pieds. » Ils soulevèrent Beth à l'aide de la bâche en plastique et la transportèrent hors de la cuisine.

Le médecin sortit dans le couloir et rentra précipitamment, épouvanté. « L'escalier et la cage de l'ascenseur sont en flammes.

— Je vous ai dit que nous avions besoin d'aide ! » Esperanza, tenant la partie de la bâche de plastique qui soutenait les pieds de Beth, jeta un regard irrité par-dessus son épaule.

« Prends les bijoux », dit le médecin à sa femme. Il se précipita hors de la pièce.

« Et n'oubliez pas les pièces d'or, espèce d'ordure ! » cria Decker. Penché et se déplaçant à reculons tout en tenant la partie de la bâche de plastique qui soutenait les épaules de Beth, il s'introduisit dans le débarras. Après être venu douloureusement donner du dos contre le mur derrière lui, il se retourna pour regarder par la fenêtre ouverte dont les rideaux se gonflaient à l'intérieur sous la force de la pluie. Un escalier de secours plongé dans l'obscurité menait, à l'arrière de l'immeuble, jusqu'à ce qui était peut-être un petit jardin intérieur. Il entendit des habitants de l'immeuble paniqués se ruer maladroitement au bas de cet escalier métallique.

« Prévisible, dit Decker. McKittrick et Renata s'attendent à ce qu'on passe par là.

— *Qu'est-ce que vous dites?* demanda Esperanza.

— C'est un piège. McKittrick connaît les lieux. Il a eu le temps d'en faire le tour. Renata et lui nous attendent en bas.

— Mais on ne peut pas rester ici ! On va se retrouver coincés par le feu !

— Il y a un autre chemin.

— Par en haut », dit Beth.

Decker acquiesça. « Exactement. »

Esperanza avait l'air incrédule.

« Par le toit, dit Decker. On passera d'un immeuble à l'autre et on empruntera un autre escalier de secours à l'extrémité du pâté de maisons. McKittrick ne saura pas où nous sommes passés.

— Et si les flammes se communiquent aux autres immeubles et nous coupent la retraite? demanda Esperanza.

— On n'a pas le choix, dit Decker. On fera une cible facile si on essaie de descendre Beth par cet escalier de secours. » Il fit d'abord passer la tête de Beth par la fenêtre jusqu'à ce qu'elle ait le dos soutenu par le rebord de la fenêtre. Il se tortilla ensuite pour passer à côté d'elle, sentant la pluie froide le fouetter de nouveau tandis qu'il la faisait glisser un peu plus loin à travers la fenêtre. Beth, qui reposa bientôt sur la plate-forme métallique glissante, recevait la pluie de plein fouet dans la figure.

314

Decker lui toucha le front. « Comment te sens-tu ?

— Je ne me suis jamais sentie aussi bien.

— Parfait.

— Je ne te mérite pas.

— C'est faux. » Decker l'embrassa sur la joue.

Esperanza enjamba tant bien que mal la fenêtre pour les rejoindre. « Je ne sais pas ce qu'il y avait dans cette bombe, mais ce devait être puissant. Les flammes se répandent vite. L'avant de l'appartement est en feu. »

Decker jeta un regard à travers la pluie vers le sommet de l'immeuble qui n'était pas loin au-dessus d'eux. « On ferait mieux de grimper là-haut avant que les flammes atteignent le toit. » Tandis qu'ils soulevaient Beth, Decker entendit approcher des sirènes.

« Il va y avoir des voitures de police et aussi des camions de pompiers. » Esperanza s'engagea dans l'escalier de secours à la suite de Decker. « McKittrick et Renata ne tenteront rien contre nous devant la police.

— A moins qu'ils ne misent sur la confusion. » Decker hissa Beth un peu plus haut. « La police n'aura pas le temps de voir ce qui se passe. »

Des flammes jaillissant d'une fenêtre inférieure les éclairèrent sur l'escalier métallique.

« Merde, maintenant, ils nous ont vus. » Decker, s'attendant à recevoir une balle dans la poitrine, se crispa.

« Peut-être que non. » Esperanza progressait dans l'escalier. « Même s'ils nous ont vus, il n'est peut-être pas facile de discerner si nous montons ou si nous descendons. »

Ils parvinrent à un palier. Beth gémit lorsque Decker fut forcé de la faire malaisément tourner pour s'engager dans la dernière section de l'escalier en direction du toit. Ses chaussures, qui avaient glissé sur le métal mouillé et lisse, l'avaient fait trébucher et il avait failli la lâcher.

« On arrive. »

On entendait l'incendie rugir.

« Encore un peu. »

L'intensité sonore des sirènes de l'autre côté de l'immeuble atteignit son maximum. En arrivant à reculons au sommet de l'escalier, Decker heurta des hanches le garde-fou du toit qui lui arrivait à la taille. A bout de forces, il l'enjamba, souleva Beth par-dessus, attendit qu'Esperanza achève de le lui faire franchir et la déposa finalement. Haletant, il s'écroula.

« Ça va ? » Esperanza s'agenouilla près de lui.

« J'ai besoin d'un peu de repos, c'est tout. »

— Vous m'étonnez. » Esperanza regarda en plissant les yeux à travers la pluie. « Au moins, ce garde-fou empêche qu'on nous prenne pour cibles. »

Decker avait les bras et les jambes engourdis de fatigue. « McKittrick et Renata vont se demander pourquoi on ne descend pas. Il faut s'en aller d'ici avant qu'ils pigent ce qu'on fait.

— Prends encore une minute pour retrouver ton souffle, murmura Beth.

— On n'a pas le temps. »

Beth tenta de se lever. « Je pourrais peut-être marcher.

— Non. Tu arracherais tes points de suture. Tu perdrais tout ton sang. » Decker fit le point : à gauche, il n'y avait que quelques immeubles avant la fin du pâté de maisons. Les escaliers de secours de ce côté étaient trop proches de l'endroit où McKittrick et Renata les attendaient en bas ; à droite, en revanche, il y avait une surface de toit suffisante pour leur permettre de prendre le large.

Decker se baissa pour soulever Beth. Il attendit qu'Esperanza fasse de même puis s'éloigna à reculons du garde-fou, guidé par les lumières d'autres immeubles et par la réverbération des flammes qui jaillissaient des fenêtres de celui sur lequel ils se trouvaient.

« Derrière vous, dit Esperanza. Un conduit de ventilation. »

Decker contourna le conduit, haut d'environ un mètre cinquante, tout en détournant la tête pour éviter d'inhaler l'épaisse fumée qui s'en échappait.

« L'abri des poulies de l'ascenseur », le prévint encore Esperanza.

Decker le contourna lui aussi, mis en alerte par les flammes qu'il aperçut à travers les interstices de l'abri.

« Le feu gagne du terrain. »

D'autres sirènes hurlèrent devant l'immeuble.

Decker jeta un coup d'œil derrière lui et vit que l'édifice suivant avait un étage de plus que celui sur lequel ils se trouvaient. « *Comment allons-nous...*

— Sur ma droite, dit Esperanza. Il y a une échelle de métal fixée dans le mur. »

Decker vint donner du dos contre l'échelle. « Je ne vois qu'une seule façon de procéder, c'est... » Il reprit tant bien que mal son souffle. « Beth, je n'ai pas la force de te porter sur mes épaules. Crois-tu pouvoir tenir sur ta jambe valide ?

— Absolument.

— Je vais grimper à l'échelle pendant qu'Esperanza te retient. Quand je me pencherai, tu tendras les bras. Je te soulèverai par les mains. » Decker rectifia mentalement – par le bras *gauche*, celui qui n'avait pas été blessé à Santa Fe.

Lorsqu'il l'eut aidée avec Esperanza à se mettre debout en l'appuyant contre le mur de brique, Decker empoigna l'échelle et rassembla ses forces pour grimper jusqu'au toit suivant. Arrivé dessus, le dos fouetté par la pluie, il se pencha sur le rebord. « Prête ? »

Decker fit un effort supplémentaire pour la tirer. Il s'affola presque en constatant que ses forces défaillaient, qu'il ne parvenait à la soulever que d'une trentaine de centimètres.

De manière étonnante, sa tâche se trouva soudain facilitée.

« J'appuie ma jambe valide sur un barreau de l'échelle, dit Beth. Tu n'as qu'à me remonter un petit peu à la fois. »

Decker la souleva en grimaçant. Lentement, un barreau après l'autre, Beth monta. Decker lui lâcha la main pour la saisir par l'avant-bras et l'épaule et la tirer plus haut. Puis il vit se dessiner les contours sombres de sa tête trempée, passa ses bras sous les siens et la hissa sur le toit.

Les chaussures d'Esperanza raclèrent l'échelle de métal. En un élan, il fut sur le toit, la bâche de plastique pliée sous le bras. Derrière lui, les flammes jaillirent des conduits de ventilation et de l'abri des poulies de l'ascenseur. L'escalier de secours fut enveloppé de fumée.

« Même si on le voulait, on ne pourrait pas revenir par là », dit Decker.

Ils étendirent la bâche de plastique, y installèrent Beth et, l'ayant soulevée, la transportèrent à travers un autre dédale de conduits et d'abris. Decker trébucha sur un tuyau. Il accrocha au passage une antenne de télévision.

La réverbération des flammes fit apparaître le rebord de l'immeuble et la dénivellation qui les séparait du toit suivant.

« Il n'y en a plus pour longtemps », dit Decker.

Une onde de choc semblable au tonnerre le frappa de plein fouet, lui faisant perdre pied. Incapable de retenir Beth, il retomba près d'elle. Il l'entendit hurler. Ce n'est qu'à ce moment qu'il eut le temps de se rendre compte que...

Que ça n'avait pas été le tonnerre.

Que ç'avait été une autre bombe.

La détonation résonna dans la nuit. Decker, tremblant, se mit à plat ventre, sortit son pistolet et regarda droit devant lui, en direction d'une excroissance du toit semblable à une remise qui venait de se désintégrer.

Une voix hurla : « Vous avez encore été prévisible ! »

Bon dieu, pensa Decker. McKittrick est sur le toit !

« Vous avez encore donné en plein dans le panneau, n'est-ce pas ? hurla McKittrick. Je vous avais pourtant prévenu. Mais vous avez fait exactement ce à quoi je m'attendais ! Vous êtes loin d'être aussi malin que vous le croyez !

— Ça suffit ! cria Decker. On n'a plus rien à faire ensemble !

— Vous allez d'abord mourir ! »

La voix venait de quelque part à gauche, comme si McKittrick était caché derrière l'abri de l'ascenseur. Tenant le pistolet d'une main ferme, Decker se leva pour prendre une position accroupie, se préparant à foncer. « La police a entendu l'explosion, McKittrick ! Elle sait maintenant qu'il ne s'agit pas que d'un incendie ! Ils vont boucler le quartier et contrôler tous ceux qui voudront le quitter ! Vous ne vous en tirerez pas !

— La police va penser que ce sont des produits inflammables qui ont explosé dans la maison ! »

Des produits inflammables ? Decker s'assombrit. Ce n'était pas le genre de terme que McKittrick aurait employé normalement, mais bien plutôt un mot qu'il avait appris auprès de quelqu'un qui s'y connaissait en explosifs. Il n'y avait aucun doute – il s'était mis à l'école de Renata.

Et elle était toute proche quelque part.

« Des pots de peinture ! De la térébenthine ! Des détergents liquides ! hurla Mckittrick. La police n'aime pas trop ce genre de produits dans les incendies ! Maintenant, elle aura peur que quelque chose d'autre explose ! Elle se tiendra à distance ! »

Derrière Decker, les flammes jaillirent du toit inférieur. On ne peut pas faire demi-tour et l'incendie va bientôt nous atteindre si on reste ici, pensa-t-il. « Esperanza ? chuchota-t-il.

— Je suis prêt quand vous le serez. Quel côté prenez-vous ?

— Le gauche.

— Je vous couvre sur le flanc droit.

— Maintenant. » Decker partit à la course dans les flaques vers un gros conduit de ventilation, puis vers un autre. Mais, alors qu'il s'apprêtait à foncer vers l'abri de l'ascenseur, celui-ci cessa d'exister. Il vola en morceaux dans un bruit de tonnerre et au milieu d'éclats de lumière. Decker fut projeté à plat ventre sur le sol tandis que des débris volaient au-dessus de lui et allaient s'écraser tout autour.

« Vous vous êtes gouré, Decker ! C'est pas là que je suis ! Et je ne suis pas à votre droite non plus ! Là où votre ami essaie de se faufiler jusqu'à moi ! »

Un instant plus tard, de ce côté, une déflagration arracha un énorme pan du toit. Decker crut entendre un cri mais il n'aurait pu dire s'il provenait d'Esperanza ou des occupants de l'immeuble.

Figé sur place, il ne savait de quel côté agir. McKittrick a dû disposer des charges un peu partout sur ce toit et sur les suivants, pensa-t-il. Mais comment en aurait-il eu le temps s'il était en train de téléphoner d'une cabine ?

La réponse, qui lui fit l'effet d'un choc, allait de soi : McKittrick *n'avait pas* téléphoné d'une cabine, il s'était servi d'un téléphone *cellulaire*. Il avait téléphoné du toit tout en disposant les charges. C'était Renata qui avait dû faire sauter l'Oldsmobile devant l'immeuble puis avait lancé la bombe incendiaire dans le hall. Elle est en bas dans la cour de l'immeuble. Ainsi, nous aurions pu choisir n'importe quelle direction, monter ou descendre, nous étions piégés.

Nous le sommes, pensa Decker. L'incendie est derrière nous et McKittrick est devant.

Et l'escalier de secours de cet immeuble ? se demanda Decker en désespoir de cause alors que les flammes faisaient rage de plus belle. Si on pouvait passer par là... C'est trop évident. McKittrick y a sûrement installé aussi des explosifs, se dit Decker. Même s'il ne l'a pas fait, nous sommes toujours coincés entre Renata dans la cour intérieure et lui sur le toit.

Decker, faute de solution, se leva pour tenter de foncer de nouveau en direction de la voix de McKittrick mais, au même instant, une explosion souleva le toit devant lui et le projeta à la renverse en arrachant un autre énorme pan du bâtiment.

« Pauvre con, ce n'est pas bien du tout ce que vous avez fait là, mais pas bien du tout ! Vous n'avez pas demandé la permission de bouger ! »

Où est-il ? se demanda Decker, désemparé. S'il était sur ce toit, il ne ferait pas exploser des bombes qu'il y a cachées. Il risquerait de sauter en même temps que moi. Alors où est-il ?

La réponse lui vint cette fois encore immédiatement : il est sur le toit suivant. La réverbération des flammes révélait que le toit voisin était en contrebas. McKittrick doit être grimpé sur une échelle fixée au mur, sur une caisse ou sur un support quelconque. Il peut sans se faire voir regarder par-dessus le rebord du toit puis se baisser lorsqu'il fait exploser une bombe.

Decker braqua son arme, vit ce qui pouvait être une tête dans l'obscurité de l'autre côté de l'immeuble et se retint de tirer en s'apercevant qu'il n'avait vu qu'une ombre vacillante causée par les flammes.

Derrière lui, le brasier se rapprochait, à peine freiné dans sa progression par l'orage.

« Alors, qu'est-ce que ça sera ? hurla McKittrick. Allez-vous attendre de griller vif ? Ou allez-vous avoir assez de cran pour venir me chercher ? »

Ouais, je vais aller te chercher, pensa Decker avec férocité. Et pour ça, il y avait un moyen tout trouvé, juste devant lui, gracieuseté de McKittrick : le trou que sa dernière bombe avait fait dans le toit.

Rendu nauséeux par le courant de chaleur qui montait du toit derrière lui, Decker rampa en se contorsionnant dans les flaques, atteignit le trou sombre, en saisit les bords, abaissa les jambes, se balança puis se laissa tomber.

5

L'espace d'une seconde, il se représenta les planches du toit, déchiquetées et pointées vers le haut, sur le point de l'empaler. Au lieu de cela, il toucha une table qui s'écroula sous la force de sa chute et le projeta sur le côté où il heurta un fauteuil qui se renversa en l'envoyant s'étaler sur le plancher jonché de débris. Ce furent là du moins les objets qu'il crut avoir touchés – les tentures de la pièce étaient fermées et l'obscurité presque totale.

D'en haut, à travers le trou du plafond, il entendit McKittrick hurler : « *Ne croyez pas pouvoir m'échapper, Decker !* »

Decker se releva douloureusement et s'orienta à tâtons dans l'obscurité de la pièce à la recherche d'une sortie. Des alarmes de secours retentirent. Il toucha un interrupteur mais n'osa pas allumer – l'apparition soudaine de lumière dans le trou du plafond le trahirait. Le cœur battant, il toucha une poignée de porte, la tourna et ouvrit la porte mais lorsqu'il s'y engagea à l'aveuglette, il buta contre des vêtements à l'odeur âcre et s'aperçut qu'il avait ouvert un placard.

« *Decker ?* lui hurla McKittrick d'en haut. *Si vous êtes derrière ce conduit de ventila...* »

Une explosion secoua l'appartement et du plâtre tomba. Decker chercha prestement une autre porte, l'ouvrit et eut un accès de fébrilité en voyant de faibles lumières par une fenêtre. Il se trouvait au bout d'un couloir. Jetant un regard par la fenêtre sur laquelle perlait la pluie, il aperçut un fouillis de voitures de pompiers et de police ainsi que du personnel de secours devant l'immeuble. Des gyrophares éclaboussaient la nuit de leurs feux, des moteurs tournaient, des sirènes hurlaient. Les occupants d'autres immeubles, dont le hall d'entrée n'était pas encore envahi par les flammes, se précipitaient hors de chez eux en pyjama.

La fumée montait en tourbillons autour de lui. Incapable de faire halte pour se reposer, il se détourna de la fenêtre et se rua dans le couloir vers le fond de l'appartement. Il passa devant une porte ouverte donnant sur un escalier plongé dans l'obscurité, se faisant la réflexion que les occupants de l'appartement avaient dû partir à la hâte.

Cette issue possible ne lui était d'aucune utilité. Il ne s'agissait pas de se sauver lui-même mais de sauver Beth et Esperanza. Avant d'en avoir été averti par l'odeur de peinture fraîche, il tomba sur des pots de peinture, une bâche roulée et une échelle. Il atteignit d'un pas mal assuré l'arrière de l'immeuble et découvrit que la fenêtre donnant sur l'escalier de secours ne se trouvait pas dans un débarras mais à l'extrémité d'un couloir.

Il souleva la fenêtre à guillotine et se faufila à l'extérieur sur une plate-forme métallique glissante. Les flammes qui s'échappaient des fenêtres de l'immeuble à sa droite se reflétaient sur l'escalier de secours. Plissant les yeux sous la pluie en direction de l'escalier de secours de la maison voisine encore intacte à sa gauche, il pria le ciel pour que Renata ne le voie pas d'en bas. Il avait espéré que les deux escaliers de secours seraient assez rapprochés pour lui permettre de sauter de l'un à l'autre mais il lui fallut se rendre à l'évidence : il n'y avait rien à attendre de ce côté. L'autre escalier de secours était à sept ou huit mètres. Même dans des conditions idéales, en plein jour et au meilleur de sa forme, il n'aurait jamais pu l'atteindre.

Beth va mourir là-haut, se dit-il.

Se hurlant à lui-même intérieurement qu'il devait bien y avoir une issue, il rentra dans l'appartement. La fumée, qui se faisait plus épaisse, le fit se courber et tousser. Il pénétra dans une chambre donnant sur le couloir et en ouvrit la fenêtre à laquelle il se pencha. Il était maintenant plus près de l'escalier de secours de l'autre immeuble. Celui-ci ne paraissait pas se trouver à plus de trois mètres mais il ne pouvait toujours pas espérer sauter de cette fenêtre pour atteindre le palier de l'escalier.

Il y a sûrement une issue !

Avec un frisson, il vit laquelle. Il revint en courant dans le couloir dont les flammes commençaient à lécher le mur. Evitant les pots de peinture, il prit l'échelle sur laquelle il avait failli trébucher et l'emporta dans la chambre. Mon Dieu, faites qu'elle soit assez longue. Rassemblant toutes ses forces, il la poussa par la fenêtre ouverte en la dirigeant vers l'escalier de secours de l'immeuble voisin.

Je vous en prie !

Le frottement du bois contre le métal le fit tressaillir. L'extrémité de l'échelle avait grincé en passant sur la rampe de l'escalier. McKittrick avait-il entendu ?

Quelque chose gronda. Une autre explosion ? Beth et Esperanza étaient-ils déjà morts ?

Pas de temps à perdre ! Decker se faufila par la fenêtre et se mit à plat ventre sur les barreaux de l'échelle. La pluie l'avait déjà rendue glissante. Elle plia sous son poids, puis commença à vaciller. Et si elle lâchait ? Il écarta de son esprit la vision cauchemardesque de son corps allant s'écraser sur le ciment de la cour intérieure pour concentrer toute son attention sur l'escalier de secours dont il se rapprochait. Il avait les mains qui tremblaient. La pluie l'obligeait à plisser les yeux.

Le vent s'engouffra dans l'échelle, menaçant de la faire bouger. *Non.* Il étendit le bras au maximum, tendant son corps pour atteindre la rampe et, aussitôt, une nouvelle bourrasque de vent déplaça complètement l'échelle.

Son extrémité se détacha de la rampe dans un grincement. Sentant sous lui l'aspiration vertigineuse du vide et comprenant qu'il était emporté avec l'échelle, Decker sauta dans le noir. Sa main gauche agrippa la rampe. Mais il faillit perdre toute prise sur le métal rendu glissant par la pluie. Il rabattit vivement sa main droite sur la rampe autour de laquelle ses doigts se refermèrent. Essoufflé, il s'y suspendit.

L'échelle alla s'écraser sur le sol en dessous de lui. Quelqu'un en bas cria. McKittrick l'avait-il entendue tomber ? Comprendrait-il la signification de ce bruit ? Viendrait-il voir de quoi il retournait ?

Decker, qui se balançait dans le vide, tendit fortement ses bras et se hissa lentement vers le haut par les poignets. La pluie lui cinglait le visage. Plissant les yeux, il continua à s'élever. La rampe vint frotter contre sa poitrine. Se penchant par-dessus, il se laissa retomber sur la plate-forme.

Le bruit que fit le métal en vibrant sous son poids le fit tressaillir. Il se releva en tremblant et sortit son pistolet de la poche de pantalon où il l'avait mis. Les yeux tournés vers le toit, prêt à tirer, il grimpa la dernière section de l'escalier de secours. Jamais il ne s'était senti aussi épuisé. Mais sa volonté refusait de céder.

Il atteignit le haut de l'escalier et scruta le toit. McKittrick était hissé aux trois quarts d'un mur conduisant au toit supérieur où Beth et Esperanza étaient coincés. Debout sur une échelle métallique fixée au mur à mi-hauteur de celui-ci, McKittrick, qui regardait par-dessus le rebord du toit, pouvait de la sorte actionner un détonateur à distance pour faire exploser les bombes sans craindre de se blesser lui-même.

Decker s'avança furtivement vers lui sous la pluie.

« *Mais enfin, où êtes-vous ?* cria McKittrick en direction du toit voisin. Répondez-moi où je réduis la femme en bouillie ! Elle est étendue près d'un paquet de C-quatre ! Je n'ai qu'à appuyer sur ce bouton ! »

Decker n'aurait pas demandé mieux que de tirer, de vider sur lui son chargeur, mais il n'osa pas de crainte que McKittrick ne garde assez de force pour actionner le détonateur et tuer Beth avant qu'il ne puisse voler à son secours.

Des pas résonnant fortement sur les barreaux métalliques de l'escalier de secours incitèrent Decker à se jeter à l'abri d'un conduit de ventilation. Sans se soucier du bruit qu'elles faisaient, de sombres silhouettes surgirent à découvert au sommet de l'escalier. McKittrick pivota sur lui-même en direction des silhouettes dont il était désormais évident que c'étaient celles de trois pompiers. Leur casque protecteur dégoulinait d'eau et les flammes se reflétaient sur leurs bottes de caoutchouc ainsi que sur leurs cirés luisant sous la pluie. McKittrick, le bras gauche passé derrière un barreau de l'échelle, extirpa de la main droite un pistolet de sa ceinture. Il les abattit tous les trois. Deux tombèrent sur place. Le troisième tituba en arrière et bascula par-dessus le rebord du toit. Le rugissement des flammes recouvrit le claquement des coups de feu et le hurlement que poussa le pompier en tombant.

Le bras gauche toujours enroulé autour du barreau, McKittrick éprouva quelque difficulté à remettre le pistolet sous sa ceinture. Mettant à profit son moment d'inattention, Decker se précipita hors de son abri derrière le conduit de ventilation, courut vers le bas de l'échelle sur laquelle se tenait McKittrick et sauta en refermant ses doigts sur le détonateur. Il s'en empara et, en se laissant retomber, l'arracha violemment des mains de McKittrick qu'il faillit entraîner au bas de l'échelle. McKittrick poussa un juron et, voulant dégainer de nouveau, s'aperçut que son pistolet s'était pris dans sa ceinture. Decker tira, mais trop tard – McKittrick, renonçant à sortir son arme, avait préféré sauter de l'échelle. Il vint donner de tout son poids contre Decker dont la balle alla s'écraser contre le mur. Ils s'étalèrent ensemble sur le toit en roulant dans les flaques d'eau.

Decker, qui n'avait pas les mains libres, la gauche tenant le détonateur et la droite son pistolet, était gêné pour viser. Se jetant sur lui, McKittrick lui donna un coup de poing et s'empara du détonateur. Decker lui assena un coup de genou et roula sur lui-même pour mettre de la distance entre eux. Toutefois, le coup qu'il avait porté au bas-ventre de McKittrick n'avait pas été ferme et la douleur n'empêcha pas celui-ci de se précipiter sur lui, de le frapper de nouveau et, d'un coup sec au poignet du tranchant de la main, de lui faire sauter son arme des mains. Celle-ci fit une éclaboussure en tombant dans une flaque et, comme McKittrick plongeait pour s'en emparer, Decker réussit à lui donner un croc-en-jambe qui l'envoya valser loin de l'arme.

Decker fit un pas chancelant en arrière. Il buta contre le garde-fou par-dessus lequel il faillit basculer. McKittrick tâtonna de nouveau pour extraire son pistolet de sa ceinture. Decker n'avait pas la moindre idée de l'endroit où était tombé le sien. Tenant le détonateur d'une main ferme, il fit demi-tour pour aller se mettre à l'abri sur l'escalier de secours, sentit sa chaussure glisser sur quelque chose que l'un des pompiers avait laissé tomber, comprit ce que c'était, ramassa la hache de la main droite et la lança violemment en direction de McKittrick au moment même où celui-ci dégageait son pistolet de sa ceinture.

Decker l'entendit rire puis, aussitôt après, perçut le bruit sec que fit la hache en touchant son visage. Il pensa d'abord que c'était le côté non effilé de la hache qui l'avait atteint mais elle ne retomba pas. Elle resta plantée dans le front de McKittrick qui tituba tel un ivrogne puis tomba.

Mais il fallait s'assurer que son compte était bon. Decker fonça devant lui, ramassa l'arme de McKittrick et, espérant que le rugissement de l'incendie couvrirait le bruit, lui tira trois balles dans la tête.

6

« Decker ! »

Il était tellement hors de lui qu'il ne s'aperçut pas tout d'abord qu'Esperanza l'appelait.

« Decker ! »

Se retournant, il vit Esperanza sur le toit où McKittrick avait fait sauter les explosifs. Des flammes s'élevaient en sifflant dans la pluie derrière Esperanza.

Decker fit un pas mais chancela. L'émotion et la fatigue avaient finalement eu raison de lui. Mais il n'allait pas s'arrêter, pas au moment où il était si près de sauver Beth. Sonné et à demi conscient, il atteignit l'échelle. Il arriva au sommet sans trop savoir comment. Esperanza et lui se frayèrent un chemin au milieu des ouvertures béantes sur le toit et trouvèrent Beth qui rampait dans un effort désespéré pour s'éloigner du feu. Derrière elle, la bâche de plastique sur laquelle elle avait été étendue s'embrasa.

Tandis que Decker aidait à la soulever, les flammes permirent de voir les nouveaux coups qu'il avait pris. « McKittrick est mort. »

Beth murmura : « Dieu merci.

— Mais on n'en a pas encore fini avec Renata. » Soutenant Beth de chaque côté, Esperanza et lui s'éloignèrent à pas maladroits du foyer de chaleur de l'incendie et se dirigèrent vers l'échelle.

Decker eut un nouveau passage à vide. Il ne se rappela pas avoir amené Beth au bas de l'échelle mais conserva assez de présence d'esprit pour s'arrêter et appuyer Beth sur Esperanza en arrivant à la hauteur du corps de McKittrick.

« Qu'est-ce qu'il y a ? demanda Esperanza. Pourquoi vous arrêtez-vous ? »

Trop las pour s'expliquer, Decker fouilla les vêtements mouillés de McKittrick et trouva ce qu'il cherchait : la clé de voiture de ce dernier. Au téléphone, McKittrick s'était vanté de les avoir épiés depuis la rue lorsqu'ils étaient arrivés chez le médecin. Ils retrouveraient vraisemblablement la Pontiac dont il s'était servi.

Mais il lui fallait trouver aussi autre chose. McKittrick lui avait fait sauter son pistolet des mains et il n'était pas question qu'il le laisse derrière lui. Essayant de reconstituer les péripéties du combat, il trébucha sur son arme qui était tombée dans une flaque. Mais après l'avoir glissée sous sa ceinture, il comprit à contrecœur qu'il lui restait encore quelque chose à faire. Etourdi, il chancela. « On n'en finira jamais.

— De quoi parlez-vous ?

— De McKittrick. On ne peut pas le laisser comme ça. Je ne veux pas qu'on puisse l'identifier. »

Ils transportèrent tant bien que mal le corps inerte de McKittrick jusqu'à l'échelle. Esperanza grimpa sur le toit. Decker hissa difficilement le corps jusqu'à lui puis grimpa derrière. Ils saisirent les bras et les jambes de McKittrick, s'approchèrent le plus près possible des flammes puis l'y balancèrent. Le corps disparut dans le feu. Decker y jeta aussi la hache.

Pendant tout ce temps, il ne cessait de redouter Renata. Sur leurs gardes, Esperanza et lui retournèrent à l'endroit où ils avaient déposé Beth par terre. Ils continuèrent à progresser sur le toit avec elle, résolus à emprunter l'escalier de secours le plus éloigné, celui qui ne les mènerait pas à l'endroit où ils croyaient être attendus par Renata.

« Il y a peut-être un autre moyen », dit Esperanza. Il les entraîna vers une construction semblable à une remise sur le toit voisin mais, lorsqu'il essaya d'en ouvrir la porte, il la trouva fermée à clé. « Détournez le visage. » Allant se placer dans un angle où les balles ne risquaient pas de ricocher vers lui, Esperanza tira à plusieurs reprises sur le bois qui entourait la serrure. Cette partie de la porte se désintégra et Esperanza l'ouvrit d'un coup de pied.

A l'intérieur, loin de la pluie, la cage d'escalier, faiblement éclairée, était vide. Aucun bruit n'indiquait que les habitants de l'immeuble tentaient de fuir par l'escalier.

« Ils ont sûrement dû entendre les sirènes. L'immeuble a dû être évacué, dit Decker.

— Mais le feu n'est pas arrivé jusque-là. On peut utiliser l'ascenseur sans risque », dit Esperanza.

L'ascenseur les amena au rez-de-chaussée. En sortant dans le tintamarre et la confusion générale qui régnaient dans la rue, atterrés par le vacarme des moteurs, par les jets d'eau et par les cris, ils se frayèrent péniblement un chemin parmi les badauds. Les éclats de lumière des gyrophares leur faisaient plisser les yeux.

« Nous avons une blessée, dit Esperanza. Laissez-nous passer. »

Ils prirent à droite le long du trottoir, dépassèrent une voiture de pompiers et évitèrent des infirmiers qui se dirigeaient vivement de l'autre côté du véhicule. Decker sentait Beth grimacer de douleur à chaque pas qu'il faisait avec elle.

« La Pontiac est là-bas », dit Esperanza.

Elle était à faible distance d'un coin de rue. Bleue et d'un modèle récent, c'était apparemment celle qu'avait conduite McKitttrick. Decker essaya la clé sur la portière du côté passager et elle tourna dans la serrure.

Trente secondes plus tard, Beth était étendue sur le siège arrière, Decker agenouillé sur le plancher près d'elle et Esperanza au volant. Une ambulance leur bloquait la route. « Tenez Beth solidement, dit Esperanza.

— Qu'est-ce que vous allez faire ?

— Contourner l'ambulance. » Esperanza démarra, embraya et donna un violent coup de volant à droite. Appuyant sur l'accélérateur, il monta sur le trottoir.

Beth gémit sous le choc. Decker se pencha contre elle pour l'empêcher de rouler au bas du siège. Des piétons s'écartèrent de la Pontiac qu'Esperanza fit rouler sur le trottoir d'où elle redescendit dans une secousse en atteignant le coin de la rue.

La douleur, plus vive, fit gémir Beth.

« Ça ira. » Esperanza, jetant un coup d'œil dans le rétroviseur, accéléra jusqu'au carrefour suivant où il tourna. « On n'est pas suivis. Allez, détendez-vous. Laissez-vous conduire. »

Decker n'eut pas besoin qu'on le lui dise deux fois. Il était si épuisé que respirer lui demandait un effort. Pire encore, il ne pouvait contrôler ses frissons, en partie à cause du contrecoup de l'adrénaline mais surtout, il le savait, parce qu'il était glacé jusqu'à la moelle d'avoir été exposé si longtemps à la pluie.

« Esperanza ?

— Quoi ?

— Trouvez un endroit où l'on puisse s'arrêter un peu. Vite.

— Il y a quelque chose qui...

— Je crois que je commence à faire – Decker avait la voix mal assurée – de l'hypothermie.

— Bon dieu.

— Il faut que je retire ces vêtements mouillés.

— Mettez vos mains sous vos aisselles. Ne vous endormez pas. Est-ce qu'il y a une couverture ou quelque chose comme ça derrière ?

— Non, répondit Decker en claquant des dents.

— Tout ce que je peux faire pour l'instant, c'est mettre le chauffage, dit Esperanza. Dès que je pourrai, j'irai vous chercher un café. Tenez bon, Decker.

— Tenir bon ? Pour ça, je tiens bon. J'ai tellement les bras serrés contre moi, que je...

— Prends-moi plutôt dans tes bras, dit Beth. Plus fort. Essaie de prendre un peu de la chaleur de mon corps. »

Mais il eut beau se blottir contre elle, la voix de Beth lui sembla venir de très loin.

Douze

1

Decker rêva de Renata, d'une grande femme mince et brune à la voix bizarre avec un trou béant à la gorge. Il prit la forme qui se dressait au-dessus de lui pour Renata s'apprêtant à lui fracasser la tête d'une pierre mais, au moment même où il allait la frapper, il retrouva assez ses esprits pour s'apercevoir que ce n'était pas Renata qui se penchait sur lui mais Beth, et que l'objet qu'elle tenait à la main n'était pas une pierre mais un gant de toilette.

Il y avait quelqu'un d'autre avec elle – Esperanza, qui le retenait étendu. « Doucement. Vous n'avez rien à craindre. Nous essayons de vous aider. »

Decker, groggy comme au réveil d'une cuite, cligna à plusieurs reprises des yeux, essayant de comprendre ce qui se passait. Il avait le corps endolori. Il éprouvait une sensation cuisante au visage et aux bras. Ses muscles tressautaient. Il avait un mal de tête comme il n'en avait jamais eu. A l'arrière-plan, l'interstice de tentures fermées filtrait difficilement un pâle soleil.

« Où...

— Dans un motel à l'extérieur de Jersey City. »

Faisant des yeux le tour de l'intérieur sinistre de la chambre, Decker fut assailli par le souvenir troublant du motel où McKittrick avait retenu Beth prisonnière.

« Il y a longtemps... ? Quelle heure est...

— Près de 7 heures du soir. » Beth, qui était assise à ses côtés dans le lit en faisant porter son poids sur sa jambe valide, appliqua le gant de toilette sur son front. On l'avait trempé dans de l'eau bouillante. Decker en absorba immédiatement la chaleur.

« C'est le genre d'endroit où l'on ne vous pose pas de questions, dit Esperanza. Les unités sont derrière la réception. Le réceptionniste ne peut pas voir qui entre dans les chambres. »

Tout comme le motel où McKittrick avait retenu Beth prisonnière, pensa de nouveau Decker, ce qui le mit mal à l'aise.

« On est arrivé vers six heures ce matin, dit Beth. Si on compte le temps passé en voiture, tu as dormi à peu près treize heures. Tu m'as fait peur, j'ai cru que tu ne te réveillerais plus. »

Esperanza indiqua la salle de bains. « J'ai eu un mal fou à vous retirer vos vêtements et à vous mettre dans la baignoire. Dans le cas d'une hypothermie, l'eau doit être tiède pour commencer. J'ai augmenté la température lentement. Quand vous avez retrouvé des couleurs, je vous ai sorti du bain, je vous ai séché et je vous ai mis au lit sous les trois couvertures que j'ai trouvées sur l'étagère. Beth a réussi à ôter ses vêtements mouillés, à se sécher et à se mettre au lit à côté de vous. Je vous ai abreuvé de café chaud. Là vraiment, je n'avais jamais vu quelqu'un d'aussi épuisé. »

Beth continuait d'éponger le visage de Decker. « Ou qui ait autant de contusions et de balafres. Ton visage n'arrête pas de saigner.

— J'ai vécu des nuits moins mouvementées. » Decker avait la bouche sèche. « Je boirais bien un verre d'eau.

— Ce sera de l'eau *chaude*, dit Esperanza. Je regrette, mais je veux être sûr que vous retrouviez votre chaleur corporelle. » Il versa de l'eau bouillante d'une thermos dans un verre en mousse de plastique et le porta aux lèvres de Decker. « Faites attention. »

C'était plus mauvais que ne l'aurait cru Decker. « Mettez un sachet de thé dedans. Où avez-vous trouvé... » Il indiqua la thermos.

« Je n'ai pas chômé. Pendant que vous dormiez, j'ai fait des courses. J'ai acheté de la nourriture et des vêtements, des béquilles pour Beth et...

— Vous nous avez laissés seuls ? demanda Decker alarmé.

— Beth avait votre arme. Elle souffre mais elle a pu s'asseoir dans ce fauteuil et surveiller la porte. Il n'y avait pas de raison pour que je ne sorte pas chercher ce dont nous avions besoin. »

Decker essaya de se mettre sur son séant. « *Renata*. C'était ça la raison.

— Il est impossible qu'elle nous ait suivis, dit Esperanza. J'ai été ultra-prudent. A chaque fois que j'ai eu le moindre doute, j'ai fait le tour d'un pâté de maisons ou j'ai emprunté une ruelle. Si des phares nous avaient suivis, je m'en serais aperçu.

— Nous, on a bien réussi à suivre McKittrick, dit Decker.

— Parce qu'il avait un émetteur. Vous croyez qu'il y a des chances pour que McKittrick et Renata en aient mis un dans leur propre voiture ? Elle n'avait même pas de véhicule pour nous suivre.

— Elle aurait pu en voler un.

— En supposant qu'elle ait su que nous n'étions plus sur le toit et que nous lui avions volé sa voiture. Et même, le temps qu'elle fasse démarrer un véhicule en faisant tourner le moteur, nous aurions déjà été loin. Elle n'a pas pu savoir de quel côté nous étions partis. Détendez-vous, Decker. Il n'y a rien à craindre d'elle.

— Pour le moment. »

Ce ne fut pas Decker qui fit cette remarque mais Beth.

« Il n'empêche qu'on aura encore affaire à elle, ajouta-t-elle d'un air sombre.

— Oui, dit Decker. Si elle s'est donné tout ce mal pour se venger de moi parce que j'ai tué deux de ses frères, elle ne s'arrêtera pas là. Ça ne fera qu'accroître sa détermination.

— D'autant plus qu'on a l'argent », dit Beth.

Decker était trop stupéfait pour parler. Il regarda Esperanza.

« Une fois arrivés ici, dit Esperanza, pendant que Beth et vous vous reposiez, j'ai été regarder dans le coffre de la Pontiac. Outre assez d'explosifs pour faire sauter la statue de la Liberté, j'ai trouvé *Ça.* » Il désigna sur le plancher près du lit un sac de compagnie d'aviation gonflé. « Le million de dollars.

— Ça alors... » Decker se sentit de nouveau la tête tourner de faiblesse.

« Cesse de vouloir t'asseoir, dit Beth. Tu es tout pâle. Reste étendu.

— Renata viendra nous chercher jusqu'ici. » Fermant les yeux et succombant à l'épuisement, Decker tendit le bras pour toucher Beth mais, près de s'évanouir, il ne sentit pas sa main retomber.

2

Lorsqu'il se réveilla, la chambre était totalement plongée dans le noir. Il se sentait toujours faible. Il avait encore le corps endolori. Mais il fallait qu'il se lève – pour aller aux toilettes. Non familiarisé avec la chambre du motel, il heurta un mur de son épaule avant de s'orienter finalement et de pénétrer dans la salle de bains dont il ferma la porte, n'allumant qu'à ce moment-là car il ne voulait pas réveiller Beth. Il fut effaré en se voyant dans le miroir : non seulement il avait le visage couvert d'ecchymoses et d'éraflures mais il avait des cernes profonds autour des yeux et les joues émaciées sous une barbe de plusieurs jours.

Après s'être soulagé, il espéra que le bruit de la chasse d'eau ne dérangerait pas Beth. Mais en éteignant et en ouvrant la porte, il s'aperçut qu'il y avait de la lumière dans la chambre. Beth était assise dans le lit où elle avait dormi près de lui. Esperanza était adossé à un oreiller dans un autre lit.

« Excusez, dit Decker.

— Vous ne nous avez pas réveillés, dit Esperanza.

— On attendait que tu te lèves, dit Beth. Comment te sens-tu ?

— Comme j'en ai l'air. » Il se dirigea en boitillant vers Beth. « Et toi ? Comment te sens-tu ? »

Beth changea de position et grimaça de douleur. « Ma jambe est enflée. Elle élance. Mais la blessure n'a pas l'air de s'être infectée.

— Voilà au moins une bonne chose. » Decker s'écroula sur le lit et s'enveloppa dans une couverture. Il se frotta les tempes. « Quelle heure est-il ?

— Deux heures du matin. » Esperanza enfila son pantalon et sortit du lit. « Vous sentez-vous les idées assez claires pour discuter de deux ou trois choses ?

— J'ai la gorge terriblement sèche. » Decker réussit à lever les mains comme pour se défendre. « Mais je ne veux pas de cette saleté d'eau chaude.

— J'ai acheté du Gatorade. Qu'est-ce que vous en dites ? Ça vous mettra des électrolytes dans l'organisme.

— Parfait. »

Le Gatorade était parfumé à l'orange et Decker en but le quart de la bouteille d'une traite.

« Et qu'est-ce que vous diriez de manger un morceau ? demanda Esperanza.

— J'ai l'estomac fichu mais je ferais mieux d'avaler quelque chose. »

Esperanza ouvrit une glacière portative. « J'ai des sandwiches sous cellophane – au thon, au poulet, au salami.

— Poulet.

— Attrapez. »

Decker se surprit lui-même en réussissant à saisir le sandwich au vol. Il en défit l'emballage et mordit dans le pain de mie sans saveur et dans le poulet au goût de carton. « Délicieux.

— A votre service.

— Il faut décider quoi faire. » Le ton solennel de Beth contrastait avec la tentative, chez Esperanza, de faire de l'humour.

Decker la regarda et lui prit tendrement la main. « Oui. Le Département de la Justice * n'aura guère apprécié que tu ne te présentes pas pour témoigner. On va te rechercher.

— J'ai réglé ça, dit Beth.

— Tu as réglé... » Decker fut interloqué. « Je ne comprends pas.

---

* Equivalent, aux Etats-Unis, des ministères de la Justice européens *(N.d.T.)*.

— Esperanza m'a conduite jusqu'à une cabine téléphonique. J'ai téléphoné à mon contact au Département de la Justice et j'ai découvert que je n'avais pas à témoigner. Le grand jury * se réunissait pour inculper Nick Giordano mais comme il est mort, le Département de la Justice dit que les procédures sont suspendues. » Elle hésita. « Tu as aussi tué *Frank* Giordano ? »

Decker ne dit rien.

« C'est pour moi que tu as fait ça ?

— N'oublie pas que tu es en présence d'un policier ** », dit Decker.

Esperanza baissa brièvement les yeux sur ses mains. « Je ferais peut-être bien d'aller faire un tour.

— Je ne voulais pas...

— Ne le prenez pas mal. Vous avez des choses à vous dire tous les deux. Vous avez besoin d'être un peu seuls. » Esperanza mit ses bottes, attrapa une chemise au passage et sortit en leur adressant un signe de la tête.

Beth attendit que la porte se soit refermée. « Esperanza m'a un peu raconté tes exploits d'hier soir. » Elle lui prit la main. « Je ne saurai jamais te remercier assez.

— Aime-moi, c'est tout. »

L'étonnement fit relever la tête à Beth. « On dirait à t'entendre que c'est là quelque chose dont je devrais me convaincre. Je t'aime. »

Elle ne le lui avait jamais dit. Cette déclaration longuement désirée le transporta et l'inonda de chaleur. Les yeux embués par l'émotion, il l'observa. Il y avait peu de ressemblance entre la femme séduisante qu'il avait connue à Santa Fe et celle qui se trouvait devant lui, pâle, les joues creuses, les yeux caves et la chevelure défaite. C'était pour cette femme qu'il avait souffert. Pour elle qu'il avait risqué sa vie. A plusieurs reprises. Pour la sauver qu'il avait été prêt à aller *n'importe où* et à faire *n'importe quoi*.

Il avait la gorge serrée. « Tu es belle. »

Des couleurs opportunes rosirent les joues de Beth.

« Je n'aurais pas pu continuer à vivre sans toi », dit Decker.

Beth inhala vivement, de manière audible. Elle le regarda comme si elle ne l'avait jamais véritablement vu auparavant puis elle le prit dans

---

* Un grand jury, à la différence d'un jury populaire, est composé de jurés présélectionnés selon des critères complexes et choisis sur une liste qui est en permanence à la disposition du Département de la Justice *(N.d.T.)*.

** Aux Etats-Unis, les policiers appliquent la loi mais ne l'interprètent pas. Ainsi, pour Esperanza, Decker est suspect jusqu'à preuve du contraire et il n'est pas dans ses attributions de le déclarer innocent ou en état de légitime défense. Cette disposition légale explique en partie l'attitude de Decker à son égard tout au long du roman *(N.d.T.)*.

ses bras. Leur étreinte, rendue douloureuse par leurs blessures, n'en fut pas moins intense et énergique. « Je ne te mérite pas. »

Elle lui avait déjà dit précédemment la même chose lorsque Decker l'avait aidée à gravir l'escalier de secours à l'appartement du médecin. Ce « je ne te mérite pas » était-il une autre manière pour elle d'exprimer l'affection qu'elle lui portait ou voulait-elle littéralement dire qu'elle se sentait indigne de son amour – qu'elle avait honte de s'être servie de lui ?

« Qu'est-ce qui ne va pas ? demanda Beth.

— Rien.

— Mais...

— Nous avons beaucoup de détails à régler, dit tranquillement Decker. Est-ce que ton contact au Département de la Justice s'est informé de McKittrick ?

— S'il s'est informé... » Beth parut intriguée par le brusque changement de sujet, par cette façon de passer de l'intimité aux considérations pratiques. « Je lui ai dit que c'était McKittrick qui avait fait savoir aux Giordano que je me cachais à Santa Fe. J'ai dit que je me méfiais de McKittrick depuis le début et que je lui avais faussé compagnie en arrivant à New York. Je leur ai dit que je n'avais pas la moindre idée de l'endroit où il se trouvait.

— Continue à leur servir cette version, dit Decker. Lorsqu'on trouvera le corps de McKittrick dans les décombres, les autorités auront du mal à l'identifier. Faute de savoir quels registres dentaires utiliser pour établir la comparaison, il se peut qu'ils ne parviennent jamais à l'identifier. Sa disparition demeurera un mystère. On pensera qu'il a pris la fuite pour éviter la prison. L'essentiel, c'est que tu n'aies jamais l'air d'hésiter. Continue à raconter sans varier d'un iota que tu ne sais pas ce qu'il est devenu.

— Je vais devoir m'expliquer sur mon emploi du temps depuis mon départ de Santa Fe samedi après-midi, dit Beth.

— Je vais passer un coup de fil. J'ai un ancien associé à Manhattan qui me doit un service. Si le Département de la Justice exige un alibi, il t'en fournira un. Ils vont vouloir connaître la nature de tes relations avec lui. Tu leur diras que je t'avais parlé de lui à Santa Fe, que c'est un vieil ami à moi et que je voulais que tu passes le voir quand tu serais à New York. Il allait de soi que tu t'adresses à lui après avoir faussé compagnie à McKittrick.

— Reste un autre problème... Toi.

— Je ne comprends pas.

— Esperanza et moi, on n'a pas à craindre que nos empreintes digitales puissent être identifiées. L'Oldsmobile a été détruite par le feu. La chambre de motel à Closter et l'appartement du médecin à Manhattan aussi. Mais les *tiennes* ? Pendant que tu dormais, on a allumé la télévision pour voir comment les autorités réagissaient à ce qui s'est passé hier soir. Le FBI a pris en main l'enquête sur la mort des Giordano. Des rapports indiquent que l'on a trouvé des empreintes digitales isolées sur une arme meurtrière trouvée chez Giordano. Un tisonnier. » Beth parut bouleversée par la brutalité que laissait supposer l'usage de cette arme.

« Et ?

— Les autorités pensent qu'il s'agit d'un règlement de comptes de la pègre, d'une guerre entre gangs rivaux. Mais quand elles identifieront tes empreintes...

— Elles trouveront celles d'un homme décédé il y a quinze ans. » Beth écarquilla les yeux.

« Où aimerais-tu vivre ? demanda Decker.

— Vivre ? » Beth parut intriguée par ce nouveau coq-à-l'âne. « A Santa Fe, évidemment.

— Avec moi ?

— Oui.

— Je ne pense pas que ce soit une bonne idée, dit Decker.

— Mais la pègre ne me recherche plus.

— Renata, elle, te recherche. » Decker marqua une pause pour laisser le silence accentuer la portée de ses paroles. « Tant que je suis en vie, elle peut toujours se servir de toi pour m'atteindre. Tu seras en danger. »

Beth pâlit davantage.

« Il n'y a rien de changé, dit Decker. Je te le demande donc encore une fois, où aimerais-tu vivre ? »

Les yeux de Beth perdirent tout à coup de leur éclat.

« Si nous nous séparons, dit Decker.

— Nous séparer ? » Beth paraissait abasourdie. « Mais enfin pourquoi voudrais-tu que...

— Si nous avions une querelle en public à Santa Fe, un midi à l'Escalera ou dans un autre restaurant très fréquenté, si le mot courait que nous ne sommes plus ensemble, Renata déciderait peut-être qu'il est inutile de s'en prendre à toi puisqu'elle ne me ferait pas souffrir si elle tuait une personne qui m'est devenue indifférente. »

Beth paraissait de plus en plus interloquée.

« En fait, dit Decker, qui voulait donner à Beth une porte de sortie tout en apprenant la vérité, plus j'y pense et plus je suis convaincu que Renata te laisserait tranquille si nous rompions.

— Mais... » Beth ne parvenait pas à articuler. Elle était sans voix.

« Il faudrait que ce soit convaincant, poursuivit Decker. Je pourrais t'accuser d'avoir su qui j'étais depuis le début de notre relation. Je pourrais te faire une scène pour avoir feint de m'aimer et m'avoir appâté sexuellement alors que tout ce que tu voulais, c'était avoir un garde du corps dans la maison voisine et parfois chez toi. Dans ton lit. »

Beth se mit à pleurer.

« Je pourrais dire à tout le monde que j'ai été stupide, que j'ai risqué ma vie pour rien. Si jamais Renata me surveillait, elle aurait vent de notre querelle. Tout particulièrement si je quittais Santa Fe et que toi, tu y restais. »

Beth pleurait de plus belle.

« Qui a tué ton mari ? » demanda Decker.

Elle ne répondit pas.

« On devrait pouvoir construire un petit scénario là-dessus, dit Decker. L'organisation, un des gardes peut-être, l'aurait abattu, aurait pris l'argent et t'aurait fait porter le chapeau. Ou encore, autre scénario, le fils de Giordano, Frank, aurait pu être à tel point jaloux des égards que son père témoignait à ton mari qu'il aurait décidé de régler la chose une bonne fois pour toutes en s'arrangeant pour que l'on t'accuse. » Decker attendit. « Lequel des deux scénarios préfères-tu ? »

Beth s'essuya les yeux. « Ni l'un ni l'autre.

— Alors...

— C'est moi qui l'ai tué », dit Beth.

Decker se redressa.

« J'ai abattu mon mari d'une balle, dit-elle. Ce salaud ne me battra plus jamais.

— Tu as pris l'argent ?

— Oui.

— C'est comme ça que tu as pu t'offrir la maison de Sante Fe ?

— Oui. L'argent est sur un compte bancaire numéroté aux Bahamas. Comme le Département de la Justice ne pouvait pas entrer en possession de cet argent, on me l'a laissé pour que je puisse subvenir à mes besoins – d'autant qu'on tenait à mon témoignage.

— Savais-tu qui j'étais avant de me rencontrer ?

— Oui.

— Alors tu t'es servie de moi.

— Pendant quarante-huit heures environ. Je ne savais pas que tu me plairais à ce point. Je ne m'attendais sûrement pas à tomber amoureuse de toi. »

Du sang coula de l'une des entailles ouvertes que Decker avait au visage. « Je voudrais pouvoir te croire.

— J'ai toujours eu envie de vivre dans le midi de la France », dit Beth à l'improviste.

Cette fois, ce fut au tour de Decker d'être pris de court. « Pardon ?

— Pas sur la Côte d'Azur. A l'intérieur, dit Beth. Dans le sud-ouest de la France. Dans les Pyrénées. J'ai lu un article sur cette région dans un magazine touristique. Les photos des vallées, avec les pâturages, les forêts et les torrents qui descendent des montagnes, étaient d'une beauté incroyable. Je pense que je pourrais faire de la bonne peinture là-bas... A condition de t'avoir à mes côtés.

— Tout en sachant que tu mets ta vie en danger, que Renata pourrait vouloir se servir de toi pour m'atteindre ?

— Oui.

— En sachant que tu devras ouvrir l'œil jusqu'à la fin de tes jours ?

— Sans toi – Beth toucha le sang qui s'écoulait de son estafilade au visage – je n'aurais pas de but dans la vie.

— Dans ce cas, dit Decker, on retourne à Santa Fe. »

3

« Vous êtes sûr que c'est une bonne idée ? demanda Esperanza.

— Non, mais je ne vois pas de solution plus sensée », répondit Decker. Ils se trouvaient dans la salle des pas-perdus bruyante et remplie de monde de l'aéroport international de Newark *. Decker, qui revenait du comptoir de la United Airlines, avait rejoint Beth et Esperanza qui l'attendaient dans un renfoncement près des toilettes et des écrans d'affichage des vols. Il leur tendit leurs billets. « Je nous ai pris des places pour le vol de huit heures et demie. On changera d'avion à Denver et on sera à Albuquerque à midi quarante-huit.

— Ces sièges ne sont pas les uns à côté des autres, dit Beth.

— Deux le sont. L'un de nous devra s'asseoir plus à l'arrière.

— Ce sera moi, dit Esperanza. Je chercherai à voir s'il y a des passagers qui manifestent un intérêt anormal à votre endroit.

— Avec mes béquilles, j'aurais du mal à passer inaperçue, dit Beth.

— Et moi, les écorchures que j'ai sur le visage ont nettement attiré l'attention de la femme au comptoir de la United. » Decker regarda à la ronde pour s'assurer qu'on ne les entendait pas. « Mais je ne vois pas comment Renata aurait pu prévoir de quel aéroport on partirait. Ça m'étonnerait qu'elle soit dans les parages. C'est une fois arrivés à Santa Fe qu'il faudra commencer à s'inquiéter.

— Tu es sûr qu'elle nous attendra là-bas ? demanda Beth.

— Que veux-tu qu'elle fasse d'autre ? Il lui faut un point de départ pour nous retrouver et Santa Fe est tout indiqué. Elle sait que si je ne reviens pas y vivre, je devrai vendre ma maison et transférer mon compte bancaire. Elle voudra être sur place pour convaincre l'agence

---

* Un aéroport desservant New York et situé dans le New Jersey *(N.d.T.)*.

immobilière ou le directeur de la banque de lui dire à quel endroit on a envoyé l'argent. »

Beth sourcilla à la vue des passagers qui passaient à pas pressés devant eux, comme si elle craignait que Renata ne surgisse soudainement parmi eux. « Mais ces informations sont confidentielles. Elle ne va tout de même pas entrer comme ça dans l'agence immobilière ou à la banque en s'attendant à ce qu'on lui donne ta nouvelle adresse.

— Je la verrais plutôt appuyer un revolver sur la tempe de l'agent immobilier ou du banquier quand ils rentreront chez eux après le travail, dit Decker. Le terrorisme n'a plus de secrets pour Renata. Non seulement elle me hait parce que j'ai tué ses frères, mais elle a une motivation supplémentaire : le million de dollars qui lui appartient et que j'ai là dans ce sac. Elle fera tout pour se venger. A sa place, j'attendrais à Santa Fe que mon gibier se manifeste. »

Esperanza jeta un coup d'œil à sa montre. « On ferait mieux de se diriger vers l'embarquement. »

Gênés par leur apparence, ils quittèrent le renfoncement et s'avancèrent au milieu de la cohue, chacun des deux hommes encadrant Beth afin de faire en sorte que personne ne la bouscule. Non qu'elle parût instable. Au contraire, bien qu'elle manquât de pratique sur ses béquilles, ses aptitudes physiques naturelles lui permettaient d'avancer d'un pas assuré.

Decker fut saisi d'un élan d'admiration pour elle. Elle paraissait déterminée, insensible à la douleur, prête à faire ce qu'il fallait.

Et *toi*, se demanda-t-il. Tu en as vu de toutes les couleurs. Es-tu prêt toi aussi ?

Oui, à tout.

Mais il n'était pas tout à fait honnête avec lui-même. Maintenant que les dispositions pratiques qui s'imposaient dans l'immédiat avaient été prises, plus rien ne venait le distraire de ses émotions. Il n'en revenait pas qu'elle soit là, à ses côtés. Sans elle, il éprouvait une sensation d'incomplétude qui le mettait au supplice. Même le bref moment où il s'était absenté pour aller acheter les billets d'avion lui avait été terriblement pénible.

Es-tu prêt à tout ? se demanda-t-il de nouveau tout en se dirigeant en compagnie de Beth et d'Esperanza vers le poste de contrôle de sécurité. Pas vraiment à tout. Je n'accepterais pas que Beth soit de nouveau blessée ou d'apprendre qu'elle me ment encore sur la nature véritable de ses sentiments à mon égard. Je n'accepterais pas de découvrir que j'ai été dupe.

Au poste de contrôle de sécurité, il resta en arrière afin de laisser s'écouler une minute entre le passage de Beth et d'Esperanza et le sien au cas où les dix mille billets de cent dollars qu'il transportait dans son sac en bandoulière paraîtraient suspects au vigile qui surveillait l'écran de détection aux rayons X. Si on lui demandait d'ouvrir le sac, il aurait du mal à expliquer de quelle manière il était entré en possession d'un million de dollars. Les préposés au service de sécurité y verraient aussitôt de l'argent de la drogue et il ne tenait pas à ce que Beth et Esperanza paraissent être de mèche avec lui. Comme l'écran de détection permettait de voir les contours aussi bien des objets métalliques que d'objets non métalliques, Decker, afin de rendre les billets de banque moins visibles, avait retiré les élastiques qui retenaient les liasses, avait jeté celles-ci en vrac dans le sac et les avait recouvertes d'une chemise sale, d'un carnet et d'un stylo, d'une trousse de toilette, d'un jeu de cartes, d'un journal et d'un livre de poche. Avec un peu de chance, le vigile ne ferait pas attention à ce bric-à-brac visuel une fois qu'il se serait assuré que le sac ne contenait pas d'arme.

Une femme qui précédait Decker posa son sac sur le tapis roulant de l'appareil de détection puis traversa sans encombre le détecteur de métaux. Decker, dont le pouls battait plus vite, prit sa place et posa le lourd sac sur le tapis roulant. Le vigile lui adressa un regard étrange. Ne tenant pas compte de l'attention qu'on lui témoignait, Decker déposa sa montre de plongée sous-marine et ses clés de voiture dans un panier qu'une femme en uniforme lui prit des mains. Il ne craignait pas que l'appareil de détection trouve une arme sur lui – Esperanza et lui avaient veillé à démonter leurs pistolets et à les jeter dans un égout avant de se rendre à l'aéroport. Néanmoins, il n'avait pas voulu courir le risque qu'un objet métallique, si anodin fût-il, déclenche le détecteur et attire davantage l'attention sur lui.

« Qu'est-ce qui vous est arrivé au visage ? demanda la femme en uniforme.

— Un accident de voiture. » Decker traversa le détecteur de métaux. L'appareil demeura silencieux.

« Ça a l'air douloureux, dit le vigile.

— Ç'aurait pu être pire. » Decker reprit sa montre et ses clés de voiture. « L'ivrogne qui a brûlé un feu rouge et m'est rentré dedans est à la morgue.

— Vous avez eu de la chance. Soyez prudent.

— Croyez-moi, j'essaie. » Decker avança en direction du tapis roulant qui conduisait hors du détecteur aux rayons X. Il sentit sa poitrine se serrer en voyant que le tapis roulant ne bougeait pas. Le préposé au contrôle l'avait arrêté pour jeter un regard officiel sur l'image floue du contenu de son sac.

Decker attendit, adoptant l'attitude du voyageur qui a un avion à prendre mais essaie de se plier de bon gré aux contrôles de sécurité même si son sac est parfaitement en règle.

Le vigile, fronçant les sourcils, regarda plus attentivement l'écran.

Decker entendit battre une pulsation derrière ses oreilles.

Avec un haussement d'épaules, le vigile appuya sur un bouton qui remit le tapis roulant en marche. Le sac sortit de l'appareil de détection.

« Votre visage fait peine à voir, dit le vigile.

— C'est encore plus douloureux que ça en a l'air. » Decker prit le million de dollars et s'avança dans la salle d'embarquement avec d'autres passagers.

Il s'arrêta à un téléphone public, demanda à l'opératrice le numéro de téléphone de l'aéroport qu'il composa aussitôt qu'on le lui eut donné. « Les services de sécurité de l'aéroport, s'il vous plaît. »

Il y eut une pause. *Click.* « La sécurité, fit un homme à la voix douce.

— Faites le tour de votre parc de stationnement à la recherche d'une Pontiac bleue, un modèle de l'année. » Decker lui donna le numéro d'immatriculation de la voiture. « Ça y est ? Vous avez tout noté ?

— Oui, mais...

— Vous trouverez des explosifs dans le coffre.

— *Quoi ?*

— Ils ne sont pas reliés à un détonateur. La voiture ne présente aucun danger mais vous feriez mieux d'être prudent quand même.

— *Qui...*

— L'aéroport n'est pas menacé. Il se trouve tout simplement que j'ai tout un stock de C-quatre sur les bras et que je ne vois pas de façon moins dangereuse de m'en défaire.

— Mais...

— Je vous souhaite une bonne journée. » Decker mit fin à la communication. Avant d'abandonner la Pontiac dans le parc de stationnement, il avait passé un gant de toilette trempé dans de l'eau savonneuse sur toutes les parties où ils auraient éventuellement pu laisser des empreintes. En temps normal, il aurait abandonné la voiture dans une rue où des petits voyous auraient pu la voler mais il ne tenait pas à ce qu'ils fassent des bêtises avec les explosifs. Lorsqu'on trouverait la Pontiac et le C-quatre, il serait en route pour Denver.

Il se dirigea d'un pas vif vers la porte d'embarquement où Beth et Esperanza l'attendaient, très inquiets.

« Tu as mis tellement de temps que je me faisais du souci », dit Beth.

Decker remarqua le regard rapide qu'elle avait jeté sur le sac à bandoulière. Et si c'était uniquement l'argent qui l'intéressait ? se demanda-t-il. « Moi aussi je commençais à me sentir un peu tendu.

— L'embarquement a commencé, dit Esperanza. On a appelé mon numéro de siège. Je ferais mieux d'y aller. »

Decker acquiesça. Il avait passé tellement de temps avec Esperanza durant les jours précédents que cela lui fit tout drôle d'être séparé de lui. « On se retrouve à Denver.

— D'accord. »

Tandis qu'Esperanza s'engageait à la suite des passagers sur la passerelle d'embarquement, Beth adressa un sourire affectueux à Decker. « On n'a jamais voyagé ensemble. Ce sera le début d'un tas de nouvelles expériences pour nous.

— Pourvu qu'elles soient moins sinistres que celles auxquelles on a eu droit depuis vendredi soir. » Decker avait adopté le ton de la plaisanterie.

« Tout sera mieux que ça.

— Espérons-le. » Et si les choses tournaient encore plus mal? se demanda Decker.

Beth regarda en direction du comptoir d'embarquement. « On appelle nos numéros de siège.

— Allons-y. Je suis sûr que cela ne te fera pas de mal de te passer un peu de ces béquilles. » Suis-je bien avisé de revenir à Santa Fe? songea Decker. Suis-je absolument sûr que ça servira à quelque chose?

A l'entrée de la passerelle, un agent de la United Airlines prit le billet de Beth. « Désirez-vous que l'on vous aide à vous rendre à votre place?

— Mon ami m'aidera. » Beth adressa un regard plein de tendresse à Decker.

« Ça ira », dit Decker à l'agent à qui il remit son ticket d'embarquement. Il suivit Beth dans l'espace confiné de la passerelle. Il n'est pas trop tard pour revenir en arrière, se dit-il.

Mais il se sentit entraîné par la file des passagers. Deux minutes plus tard, ils prenaient possession de leur siège au milieu de l'avion. Une hôtesse s'empara des béquilles de Beth pour les ranger dans le compartiment à bagages. Beth et Decker attachèrent leur ceinture. Le million de dollars était en lieu sûr à ses pieds.

Je peux encore changer d'avis, pensa-t-il. Beth avait peut-être raison, c'est peut-être dans le midi de la France que nous aurions dû aller.

Mais un fragment de la conversation qu'il avait eue avec Beth au motel lui revenait constamment à l'esprit. Il lui avait demandé si elle désirait rester avec lui tout en sachant qu'elle mettrait sa vie en danger, que Renata essaierait de se servir d'elle pour l'atteindre. Il lui avait dit qu'il lui faudrait désormais ouvrir l'œil à chaque minute passée avec lui. Beth avait répondu : « Sans toi, je n'ai pas de but dans la vie. »

Reste à savoir ce qu'elle voulait dire par là? pensa Decker. Il faut que j'en aie le cœur net *au plus vite*.

Le 737 s'éloigna du terminal pour s'engager sur la piste. Beth serra sa main dans la sienne.

« Tu m'as manqué », murmura-t-elle.

Decker lui étreignit doucement les doigts. « Tu ne sauras jamais à quel point tu m'as manqué.

— Là, tu te trompes », dit Beth. Les moteurs gémirent à l'extérieur

341

de leur hublot. « Après ce que tu as fait ces jours derniers, j'ai une idée très précise de tes sentiments à mon égard. » Lorsque le 737 décolla, elle se blottit contre lui.

4

Au moment où l'avion atteignait son palier de vol de dix mille mètres, Decker fut étonné de s'apercevoir qu'il avait du mal à faire la conversation avec elle. C'était la première fois que cela se produisait depuis qu'il la fréquentait. Leur bavardage lui semblait léger au regard des questions essentielles dont il eût voulu s'entretenir avec elle mais qu'il se refusait à aborder de peur que les passagers autour d'eux ne les entendent. Il accueillit avec satisfaction le petit déjeuner que l'hôtesse leur apporta, une omelette au fromage et aux champignons qu'il dévora : d'une part, ayant retrouvé l'appétit, il était affamé mais, d'autre part, il voulait aussi profiter du repas comme d'une diversion afin de n'avoir pas à soutenir la conversation. Après avoir mangé, prétextant une immense fatigue, il refusa le café.

« Ne te sens pas obligé de me faire la conversation, dit Beth. Tu as bien mérité un peu de repos. Fais un somme. En fait, je pense que je vais t'accompagner. »

Elle baissa son siège à la hauteur de celui de Decker puis appuya sa tête sur son épaule.

Decker croisa les bras et ferma les yeux. Mais il eut du mal à s'endormir. Il était toujours partagé par ses émotions. La longue et intense épreuve qu'il venait de vivre l'avait déstabilisé. Son corps était épuisé mais il avait les nerfs à vif comme s'il souffrait d'un état de manque dû à une dépendance physique aux poussées d'adrénaline. Les sensations qu'il éprouvait lui en rappelèrent d'identiques ressenties après ses missions dans l'armée ou pour l'Agence. L'action pouvait créer un phénomène d'accoutumance. Dans sa jeunesse, il recherchait cette sensation. L'exaltation qu'il y avait dans le fait de survivre à une mission rendait la vie ordinaire inacceptable, engendrait le désir d'en accomplir d'autres, de surmonter la peur afin de connaître de nouveau l'euphorie de revenir vivant. Il avait fini par admettre le caractère autodestructeur d'une telle dépendance. En s'installant à Santa Fe, il avait eu la conviction de n'aspirer plus désormais qu'à la paix.

Il s'étonnait, par conséquent, de l'ardeur qu'il mettait à poursuivre les hostilités avec Renata. Il fallait reconnaître que, d'un certain point de vue, il eût été insensé d'entretenir la tension en attendant que ce soit elle qui l'attaque. S'il pouvait maîtriser les circonstances dans lesquelles elle le traquerait, de proie il se transformerait en chasseur. Plus vite il se trouverait face à face avec elle mieux ce serait. D'un autre point de vue, son impatience le troublait, elle lui faisait craindre d'être en train de redevenir ce qu'il avait été.

5

« On ne peut pas dire qu'on revient au Nouveau-Mexique très discrètement. Qui sait si Renata ne sera pas dans la salle des arrivées en train de faire le guet pour voir qui descend de l'avion ? » demanda Esperanza. Il avait rejoint Beth et Decker qui étaient restés à leurs places en attendant que les autres passagers descendent de l'avion à l'aéroport d'Albuquerque. Il n'y avait personne à proximité. Ils pouvaient parler sans crainte d'être entendus.

« Ce n'est pas comme ça qu'elle procéderait, dit Decker. Dans un aéroport aussi petit que celui-ci, quelqu'un qui traînerait dans les parages durant plusieurs jours, en ne faisant rien d'autre que de surveiller les vols à l'arrivée, attirerait l'attention d'un préposé à la sécurité.

— Mais rien ne l'obligerait à exercer cette surveillance elle-même. Elle pourrait engager quelqu'un qui le ferait à sa place. Ils pourraient se relayer, dit Esperanza.

— Je suis partiellement d'accord. Elle doit probablement avoir reçu des renforts à l'heure qu'il est. Quand elle se servait de McKittrick – Decker jeta un coup d'œil à Beth, se demandant si elle s'était servie de lui comme Renata de McKittrick – elle tenait ses petits copains à distance pour ne pas le rendre jaloux. Mais maintenant que McKittrick n'est plus dans le paysage, elle a dû faire venir de Rome le restant de son groupe terroriste. » Decker retira son sac à bandoulière du compartiment qui se trouvait à ses pieds. « Un million de dollars valent le déplacement. Oh, pour être ici, ils le sont, et ils se relaient, mais pas pour surveiller les vols à l'arrivée.

— Mais alors, qu'est-ce qu'ils font ? »

Une hôtesse, qui apportait ses béquilles à Beth, les interrompit.

Beth la remercia et ils avancèrent tous les trois.

« Je vous expliquerai quand nous serons tout seuls. » Decker se tourna vers Beth. « Il va falloir que tu fasses voir ces points de suture. On va commencer par te conduire chez un médecin. » Il secoua la tête. « Non, je me trompe. On va commencer par louer une voiture.

— Louer ? demanda Esperanza. Mais vous aviez laissé votre Jeep Cherokee au parking de l'aéroport.

— Elle va encore y rester un peu », dit Decker. Il attendit qu'il n'y ait plus personne autour d'eux sur la passerelle de débarquement pour dire à Esperanza : « Votre insigne et votre pistolet sont sous clé dans ma voiture. Pouvez-vous vous en passer jusqu'à demain ?

— Plus vite je les récupérerai, mieux ce sera. Qu'est-ce qui vous empêche d'utiliser votre voiture ? » Esperanza répondit aussitôt lui-même à sa question. « Renata connaît votre Jeep. Vous pensez qu'elle a pu la piéger avec des explosifs ?

— Et courir le risque de faire sauter le million de dollars qu'il y a dans ce sac ? Ça m'étonnerait. Elle tient tellement à sa vengeance qu'elle veut la savourer. Mais elle n'est sûrement pas prête à y mettre ce prix. Ma voiture sera en parfaite sécurité... sauf pour ce qui est de l'émetteur qu'elle y aura installé. »

6

Le soleil de midi brillait lorsque Decker quitta le parc de voitures de location d'Avis près de l'aéroport d'Albuquerque au volant de la voiture de location, une Buick Skylark grise. Il s'engagea sur la route circulaire qui longeait le parking à quatre niveaux puis jeta un coup d'œil aux deux grandes silhouettes métalliques de chevaux de course posées sur la pelouse devant l'aéroport, se rappelant les appréhensions qui avaient été les siennes lorsqu'il avait foulé pour la première fois le sol de Santa Fe. Maintenant, après son absence la plus prolongée de cette ville depuis lors, il y revenait et ses émotions étaient beaucoup plus complexes.

Il négocia un autre virage, atteignit la large voie d'accès à l'aéroport partagée par un terre-plein gazonné et désigna les quatorze étages de verre et de stuc d'un hôtel Best Western qui, à droite de la route, se découpait sur les monts Sandia. « Quelque part dans cet hôtel, Renata ou l'un de ses amis a l'œil sur un récepteur et attend que l'aiguille bouge pour leur annoncer que ma voiture quitte le parking. La personne qui surveille le récepteur va vite descendre et monter dans une voiture qui est garée de façon à pouvoir sortir facilement du parc de stationnement de l'hôtel. Cette personne aura un téléphone cellulaire et passera le mot au reste du groupe dont certains membres se seront sans doute installés à Santa Fe. Comme la personne qui me suivra saura pertinemment que les conversations sur des téléphones cellulaires peuvent être entendues par des oreilles indiscrètes, on conversera en code à intervalles réguliers sans cesser de me suivre jusqu'à Santa Fe. Dès que je serai arrivé là où je vais, ils me tomberont dessus. Ils n'ont aucune raison d'attendre. Comme ça, n'est-ce pas, je n'aurai pas le temps de voir venir les coups. Leur meilleure tactique sera d'agir immédiatement. Si j'ai l'argent avec moi, ils n'auront pas à me torturer pour savoir où je l'ai planqué. Mais ils me tortureront de toute façon. Pour le plaisir. Ou plutôt, c'est Renata qui me torturera. J'ignore par où elle voudra commencer – mes couilles ou ma gorge. Probablement les couilles, parce que si elle s'en prend à ma gorge, ce qu'elle préférerait, j'en suis sûr, pour se venger de ce que je lui ai fait, je ne lui donnerai pas la satisfaction de m'entendre hurler. »

Beth était assise à l'arrière, sa jambe blessée étendue. Esperanza avait pris place à l'avant. Ils regardèrent Decker comme s'il n'était pas tout à fait dans son état normal à la suite de la tension de ce qu'il venait de vivre.

« A t'entendre, on s'y croirait, dit Beth.

— Et comment pouvez-vous être si sûr de vous pour l'émetteur et l'hôtel Best Western ? demanda Esperanza.

— Parce que c'est comme ça que je procéderais moi-même, répondit Decker.

— Pourquoi pas au Airport Inn, au Village Inn ou dans l'un des autres hôtels situés plus bas sur la route ?

— Ils sont trop petits. Il est trop difficile de ne pas y attirer l'attention. La personne qui surveille le récepteur voudra passer inaperçue.

— Si vous en êtes si sûr, je peux demander à la police d'Albuquerque de fouiller les chambres du Best Western.

— Sans mandat de perquisition ? Et sans que la police ne laisse filtrer quelque chose ? La personne qui surveille le récepteur aura un guetteur, quelqu'un à l'extérieur de l'hôtel chargé de le prévenir en cas d'arrivée de la police. Renata et ses amis disparaîtraient. L'avantage que me donne le fait de prévoir leurs actions serait perdu.

— Tu m'inquiètes, dit Beth.

— Pourquoi ? » Decker quitta la voie menant à l'aéroport et bifurqua en direction de Gibson pour aller prendre la bretelle conduisant à l'Interstate 25.

« Tu n'es plus le même. On dirait que ce défi fait ton affaire, que tu y prends plaisir.

— Je suis peut-être en train de revenir en arrière.

— Quoi ?

— Si on veut sortir vivants de cette histoire, toi et moi, il faut que je revienne en arrière. Je n'ai pas le choix. Il faut que je redevienne ce que j'étais – avant de venir à Santa Fe. C'est pour ça que McKittrick m'avait choisi pour être ton voisin, n'est-ce pas ? demanda Decker. C'est pour ça que tu as emménagé à côté de chez moi. A cause de ce que j'étais avant. »

7

Lorsque la Buick de location arriva au sommet du mont La Bajada et que Santa Fe s'étendit soudain devant lui, dominé à l'arrière-plan par les monts Sangre de Cristo, Decker n'éprouva aucun accès d'excitation, aucun plaisir d'être de retour. Il ressentit plutôt une sorte de vide inattendu. Les constructions ocre aux toits plats de style hispano-amérindien n'avaient rien perdu de leur exotisme. Quelque chose de chaleureux émanait toujours des maisons en adobe aux angles arrondis, l'après-midi de septembre était clair et brillant, il n'y avait pas de brouillard, la vue portait à des centaines de kilomètres, c'était le pays du soleil dansant.

Mais Decker se sentait coupé de tout cela, distant. Il n'avait pas le sentiment de rentrer chez lui. C'était comme s'il ne faisait que revenir à un endroit où il se trouvait avoir vécu, sans plus. Ce détachement lui rappela l'époque où il travaillait pour l'Agence, lorsqu'il retrouvait son appartement de Virginie à ses retours de mission. Ce détachement, il l'avait maintes fois éprouvé, à Londres, à Paris, à Athènes, à Bruxelles, à Berlin, au Caire et, pour la dernière fois, à Rome – parce que, lors de chacune de ses missions, quel que soit l'endroit où l'entraînaient ses voyages, il n'avait pas osé s'identifier à ce qui l'entourait de crainte de relâcher sa vigilance. S'il voulait survivre, il ne pouvait se permettre la moindre distraction. En ce sens, on pouvait dire effectivement qu'il rentrait chez lui.

8

« Les points de suture sont bien faits, dit le médecin, un homme roux et voûté.

— Je suis soulagé de l'apprendre », dit Decker. Le médecin était l'un de ses anciens clients qu'il lui arrivait de rencontrer en société. « Merci d'avoir accepté de nous recevoir sans rendez-vous. »

Le médecin haussa les épaules. « J'ai eu deux annulations cet après-midi. » Il continua d'examiner la blessure que Beth avait à la jambe. « Je n'aime pas ces rougeurs autour des points de suture. Quelle est la cause de l'accident ?

— C'est un accident de voiture, répondit Decker avant que Beth ne puisse répondre.

— Vous étiez avec elle ? C'est comme ça que vous êtes blessé au visage ?

— Ce n'était pas une manière très drôle de finir des vacances.

— Vous au moins, vous n'avez pas besoin de points de suture. » Le médecin reporta son attention sur Beth. « Cette rougeur me donne à penser que la blessure est en train de s'infecter. Est-ce qu'on vous a fait une piqûre antitétanique ?

— Je n'avais pas les idées assez claires pour m'en souvenir.

— Le médecin a dû oublier, dit Decker d'un ton acerbe.

— Alors ça s'impose. » Après avoir fait la piqûre à Beth, le médecin pansa de nouveau la blessure. « Je vais vous prescrire des antibiotiques. Voulez-vous quelque chose contre la douleur ?

— Oui, je vous en prie.

— Tenez. Ça devrait suffire. » Le médecin termina de rédiger son ordonnance et lui tendit deux feuilles de papier. « Vous pouvez prendre des douches mais je ne veux pas que vous mouilliez la blessure en prenant un bain. Si les tissus s'amollissent, les points de suture risquent de se défaire. Passez me voir dans trois jours. Je veux être bien sûr que l'infection ne s'étend pas.

— Merci. » Grimaçant de douleur, Beth descendit de la table d'examen et enfila son pantalon flottant dont elle boucla la ceinture. On avait passé sous silence sa blessure par balle à l'épaule du vendredi soir précédent afin de ne pas éveiller la méfiance. Aucune rougeur n'était apparue autour de cette blessure mais si une infection y couvait, les antibiotiques prescrits pour sa blessure à la cuisse en viendraient à bout.

« J'ai été heureux de vous rendre service. Steve, je suis toujours intéressé par le marché de la location immobilière. Vous avez quelque chose qui pourrait m'intéresser ? Je suis libre samedi après-midi.

— Je risque d'être pris. Je vous ferai signe. » Decker ouvrit la porte de la salle d'examens et laissa Beth le devancer sur ses béquilles vers l'endroit où Esperanza les attendait dans l'entrée. Decker leur dit : « J'arrive », puis il ferma la porte et se tourna vers le médecin. « Dites, Jeff ?

. — Qu'est-ce qu'il y a ? Vous voulez que je regarde les contusions que vous avez au visage ?

— Ce n'est pas à ça que je pensais.

— Alors...

— Ça va peut-être vous paraître un tantinet mélodramatique mais je me demandais si je pouvais compter sur votre discrétion.

— Pourquoi est-ce que...

— C'est une affaire délicate. Embarrassante en fait. Mon amie est en pleine procédure de divorce. Ça pourrait se gâter si son mari apprenait que nous nous voyons, elle et moi. Quelqu'un pourrait vous téléphoner ou venir ici en se présentant, disons, comme son mari ou comme un détective privé pour connaître le traitement que vous lui avez prescrit. Ça m'ennuierait beaucoup qu'il découvre que nous sommes venus ici ensemble, elle et moi.

— Il n'est pas dans les habitudes de mon cabinet de divulguer ce genre de renseignement, dit Jeff d'un air pincé.

— Je m'en doute bien. Mais le mari de mon amie sait se montrer terriblement convaincant. » Decker prit par terre le sac contenant l'argent.

« Ce n'est sûrement pas moi qui lui donnerai des informations.

— Merci, Jeff. Je vous en sais gré. » En quittant la salle d'examens, il eut le sentiment que le médecin n'appréciait guère la situation dans laquelle il prétendait se trouver. Il s'arrêta au comptoir de la réceptionniste. « Je vais payer en espèces.

— Quel est le nom de la patiente ?

— Brenda Scott. »

Il était peu vraisemblable que Renata veuille faire le tour de tous les médecins de Santa Fe pour voir si Beth avait reçu les soins dont elle soupçonnerait que celle-ci aurait besoin. Mais la minutie avait toujours été la marque distinctive de Decker. Il avait délibérément évité d'emmener Beth chez son médecin personnel, aux urgences de l'hôpital Saint-Vincent ou à la clinique Lovelace. C'étaient les premiers endroits que Renata ferait surveiller pour savoir si Beth et, par extension, Decker étaient de retour à Santa Fe. Il se pouvait que ces précautions fussent excessives mais ses vieilles habitudes avaient repris possession de lui.

9

La caravane posée sur son aire de gravier parsemée de yuccas parut à Decker étrangement différente de l'image qu'elle lui avait laissée quelques jours auparavant. Evidemment, se dit-il. Tu l'avais vue au milieu de la nuit. Elle paraît forcément différente. En garant la Buick de location au bord du trottoir, il jeta un coup d'œil aux soucis chétifs du jardinet qui bordait la façade de la caravane.

« Croyez-vous bien indiqué de vous montrer ici ? demanda Esperanza. Renata ou l'un de ses amis surveillent peut-être mon domicile.

— Ça ne risque pas, dit Decker. Renata ne vous a pas bien vu l'autre nuit. »

Esperanza examinait lui aussi la caravane comme s'il avait du mal à la reconnaître. Je me demande ce qui le rend nerveux, se dit Decker. A-t-il vraiment peur que Renata soit dans le coin ? Ou serait-ce que... Il se rappela les allusions d'Esperanza à ses discussions avec sa femme. La perspective des retrouvailles conjugales le mettait peut-être mal à l'aise.

« Vous avez couru toutes sortes de risques en m'accompagnant. Je vous dois une fière chandelle. » Decker lui tendit la main.

« Oui. » Beth se contorsionna pour se pencher vers le siège avant. « Vous m'avez sauvé la vie. Je vous en sais infiniment gré. Je ne trouve pas les mots pour vous exprimer ma gratitude. »

Esperanza ne quittait pas la caravane des yeux. « C'est *moi* qui devrais vous remercier. »

Une ride interrogative barra le front de Decker. « Je ne vous suis pas.

— Vous m'aviez demandé pourquoi je tenais à vous accompagner. » Esperanza se tourna pour le regarder droit dans les yeux. « Je vous ai dit que j'avais besoin de passer un peu de temps loin de ma femme. Je vous ai dit que j'étais une belle poire de vouloir venir en aide aux autres.

— Je me souviens, dit Decker.

— Je vous ai aussi dit que je n'avais jamais rencontré quelqu'un comme vous auparavant. Que j'apprenais beaucoup à votre contact.

— Je m'en souviens aussi.

— On s'installe dans la routine. » Esperanza marqua un moment d'hésitation. « Cela faisait un bon bout de temps que je me sentais mort intérieurement. »

Decker ne s'attendait pas à cela.

« Lorsque je faisais les quatre cents coups avec des bandes, je savais qu'il devait y avoir autre chose dans la vie que de se jeter tête baissée dans n'importe quoi, de foutre le bordel, mais je ne voyais pas ce que ça pouvait être. Puis le policier dont je vous ai parlé m'a appris à voir les choses autrement. Je suis entré dans la police pour être comme lui, pour changer de vie, pour faire un peu de bien. » Esperanza avait la voix tendue par l'émotion. « Mais parfois, vous avez beau vouloir bien faire, toute la merde que vous voyez dans le monde vous démolit, surtout la souffrance inutile que les gens s'infligent les uns aux autres.

— Je ne vois toujours pas...

— Je ne pensais plus pouvoir me passionner pour quoi que ce soit. Mais en essayant de rester à la hauteur à vos côtés ces jours derniers... Enfin, il s'est passé quelque chose... Je me sens revivre. Oh, ce qu'on a fait, vous et moi, m'a fichu une peur bleue. Il y avait là-dedans quelque chose de dément et de suicidaire. Mais sur le moment...

— Ça paraissait la seule chose à faire.

— Ouais. » Esperanza eut un grand sourire. « Ça paraissait la seule chose à faire. Je suis peut-être comme vous. Peut-être que je reviens en arrière. » Il posa de nouveau le regard sur la caravane et prit une voix plus posée. « Je crois qu'il va falloir que j'y aille. » Il ouvrit la portière et posa en un élan ses bottes de cowboy sur le gravier.

En regardant l'inspecteur dégingandé et à la longue chevelure s'éloigner d'un air songeur vers les trois marches à l'entrée de la caravane, Decker comprit ce qui modifiait en partie l'apparence du véhicule. Quelques nuits auparavant, il y avait une moto et un pick-up dans l'allée. Il ne restait plus que la moto.

Lorsque Esperanza disparut à l'intérieur de la caravane, Decker se tourna vers Beth. « La nuit va être dure. Il va falloir te trouver une chambre d'hôtel quelque part en dehors de la ville. »

Malgré sa position inconfortable, l'inquiétude la fit se redresser. « Non. Je ne veux pas être séparée de toi.

— Pourquoi ? »

Beth, embarrassée, ne répondit pas.

« Es-tu en train de me dire que tu ne te sens pas en sécurité loin de moi ? » Decker hocha la tête. « Tu pouvais à la rigueur ressentir ça quand tu habitais à côté de chez moi, mais il faut que tu abandonnes cette attitude. Pour l'instant, il est beaucoup plus intelligent de rester le plus loin possible de moi.

— Ce n'est pas à ça que je pense, dit-elle.

— Mais à quoi alors ?

— Tu ne serais pas empêtré dans cette histoire si ce n'était pas pour moi. Je refuse de te laisser t'en sortir tout seul.

— Il va y avoir une fusillade.

— Je sais me servir d'une arme.

— Tu me l'avais fait comprendre. » Se rappelant que Beth avait tué son mari et avait vidé son coffre, Decker jeta un regard furtif à côté de lui sur le sac qui contenait le million de dollars. *Est-ce après l'argent qu'elle en a ? Est-ce pour cette raison qu'elle tient à rester près de moi ?*

« Qu'est-ce que tu as contre moi ? » demanda-t-elle.

Decker ne s'attendait pas à cette question. « Contre toi ? Qu'est-ce qui te fait croire que...

— Ta froideur à mon égard me glace. »

Decker posa les yeux sur la caravane d'Esperanza. Puis il les posa sur ses mains. Puis sur Beth. « Tu n'aurais pas dû me mentir.

— A propos de la protection dont je jouissais comme témoin ? J'avais reçu l'ordre formel de ne rien te dire.

— L'ordre de McKittrick ?

— Ecoute, après avoir reçu cette balle, après être sortie de l'hôpital, quand on s'est parlé à l'entrée de chez moi, j'ai essayé de te dire tout ce que je pouvais. Je t'ai supplié de t'enfuir et de te cacher avec moi. Mais tu as insisté pour que je parte sans toi.

— J'ai pensé que c'était moins risqué pour toi au cas où une autre équipe de tueurs se lancerait à mes trousses, dit Decker. Si j'avais su que tu étais sous protection comme témoin, j'aurais réagi autrement.

— Autrement ? Comment ?

— Je serais alors parti avec toi, dit Decker. Pour essayer de te protéger. Dans ce cas-là, je serais tombé sur McKittrick, j'aurais compris de quoi il retournait et je nous aurais épargné le cauchemar qu'on a vécu.

— Comme ça, c'est encore ma faute ? C'est bien ce que tu dis ?

— Je ne pense pas avoir employé le mot *faute*. Je...

— Et toi, tous les mensonges que tu m'as racontés sur ta vie avant de venir vivre à Santa Fe, sur ces cicatrices de balles ? J'ai comme l'impression que ce ne sont pas les mensonges qui ont manqué de part et d'autre.

— Je ne peux tout de même pas raconter à tout le monde que je travaillais pour la CIA.

— Je ne suis pas tout le monde, dit Beth. Tu n'avais donc pas confiance en moi ?

— Enfin...

— Tu ne m'aimais donc pas assez pour me faire confiance ?

— C'est un réflexe de ma vie passée. Faire confiance aux gens n'a jamais été mon fort. La confiance peut vous coûter la vie. Mais cet argument vaut dans les deux sens. De toute évidence, toi non plus tu ne m'aimais pas assez pour me confier la vérité sur ton passé. »

Beth avait l'air découragé. « Tu as peut-être raison. Peut-être qu'il n'y avait pas assez d'amour pour continuer ensemble. » Elle s'adossa au siège, épuisée. « Qu'est-ce que je suis allée m'imaginer ? On a passé deux mois ensemble. Sur ces deux mois, on n'a été amants que huit jours avant que... » Elle haussa les épaules. « On ne change pas de vie en huit jours.

— On le peut. La mienne a changé en deux minutes lorsque j'ai décidé de venir vivre à Santa Fe.

— Mais elle n'a pas changé.

— Qu'est-ce que tu racontes ?

— Tu l'as dit toi-même. Tu es revenu au point de départ. A ce que tu étais avant. » Des larmes coulèrent sur les joues de Beth. « A cause de moi. »

Decker était désemparé. Il voulut se pencher par-dessus le siège, étreindre les mains de Beth, se pencher encore davantage et la prendre dans ses bras.

Mais avant qu'il ne s'abandonne à son impulsion, elle dit : « Si tu veux que nous mettions fin à notre relation, dis-le-moi.

— Y mettre fin ? » Decker ne s'attendait pas à ce qu'on en vienne là. « Je ne sais pas trop... Je ne...

— Parce que je ne tolérerai pas que tu m'accuses d'avoir voulu profiter de toi. Je t'ai menti sur mon passé parce que j'avais reçu l'ordre formel de garder la chose secrète. Même alors, j'ai été tentée de tout te dire mais je craignais que tu me fuies si tu apprenais la vérité.

— Je ne t'aurais pas fuie.

— Ça reste à voir. Mais je n'ai pas d'autre explication à te donner. C'est à prendre ou à laisser. Une chose est certaine – je n'ai pas l'intention de rester dans une chambre d'hôtel pendant que tu affrontes Renata tout seul. Tu as risqué ta vie pour moi. S'il faut que j'en fasse autant pour prouver ma bonne foi, je suis bien décidée à le faire. »

Decker se sentait accablé.

« Alors, qu'est-ce que tu décides ? demanda Beth. Me pardonnes-tu de t'avoir menti ? Moi, je suis prête à te pardonner. Veux-tu que l'on reparte de zéro ?

— Si c'est possible. » Decker était déchiré par l'émotion.

« Tout est possible si tu le veux.

— Si nous le voulons tous les deux. » Il avait la voix brisée. « Oui. »

Decker fut alors distrait par le bruit de la porte d'entrée d'Esperanza qui s'ouvrait. Celui-ci sortit. L'inspecteur dégingandé avait mis un jean propre, une chemise de toile et un Stetson. Il portait un pistolet semi-automatique dans un étui à la hanche. Mais quelque chose dans son expression indiquait que son apparence extérieure n'était pas la seule chose qui avait changé en lui depuis qu'il était entré dans la caravane.

Ses bottes crissèrent sur le gravier lorsqu'il s'approcha de la Buick.

« Vous allez bien ? demanda Decker. Vous avez les yeux...

— Elle n'est pas là.

— Votre femme ? Vous voulez dire qu'elle est au travail ou...

— Elle est partie.

— Quoi ?

— Elle a quitté la maison. La caravane est vide. Les meubles. Les casseroles et les poêles. Ses vêtements. Il n'y a plus rien, même mon cactus qui était sur le comptoir de la cuisine n'est plus là. Elle a tout emporté, sauf mon jean et quelques-unes de mes chemises.

— Bon dieu, dit Decker.

— J'ai mis du temps avant de ressortir parce que j'ai dû téléphoner de tous côtés pour savoir où elle était partie. Elle est allée vivre chez sa sœur à Albuquerque.

— Je suis vraiment navré. »

Esperanza ne parut pas l'entendre. « Elle ne veut pas me voir. Elle refuse de me parler.

— Tout ça parce que vous ne vouliez pas quitter votre travail dans la police ?

— Elle disait que j'étais marié à mon métier. Il est certain que tout n'était pas rose entre nous mais elle n'était pas obligée de partir. Nous aurions pu trouver une solution. »

Esperanza parut tout à coup se rendre compte de la présence de Beth et de Decker. Il jeta un coup d'œil à l'arrière de la voiture et remarqua l'expression tendue de Beth. « On dirait qu'entre vous aussi le torchon brûle.

— On joue au jeu de la vérité, dit Beth.

— Ouais, il faut avoir la foi pour ça, dit Esperanza en montant dans la voiture. Finissons-en.

— Quoi ? demanda Decker qui ne comprenait pas très bien.

— Finissons-en avec Renata.

— Mais ce n'est plus votre combat. Restez ici pour régler les choses avec votre femme.

— Je ne laisse pas mes amis seuls. »

Amis ? Decker fut assailli par le chagrin à la pensée de ce qu'il en avait coûté à Hal et à Ben d'être ses amis. Il tenta encore de dissuader Esperanza. « Non. Dans la ville où vous travaillez ? Où l'on vous connaît ? C'est de la folie. S'il y a des pépins, on ne sera pas en mesure d'étouffer les choses comme on l'a fait à New York et dans le New Jersey. Ça va se savoir. Vous perdrez à tout le moins votre travail.

— C'est peut-être ce que je veux finalement. Allez, démarrez. Ne faisons pas attendre Renata. »

10

Un signal électrique sonna lorsque Decker pénétra dans le magasin. L'air était imprégné de l'odeur douceâtre et écœurante de l'huile d'entretien des armes. Des râteliers de fusils, de carabines et autres fournitures de chasse s'étendaient devant lui.

Ce magasin, baptisé The Frontiersman, était celui où Decker était venu à son arrivée à Santa Fe quinze mois auparavant. A sa gauche, un vendeur se mit au garde-à-vous derrière une vitrine d'armes de poing tout en le jaugeant. C'était justement l'homme trapu et bronzé qui l'avait servi précédemment. Il portait la même chemise de travail écossaise rouge et le même pistolet, un Colt .45 semi-automatique. Decker crut tomber à la renverse.

« Oui, monsieur ? »

Decker s'avança. « Des amis et moi avons projeté d'aller à la chasse. J'ai besoin de matériel.

— Ce que vous voulez. Nous pouvons vous commander ce que nous n'avons pas en stock. »

Decker ne pouvait se permettre d'attendre les cinq jours réglementaires requis par l'administration pour l'achat d'une arme de poing. On pouvait se procurer une carabine sur-le-champ. Avant que le Congrès ne vote la loi interdisant la vente des armes d'assaut, il aurait simplement choisi plusieurs AR-15, la version civile du M-16 de l'armée américaine que l'on trouvait généralement chez la plupart des armuriers avant la mise en application de la loi. Maintenant, il ne lui était pas aussi facile de choisir les armes qu'il lui fallait. « Une Remington à culasse mobile .270.

— On a ça.

— Une Winchester à levier .30-30. Un petit calibre – un .24.

— Pas de problème.

— Deux fusils à double canon, calibre .10.

— Ça non. Les plus puissants fusils à double canon que j'aie sont de calibre .12. Fabriqués par Stoeger.

— D'accord. Il me faut une bouche de canon modifiée sur les fusils.

— Pas de problème pour ça. » Le vendeur prenait tout en note.

« Et des canons courts sur ces fusils.

— D'accord. C'est tout ?

— Une carabine .22 semi-automatique.

— Une Ruger fera l'affaire ? Elle a un magasin de dix coups.

— Vous avez des magasins de trente coups ?

— J'en ai trois. Prenez-les pendant qu'il y en a encore. Le gouvernement menace de les interdire.

— Donnez-les-moi tous les trois. Deux boîtes de munitions pour chaque arme. Du gros plomb pour les fusils. Trois bons couteaux de chasse. Trois tenues de camouflage, deux grande taille, une taille moyenne. Trois paires de sous-vêtements longs en polypropylène. Trois paires de gants de coton sombre. Un tube de camouflage facial. Deux pelles de camping pliantes. Une douzaine de gamelles, celles en métal des surplus de l'armée. Votre meilleure trousse de secours.

— Une douzaine de gamelles ? Vous devez avoir beaucoup d'amis. Vous n'allez pas vous ennuyer. Vous avez pratiquement tout couvert – tir à distance, à portée moyenne, rapproché. » Le vendeur ajouta en plaisantant « Dites donc, il ne manque plus qu'un arc et des flèches.

— Bonne idée », dit Decker.

11

Il y en avait pour un peu moins de 1 700 dollars. Decker, craignant que Renata n'eût des relations susceptibles de lui fournir des renseignements à partir des fichiers informatisés des sociétés de cartes de crédit, n'osa pas se servir de sa carte Visa et risquer ainsi de la prévenir qu'il était en train d'acheter des armes à Santa Fe. Il préféra raconter une histoire comme quoi il avait fait sauter la banque aux tables de blackjack de Las Vegas et il paya en espèces. Il n'avait pas à craindre que les dix-sept billets de cent dollars attirent l'attention. On était au Nouveau-Mexique. Lorsqu'il s'agissait d'armes, la façon dont on les payait et ce qu'on en faisait ne regardait personne. Le vendeur n'avait même pas fait de remarques sur les écorchures qu'il avait au visage. On ne mélangeait pas les armes et les commentaires personnels.

Il fallut à Decker plusieurs voyages pour transporter tout le matériel à la Buick. Il avait demandé à Esperanza de l'accompagner mais celui-ci avait dit être connu chez l'armurier. Decker ne voulait pas, en cas d'ennuis, que l'on établisse un lien entre Esperanza et lui et un important achat d'armes.

« Bon dieu, Decker, on dirait que vous partez en guerre. Mais qu'est-ce que c'est que ça ? Un arc et des flèches ?

— Et si ça, ça ne marche pas contre Renata et sa bande, je leur pisserai dessus. »

Esperanza se mit à rire.

« Le tout est d'être détendu », dit Decker.

Ils fermèrent le coffre et montèrent dans la voiture.

Beth attendait sur le siège arrière, les yeux encore tout rouges à la suite de sa conversation avec Decker à l'extérieur de la caravane d'Esperanza. Elle fit un effort manifeste pour se ressaisir et être de la partie. « Qu'est-ce qui vous fait rire ?

— Une mauvaise plaisanterie. » Decker la lui répéta.

Beth hocha la tête en gloussant légèrement. « C'est bien une histoire de mecs.

— Comment se fait-il que vous ayez acheté toutes ces gamelles ? demanda Esperanza. Une pour chacun de nous, je veux bien. Mais les neuf autres ?

— En fait, on va les remplir toutes les douze d'engrais et d'huile de chauffage.

— Mais pour quoi faire ?

— Ça fait de sacrées bonnes bombes. » Decker vérifia l'heure à sa montre et démarra. « On ferait mieux de se grouiller. Il est presque quatre heures et demie. Le jour va tomber. »

12

Une heure plus tard, après plusieurs autres achats, Decker quitta Cerrilos Road pour s'engager sur l'Interstate 25 mais, cette fois, il prit vers le nord, dans la direction opposée à Albuquerque.

« Pourquoi est-ce qu'on quitte la ville ? » Beth, tout agitée, se pencha en avant. « Je te l'ai dit, je ne te laisserai pas me déposer dans un motel écarté. Je ne veux pas qu'on me laisse en dehors du coup.

— Ce n'est pas pour ça qu'on quitte la ville. As-tu déjà entendu l'expression : La Loi n'existe pas à l'ouest du Pecos ? »

Beth ne parut pas saisir la pertinence du propos. « Ça me dit quelque chose... Dans les vieux westerns, à moins que ce soit dans une histoire sur le sud-ouest.

— Eh bien, le Pecos en question est la rivière Pecos et c'est là que nous allons. »

Vingt minutes plus tard, il tourna à gauche, s'engagea sur la route d'Etat 50 * et atteignit peu après la ville de Pecos dont l'architecture consistait pour l'essentiel en constructions traditionnelles en bois et aux toits en pente qui contrastaient fortement avec les bâtiments aux toits plats et en stuc de style hispano-amérindien de Santa Fe. Il tourna de nouveau à gauche. Après le lac Monastery où il avait pêché la truite durant son premier été dans la région, après le monastère qui avait donné son nom au lac, il s'engagea sur une route sinueuse et bordée de grands pins qui montait de manière de plus en plus abrupte. Le soleil, en descendant derrière les falaises qui se dressaient à l'ouest, avait plongé le paysage accidenté dans l'ombre.

« On va monter au parc national du Pecos, dit Decker. La rivière Pecos est à notre droite. A certains endroits, elle n'a que six ou sept mètres de largeur. On ne la voit pas toujours à cause des arbres et des rochers mais on l'entend nettement. Sa faible largeur est compensée par la vitesse de son débit.

— Cette route est presque déserte, dit Beth. Pourquoi est-ce qu'on monte ici ?

— C'est un coin de pêche. Derrière les arbres, là-bas, vous avez peut-être vu des cabanons de pêcheurs. Après Labor Day **, ils sont inoccupées pour la plupart. » Decker montra quelque chose du doigt. « Il arrive que quelqu'un décide de vendre le sien. »

Sur la droite, après un virage, un écriteau fixé à un poteau annonçait : AGENCE IMMOBILIÈRE EDNA FREED, puis, en caractères plus petits : *S'adresser à Stephen Decker*, ceci suivi d'un numéro de téléphone.

Aussitôt après l'écriteau, Decker quitta la route et pénétra dans une clairière au milieu des sapins, passa dans un grondement sur un pont de bois jeté sur la rivière et suivit un chemin de terre jusqu'à une autre clairière qui s'étendait devant un cabanon gris en rondins dont le toit en pente était en métal rouillé. La maisonnette, entourée d'une épaisse frondaison d'arbres et de buissons, s'élevait sur une butte, légèrement au-dessus de la clairière ; elle faisait face à l'embranchement de la route de campagne ; des marches en rondins étaient taillées dans la pente conduisant à la porte d'entrée délavée par les intempéries.

« Le pied-à-terre idéal, dit Beth.

— Ça fait six mois que j'essaie de le vendre, dit Decker. La clé est dans une boîte attachée à la porte. »

Beth descendit de voiture, prit appui sur ses béquilles et frissonna.

---

* Aux Etats-Unis, il y a deux types de routes principales : les Interstates qui comme leur nom l'indique traversent plusieurs Etats, et parfois tout le pays, et les « state roads », ou routes d'Etat, qui correspondaient, toutes proportions gardées, aux nationales françaises *(N.d.T.)*.

** En septembre, jour férié en Amérique qui marque la rentrée *(N.d.T.)*.

« En ville, j'avais chaud, mais il fait drôlement froid ici après le coucher du soleil.

— Et il y a l'humidité de la rivière, dit Decker. C'est pour cette raison que je nous ai acheté à chacun des sous-vêtements thermiques. On devrait commencer par les enfiler.

— Des sous-vêtements thermiques ? Mais on ne restera pas dehors si longtemps, non ?

— Peut-être toute la nuit. »

Beth parut surprise.

« On a du pain sur la planche. » Decker ouvrit le coffre de la Buick. « Mets ces gants de coton et aide-nous à décharger les armes. Fais bien attention de ne pas laisser d'empreintes sur quoi que ce soit, y compris les munitions. Tu sais te servir d'un fusil ?

— Oui.

— Il faudra un jour que tu me racontes comment tu as appris. Il est évident que ton épaule blessée ne supportera pas le choc du recul. Tu serais aussi gênée pour actionner un levier ou la pompe pour faire monter une nouvelle cartouche dans la chambre. C'est pour ça que j'ai acheté des fusils à double canon. Leur juxtaposition constitue un aplat suffisant et ils ne rouleront pas si tu les poses sur un rondin. Tu peux t'étendre derrière le rondin et tirer sans lever les fusils pour viser. Ça te donnera deux coups par arme. Elles sont faciles à recharger.

— Tu pensais à un rondin particulier ? lui demanda Beth sur un ton résolu qui le surprit.

— Je ne sais pas encore. On va aller faire un tour, Esperanza et moi, pour repérer un peu les lieux. Demande-toi ce que Renata et ses amis feront en arrivant ici ce soir. Quelle sera leur approche ? Qu'est-ce qu'ils trouveront de plus propice pour avancer à couvert ? Puis essaie de réfléchir à une position qui te donnera l'avantage sur eux. Il va faire noir dans une heure. Après ça, quand on aura monté notre matériel, on commencera à répéter. »

13

Puis, trop tôt au goût de tout le monde, vint le moment de partir. Il était à peine neuf heures lorsque Decker dit à Esperanza dans l'obscurité qui allait s'épaississant : « Les derniers vols de la soirée vont bientôt arriver à l'aéroport d'Albuquerque. On ne peut pas attendre davantage. Pensez-vous pouvoir terminer les derniers préparatifs tout seul ? »

Une buée s'échappa de la bouche d'Esperanza dont l'haleine était refroidie sous l'effet de l'air vif de la nuit. « Dans combien de temps serez-vous de retour ?

— Attendez-nous vers minuit.

— Je serai prêt. N'oubliez surtout pas ça. » Esperanza lui tendit le sac à bandoulière qui avait contenu le million de dollars mais qui était maintenant bourré de vieux journaux qu'ils avaient trouvés dans le cabanon. L'argent était dans un sac de paquetage aux pieds d'Esperanza.

« Parfait, dit Decker. Le plan ne marchera que si Renata pense que j'ai l'argent.

— Et si je suis à tes côtés.

— Exact, dit Decker. Si elle ne nous voit pas ensemble, elle se demandera pourquoi nous nous sommes séparés. Le soupçon lui viendra que je te tiens hors de danger pendant que je lui tends un piège.

— Et moi, fit Beth, qui pensais pendant tout ce temps que tu avais décidé de m'emmener avec toi pour le plaisir de jouir de ma compagnie. »

Cette remarque piqua Decker au vif. Etait-ce une plaisanterie innocente ou... ? Ne sachant que dire, il lui ouvrit la portière de la voiture, fit glisser le siège du côté passager de manière à ce qu'elle ait davantage de place pour sa jambe blessée et déposa ses béquilles à l'arrière. Ce fut lorsqu'il eut pris place à côté d'elle et refermé la portière de son côté que Decker trouva finalement à lui répondre. « Si jamais on se sort de cette histoire... si jamais on arrive à se connaître l'un l'autre...

— Je croyais pourtant que nous nous connaissions déjà.

— Mais qui est-ce que j'ai connu ? Es-tu Beth Dwyer ou Diana Scolari ?

— Toi, il ne t'est jamais arrivé de te servir de faux noms ? »

Cette fois encore, Decker ne sut que répondre. Il fit démarrer la Buick, adressa un signe de tête tendu à Esperanza et fit demi-tour dans la clairière. Ses phares éclairant les pins compacts, il suivit le chemin de terre, traversa le pont et s'engagea sur la route déserte de Pecos. Ils étaient en route.

Ils restèrent cependant silencieux tant qu'ils n'eurent pas atteint l'Interstate 25 et, ayant dépassé Santa Fe, prirent la direction d'Albuquerque.

« Pose-moi des questions, dit Beth.

— Te poser des...

— N'importe lesquelles. Tout. » Sa voix était chargée d'émotion.

« Tu m'en demandes beaucoup.

— Tant pis, essaie. D'ici à ce qu'on arrive à l'aéroport, je veux que nous sachions à quoi nous en tenir l'un par rapport à l'autre. »

Decker accéléra pour dépasser un pick-up tout en essayant de rouler à moins de quatre-vingt-dix kilomètres à l'heure.

« Une relation ne se développe pas d'elle-même, dit Beth. Il faut y mettre du sien.

— D'accord. » Decker hésita, se concentrant sur l'autoroute obscure qui lui donnait l'impression de rouler dans un tunnel. « Un jour, tu m'as parlé de ton enfance. Tu m'as dit que tes parents se querellaient si violemment que tu avais peur que ton père surgisse dans ta chambre pour te tuer dans ton sommeil. Tu m'as raconté que tu disposais tes oreillers de manière à faire croire que tu étais sous les couvertures et qu'ensuite tu dormais sous le lit de manière à ce qu'il s'en prenne éventuellement aux oreillers mais sans pouvoir t'atteindre... Cette histoire, elle est vraie ?

— Oui. Tu me soupçonnais de t'avoir menti pour éveiller en toi un sentiment protecteur à mon égard ? »

Decker ne répondit pas.

Beth fronça les sourcils d'un air de plus en plus soucieux. « Ah ! c'est donc ça : tu penses que les gens essaient constamment de te manipuler.

— Oui, c'est ce que je pensais – avant de venir vivre à Santa Fe.

— Te voilà donc repris par tes vieux démons.

— C'est la méfiance qui m'a permis de rester vivant. A vrai dire, si j'avais conservé mes anciennes habitudes, si je n'avais pas relâché ma vigilance... » Ne voulant pas poursuivre plus loin en ce sens, il laissa sa phrase en suspens.

« Tu ne serais pas tombé amoureux de moi. Tu le regrettes ?

— Je n'ai pas dit ça. Je ne sais pas trop ce que je voulais dire. Renata m'aurait pris en chasse même si je n'étais *pas* tombé amoureux de toi. Ça n'aurait rien changé. Je... » L'état de confusion dans lequel il se trouvait mettait Decker au supplice. « Mais *je suis* tombé amoureux de toi et si je pouvais revenir en arrière et tout recommencer, si je pouvais changer le passé...

— Oui ? » De la frayeur perça dans la voix de Beth.

« Je ferais exactement la même chose. »

Beth poussa un soupir de soulagement. « Alors tu me crois ?

— Tout est affaire de confiance.

— Et de foi », dit Beth.

Decker avait les mains endolories d'avoir tenu le volant trop fort. « De beaucoup de foi. »

14

Plein d'appréhension, Decker laissa la Buick dans le parc de voitures de location brillamment éclairé à côté de l'aéroport d'Albuquerque et pénétra dans le terminal avec Beth. Au deuxième niveau, près de l'aire d'arrivée des bagages, il rendit les clés de la voiture à la réceptionniste d'Avis, la renseigna sur le kilométrage de la voiture et la quantité d'essence restant dans le réservoir, paya en espèces et glissa le reçu dans sa poche.

« Vous partez par un des derniers vols de la soirée ? demanda la réceptionniste.

— Oui. Nous avons voulu profiter de nos vacances jusqu'à la toute dernière minute.

— Revenez nous voir.

— Nous n'y manquerons pas. »

Une fois hors de vue depuis le comptoir d'Avis, Decker précéda Beth au milieu d'une foule qui descendait des niveaux supérieurs du terminal où arrivaient les derniers vols de la soirée. S'efforçant de faire comme si Beth et lui venaient tout juste de débarquer, ils empruntèrent avec la foule l'escalator conduisant au premier niveau et, de là, au parking.

« C'est maintenant que ça commence », murmura Decker.

Les lampes à arc de sodium du parking projetaient une inquiétante lueur jaune. Bien que Decker fût convaincu qu'aucun membre du groupe de Renata n'aurait risqué d'attirer l'attention des vigiles en traînant autour des portes des arrivées, il n'aurait cependant pas juré qu'une équipe de surveillance ne se trouvait pas dans le parking, les yeux fixés sur la Cherokee. Le parking était moins bien gardé que l'aéroport. Une voiture de patrouille en faisait de temps à autre le tour mais l'équipe de surveillance la verrait venir, ferait semblant d'être en train de déposer des bagages dans un véhicule, puis reprendrait sa surveillance dès le départ de la voiture de patrouille. Mais à supposer même qu'il y eût une équipe de surveillance dans le parking, il était douteux qu'elle essaie d'enlever Decker et Beth dans un endroit aussi public et qui n'offrait qu'une issue pour sortir de l'aéroport. Des voyageurs se rendant à leurs voitures garées à proximité seraient témoins de l'attaque, relèveraient un numéro de plaque d'immatriculation et alerteraient un agent des services de sécurité qui téléphonerait aussitôt pour faire dresser un barrage sur la route à la sortie de l'aéroport. Non, vu le trop grand nombre de facteurs susceptibles de faire échouer un enlèvement, l'équipe de surveillance attendrait une occasion plus propice, un lieu moins fréquenté. D'ici là, ses membres utiliseraient un téléphone cellulaire pour rendre compte à Renata qu'ils avaient vu Decker et qu'il portait un sac correspondant à la description de celui qui contenait le million de dollars. Renata se rassurerait en pensant que Decker ne se doutait pas de sa présence dans les parages. Après tout, s'il se croyait menacé directement, il ne circulerait pas avec ce sac rempli d'argent, n'est-ce pas ? Il l'aurait caché.

La Cherokee était garée à gauche, au sommet de l'escalier, au deuxième niveau du parking. Decker déverrouilla la portière, aida Beth à monter sur le siège avant, jeta le sac et les béquilles à l'arrière et, se glissant précipitamment au volant, verrouilla les portières et inséra la clé de contact.

Il hésita.

« Qu'est-ce que tu attends ? » demanda Beth.

Au moment de tourner la clé, Decker regarda sa main droite. De la sueur perlait sur son front. « C'est maintenant qu'on va savoir si j'avais raison ou tort de penser que Renata n'installerait pas d'explosifs sur la voiture.

— Enfin, si tu t'es trompé, on ne le saura jamais, dit Beth. Tant pis. On parlait de foi tout à l'heure. Mets le contact. »

Decker s'exécuta avec le sourire. Au lieu de l'explosion dont il s'attendait à ce qu'elle fasse voler la voiture en éclats, il entendit le grondement du moteur. « Oui ! » Il fit marche arrière pour sortir de son emplacement de parking et roula aussi vite que le lui permirent les voyageurs qui déposaient leurs bagages dans leurs voitures et dont l'un ou l'autre pouvait fort bien être son ennemi. Trente secondes plus tard, il quittait le parking, s'arrêtait à l'un des postes de péage, payait le préposé et se glissait dans le flot des voitures qui s'éloignaient à toute allure de l'aéroport, tous phares allumés.

Son cœur battit furieusement lorsqu'au détour d'un virage il se retrouva devant les fenêtres presque toutes éclairées des quatorze étages de l'hôtel Best Western. « A cet instant même, on s'agite beaucoup dans une de ces chambres. L'aiguille de leur récepteur leur indique que la voiture se déplace. » Il voulut accélérer mais résista à cette tentation à la vue d'un gyrophare de la police devant lui.

« Je suis tellement nerveuse que j'en ai les genoux qui tremblent, dit Beth.

— Concentre-toi pour maîtriser ta peur.

— Je n'y arrive pas.

— Il faut pourtant que tu y arrives. »

Devant eux, la voiture de police tourna à un carrefour.

Decker souleva l'ouverture du compartiment qui séparait les deux sièges avant de la Jeep et y prit le pistolet de service d'Esperanza que celui-ci avait laissé dans la voiture lorsqu'ils avaient pris l'avion pour New York. « Maintenant, ils ne sont plus dans leur chambre. Ils se précipitent vers le parc de stationnement de l'hôtel.

— Comment fais-tu pour arrêter d'avoir peur ?

— Je n'arrête pas.

— Mais tu viens de dire...

— Je t'ai dit de maîtriser la peur, pas de la faire cesser. La peur est un mécanisme de survie. Elle te donne de la force. Elle te met en alerte. Elle peut te sauver la vie, mais uniquement si tu la gardes sous contrôle. Si c'est elle qui te contrôle, tu y laisseras ta peau. »

Beth l'observa fixement. « J'ai manifestement beaucoup à apprendre de toi.

— Moi de même. C'est comme si tout ce qui s'était passé entre nous avant l'attaque contre ma maison vendredi dernier avait été notre lune de miel. Maintenant, le mariage a commencé. » Decker entra à toute allure sur l'autoroute où il se fondit dans un chaos de phares. « Ils ont eu le temps d'arriver au parc de stationnement de l'hôtel. Ils montent dans leurs voitures.

— Lune de miel ? Mariage ?... C'est une demande en bonne et due forme, non ?

— ... Est-ce que ce serait une si mauvaise idée que ça ?

— Je te décevrai toujours. Je ne saurai pas être la femme idéale pour laquelle tu as risqué ta vie.

— On est quittes. Moi non plus, je n'ai rien de l'homme idéal.

— Tu réussis une bonne imitation du héros auquel je rêvais quand j'étais petite et dont je t'ai parlé.

— Les héros sont des crétins. Les héros se font tuer. » Decker accéléra pour rouler au rythme de la circulation qui faisait du cent dix à l'heure dans une zone où la vitesse était limitée à quatre-vingt-dix. « Renata et ses amis vont maintenant se dépêcher de rejoindre l'autoroute. Le récepteur va leur indiquer la direction que j'ai prise. Il faut que je garde de l'avance sur eux. Je ne peux pas les laisser remonter à ma hauteur pour me forcer à sortir de l'autoroute dans un tronçon désert.

— Ça ne t'ennuie pas qu'on parle ?

— Maintenant ?

— Est-ce que ça risque de te distraire ? Parce que, sinon, moi ça m'aiderait à ne pas avoir aussi peur.

— Dans ce cas, parle.

— Quel est ton plus grand défaut ?

— Pardon ?

— Lorsque tu me faisais la cour cet été, tu ne m'as montré que tes bons côtés. Quelle est ta face sombre ?

— Toi plutôt. Parle-moi de tes défauts. » Decker plissa les yeux en direction du fouillis des phares dans son rétroviseur afin de voir si un véhicule n'arrivait pas derrière eux plus vite que les autres.

« Je te l'ai demandé la première.

— Tu es sérieuse ?

— Très. »

Alors que la limitation de vitesse revenait à quatre-vingt-dix, Decker, à contrecœur, commença à parler.

15

Il lui raconta que son père était militaire de carrière et que la famille, qui avait vécu sur des bases un peu partout aux Etats-Unis, déménageait fréquemment. « J'ai appris, en grandissant, à ne pas m'attacher aux gens ou aux lieux. » Il lui dit que son père ne lui témoignait pas ouvertement d'affection et semblait même gêné de manifester ses émotions, qu'elles fussent de colère, de tristesse ou de joie. « J'ai appris à dissimuler ce que je ressentais. » Il lui dit que lorsqu'il était entré dans l'armée, choix de carrière logique pour le fils d'un officier de carrière, l'entraînement qu'il avait reçu dans les sections spéciales l'avait amené à contrôler encore davantage ses émotions.

« J'ai eu un instructeur qui m'avait à la bonne et qui prenait le temps de parler avec moi pendant nos heures de loisir. Nous avions des échanges philosophiques dont une grande partie portait sur la question de savoir comment survivre à des situations inhumaines sans pour autant devenir inhumain. Comment réagir au fait de tuer quelqu'un, par exemple. Ou comment se comporter lorsqu'un copain se fait tuer sous vos yeux. Il m'a fait lire quelque chose sur l'esprit et les émotions que je n'ai jamais oublié. »

Decker jetait sans cesse des coups d'œil pleins d'appréhension dans son rétroviseur. La circulation devenait moins dense. Il continua néanmoins à rouler sur la voie de dépassement afin de n'être pas éventuellement gêné par des voitures sur sa droite.

« Qu'est-ce qu'il t'a appris ? demanda Beth.

— " Lorsque vous prenez une décision sans retour, vous devez fatalement en assumer les conséquences. Nous avons tous des émotions. Celles-ci, en elles-mêmes, ne nous sont pas néfastes. En revanche, les pensées que nous entretenons à leur sujet le seront si elles ne sont pas dominées. L'entraînement contrôle nos pensées. Les pensées contrôlent nos émotions. "

— J'ai comme l'impression qu'il voulait mettre tellement de tampons sur tes émotions que tu les ressentais à peine.

— Des filtres. Il s'agissait d'interpréter mes émotions de manière à ce qu'elles me servent au maximum. Par exemple – Decker eut un goût amer dans la bouche – samedi soir, deux de mes amis ont été tués.

— En t'aidant à essayer de me retrouver ? » Beth parut bouleversée.

« Le chagrin que j'ai éprouvé menaçait de me submerger mais je me suis dit que ce n'était pas le moment, qu'il me fallait différer mon chagrin jusqu'au jour où je pourrais les pleurer convenablement, que je n'aurais jamais l'occasion de le faire dans l'avenir si je ne pensais pas qu'à une seule chose : rester en vie. Je n'ai toujours pas eu le temps de les pleurer. »

Beth répéta une phrase de la citation qu'il lui avait faite : « Les pensées contrôlent les émotions.

— Voilà comment je vis. » Decker vérifia de nouveau dans le rétroviseur. Des phares se rapprochaient à une vitesse inquiétante. Il descendit sa vitre, changea de voie et, tenant le volant de la main gauche, saisit de la droite le pistolet d'Esperanza, se préparant à tirer au cas où le véhicule qui arrivait sur sa gauche tenterait de le buter pour lui faire quitter la route, déserte sur ce tronçon.

Le véhicule qui arrivait sur lui roulait non pas en codes mais en phares, dont l'intense réverbération dans le rétroviseur aveuglait presque Decker. Il ralentit brusquement afin que le véhicule le dépasse à toute vitesse avant que son conducteur n'ait le temps de freiner. Mais le véhicule se contenta de le dépasser à toute allure puis poursuivit sa route sans ralentir. Les contours d'un énorme pick-up se dessinèrent dans la nuit. Ses feux rouges arrière disparurent dans l'obscurité.

« Il doit faire du cent vingt, dit Decker. Je vais le laisser nous distancer un peu puis je vais passer à la même vitesse que lui. S'il y a une voiture de patrouille garée au bord de la route, ce pick-up fera écran entre elle et moi. Le policier verra d'abord le pick-up et le prendra en chasse. Moi, j'aurai eu le temps de ralentir et je passerai comme si de rien n'était. »

Le silence tomba dans l'habitacle de la Jeep.

« Comme ça, dit Beth, les émotions t'embarrassent ? Tu m'as bien leurrée cet été.

— C'est parce que je faisais un effort conscient pour changer. Pour m'ouvrir et pour m'autoriser à éprouver des sentiments. Quand tu es entrée dans mon bureau, j'étais prêt, pour la première fois de ma vie, à tomber amoureux.

— Et maintenant tu as le sentiment d'avoir été floué parce que la femme dont tu t'es épris n'était pas celle qu'elle prétendait. »

Decker ne répondit pas.

Beth poursuivit : « Tu penses qu'il serait moins risqué de redevenir ce que tu étais, de prendre de la distance et de ne pas laisser les émotions te rendre vulnérable.

— J'y ai pensé.

— Et ?

— Tant pis pour mon amour-propre. » Decker prit la main de Beth dans la sienne et la serra. « Tu m'as demandé si je voulais que l'on reparte de zéro. La réponse est oui. Parce que toutes les autres solutions me fichent la trouille. Je ne veux pas te perdre. Je deviendrais fou si je ne pouvais pas passer le reste de ma vie avec toi... Je ne reviens peut-être pas en arrière, après tout. »

Tu le devrais pourtant, se dit-il *in petto*. Il faut que tu nous sortes de là tous les deux vivants cette nuit.

16

La tension produisait chez lui cette pression douloureuse à l'estomac qu'il connaissait bien et qui le faisait souffrir à l'époque où il travaillait pour l'Agence. L'omelette qu'il avait mangée le matin dans l'avion lui était restée sur l'estomac et le brûlait comme de l'acide, tout comme les hamburgers et les frites, vite ingurgités, qu'il avait achetés pour tout le monde en réunissant le matériel durant l'après-midi. Exactement comme dans le temps, pensa-t-il.

Il se demanda à quelle distance étaient ses poursuivants et de quelle manière ils avaient décidé de procéder. Des membres de leur groupe les avaient-ils devancés à Santa Fe ? Peut-être n'avait-on posté au Best Western que quelques-uns seulement des amis de Renata, trop peu nombreux pour tenter une interception. Peut-être s'étaient-ils servis d'un téléphone cellulaire pour prévenir les autres et obtenir des renforts. Il était aussi possible que Decker se soit trompé en pensant que l'on cacherait un émetteur à bord de sa voiture. Il se pouvait que son plan ne vale rien. Non, se dit-il avec véhémence. J'ai fait cela des années durant, je m'y connais. Vu les circonstances, je *sais* comment Renata devrait se comporter.

Est-ce que ce n'est pas merveilleux, pensa-t-il lugubrement, d'être à ce point sûr de tout ?

En passant devant les trois sorties pour Santa Fe tout en poursuivant sa route sur l'Interstate 25, Decker se plut à imaginer le désarroi de ses poursuivants, leurs discussions agitées pour tenter de comprendre pourquoi il ne s'était pas arrêté et où il se dirigeait. Ils allaient tous se lancer à sa poursuite maintenant, ceux de Santa Fe ainsi que ceux qui l'avaient suivi depuis Albuquerque. Il en était sûr, tout comme il était sûr de n'avoir pas encore affronté les pires risques de la nuit – l'isolement de la route d'Etat 50, par exemple.

C'était une route à deux voies, étroite et sinueuse, qui traversait de petites agglomérations espacées mais longeait surtout des taillis broussailleux et des arbres plongés dans les ténèbres. Elle offrait à ses poursuivants des occasions parfaites de le faire sortir de route de force sans que personne ne voie ce qui s'était passé. Il lui était impossible de conduire aussi vite que sur l'autoroute. Au premier virage en épingle, il ferait capoter la voiture. A certains endroits, une vitesse de soixantedix kilomètres à l'heure était excessive. Il se courba sur le volant, scrutant les ténèbres par-delà ses phares, essayant de grignoter la moindre seconde sur les lignes droites, ralentissant, négociant ses virages sur les chapeaux de roues, accélérant de nouveau.

« Je n'ose pas quitter la route des yeux pour vérifier dans le rétroviseur, dit-il à Beth. Regarde derrière nous. Vois-tu des phares ?

— Non. Attends – maintenant j'en vois.

— Quoi ?

— Ils sortent du dernier virage. Une... Je me trompe, on dirait deux voitures. La deuxième vient de sortir du virage.

— Bon dieu.

— Ils n'ont pas l'air de vouloir nous rattraper. Pourquoi resteraientils à l'arrière ? Ce n'est peut-être pas eux.

— A moins qu'ils veuillent savoir dans quoi ils s'embarquent avant de passer à l'action. Devant nous.

— Des lumières.

— Oui. On arrive à Pecos. »

Aux environs de minuit, un mardi soir, il n'y avait presque aucune activité dans Pecos. Decker ralentit autant qu'il l'osa, tourna à gauche dans la paisible rue principale et continua sa route vers le nord en direction des montagnes.

« Je ne vois plus de phares, dit Beth. Ça devait être des voitures appartenant à des gens d'ici.

— C'est possible. » Dès que les feux de la ville endormie furent derrière lui, Decker accéléra de nouveau pour entreprendre l'ascension de la route obscure et étroite qui s'enfonçait dans un secteur inhabité et sauvage. « Il se pourrait aussi que ce soient les voitures de Renata et de sa bande et qu'ils restent en arrière parce qu'ils ne tiennent pas à ce que ça se voie qu'ils nous suivent. Ils doivent se demander ce qu'on vient faire par ici. »

Dans l'obscurité, la dense forêt de pins donnait l'impression de former un mur impénétrable.

« Ça n'a pas l'air très accueillant, dit Beth.

« Parfait. Renata se dira que la seule raison que l'on peut avoir de monter jusqu'ici, c'est pour s'y cacher. On approche. C'est presque là. Encore quelques... »

17

Il faillit passer tout droit devant l'écriteau de l'agence immobilière portant l'inscription *S'adresser à Stephen Decker* avant de ralentir juste ce qu'il fallait pour tourner dans la trouée à peine visible entre les sapins. Terriblement conscient de ce que le piège qu'il tendait à Renata pouvait aussi bien se retourner contre Beth et lui-même, il traversa le pont de bois au-dessus de la rapide et étroite rivière Pecos, pénétra dans la clairière obscure, se gara devant les marches conduisant à la maison et coupa le moteur. Alors seulement appuya-t-il sur le bouton commandant ses phares – ce qui eut pour résultat de déclencher un dispositif qui les laissait allumés deux minutes de plus.

S'aidant de cet éclairage, il prit les béquilles et le sac en bandoulière sur le siège arrière. Il avait une envie folle de se hâter mais il n'osa y céder. Si Renata et sa bande passaient en voiture et le voyaient se ruer dans le cabanon, ils se douteraient immédiatement qu'il se savait suivi, qu'il avait prévu leur venue, qu'on leur avait tendu un piège. Refoulant nerveusement son impatience, il se permit de paraître aussi épuisé qu'il l'était. Montant derrière Beth les marches de rondins, il prit la boîte de métal attachée à la poignée de la porte. La lumière provenant du plafonnier de la voiture lui procura un éclairage qui lui permit tout juste de se servir de sa clé afin d'ouvrir la boîte. Il en souleva le couvercle, y prit la clé du cabanon, ouvrit la porte et fit entrer Beth.

A peine la porte fut-elle fermée et verrouillée et les lumières allumées que Decker donna libre cours au sentiment d'urgence qui montait en lui. Les stores étant déjà baissés dans le cabanon, personne ne put le voir de l'extérieur soutenir Beth lorsqu'elle laissa tomber ses béquilles pour endosser la tenue de camouflage qu'il avait achetée chez l'armurier. Elle l'enfila par-dessus son chemisier et son pantalon. Dès qu'elle en eut remonté la fermeture éclair et qu'elle eut repris ses béquilles,

Decker s'empressa d'enfiler sa propre tenue de camouflage. Avant de quitter le cabanon pour aller à l'aéroport, ils avaient déjà mis les sous-vêtements longs en polypropylène qu'il avait achetés. Il étala alors sur le visage de Beth et sur le sien une graisse sombre provenant d'un tube de colorant de camouflage. Lorsqu'ils avaient répété ces gestes dans la soirée, ils avaient été prêts en un peu moins de deux minutes, mais Decker eut alors l'impression, sous l'effet de la tension, qu'ils prenaient beaucoup plus de temps. Vite, pensa-t-il. Afin d'éviter de laisser des empreintes digitales, ils enfilèrent des gants de coton sombre, assez fins pour permettre le maniement d'une arme et assez épais pour procurer de la chaleur. Decker alluma une petite radio sur laquelle un chanteur de *country-and-western* se lança dans une complainte où il était question de « *livin' and lovin' and leavin' and...* * » Decker laissa les lumières allumées, fit sortir Beth par la porte arrière qu'il referma derrière lui et il prit le risque de s'arrêter assez longuement dans la nuit glaciale pour lui caresser le bras en signe d'encouragement et d'affection.

Elle tremblait mais, faisant ce qu'il y avait à faire, ce qu'ils avaient répété, elle disparut à la gauche du cabanon.

Impressionné par son courage, Decker prit vers la droite. Devant le cabanon, son plafonnier s'était éteint. Loin de la lueur provenant des fenêtres de la maisonnette, les ténèbres allaient s'épaississant. Puis ses yeux s'habituèrent à la luminosité paradoxalement douce que conféraient à la nuit la lune et les myriades d'étoiles particulièrement brillantes dans le haut pays.

Lorsque Decker et Esperanza avaient fait le tour du propriétaire pour l'évaluer d'un point de vue tactique, ils avaient décidé de se servir d'un sentier de chasse dissimulé par d'épaisses broussailles à l'arrière du cabanon. Invisible de la route, Beth suivait maintenant ce sentier et atteindrait bientôt un arbre massif que la piste contournait. Là, elle s'aplatirait sur le sol, descendrait une pente en se tortillant parmi les buissons puis continuerait jusqu'à un trou peu profond creusé par Esperanza où les fusils à double canon étaient posés sur un rondin, prêts à l'emploi.

Pendant ce temps, Decker rampa dans l'obscurité en direction d'un autre trou peu profond qu'il avait lui-même creusé au moyen de l'une des pelles pliantes qu'il avait achetées chez l'armurier. Malgré trois épaisseurs de vêtements, il sentait l'humidité du sol. Etendu derrière un rondin et dissimulé par les buissons, il explora à tâtons le sol autour de lui sans réussir cependant à trouver ce qu'il cherchait. Son pouls battit de manière saccadée tant qu'il n'eut pas touché la Winchester .30-30. Cette arme puissante était conçue pour un usage à moyenne portée en

---

* « Vivre, aimer, partir et... » *(N.d.T.)*

terrain broussailleux tel que celui-ci. Munie d'un chargeur de six coups et d'une chambre permettant de loger une cartouche, elle tirait à la vitesse à laquelle on actionnait le levier d'armement bien huilé situé derrière la détente.

Près de la carabine était posée une batterie de voiture, un autre des articles achetés par lui avant de quitter Santa Fe. A côté de la batterie, il y avait douze paires de fils électriques dont les extrémités étaient exposées. Ces fils conduisaient aux gamelles, lesquelles étaient remplies d'huile de chauffage et d'un engrais dont la composante principale était du nitrate d'ammoniac. Mélangés selon de justes proportions, ces ingrédients produisaient un explosif. Pour corser un peu la chose, Decker y avait ajouté du gros plomb et de la poudre obtenus à partir de cartouches de fusils qu'il avait ouvertes. Afin de fabriquer un détonateur pour chaque bombe, il avait brisé le verre de douze ampoules de cent watts en veillant à ne pas abîmer le filament qui se trouvait à l'intérieur. Tenant chaque ampoule par son pied métallique, il en avait introduit le filament dans chacune des gamelles. Deux fils avaient été connectés au pied de chaque ampoule. Les gamelles étaient enterrées à des endroits stratégiques et recouvertes de feuilles. Les paires de fils, dissimulées de la même manière, conduisaient à la batterie de voiture posée près de Decker. Les fils étaient placés de gauche à droite selon une disposition correspondant à l'emplacement des gamelles. Si Decker, choisissant une paire de fils, en appuyait une extrémité sur le pôle positif de la batterie tout en appuyant l'autre extrémité sur le pôle négatif, il déclencherait un circuit qui ferait brûler le filament de l'ampoule et exploser la bombe.

Il était prêt. Au bas du chemin de terre, sur l'autre rive de l'étroite rivière Pecos, de l'autre côté de la route, Esperanza était caché dans la forêt. Ayant vu Decker pénétrer sur la propriété, il attendait que Renata et ses amis se manifestent. Il était évident que, lorsque leur récepteur les avertirait que Decker avait quitté la route, ils ne s'engageraient pas tout simplement à sa suite sur le chemin de terre sans d'abord chercher à savoir dans quel guêpier ils risquaient de tomber. Ils passeraient plutôt tout droit à l'entrée du chemin, continueraient un peu plus loin sur la route, se gareraient à une distance raisonnable, puis reviendraient prudemment à pied vers le chemin de terre. Ils voudraient éviter le rétrécissement du chemin mais ne le pourraient pas car la seule autre voie d'accès à la propriété consistait à traverser la rivière au courant rapide. Or il s'agissait là, dans l'obscurité, d'une manœuvre par trop risquée.

Dès que Renata et son groupe quitteraient la route pour s'engager sur le chemin de terre, Esperanza sortirait de sa cachette pour mettre leurs véhicules hors d'état de marche de manière à ce que, si le groupe se doutait de quelque chose et voulait revenir à toute vitesse vers les voitures, il lui serait impossible de s'enfuir. Il y aurait probablement deux véhicules – celui de l'équipe de surveillance à l'aéroport et celui de l'équipe de Santa Fe. Dès qu'Esperanza aurait rendu les voitures hors d'usage en enfonçant une petite branche dans la valve de plusieurs de leurs pneus, le léger sifflement que ferait l'air en s'échappant se trouvant assourdi par le grondement de la rivière, il se mettrait à l'affût du groupe et, armé de la carabine .22 semi-automatique munie d'un chargeur de trente coups et de deux autres chargeurs fixés sous sa ceinture, l'attaquerait par derrière dès le début de la fusillade. Bien que de petit calibre, la carabine .22 présentait plusieurs avantages – elle était relativement silencieuse, était munie d'un chargeur de grande capacité et pouvait faire feu de manière extrêmement rapide. Ces qualités seraient utiles lors d'une action surprise à courte portée. Les gamelles exploseraient ; Beth utiliserait le fusil ; Decker tirerait avec la Winchester, gardant de côté la Remington à tir rapide comme arme de réserve. Si tout se passait comme prévu, Renata et son groupe seraient morts en moins de trente secondes.

L'ennui, pensa Decker, c'est que la loi de Murphy a une manière bien à elle de se mettre en travers des meilleurs plans. Ce qui *peut* mal tourner, *tournera* mal. Et ce plan contenait beaucoup de questions sans réponses. Renata et son groupe s'engageraient-ils sur le chemin de terre en même temps ? Flaireraient-ils un piège et vérifieraient-ils pour voir si personne ne se glissait à leur insu derrière eux ? Beth saurait-elle contrôler ses réactions et tirer au bon moment, comme lors de la répétition générale ? Et si la peur la paralysait, l'empêchait de tirer ? Ou si encore...

18

Decker entendit un bruit semblable à celui d'une branche qui craque. Il retint nerveusement sa respiration, ne voulant pas que même le plus léger son n'interfère avec ce que pourrait capter son ouïe. Appuyé fermement contre le sol humide, il tendit l'oreille et, essayant de faire abstraction de la faible musique de *country-and-western* qui provenait de la radio dans le cabanon, attendit que le bruit se reproduise. Celui-ci lui avait semblé venir du côté du chemin de terre mais rien ne lui permettait de penser qu'un être humain en était à l'origine. Ce n'étaient pas les animaux nocturnes qui manquaient dans ce coin sauvage. Le bruit qu'il avait entendu n'indiquait pas nécessairement une menace.

Il ne put s'empêcher de se demander comment Beth y avait réagi. Saurait-elle contrôler sa peur ? Il s'efforçait toujours de se convaincre que la présence de Beth était nécessaire. Si elle n'avait pas été de la partie, Renata aurait pu se douter que Decker préparait quelque chose et ne tenait pas, par conséquent, à mettre Beth en danger. En même temps, Decker ne cessait de se dire que l'on eût peut-être pu se passer d'elle. Peut-être n'aurait-il pas dû la mêler à cela. Peut-être avait-il trop exigé d'elle.

Elle n'a pas à me prouver quoi que ce soit.

C'est toi qui as voulu qu'il en soit ainsi.

Arrête, se dit-il. Tu ne devrais te concentrer que sur une seule chose : sortir de cette nuit vivant. En sortir *Beth* vivante.

N'entendant pas le bruit se répéter, il exhala lentement. Le cabanon était à sa droite, ses fenêtres éclairées. Mais il veilla à ne pas mettre sa vision nocturne en péril en regardant de ce côté. Il préféra regarder fixement droit devant lui, en direction de la route, du pont, du chemin de terre et de la clairière. Les lumières du cabanon constituant un pôle lumineux, quiconque s'en approcherait furtivement aurait de ce fait du mal à ajuster sa vision nocturne pour fouiller du regard les ténèbres autour de la maisonnette. En revanche, l'éclat de ces lumières, ajouté à l'éclairage produit par la brillance de la lune et des étoiles, était à l'avantage de Decker dont il facilitait la vision périphérique. Il avait l'impression de regarder à travers de gigantesques lentilles qui intensifiaient la lumière.

Des criquets firent entendre leur cri strident. Une nouvelle chanson triste, où il était question de portes ouvertes et de cœurs vides, provenait faiblement de la radio allumée dans le cabanon. Tout à coup, Decker se raidit : il venait d'entendre un autre bruit de branche brisée. Cette fois, le bruit venait à n'en pas douter des environs immédiats du chemin de terre, il venait des arbres et des buissons qui le bordaient à droite. Renata et sa bande auraient-ils réussi à traverser le pont sans qu'il voie leurs silhouettes ? La chose semblait peu vraisemblable – à moins qu'ils n'aient traversé le pont avant que lui-même n'atteigne le trou où il se terrait. Mais il n'avait perdu le pont de vue que quelques minutes tout au plus. Se pouvait-il raisonnablement que Renata ait eu le temps, avant qu'il ne sorte du cabanon, d'arriver en voiture (il n'avait pas vu passer de phares), de déduire qu'il était garé au bout du chemin de terre, de s'arrêter, de reconnaître les lieux et de traverser le pont ? Il aurait fallu pour cela qu'elle et son groupe agissent avec une précipitation proche de la témérité. Ce n'était pas le genre de Renata.

Mais lorsqu'il entendit le bruit pour la troisième fois, Decker saisit la Winchester. L'idée lui traversa soudain l'esprit que Beth devait être en train de faire la même chose, que sa main se refermait sur l'un des fusils. Mais saurait-elle se maîtriser assez pour ne pas appuyer sur la détente avant que cela ne soit absolument nécessaire ? Si elle s'affolait et tirait trop tôt, avant que les cibles ne soient à sa portée, elle éventerait le piège et se ferait sans doute tuer. Durant le trajet depuis Albuquerque, Decker avait insisté sur le risque que cela pouvait représenter, la priant vivement de ne pas oublier qu'un fusil était une arme à courte portée, lui rappelant qu'elle ne devait pas tirer avant lui et sans tenir clairement en joue des cibles dans la clairière. La projection dévastatrice du gros plomb compenserait les problèmes que pourrait lui poser, pour viser, son épaule blessée, surtout si elle déchargeait les quatre canons en une succession rapide.

Rappelle-toi ce que je t'ai dit, Beth. Retiens-toi de tirer.

Decker attendait. Rien. Plus de bruit de branche brisée. Il estima que cinq minutes s'étaient écoulées sans que le bruit se reproduise. Il ne pouvait consulter sa montre qui était dans sa poche. Avant d'arriver au cabanon, il avait bien veillé à ce que Beth et lui retirent leur montre de peur que leur cadran lumineux ne révèle leur position dans l'obscurité.

Puis s'écoulèrent ce qu'il estima être *dix* minutes. Il avait parlé à Beth de la sensation que l'on éprouvait lorsqu'on restait étendu sans bouger, des heures durant parfois, de l'impatience qu'il fallait refréner, de la nécessité de ne pas tenir compte du passé et de l'avenir. Glisse-toi dans le présent et restes-y. Dis-toi que tu participes à une compétition, que la partie adverse va bouger avant toi. A l'aéroport d'Albuquerque, Decker avait insisté pour qu'ils aillent aux toilettes même s'ils ne ressentaient ni l'un ni l'autre de besoin pressant, lui faisant remarquer que lorsqu'ils seraient étendus dehors par terre dans la nuit, une vessie pleine pourrait s'avérer assez gênante pour les déconcerter. Il n'était pas question de s'accroupir pour se soulager, mouvement qui attirerait l'attention. La seule autre solution était de faire dans ses vêtements et, là, on était sûr pour le compte de perdre toute concentration.

Quinze minutes. Vingt. Plus de bruits suspects. Nul signe d'activité sur le chemin de terre baigné par le clair de lune ou dans les buissons sombres qui l'entouraient. Patience, se dit Decker. Mais une part de lui-même commençait à s'interroger sur le bien-fondé de son raisonnement. Peut-être Renata n'avait-elle pas caché d'émetteur dans sa voiture. Peut-être n'était-elle pas dans les parages.

19

Le froid de la nuit enveloppait Decker qui ressentit cependant un froid bien plus vif encore lorsque la forêt bougea. Une partie de celle-ci, quelque chose à faible hauteur du sol, à peu près de la taille d'une personne accroupie, se déplaçait avec circonspection d'un buisson à l'autre. Mais ce mouvement ne s'était pas produit à proximité du chemin de terre, pas à l'endroit où Decker l'attendait. Au lieu de cela, de manière alarmante, la silhouette, qui avait déjà longé la moitié de la lisière de la clairière, rampait vers le cabanon. Comment a-t-il pu arriver si loin sans que je le voie? se demanda Decker, inquiet.

Où sont les autres?

Le froid s'intensifia lorsqu'il aperçut une autre silhouette près de la première. Celle-ci ne semblait pas longer la lisière de la clairière mais bien sortir tout droit des profondeurs de la forêt comme si elle venait du nord plutôt que de l'ouest, du pont. Ils avaient dû trouver un autre endroit où traverser la rivière, il n'y avait pas d'autre explication.

Mais comment? J'ai examiné la rivière sur cent mètres en amont, soit à peu près sur la distance que le groupe était susceptible de parcourir en voiture avant de s'arrêter. Il n'y avait pas de troncs d'arbre sur le cours d'eau, pas de gués, pas de grosses pierres sur lesquelles ils auraient pu traverser.

Lorsqu'une troisième silhouette sortit de la forêt à mi-chemin en bordure de la clairière, Decker lutta pour ne pas vomir en comprenant ce qui avait dû se passer. Après s'être garé, le groupe s'était séparé. Certains avaient longé la route vers le sud pour garder la sortie du chemin de terre afin d'être certains d'immobiliser Decker. Mais les autres étaient partis à pied *vers le nord*, une direction que Decker n'avait pas prévue. Plus haut sur la route, ils avaient rencontré une autre propriété dont ils avaient emprunté le pont pour traverser la rivière. Les propriétés, dans cette région, étaient généralement à deux cents mètres les unes des autres. Decker n'aurait jamais cru que dans la nuit, se sentant sous pression, Renata et sa bande feraient un tel détour. S'ils avaient mis autant de temps à atteindre la clairière, c'était parce qu'ils avaient dû ramper vers le sud à travers la forêt dense, se déplaçant avec une lenteur pénible afin de faire le moins de bruit possible. Des membres du groupe allaient aussi sortir de la forêt derrière la maison dans une tentative d'encerclement.

Derrière lui.

Derrière *Beth*.

Il se représenta un ennemi se faufilant jusqu'à elle, tous les deux pris par surprise, mais le tueur réagissant plus vite, tirant sur elle avant qu'elle ait la moindre chance de se défendre. Decker fut sur le point de se glisser hors de sa cachette et de ramper précipitamment dans le noir sous les buissons pour aller la retrouver et la défendre. Mais il se retint de céder à cette impulsion. Il mettrait en danger la vie de Beth aussi bien que la sienne s'il agissait prématurément, sans information suffisante. L'ennui était qu'il risquait d'être trop tard lorsqu'il serait en possession de ladite information.

Son hésitation lui sauva la vie car au même moment, derrière lui, toute proche, une petite branche craqua. Puis une chaussure broya des aiguilles de pin et il eut un haut-le-cœur qui lui procura une sensation d'étouffement. Lentement, avec application et un centimètre à la fois, il tourna la tête – précautionneusement, avec une circonspection qui le mit au supplice. Une arme pouvait aussi bien être pointée sur lui mais il ne pouvait courir le risque de faire un mouvement brusque pour regarder. Si on ne l'avait pas repéré, un mouvement brusque de la tête pour se retourner le trahirait, ferait de lui une cible.

Son front se couvrit de sueur. Peu à peu, les bois sombres derrière lui entrèrent dans son champ de vision. Un autre pas se posant lentement sur des aiguilles de pin qui craquèrent le fit tressaillir intérieurement. L'accélération de son pouls lui donna le vertige lorsqu'il aperçut une silhouette à moins de trois mètres. Renata ? Non. Trop massive. Les épaules trop larges. C'était la silhouette d'un homme qui, une carabine à la main, lui tournait le dos. L'homme, qui faisait face au cabanon, s'affaissa tout à coup de manière inquiétante et disparut dans les buissons. Decker essaya de se représenter la scène du point de vue de cet homme. De la musique dans le cabanon. De la lumière derrière les stores fermés. Une partie des préparatifs de Decker avait consisté à installer des minuteries aux lampes et à la radio, qui s'éteindraient une à une durant l'heure à venir. Cette note réaliste ferait croire à Renata et à ses amis qu'ils tenaient leur proie.

On ne voyait plus les trois silhouettes de l'autre côté de la clairière. Elles avaient dû se déployer de chaque côté du cabanon qu'elles se préparaient à attaquer en même temps. Vont-ils attendre l'extinction des feux et nous croire endormis ou vont-ils lancer par surprise des grenades incapacitantes par les fenêtres et forcer la porte tout de suite ?

En avançant précipitamment au milieu des arbres, vont-ils tomber sur Beth ?

Le plan initial de Decker reposait sur le principe que les membres du groupe seraient surpris tous ensemble lorsqu'ils auraient traversé le pont et s'aventureraient sur le chemin de terre. Ils seraient foudroyés par les explosions et l'on tirerait sur eux de trois positions à la fois. Maintenant, la seule façon de conserver l'avantage de la surprise était de...

Lentement, il sortit du trou en se tortillant. Avançant à l'aveuglette, il vérifia de la main pour s'assurer qu'il n'y avait rien devant lui qui pût éventuellement occasionner un bruit. Il progressait de manière presque aussi imperceptible que lorsqu'il avait tourné la tête. Se faufilant dans un espace étroit entre deux buissons, il s'approcha de l'endroit où la silhouette avait disparu. L'attention de cette dernière devait être tout entière tournée vers le cabanon. Les autres, qui ne quittaient sans doute pas celui-ci des yeux eux non plus, ne regarderaient pas dans sa direction. Il y avait douze ans que Decker n'avait pas tué un homme à l'arme blanche. Saisissant l'un des couteaux de chasse qu'il avait acheté chez l'armurier et qu'il avait précédemment posé à côté de la Winchester au bord du trou, il continua sa progression dans les buissons.

Là. A deux mètres. Arc-bouté sur un genou. Une carabine à la main. Surveillant la maison.

Lorsque vous prenez une décision sans retour, vous devez fatalement en assumer les conséquences.

Sans hésitation, Decker se précipita en avant. Sa main gauche vint se plaquer sur les narines et la bouche du tueur dont le gant de coton étouffa les bruits tandis qu'il le tirait d'un coup sec en arrière et lui tranchait la gorge, lui coupant la veine jugulaire et les cordes vocales.

Nous avons tous des émotions. Celles-ci, en elles-mêmes, ne nous sont pas néfastes. En revanche, les pensées que nous entretenons à leur sujet le seront si elles ne sont pas dominées.

Du sang jaillit, chaud, visqueux. L'homme se raidit... trembla... devint inerte. Decker fit silencieusement glisser le cadavre sur le sol. Le clair de lune permit d'entrevoir une mince volute de vapeur s'échappant de la gorge béante du mort.

L'entraînement contrôle nos pensées. Les pensées contrôlent nos émotions.

20

Decker, qui entendait derrière ses oreilles le martèlement de la pulsation de son pouls, s'agenouilla derrière les buissons, s'efforçant de détecter un signe qui lui indiquerait où les autres silhouettes s'apprêtaient à passer à l'action. D'autres éléments de la situation lui échappaient-ils encore ? Il devait y avoir quelqu'un sur la route pour garder la sortie du chemin de terre. Restait aussi la propriété qui se trouvait à deux cents mètres au *sud*. Ses poursuivants avaient dû la voir en passant devant lorsqu'ils filaient sa Jeep Cherokee. Se pouvait-il que l'un ou l'autre membre du groupe de Renata y soit retourné et que, ayant traversé la rivière là-bas, *en aval*, il soit en train d'approcher du cabanon depuis cette direction ? Peut-être était-ce par cette voie que le cadavre qui gisait aux pieds de Decker était parvenu de ce côté de la clairière.

Ce qui *peut* mal tourner *tournera* mal. Les membres du groupe avaient dû se concerter avant d'approcher du cabanon. Mais comment avaient-ils communiqué pour synchroniser leurs mouvements ? Ils se servaient peut-être de micros et d'écouteurs, quoiqu'il y eût fort à douter qu'ils aient pris le risque de laisser échapper ne serait-ce qu'un murmure. Decker tâta les oreilles du cadavre et fouilla sa veste pour en avoir le cœur net mais ne trouva aucun appareil radio émetteur-récepteur miniature.

Par quel autre moyen pouvaient-ils synchroniser leur attaque ? Tâtant le poignet gauche du cadavre, Decker trouva une montre mais celle-ci n'avait pas d'aiguilles lumineuses, lesquelles auraient pu trahir sa position. Au lieu d'être munie d'un verre, cette montre avait un petit couvercle. Decker le souleva et dut, pour lire l'heure dans l'obscurité, ôter un gant, toucher l'aiguille longue des minutes, celle, plus courte, des heures et, enfin, les chiffres en relief tout autour du cadran. Habitué à ce type de montre, il sentit l'aiguille des minutes avancer brusquement et calcula rapidement qu'il était une heure moins cinq.

L'attaque aurait-elle lieu à une heure ? Cela laissait peu de temps à Decker pour se préparer. Il remit son gant, effaça ses empreintes sur la montre et, reculant en rampant sous les buissons aussi rapidement qu'il le put sans faire de bruit, il revint au trou humide et froid qui lui faisait de plus en plus l'effet d'une tombe. Là, il passa la main à l'aveuglette le long d'une rangée de fils et en choisit deux paires qui se trouvaient à l'extrême droite. Il les sépara, en tenant une dans sa main gauche et l'autre dans sa droite, prêt à appliquer une extrémité exposée de chaque paire sur le pôle positif de la batterie de voiture et les deux autres extrémités sur le pôle négatif.

Malgré l'air froid de la nuit, de la sueur suintait de la graisse de camouflage sur son front. Il concentra son attention sur le cabanon en se rendant compte à son corps défendant que la lumière qu'il y avait aux fenêtres gâchait sa vision nocturne. Ayant fait, depuis le moment où il avait touché la montre sur le poignet du cadavre, le décompte du temps, il jugea que quatre minutes et trente secondes s'étaient écoulées et que l'attaque du cabanon commencerait dans...

Il s'était trompé de quinze secondes. Les vitres volèrent en éclats. Des éclairs aveuglants et des grondements assourdissants provenant de grenades incapacitantes envahirent le cabanon. Des silhouettes sombres armées de carabines se ruèrent hors des buissons. Deux se précipitèrent par la porte d'entrée, une autre par la porte arrière. L'homme que Decker avait tué devait sans doute se joindre à la silhouette solitaire qui faisait irruption dans le cabanon par l'arrière mais celle-ci (peut-être s'agissait-il de Renata) était si absorbée par son attaque qu'elle ne parut pas remarquer que son coéquipier ne lui venait pas en aide.

Depuis le trou où il était tapi, Decker vit les ombres agitées que les lumières du cabanon projetaient sur les stores des fenêtres. Il y eut des gestes rageurs. Des cris. Un juron. Ne trouvant personne dans le cabanon, les attaquants comprirent qu'ils avaient été victimes d'une ruse, qu'ils étaient piégés. Ils allaient vouloir à tout prix sortir du cabanon avant que le piège ne se referme sur eux. Il y eut un autre juron. Les ombres battaient frénétiquement en retraite. Decker porta vivement les yeux tour à tour sur la porte d'entrée et sur la porte arrière du cabanon. Allaient-ils se précipiter dehors par une seule issue ou sortir séparément comme ils étaient entrés ?

Ils choisirent la seconde solution. Voyant une silhouette solitaire sortir précipitamment par l'arrière, Decker appuya aussitôt les fils sur les pôles de la batterie. La nuit devint aussi claire que le jour. Le sol se souleva devant la silhouette dans une explosion étourdissante, crachant de la terre, du gros plomb et des fragments métalliques de la gamelle. La silhouette s'arc-bouta en l'air. Les deux tueurs qui se ruaient alors par la porte d'entrée hésitèrent en entendant l'explosion. Decker appuya l'autre paire de fils sur les pôles de la batterie, ce qui déclencha une déflagration encore plus puissante que la première, un grondement furieux qui creusa un cratère dans la terre et catapulta les silhouettes hurlantes au bas des marches, en direction de sa voiture. Les fenêtres du cabanon se fracassèrent et des flammes en léchèrent les murs extérieurs.

S'aplatissant par terre pour se protéger de la violence de la détonation, Decker laissa tomber les fils et saisit la Winchester. Actionnant le levier de la carabine aussi vite que possible, il tira vers l'arrière du cabanon, mitraillant l'aire où était tombée la silhouette solitaire. La détonation bien reconnaissable d'un fusil lui apprit que Beth tirait sur les silhouettes qui étaient retombées dans la clairière tout près d'elle. Une autre détonation se fit entendre. Puis une autre. Puis une autre encore. S'il y avait d'autres attaquants dans les parages, le bruit des fusils, sans parler des éclairs sortant de la bouche des armes, allaient révéler la position de Beth. Elle avait reçu pour instructions de saisir les deux fusils et de rouler sur elle-même à cinq mètres sur sa droite où un autre trou avait été creusé. L'y attendait une boîte de cartouches. Elle devait rapidement recharger ses armes et recommencer à tirer en continuant de changer d'emplacement.

Mais Decker n'avait pas le temps de s'attarder là-dessus. Il lui fallait faire confiance à Beth, se dire qu'elle suivait le plan prévu. Pour ce qui est de lui, il tira la septième et dernière cartouche que contenait le chargeur de la Winchester, laissa tomber la carabine, dégaina le Beretta 9-mm d'Esperanza et, essayant de rester dans l'ombre, alla se mettre à l'affût dans les buissons du côté de l'endroit où la silhouette isolée était tombée. Plus il s'approchait du cabanon en flammes, plus lui devenait impossible de se dissimuler dans l'obscurité. L'éclairage provenant des flammes lui permit toutefois d'apercevoir une forme sur le sol. Decker tira et la forme se convulsa lorsque la balle la toucha à la tête.

Entendant de nouveau des coups de feu provenant des fusils de Beth, Decker se précipita en avant, son arme pointée vers le cadavre qu'il retourna de sa chaussure, déçu de ne pas voir ce qu'il espérait. Le visage qui se trouvait à ses pieds n'était pas celui d'une femme ni de Renata, mais de l'un des frères de cette dernière à qui il avait parlé quinze mois auparavant dans le café, à Rome, lorsque McKittrick l'avait présenté à Renata.

Decker, se sentant exposé, pivota sur lui-même, pressé de s'éloigner du cabanon en flammes pour chercher abri dans l'obscurité des bois. Il fut en même temps saisi par une envie folle d'aller retrouver Beth, de l'aider, de découvrir si l'une des deux silhouettes sur lesquelles elle avait tiré (qu'elle avait peut-être tuées) était Renata. Il se demanda avec inquiétude ce qu'il advenait d'Esperanza. Celui-ci avait-il éliminé les gardes que l'on avait sûrement postés sur la route, de l'autre côté du pont, à la sortie du chemin de terre ? Decker dut toutefois se persuader qu'Esperanza saurait bien se tirer d'affaire tout seul, tandis que Beth, nonobstant le comportement magnifique qui était le sien, était peut-être à cette minute même au bord de la panique.

Bien que pareille solution lui fît prendre des risques, Decker courut le long du cabanon en flammes devant lequel il prévoyait de se mettre à couvert pour tirer sur les silhouettes qui étaient retombées dans la clairière, près de sa voiture. Si elles étaient encore vivantes, leur attention serait tout entière tournée vers l'endroit d'où Beth tirait. Il pourrait les prendre par surprise.

Mais ce fut lui qui fut pris par surprise lorsqu'une balle siffla à ses oreilles et alla se perdre dans le cabanon. Le coup de feu venait de sa gauche, de la partie des bois où il s'était caché. Sans doute l'homme que Decker avait tué avait-il un compagnon qui s'était frayé un chemin à travers bois depuis la propriété sise au sud. Decker s'étendit par terre et roula sur lui-même en direction d'un pin au large tronc derrière lequel il s'abrita. Une balle laboura la terre derrière lui. L'éclair accompagnant la détonation venait de la gauche de l'arbre. Decker, se jetant à droite, fit le tour de l'arbre en tirant dans la direction où il avait vu l'éclair de l'arme à feu. Il plongea aussitôt encore plus à droite, vit un autre éclair en direction duquel il braqua son arme, mais il n'avait pas encore appuyé sur la détente qu'un hurlement se fit entendre.

21

C'était Beth qui avait hurlé. Malgré le rugissement des flammes provenant du cabanon en train de se consumer, Decker entendit un piétinement derrière lui à la lisière de la clairière, des bruissements de branches écartées et brisées : des bruits de lutte.

Beth hurla de nouveau. Puis quelqu'un cria quelque chose, peut-être bien le nom de Decker. Ce n'était pas Beth. La voix était bizarre, grave, graveleuse et déformée. Elle cria de nouveau ce qui pouvait être le nom de Decker et celui-ci sut alors sans l'ombre d'un doute que c'était la voix de Renata. Se méfiant du tueur dissimulé dans l'ombre des arbres derrière lui, Decker risqua un œil devant lui et vit ses pires craintes se confirmer : une femme en combinaison de saut noire, les cheveux coupés à la garçonne, à la silhouette fine, élancée et sensuelle, retenait Beth captive dans la clairière. Le bras gauche passé autour de son cou, elle tenait de la main droite le canon d'un pistolet contre sa tempe droite.

Renata.

Même à trente mètres, la fureur qui étincelait dans ses yeux noirs était manifeste. Son bras gauche enserrait si étroitement la gorge de Beth que celle-ci, les traits contorsionnés et la bouche ouverte en un rictus, suffoquait. Beth essayait de griffer le bras de Renata et cherchait à se libérer mais ses blessures à la jambe droite et à l'épaule la privaient de force et d'assise. Sa jambe droite se dérobait en effet sous elle. Ses pieds touchaient à peine terre sous l'étreinte de Renata qui l'étranglait au point qu'elle risquait de mourir étouffée.

« Decker ! » Renata hurlait d'une voix si gutturale que Decker eut du mal à déchiffrer ce qu'elle disait. « Jetez votre arme ! Venez ici ! Tout de suite ! Ou je la tue ! »

Le désespoir le paralysait.

« Allez! hurla Renata d'une voix rauque. Tout de suite! »

Renata coupa court à l'hésitation de Decker en armant son pistolet. Malgré le bruit que faisait l'incendie, il crut n'entendre qu'une seule chose : le déclic du chien que l'on rabattait. Il était impossible, naturellement, qu'il eût entendu ce bruit. Renata était trop loin. Mais ce bruit, dans son imagination, fut épouvantablement aigu, comme s'il avait le pistolet dans la tête.

« Non! Attendez! cria-t-il.

— Faites ce que je vous dis si vous tenez à la vie! »

Beth réussit à articuler péniblement quelques paroles étranglées. « Steve, sauve-toi!

— La ferme! » Renata accrut la pression de son bras autour de la gorge de Beth dont le visage se contorsionna encore davantage. Les yeux lui sortirent de la tête, la peau de son visage prit une couleur sombre. Renata hurla à Decker : « Exécutez-vous ou je ne me gênerai pas pour la descendre! Je vais lui briser le cou! Je vais la laisser paralysée pour le restant de ses jours! »

Les nerfs à vif à la pensée que le tueur se trouvait quelque part dans la forêt derrière lui, Decker calcula les chances qui étaient les siennes de pouvoir abattre Renata. Avec une arme de poing? Dans la lumière de l'incendie? A trente mètres? La poitrine haletante et les mains tremblantes comme ça? Impossible. Même s'il essayait, aussitôt qu'il lèverait son arme pour viser, Renata verrait suffisamment venir le coup pour appuyer sur la gâchette et faire sauter la cervelle de Beth.

« Vous avez trois secondes! cria Renata. Une! Deux! »

Decker vit le bras droit de Renata bouger. Il se représenta son doigt en train de se raidir sur la détente. « Attendez! hurla-t-il une fois de plus.

— Tout de suite!

— *J'arrive!* »

Les flammes du cabanon avaient beau lui réchauffer le côté droit, Decker n'en sentit pas moins le froid le saisir entre les omoplates à la pensée du tueur qui, dans la forêt, braquait une arme sur lui lorsqu'il se détacha de l'ombre du pin.

Il leva les mains en l'air.

« Laissez tomber votre pistolet! » cria Renata de sa voix bizarre.

Decker obtempéra et son arme fit un bruit sourd en tombant sur le sol de la forêt. Il fit quelques pas en avant, chancelant sur ses jambes, redoutant l'impact qui allait le faire basculer lorsque le tueur lui tirerait dans le dos. Mais mieux valait mourir que voir Beth mourir. Il ne tenait pas à vivre sans elle.

Les bras en l'air, il atteignit la pente menant à la clairière, la dévala obliquement, passa devant sa voiture et vit les corps des deux hommes qui avaient été victimes de l'explosion devant le cabanon. Il vint s'arrêter devant Renata.

« Regardez, espèce de salopard, grogna Renata en désignant les cadavres. Regardez ce qu'elle a fait. Regardez *Ça* ! » La haine qui le déformait donnait maintenant un aspect repoussant à son visage naguère séduisant. « Regardez ce que vous, vous avez fait ! » Elle leva le menton de manière à ce que, dans la lumière provenant du cabanon en flammes, Decker puisse voir la cicatrice horriblement plissée à l'avant de son cou près des cordes vocales. « Il y en a une plus grosse derrière ! »

Decker, qui comprenait difficilement ses paroles, faisait travailler son esprit à toute vitesse pour les traduire au fur et à mesure.

« Vous avez tué mes frères ! *A votre avis, qu'est-ce que je devrais vous faire ?* »

Decker ne sut que répondre.

« Est-ce que je dois vous faire, à vous aussi, un trou dans la gorge ? Est-ce que je dois en faire un dans sa gorge à elle ? Où est mon argent ?

— Dans le sac en bandoulière que j'ai trouvé dans votre voiture à New York.

— Et où est-il ce sac ? En passant en voiture devant le chemin de terre, je vous ai vu l'emporter dans le cabanon. »

Decker acquiesça. « C'est là que je l'ai laissé. » Il tourna la tête en direction du cabanon en flammes.

« Vous ne l'avez pas pris avec vous en sortant ?

— Non.

— Vous l'avez *laissé* à l'intérieur ?

— Je viens de vous le dire.

— *Mon million de dollars ?*

— Moins quelque deux mille dollars que j'ai dépensés en matériel.

— Vous mentez. »

Decker tourna de nouveau les yeux en direction des flammes, essayant de faire durer la conversation. « J'ai bien peur que non.

— Alors prouvez-le, jeta sèchement Renata.

— Qu'est-ce que vous racontez ? Comment est-ce que je pourrais le prouver ?

— Rapportez-moi l'argent.

— Quoi ?

— Allez me le chercher dans le cabanon.

— Dans le feu ? Je n'aurais pas la moindre chance.

— Vous parlez de chance ? Eh bien, c'est la seule que vous allez avoir. Allez dans le cabanon et... rapportez-moi... mon... argent. »

Les flammes faisaient rage.

« Non, dit Decker.

— Dans ce cas, c'est elle qui va y aller. » Renata traîna Beth à travers la clairière en direction des marches menant au cabanon. En même temps, elle s'adressa en hurlant à quelqu'un qui se trouvait dans la forêt derrière le cabanon en flammes. « Pietro! Viens ici! Garde-le! »

Beth battit des paupières. Ses mains cessèrent de lutter pour repousser le bras de Renata. Son visage revêtit une couleur alarmante, elle devint toute molle et la pression autour de son cou se fit si serrée qu'elle perdit connaissance.

« Pietro! » Renata tira Beth par saccades successives sur plusieurs marches en rondins. « Où es-tu? Je t'ai dit de venir ici! »

Les flammes faisaient rage de plus belle, recouvrant l'extérieur du cabanon dont elles emplissaient l'intérieur de remous de fumée et d'un furieux rougeoiement cramoisi.

Renata tira Beth jusqu'au sommet des marches et s'arrêta, repoussée par la violence du feu. Elle lâcha la gorge de Beth qu'elle redressa pour la pousser dans les flammes.

Decker ne put se retenir davantage. Tout en sachant qu'on allait tirer sur lui, il fonça comme un fou vers les marches, décidé à aider Beth coûte que coûte.

« Pietro! »

Decker atteignit la première marche.

« Abats-le, Pietro! »

Decker était maintenant à mi-chemin du haut des marches.

Renata se retourna aussitôt pour braquer son arme sur lui tout en poussant Beth en direction des flammes.

Le canon de son arme visait Decker à la hauteur du visage lorsqu'une main venant de derrière elle s'abattit sur le pistolet. C'était la main de Beth, qui avait seulement feint de s'évanouir. Après avoir été poussée par Renata, elle avait fait un brusque écart en direction des flammes puis, reculant, avait pivoté sur elle-même et s'était jetée de tout son poids sur Renata. Elle enfonça son pouce entre le chien du pistolet et le percuteur une fraction de seconde avant que Renata n'appuie sur la détente, le puissant ressort du chien pénétrant dans ses chairs. Son poids inattendu fit perdre l'équilibre à Renata. Les deux femmes dégringolèrent au bas des marches en roulant l'une sur l'autre entrelacées et rebondirent en heurtant Decker qu'elles entraînèrent dans leur chute.

Ils vinrent brusquement s'arrêter au bas des marches, entremêlés tous les trois sur le sol. Le pouce de Beth était toujours coincé sous le chien du pistolet. Elle tenta de le faire sauter des mains de Renata mais n'en eut pas la force. Renata, quant à elle, donna un grand coup sec à l'arme qu'elle libéra d'une violente torsion en déchirant le pouce de Beth. Etendu sur le sol, les bras immobilisés sous les deux femmes, Decker fut incapable de bouger lorsque Renata tourna vivement le pistolet vers lui. Faisant une grimace de douleur, Beth, qui souffrait le martyre, roula par-dessus Decker, agrippa le pistolet et s'efforça de le dévier.

Le sol se souleva sous la détonation de l'explosif contenu dans l'une des gamelles tandis qu'une explosion retentissait de l'autre côté de la clairière. Une deuxième explosion, un peu plus rapprochée, creusa un cratère. Une troisième, au milieu de la clairière cette fois, renversa Renata et Beth sous son onde de choc. Une quatrième déflagration, encore plus proche, rendit Decker sourd. Quelqu'un faisait exploser les gamelles les unes à la suite des autres selon un mouvement progressif à travers la clairière.

Des volutes de fumée s'élevèrent au-dessus de Decker. Etourdi, il lui fallut un moment pour se remettre du caractère surprenant et de la force des détonations. Fébrilement, il roula sur lui-même dans la fumée afin de retrouver Beth et lui venir en aide. Mais il ne fut pas assez rapide. Au milieu de la fumée, il entendit un coup de feu, un deuxième, un troisième. Il poussa un hurlement et se jeta en avant tout en entendant un quatrième coup de feu, un cinquième, un sixième. On tirait droit devant lui. Il y eut un septième coup de feu. Un huitième. Une petite brise écarta la fumée et Decker, entendant un neuvième coup de feu, resta bouche bée en apercevant à ses pieds Beth et Renata enlacées dans ce qui aurait pu être une étreinte.

« Beth ! »

Un dixième coup de feu se fit entendre.

Rendu furieux, Decker se jeta comme un fou sur Renata sur laquelle il tira, prêt à lui assener un coup sec sur le bras pour qu'elle laisse tomber son arme, à lui casser les côtes, à lui écraser le nez et à lui arracher les yeux pour la punir d'avoir tué Beth. Mais ce fut pour se retrouver en train de tenir un corps inerte. A la vue du sang qui suintait de plusieurs trous dans le corps de Renata et dégoulinait de ses lèvres, il mesura son erreur : ce n'était pas Renata qui avait tiré, c'était Beth.

22

Les yeux de Beth trahissaient une émotion proche de la crise de nerfs. Elle allait tirer une onzième fois lorsqu'elle s'aperçut que Decker était dans sa ligne de tir. Elle abaissa alors lentement son arme et s'écroula sur le sol.

Entouré de fumée, Decker laissa tomber Renata et courut vers elle.

« Mon bras gauche, lui, était indemne, murmura-t-elle d'un ton presque triomphal.

— Es-tu blessée ? demanda Decker.

— J'ai mal partout. Bon dieu, j'espère qu'on les a tous eus.

— Il en restait un dans la forêt. Il aurait dû passer à l'action contre nous à l'heure qu'il est.

— Il est mort », dit une voix de l'autre côté du nuage de fumée. Decker leva les yeux.

« Ils sont tous morts. » Se découpant contre les flammes du cabanon, Esperanza s'avança tel un spectre sortant de la fumée. Il portait une carabine en bandoulière. Il tenait de la main droite l'arc que Decker avait acheté et, de la gauche, un carquois de flèches.

« Lorsque les explosions ont commencé dans le cabanon, j'ai abattu deux hommes qui gardaient la sortie du chemin de terre, dit Esperanza. D'aussi loin, la .22 ne faisait pas assez de bruit pour qu'on l'entende dans tout ce vacarme. Mais je n'ai pas pu m'en servir contre cet homme que Renata appelait Pietro. On était trop près de la clairière, lui et moi. Elle aurait pu entendre ces coups de feu-là, comprendre que vous n'étiez pas seul, s'affoler et vous tuer plus tôt qu'elle ne l'avait prévu. » Esperanza leva l'arc qu'il tenait à la main. « Je me suis donc servi de ça. Ça ne fait pas de bruit. Heureusement que vous l'aviez acheté.

— Heureusement que vous saviez vous en servir.

— J'avais l'intention de vous en parler. Chaque automne, durant la saison de chasse à l'arc, je partais chasser dans les montagnes. Je ne suis jamais revenu sans un daim depuis l'âge de quatorze ans.

— C'est vous qui avez déclenché les explosions ? demanda Decker.

— Renata allait vous tirer dessus. Je n'ai pas vu d'autre solution. Je ne pouvais pas tirer sur elle alors que Beth et vous étiez dans ma ligne de tir. Je ne pouvais pas arriver assez vite jusqu'à vous pour me saisir d'elle. Il fallait que je puisse faire diversion, créer un élément de surprise qui vous permettrait de reprendre vos esprits avant elle.

— C'est Beth qui a réagi la première. » Decker la regarda avec admiration. « Aidez-moi à la transporter dans la voiture. »

Dès que Beth fut étendue sur le siège arrière, Esperanza prévint ce que Decker allait dire. « On nettoie le coin ?

— On ramasse tout ce qu'on peut. Les autorités de Pecos vont venir enquêter sur les explosions. Le feu va les conduire tout droit au cabanon. On n'a pas beaucoup de temps. »

Decker courut ramasser les fusils de Beth pendant qu'Esperanza jetait la .22, l'arc et le carquois dans le compartiment à bagages de la Cherokee. Les armes à feu importaient particulièrement à cause de leur numéro de série qui aurait permis de remonter jusqu'au magasin où Decker les avait achetées et, éventuellement, jusqu'à lui. Lorsqu'il revint avec les fusils, Esperanza s'enfonçait dans la forêt, sans doute pour aller chercher la Winchester et la batterie de voiture. Decker déterra les gamelles restantes. Il en retira les filaments d'ampoule, rassembla les fils et rangea le tout à l'arrière de la voiture. Pendant ce temps, Esperanza était revenu avec le matériel qui se trouvait dans la cachette de Decker.

« Je vais aller chercher l'argent là où je l'ai enterré, dit Esperanza. Il reste encore quelque chose ?

— La Remington à culasse mobile. Elle est dans le trou qu'on a creusé près du pont.

— Je vais aller la chercher, dit Esperanza.

— Les béquilles de Beth. Les couteaux de chasse.

— On ferait mieux de ramasser toutes les boîtes de munitions. Et la flèche que j'ai tirée.

— ... Esperanza.

— Quoi ?

— J'ai dû me servir de votre arme de poing. Il y a deux douilles dans les buissons là-bas.

— Bon dieu. » Dans la lumière de l'incendie, Esperanza parut pâlir. « Je l'avais chargée avant que tout ça n'arrive. Je ne portais pas de gants. Ces douilles porteront mes empreintes.

— Je vais tout faire pour les retrouver, dit Decker. Tenez, voici mes clés de voiture. Prenez l'argent, les couteaux, la Remington et les boîtes de munitions. Fichez le camp d'ici avec Beth. Je vais continuer à chercher jusqu'à la dernière minute, jusqu'à ce que les voitures de police s'engagent sur le chemin de terre. »

Esperanza, interloqué, le dévisagea.

« Allez », dit Decker qui escalada aussitôt en courant la pente en direction des arbres et des buissons à la droite du cabanon en flammes. C'était près d'un grand pin qu'il avait tiré l'un des coups de feu avec le pistolet d'Esperanza, là, pas loin...

C'est ici ! pensa Decker. Il tenta de revivre le déroulement des opérations, de revoir l'endroit où il s'était laissé tomber sur le sol lorsque le tueur avait tiré sur lui depuis les fourrés, où il s'était jeté à la droite de l'arbre, s'était agenouillé, avait appuyé sur la détente et...

La douille éjectée avait dû voler en l'air et retomber à un mètre tout au plus de...

La lumière provenant de l'incendie fit miroiter quelque chose, un petit objet métallique. Haletant et poussant un soupir de triomphe, Decker tomba sur les genoux et trouva l'une des douilles 9-mm qu'il cherchait. Il en restait encore une. Il se relevait lorsqu'il aperçut Esperanza qui venait précipitamment vers lui.

« Partez, dit Decker.

— Pas sans vous.

— Mais...

— Montrez-moi où chercher », dit Esperanza.

Contournant les flammes qui s'échappaient du cabanon, ils se ruèrent vers l'arrière du bâtiment sans accorder d'attention au cadavre de l'homme que Decker avait abattu d'une balle dans la tête, entièrement absorbés par la recherche de l'autre douille.

« Ça peut aussi bien être ici que là-bas. » Decker haletait.

« Le sous-bois est trop dense. » Esperanza se baissa et, en rampant, ratissa le sol des mains. « C'est trop sombre, même avec la lumière du feu.

— Il faut qu'on la trouve.

— Ecoutez.

— Quoi ?

— Des sirènes.

— Merde.

— On les entend à peine. Elles sont encore à une bonne distance.

— Pas pour longtemps. » Decker se mit à fouiller frénétiquement sous les buissons en tâtant des mains le sol obscur. « Allez. Montez dans la voiture. Partez. Il est inutile qu'on se fasse tous pincer.

— Ou l'un ou l'autre d'entre nous. Oubliez cette douille, dit Esperanza. Accompagnez-moi à la voiture.

— S'ils trouvent la douille, s'ils réussissent à en relever les empreintes, ça...

— Ce sont des empreintes partielles. Sans doute maculées.

— Ça, c'est vous qui le dites. Vous n'arriverez jamais à expliquer comment il se fait qu'une douille portant vos empreintes était ici. » Decker continua de chercher parmi les feuilles mortes.

« Je prétendrai qu'on m'a volé mon pistolet.

— Vous, vous ajouteriez foi à une pareille histoire ?

— Il y a peu de chances.

— Dans ce cas...

— Je m'en fiche. » Esperanza rampait entre les buissons. « Ce n'est pas parce que je risque d'être impliqué là-dedans qu'il faut que Beth et vous le soyez. Fichez-moi le...

— Je l'ai trouvée ! Oh, ça alors, je l'ai trouvée. » Decker sauta sur ses pieds et montra la précieuse douille à Esperanza. « Je n'aurais jamais cru que je... »

Ils foncèrent hors des buissons et coururent vers la voiture en dévalant la pente à une telle vitesse qu'ils faillirent trébucher et tomber. Esperanza avait toujours les clés de la voiture. Il se glissa derrière le volant tandis que Decker plongeait sur le siège arrière auprès de Beth. Il n'avait pas encore claqué la portière qu'Esperanza embrayait et exécutait un rapide demi-tour dans la clairière en faisant voler de la terre. Prenant à peine le temps d'allumer les phares, il s'engagea à toute allure sur le chemin de terre, traversa le pont en cahotant et tourna vivement sur l'obscure route de campagne.

« Est-ce qu'on a tout ? L'argent ? Toutes les armes ? demanda Decker d'une voix assez forte pour être entendue par-dessus son cœur qui tambourinait dans sa poitrine.

— Je ne vois pas ce qu'on aurait pu oublier. » Esperanza appuya sur l'accélérateur.

« Alors on est tiré d'affaire, dit Decker.

— A part les... » Esperanza indiqua le hurlement croissant des sirènes dans l'obscurité devant lui.

Il ralentit et éteignit les phares.

« Qu'est-ce que vous faites ? demanda Decker.

— Je revis des souvenirs de jeunesse. » Esperanza vira en dérapant sur le chemin de terre d'une propriété à deux cents mètres du cabanon incendié. Les flammes montaient assez haut pour être visibles de loin. Cachant la voiture sous le couvert des arbres, Esperanza coupa le moteur et regarda en direction de la route à travers les arbres plongés dans les ténèbres. Les phares et les gyrophares d'une voiture de pompiers et de plusieurs voitures de police passèrent à toute vitesse, contours estompés, sirènes stridentes.

« Exactement comme dans le bon vieux temps », dit Esperanza. Il redémarra immédiatement et, revenant en marche arrière jusqu'à la route, ne remit ses phares que lorsqu'il y fut obligé.

Ils durent à deux reprises encore se réfugier sur un chemin de terre pour éviter d'être vus par des véhicules de secours. La deuxième fois, Decker et Esperanza prirent le temps de descendre de voiture et de retirer leur tenue de camouflage. Beth grimaça de douleur lorsque Decker lui enleva la sienne. Ils essuyèrent la graisse de camouflage qu'ils avaient sur le visage en se servant de l'intérieur de leurs tenues qu'ils étendirent ensuite sur les armes à l'arrière avant de recouvrir le tout d'une couverture. De la sorte, lorsqu'ils arriveraient à Pecos ou à Santa Fe, ils n'attireraient pas l'attention si d'aventure une voiture de police s'arrêtait à leur hauteur.

Decker caressa la tête de Beth. « Ça va mieux ?

— J'ai la bouche terriblement sèche.

— On te trouvera de l'eau dès qu'on le pourra. Laisse-moi jeter un coup d'œil sur ces points de suture défaits.... Tu saignes mais un peu seulement. Il ne faut pas que tu t'en fasses. Ça va aller.

— Ces points de suture défaits ne vont pas arranger les cicatrices.

— Je regrette d'être d'accord avec toi, mais oui.

— Maintenant, on est à égalité partout. »

Il fallut un moment à Decker pour comprendre que Beth, en dépit de la douleur, faisait de son mieux pour sourire.

« Ce sera comme les cicatrices de balles que tu m'as montrées, dit-elle. Mais les miennes seront plus grosses.

— Toi alors », dit Decker.

23

Quarante minutes plus tard, Esperanza quittait l'Interstate 25 pour s'engager dans l'Old Pecos Trail puis dans Rodeo Road, se dirigeant vers la rue transversale où se trouvait sa caravane. Il était presque 2 h 30. Les rues nocturnes étaient désertes.

« Ce matin, je vais aller dans le désert brûler les armes, nos gants et nos tenues de camouflage en même temps que l'huile et l'engrais des gamelles, dit Decker. J'avais acheté la Remington pour son tir à grande distance mais on ne s'en est pas servis. On peut la garder sans risque. Pourquoi est-ce que vous ne la prendriez pas, Esperanza. Gardez aussi l'arc et les flèches.

— Et la moitié de l'argent, dit Beth.

— Pas question, dit Esperanza.

— Pourquoi ? Si vous ne le dépensez pas tout de suite mais au compte-gouttes, personne ne se doutera de rien, dit Decker. Rien ne vous oblige à rendre compte de la manière dont vous êtes entré en possession d'un demi-million de dollars.

— Ça fait une belle somme, reconnut Esperanza.

— Je peux vous obtenir un compte numéroté dans une banque des Bahamas, dit Beth.

— Ça, je n'en doute pas.

— Alors, vous acceptez l'argent ?

— Non.

— Pourquoi ? répéta Decker, intrigué.

— Ces jours derniers, j'ai tué plusieurs hommes pour des raisons que je considérais bonnes. Mais si je prenais cet argent, si j'en profitais, je pense que je ne pourrais plus jamais me regarder dans une glace. »

Un silence tomba dans la voiture.

« Et vous, Decker ? demanda Esperanza. Cet argent, vous allez le garder ?

— Je saurai l'employer à bon escient.

— Comment ça ?

— Si j'en parle, ça risque de ne pas marcher.

— Ça a l'air bien mystérieux, dit Beth.

— Tu le sauras bientôt.

— Eh bien, en attendant, j'aimerais que vous m'enleviez une inquiétude. »

Decker parut préoccupé. « Quoi ?

— L'armurier chez qui vous êtes allé. Si le laboratoire de la police criminelle parvient à prouver que les fragments métalliques des bombes viennent des gamelles et que l'armurier apprend la chose par les journaux, il se peut qu'il se souvienne de l'homme qui lui a acheté plusieurs armes à feu et *douze* gamelles la veille de l'attaque, non ?

— C'est possible, dit Decker.

— Et ça ne vous inquiète pas ?

— Ça ne m'inquiète pas parce que je vais entrer en contact avec mon ancien employeur pour lui annoncer qu'on a finalement réglé son compte à Renata – avec démenti formel, comme aimait dire McKittrick. Vu la catastrophe qui s'est produite à Rome, mon ancien employeur voudra s'assurer qu'il n'y a pas de relation entre ce qui s'est produit au cabanon et à Rome, que je n'ai rien à voir avec ça. Il prétextera une question de sécurité nationale pour dissuader la police locale d'enquêter.

— Ils peuvent compter sur moi, dit Esperanza. Mais au cas où ils feraient un peu traîner les choses, c'est moi l'inspecteur que l'on devrait normalement envoyer interroger l'armurier. Je peux vous assurer tout de suite que tout lien entre vous et ce qui s'est passé à Pecos est une pure coïncidence.

— A propos de la police... » Decker se pencha pour ouvrir le compartiment qui se trouvait entre les deux sièges avant. « Voici votre insigne.

— Enfin.

— Et votre pistolet.

— De retour au bercail », dit Esperanza. Mais cette légèreté qu'Esperanza avait mise dans son ton se fit mélancolique lorsqu'il se gara devant sa caravane. « La question est de savoir où est mon bercail. Je ne me sens plus chez moi, ici. Ça a l'air drôlement vide.

— Je suis navré du départ de votre femme. Je voudrais pouvoir faire quelque chose, dit Beth.

— Passez-moi un coup de fil de temps en temps. Que je sache si vous allez bien tous les deux.

— On ne se contentera pas de vous téléphoner, dit Decker. Vous allez nous revoir souvent.

— Bien sûr. » Mais Esperanza paraissait soucieux lorsqu'il descendit de voiture après avoir laissé la clé sur le contact.

« Bonne chance. »

Esperanza ne répondit pas. Il traversa lentement l'aire de gravier devant la caravane. Ce n'est que lorsqu'il eut disparu à l'intérieur que Decker passa derrière le volant et tourna la clé de contact.

« On rentre », dit-il.

24

Contrairement à l'indifférence qu'il avait éprouvée en revenant de New York à Santa Fe, Decker se sentit cette fois chez lui. En s'engageant dans l'allée, il scruta les sombres contours de l'enceinte en adobe qui s'étalait autour de sa maison et se dit : C'est à moi.

Il avait dû le dire à haute voix.

« Bien sûr que c'est à toi, dit Beth, intriguée. Tu y vis depuis quinze mois.

— C'est difficile à expliquer, dit-il, quelque peu ahuri. Je craignais d'avoir fait une bêtise. »

L'allée réservée aux voitures contournait la maison jusqu'à l'auvent à l'arrière, où s'alluma une veilleuse qui montrait le chemin. Decker aida Beth à descendre de la Cherokee.

Elle s'appuya contre lui. « Et moi ? Tu as aussi fait une bêtise à mon sujet ? »

Les coyotes hurlèrent dans la montagne du Soleil.

« La nuit du jour où nous nous sommes rencontrés, dit Decker, je suis resté dehors ici pour écouter les coyotes en regrettant que tu ne sois pas à mes côtés.

— Maintenant je le suis.

— Oui. » Decker l'embrassa.

Peu après, il déverrouilla la porte arrière de la maison, alluma dans la cuisine et aida Beth à entrer, ses béquilles à la main. « On dormira dans la chambre d'ami. Dans la mienne, on se croirait encore aux lendemains d'une petite guerre. Est-ce que je peux t'offrir quelque chose ?

— Un thé. »

Pendant que l'eau bouillait, Decker trouva une boîte de cookies au chocolat qu'il mit dans une soucoupe. Etant donné les circonstances, les cookies faisaient peine à voir. Ils n'en mangèrent ni l'un ni l'autre.

« Je crains qu'il n'y ait pas d'eau chaude pour prendre un bain », dit Decker.

Beth acquiesça d'un air las. « Le chauffe-eau a été détruit lors de l'attaque de vendredi soir, je m'en souviens.

— Je vais mettre de nouveaux pansements sur tes points de suture. Je suis sûr qu'un cachet contre la douleur ne te fera pas de mal. »

Beth acquiesça de nouveau, épuisée.

« Ça ne t'ennuie pas que je te laisse seule ici ?

— Pourquoi ? » Beth se redressa, perturbée. « Où vas-tu ?

— Je veux me débarrasser de tout ce qu'il y a à l'arrière de la voiture. Le plus tôt sera le mieux.

— Je t'accompagne.

— Non. Repose-toi.

— Mais quand vas-tu revenir ?

— Peut-être pas avant le lever du jour.

— Je ne veux pas être séparée de toi.

— Mais...

— Il n'y pas à discuter, dit Beth. Je t'accompagne. »

25

Dans la grisaille du petit matin, tout en entassant les tenues de camouflage et les gants les uns sur les autres dans une anfractuosité du désert, à trente kilomètres à l'ouest de Santa Fe, Decker jeta un coup d'œil à Beth. Les bras croisés sur un pull qu'il lui avait donné, elle était adossée à la portière de la Cherokee et le regardait. Il revint à la voiture prendre les gamelles remplies d'engrais et d'huile et versa sur les vêtements leur contenu dont l'odeur âcre lui monta aux narines. Il jeta la flèche dont s'était servi Esperanza pour tuer l'homme dans la forêt. Il ajouta la .22, la .30-30 et le fusil, ne conservant que le .270 qui n'avait pas servi. Le feu ne détruirait pas le numéro de série des armes mais il les rendrait inutilisables. Si d'aventure quelqu'un les trouvait dans les divers endroits où il avait l'intention de les enterrer, on n'y verrait que des rebuts. Decker utilisa un pied-de-biche pour percer des trous dans les gamelles afin qu'il n'y reste pas de vapeurs susceptibles de déclencher une explosion. Comme l'huile de chauffage brûlait lentement, il versa de l'essence sur la pile d'objets. L'essence et l'huile s'embrasèrent avec un bruit de soufflet et enveloppèrent les vêtements et les armes en projetant une colonne de feu et de fumée vers le ciel qui s'éclaircissait.

Decker s'approcha de Beth, passa son bras autour d'elle et regarda le brasier.

« Qu'est-ce que c'est déjà que cette histoire de la mythologie grecque, celle d'un oiseau qui renaît de ses cendres ? demanda Beth. Le phénix ?

— C'est une image de la renaissance, dit Decker.

— C'est ce que signifie le nom de Renata en anglais, n'est-ce pas ? Renaissance ?

— La chose m'avait traversé l'esprit.

— Mais ça existe vraiment ? demanda Beth. Une renaissance ?

— Oui, si on le veut. »

Derrière eux, le soleil s'élevait au-dessus des monts Sangre de Cristo.

« Comment peux-tu le supporter ? demanda Beth. Je parle d'hier soir. De ce qu'on a été forcé de faire.

— C'est ce que j'ai déjà essayé de t'expliquer. On m'a appris, pour survivre, à faire fi de toute émotion qui n'avait pas d'utilité.

— Moi, j'en suis incapable. » Beth tremblait. « Quand j'ai tué mon mari... il avait beau le mériter... j'ai vomi durant quatre jours après.

— Tu as fait ce que tu avais à faire. Nous avons fait ce que nous avions à faire. Pour l'instant, j'ai beau me sentir mal, je ne puis passer outre le fait que nous sommes ici et que je t'entoure de mon bras...

— Que nous sommes vivants, dit Beth.

— Oui.

— Tu te demandais où j'avais appris à me servir d'une arme à feu.

— Tu n'es pas obligée de me parler de ton passé, dit Decker.

— Mais j'y tiens. Il le faut. C'est Joey qui m'a appris, dit Beth. Il avait des armes partout dans la maison et un stand de tir dans son sous-sol. Il m'obligeait à descendre pour le regarder tirer. »

Les flammes et la fumée s'étirèrent davantage vers le haut.

« Joey savait à quel point je détestais ça. Je portais un casque protecteur mais il n'empêche, chaque coup de feu me faisait tressaillir. Lui, ça le faisait rire. Il s'est alors dit que ce serait drôle comme tout s'il me faisait tirer – au Magnum .357, au .45. Les armes de poing les plus puissantes. Toute la gamme jusqu'au Magnum .44. Des fois, je me dis qu'il m'a appris à tirer parce que ça l'excitait de me savoir au milieu de toutes ces armes chargées. Il me provoquait d'oser essayer de m'en servir contre lui. Il se donnait un mal du diable pour me faire comprendre ce qui m'attendait si j'étais assez folle pour essayer. Il m'a ensuite appris à me servir des fusils. Encore plus bruyants. Avec un recul plus éprouvant. C'est avec ça que je l'ai tué, dit Beth. Avec un fusil.

— Chut.

— A double canon. Du même genre que celui dont je me suis servie hier soir.

— Chut. » Decker embrassa une larme qui coulait sur sa joue. « A partir de maintenant, le passé n'existe plus.

— Est-ce que ça veut dire que le tien n'existe plus lui non plus ?

— Je ne te suis pas.

— As-tu raté l'occasion de changer que tu as trouvée ici ? Es-tu vraiment revenu en arrière ? T'es-tu de nouveau refermé pour te refuser à ressentir les choses ?

— Toi, je te ressens, je ne me suis pas coupé de toi, dit Decker. Je ne suis pas coupé de *Ça*. » Il fit un geste en direction du soleil au-dessus des montagnes, en direction des trembles qui commençaient à jaunir sur le domaine skiable, en direction de la verdure des pins à flanc de collines et de la chamisa couleur moutarde dans le désert lumineux aux tons rouge et orange. « Mais il y a des choses dans ma vie dont je sens qu'elles ne me concernent plus et dont je veux que tu ne saches rien, que je ne veux pas me rappeler.

— Crois-moi, j'éprouve la même chose.

— Je ne te demanderai jamais de m'en parler, dit Decker, et tu ne seras jamais obligée de m'en parler si tu ne le veux pas. Je ne puis qu'imaginer la peur et le désarroi que tu as dû éprouver en venant à Santa Fe pour échapper à la pègre tout en sachant qu'il était dans mes cordes de te venir en aide. Tu as vu en moi un sauveur et tu t'es accrochée à moi. Si c'est là ce qu'on appelle utiliser quelqu'un, dans ce cas je suis heureux que tu l'aies fait – parce que nous ne nous serions jamais connus autrement. Même si j'avais su que tu te servais de moi, j'aurais *voulu* que tu le fasses. »

Decker se pencha à l'intérieur de la voiture et en sortit le sac de voyage contenant le million de dollars. « Pendant quelque temps, après t'avoir secourue, j'ai cru que tu restais avec moi à cause de ça. »

Decker emporta le sac vers le feu.

Beth le suivit des yeux, stupéfaite. « Qu'est-ce que tu vas faire ?

— Je t'ai dit que je saurais employer cet argent à bon escient. Je vais détruire le passé.

— *Tu vas brûler l'argent ?*

— Esperanza a raison. Si nous le dépensions, nous ne pourrions plus nous regarder dans une glace. »

Decker tint le sac au-dessus du feu.

« *Un million de dollars ?* » demanda Beth.

— L'argent du sang. Ça te ferait vraiment quelque chose si je le brûlais ?

— Tu me mets à l'épreuve ? »

Le fond du sac commençait à roussir.

« Je veux en finir avec le passé », dit Decker.

Beth hésitait. Les flammes léchaient le fond du sac.

« Dernière chance, dit Decker.

— Fais-le, dit Beth.

— Tu es sûre ?

— Jette-le dans le feu. » Beth alla vers lui. « Pour nous, le passé s'arrête à cet instant même. »

Elle l'embrassa. Lorsque Decker laissa tomber le sac dans les flammes, ni l'un ni l'autre ne le regarda. Leur baiser n'en finissait plus. Decker en perdit le souffle.

DANS LA COLLECTION
« GRAND FORMAT »

Cet ouvrage a été réalisé par la
SOCIÉTÉ NOUVELLE FIRMIN-DIDOT
Mesnil-sur-l'Estrée
pour le compte des Éditions Grasset
en octobre 1996

Imprimé en France
Dépôt légal : octobre 1996
N° d'édition : 10129 – N° d'impression : 35460
ISBN : 2-246-51831-8
ISSN : 1263-9559